Vollständige Taschenbuchausgabe 1988

Umschlaggestaltung Manfred Waller
Umschlagfoto Inter-Topics, Hamburg
Druck und Bindung Elsnerdruck, Berlin
Printed in Germany 5 4 3 2 1
ISBN 3-426-01696-6

Stephen Grave:
Miami Vice –
Heißes Pflaster Florida

Roman

Aus dem Amerikanischen von Renate Michel

Ihre Autos sind schnell und schnittig, ihre Kleidung ist teuer und nach dem neuesten Schnitt, ihre Freundinnen sind attraktiv und sexy. Sie sind Polizisten. Polizisten in Zivil. Sie arbeiten im Untergrund ... Für Miami Vice. Ihr Rhythmus ist hart und gewaltsam wie das Leben auf den Straßen von Miami. Sie machen Jagd auf die Dealer, die großen und die kleinen, die eine friedliche Stadt blutrot färben. Jetzt sind sie dem »Kolumbianer« auf der Spur. Er hat das große Geschäft fest in der Hand. Seine Ware: Kokain, der heiße Schnee von Florida. Seine Spezialität: Mord.
Crockett und Tubbs, die Männer von Miami Vice, warten darauf, daß die Falle zuschnappt. Ihr Köder: große Scheine – das Eintrittsgeld zum Rendezvous mit dem Schneekönig. Eine todsichere Sache, doch für wen? Schon hat der heiße Atem des Schneekönigs zwei Polizisten das Leben gekostet. Ein Feuersturm von Betrug, Gefahr und Tod bricht über Crockett und Tubbs herein.

Deutsche Erstausgabe 1987

Nach der Universal-Fernsehserie »Miami Vice«
Idee von Anthony Yerkovich
Nach dem Pilotfilm »Miami Vice«
Drehbuch von Anthony Yerkovich
Titel der Originalausgabe »Miami Vice Book 1: The Florida Burn«
A novel by Stephen Grave
Based on the Universal television series »Miami Vice«
Created by Anthony Yerkovich
Adapted from the episode »Miami Vice«
Written by Anthony Yerkovich

Für Tom Struck,
der mir immer neuen Stoff schickt und unzählige
interessante *vices* kennt

Zur Erklärung:

Vice: Moralische Abartigkeit oder Verdorbenheit, perverses Verhalten, das der Gesundheit oder der Leistungskraft schadet: sexuelle Unmoral, insbesondere Prostitution.

Vice Squad: Polizeieinheit, die damit beauftragt ist, für die Einhaltung der Gesetze zu sorgen, die Glücksspiele, Pornographie, Prostitution und den illegalen Konsum von alkoholischen Getränken und Drogen betreffen.

1.

Der Deal läuft wie geschmiert, dachte Tubbs, aber der Deal war ihm völlig gleichgültig.
Alles erinnerte ihn an seinen Bruder und wie es ihn erwischt hatte. Was sollte der Unsinn? *Versuch mal einen rosa Elefanten zu vergessen.* Er versuchte es, versuchte nicht daran zu denken, wie Rafael gestorben war. Er versuchte sich vorzustellen, daß Rafael nicht tot war. Es war dumm, es funktionierte nie. Rafael hatte ihm das mit dem rosa Elefanten erzählt, als Tubbs fünfzehn war. Es war eine dieser Scherzgeschichten, die irgendwie ein ganzes Leben lang hängenblieben – er hatte sie nie vergessen. Und so zu tun, als ob, würde nichts an der Tatsache ändern, daß Rafael tot war.
Draußen blies ein eisiger Wind, in den Kurven lag kniehoch grauer Schneematsch. Die Straße war naß, schmierig und schwarz. Die tiefen Rillen im Asphalt bildeten ein eigenartiges Muster, das sich in die Ferne hinzog, um sich irgendwo in der Unendlichkeit, wohin sein Blick nicht reichte, zu kreuzen. Tubbs haßte Queens. Der Bogota-North-Bezirk von Jackson Heights war wie ein ausgebombtes Sperrgebiet – die Geschäfte vom Feuer geschwärzt und mit Brettern zugenagelt, tote Tiere steifgefroren unterm Schnee, Mietshäuser aus Backstein, die langsam zerfielen, in blinder Wut zerstörte Straßenlaternen, hier und da das Gerippe eines vom Feuer verzehrten Auto-Wracks. Die Autos schienen sich selbst in die Luft ge-

sprengt zu haben, so als wollten sie lieber Selbstmord begehen, als in diesem Stadtteil zu bleiben.
Der Wagen, in dem Tubbs saß und wartete, gehörte Rafael – hatte Rafael gehört, ein schwarz schimmerndes Chrysler-Kabriolett mit Naturleder-Polster. Der harte Winter hatte dem Wagen schon ein wenig von seinem Glanz genommen. Innen aber roch das Auto noch so neu wie damals, als Rafael es zum ersten Mal nach Hause gelenkt hatte. Tubbs hatte die Scheinwerfer und die Beleuchtung am Armaturenbrett abgeschaltet. Er saß allein in der Dunkelheit, ein Schattenriß in der ausgestorbenen, unheimlichen Straße.
Er schaute auf seine Seiko-Digitaluhr. Lieber Himmel, war es wirklich drei Uhr morgens? Er stieß einen Seufzer aus und rieb sich die Augen.
Zwei Häuser weiter versuchten ein paar puertoricanische Fixer vergeblich, ihre schmierigen, mageren Hände über einem stinkenden Mülltonnenfeuer zu wärmen. Hübscher Platz für 'n Picknick, dachte Tubbs, während er die flackernden Reflexe des Feuers in den Wassertropfen auf der Windschutzscheibe und der Kühlerhaube des Chryslers beobachtete. Er zog seine behandschuhten Hände unter der Jacke hervor und tastete nach der Thermoskanne mit Kaffee. Er hatte sich einen starken Kaffee mit einem Schuß Alkohol zusammengebraut; der würzige, anregende Duft erfüllte das Innere des Wagens. Auf dem Boden der Kanne hatte sich Kahlua-Likör abgesetzt. Tubbs schüttelte die Kanne und goß sich einen halben Becher ein. Das Getränk war jetzt lauwarm.
Die ausgebrannten Typen, die im Mülleimerfeuer herumstocherten, belaberten einander, unzusammenhängendes Zeug, von Angel Dust in Stimmung gebracht. Vielleicht hatten sie auch nur ein paar Schluck Vergaserreiniger ge-

nommen. Wer konnte schon wissen, was in der Tüte war, aus der sie sich bedienten. Billiger Portwein, mit Aftershave gemixt? Ein Schuß Holzalkohol mit Flugzeugleim-Verdünner?
Er trank den Plastikbecher aus und richtete sein Augenmerk wieder auf den stahlgrauen, repräsentativ aussehenden Mercedes, der anderthalb Blocks weiter unten auf der anderen Straßenseite stand – der Traum eines jeden Autodiebs. Tubbs war sicher, daß ihn der Fahrer des anderen Wagens nicht sehen konnte; er hatte schon früher bei Beschattungen mit Rafael zusammengearbeitet und wußte, wie man außer Sicht blieb. Zwanzig Meter weiter sah der Chrom an seinem Chrysler nur noch wie Schnee aus, und außerdem war das Feuer der Junkies zwischen ihnen. Der Mercedes stieß in regelmäßigen Abständen Wolken von Abgas aus, die in die frostige Luft stiegen. Der Fahrer hatte seine Heizung eingeschaltet. Tubbs stampfte mit den Füßen gegen die Wagenwand. Sein Hintern begann ihm einzuschlafen. Er bildete sich ein, Musik zu hören.
Moment mal – er hörte tatsächlich Musik. Er erkannte den Refrain aus »Miss You« von den Stones. Jagger ließ sich darüber aus, wie es ist, ganz allein zu schlafen. Das war wirklich ein Witz.
Die Musik war hinter ihm. Im Rückspiegel sah er eine Bewegung. Zwei – nein, drei Macker, die im Dunkel herumstrolchten. Militärjacken, verbeulte Mützen, schwere Armeestiefel für harte Tritte. Der Spiegel fing das Glitzern eines koffergroßen Kassettenrecorderradios ein, aus dem die Musik kam. Tubbs drehte sich nicht um.
Die Musik wurde lauter und kam der Fahrerseite näher. Im nächsten Augenblick klopfte eine Hand in abgeschnittenen Handschuhen so hart mit dem Knöchel gegen die Scheibe, daß kleine Wasserbäche herunterliefen.

»Hallo, Bruder!«
Noch ein bißchen lauter, du Mistkerl, dachte Tubbs, und der im Mercedes wird aufmerksam! Die Typen waren auf Streit aus. Hier draußen auf der Straßen waren sie die Herren, und er mußte mit ihnen fertigwerden.
Eine Faust schlug gegen die Scheibe: »He, Mann!« Tubbs drehte die Scheibe herunter und starrte sie an wie jemand, der gerade eine tote Fliege auf seinem Wurstbrot gefunden hat.
Der vorderste Bursche zeigte ein übles Grinsen und legte seine Hände auf den Fensterrahmen. Alle drei waren Latinos. Der mit der Stereoanlage hielt am meisten Abstand, die Beine aggressiv gespreizt. Der bescheuerte Kerl hat zu viele Rock-Videos gesehen, dachte Tubbs. Der zweite hatte die Hände in der Tasche. Er war wohl der, der aufpassen mußte, während der erste das Reden besorgte. Tubbs kannte die Nummer. Während er mit der Linken das Fenster herunterkurbelte, schob seine Rechte die Thermosflasche beiseite und glitt unter eine Strickdecke, die die andere Hälfte des Vordersitzes bedeckte.
»Hast du nicht 'n paar Zwanziger für mich, Bruder?«
»Ich bin nicht dein verdammter Bruder«, sagte Tubbs, leise und ohne besonderen Nachdruck.
»Was du nicht sagst!« Der erste Strolch nickte mit dem Kopf, und sein Kumpan beugte sich vor und spuckte gegen die Windschutzscheibe. Die schlierige Spucke glitt langsam nach unten. »Also, wie ich schon gesagt habe, wir brauchen die Zwanziger für die Wagenwäsche, Mann!«
Bei dem Mercedes hatte sich nichts gerührt. Aber Tubbs konnte es sich nicht erlauben, hier herumzuspielen. Er sah dem Anführer direkt ins Gesicht: »Verschwindet!«
Die drei brachen in das übertriebene Gelächter von absoluten Macho-Jünglingen aus. »Dieser Kerl hier denkt,

er ist Michael Jackson oder so was ähnliches. Ha – ha – ha!«
Dann war der Schläger an der Reihe, der unter seinem Mantel hervor ein Armee-Bajonett aufblitzen ließ. Die Klinge war tiefschwarz, mindestens 30 cm lang.
Tubbs war darauf vorbereitet und riß die abgesägten Läufe der 12er Flinte hoch, die er sich bereitgelegt hatte. Das Entsichern erzeugte das Geräusch zersplitternder Zähne, und der Bursche mit dem Messer wurde plötzlich trotz der Kälte käsebleich. Die Doppelläufe waren nicht mehr als zehn Zentimeter von der Magengrube des Großmauls entfernt.
»Hat es noch etwas Zeit, *Bruder*?« fragte Tubbs. »Ich bin gerade beschäftigt.« Das Bürschchen hatte jetzt beide Arme mit geöffneten Händen nach oben gestreckt, um zu zeigen, daß er unbewaffnet war. Das Messer verschwand. Alle drei wichen mit eingefrorenem, leichenhaftem Grinsen zurück. »Oh, ganz bestimmt!«
Die Stones-Kassette lief quietschend aus.
»Nice rappin' with you, my man . . .«
Dann waren sie fort, in der Nacht verschwunden, nahmen sorgsam den gleichen Weg zurück, den sie hergekommen waren. Ja nicht zu schnell, denn sie mußten das Gesicht wahren.
Einen Moment lang fragte sich Tubbs, ob der Bursche im Mercedes ihn wohl bemerkt hatte. Offenbar nicht. Er gestattete sich einen kurzen Anfall von Verfolgungswahn: Konnte es sein, daß die Junkies am Feuer Calderones Wachhunde waren? Einer von ihnen schwankte, fiel auf einen Matschhaufen, blieb liegen. Sein Kumpel ging zu ihm, nahm die Flasche in der braunen Tüte und kehrte zum Feuer zurück.
Diese Burschen waren keine Aufpasser. Wenn, dann hätte Calderone sie ganz sicher an den Straßenecken postiert. Es

wären eher Typen wie die Latino-Punks gewesen, nur daß sie Ernst gemacht hätten.

Das dunkle Gebäude spuckte eine kleine Gruppe von Leuten aus. Kostspielige Mäntel. Ein mittelgroßer Luxus-Aktenkoffer, getragen von einem hochbezahlten südamerikanischen Killer. Ein weiterer ebenso häßlicher Gorilla in teurer Kleidung, bloß um zu beeindrucken. Und in der Mitte Francisco Calderone. Lockige, silber-schwarze Haare, von einem spitzen Haaransatz aus zurückgekämmt, der von zwei kahlen Stellen eingerahmt wurde. Seine Augen waren dunkel wie schwarzer Kaffee und ausdruckslos, ihr Glanz wie mexikanisches Silber, irgendwie künstlich. Wie viele kleine Männer hatte Calderone das, was ihm an Körpergröße fehlte, kompensiert, indem er in anderer Hinsicht groß zu werden versuchte. Der Koffer war voll mit Bargeld oder mit Drogen oder mit beidem. Calderone war ein großer Mann im Drogenhandel, hatte Rafael seinem Bruder einmal erzählt.

Das war wohl die Untertreibung des Jahrhunderts gewesen. Calderone, der abstoßende kleine Mann mit dem pockennarbigen Gesicht: Sein Name stand für den Großteil des Drogenhandels an der Ostküste, New York inbegriffen. Die ganze Gegend wimmelte von Leuten, die darauf brannten, großes Geld auszuspucken im Austausch für weißes Pulver, das sie sich in die Nase stopften oder in die Venen pumpten. Eine dumme Art, »in« zu sein, dachte Tubbs.

Der Killer ohne Koffer spielte den Chauffeur und half Calderone auf den rechten Rücksitz des Wagens – mit einer Hand. Die andere Hand hatte er in die Manteltasche gesteckt, wahrscheinlich eine Magnum fest im Griff. Oder, noch wahrscheinlicher, hatte er sie durchs Mantelfutter gesteckt und hielt damit den Griff einer Uzi-Maschinenpistole.

Erinnerungen überfluteten ihn.

Der Deal lief wie geschmiert. Rafael und sein Partner, ein weißer Bursche namens Jake Bartamas, spielten die Käufer. Am Ufer von Brooklyn hatten sie alles in Szene gesetzt, um Calderone endgültig auffliegen zu lassen. Rafael trug Gianni-Versace-Klamotten und sah super aus, ein Dealer von Format. Dazu ein paar Kolumbianer, einer mit Luxus-Aktenkoffer.

Rafael zeigte das Geld vor, eine Kalbslederbrieftasche voll mit gebündelten Fünfzigern, fünfzig in einem Bündel. Rafael hatte Calderone seit Monaten beschattet.

Tubbs beobachtete die Szene aus 20 Metern Entfernung. Er und zwei Mann Unterstützung waren hinter Holzkisten mit einer Ladung südamerikanischen Haschischs verborgen. Er konnte Calderone auf dem Rücksitz einer Flughafen-Limousine sitzen sehen. Das Fenster auf seiner Seite war geöffnet, er überwachte den Deal. Tubbs sah, wie er bedeutungsvoll nickte. Die Kolumbianer öffneten den Koffer. Wenn Rafael und Jake die verborgenen Schätze gesehen hatten, würden sie alle verhaften, und Tubbs und seine Leute und eine weitere Gruppe mit Unterstützung würden dazustoßen und aufräumen.

Dann geschah es. Die Kolumbianer zogen entsicherte Uzis hervor. Tubbs stieß einen Warnruf aus, doch der wurde im ohrenbetäubenden Knattern der automatischen Waffen ausgelöscht. Rafael bekam eine volle Ladung in die Brust, sein neuer Anzug war ruiniert. Einzelteile von Jake Bartamas landeten im Atlantischen Ozean. Rafael brach im Strom seines eigenen Blutes zusammen und rührte sich nicht mehr.

Tubbs war aus seinem Versteck herausgerannt. Die Kolumbianer sprangen in ihre Limousine, als die Kugeln gegen den gepanzerten Wagen prasselten. Die Limousine verschwand in der Nacht.

Tubbs warf sich über den leblosen Körper seines Bruders. Er nahm seinen Kopf zwischen die Hände, die sofort feucht und klebrig wurden. Rafaels Blick begegnete dem seinen: »Sieht aus, als ob ich die Sache vermasselt hätte!« schien er ausdrücken zu wollen, ohne jedes Selbstmitleid.
Rafael versuchte Tubbs Hände zu umklammern, aber sein Körper gehorchte ihm nicht mehr. Seine Hand zuckte wie ein vom Speer getroffener Fisch und lag dann still. Rafaels Augen wurden glasig. Er stieß einen letzten Atemzug aus und war tot. Tubbs blieb bei ihm, wiegte sanft den Kopf seines toten Bruders, bis die überflüssig gewordenen Krankenwagen kreischend heranrasten.
Calderone hatte mit dem Kopf genickt – und Rafael war nur noch ein Stück Vergangenheit. So war das Leben.
Der Mercedes versuchte eine scharfe Kurve, schaffte es aber wegen des Eises am Straßenrand nicht ganz, setzte zurück, fuhr los. Tubbs schaute einen Moment lang den Rücklichtern nach, bevor er seinen eigenen Wagen startete.
In dem Augenblick, als sein Wagen den Platz am Bordstein verlassen hatte, stürzte eine mindestens 40 Pfund schwere Mülltonne auf die Stelle, wo er eben noch gestanden hatte, die Ghetto-Version einer Interkontinentalrakete. Beim Aufprall platzte sie und verstreute Abfall über die Straße. Tubbs schaute zurück und sah, daß die Latino-Punks ihm vom Dach des Nachbarhauses aus mit hochgerecktem Finger einen obszönen Gruß nachschickten.
»Y tu, vatos!« dachte er und fuhr davon.
Calderones Fahrzeug nahm die Atlantic Avenue und fuhr in Richtung der Brücke an der 59. Straße. Tubbs folgte ihm auf die andere Seite und hielt zwei Blocks Abstand, als sie in die Bronx kamen.
Noch mehr verslumte Wohnblocks. Es schien immer so

weiterzugehen, feucht und grau und unbarmherzig. Das war die von Schlaflosigkeit erschöpfte, von Drogen betäubte, aller Hoffnungen beraubte, die üble Kehrseite der Stadt New York. Tubbs war selbst geborener New Yorker. Er liebte diesen aufgeblähten lärmenden Müllhaufen voll mit Menschen, die der letzte Dreck waren, diesen Boxring, in dem jeder zu Boden ging. Man erwartete dieses Gefühl von jedem Sohn der Stadt. Vielleicht war dieser Stadt jeder Sinn für Proportion verlorengegangen, aber hier gab es einfach alles – da konnte keine noch so nette Provinzstadt mithalten. Das Problem war nur, daß in einer solchen Riesenstadt auch Abschaum wie Calderone blühte und gedieh, Schmarotzer, die sich vom Blut der Stadt ernährten.

Für sein frühmorgendliches Eß- und Trinkvergnügen hatte sich Calderone ein Etablissement namens »Hugo Tommy's« ausgesucht, das mitten in der übelsten Gegend lag. Es war ein klotziges Warenhaus aus dem vergangenen Jahrhundert, das in einen Spät-Club verwandelt worden war. Tubbs wußte, daß die Tür buchstäblich bombensicher war. Ein Angestellter, der die Wagen der vorfahrenden Gäste auf den Parkplatz fuhr, fror sich den Hintern ab und hüpfte im blauen Flutlicht vor dem Eingangsbaldachin von einem Fuß auf den anderen. Calderones Limousine hielt hinter einem unanständig teuer aussehenden langgezogenen Corsair-Schlitten – dreihundert große Scheine auf Rädern, komplett mit Mahagoni-Ausstattung. Der Corsair rollte vor den Eingang und spuckte eine Horde reicher Iraner aus, die genauso aussahen, wie man sie sich immer vorstellte, Gucci-Schuhe für mindestens zwei Riesen an den Füßen und in einer Aufmachung, die gegen alle Grundregeln des guten Geschmacks verstieß. Typische Söhne eines reichen Scheichs, dachte Tubbs. Arme

kleine reiche Jungs auf der Suche nach den Slum-Abenteuern.
Ihr Wagen rollte davon, und der von Calderone fuhr vor. Calderone sprang heraus, beweglich wie ein kubanischer Tänzer, und betrat den Club, flankiert von seinen Gorillas. Tubbs stellte den Motor ab und versteckte seine abgesägte Kanone unter dem Vordersitz, die Decke stopfte er hinterher. Aus dem Handschuhfach holte er eine Polizeiwaffe, eine 357er Magnum, mit Wadcutters geladen, und steckte sie in das Schnellfeuerholster, das er schon trug.
Ohne weitere Umstände bewegte er sich in Richtung der Bunkertür und nickte dem Türsteher zu, der mit den Augen rollte und wegschaute. Die Tür schwang nach innen auf, und eine Schockwelle lautdröhnender Synthesizer-Musik durchfuhr ihn. Die Inneneinrichtung glitzerte wie ein Juwelierladen, alles blitzend und blinkend, und dazu hochgepowerte, schädelsprengende Synthesizer-Musik, die seine Knochen zum Vibrieren brachte. Ungläubig identifizierte Tubbs die Musik als Rock-Mutation von Rod Stewarts »Do Ya Think I'm Sexy«.
Er spazierte in die Menge und ließ sich mittreiben, hielt sich dann an der Bar fest, die die ganze Länge der einen Wand einnahm. Die Farben waren vom glitzernden Neon eines Mandrax-Rausches. Die Gerüche stammten von sündteuerem Parfüm und dem erdigen Schweiß des Paarungstanzes.
Die Bar schien aus einem kilometerlangen Stück soliden italienischen Marmors gemacht. Im ganzen Raum wurden nackte Haut und Hundert-Dollar-Noten mit kalkulierter Nonchalance zur Schau getragen. Krösusse mit smarten Designer-Jeans flatterten erschöpft umher und versuchten, sich ein gelangweilt aussehendes Mäuschen an Land zu ziehen, bevor die Sonne aufging. Verkokste Dämchen der

Gesellschaft nahmen Maß bei den flotten Hechten, die um sie herumschwammen, und wählten ihre Beute aus. Supercoole Herren mit Handtäschchen prosteten Huren zu, die vier Jobs pro Nacht machten. Galgenvögel in schwarzem Leder rauchten Gauloises und schielten umher, auf der Suche nach einem Kick. Fanden sie keinen, so nahmen sie alles, was sich anbot. Aufstrebende Drogenschieber betonten ihren Mangel an Stil, indem sie Budweiser aus der Flasche schlürften. Tubbs schaute über die Schulter und bestellte »Martell« beim nächsten Barkeeper. Als Antwort klirrte ein Cognacschwenker auf dem Marmor. Tubbs roch daran, bevor er einen Schluck nahm.

Während er das Glas vors Gesicht hielt, erspähte er Calderones Tisch, von dem sich gerade ein Kellner entfernte. Tubbs folgte der weißen Jacke mit dem Blick, bis der Kellner sich durch die Menge bis an die Bar gedrängt hatte, wo er ein Tablett mit sechs Sektflöten, einer »Christal-Magnum« und einigen Mixgetränken voller Eis belud. Tubbs lenkte die Aufmerksamkeit des Burschen auf sich, als er auf seinem Weg zurück an ihm vorbeikam.

Tubbs beugte sich nahe zu ihm, und sein Flüstern war sogar gegen den Lärm der Menge und die dröhnende Musik zu verstehen. Der Kellner nickte und steckte den 100-Dollar-Schein in die Tasche, den Tubbs ihm in die Hand drückte. Eine Frau mit nabeltiefem Dekolleté und rosablondem Haar brüllte Tubbs etwas ins Ohr.

»Was?« schrie Tubbs zurück.

Einladend hielt sie ein winziges Silberröhrchen hoch.

»Ich muß mir die Nase pudern«, sagte sie augenzwinkernd, sie war so high, daß es für die ganze Nacht reichte. »Auf meinem Rücksitz ist Platz für zwei! Kommst du mit?«

Der Kellner zog seine Show ab. Nachdem er die Magnum und die Sektflöten auf Calderones Tisch gestellt hatte, machte er eine falsche Bewegung und schüttete die Mix-Getränke dem Drogenkönig in den Schoß. Völliges Desaster. Calderone sprang mit einer Flut spanischer Schimpfworte auf, die gegen den Kellner gerichtet waren, der sich verbeugte und katzbuckelte und früh genug vom Boden aufsah, um eine Ohrfeige zu bekommen. Der kleine Kolumbianer schäumte vor Wut über diesen grauenhaften gesellschaftlichen Lapsus. Und das alles auch noch vor Gästen – in diesem Fall zwei mittelalterliche Unternehmer von fragwürdiger Seriosität und ein Trio nicht mehr taufrischer, von Stoff benebelter, in Seide eingepackter Aerobic-Schönheiten.

Als der Kellner einen Packen Papierservietten ergriff und versuchte, Calderones Seidenanzug abzutupfen, rasten die beiden Bodyguards, die ein paar Schritte rechts und links neben der auserwählten Nische standen, ihrem Herrn mit der Geschwindigkeit und Wildheit von Dobermännern zu Hilfe. Tubbs grinste in sich hinein. Allein dieses hektische Durcheinander zu sehen war die 100 Dollar wert. Die Gorillas schnappten sich den Kellner und schoben ihn beiseite. Er glättete sich die Rockaufschläge, zog an seinen Manschetten und glitt zurück an die Bar, nachdem er sein Extra-Trinkgeld voll und ganz verdient hatte.

Mehr aufgeregtes Geschnatter. Wie Tubbs gehofft hatte, bot sich jeder an, Calderone zu helfen. Mit übertriebener Handbewegung wischte er sie beiseite. »Nein, nein, wirklich, es ist alles in Ordnung, es ist okay. Ich muß nur mal in den Waschraum gehen, sonst nichts!« Er verließ die Gruppe. Die Leibwächter sahen zu, daß die Nische wieder in Ordnung kam. Die übergewichtigen Nullen aus der Provinz setzten sich wieder und fuhren fort, die Girls zu betatschen. Calderone schlängelte sich durch die Menge in Richtung auf den neonbeleuchteten Ausgang, der in zwei

Sprachen mit »Toiletten – Telefon – Notausgang« gekennzeichnet war.
»Spinne ich, oder hörst du mir überhaupt nicht zu?« fragte die Rosa-Blonde mit den spitzen Brüsten. Sie zwinkerte gespielt unschuldig und zeigte ihr Zahnfleisch.
»Du bist wunderbar, Schätzchen«, versicherte Tubbs, »aber ich muß einen Mann treffen, wegen einer Giraffe.« Er tätschelte ihre Wange und schob sich ins Gedränge.
Calderones Leibwächter waren ihm nicht zur Toilette gefolgt.
Tubbs verschwand schnell im Gang. Zu prüfen, ob seine Waffe geladen war, war idiotisch: er wußte, daß sie geladen war, und er wußte auch, was diese Ladung bewirkte. Wadcutters schlagen bei einem Treffer mit der stumpfen Spitze ein und nehmen 'ne Menge Fleisch mit.
Zwölf Schritte bis zur Herrentoilette. Tubbs wartete ab, während zwei voluminöse Wonneböllchen Arm in Arm in seine Richtung rollten.
»Oh, ein kleines Schokoladenhäschen!« sagte die mit der ausgebleichten Punk-Aufmachung. »Komm mit uns, du bist niedlich, Schätzchen.«
»Und was ist mit Ramon?« fragte ihre Freundin, deren Augen unter Schichten von Kleopatra-Make-up sichtbar waren.
»Zum Teufel mit Ramon«, sagte die erste und verschlang Tubbs mit den Augen.
Hinter Tubbs sagte eine Stimme: »Ihr beide, flattert los, und zwar ganz fix.« Er war zu dicht hinter Tubbs, um bloß ein zufälliger Passant zu sein.
Tubbs zog blitzschnell seinen Revolver und duckte sich, während ein gewaltiger Schwinger die Luft zerschnitt, wo eben noch sein Kopf gewesen war. Er machte mit der 357er eine Bewegung, als wolle er etwas mit einem Messer zer-

schlitzen, und schlug damit die Nase des Störenfrieds zu Brei.
Blut spritzte aus beiden Nasenlöchern nach vorn und formte auf seinem Gesicht den Buchstaben A, mit dem Mund als Querstrich. Seine Augen hatten eine Sekunde Zeit, Erstaunen zu zeigen, bevor sie ins Traumland schauten. Wie Tubbs vorher gesehen hatte, war er einer von Calderones Gorillas.
Was er nicht vorhergesehen hatte, war der zweite, der durch die Tür stürzte und auf ihn losging wie ein Stier. Die beiden Punk-Dämchen kreischten. Der Gorilla benutzte seinen Kopf als Rammbock und stürzte sich auf Tubbs. Der landete auf seinem Hintern und rutschte rückwärts, während ihm der Atem wie abgeschnitten war. Seinen Revolver hatte er fallen lassen. Der Gorilla war immer noch damit beschäftigt, seine eigene Pistole hervorzuzerren. Die Dämchen kreischten weiter.
Tubbs erhob sich vom Boden und trat den Gorilla hart gegen das Handgelenk, so daß er herumschleuderte und dabei die Pistole in hohem Bogen davonflog. Eine Riesenfaust zielte nach seinem Gesicht und er duckte sich. Der Gorilla schwankte vorbei. Tubbs landete zwei harte Treffer in seinen Nieren. Der Gorilla grunzte und wandte sich erneut zum Angriff um.
Calderone schaute dem Kampf von der Tür der Herrentoilette aus zu. Tubbs wurde klar, daß seine Zeit ablief.
Er schlug dem Gorilla mit der flachen Hand ins Gesicht, sprang ihn an und umklammerte seinen Kopf mit den Armen, drückte ihn auf den Boden und trat ihn so lange, bis er Blut spuckte. Tubbs war auf den Straßen von New York aufgewachsen und hatte dabei allerlei pfiffige Kampftricks gelernt. Schließlich warf er den Gorilla auf seinen leblosen Kollegen. Calderone hatte sich längst durch den Notaus-

gang davongemacht. Zischend schloß sich die Hydraulik der Tür und Tubbs warf sich dazwischen, bevor sie ganz zugehen konnte.

Die Tür schlug zurück und knallte klirrend gegen die Hauswand. Von Calderone keine Spur.

Tubbs hatte seine Waffe vergessen. Verdammt! Er wirbelte um die eigene Achse. Nirgendwo auch nur die kleinste Bewegung. Mit der Schnelligkeit einer Küchenschabe hatte sich Calderone seiner Umgebung angepaßt. Tubbs dachte: Ich Idiot! Starrsinnig einen Mann zu jagen, der wahrscheinlich bewaffnet ist, wenn man selbst seine Waffe verloren hat!

Tubbs tat es trotzdem. Er rannte die Gasse entlang, wobei seine Lederschuhe Matschfontänen in die Höhe spritzen ließen. Zu seiner Linken hörte er ein Geräusch und erstarrte, in der sicheren Erwartung, gleich eine Kugel in den Bauch zu bekommen.

Ein ausgemergelter Hund mit hervorstehenden Rippen war gerade dabei, sich über den Abfall aus einer umgekippten Mülltonne herzumachen. Der Hund warf Tubbs einen Blick zu, knurrte und kehrte dann zu seinem späten Abendessen zurück.

Tubbs ließ die Schultern sinken. Sein hechelnder Atem ließ dünne weiße Spiralen in der frostigen Luft aufsteigen. Sein Magen zog sich schmerzhaft zusammen von dem Schlag, den Calderones Gorilla auf seinem Bauch gelandet hatte. Calderone war nirgends zu sehen. Er war wieder entkommen, wie ein Geist.

2.

Der Deal läuft wie geschmiert, dachte Crockett, *aber das mußte er verdammt noch mal auch.* Einem aus den 60ern übriggebliebenen LSD-Freak wie Corky Fowler hinterherzuhecheln, auch nur für vier Tage, war schon eine harte Prüfung. Crockett war daran gewöhnt, für seine Abteilung unter Tarnung zu arbeiten. Er hatte Wochen, ja Monate damit verbracht, seine Rollen zu spielen – als Kokainkäufer, als Schmuggler, als bezahlter Motorrad-Killer, als Pornohändler –, und er hatte seine Rollen mit einer Intensität gespielt, die in der Abteilung nicht ihresgleichen hatte. Seine Tarnung war perfekt, und seine Personalakte war mit Auszeichnungen gespickt, während sein Privatleben einem ausgebombten Minenfeld glich. Er trug eine Leinenjacke von Basile – sie stammte aus dem Fundus mit beschlagnahmten Luxuswaren und war ihm überlassen worden, um sein Image als solider Pusher/Schmuggler/Drogenhändler abzurunden –, darunter einen grünen Pullover von der Universität Atlanta mit der Nummer 88, der jetzt feucht unter den Achselhöhlen war.

Irgend etwas in bezug auf Corky Fowler verunsicherte Crockett, er wollte sich nicht auf den Burschen verlassen müssen, aber er hatte schließlich vier Tage lang einen beachtlichen Deal vorbereitet, der vielleicht zu dem Kolumbianer führte.

Der Kolumbianer, das war in den vergangenen Monaten Crocketts Dr. Moriarity, sein ganz persönlicher Feind, geworden.

Selbst Eddie Riviera machte sich schon über ihn lustig, wenn Crockett von »dem Kolumbianer« anfing. Teufel auch, grübelte er, sie dachten vermutlich, er wäre reif für ein Sanatorium. Aber vielleicht würde Crockett es ja heute auf dem Weg über Corky schaffen, den Mistkerl handlich verschnürt und als Geschenk verpackt auf dem Revier abzuliefern. Lieutenant Rodriguez würde vor Staunen umfallen. Crockett wurde in die Wirklichkeit zurückkatapultiert von dem höllischen Lärm, den der schwarze Kerl mit den Gummiknochen veranstaltete, der an der nächsten Ecke seine Glieder beim Breakdance verrenkte. Irgend etwas Gräßliches schallte aus den Mammut-Lautsprechern am Radio des Jungen, eine blitzende Kassettenrecorder-Kombination, die mindestens so groß war wie Crocketts Schreibtisch im Revier. Es klang wie verzerrter »Prince«. Der Junge war ein Wunder an Gelenkigkeit, aber Crockett ärgerte sich. Nur in Amerika, dachte er, konnte so etwas Hirnverbranntes wie »Breakdance« ein Riesenerfolg werden.

Riviera kam aus dem Café und mampfte an einem Stück Hefegebäck. »Du bist sicher, daß du kein Aspirin willst oder so was?« fragte er vorsichtig. »Ich meine, für deine . . . deine Probleme – mit dem Kopf, meine ich?« Toller Witz!

»Es gibt bestimmt fünftausend Straßenecken in ganz Miami, und das Gummimännchen da muß sich ausgerechnet unsere aussuchen.« Er stöhnte gequält auf, als das Gefunkle von mindestens drei Pfund Goldschmuck, die Riviera trug, ihn ins Auge stach. Der wunderbare Sonnenschein von Florida wirkte wie eine Art Organensaft für das Hirn. Crockett haßte Orangensaft.

Er atmete tief ein, rieb sich die schmerzenden Augen und bedeckte sie dann wieder mit der dunklen Vuarnet-Sonnenbrille. »Also jedenfalls«, sagte er und führte das Gespräch fort, das Eddie unterbrochen hatte, um sich einen Happen zum Essen zu kaufen, »du bist wütend geworden. Hast die Beherrschung verloren, hab' ich recht? Du hast die Zähne gezeigt und die heißblütige südamerikanische Macho-Nummer vorgeführt und bist dann aus dem Haus gestürmt, nicht?« Um Eddie aufzubringen, betonte er ausdrücklich die spanische Aussprache.

Sein Partner schluckte den Köder nicht. »Ja, ja, so in der Art. Jetzt tut es mir leid. Es war wie eine Szene aus einer Soap-opera, weißt du – all die Sachen, von denen du nie gedacht hättest, daß sie dir über die Lippen kommen könnten.«

»Du meinst so in der Art von ›Ich will nicht, daß die Mutter meiner Kinder in einer schmierigen Imbißbude arbeitet‹?«

Eddie seufzte: »In fünf Monaten ist es soweit, Mann!«

»Maria weiß, wie hart es ist, mit dem, was wir verdienen, eine Familie zu ernähren, Junge!« brummte er. »Also, allein ein Kinderwagen verschlingt alles, was du in einer Woche nach Hause bringst!«

Eddie verschränkte die Arme. »Meine Frau muß nicht für den Lebensunterhalt arbeiten!«

»Leg 'ne andere Platte auf, Eddie!«

»Ja, ist schon gut. Ziemlich bescheuert, was?« Unter all seinen Halskettchen bewegte er unbehaglich die Schultern: Er war es nicht gewöhnt, den Mister Schmutzig-Neureich-Einkäufer von der Westküste zu spielen. Eddie lag mehr der Teil der Arbeit, bei dem mit offenen Karten gespielt wurde.

»Ich komme mir vor wie dieser bescheuerte schwarze Blödmann im Fernsehen, du weißt schon, der mit der Punker-Frisur und dem vielen Gold!«

Crockett hörte nicht zu. Er starrte mit Abscheu auf den jungen Breaktänzer. »He, Sportsfreund, willst du nicht ein paar Phon runterdrehen?«

Einer der Compadres des Künstlers warf ihm einen giftigen

Blick zu, beugte sich vor und drehte die Musikmaschine noch lauter. Die Umstehenden, meistens Kunden von Grove, machten vor Schreck einen Satz, die Münzen, die sie warfen, verfehlten den Hut. Crockett jaulte auf.
Als er sich umdrehte, hatte Eddie seine Taschenpackung Aspirin in der Hand. Crockett schüttete drei von den Tabletten auf seine Handfläche und nahm sie trocken ein, er zerkaute sie, bevor er sie schluckte. »Das muß helfen!« sagte er. »Verdammt noch mal!«
»Wo zum Teufel bleibt Corky?«
»Der kommt schon. Ich war bis um vier Uhr auf und hab mit dem miesen Junkie eine Runde nach der anderen getrunken, um den Handel abzuschließen. Er soll ja hier auftauchen, sonst laß ich ihn von Elvis verschlingen.«
»Zuerst Corky und dann der Kolumbianer!«
»Für deinen Scharfsinn kriegst du ein Plätzchen!«
»Wie wär's statt dessen mit einem 10-Cent-Stück?«
Crockett verstand sofort. »Du willst Maria anrufen?«
»Ja!« Eddie lächelte ein wenig dümmlich. »Ich will ihr sagen, wie sehr ich es zu schätzen weiß, daß sie sich abrackert, um mitzuverdienen. Vielleicht geh' ich heut abend mit ihr zum Abendessen zu Antonio's. Ein bißchen tanzen. Will die Geschichte von heute morgen wiedergutmachen!«
Crockett kramte nach Kleingeld. »Jetzt redest du wieder vernünftig, du Held.« Wenn er wenigstens so viel für Caroline getan hätte, wenn er so viel Rücksicht genommen hätte, dann würde sie jetzt vielleicht auch nicht die Scheidung einreichen, dachte er voller Reue.
Eddie hatte sich gerade umgedreht, um telefonieren zu gehen, als Crockett Corkys absolut überwältigendes, absolut geschmackloses, giftgelbes 450er SL Kabriolett erblickte. Er hielt Eddie am Arm fest. »Die Show beginnt, mein Junge. Du mußt sie später anrufen!«

Corkys Reifen wirbelten eine graue Staubwolke auf, als er die Zuschauer des Breakdancers auseinandersprengte. Er trug eine verspiegelte Pilotenbrille und hatte nur Augen für Crockett, während er an den Bordstein fuhr. »Was ist los, Mann?«

»Behalt das Telefongeld, Mann«, zischte Crockett Eddie zu. »Ich will dich mit dem Wunderknaben bekannt machen!«

Eddie blieb dicht hinter ihm, als sie zu dem Mercedes gingen. »Woher bin ich gerade gekommen?«

»Malibu!« brüllte Corky, während der Fahrwind schneidend durch das Auto fuhr und sich mit dem Verkehrslärm und den Hammerschlägen, die in Crocketts Hirnschale dröhnten, mischte. »Das ist einfach überwältigend, Eddie! Ich meine irgendwie das ganze geo-kulturelle Konzept!«

Crockett hockte zusammengekrümmt auf dem Rücksitz. Eddie saß auf dem Beifahrersitz, sein Körper bot teilweise Schutz gegen das überdrehte Radio. Crocketts Kopf dröhnte jetzt wirklich. Corky war einer von diesen ausgeflippten Surfern, die den Besuch in Vietnam zwar knapp verpaßt hatten, sich aber dennoch dafür entschieden hatten, ihr körperliches und seelisches Gleichgewicht mit einer doppelten Ladung LSD zu testen. So ziemlich jeder Funke von Intelligenz in seinem Hirn war schon seit Jahren ausgebrannt. Zurück blieb eine großmäulige Schale, sein Lebensinhalt bestand vor allem in Hawaii-Hemden, Def Leppard und naiv geziertem Gequatsche.

»Was?« schrie Eddie zurück.

»Ich meine, verstehst du – da ist so ein bettelarmer Bohnenfresser hoch oben in den Anden, der sich die Zähne mit Peyote oder sowas putzt, der rupft 'ne halbe Tonne Cola-Blätter ab, bringt sie mit dem Maulesel nach Lima. Von

Lima geht's nach Bogota, von Bogota nach Miami zu dir, zu mir oder Eddie, und von da aus nach Hollywood, ins Märchenland, zur Supershow, zu den Stars! Also bitte! Das Geschäft, in dem wir arbeiten, ist so . . . global, verstehst du!«

Eddie warf einen Blick nach hinten auf Crockett. Dieser Monolog hatte sie beide erschöpft. Corky nahm dauernd die Hände vom Steuer, um damit zu gestikulieren.

Crocketts Blick fiel auf einen Wegweiser. Er beugte sich weit zwischen die Vordersitze vor, um verstanden zu werden. »He, du Schlaukopf!« schrie er Eddie zu. »Du hast wohl vergessen, wo das Meer ist? Mein Boot liegt im Atlantik!«

Im Radio war gerade eine Pause zwischen zwei Songs, und was Corky sagte, war klar und deutlich zu verstehen. »Wir brauchen dein Schnellboot nicht, Kumpel. Wir haben 'ne andere Ware, und sie ist auch schon da!«

Crockett und Eddie waren Profis und ließen sich den Schock über diese Neuigkeit nicht anmerken. Crockett hatte es sich zur Regel gemacht, hellwach zu werden, wenn es irgendwelche Veränderungen gab, denn das brachte sie immer in die Defensive. »Das ist aber nicht nach Plan, Corky! Eddie hier gibt Leuchtzeichen, wir fahren mit dem Boot raus und übernehmen den Stoff vom Kolumbianer!«

Corky kräuselte die Lippen. »Von was für einem Kolumbianer redest du, Mann? Das ist doch ein alter Hut! Ich hab' einen brandneuen Lieferanten!« Er warf Eddie einen verschwörerischen Blick zu. »Neu und noch besser, direkt aus der Fabrik zu euch, der verehrten Kundschaft!«

»Das ist nicht nach der Abmachung!« Jetzt, wo Corky den Kolumbianer aus dem Deal gedrängt hatte, war Crockett auf Hundertachtzig.

Für Corky war das alles kein Grund zur Aufregung. »Unternehmerfreiheit, Kumpel, die Grundlage der westlichen Demokratie, das, was Amerika frei gemacht hat. Was ist das schon für ein Unterschied? Du klingst, als ob du das Geschäft nicht machen wolltest!«

Crockett ließ sich nicht aus der Fassung bringen. »In Ordnung, Cowboy, wenn du das Spiel ändern willst, dann ändere ich die Regeln! Jetzt gibt's 35 fürs Kilo, keine 40. Den einen Teil gibt's sofort, der andere hängt von der chemischen Untersuchung ab, die wir auf meinem Boot machen. Und außerdem übernimmst du Eddies Geschäftsunkosten – die Hotelrechnung und den Flug von L.A. Haben wir uns verstanden?«

Corkys Gesicht wurde blaß, trotz Wind und Sonne. »He, Leute! Ich muß an die Gewinnspanne denken, Burnett, und du ziehst mich hier aus bis aufs Hemd – und das weißt du genau!«

»Das ist freies Unternehmertum, Kumpel!« gab Crockett mit meisterhaft gespieltem Achelzucken zurück. ›Burnett‹ war sein Deckname.

Corky wütete wortlos ein oder zwei Meilen lang vor sich hin, dann gab er auf. Crockett hatte den Verdacht, daß Corky an nichts anderes dachte als daran, wo wohl die nächste Party stattfand. Der Handel würde klappen – aber ohne den Kolumbianer. Ihm ging langsam auf, daß er gerade vier Tage an Corky verschwendet hatte. Für diesen Nachmittag hatte er etwas anderes im Sinn gehabt als einen kleinen Fisch zu fangen. Aber jetzt mußten Eddie und er bis zum Ende mitspielen.

Corky gab zu erkennen, daß er seinen momentanen Ärger überwunden hatte, indem er wieder sein schnelles Geplappere aufnahm, mit dem er sein Herz ausschüttete. »Manchmal fühl ich mich richtig schuldig, Mann, weißt du, irgendwie, ich meine, bei all dem Geld, das wir machen. Man sollte was davon zurückschicken, Mann, ich meine nach Bogota oder Kolumbien oder so! Du solltest Geld schicken, um eine Patenschaft für ein Kind zu übernehmen. Ein paar Cents am Tag, dafür bekommt ein Kind genug Milch für eine ganze Woche. Ich hab' mich oft gefragt, warum das hier bei uns nicht funktioniert. Also, Mann, ich wünschte, so 'n Geschäft könnt ich auch bei mir zu Hause im Supermarkt machen, verstehst du? Ich habe Patenschaften für zwei Kinder da unten übernommen, Mann, für Emilio und Maria. Die schicken mir Briefe. ihre Fotos, einfach alles. Sie sind fast wie richtige Kinder.«

Einen Augenblick lang herrschte, merkwürdig passend, Schweigen, dann drückte Corky auf einen Knopf am Radio, und der 450 SL füllte sich mit den schrillen Klängen einer elektrischen Gitarre, auf der sich jemand mit viel Energie, doch ohne jedes Talent austobte.

»Wirklich toll!« brüllte Corky und drehte die Lautstärke voll auf! »Volle Pulle!«

Crockett und Eddie sanken in ihre Sitze zurück.

Corkys Übergabeort war, wie sich herausstellte, ein abgestellter 1965er Chevy Impala, der unter einer Überführung in der Nähe von Little Havanna geparkt war. Es gab eine ganze Reihe Lagerhäuser, die meisten standen leer. Auf dem Weg zum Wagen rumpelten sie über ein paar Eisenbahnschienen. Es war ein schmutziges gelbes Kabriolett mit einem schwarzen Dach, das tiefe Schlitze hatte. Irgend jemand hatte die rostigen Stellen auf der Tür abgeschmirgelt und sie mit schwarzem Lackspray abgedeckt, so daß der Wagen aussah, als sei er unter schweren Flakbeschuß geraten.

Niemand war da. Sie kletterten aus dem 450 SL, wobei Corky und Eddie die Tür benutzten und Crockett über die

hintere Seitentür sprang. Seine Schulter schmerzte, doch er widerstand dem Bedürfnis, sie zu massieren. Ich muß an meine alten Betriebsunfälle denken, überlegte er.
Corky bequasselte schon wieder Eddie, den Dealer aus Malibu. »Zweiundneunzigprozentig, im Labor getestet, reine peruanische Ware, Edward, mein Junge. Allerfeinste Qualität, verstehst du mich? Nicht das aufgemotzte, verdreckte Mistzeug, das sie an der Küste drücken . . .«
Crockett empfand eine Stinkwut. Corky hochzunehmen würde, selbst ohne Hilfe, ein Kinderspiel sein.
Eddie drehte sich um und gab das verabredete Stichwort, das ihre »Getrennt schlagen, vereint siegen«-Taktik einleitete.
»Hör mal, Burnett, ich hab' meine Waage hinter dem Sitz liegen lassen. Würde es dir was ausmachen . . .?«
»Überhaupt nicht!« Er ging zum Mercedes zurück, während Corky an seinem Schlüsselbund herumfummelte und die Schlüssel für den Chevy heraussuchte. Das gab ihm Gelegenheit, vor dem Kofferraum stehenzubleiben und vor Eddie mit seiner neuen Uhr anzugeben, um ein bißchen persönlichen Kontakt zum Kunden aufzubauen. Er verdrehte sein Handgelenk und wedelte mir seiner goldenen Rolex vor Eddies Nase herum.
»Zwölf Riesen, Edward, in bar. Eigentlich wollte ich ja achtzehn für das ›Präsidenten‹-Modell springen lassen, aber irgendwie sieht das einfach zu sehr nach Dealer aus, verstehst du!«
Eddie nickte und brummte zustimmend, während er den Kofferraum des Chevy beäugte. »Wirklich hübsch!«
Crockett/Burnett holte die Apothekerwaage vom Rücksitz des Mercedes. Als er sich vorbeugte, rutschte seine Sonnenbrille aus der Brusttasche und fiel auf den Zementboden. »Mist«, murmelte er. »Bestimmt sind die Gläser

verkratzt!« Als er sich bückte, um sie aufzuheben, sah er etwas unter dem Chevy. Er mußte durch seine Sonnenbrille blinzeln, um es richtig zu erkennen. Ein flaches Päckchen, wie ein Geburtstagsgeschenk, das an der Rundung des in den 60ern üblichen riesigen Tanks befestigt war.
Eine Sekunde lang war sein Gehirn blockiert, während alle Einzelheiten sich zu einem klaren Bild zusammensetzten.
Immer noch quasselnd, steckte Corky den Schlüssel in das Kofferraumschloß und schloß auf.
»Nein!« schrie Crockett und versuchte vergeblich aus zwanzig Meter Entfernung Eddie wegzureißen.
Das hintere Ende des Chevy ging in einem hochflammenden orangefarbenen Feuerball auf, der Eddie, Corky und Kokain im Wert von hunderttausend Dollar verzehrte. Die Hitzewelle warf Crockett um. Als er seine Augen öffnete, sah er den Kofferraumdeckel zehn Meter hoch in der Luft herumwirbeln. Er brannte. Einer der Chevyreifen rollte brennend am Mercedes vorbei. Es sah aus, als wäre das ganze Fahrzeug von einer kriegstauglichen Napalm-Bombe getroffen und plattgedrückt worden. Weder der Drogenhändler noch Eddie waren irgendwie sichtbar, es gab keine Spuren von ihnen. Die Explosion hatte sie ausgelöscht. Flammen schlugen in den Himmel.
Chrockett saß da, die Beine gespreizt, in seinem Kopf drehte sich alles. Die Waage hielt er noch in der Hand.
Was vom Chevy übriggeblieben war, schickte dicken schwarzen Rauch gen Himmel. Es würde der Polizei den Weg weisen, aber sie würde zu spät kommen.

Switek und Zito erreichten die Stelle, noch bevor die Krankenwagen, die hier völlig überflüssig waren, ankamen. Ernest Switek und Tommy Ray Zito waren das Hamburger-und-Hot-Dog-Gespann unter den nichtuniformierten

Vice-Squad-Leuten. Switek war tapsig wie ein Bär und sah abgerissen aus, er erinnerte an einen Polizisten von der Motorradstreife, der sich mit muskulösem Griff an seinem Bierglas festhält und alles, was er an Cleverness besitzt, hinter einer dichten Bürste von rotbraunem Bart verbirgt. Im Gegensatz dazu war Zito ein Leptosome, knochendürr, mit glasigen Augen, nichts als Haut und Knochen und immer auf dem Sprung. Zwischen seinen Lippen hing gewöhnlich eine Zigarette oder ein Zahnstocher, und seine Fingernägel waren restlos abgebissen – alles Anzeichen dafür, daß Streß die Droge war, an der er hing.

Switek hielt sich in der Nähe seines Partners. An schnelles Zuschlagen und flotte Sprüche gewöhnt, fühlten sie sich beide entschieden unbehaglich, weil Eddie Riviera, einer der ihren, ins Gras gebissen hatte. Sie versteckten sich hinter der Fassade ihrer üblichen Gleichgültigkeit und beobachteten die fieberhafte Aktivität um sich herum, als ginge es sie nichts an.

Schließlich donnerte Lou Rodriguez in einem Dienstwagen ohne Polizeikennzeichen heran und gab Switek und Zito eine Beschäftigung.

Gleichgültig, was auch immer Rodriguez in bezug auf seine Garderobe unternahm, er sah stets aus wie ein ungemachtes Bett. Seine Hosen waren immer eine Spur zu kurz, seine Hemden eine Nummer zu groß, und seine Kleidung schien von permanenter Schlappheit befallen. Mit fünfunddreißig hatte er begonnen, kahl zu werden, und der Kaffee auf dem Revier hatte seine Zähne dauerhaft gelb gefärbt. Wie es für ihn typisch war, gab er zugleich Anweisungen und hörte mit einem Ohr auf die Antworten, während er mit dem anderen weitere Informationen aufnahm. In der Abteilung hatte er einen schon legendären Ruf, in jeder Krisensituation unerschütterlich wie ein Fels

in der Brandung zu sein. Seine grüne Kunststoffjacke hing schlaff an ihm herunter, als wäre sie in ein Dampfbad geraten, und seine Krawatte war auf halbmast. In einem Mundwinkel zerquetschte er einen kalten Zigarrenstummel. Sein Blick richtete sich zuerst auf die Leute von der Sprengstoffabteilung, die immer noch mit Spürhunden das Chevy-Wrack umkreisten, dann auf Switek und Zito.
Zito wies auf den ausgebrannten Blechhaufen. »Sie vermuten, es war V-4-Plastiksprengstoff, Lieutenant. Über einen Auslöser mit dem Kofferraumschloß verbunden!«
»Da sind mindestens sechs Kilo Zauberzeug zusammen mit Eddie in die Luft gegangen«, sagte Switek, gerade als einer der Bombenhunde speichelsprühend mit weit aufgerissenem Maul nieste. Er kicherte, bemerkte Rodriguez' eisigen Blick und erstarrte. »Die Burschen werden für die nächsten drei Wochen angeturnt sein!«
Zito nahm das Stichwort auf, bevor ihn jemand daran hindern konnte: »Ja, sicher, die werden sich die Spätvorstellungen ansehen und die Telefonrechnungen in die Höhe treiben oder so!«
»Ihr Burschen habt wirklich einen kranken Humor«, sagte Rodriguez, ohne die Stimme zu heben. »Wo ist Crockett?«
»Der sitzt im Wagen der Spurensicherung!« Er zeigte mit dem Kopf die Richtung an. »Die Sache mit Eddie hat ihn ganz schön mitgenommen.«
Rodriguez entfernte sich: »Das sollte sie euch auch!« Er ließ sie stehen, während Switek sich auf die Lippen biß und Zito seinen üblichen unbeteiligten Gesichtsausdruck zeigte.
Crockett saß auf dem Beifahrersitz des Fahrzeugs der Spurensicherung, eine Lucky Strike ohne Filter baumelte zwischen seinen Lippen, seine Augen waren in eine unbestimmte Ferne gerichtet. Rodriguez beugte sich durchs

Fenster und zündete die Zigarette für ihn an. Dann kletterte er auf den Fahrersitz, um sich Crocketts Geschichte anzuhören.

Crockett war ein Profi. Mit unbewegter Stimme begann er: »Vor vier Tagen nahm ich Verbindung zu Corky Fowler auf, das ist der Bursche, den sie da pulverisiert haben. Er war Mittelsmann für diesen Puertoricaner namens Leon Spangles. Leon Spangles arbeitet für den Kolumbianer. Ich hab' den Vermittler gespielt, erzählte ihnen, ich hätte einen potenten Käufer aus L.A., das war Eddie.«

Crockett konnte immer noch nicht glauben, was passiert war – wie das, was ihm als Kinderspiel erschienen war, plötzlich sein ganzes Leben erschüttert hatte. Immer wieder hielt er sich die Einzelheiten vor Augen, so als könnte er irgend etwas verändern und beim Erzählen die ganze Geschichte so rekonstruieren, daß Eddie am Leben blieb.

»Sie hatten schon Nachforschungen angestellt, daß ich als Vermittler in Ordnung war mit einem eigenen schnellen Boot im Hafen. Nachdem Eddie das Geld vorgezeigt hatte, sollten Corky und ich den Stoff von einem Fischdampfer aus Panama übernehmen, acht Meilen außerhalb von Bal Harbour.«

Rodriguez' Augen wanderten immer wieder zu dem glimmenden Blechhaufen. »Das hier ist ein ganz schönes Stück weg von Bal Harbour, Sonny!«

»Heute tauchte Corky ohne Leon auf. Sagte, er hätte einen neuen Lieferanten gefunden, was bedeutete, daß er den Kolumbianer fallenließ. Er wollte auf eigene Rechnung ins Geschäft einsteigen!«

Bei der Erwähnung des Kolumbianers ließ Rodriguez ein verächtliches Schnauben hören. »Was macht dich so sicher, daß dieses Phantom, das du seit zwei Monaten jagst,

dieser sogenannte kolumbianische Drogenkönig, hinter dieser Sache steckt?«
Crockett spuckte seine Zigarette aus. »Um Himmels willen, Lou! Corky stand auf der Gehaltsliste des Kolumbianers, und er entschied sich, den Deal auf eigene Faust zu machen! Wer anders zum Teufel sollte es sein? Corky war zu unbedeutend, um sonst jemandem im Weg zu sein!«
Sie saßen zusammen im Wagen, aufgewühlt von dem Geschehen, und eine halbe Minute verging, bevor einer von ihnen sprach. Schließlich stieß Rodriguez hervor: »Du bist immer noch ein Hitzkopf, Sonny!«
»Hör zu, Lou . . .!«
»Nein! Jetzt hörst du mir zu!« Mit einer abrupten Handbewegung schnitt er Crockett das Wort ab. »Das hier ist kein Fußballspiel, Superstar! Eine ganze verdammte Woche lang habe ich kein Wort von dir gehört! Kein Bericht, keine Informationen, nicht ein Fetzen von . . .!«
»Ich hab verdeckt gearbeitet, Lou, um die Sache vorzubereiten, du weißt verteufelt gut, daß . . .!«
». . . keine Berichte über den Verlauf, kein Ersuchen um Unterstützung bei der Festnahme!«
Crockett fiel seinem Vorgesetzten ins Wort, wütend wies er mit dem Finger auf Switek und Zito, die draußen herumhingen. »Das letzte Mal, als ich um Unterstützung ersuchte, wäre ich um ein Haar von den beiden Scharfschützen da draußen totgeschossen worden. Und was Berichte über mein weiteres Vorgehen betrifft, da hätte ich es genausogut gleich in die Zeitung setzen können!« Vom Schreien wurde seine Stimme schrill.
Mit anklagendem Blick nagelte ihn Rodriguez fest auf das, was er gesagt hatte. »Willst du damit etwa andeuten, daß ich in meiner Abteilung einen Informanten habe?«
Crockett wußte nicht, ob er sich entsetzt zeigen oder sich

entschuldigen sollte. Er entschied schließlich, daß es nichts nützen würde, Lou vor den Kopf zu stoßen. »Das einzige, was ich weiß, ist: Wann immer ich mich dem Kolumbianer auch nur auf tausend Schritt genähert habe, wird mir der Boden unter den Füßen weggerissen. Dreimal habe ich es versucht, Lou, und ich bin nie näher als heute an ihn herangekommen. Willst du mir erzählen, daß die Sache nicht stinkt?«
»Streng nach Vorschrift, Sonny!« Es war klar, daß Rodriguez für sich eine Lösung gefunden hatte. »Von jetzt an läuft alles streng nach Vorschrift, oder ich werde dich von deinem Job abziehen. Kein beschlagnahmtes Schnellboot mehr, keine Modellanzüge, kein Sportwagen. Vielleicht werden dir ein paar Monate Schreibtischarbeit, zu der du im klapprigen alten Kleinwagen fährst, beibringen, was Teamwork ist.«
Da Lou nun schon bei den großen Reden angekommen war, wußte Crockett, daß er sich davonmachen konnte, für den Augenblick wenigstens. Mit dem Fuß stieß er die Wagentür auf. Aus den bewundernden Pfiffen, die er hörte, schloß er, daß Gina eingetroffen war.
Er schaute hinüber zu der Menge neugieriger Latinos, die sich hinter der Polizeiabsperrung drängte, und sah zwei Frauen, die sich mit den Ellbogen einen Weg bahnten. Die erste, die sich durch die Absperrung drängte, war eine große, langbeinige Italienerin in hochhackigen Wildlederstiefeln. Ihre qualvoll engen Hotpants und ihre geknotete Bluse ließen genug von ihrer makellosen olivfarbenen Haut sehen, um eine kleinere Straßenschlacht zu entfesseln, und sie besaß eine sagenhafte Mähne von wehendem schwarzen Haar. Das war Gina Calabrese.
»Vice Squad, du Trottel!« schnaubte sie und schwenkte ihre Polizeimarke vor dem ersten Polizisten, der sie festzuhalten versuchte.

Dicht hinter ihr ging Trudy Joblin, ein anderer weiblicher Vice Squad Officer, beide waren sie auf Prostitution angesetzt. Sie hatten beide das gepflegte, ein wenig gelangweilte Aussehen von Mittzwanzigerinnen. Trudys Gesicht hatte sanfte, äthiopische Züge, sie war nicht dunkler als Milchkaffee. Berufstätige Frauen, dachte Crockett. Von den beiden gab er Gina den Vorzug. Trudy ging hinüber, um mit Rodriguez zu reden, und sobald Gina Crockett erblickte, winkte er sie zu sich herüber.
Er entfernte sich von dem zerstörten Chevy, und sie holte ihn ein.
»Hallo!«
»Hallo!« Sie gingen zusammen. Er schob seine Hände in die Taschen und schaute zu, wie seine Füße sich bewegten. Er wollte Gina gegenüber nicht ablehnend erscheinen, aber im Augenblick fühlte er sich entsetzlich mies, und er mußte mit sich selbst ins reine kommen, bevor er Rücksicht auf andere nehmen konnte.
»Ich hab' es über Polizeifunk gehört!« sagte sie. »Es tut mir wirklich leid, Sonny . . .!«
Wo liegt der Punkt, an dem man sich entscheidet, weiterzuleben, nachdem einen eine Katastrophe mitten ins Herz getroffen hat? Crockett wußte es nicht. Nach gespanntem Schweigen versuchte er es schließlich. »Hast du nach der Arbeit Zeit für einen Drink?«
»Sonny, ich . . .!«
»Ich könnte heute abend wirklich Gesellschaft gebrauchen.«
Sie bedauerte es aufrichtig. »Ich arbeite heute abend. Ich kann es nicht ändern.« Dieselben Regeln, die Sonny beherrschten, bestimmten auch Gina. Sie war eine der wenigen Frauen, die er kannte, die die Anforderungen seiner Arbeit in vollem Umfang verstanden. Vielleicht war das

der Grund dafür, daß er sich von ihr so mächtig angezogen fühlte.
Nach Caroline war sie die erste Frau, an der er ernsthaft interessiert war. Bislang war er immer freundlich, aber bestimmt zurückgewiesen worden. Es war ihm durchaus mit einem gewissen Schuldgefühl bewußt, daß die Sympathie, die sie nach Eddies Tod für ihn empfand, dazu beitragen konnte, ihren Entschluß, nicht mit ihm auszugehen, umzustoßen.
Aber er konnte nicht verhindern, daß ihr gemeinsamer Beruf bei ihnen beiden an erster Stelle stand. Er fühlte, daß sie die Arbeit nicht als Entschuldigung benutzte, nicht dieses Mal.
Er hatte keine Lust, gleichgültiges Zeug zu reden. »Wir sehen uns dann irgendwann. Ich muß noch etwas erledigen!«
Sie wollte gerade fragen, was es war, als es ihr klar wurde. Auf ihrem Gesicht zeichnete sich Entsetzen ab.

Als er im glasverkleideten Vorraum der »El Pollo«-Imbißstube auftauchte, waren seine Kleider immer noch schmutzig von der Explosion, und die Bartstoppeln auf seinem Gesicht ließen ihn aussehen wie einen wandelnden Toten. Er bemerkte Maria Riviera auf den ersten Blick.
Ihr linker Arm hatte vom Tragen der Tabletts beachtliche Muskeln entwickelt, und sie stemmte gerade eine volle Ladung und ging die Fensternischen ab, stellte hier ein Dessert auf den Tisch, zwei Menüs auf den nächsten und brachte die Rechnung an den dritten. Dann setzte sie ein noch dampfendes ›Spezialmenü Nr. 4‹ vor einem kräftigen Hispano-Amerikaner ab, der einen Tankwart-Overall trug.
»Was soll denn das sein, Maria? Das Schlankheitsmenü?«

Das war eine Nummer, die sie täglich abzogen. Maria sagte zu den Gästen in der benachbarten Nische: »Rudolpho ist das, was man einen leichten Esser nennt.« Sie zog den Bleistift hervor, der hinter ihrem Ohr steckte, und zeigte damit auf ihn. »Nichts fällt ihm nämlich so leicht wie zu essen!« Die Stammkunden johlten und applaudierten.
Sie schrieb eine Bestellung für Hamburger und Kaffee auf, blickte dann hoch und sah Sonny neben dem Zigarettenautomaten, bleich, erschöpft und unbehaglich.
»Hallo, Sonny!« sagte sie herzlich. Sie und Eddie und Sonny waren Dutzende Male zusammen in der Stadt bummeln gewesen. Als Eddie erzählt hatte, daß Maria schwanger war, hatte Sonny eine Flasche ›Dom Perignon‹ angeschleppt, die an dem Tag, an dem das Kind zur Welt kommen würde, getrunken werden sollte.
Sonny schluckte, als sie, immer noch lächelnd, zu ihm herübereilte.
»*Qué pasa?*« fragte sie.

3.

Auf der T-förmigen Bühne zog das Mädchen seine Show ab, zu dröhnender Musik wackelte sie mit den Hüften und ließ ihr Becken kreisen. Schon hatten die schwitzenden Zuschauer, die der Bühne am nächsten standen, zahlreiche Geldscheine in ihren seidenen Tanga gestopft. Auf ihren Bleistiftabsätzen hüpfte sie herum, ohne zu schwanken, ohne je aus dem Takt zu kommen. Sie hatte wenig an außer ihren Schuhen, dem Tanga und einem spärlichen Lederoberteil, das sie gleich ihren betrunkenen Bewunderern an den Kopf werfen würde. Aber zuerst, so dachte sie, wollte sie versuchen, dem schwarzen Burschen, der am

Ende des Laufstegs herumtanzte, eine Einladung zu entlocken.

Offensichtlich war dies alles hier ganz nach seinem Geschmack.

»Oh no! Oh no!« sang er zusammen mit dem überlauten Playback von Eddie Grants »Electric Avenue«. Er hatte sich in einen Anzug aus weißer Rohseide geworfen, trug ein wild gemustertes Hemd in grellen Signalfarben, auf dem »Schneewittchen und die sieben Samurai« zu sehen waren, dazu Ledermokassins. Das Hemd war bis zum Nabel offen und enthüllte goldenen Discoschmuck, der vier oder fünf Tausender wert war. An jeder Hand hatte er drei Diamantringe von der Größe, wie nur Zuhälter sie schätzen. Eine Hand umklammerte einen halbausgetrunkenen Cocktail. *»We gonna walk! down! to! Electric Avenoo! And 'den we take you higha – ! Oh, hurt me, mama, hurt me!«*

Sie lächelte ihm schelmisch zu und machte ein paar aufreizende Hüftbewegungen zu ihm hin. Sicher 'ne Studentin, die sich ihr Geld fürs Studium verdient, dachte er, ja, sicher!

Scotty Wheeler schlenderte in den Club und überschaute die Szenerie. Wie er sah, führte Martine heute ihre Herzinfarkt-Nummer auf der Bühne vor, und Mickey stand hinter der Bar. Dorthin ließ er sich unauffällig treiben. Scotty hatte einen Brustkorb wie ein Ringer, helle, lockige Haare und sah aus wie ein respektabler Bursche. Der Barkeeper erkannte ihn sogleich.

»Hallo, Lieutenant!« sagte er. Niemand sonst konnte ihn hören. »Was soll's sein? Scotch on the rocks?«

Scotty nickte zustimmend, und der Barkeeper schenkte ihm ein Glas ein. Als er es ihm hinüberschob, fügte er hinzu: »Der Bursche da im Seidenanzug. Aus Jamaika. Ist drei

Abende hintereinander hier, versucht, ins Geschäft zu kommen.«
Scotty nahm einen Schluck und schaute sich um. »Der, der da herumhüpft?«
»Genau!«
Der Jamaikaner und Martine tanzten immer noch herum. Scotty glitt von seinem Hocker und näherte sich dem Burschen von hinten.
»Hallo, Traumtänzer!«
Ohne sich umzuschauen, brüllte der Jamaikaner: »Was ist, Mann?«
»Wir sollten mal unter vier Augen reden!« Die Hand, die er dem Schwarzen auf die Schulter legte, hatte die Größe eines Boxhandschuhs.
»Komme sofort, Mann!« Der Schwarze warf der Stripperin ein vielversprechendes Lächeln zu, und sie reagierte, indem sie ihre Hüfte freizügig vor seinen Augen kreisen ließ. Er steckte ihr eine Hundertdollarnote unter den Tanga, und ihre mandelförmigen Augen weiteten sich erfreut.
»Mach so weiter, Prinzeßchen!« Als er sie verließ, erreichte ihr Tanz neue künstlerische Hochleistungen, während er Wheeler an einen abgelegenen Tisch folgte.
Scotty entschied sich, den Burschen in die Defensive zu drängen und ihn auch da zu halten. »Dieser Kerl, nach dem du suchst! Was willst du von ihm?«
»Man hat mir gesagt, ich soll Calderone treffen. Kennst du ihn?«
»Kennst du ihn?«
»Er ist der Freund von 'nem Freund – hat den Freund, von dem ich früher meine Ware bekommen hab', beliefert!«
»Früher?«
»Es gab 'ne Razzia in New York! Vor drei Wochen. Mein

Freund wurde weggepustet.« Er schlürfte einen weiteren Schluck von seinem Drink. »Verstehst du jetzt?«

Scotty setzte seine arrogante ›Ich-bin-hier-der-Größte‹-Miene auf: »Also gibt es in der ganzen großen Stadt New York einen lausigen kleinen Dealer weniger? Na und? Verschwinde wieder nach New York, Grünschnabel! Das hier ist 'ne Nummer zu groß für dich!« Er erhob sich.

Der Jamaikaner streckte den Arm aus, um ihn festzuhalten. »Also, hör mal, Mann. Ich kann viermal so viel abnehmen wie mein Freund. Ich hab' zweihunderttausend in meinem Rasierzeug und bekomme unbeschränkt Nachschub aus New York . . also?«

Scotty fühlte, daß er den Burschen fest an der Angel hatte, aber er wollte ganz sichergehen. »Wart' einen Augenblick, die Bewunderung hat mich völlig überwältigt.« Er warf einen Blick auf seine Uhr. »Ich muß noch zu 'ner Geburtstagsparty!«

Der Jamaikaner ging noch einen Schritt weiter. »Sag ihm, es ist Ted Prentiss, ein Freund von Tooney! Er kennt mich ganz bestimmt!« Er griff nach einem Bierdeckel und kritzelte eine Telefonnummer darauf. Scotty nahm sie mit wohldosiertem Zögern in Empfang. »Ich bin unter dieser Nummer bis morgen nacht zu erreichen. Nicht länger!«

»Na, ich werde sehen, was sich machen läßt . . . Prentiss.« Er drehte sich um und verschwand.

Der Jamaikaner kehrte nicht zurück, um sich in Martines Reizen zu sonnen. Er beobachtete Scotty sehr eingehend, während er den Club verließ.

»Wo ist denn Daddy, zum Teufel?«

»Schätzchen, sag nicht so was, bitte!« Es geschah nur noch sehr selten, daß Caroline diesen klagenden, jammervollen Ton in Billys Stimme zu hören bekam. Er war ein ganz schön unabhängiger Sechsjähriger, und sie war stolz auf ihn. Gelegentlich allerdings schlichen sich seines Vaters nicht immer ganz jugendfreie Redensarten in seinen Wortschatz ein und gewöhnlich genau dann, wenn es seine Mutter an einer wunden Stelle traf. Allerdings hatte er heute wirklich recht. Es war fast halb zehn, und Sonny hatte sich immer noch nicht bei der Geburtstagsfeier seines einzigen Sohnes blicken lassen.

Aus dem Krug, der auf dem Eßzimmertisch stand, schenkte sie sich ein großes Glas Limonade ein. Der Raum war übersät mit den Überresten des Geburtstagsfestes und lag momentan verlassen da. Im Wohnzimmer untersuchten Tommys Freunde, unter denen auch die zwei Kinder von Donna Wheeler waren, noch einmal inmitten von Bergen von Einwickelpapier gründlich sämtliche Geburtstagsgeschenke.

Donna umging die bunten Papierfetzen und Kartons und hob ein Glas Limonade, um Caroline zuzuprosten. »Ich erkläre feierlich, daß dieses Geburtstagsfest ein Erfolg war.«

Auf der anderen Seite des Raumes fügte Scotty Wheeler, der immer noch die lässige Kleidung trug, die er am Nachmittag im Club angehabt hatte, hinzu: »Und ich wünsch' dir noch viele, viele davon!«

»Um Himmels willen, sag doch nicht sowas«, erwiderte Caroline und rollte die Augen in gespielter Verzweiflung über das Durcheinander und die Abfälle. Auf einer Kuchenplatte voller Krumen lag ein einziges, ganz offensichtlich aufgehobenes Kuchenstück. Caroline konnte sich kaum etwas Anklagenderes vorstellen.

Es war einmal, dachte sie, *vor langer, langer Zeit, da warst du hübscher als alle anderen Cheerleaders. Und die Jungs überschlugen sich, um in eine Gruppe mit dir zu kommen. Du brauchtest nur deine Wahl zu treffen. Und du hast Son-*

ny Crockett gewählt. Irgendwo liegt da ein ganz schwerwiegender logischer Fehler . . .! Um die Wahrheit zu sagen, kam Caroline gut mit den Belastungen zurecht, die ihre Rolle als Mutter und ein Ganztagsjob mit sich brachten; beides hatte ihrer elastischen Südstaatenschönheit nicht geschadet. Sie kam aus einer guten, altehrwürdigen Alabama-Familie. Und es gab einmal eine Zeit, da hatte sie einen Mann namens James Crockett geliebt – »Sonny«, wie ihn seine Freunde nannten – und hatte damit die ungeschriebene Regel gebrochen, an der ihre Mutter festhielt: Eine Frau sollte nie einen Fußballspieler heiraten. Auch keinen Ex-Fußballspieler.

»He!« sagte sie zu Billy. »Bobby ist gerade dabei, das Kommando beim ›Planetenzerstörer‹ zu übernehmen!«

Billy raste zurück ins Wohnzimmer, wo Bobby Wheeler von seinem Rollstuhl aus die Fernbedienung des neuen Videospiels bediente. Es hatte schon fast eine ganze Galaxie zerstört.

Scotty spürte Carolines Verärgerung und versuchte sie zu besänftigen. »Es muß etwas dazwischengekommen sein, Caroline. Du weißt doch, wie das bei der Vice Squad ist. Das bringt einfach der Job mit sich!«

Diese Bemerkung brachte ihm einen vorwurfsvollen Blick von Donna ein, die sich daranmachte, ihren Nachwuchs fürs Nachhausegehen zurechtzumachen.

»Ja«, sagte Caroline, immer noch sauer, »ich weiß, was der Job so mit sich bringt.«

Als die Türklingel schellte, erstarrten sie alle wie bei der Tat ertappte Mörder. Caroline rannte beinahe zu Tür, was Donna veranlaßte zu denken: Vielleicht kommt es bei den beiden doch nicht zur Scheidung.

Es war Sonny – oder jedenfalls das, was von ihm übrig war –, im Arm ein riesiges, in Seidenpapier gewickeltes

Geschenk. Sein Haar war zerzaust, seine Kleidung zeigte noch die Spuren, die die Explosion hinterlassen hatte, und sein Atem warf Caroline selbst aus zwei Meter Entfernung fast um. Er schien sich völlig in der Hand zu haben, wirkte nur ein wenig benommen. Billys Stimmung war sofort himmelhochjauchzend, und er sprang hoch in die Luft und warf sich in Sonnys freien Arm.

»Hallo, Dad!«

»Hallo, Freundchen! Wie geht's denn meinem Jungen?«

Billy legte den Kopf auf die Seite und zog spöttisch eine Augenbraue hoch. Das war eine Angewohnheit, die er seinem guten, alten Daddy abgeguckt hatte, und Caroline erkannte sie sofort.

»Wieso kommst du so spät?«

Sanft, fast nüchtern, sagte Sonny: »Es tut mir leid, mein Sohn – ich hab' es nicht mit Absicht getan. Aber schau doch mal, was ich draußen gefunden hab' – da steht dein Name drauf.«

Billy sprang von seinem Arm und griff nach der Schachtel: »Darf ich's aufmachen?«

»Na klar, jetzt sofort!«

Es waren solche widersprüchlichen Gefühle, wie sie sie gerade empfand, die Caroline am meisten haßte. Sonny war ein Scheusal, tauchte viel zu spät auf, nur partiell nüchtern, und sah aus, als wäre er von einem Panzer überrollt worden. Aber Billy liebt seinen Vater so sehr, ohne Einschränkung, während ihre eigenen Vorbehalte ein bißchen zu genau bekannt waren.

Scotty schlenderte näher, während Billy seine Beute ins Wohnzimmer schleppte, um sie der Untersuchung und Billigung durch seine Freunde zu unterwerfen.

»O Mann, was ist mit dir? Um Himmels willen, du bist ja halb besoffen!« sagte Scotty Wheeler.

Sonny ließ ihn ausreden, dann sagte er. »Eddie Riviera ist heute umgebracht worden. Bei einer Verabredung, die ich eingefädelt habe.« Er sprach mehr den Fußboden an als Scotty.
»Oh, toll!« erschallte Billys Stimme aus dem Nachbarzimmer.
»Ein Polizeiauto! Oh, danke, Daddy!« Lärmend kam er zurück, einen halbmeterlangen Streifenwagen mit blitzendem Blaulicht fest an sich gedrückt, und verlangte nach einer weiteren Umarmung. Sonny hielt seinen Sohn fest im Arm, die Augen zusammengepreßt.
Später, als die Gäste aufgebrochen und die Überreste des Festes auf die Seite geschafft worden waren, setzte Caroline Kaffee auf und saß mit Sonny in der Frühstücksecke. Er sagte nicht viel. Auch sie war nach diesem Tag erschöpft, und sie hatte niemanden, mit dem sie darüber sprechen konnte, aber daran dachte sie im Augenblick nicht. Sie beschäftigte sich damit, ihrem müden Kopf etwas zu entlocken, womit sie Sonny aus seiner Erstarrung holen konnte.
Er trank eine halbe Tasse und sagte dann: »Caroline, was meinst du, wenn ich eine andere Arbeit gehabt hätte – wäre dann alles anders geworden?«
Niemand kannte ihn besser als sie, vielleicht kannte sie ihn zu gut. »Was für eine andere Arbeit?« Der Gedanke ließ sie lächeln. »Vielleicht Grundstücksmakler? Hot-Dog-Verkäufer? Oder bei meinem Bruder Porscheverkäufer?« Fast hätte sie nach seiner Hand gegriffen, sie mußte sich bremsen. »Du bist Polizist, Sonny! Du würdest dich hassen, wenn du das aufgegeben hättest. Und wenn ich dich gezwungen hätte, es aufzugeben, hättest du angefangen, mich dafür zu hassen.«
Mit schweren Schritten ging er zum Sofa und schob einen

Haufen zusammengeknüllten Einwickelpapiers beiseite. Sie setzte sich neben ihn, ohne daß er darum gebeten hatte. »Ich habe in meiner Abteilung mal 'ne inoffizielle Untersuchung angestellt, was Heirat betrifft«, sagte er. »Scheint, daß von den sechzehn Leuten von der Vice Squad es kaum einer von vieren schafft!«

Das war die neue Variante eines alten Streits. »Es liegt *nicht* am Job, Sonny. Klar, der hat 'ne Menge damit zu tun. Wie damals, als du angeschossen wurdest. Allein im Bett zu liegen und auf einen dieser Telefonanrufe zu warten, die mitten in der Nacht kommen. Diese Aufträge in der Unterwelt, bei denen du tagelang verschwunden bist. Deine Trinkerei . . .«

»Komm, Schätzchen, versuch nicht, es mir zu versüßen. Sag offen, was du meinst!«

»Seit wir uns getrennt haben, hab' ich sehr viel nachgedacht!« meinte Caroline gedankenvoll. »Es ist komisch, weißt du. Aber in vieler Beziehung seid ihr, du und deine getarnten Kollegen, nur die Rückseite der Platte, auf deren Vorderseite die Dealer den Ton angeben, mit denen ihr dauernd Verstecken spielt!«

Carolines Worte brachten Sonny auf einen ganz anderen Gedanken, und er begann, sich darüber auszulassen, noch bevor Caroline zu Ende gesprochen hatte. »Ich glaube wirklich, daß ich heute mit der Belastung besser fertig werde als je zuvor. Verglichen mit damals, als ich zuerst ohne Uniform . . .« Dann wurde ihm klar, was Caroline sagte, ihm wurde auch bewußt, daß seine mitgenommene Erscheinung in direktem Widerspruch zu dem stand, was er gerade sagen wollte. Wollte Caroline andeuten, daß er nicht in der Lage war, seinen Job von seinem Privatleben zu trennen? Verdrossen unterbrach er sie. »Schätzchen, ich bin im Augenblick wirklich nicht in der Stimmung für eine Psychoanalyse, verstehst du!«

Caroline verschränkte die Arme. Das tat sie häufig, vor allem, wenn sie in ihre Mutterrolle schlüpfte und Autorität zeigen wollte. Aber in ihrer Stimme lag kein Vorwurf, nur Verständnis. »Ihr seid alle Spieler, Sonny. Action macht euch high. Sogar Scotty, den guten Familienvater.«

Das schien das Ende des Abends zu sein. Er wollte sie so schrecklich gern in den Armen halten, daß ihn sein Magen schmerzte . . . oder kam das bloß von dem Whisky, den er bei seiner unvorhergesehenen, einsamen Totenwache für Eddie heruntergekippt hatte?

»Ich will noch mal nach Billy sehen«, sagte er. »Nur für einen Augenblick. Dann verschwinde ich.«

Caroline kramte herum und rückte zwanghaft Dinge im Wohnzimmer zurecht, die schon am richtigen Platz standen. »Hmm . . . wenn du willst, kannst du über Nacht bleiben.«

Er schaute sie an, und ihre Augen begegneten sich einen Moment zu lange. Sie fand sich in der peinlichen Situation, ihren Vorschlag erläutern zu müssen: »Ich werde dir die Couch zurechtmachen.« Sie wollte nicht, daß er sich in seiner Verfassung ins Auto setzte.

Es standen zu viele Erinnerungen zwischen ihnen. Sonny lächelte, brutal, verschlossen. Er würde ablehnen. Sie lauschte seinen Schritten, als er nach hinten in Billys Zimmer ging.

Caroline setzte ihre ziellose Aufräumaktion fort, bis sie auf die Uhr schaute und feststellte, daß Sonny schon seit zehn Minuten weg war.

Ein bißchen nervös sah sie sich nach ihm um, wobei sie halbwegs erwartete, ihn in dem Raum zu finden, der einmal ihr gemeinsames Schlafzimmer gewesen war. *Wäre das nicht ein Witz, nach allem, was wir hinter uns haben?* dachte sie.

Aber Sonny war noch immer in Billys Zimmer. Sie hörte ihn leise schnarchen. Im trüben Licht von Billys ›Spiderman‹-Nachttischlampe konnte sie sie beide sehen, den großen und den kleinen Crockett. Sonny hing halb aus dem Bett, während sich Billy eng in seine Arme schmiegte.
Ihr war die Kehle wie zugeschnürt. Sie konnte mit der Hand gerade noch die einzelne Träne aus dem Auge wischen, die trotz aller Abwehr ihren Weg gefunden hatte.

Leon de Santis legte großen Wert darauf, daß jedermann von ihm Notiz nahm, als er bei »Nunzios Kubanischem Barbecue« in Espanola vorfuhr. Er trat voll auf die Bremse und glitt mit eleganter Mühelosigkeit in eine Parklücke, wobei er schwarze Streifen verbrannten Gummis auf dem Asphalt zurückließ. Leon hat's geschafft, dachte er. Sein exklusiver De Lorean zog sogleich die Aufmerksamkeit zweier südamerikanisch aussehender Straßenmädchen auf sich, und nachdem er ausgestiegen war, warf er ihnen einen kurzen Gruß zu: »Einen wunderschönen Nachmittag, meine Damen!« Er grinste und entblößte die Goldplomben seiner Zähne. Alles, was er wollte, war ein Topf mit Nunzios berühmten Barbecue-Rippchen.
Als er zurückgetänzelt kam, übersah er den glänzenden schwarzen 84er Corvette, der sich hinter seinen eigenen Wagen gezwängt hatte. Kaum hatte er sich auf den Fahrersitz gesetzt, gesellte sich Sonny Crockett zu ihm, der die Tür des De Lorean knallend zuschlug. Auf Leons ebenholzfarbenem Gesicht spiegelte sich Ärger, aber er hatte sich schnell wieder in der Hand.
»Schlag dir den Bauch später voll, Leon«, sagte Sonny. »Wir beide machen jetzt eine Runde um den Block.«
Leon setzte eine Miene hochmütig überlegener Verachtung auf, die er gewohnheitsmäßig zur Schau trug, und riß mit

seinen makellosen Zähnen ein Stück orangefarbenes Fleisch ab. Mampf. Mampf. Er sah ausgesprochen gelangweilt aus. »Ein anderes Mal, Burnett. Ich bin jetzt sehr *hungrig,* verstehst du!«
Crocketts Augen wurden hart und silbrig. Er schlug Leon das Essen aus der Hand, das sich zwischen den niedrigen Sitzen des Sportwagens verteilte. Mit derselben heftigen Bewegung zog Crockett eine mattgraue 45er Automatik unter der Achselhöhle hervor und drückte die Mündung so hart gegen Leons Rippen, daß der spindeldürre Schwarze stöhnte. »Verschiebe nie auf morgen, was du heute kannst besorgen!« zischte Crockett.
Leon war klug genug zu erkennen, daß Crocketts Geduld an einem seidenen Faden hing, und bot ein Bild eisiger Beherrschtheit, als er den Topf niedersetzte, den Schlüssel ins Zündschloß steckte und losfuhr, genau wie man es ihm gesagt hatte. Er haßte es allerdings, das Gesicht zu verlieren, und fing sich bald wieder. »Du mußt verrückt sein, Burnett. Du dringst in meinen *Wagen* ein, beschmierst die ganzen *Polster* mit Barbecuesauce . . . also so was! Ich hab' schon Leute wegen weniger umgebracht . . .!«
»Erspar mir die großen Sprüche, Leon. Du und der Kolumbianer, ihr habt euer Quantum an Toten für diesen Monat schon erfüllt: Die Bombe am Wagen, gestern abend, an der Unterführung 59. Straße!«
Leon warf Crockett einen harten, ungläubigen Blick zu und schüttelte dann den Kopf: »In dieser Stadt sterben andauernd Leute, die versuchen, *auf eigene Faust* ins Geschäft zu kommen, also beruhige dich und nimm deine Kanone von meinem Blinddarm, Jack!«
Crockett spannte den Abzug: »Außerdem hast du meinen Anteil an einem Zweihunderttausend-Dollar-Geschäft in die Luft gepustet, Schwachkopf. Jetzt sag dem Kolumbia-

ner, daß ich mit ihm sprechen will. Wegen meiner Provision.«
Leon hatte die Augen auf die Straße gerichtet. Er griff nach vorn und versuchte, die Pistole aus Crocketts Hand zu schlagen. »Ach, verdammt! Ich hab' gesehen, wie dieser Mann Zwanzig-Millionen-Dollar-Deals auf die Beine gebracht hat, Burnett, und das mehr als einmal. Du hast keine Chance, daß der sich mit *dir* treffen wird!« Er beäugte Crocketts Kleidung. »Es sei denn, du bringst es zu was. Wen interessieren schon diese Groschengeschäfte?« Er hielt neben Crocketts Corvette – auch eine der kleinen Belohnungen, die sein Job so mit sich brachte, mit Hilfe der Jungs aus der Abteilung mit beschlagnahmten Gütern. »Einmal rund um den Block, großer weißer Häuptling! Was kann ich sonst noch für dich tun?«
Als Crockett die Pistole verstaute, schien Leon plötzlich einen Einfall zu haben. Während er seine Kauwerkzeuge im Rückspiegel einer Prüfung unterzog, fügte er hinzu: »Ich sage dir, was ich tun werde, Burnett. Vergiß einfach Corky und den Knaben aus Malibu. Unser alter Deal gilt noch, ich stehe dazu, einfach weil ich dich mag!«
Crockett hätte sich am liebsten übergeben. Der Duft der Rippchen trug keineswegs dazu bei, seinen Kater zu lindern. »Erwartest du eine Lieferung?«
»Heute abend. Zehn Riesen für dich und dein Schnellboot. Dauert höchstens eine Stunde insgesamt, Abholen und Anliefern.« Als er sah, daß auch dieser Vorschlag Crocketts eisige Miene nicht auftauen konnte, fügte er als eine Art Entschuldigung hinzu: »Hör mal, Mann, das mit deinem Kunden tut mir leid, und überhaupt, aber diese Bombe war für niemanden anders als Corky bestimmt, diesen ausgeflippten Freak. Und außerdem, wie schon gesagt, Käufer gibt's wie Sand am Meer!«

In mehr als einer Hinsicht war Crockett wieder da, wo er angefangen hatte. »Wo und wann?«
»Am Indian Creek. Mitternacht. Willst du von den Rippchen?«
»Ich spuck' auf deine verdammten Rippchen, Leon!« Und er knallte die Wagentür wieder mit voller Wucht zu.
Leon krümmte sich. Manche Trottel hatten einfach keinen Respekt vor der Wertarbeit, die man nur kaufen konnte, wenn man Erfolg hatte.

4.

Crocketts Schnellboot war ein Schmugglerboot mit allen Schikanen, ein stromlinienförmiger Traum aus Polyester mit einem Merc-V-1750-Zweitaktmotor, zehnmal soviel wert wie seine Provision für die Arbeit dieser Nacht. Crockett trug ein schwarzes T-Shirt und Levis; Leon ließ seinen sehnigen Körper auf den Beifahrersitz gleiten und spähte gelegentlich nach vorne, um die Richtung anzuweisen. Das Wasser war so schwarz wie ein Moorloch, und die Fahrtlichter des Schnellbootes waren abgeblendet. Crokkett manövrierte das Monster mit etwa 45 km zwischen den anderen ankernden Schiffen hindurch. Gegenüber lag Miami in der nächtlichen Ferne, nichts als Lärm und Licht und Karnevalsstimmung.
»Da vorne«, zeigte Leon. »Auf der linken Seite!« Wenn ein Deal erst einmal ablief, sprach er sehr wenig.
Crockett schaltete einen Gang zurück und glitt zu einer kaum sichtbaren Anlegestelle, die dunkel ins Wasser hineinragte. Auf der Nordseite schob sich langsam und bedrohlich ein riesiges Frachtschiff in die Nacht, die »Star of Egypt«. Er konnte sehen, daß am Ende der Anlegestelle ein

feuerwehrroter Cadillac Eldorado parkte und zwei Gestalten, die eine groß und eindrucksvoll, die andere drahtig, wartend dastanden.
»Der kleine Bursche ist der Jamaikaner!« sagte Leon. Crockett konnte sehen, daß die Schattengestalt einen Aktenkoffer trug.
Der Größere lotste Crockett mit einer abgeblendeten Taschenlampe herein. Crockett und Leon verankerten das Boot schnell und mühelos und sprangen an Land. Die Gruppe traf sich in der Mitte der kurzen kleinen Pier.
Crockett verbarg gekonnt seine Überraschung, Scotty Wheeler so bald schon wiederzusehen. Den Jamaikaner kannte er nicht. Leon war am Zug und begann die Geschäftsverhandlungen. »Haben Sie das Geld?«
Der Jamaikaner, Teddy Prentiss, hob den Aktenkoffer hoch. »Hundertzwanzigtausend, Mann. Sie haben die Freudenspender dabei?«
»Drei Kilo Love Dust sind im Boot!«
Der Jamaikaner nickte, er begriff, daß er es selbst aus dem Boot holen sollte. Er hatte gerade Zeit, einen einzigen Schritt zu tun, bevor die ganze Gegend in roten Lichtern hell erstrahlte.
Vier Wagen ohne Polizeikennzeichen, mit Rotlicht und Sirenen überall, die alle in höchster Alarmstufe losfuhren, kamen schlitternd mit rauchenden Reifen aus der Collins Avenue und schnitten dem Eldorado den Weg ab. Scotty und Crockett, die ihre Rolle weiterspielten, legten sofort die Hände mit verschränkten Fingern hinter den Kopf und nahmen die klassische Stellung ein. Leon und Teddy Prentiss rannten einander in ihrer Panik fast um, als Leon mit langen, weitausholenden Schritten zum Strand eilte und Prentiss zuerst hart gegen Crockett stieß und dann die Richtung zum Schnellboot einschlug.

»Wer hat denn dir eine Einladung geschickt?« fragte Crockett Wheeler im Schutze der entstehenden Panik.
»Seit wann brauche ich denn 'ne Einladung zu meiner eigenen Party«, erwiderte er sarkastisch. »Ich hab' den Jamaikaner erst gestern aufgetan!«
Unter den Rauschgiftfahndern, die mit gezogenen Waffen herumrannten, waren auch Switek und Zito. Jetzt, wo klar war, daß es keine Schießerei geben würde, legten sie großen Wert darauf, gesehen zu werden. »Hände hinter den Kopf, ihr Schleimer!« brüllte Switek, und Crockett konnte sich kaum das Lachen verbeißen.
Über seine Schulter hinweg beobachtete Scotty, wie der Jamaikaner ins Boot sprang. »Ich hoffe doch, du hast den Zündschlüssel aus dem Ungetüm mitgenommen!«
»Also komm schon, Scotty, was glaubst du, mit wem du es hier zu tun hast?« Er ließ die Hände sinken und klopfte sich auf die hintere Hosentasche, in der Erwartung, das bestätigende Klirren der Schlüssel zu hören.
Hinter ihnen sprang der Bootsmotor an.
»Ich spreche mit einem Burschen, der gerade dabei ist, ein Hunderttausend-Dollar-Schnellboot zu verlieren!« sagte da Scotty.
Crocketts Gesicht verlor die Farbe. »Zum Teufel!« Er rannte zu Zitos Wagen, einem weißen Camazo mit einem roten Rallye-Streifen, weil er wußte, daß der Schlüssel stecken würde. Als er sich zwischen die beiden drängte, hätte er Zito fast ins Wasser geworfen. »Ihr kommt ein bißchen früh, ihr Hohlköpfe!« Die Razzia war, so wie die Dinge lagen, immer noch nicht zu Ende. Switek sagte beleidigt: »Sonny, du sollst doch nicht . . .«
Aber Sonny war schon dabei, Zitos Stahlgürtelreifen abzuradieren, während er in die Collins Avenue einbog, und er fuhr schon sechzig, noch bevor er die befestigte

Straße erreicht hatte, um das Schmuggelboot die Küste entlang zu verfolgen.
Es erwies sich als praktisch unmöglich, gleichzeitig das Boot im Blick zu behalten und nicht frontal in den entgegenkommenden Verkehr zu rasen, wobei das Licht der Straßenlaternen ihn blendete und die Sicht verminderte. Crockett war dankbar, daß er die Umrisse seines eigenen Bootes so gut kannte, und hoffte, daß er Jamaikaner mit den örtlichen Gewässern nicht so vertraut war.
Der Jamaikaner stellte den Gashebel auf volle Fahrt und wurde in den Fahrersitz zurückgepreßt, während das Boot auf Höchstgeschwindigkeit kam. Der Bug hob sich aus dem Wasser, der Motor heulte auf und soff riesige Mengen von Benzin, und die Küste begann im Schnellgang vorüberzurasen. Teddy Prentiss war verängstigt, aber zugleich begeistert, erregt von dem atemberaubenden Antrieb und der Kraft des Fahrtwinds. »Du Monster!« brüllte er dem Boot zu und grinste.
Als das Schnellboot an Geschwindigkeit zulegte, schob sich die Rückseite eines hochbeladenen Winnebago Sonny direkt in den Weg. Sonny war außer sich. Er trat aufs Pedal und zog den Wagen hinüber auf die Gegenfahrbahn. Autofahrer hupten, traten quietschend auf die Bremsen und machten ihm schließlich den Weg frei, wobei sie Briefkästen, Zeitungsboxen und die Zierpalmen mitnahmen, die den Mittelstreifen verschönten. Sonny hielt mit dem Schnellboot Schritt, bis er den Camaro auf die rechte Fahrbahn lenken mußte, um einem Supermarktkombi auszuweichen, der ihn zwar anhupte, aber den Weg nicht freimachte. Dann versperrte ein städtischer Bus die Fahrbahn. Sonny fluchte und steuerte scharf nach rechts, wobei er in eine Reihe geparkter Wagen schlitterte und dabei Türgriffe und Seitenspiegel abrasierte.

Er verlor das Boot aus dem Blick. Irgendwo heulte schon eine Polizeisirene, die sich dem Unfallort näherte. Wenn er auf der Collins Avenue blieb, würde es damit enden, daß er mitten in Miami Fußgänger plattwalzte.
Prentiss beobachtete die haarsträubenden Situationen, in die der Camaro geriet, und lachte. Hätte er sich auch nur eine Sekunde später umgedreht und erst dann den Schlepper bemerkt, der vor ihm auftauchte, dann wäre von ihm wenig mehr übriggeblieben als eine Sensationsschlagzeile in der Zeitung. Da er keinen Wert darauf legte, das Boot bei einer Geschwindigkeit von 110 km in die Luft zu jagen, machte er eine Kehrtwendung, die das Boot fast zum Kentern brachte.
Dann erspähte er einen engen Kanal, der von der Küste wegführte. Der Camaro konnte ihm nicht ins Wasser folgen, also verminderte er die Geschwindigkeit und lenkte das Boot in den kleinen Kanal. Er ahnte, daß sein Verfolger, der an die Straße gebunden war, vor Wut kochte.
Alles, was Crockett sah, war ein kurzes Aufblitzen des Hecks, das von der Dunkelheit verschluckt wurde. Wütend brachte Sonny den Wagen zum Halten und trommelte frustriert mit der Faust auf das Armaturenbrett.
Ihm fiel ein, daß ungefähr anderthalb Kilometer landeinwärts eine Eisenbahnbrücke war, die den Indian Creek überspannte. Prentiss mußte genau darunter durchfahren. Crockett lenkte den Wagen in diese Richtung. Es gab da immer noch einige Geschwindigkeitsvorschriften, die er bislang nicht gebrochen hatte, aber auch die mußte er jetzt rigoros mißachten, wenn er das Boot bis zur Brücke überholen wollte.
Prentiss hatte die Geschwindigkeit des Bootes so verlangsamt, daß er nur noch dahinkroch. In dieser totalen Finsternis waren andere Boote und gefährlich aussehende

Bauteile kaum erkennbar. Er wollte nicht, daß er etwas rammte, was das Boot zerstörte, bevor er seine Möglichkeiten voll ausgenutz hatte. Er riß die Augen weit auf, um in der Dunkelheit besser sehen zu können. Er war wohl in einer Werft, dachte er. Es war wie ein Hinterhof, mit Wasser anstelle des Pflasters.
Er hielt Ausschau, spähte umher, nach unten, nach oben . . .
Der Camaro stand zehn Meter über ihm und noch immer fielen Teile der Aufhängung ab, die sich bei dem rasenden Spurt über die Eisenbahnschienen gelöst hatten. Er stand auf einer Hilfsbrücke für Ausbesserungsarbeiten. Das war alles, was Prentiss sehen konnte, bevor Crocketts durch die Luft wirbelnder Körper alles verdeckte.
Crockett sprang und traf den Schwarzen oben an der Schulter. Zusammen rollten sie über den Bug und kämpften um die Oberhand. Prentiss trug eine seidene Krawatte, Crockett ergriff sie und holte wild mit der Faust nach dem Gesicht aus, das oberhalb des Krawattenknotens sein mußte. Aber die Faust des anderen traf ihn zuerst. Er sah funkelnde Sterne und stolperte rückwärts.
Als er die Augen wieder öffnete, zog Prentiss gerade eine Pistole hervor.
Crockett schlug gegen das Ventil, wodurch sich das Schnellboot auf die Seite legte. Er hielt sich an der Rückenlehne fest und trat kräftig gegen Prentiss' Waffe. Seine Hand öffnete sich und die 357er schlitterte über Bord, ohne daß ein Schuß gefallen war, und schlug mit einem kleinen Platscher aufs Wasser auf.
Crockett zog seine eigene Automatik. Die Waffe war schon entsichert, so mußte er nur noch den Hahn spannen, um seinen Gegner zur Ruhe zu bringen. Zwischen ihnen brummte der Motor des Schmuggelbootes.

Mehr als je zuvor haßte er diese Formalitäten, während er seine Polizeimarke hervorholte, wie es Vorschrift war.
»Keine Bewegung!« sagte er. »Miami Vice!«
Dem Schwarzen blieb der Mund offenstehen. Und dann erlebte Crockett eine Reaktion, wie er sie noch nie bei einer Verhaftung gesehen hatte. War es etwa Erleichterung, was sich da auf dem Gesicht von Teddy Prentiss abzeichnete, sogar die Spur eines ironischen Lächelns?
Als Prentiss' Hand wieder nach seiner Brusttasche griff, drohte Crockett ihm mit der Waffe: »Sei vorsichtig. Ganz langsam.« Sorgsam, mit bemühter Ruhe, zog die Hand des Jamaikaners etwas aus der Tasche, das Sonny überaus vertraut war: die Hülle einer Polizeimarke.
»Tubbs«, sagte der Schwarze und zeigte seine Marke vor. »Polizei von New York. Herzlichen Glückwunsch, Kumpel!«
Jetzt war es an Crockett, staunend den Mund aufzureißen.

Crockett hatte große Lust, irgend etwas zu zerschlagen. Die Kaffeetassen im Northeast-Miami-Polizeirevier konnte er nicht zerbrechen: Sie waren alle aus Styropor. Schließlich begnügte er sich damit, eine davon zu einer formlosen Masse zusammenzuknüllen, nachdem er sie ausgetrunken hatte. Er haßte Styropor. Es gab dem ohnehin schon tödlichen Gebräu auf dem Revier zusätzlich einen breiigen Geschmack. Und es behielt kein gänzlich zerstörtes Aussehen, wenn man es in seiner Wut verstümmelte. Es hatte kein Gewicht. Als Crockett es verächtlich gegen den nächsten Aktenständer warf, geriet es in einen Luftzug und blieb auf halbem Wege zwischen seinem Fuß und dem Abfalleimer auf dem schmutzigen Fliesenboden liegen.
Lou Rodriguez und Detective Tubbs schauten verdrossen auf Sonny.

»Zwei Wochen!« brüllte er und zog vorübegehend die Aufmerksamkeit der anderen Polizisten und derer, die sie in Gewahrsam genommen hatten, auf sich. »Zwei verdammte Wochen hab' ich investiert, um Leon auffliegen zu lassen, und zwei Drittel der Dealer bei der Sache entpuppen sich als Polizisten! Ich, Scotty Wheeler und dieser Doktor Vodoo hier, der direkt aus der glitzernden Großstadt kommt, um bei uns eine überraschende Gastvorstellung zu geben.« Tubbs zuckte mit keiner Wimper. »Wie kommt es, daß mir keiner was wegen Scotty erzählt hat, Lou? Wie kommt es, daß unsere beiden Wunderknaben zu früh loslegten und fünf Minuten vor der Zeit mit ihrer Kavallerie heranbrausten?«

»Schon gut«, sagte Rodriguez, »Das ist mir auch klar, aber . . .«

Crockett schnitt ihm das Wort ab. »Ist es das, was du unter Teamarbeit verstehst?«

»Was ich dir gerade erklären will, ist, daß sie absichtlich die Verhaftung vermasseln sollten, damit Leon . . .«

»Weißt du, Lou, auf meiner Marke steht zwar ›Miami‹, aber in letzter Zeit kommt es mir hier verdammt nach Disneyland vor.«

»Halt den Mund, Crockett!« Sonny hatte seit dem Ende der Geschichte ununterbrochen gemeckert und gemault, und Lou hatte das Gefühl, daß der Detective jetzt zu weit ging. »Tubbs ist hier in dringendem Spezialauftrag, auf direktes Ersuchen der Polizei von New York. Benachrichtigung nur auf höchster Ebene, Crockett. Vertraulich! Kapierst du?«

Tubbs, ganz ruhig, im Bewußtsein, die Oberhand zu haben, warf ein: »Und so möchte ich es auch weiterhin gerne haben, wenn ihr versteht, was ich meine!« Sein jamaikanischer Akzent hatte wunderbarerweise seinem heimatli-

chen Bronx-Dialekt Platz gemacht. »Ich will ja niemanden beleidigen, aber was die Lecks bei den Sicherheitsvorkehrungen angeht, ist Miami nicht gerade das Pentagon des Südens!«
Das bremste Crockett, der triumphierend Lou anstarrte. »Interessanter Aspekt!« Lou bewegte sich unruhig hin und her, und Crockett nahm wieder den Schwarzen ins Visier. »Also, erzählen Sie mir doch mal, Butts . . .«
»Tubbs!« Er blieb ganz ruhig. »Meine Freunde nennen mich Rafael!«
»Hat Ihr Aufenthalt hier einen besonderen Wert für die Steuerzahler oder pflegen Sie nur ihre Sonnenbräune?«
Tubbs lachte. Das hatte einen häßlichen Klang, und seine Augen lächelten nicht. »Was für ein Spaß! Es ist ein Uhr nachts, und dieser Mensch reißt Witze, und das völlig umsonst!« Es schien durchaus möglich, daß er daran dachte, sich Sonny zu schnappen und dem Klugschwätzer eine blutige Lippe zu verpassen.
Rodriguez hob die Hände, um einen Waffenstillstand zu erzwingen. Tubbs sog hörbar die Luft ein und sprach weiter: »Haben Sie je von einem Dealer namens Calderone gehört?«
Crockett zuckte mit den Achseln.
»Vor ungefähr einem Monat fädelte einer unserer Männer ein Treffen mit Calderone und einem kleinen Dealer namens Tooney ein. Es stand 'ne Menge auf dem Spiel. Doch die Sache ging ins Auge. Unser Mann und sein Partner wurden umgebracht. Tonney haben wir geschnappt, aber Calderone ist entwischt. Er machte sich schneller als der Blitz davon!«
»Die New Yorker Polizei nimmt an, daß er hier unten ist«, sagte Lou.
Crocketts Verhalten machte deutlich, daß er seine Zeit hier

für verschwendet hielt. »Er ist also hier – genauso wie fünftausend andere kleine Dealer, jeder mit fünf verschiedenen Namen und dazu passenden Ausweisen! Was bedeutet das schon?«
»Er hat einen Polizisten umgebracht!«
»Das bedeutet auch nicht viel mehr!«
Tubbs beherrschte sich. »Der Bursche, mit dem ich heute aufgetaucht bin, war einer seiner Strohmänner. Ich hatte alles für eine Festnahme vorbereitet, als eure dressierten Affen aus den Bäumen sprangen!«
»Das war der Switek-Zito-Wanderzirkus, komplett mit eigener Blaskapelle.« Crockett lachte. »Ich habe mir schon gedacht, daß die beiden Eindruck auf einen welterfahrenen Großstadtpolizisten wie Sie machen würden . . . wie auch immer Ihr Name ist!« Die Feindseligkeit war allmählich weniger versteckt, langsam kam sie an die Oberfläche. »Sie sind seit drei Tagen in der Stadt und schon ein Experte. Der Bursche, mit dem Sie sich eingelassen haben – Scotty Wheeler –, arbeitet für die Rauschgiftfahndung. Und Leon steht auf der Gehaltsliste eines Kolumbianers, dem ich seit Monaten auf den Fersen bin!«
Niemand beeilte sich, das bedrückende Schweigen zu beenden. Tubbs griff langsam in seine Brusttasche und nahm eine zusammengefaltete, leicht durchweichte Vergrößerung hervor. Die Knickstellen durchfurchten die Oberfläche und verursachten krumme weiße Linien, die aber nichts Wichtiges verdeckten. »Wurde während der Überwachung gemacht, vor der Schießerei.« Er zeigte mit dem Finger auf die Gesichter. »Das ist Tonney; das ist unser Mann; das ist der Hinterkopf von Jake Bartamas und der Bursche im Wagen ist Calderone!«
Crockett wurde bleich. »Der Kolumbianer! Verdammt!«
Tubbs erkundigte sich bei Rodriguez nach Einzelheiten.

»Hauptverdächtiger in einem halben Dutzend Drogenmorden hier bei uns. Macht Riesengeschäfte. Gibt kaum jemanden, der noch größer ist. Wir haben noch nicht einmal seinen Namen herausbekommen!« Mit einem listigen und irgendwie anklagenden Blick drehte er sich zu Crockett um: »Sieht so aus, als ob ihr hinter demselben Mann her seid. Anstatt übereinander herzufallen, solltet ihr euch vielleicht überlegen . . .«

»Zusammenzuarbeiten?« unterbrach Crockett. Eddie Riviera war noch keine 24 Stunden tot, und er nahm es Lou übel, daß er ihm einen Fremden als Ersatz zuschieben wollte. »Das kannst du vergessen. Gute Nacht, Lou!« Er wußte, was für ein seltsames Schauspiel er bot, als er sich in seinem mitgenommenen Zustand aus der Wachstube davonmachte. Es war ihm egal. Die ganze Nacht war ein Heuler gewesen, allerdings nicht von der Art, wie er ihn sich gewünscht hatte. Zum Abschied zeigte er noch mit dem Finger auf das Foto, das Tubbs hervorgezogen hatte: »Als allererstes will ich morgen früh davon eine Kopie, Lou!« Tubbs hatte für ihn aufgehört zu existieren.

Nachdem die Tür mit einem lauten Knall ins Schloß gefallen war, sagte Tubbs zu Rodriguez: »Sie scheinen sich darüber auch noch zu amüsieren. Was zum Teufel denkt dieser Bursche, wer er ist?«

5.

An das hektische Leben von Manhattan gewöhnt, war Tubbs auf die Atmosphäre von Miami nicht vorbereitet. In New York schien das Blut in den Adern unter dem trüben, eisengrauen Himmel schneller zu kreisen. Im Gegensatz dazu schien in Miami alles stillzustehen, brütete in der fast tropischen Hitze des Südostens. Das Eindringlichste hier war nicht die Geschwindigkeit, sondern die Helligkeit. Tubbs stellte fest, daß er nicht in der Lage war, in Miami ins Freie zu gehen, ohne sich eine Sonnenbrille auf die Nase zu setzen. New York war eine Skizze in blassen, ausgewaschenen Farben; Miami, das war so, als wenn man in eine Höhensonne starrte und dabei fühlte, wie es einem das Gehirn verbrannte. Das Meer schimmerte hell, fast schmerzhaft, so als wären Millionen Silbermünzen ausgestreut worden. In der Stadt war die Hitze buchstäblich erdrückend. Tubbs hatte nicht mehr Schwierigkeiten, den Bal-Harbour-Jachthafen zu finden, als er überhaupt hatte, irgend etwas in Miami zu finden. Das hieß, er mußte auf dem Freeway zweimal hin- und herfahren, um die richtige Ausfahrt zu finden. Er hatte eine wenig erholsame, größtenteils schlaflose Nacht in seinem mit Kunststoff eingerichteten Hotelzimmer verbracht. Die Klimaanlage hatte er voll aufgedreht, um genug Hintergrundgeräusche zu produzieren, damit er dösen konnte. Als er aufwachte, hatte er Schnupfen. Er fand es völlig idiotisch, sich beständig die Nase putzen zu müssen, wenn es morgens um zehn schon 30° hatte. Abgesehen davon, daß er ein störender Außenseiter war, ein Fremder ohne dicke Brieftasche und auf den Schnellstraßen ein hoffnungsloser Tourist ohne Orientierung, war er nun auch noch ein gutgläubiges Opfer des Klimas geworden.

Vor ihm lagen in hübschen schaukelnden Reihen Luxusjachten, Schnellboote und Segelschiffe im Wert von mindestens fünfzig Millionen Dollar. Rodriguez hatte ihm gesagt, er solle sich nach dem Ankerplatz umsehen, den ein gewisser Burnett gemietet hatte, und nachdem er eine Weile herumgeschlendert war, entdeckte Tubbs die »St. Vitus Dance«, ein dreißig Meter langes Meisterstück mit hand-

kalfaterten Teakholzdecks und eindrucksvoller Luxusausstattung, alt, aber wohlgepflegt. Daneben lag, unter einer braunen Segeltuchhülle versteckt, das Schnellboot, das er in der Nacht zuvor gestohlen hatte.
Tubbs spazierte am Dock entlang und unterzog das Schiff einer flinken Inspektion, wobei er in einer Hand eine rosafarbene Picknickschachtel balancierte. Während er das Schiff bewunderte – er verstand so gut wie gar nichts davon, hatte aber den Eindruck, was er da sah, sei durchaus bewunderswert –, kam Sonny aus der Kajüte. Er bewegte sich langsam, rheumatisch, mit den vorsichtigen, schwerfälligen Bewegungen eines Mannes, der schon wieder eine Nacht mit Pillen und Alkohol verbracht hat.
Er hatte Tubbs den Rücken zugedreht, der die Gelegenheit, die sich ihm da bot, unwiderstehlich fand.
Kaum hatte Crockett versucht, den Rücken zu strecken, als Tubbs so laut, wie er nur konnte, brüllte: »Fähnrich Tubbs meldet sich zum Dienst, Sir!«
Sonny fuhr hoch und stieß mit dem Schädel gegen den Mastbaum. »Verdammt!« Er stöhnte, dann richtete er sich auf und sah, wie Tubbs grinste und seinen Arm kerzengerade zum spöttischen Salut ausstreckte. Er ließ sich in den nächsten Liegestuhl fallen und rieb sich seinen dröhnenden Schädel, während Tubbs, seine Schachtel balancierend, an Bord sprang.
Wie beiläufig rieb Tubbs Salz in Crocketts Wunden: »Heute ist doch ein Tag, an dem man gerne lebt, nicht wahr, Crockett?«
»Oder an dem man gerne jemanden erschlagen möchte, hängt von der Gemütsverfassung ab. Was machen Sie denn hier im weißen Teil der Stadt?«
»Hier!« sagte Tubbs und reichte Crockett einen Aktendeckel, denn er wollte den Austausch von Beleidigungen,

der sich da gerade anbahnte, im Augenblick nicht weiterführen. »Bilder von Ihrem guten Freund Calderone, erinnern Sie sich? Wollen Sie Kaffee und Doughnuts?« Er öffnete den Karton, und der Duft des Kaffees kam Crockett wie Balsam vor. Er nahm einen dampfenden Pappbecher von Tubbs mit einem grunzenden Laut entgegen, der fast nach Dankbarkeit klang. »Rodriguez sagte, ich solle unter dem Namen ›Burnett‹ nach Ihnen suchen. Ist das Ihr Deckname?«

Crockett warf einen Blick auf die Abzüge, nickte und ließ sie dann auf das Deck fallen. »Genauso ist es gedacht, Mann. Was die Leute hier betrifft, so bin ich für die nur irgendein Bootsfreund mit unsolidem Lebenswandel und zweifelhaften Geldquellen.«

»Mit einem Hunderttausend-Dollar-Schmuggelboot und einem Nebenerwerb durch den Verkauf von Muntermachern.«

»Mh . . .!« So betrachtet, klang es sogar in Crocketts Ohren ungeheuerlich. Aber das Leben hatte nun mal einen Hang zum Ungeheuerlichen, trotz aller Anstrengungen, es durchschnittlich und langweilig zu machen. Er rutschte auf seinem Sitz hin und her, ließ sich seinen Kater von der Sonne ausbrennen und spülte mit dem Kaffee die Nachwirkungen der letzten Nacht, die seine Augen gerötet hatte, hinunter.

»Dieser Polizist, den es in New York erwischt hat – war er ein Freund von Ihnen?«

»Wir kannten uns!« sagte Tubbs knapp. Es war Zeit, einen Versuch zu starten: »Hören Sie mal, ich hab' über das nachgedacht, was Rodriguez gesagt hat!« Keine Reaktion. »Ich meine darüber, daß wir bei dieser Calderone-Geschichte zusammenarbeiten sollten! Ich finde, es ist einen . . .«

»Sparen Sie sich die Worte, Tubbs!« Zum ersten Mal sah er

ihn direkt an, wobei er die Augen mit der Hand vor der Sonne schützte. »Ich hab' genug Probleme mit dieser Untersuchung, auch ohne daß ich Fremdenführer für einen naiven Dilettanten spiele, der auf einem Wochenend-Trip ist!«

»Halten Sie mal die Luft an!«

»Nein, du hältst die Luft an!« Crockett erhob sich und schüttete den Kaffee über Bord. »In der Bronx oder in New York oder wo immer du her bist, da magst du ja ein ganz toller Hecht sein, aber hier sind wir in Miami, wo man nie weiß, wer da eigentlich mitmischt und wer nicht. Das kleine Fiasko in der vergangenen Nacht sollte doch wohl bewiesen haben, daß du hier bei uns nichts als ein Amateur bist. Und ein langsamer noch dazu.« Er grinste bösartig in sich hinein.

Tubbs ließ nicht locker, entfernte sich nicht aus der Schußlinie, entschlossen, sich nicht wieder von Crocketts lautstarken Unterbrechungen das Wort abschneiden zu lassen. »Ja, sicher, so langsam, daß ich dir die Schlüssel für deinen verdammten Kahn glatt aus der Hosentasche klauen konnte, während du wie ein Zombie auf dem Steg standest! Und für was hältst du dich eigentlich – Crockett – Burnett? Eine gütige Gabe Gottes an die Polizei?« Wütend starrten sie einander an – wie kämpfende Kater im Hinterhof. »Ich bitte vielmals um Entschuldigung, daß ich jetzt nicht vor Enttäuschung zusammenbreche, aber nach dem, was ich so höre, ist deine Personalakte voller Suspendierungen wegen undisziplinierten Verhaltens. Von Autobomben will ich gar nicht reden, was ja wohl darauf schließen läßt, daß es auch nicht die sicherste Sache der Welt ist, mit dir zusammenzu. . .«

Crockett erwiderte nichts. Er wirbelte herum und traf Tubbs direkt aufs Kinn. Tubbs ruderte mit den Armen und schlug lang hin, genau auf den Teekessel, benommen und mit verdrehten Augen. Es verging eine Zeit, bis er das Ufer wieder klar erkennen konnte, und er massierte sich das Kinn. »Das hab' ich ja wohl herausgefordert!«

Crockett war wütend, vor allem über seinen eigenen Mangel an Selbstkontrolle. Tubbs hatte mit sicherem Instinkt die Stelle gefunden, wo er am ehesten verletzlich war. Er sah aus, als sei er ein bißchen von sich selbst angewidert. Zuerst Caroline, dann Eddie und jetzt dieser Fremde aus New York, der aussah wie Rufus aus ›Doonesbury‹, nur ausgewachsen. »Nein, keineswegs, Mann. Ich hab' mich unmöglich benommen!«

»Meinst du das ehrlich?«

»Absolut!« Er streckte die Hand aus, um Tubbs aufzuhelfen.

Tubbs sprang hoch und erwischte Crockett mit einem rechten Haken, wie man ihn in den Hinterhöfen von Brooklyn lernt. Crockett fiel über den Liegestuhl und lag ausgestreckt da. Als er sich aufrichtete, stand in seinem Gesicht eine Mischung aus Erstaunen und ganz frischer, mörderischer Wut. »Ich konnte doch nicht zulassen, daß allein dein Gewissen von einer bösen Tat belastet wird!« Tubbs lächelte. Das Lächeln wurde dünner, als es sein schmerzendes Kinn erreichte. »Sag mal, hast du nicht irgendwo Eis auf diesem Kahn?«

Die Mordlust verschwand aus Crocketts Augen. »Klar! Unten, bedien' dich. Bring mir was mit!«

Tubbs schob die Kajütentür auf und blinzelte in die trübe Finsternis. Da unten roch es nach ungelüftetem Schlafzimmer und nach . . . nach etwas anderem, das er nicht identifizieren konnte. Sein Fuß fand die erste Treppenstufe, dann die zweite.

Eine Viertelsekunde, nachdem Tubbs mit eingezogenem

Kopf nach unten verschwunden war, beobachtete Crokkett, wie der ganze Tubbs nach oben hochkatapultiert wurde, als hätte ihn jemand getreten. Das ganze Schauspiel wurde von einem tiefen Grunzen begleitet, das das Schiff erzittern ließ. Tubbs schrie, blieb mit der Ferse hängen und fiel auf den Hintern. Er versuchte krebsartig rückwärts zu krabbeln, fort von der Kajüte und dem Monster, das daraus aufgetaucht war.

Crockett lachte.

Zwischen seinen Knien hindurch starrte Tubbs auf das knorrige Maul eines drei Meter langen Alligators, dessen Kopf Tubbs für die dritte Stufe nach unten gehalten hatte, bis sie nach ihm schnappte. Die Kinnladen, die sich schlossen, ließen Tubbs an einen Sargdeckel denken, der sich schließt, während man im Sarg liegt, und sie waren randvoll mit schiefen gelben Zähnen. Das schuppige Monster brüllte wieder – ein Knurren, bei dem sich die Haare in Tubbs' Nacken sträubten – dann schnappte es nach Tubbs, die geräumige Schnauze biß ins Leere und schloß sich mit einem soliden Krachen. Dann sah er, daß das Tier von einer Kette aus zentimeterdicken Stahlgliedern festgehalten wurde, die doppelt um seinen fetten Nacken geschlungen war.

Crockett richtete den Liegestuhl auf und ließ sich hineinfallen, dann zündete er sich mit seinem Sturmfeuerzeug eine Lucky an. Bevor Tubbs erneut schreien konnte, sagte er: »Officer Tubbs, ich möchte Sie mit Elvis bekanntmachen – dem ehemaligen Maskottchen der ›Gators‹, dem Footballteam der Universität von Florida. Gegenwärtig ist er mit Kost und Logis als Wachhund und Drogenschnüffler auf der ›St. Vitus Dance‹ engagiert.« Stolz zwinkerte er dem Reptil zu und meinte: »In seinem letzten Jahr wurde er, sagen wir mal . . . auf die Reservebank geschickt, weil

er einen kleinen Happen aus einem Spieler aus Georgia herausgebissen hatte . . .«
Elvis ließ wieder sein dröhnendes Knurren hören.
Tubbs war es egal, wieviel von Crocketts Gerede reine Aufschneiderei war. Er war flachgebügelt und völlig außer Fassung. »Los, los, pfeif' ihn zurück. Ich mag noch nicht mal *Schuhe* aus Reptilleder!«
Crocketts Gesicht verfinsterte sich. »Also, sag nicht so was. Du wirst seine Gefühle verletzen!« Dann trat er zwischen Tubbs und das Ungetüm und hockte sich hin. Elvis ließ sofort von Tubbs ab und hob seinen Riesenschädel, damit Crockett ihn streicheln konnte. »Mach dir nichts draus, Elvis. Der ist aus New York.«
Das bedrohliche Knurren wechselte die Tonart und wurde zu einem behaglichen Schnurren, als Crockett die unförmige, schuppenbewehrte Knollennase tätschelte. Die goldenen Reptilaugen schauten leicht benommen, während das Ungetüm ins Nichts starrte.
Tubbs schluckte, versuchte zu stehen und sagte: »Ich wundere mich nur, daß du keinen Eisenhaken als Hand hast!«
»Diese Kapitän-Hook-Nummer, an die glaubt doch kein Reptilienfreund. Irgendwelche Freaks aus der Studentenverbindung haben ihn 1981 mit einem Wecker gefüttert. Er hat ihn zerkaut und runtergeschluckt. Alligatoren essen mehr Abfall als zwanzig Ziegen. Ich glaube, da hat er Geschmack an Weckern bekommen. Er hat schon vier davon gefressen. Ich glaube, am liebsten mag er japanische Digitaluhren.«
Elvis äußerte Zustimmung, was wie ein Dieselmotor im Leerlauf klang.
Tubbs kam vorsichtig näher. »Frißt 'nen Wecker und wird nicht müde, was?«
»Mh . . .!« Crockett fuhr fort, das Biest zu liebkosen. »Er

ist immer noch ein bißchen durcheinander – er hat 'ne Riesentasche voll LSD gefressen, als wir am letzten Donnerstag eine Razzia in einem Labor in Key West gemacht haben. Aber alles in allem glaube ich, daß er hier in einer viel besseren Umgebung ist!«
Für Tubbs wurde das Ganze langsam zu surrealistisch. Er sah, wie Crockett den Kopf verdrehte, um die Uhrzeit abzulesen. »Ist es Zeit, mit Elvis Gassi zu gehen oder was ist los?«
»Nein!« Crockett griff über Elvis hinweg nach einem Hemd. »Ich muß zu einer Kautionsverhandlung in die Stadt. Ich bin in der letzten Nacht verhaftet worden, erinnerst du dich?«
»Du meinst, Sonny Burnett ist verhaftet worden!«
»Ja. Scotty und ich müssen unbedingt bei Leon de Santis' langerwartetem Debut als Sänger dabeisein.«
»Träum nur so weiter. Du glaubst wirklich, Leon wird sich gegen Calderone stellen, nach dem, was Corky Fowler passiert ist? Auf keinen Fall!«
»Ich hab' nichts davon gesagt, daß er es freiwillig tut. Aber tun wird er es. Der Richter hat noch ein As im Ärmel versteckt. Halt dich in der Nähe und schau zu, wie Polizeiarbeit richtig läuft.«
»Und was soll ich tun, während du bei der Verhandlung bist?« Tubbs wußte, daß er sich dabei nicht zeigen durfte. Wenn er es täte, würde Leon ihn als Polizisten identifizieren.
»Warum bleibst du nicht einfach hier? Gib Elvis sein Frühstück. Hier, nimm!« Crockett öffnete eine Kühlbox und reichte ihm einen gefrorenen Heilbutt, mit dem Schwanz zuerst. »*Bon appetit!* Wenn er ein bißchen übermütig wird, dann rubbel einfach seinen Bauch. Das liebt er.«
»Seinen Bauch . . .?« Tubbs schaute nervös auf Elvis, der

nur Augen für den Heilbutt hatte. Crockett war schon halb den Steg hinunter, sein Jackett über eine Schulter geschwungen, und überließ Tubbs seinem Tête-à-tête mit einer drei Meter langen Freßmaschine, die auf LSD ausgeflippt war.
»Guter Alligator . . . verdammter Crockett!«
Elvis brachte brüllend seine Mißbilligung zum Ausdruck. Tubbs sprang instinktiv zurück und warf ihm den Fisch zu, den Elvis mit dem Maul schnappte, mit einem schraubstockartigen, zermalmenden, tödlichen Zugriff. Als er den Fisch genug zerkaut hatte, um ihn hinunterzuschlingen, blieben seine Augen weiterhin starr, ohne eine Bewegung und spiegelten verrückte Reptilienträume wider, während Tubbs dastand und sich überlegte, was er als nächstes tun sollte.

»Um Himmels willen, Monroe, tun Sie endlich was wegen der Klimaanlage in diesem Schwitzbad!«
Richter Rupps Stimme dröhnte durch den geheiligten Gerichtssaal und brachte den gesamten Lauf der Gerechtigkeit für kurze Zeit zum Stillstand. Grund war die drückende Hitze, die den Eindruck entstehen ließ, man befinde sich im Inneren eines Wäschetrockners. Sumner T. Rupp, besser bekannt als »Ab-in-den-Knast-Rupp«, war so etwas wie ein Original mit seinem Südstaatenakzent, seinem wehenden Silberhaar und dem exzessiven Gebrauch des Hämmerchens, mit dem er für Ruhe und Ordnung sorgte. Monroe, ein Gerichtsbeamter, eilte hinaus und versuchte, für kühle Luft im Saal zu sorgen, während Rupp sich zu dem Gerichtsdiener wendete und losdonnerte: »Lassen Sie sich ruhig Zeit, Humphries. Ich habe ja wirklich sonst nichts Besseres zu tun!«
Humphries erwachte aus seiner Trance und las automa-

tisch mit der monotonen Stimme eines Oberschuldirektors von seinen Notizen ab: »Kautionsverhandlung . . . mh . . . Fall Nummer vierzehn-fünfundzwanzig-dreiundsiebzig, Stadtgericht von Dade County, in der Sache Leon de Santis. Treten Sie vor!«

Für die Verhandlung in einen schlichten schwarzen Anzug mit Weste gekleidet, erhob sich Leon von der Anklagebank und ging nach vorn, begleitet von einem typischen Dealer-Anwalt: gebräunt, in Wildleder und mit Mokassins, mit scharfer, goldgeränderter, bedeutend aussehender Brille – in dem sicheren Bewußtsein, daß diese niedere Arbeit nicht mehr als fünf Minuten seiner kostbaren Zeit in Anspruch nehmen würde. Nicht weit davon weg saßen Crockett und Scotty Wheeler, gekleidet wie in der Nacht zuvor, für alle Welt nichts anderes als zwei erschöpfte Drogenschmuggler, die gerade eine fröhliche Nacht im Knast damit verbracht hatten, Schaben von ihrem Bett zu vertreiben. Hinter ihnen eine vielköpfige Menge jedweder Provenienz: Polizisten und Gerichtsdiener, Schmierenanwälte und blutrünstige Staatsanwälte, angeklagte Übeltäter und ihre Mütter, die alle vor sich hinwüteten und hin- und herrutschten und unter der erstickenden Hitze litten. Crockett beugte sich zu Scotty: »Hast du dich zu meinem Aufpasser gemacht, oder hattest du deinen Hilfssheriffs gestern nacht freigegeben?«

Mit gesenkter Stimme erwiderte Scotty: »Ich hatte für gestern keine Verhaftung geplant, mein Junge, bis Switek und Zito heranstürmten. Deine Leute, nicht meine. Ich wollte abwarten, bis Leon dem Kolumbianer Bericht erstattet hat, und sie dann beide hochgehen lassen.« Das amtlich aussehende Dokument, auf das Scotty dauernd schielte, war, wie Crockett nun klar wurde, ein Wettschein.

»Ich geb' dir sieben Punkte Vorsprung und setze hundert Dollar auf die Dolphins!«
Scotty grinste. »Ein Mann mit Phantasie. Okay, du bist dabei. Ich werde für dich ein mündelsicheres Konto anlegen müssen!«
Richter Rupp fixierte Leon und den Aasgeier, den er als Gesetzesbeistand dabei hatte, mit dem flammenden Blick eines alttestamentarischen Propheten und sagte: »Gemäß einer früheren Empfehlung, Mr. de Santis, und . . .« Plötzlich gingen sämtliche Lichter im Gerichtssaal aus und der Raum versank in Dunkelheit.
Eine dröhnende Stimme verkündete: »Eine Bewegung und dich hat's mal gegeben, Freundchen!« Das war Rupp.
Die Lichter flackerten wieder auf, die nackten Neonröhren glommen zuerst trübe und leuchteten dann wieder voll. Mindestens zehn Feuerwaffen, vom 38er Revolver bis zum Polizei-357er und zur Remington-Polizeiflinte, waren wie in einem magischen Zirkel auf Leon gerichtet. Richter Rupp selbst hielt ein abgesägtes Elchgewehr, das aus fünf Zentimetern Entfernung auf die Nase des Dealers gerichtet war, in der Hand. Der Staatsanwalt hatte einen 44er Magnum im Anschlag. Humphries hielt eine 12er Flinte mit 8-Schuß-Magazin in der Hand. Martha McGivers, die ältliche Gerichtsschreiberin, hatte eine vernickelte italienische Automatic genau zwischen Leons Augen gerichtet.
Man hörte Schritte auf dem Flur, und Monroe stürmte zurück in den Saal. »Ein kleines Überlastungsproblem aufgrund der Hitze, Euer Ehren!«
Erleichtertes Murmeln durchlief den Saal, und die meisten Schießeisen wurden wieder verstaut. Rupp steckte das Elchgewehr wieder in seine Hülle unter dem Richtertisch. »Nicht gerade ein Ruhmesblatt für unsere Stromversorgung«, sagte er im Predigerton, »aber nichtsdestoweniger

eine glühende Bestätigung für unser grundgesetzlich verankertes Recht, Waffen zu tragen!«
Sonny schüttelte sich innerlich vor Lachen, aber er bewahrte ein ernstes Gesicht. Martha McGivers blieb stehen, wo sie stand, bereit, Leon zu Mus zu machen, wenn er auch nur mit der Wimper zuckte. Rupp bemerkte sie und beugte sich über den Richtertisch nach vorne, wobei seine Stimme einen verständnisvollen, väterlichen Tonfall annahm. »Steck jetzt die Waffe weg, Martha! Martha?«
Martha nahm den Finger vom Abzug und setzte sich wieder vor ihre Schreibmaschine.
»Also«, sagte Rupp, »auf Empfehlung des Staatsanwalts . . .«
»Jetzt kommt's!« sagte Sonny, sotto voce.
». . . und in Anbetracht Ihrer Zusammenarbeit mit dem Staatsanwalt bei der Untersuchung verzichte ich hiermit auf eine Kaution und entlasse Sie unter der Bedingung, daß Sie zu der bevorstehenden Vernehmung erscheinen werden.«
Rupp ließ den Hammer niedersausen, aber niemand hörte es. Crockett war innerlich entzückt darüber, daß Leon alle Farbe zu verlieren schien, als er hörte, was der Richter sagte. Er sah, wie der Mund des Dealers die Worte: ›Welche Zusammenarbeit?‹ formte. In dem Augenblick, als Rupp mit seiner Ankündigung zu Ende war, kämpfte sich Leon schon zum Richtertisch durch, wobei er die Hand seines Rechtsanwaltes, der ihn zurückhalten wollte, abschüttelte.
»Ich hab' mit keinem Staatsanwalt zusammengearbeitet!«
»Ich empfehle Ihnen, Ihren eigenen Vorteil ins Auge zu fassen, Mr. de Santis«, sagte Rupp streng.
»Leon«, sagte der Rechtsanwalt hastig, »was er meint, ist . . .«
»Halt die Klappe! Geh' mir aus den Augen! Dieser Kerl bringt mich durch sein dusseliges Gerede um!«

Rupp ließ wieder den Hammer niedersausen und erhob sich wie Zeus von seinem olympischen Thron. »Ich rate Ihnen, beherrschen Sie sich, oder ich verurteile Sie wegen Mißachtung des Gerichts!«
Leon schaffte es fast bis zum Richtertisch, bevor die Gerichtsordner ihn festhielten und ihm den Arm auf den Rücken drehten. »Ich hab' niemanden verraten, Jack! Denkst du, ich bin wahnsinnig geworden? Ich verlange Schutzhaft, Mann! Ich werde dieses Gebäude nicht verlassen. Ich gehe nirgendwo sonst hin!«
Wheeler bemerkte, daß Crockett dem Stellvertretenden Staatsanwalt, Gordon Avery, einen verschwörerischen Blick zuwarf. Er wollte Sonny gerade fragen, was das Ganze eigentlich bedeuten sollte, als Rupp wieder seinen Hammer benutzte.
»Der nächste Fall! Etwas Beeilung, bitte!«
»Kautionsverhandlung vierzehn-siebenundzwanzig-vierundfünfzig«, verlas Humphries. »Sonny T. Burnett, erheben Sie sich bitte und treten Sie vor!«
Mit einem müden Achselzucken murmelte Sonny: »Ich bin unschuldig, Euer Ehren, es war alles ein Irrtum!« und schlurfte dann zum Richtertisch.

Tubbs beobachtete, wie Leon die Treppen vor dem Gericht hinunterstürmte, immer drei Schritte vor seinem Anwalt, und sah, wie erregt Worte gewechselt wurden. Wie erwartet, schien Leon frei zu sein, aber der Mann wirkte darüber keineswegs erleichtert.
Leons Weg würde ihn an dem Z 28 Convertible vorbeiführen, mit dem Tubbs aus Bal Harbour hierhergefahren war, also sah Tubbs weiter zu und wartete. Leons Rechtsanwalt versuchte offensichtlich, ihn dazu zu überreden, sich von ihm nach Hause fahren zu lassen. Leon schaute sich in dem

offenen Hof des Gerichtsgebäudes beständig wie unter Verfolgungswahn um und sah hinter jedem Laternenpfahl und hinter jedem geparkten Wagen schon die Killer lauern. Schließlich schickte er den Anwalt fort und stürmte in Tubbs' Richtung. Der arme Leon war aus einem Tubbs unbekannten Grund gerade dabei, völlig die Nerven zu verlieren.

Tubbs stieß die Tür auf und stieg aus. Das Kilo Gold, das um seinen Hals baumelte, rundete seine Gesamterscheinung als Zuhälter ab. »Leon!« brüllte er.

Leon wirbelte herum, als hätte ihn jemand in den Rücken gestochen, ein Paradebeispiel bis zum Zerreißen gespannter Nerven, und erkannte dann Tubbs. Er ging zu dem Z 28, zur Seite geneigt, so als wollte er um die Hausecke biegen. Sein Blick war gehetzt.

»Ich hab' hundertzwanzigtausend, die wohl deinem Boss gehören, Mann!« sagte er und verfiel wieder in den Jamaika-Akzent seiner Teddy-Prentiss-Tarnung. »Liegt dir daran, darüber zu reden?«

»Ich kenne dich nicht!« Leon kreischte fast. »Wovon redest du? Ich weiß überhaupt nichts!«

Dann machte er sich schleunigst davon, wobei er fast in einen Radfahrer lief, der schwankte und fluchte. Er war so aus der Fassung, daß Elvis im Vergleich zu ihm wie ein Schoßhündchen wirkte.

Tubbs gab ihm einen kleinen Vorsprung, dann ließ er den Motor an.

6.

Crocketts Sturmfeuerzeug, von jahrzehntelangem Gebrauch geschwärzt, war ein Geschenk seines Vaters, der als

Mitglied der Luftlandetruppe bei der Invasion in Norwegen dabeigewesen war. Er kramte es hervor, als er merkte, wie Lou Rodriguez mit einem Streichholzbriefchen herumfuchtelte. Lou schaute hoch und sah, daß Crockett ihn beobachtete.

»Schau nicht so verdammt selbstzufrieden drein!« sagte er. »Und gib mir Feuer!«

Crockett schüttete sich gerade eine billige Styroportasse voll mit dem tödlichen Gebräu, das man im städtischen Polizeirevier Kaffee nannte. »Komm schon, Lou. Die haben praktisch einen Abschleppwagen gebraucht, um Leon heute aus dem Gerichtssaal zu schaffen.« Er beugte sich vor und knipste sein Feuerzeug an, damit Lou seinen unvermeidlichen Zigarrenstummel entzünden konnte.

»Man kann da nie ganz sicher sein!« sagte Lou und paffte an seiner Zigarre. Wenigstens verdrängte der Rauch den Geruch des Kaffees.

»Ich wette mit dir, noch bevor eine Stunde vorbei ist, hängt er am Telefon, bettelt darum, in Schutzhaft genommen zu werden, und bietet uns seine Hilfe an! Hab ich recht, Switek?«

Auf der anderen Seite des Wachraums saß Switek über eine Schreibmaschine gebeugt und tippte mühsam mit einer Geschwindigkeit von etwa fünf Wörtern pro Minute einen Bericht. »Ja, mhhh!« murmelte er mit einer halben Zimtrolle im Mund. »Ich setze darauf zwanzig Dollar!«

District Attorney Avery und Scotty Wheeler, jetzt ohne seine Dealer-Aufmachung, kamen herein und bahnten sich durch das Chaos, das wie stets in der Wachstube herrschte, einen Weg zu Lou und Sonny.

»Hallo Leute!« sagte Scotty. »Avery hat mir eben auf der Fahrt hierher alles erzählt. Schlau, wirklich schlau!« Er nickte anerkennend.

Sonny kicherte gemein, mit sich selbst außerordentlich zufrieden. Lou streckte die Hand aus und rückte Scottys Krawatte zurecht, wobei er ein wenig irritiert aussah. »Schaut euch diesen Burschen an! Sieht doch mehr nach 'nem Anlageberater als nach 'nem Polizisten aus. Na, wie gefällt dir die Zusammenarbeit mit dem FBI, Scotty?«

»Bis jetzt kann ich mich nicht beklagen. Aber ich muß zugeben, daß es nicht mehr wie früher ist. Wir beide zusammen waren schon ein tolles Team, nicht wahr, Sonny?«

»Wovon sprichst du eigentlich?« sagte Sonny. »Ich mußte dich doch die ganze Zeit mühsam mit durchziehen.«

»Na, na!« Scotty verzog das Gesicht.

Sonny bemerkte Gina Calabrese, die Polizistin mit den attraktiven Formen und den wundervollen italienischen Augen. Sie gestikulierte zu Lou herüber und zeigte zu einem der Schreibtische. »Lieutenant? Leitung 21! Er wollte seinen Namen nicht nennen!«

Lou schnappte sich das nächste Telefon und brüllte hinein: »Rodriguez. Ja, ja, in Ordnung, ich weiß über alles Bescheid, Leon . . . hm . . . hm. Also, das hängt wohl ganz von dir ab.« Er schnippte mit den Fingern, und Crockett schob ihm einen Schreiber hin. Er schrieb die Adresse auf, die Leon angab. »Ich will dir was sagen – du verhältst dich da ganz ruhig, und ich rufe dich in zehn Minuten zurück und geb' dir Bescheid.« Er legte den Hörer auf.

»Du bist ganz schön gemein, Lou! Da läßt du den armen Idioten noch mal zehn Minuten neben 'ner Telefonzelle schwitzen. Du willst wohl noch was an Einsätzen eintreiben, um meinen Gewinn bezahlen zu können!«

»Das kannst du vergessen, Sonny, schließlich gibt es Vorschriften, daß Glücksspiele auf dem Revier verboten sind.« Er riß das Blatt mit der Adresse vom Block und

reichte es ihm. »Der gute alte Leon ist bereit zu singen. Du kannst dich bedienen!«
»*Gracias!*« Er schaute auf den Zettel. »In der Nähe von Dinos Hot-Dog-Stand unten am Strand?« Immerhin war Leon nicht so verrückt, zu versuchen, sich in seinem eigenen Penthouse zu verstecken.
Sonny griff nach seiner Jacke und verabschiedete sich. Er fragte sich, was Tubbs wohl vorhatte.

Tubbs langte nach einem Dino-Hot-Dog mit allen Extras und biß einen Chili-Käse-Brocken heraus. Das hier war nicht gerade ein Drei-Sterne-Lokal, aber sein Magen knurrte schon die ganze Zeit, seit Elvis seinen Heilbutt fast mit einem Bissen verschlungen hatte.
Zwanzig Meter weiter hüpfte Leon de Santis neben einem Münzfernsprecher am Strand hin und her, offensichtlich wartete er voller Ungeduld auf einen Anruf. Als das Telefon endlich klingelte, sprang er fast aus den Schuhen.
Während er an seinem Hot Dog herumkaute, dachte Tubbs darüber nach, daß Crockett es offenbar geschafft hatte, dem mageren schwarzen Mittelsmann einen Riesenschrecken einzujagen. Rodriguez hatte erwähnt, daß es Leon gewesen war, der die Geschichte mit der Autobombe arrangiert hatte, die Eddie Riviera in den Himmel katapultiert hatte. Vermutlich genoß Crockett also jede Sekunde von Leons Seelenqualen.
Mit seinem Hot Dog in der einen und einer kalten Pepsi in der anderen Hand ließ Tubbs sich nieder, um Leon im Auge zu behalten. Draußen genoß eine recht beachtliche Menschenmenge die Sonne, den Sand und das Surfen. Außerdem war ein Volleyballspiel im Gange, das Tubbs manch reizvollen Einblick bot. Da hüpften einige feine Exemplare amerikanischer Weiblichkeit herum, mit wenig

auf dem Leib, was sie vor der Sonne hätte schützen können, und Tubbs folgte mit großem Interesse ihren Bewegungen. Ihr Volleyballspiel war beschämend schlecht, aber die Spielerinnen waren gut in Form und appetitlich. Leon machte immer noch seine Tanzübungen neben dem Telefon. Tubbs verteilte diplomatisch seine Aufmerksamkeit zwischen seinem Essen, all dem gebräunten Fleisch in seiner Nähe und Leon. Wie es sich nun mal für einen Profi gehörte, widmete er die meiste Aufmerksamkeit Leon und grämte sich wegen dem, was er verpaßte.
Eine hochgewachsene Frau in einem leichten, blumigen Kleid tauchte auf der Höhe von »Dino's« auf. Sie trug hochhackige Schuhe und einen breitrandigen Hut. Dazu eine große Sonnenbrille. Sie schien ebenfalls als Zuschauerin hier zu sein und nicht gewillt, bei dem halbnackten Treiben mitzumachen. Sie lehnte sich an die Hot-Dog-Theke und beobachtete das Ganze ein Weilchen. Dann ging sie weiter, an Leon vorbei, und verschwand in einer Toilette in einem der Strandhäuser. Leon versuchte, ein Auge auf jeden zu haben, der am Strand war, aber er hatte nicht sehr viel Erfolg damit.
Als Tubbs seinen Hot Dog zu Ende aß, hörte er von hinten eine Stimme: »Du fängst langsam an, mir auf die Nerven zu gehen, New Yorker!«
Tubbs blinzelte nach oben und sah Crockett als Silhouette, die ihm teilweise das Licht verdeckte. »Ich bin Leon vom Gericht aus hierher gefolgt, weil ich annahm, daß er nicht die Absicht hatte, sich ins Gefängnis stecken zu lassen. Aber woher weißt du denn, daß er hier ist?«
»Man nennt sowas Schutzhaft, mein Sohn, ich erkläre es dir später mal. Seit es vor Gericht den Anschein hatte, daß Leon uns helfen wollte, ist er ganz wild darauf, sich mit uns zu treffen und ein Weilchen an einem netten, sicheren Ort

zu verbringen, mit vielen Schlössern und ganz ohne Fenster! Kapierst du?«
In einiger Entfernung stand Leon wieder am Münzfernsprecher.
Aus einem Radio dröhnte: »Girls Just Want to Have Fun«, während sich die Spielerinnen unten am Strand mit ihrem Volleyballspiel abmühten.
»Der versucht sicher, Lou zurückzurufen«, sagte Crockett. »Ihr habt ihn ganz schön in Panik gebracht!«
Leon drehte sich wieder um, den Telefonhörer in der Hand, um die Menge zu beobachten. Plötzlich breitete sich auf seinem weißen Hemd ein rotes Loch aus, genau an der Gürtellinie. Vor Schmerz öffnete er den Mund. Ein weiteres Loch verschlang Stücke des Hemdes in der Mitte seines Brustkorbs. Er taumelte rückwärts gegen die Telefonbox, und ein drittes Loch tat sich in der Herzgegend auf. Seine Kraft verließ ihn, und er fiel nach vorne, erwischte einen Mundvoll Sand, die Augen weit aufgerissen, und war so tot wie die Telefonleitung.
Crockett sprang nach vorn, versuchte sich durch die Strandbesucher zu drängen, wobei er seine Polizeimarke vor sich her schwenkte. »Polizei! Aus dem Weg! Gehen Sie weiter!« Tubbs holte seine Pistole hervor und hielt sie hoch, damit alle sie sehen konnten, was es ihnen erleichterte, durch die dichtgedrängte Menschenmenge zu kommen. Sie brauchten sich nicht zu beeilen. Leon war immer noch tot, als sie ihn erreichten. Rasch sahen sie sich nach dem Schützen um. Nichts. Strandleben am Mittag, alles war bedrückend normal, bis auf die Leiche. Auf dem Sand unter ihr bildete sich eine Blutlache.
»Crockett! Schau mal!« Tubbs hatte drei saubere kleine Löcher gefunden, die die drei Kugeln auf ihrem Weg durch ein Pappschild neben Dinos Bar hinterlassen hatten.

»Zurück, Leute!« schrie Crockett dem Kreis der gaffenden Zuschauer zu. Die Neuigkeit verbreitete sich wie ein Lauffeuer. Crockett entdeckte einen Strandwächter. »Sie da! Ich will den Film aus der Kamera dieser Frau da drüben und überhaupt aus jeder Kamera in fünfzig Meter Umkreis. Los! Sofort!« Der Strandwächter rannte los, wobei er nicht wußte, wie er sich Crockett gegenüber verhalten sollte.

»Der Killer ist längst fort, Crockett!« sagte Tubbs. »Das war ein Profi!«

Crockett ging zu dem Telefon, um den in der Luft hängenden Hörer aufzunehmen. Er warf einige Münzen ein und rief Rodriguez an.

Niedergeschlagen schlenderten die beiden langsam zu Crocketts Corvette zurück. Crockett schien erneut in tiefe, undurchdringliche Depression zu versinken.

»Weißt du«, sagte Tubbs gepreßt und betont geschäftsmäßig, »seitdem wir uns zum ersten Mal begegnet sind, stolpern wir beständig übereinander. Ich glaube, es ist an der Zeit, mein Angebot zu überdenken, Kumpel!«

Crockett wollte seinen Ohren nicht trauen. Er ächzte, suchte nach seinen Schlüsseln und äußerte sich nicht.

In das Schweigen hinein sagte Tubbs: »Ja, ich weiß. Sonny Crockett, der große Einzelkämpfer, der Superstar. Du mußt dich überwinden! Du weißt, daß diese Ermittlungen ohne mich gestorben sind!«

»Zum Teufel, wovon redest du eigentlich, New Yorker?«

»Über die Geschichte von letzter Nacht!« sagte Tubbs scharf. »Vielleicht erinnerst du dich noch? Alles, was Calderone weiß, ist, daß ich mich mit dem ganzen Geld und dem freudenspendenden Pülverchen auf und davon gemacht habe, als ich dein Schmuggelboot stahl. Ich werde ganz bestimmt bald von ihm hören!«

Crockett hörte auf, am Türschloß herumzufummeln und starrte Tubbs an, unbewegt und schweigend, so wie er vielleicht einen Penner im Park betrachtet hätte.
»Du brauchst mich, Crockett!«
Er schüttelte den Kopf. »Meine Güte, was für ein harter Brocken. Du bist unglaublich!« Er öffnete die Tür und setzte sich in den Wagen, die Hände ums Steuer geklammert. »Ich weiß nicht, wie das klappen soll, Mister Tubbs . . .?«
»Wie was klappen soll?«
»Du bist nicht gerade mein Fall, was Stil und Person betrifft. Zugegeben, mit mir ist es auch kein Zuckerschlekken . . .«
»Wir wollen doch hier nicht persönlich werden . . .!«
Crockett ging auf den Scherz ein und nickte. »Aber alles in allem, fürchte ich, daß wir beide gezwungen sind, so etwas in Betracht zu ziehen wie eine kurzfristige . . .« Er stöhnte, als ob schon das Aussprechen des Wortes ihm Schmerzen bereiten würde. ». . . Zusammenarbeit!«
»Wie soll das denn aussehen?« fragte Tubbs und weidete sich an Crocketts Unbehagen. Er wußte, daß er es geschafft hatte.
Crockett brummte: »Wir wollen uns mal bei Leon umschauen! Steig ein!«
Tubbs ließ sich das nicht zweimal sagen.

Der Hausmeister, der in dem Haus, wo Leon wohnte, das Regiment führte, war ein glatzköpfiger Jude. Er unterbrach sich nach jedem zweiten oder dritten Satz, um etwas in den Nebenraum zu brüllen, wo vermutlich seine kleine jüdische Frau saß. Crockett und Tubbs hörten jedesmal eine Stimme, die antwortete, aber sie sahen niemanden.
»Also, Sie sagen, daß Sie Polizisten sind! *Diana, hast du Mr. Hershenson wegen der Ersatzteile für die Heizung angerufen?*«

Crockett und Tubbs zeigten ihre Polizeimarken.
»Dies hier ist ein speziell gesichertes Gebäude. Ich soll keinen unbefugten Personen Zutritt gestatten! *Diana, geh doch mal ans Telefon! Ich habe Leute hier!*«
»Geh doch selbst dran, Harvey!« antwortete eine schrille Stimme. »Ich sehe gerade meine Lieblingsserie!«
»Ich sollte doch wohl nach einem Durchsuchungsbefehl oder sowas fragen! *Diana, geh ans Telefon, verdammt noch mal!*«
Willig zog Crockett einen Haufen zusammengefalteter amtlich aussehender Papiere aus der Tasche und begann vorzulesen: »Stadtverwaltung Miami, Dade County, Vorsitzender Richter Myron T. Bradshaw . . .«
Erschöpft führte Harvey Crockett und Tubbs die Treppe hinauf. Dianas Protest versiegte hinter ihnen.
». . . der hiermit die Durchsuchung der Wohnung eines gewissen Leon des Santis anordnet, Datum vom 20. . . .«
»Bitte, bitte!« Harvey gab nach. »Hören Sie auf. Das klingt wie meine Frau, die redet und redet. Hier sind die Schlüssel! Wenn Sie fertig sind, werfen Sie sie einfach unten durch den Briefschlitz.« Dann drehte er sich um und ging wieder, in sein Schicksal ergeben, nach unten. »Die Wohnung von Mr. de Santis ist am Ende des Flurs!« Er zeigte sie ihnen, dann verschwand er. Als Crockett den Schlüssel nahm, griff Tubbs nach dem Durchsuchungsbefehl. Er wollte Crockett fragen, wieso er so frühzeitig geahnt hatte, daß er ihn brauchen würde und wie er Zeit genug für alle Formalitäten gehabt hatte.
Er untersuchte das Dokument. »Na hör mal, das hier ist eine Zweijahresgarantie für einen Satz Stahlgürtelreifen!« sagte er mißbilligend.
»Nein! Wirklich? Na so was!« Crockett beugte sich vor, um den Schlüssel ins Schloß zu stecken, und entdeckte, daß

die Tür schon offen war. »O Mann, verdammt!« Er stieß die Tür auf und wußte, was ihn erwartete.
Das Wohnzimmer sah aus, als ob ein Wirbelsturm dort aufgeräumt hätte. Sofas waren umgekippt, Lederpolster aufgeschlitzt, Schubladen aufgerissen, und Kleidungsstücke hingen heraus, Vorhänge lagen zusammengebündelt auf dem Fußboden, Glasscherben glitzerten, Bilderrahmen waren zerschmettert und auseinandergerissen. Calderones nächtliche Armee war gekommen wie ein Kommandounternehmen, und es schwand jede Hoffnung, neue Spuren zu finden. Und außerdem, dachte Crockett, mußten die sich nicht noch mit dem Hausmeister herumplagen. Wie zum Teufel sollten sie dagegen ankommen?
Tubbs war schon dabei, methodisch das zerstörte Wohnzimmer zu durchkämmen. Sein Enthusiasmus ärgerte Crockett, der aufs Geradewohl herumstöberte und so tat, als ob.
»Es besteht ja immer noch die Chance, daß sie was übersehen haben, das ohne Bedeutung für Calderone ist, das uns aber auf eine neue Spur bringen könnte!«
»Die Chance ist wohl gleich Null!« sagte Crockett, von dem Durcheinander entmutigt. »Beim Football würde man das als Eins-zu-hundert-Chance bezeichnen!«
Tubbs erstarrte und schaute dann Crockett mit besonderer Aufmerksamkeit an, so als ob Sonny gerade eine Maske vom Gesicht gezogen hätte und jemand zum Vorschein gekommen wäre, den Tubbs wiedererkannte. »Crockett, natürlich!« sagte Tubbs. »James Sonny Crockett, hab ich recht?«
Crockett sprach wie ein Schullehrer, der mit einem geistig leicht behinderten Kind redet: »*Sehr gut*, Tubbs! In der nächsten Woche nehmen wir uns dann *deinen* Namen vor!«

»Nein, nein, ich meine, du warst doch mal Football-Spieler!«
Man merkte es Crockett an, daß er es satt hatte, immer wieder davon sprechen zu müssen: »Universität von Florida. College-Football-Team, Spielernummer 88. Das ist hundert Jahre her.«
Tubbs schien ein wenig aufgeregt. »Mein Bruder hat immer von dir geschwärmt. Einmal, da hast du in der letzten Minute die Spielentscheidung gebracht!«
»Es war sechs Sekunden vor Schluß. Die Entscheidung gegen Alabama. Nur um die Fakten richtigzustellen, Tubbs!«
»Also weißt du, Football langweilt mich zu Tode!«
Ein wenig überrascht murmelte Crockett: »Wer hätte das gedacht?« Er war ein bißchen verlegen.
»Tut mir leid, daß ich nicht in das übliche Klischee vom schwarzen Sportfan passe. Aber mein Bruder hat dich glühend verehrt. Ich war so ungefähr vierzehn, als du auf dem College Football gespielt hast. Er hielt dich für einen gottverdammten Teufelskerl!«
Wider Willen mußte Crockett lachen.
»Nicht etwa, daß ich behaupten will, daß die Arbeit bei der Vice Squad nicht der phantastischste Job auf der ganzen Welt wäre, aber wie kommst du hierher, Crockett? Mindestens die Hälfte aller Talentsucher aus den großen Football-Clubs muß doch wie wild hinter dir hergewesen sein!«
Crockett nahm seine gelangweilte Durchsuchung wieder auf. »Ich habe Ruhm und Ehre gegen zwei Jahre in Südostasien eingetauscht!«
»Vietnam?«
»Nein, Coney Island!« sagte er aufgebracht. »Zurück in die Staaten kam ich mit einem kaputten rechten Knie, das ich einem VC-60mm-Geschoßsplitter zu verdanken habe.

Meine Zeit für 40 Yards war 6,5. Wirklich überwältigend. Das war die Einbahnstraße ins Lager der Versager!«
»Man muß es eben so nehmen, wie es kommt!« sagte Tubbs ausweichend und wühlte sich durch eine Anhäufung zerstörter Bücher, billige, in Lederimitat gebundene Klassiker der Weltliteratur: »Krieg und Frieden«, »Schuld und Sühne«, »Große Erwartungen«, »Onkel Toms Hütte«. »Die meisten davon sind nie aufgeschlagen worden!« Tubbs untersuchte die Buchrücken. Aus dem hohlen Rücken eines dicken Bandes mit den »Gesammelten Werken von Mark Twain« ragte die gemusterte Ecke eines dünnen Heftes hervor, wie von einem kleinen schwarzen Adreßbuch. Ganz offensichtlich waren die Bücher durchwühlt, hastig durchgeblättert und dann auf den Boden geworfen worden. Der Aufprall hatte die Ecke des Adreßbuches herausrutschen lassen. Tubbs zog es hervor und sah es durch. Nur auf einer Seite stand etwas. »Keine Namen!« sagte er und hielt es hoch, damit Crockett es sehen konnte. »Nur Zahlen!«
»Gott sei Dank!« Crockett ging die Nummernliste durch. »Du bekommst den Sherlock-Holmes-Ehrenpreis, Tubbs. Wir können die Namen über die Telefongesellschaft herausbekommen!«
»Leon war außerordentlich panisch im Gerichtssaal!« sagte Tubbs, als sie das Gebäude verließen, nachdem Sonny die überflüssigen Schlüssel in den Briefschlitz geworfen hatte. »Aber woher wußten Calderones Killer, wo er sein würde? Ich bin ganz sicher, daß ich der einzige war, der ihm gefolgt ist, und er hat sich mächtig angestrengt, nicht gesehen zu werden. Zum Strand hat er Taxis genommen. Er hat sie fünfmal gewechselt, ließ die Fahrer rote Ampeln überfahren und Umwege machen. Ich weiß ja nicht viel über die örtlichen Verkehrsverhältnisse, Sonny, aber ich

weiß, daß man keine 70 Minuten braucht, um geradewegs zum Strand zu fahren.«
»Worauf willst du hinaus?«
»Ich will damit sagen, daß die einzigen Leute, die wußten, wo Leon abgeholt werden wollte, Polizisten waren. Ihr habt in eurer Abteilung ein Leck, so groß wie der East River!«
Auch wenn Crockett schon selbst diese Möglichkeit in Betracht gezogen hatte, so ärgerte ihn doch, daß Tubbs es aussprach. Einen Moment lang kreuzten sich die grimmigen Blicke der beiden. Dann sagte Crockett: »Meine Abteilung laß meine Sache sein. Aber falls du in deinem Motel keine Sekretärin hast, dann solltest du lieber zusehen, daß du hinkommst, und auf den Anruf von Calderone warten!«
Crockett selbst mußte noch aufs Revier, um zu sehen, ob die Ballistiker irgendwelche erleuchtenden Informationen über die Kugeln hatten, die Leon sein armseliges Leben raubten. Er hatte schon den Verdacht, daß es keine guten Nachrichten für ihn geben würde.

Was Crockett allerdings nicht vorzufinden erwartet hatte, war Gina Calabrese. Sie trug konventionelle Straßenkleidung, nicht ihre auffällige Nuttenaufmachung. Sie wäre ihm fast entwischt, bevor er sie auf dem Gang einholen konnte.
Er fand Gina immer noch so attraktiv, daß er sich bemüßigt fühlte, allen Charme aufzuwenden, der ihm in seinem Zustand – unrasiert und in Drogendealer-Aufmachung – zur Verfügung stand. Sie hatten sich ab und zu miteinander verabredet und sich dann die Herzen ausgeschüttet. Seit Wochen versuchte Crockett Gina klarzumachen, daß es jetzt, wo seine Trennung von Caroline offiziell war und

der Termin für die Scheidung feststand, für sie beide in Ordnung wäre, ihre aufkeimende Beziehung auszudehnen. Es schien ihm, als ob Gina ihn eigentlich gerne näher kennenlernen wollte, sich aber aus ihm unbekannten Gründen zurückhielt.

Er überholte sie und versperrte ihr den Weg. Lächelnd begann er: »Gina, Schätzchen, ich möchte dich um einen kleinen Gefallen bitten!«

Ihre braunen Augen funkelten vergnügt. »Ist das einer dieser berüchtigten kleinen Gefallen für Sonny Crockett, aus denen drei große Gefallen geworden sind, ehe man noch den Satz zu Ende gebracht hat? Oder meinst du einen kleinen Gefallen von der Art, wie bei einem Krokodil mit verdorbenem Magen einen ganzen Nachmittag lang Baby-Sitter zu spielen?«

Er zuckte nonchalant mit den Achseln. »Alligator. Sprich mir nach: Alli-gator!« Sie stand da und wartete. »Ich habe einige Rollen Film von Amateuren vom Strand, die ich schnell entwickelt haben muß.«

Sie seufzte. »Sonny, in weniger als einer Stunde muß ich mit meiner Nuttenaufmachung auf der Straße stehen . . .«

»Da mußt du doch auf jeden Fall direkt am Labor vorbei, nicht? Dann könntest du doch das Zeug für mich abgeben!«

Da sie wußte, daß sie mit Argumentieren nur Zeit verlieren würde, streckte sie einfach die geöffnete Hand aus. Sonny gab ihr die Filmrollen, und sie verstaute sie in ihrer Umhängetasche.

»Wie wäre es heute abend mit einem gemeinsamen Essen, als Zeichen meiner Dankbarkeit? Jetzt, wo ich weiß, daß du heute abend nicht arbeitest!« Sein fröhlicher Ton sollte andeuten, daß es gut für sie beide wäre!

»Ich werd's mir überlegen!«

Ihre Antwort hätte ihn beinahe vor Freude jauchzen lassen, aber statt dessen bat er sie gleich um einen weiteren Gefallen. Eine Glückssträhne mußte man ausnutzen.
»Übrigens, ich brauche auch den Computerauszug über einen Rauschgiftfahnder aus New York, der Name ist Rafael Tubbs.«
»Der Neue?«
»Ja, du bist doch sowieso in der Nähe!« Er reichte ihr einen Papierstreifen, auf dem Tubbs' Name stand.
Gina schlug hilfesuchend die Augen gen Himmel. »Um Gottes willen, wenn man dir auch bloß den kleinen Finger gibt . . .!«
Er streichelte über ihre Wange und vergaß sich fast dabei.
»Bis später dann!«
»Wie du meinst!« sagte sie und ging weiter den Gang entlang.
Gerade in diesem Augenblick klingelte das Telefon auf Crocketts Schreibtisch.
»Wir sind wieder im Geschäft, mein Junge!« hörte er Tubbs' Stimme.
»Was gibt's Neues?« Gina war fort.
»Calderones rechte Hand rief gerade wegen des Geldes an. Sein Name ist . . . mh . . . Trini de Soto?«
»Der mit der hohen, gezierten Stimme? So 'ne Mischung aus Tito Puente und Carol Channing?«
»Genau, du hast's erfaßt, Mann!«
»Ich hol dich in fünfzehn Minuten im Motel ab!«
Er warf den Hörer auf und rannte hinaus. Das würden wirklich zwei arbeitsreiche Tage werden.

7.

Fat Sals Restaurant verpestete Little Havanna in alle Windrichtungen mit dem Geruch von in Fett ausgebackenem mexikanischen Essen: Bohnen, unverpackte Käselaibe, gebackene Tortillas und gegrilltes Fleisch, mexikanisches Dos-Equis-Bier in Flaschen und Tecate in Dosen.
Das Innere war reiner Südamerika-Kitsch: nachgemachte Lehmziegel, Sombreros und farbenprächtige Decken an den Wänden. Der Qualm handgedrehter kubanischer Zigarren verpestete die Luft, und an der Bar standen dichtgedrängt zwielichtige Gestalten, die sich laut unterhielten, gegrillte Appetithäppchen verschlangen und beachtliche Mengen Rum mit Bier nachspülten. Gelegentlich erstickten sie die ohrenbetäubende Salsa-Musik, die aus der Musikbox in der Ecke kam, indem sie ein Fußballspiel bejubelten, das in bunten Farben auf einem Fernseher flimmerte, der über der Bar an der Decke festgeschraubt war. Der Kommentar ertönte in unwahrscheinlich schnellem, unverständlichem Spanisch. Crockett hatte den Eindruck, daß Tubbs es verstehen konnte.
Wenn es darum ging, Aufmerksamkeit zu erregen, so war allein schon die Kleidung von Trini de Soto so schreiend in den Farben, daß er Fat Sals Stammkundschaft überwältigte, sogar wenn er den Mund hielt, was er jedoch keineswegs tat. Mit einer Chili-Enchilada im Mund philosophierte er vor sich hin und meinte alles völlig ernst:
»Wissen Sie, die meisten Kubaner, die mit mir im Flüchtlingslager waren, haben die Zeit damit totgeschlagen, irgendwelchen Mist im Fernsehen anzusehen. All dieser Quatsch, der da so lief. Aber nicht ich! Ich dachte: Trini, du sitzt vielleicht für sechs Monate in diesem Loch fest, während du auf deine Papiere wartest! Nutz die Zeit, bilde dich weiter!«

Tubbs schüttete einen eisgekühlten Kaffee hinunter, während Crockett gelangweilt auf das Fußballspiel schaute. »Dann haben Sie wohl 'ne Menge Bücher gelesen?«

Tini verneinte, enttäuscht über das Mißverständnis, und schaufelte weiteres Essen in sich hinein: »Sie haben mich falsch verstanden, Mann. Ich hab' auf all den Quatsch im Fernsehen verzichtet. Ich hab' die alten Klassiker angedreht: ›Geliebte Lucy‹, ›Vater ist der Beste‹, ›Lieber Onkel Bill‹ . . . ›Bezaubernde Jeannie‹. Da hab ich dann auch so gut Englisch gelernt. Mann, das war das goldene Zeitalter des Fernsehens!« Um seinen Worten Nachdruck zu verleihen, fuchtelte er wild mit der Gabel herum und senkte dann vertraulich die Stimme: »Und solche Leute wie Desi Arnaz kann man vergessen. Daß dieser Bursche nie einen Oscar bekommen hat, sagt sehr viel über die amerikanische Psyche!« Trini wirkte wie eine Parodie auf einen schwulen Zuhälter in einem miesen ausländischen Horrorfilm.

»Na, sieh mal an«, meinte Tubbs, »wer will denn da noch behaupten, daß das Fernsehen keine erzieherische Wirkung hat!« Das lenkte Crocketts Aufmerksamkeit wieder vom Fußballspiel ab.

»Diese New Yorker Kritiker haben den armen Desi Arnaz sabotiert!« sagte Crockett, mehr zu Tubbs gewendet. »Lassen Sie sich davon nicht beirren, Trini!« Er trank ein großes Glas Faßbier in einem Zug aus.

Trini tupfte sich das Gesicht ab und warf seine Serviette auf seinen Teller. »Aber jetzt habe ich Sie genug mit der faszinierenden Geschichte meines Lebens gelangweilt. Haben Sie das Geld?« Ohne jede Vorwarnung ging er zum geschäftlichen Teil über. Seine Augen verrieten den eiskalten Killer, der sich hinter seiner Speedy-Gonzales-Aufmachung verbarg.

Tubbs war ihm gewachsen, seinem kalten Blick begegnete er mit ebensoviel Härte. »Erst wenn ich Calderone getroffen habe!« sagte er mit abwehrendem Kopfschütteln.
Trini wurde noch überschwenglicher und boxte Tubbs auf den Bizeps: »Aber Teddy, ich bin sein persönlicher Repräsentant!«
Tubbs als Teddy Prentiss war ein kühler Verhandlungspartner, der sich auf nichts einließ. »Denkt daran, ich habe es nicht nötig, heute hier aufzukreuzen. Das war die reine Freundlichkeit. Nach dem kleinen Fiasko gestern abend am Hafen denke ich nicht mehr daran, über Mittelsmänner zu verhandeln. Sagen Sie Calderone, wenn er sein Geld will, dann muß er mit mir, mit Teddy Prentiss persönlich verhandeln, keine Mittelsmänner mehr!«
Trini schnappte vor Überraschung laut nach Luft: »Das wird schwierig werden, mein Freund!«
»Sagen Sie ihm, ohne das läuft kein Deal mehr!« knurrte Tubbs drohend. »Die Reisetasche von gestern ist ja kaum der Rede wert!«
Trini war jetzt ganz Ohr. Er mußte erst einmal verdauen, was Tubbs da gesagt hatte. »Und an welche Summe denken Sie da, Mrs. Prentiss?«
Mit vertraulichem Lächeln beugte sich Crockett zu ihm: »Für uns gibt es kein Limit, Amigo!«
Trini verlagerte seine Aufmerksamkeit, ohne seine gespielte Unbekümmertheit zu verlieren. »Und Sie, Mister Burnett, welche . . . welche Rolle spielen Sie bei diesem Geschäft?«
Tubbs antwortete statt seiner, um Trinis Aufmerksamkeit abzulenken. »Burnett ist für den Transport zuständig!«
»Eine weise Entscheidung, Teddy!« Trini nickte anerkennend. An Crockett gewandt, fügte er hinzu: »Ihr Ruf als Bootsenthusiast eilt Ihnen voraus, mein Freund!«

»Sie meinen wohl, daß dieser Schwätzer Leon das verbreitet hat!« sagte Crockett. »Jedenfalls hab' ich gehört, daß er uns allen vorausgeeilt ist!«
De Soto brach in herzhaftes Lachen aus. »Das ist *muy bien*, wirklich!« Er erhob sich. Das Treffen war vorüber. »Neun Uhr, im ›Key Biscayne Club‹, einverstanden? Bringen Sie das Geld mit!«
»Neun Uhr!« sagte Crockett. Sie beobachteten, wie de Soto davonschlenderte und dabei einigen anderen Stammkunden lässig zuwinkte. Als Crockett sich wieder Tubbs zudrehte, schnitt der schwarze Polizist eine Grimasse.
»Ja, ja, Trini«, sagte Crockett verständnisvoll. »Durch diesen Burschen bekommt der Begriff ›fremdartig‹ eine ganz neue Bedeutung. Los, verschwinden wir aus diesem Laden!«
»Ich wußte gar nicht, daß ihr bulligen Footballtypen auch an Fußball interessiert seid«, sagte Tubbs und zeigte auf den Fernseher hinter ihnen.
»Das bin ich überhaupt nicht. Ich hasse es. Aber auf Kanal vier wird gerade ein Spiel der ›Dolphins‹ übertragen.«
»Aber nicht in Little Havanna, da gibt's das nicht!«
Auf dem ganzen Weg bis zum Wagen brummte Crockett wütend vor sich hin: »Dieser Jimmy Carter mit dem Hirn von der Größe einer Erdnuß läßt einhundertzwanzigtausend von diesen Bohnenfressern ohne weiteres ins Land. Mindestens fünfundzwanzig Prozent von ihnen sind nachgewiesene Kriminelle. Castro lacht sich heute, fünf Jahre später, immer noch halb tot, während wir reinrassigen Amerikaner nicht einmal ein Football-Spiel im Fernsehen anschauen können!«
»Wieviel Geld hast du drauf gewettet?«
Crockett verzog sein Gesicht in gespieltem Ärger. »Ich versuche gerade, eine seriöse sozialpolitische Meinung zu

äußern, Tubbs. Zum Teufel, was hat das damit zu tun, ob . . .«
»Wieviel?«
Crockett gab sich geschlagen und sagte in säuerlichem Ton: »Hundert Dollar!«
»Da spricht wieder der Kapitalist!«
»Ich muß schon bitten!« Sie stiegen in den Wagen. Nachdem sie schweigend einige Meilen zurückgelegt hatten, sagte Tubbs: »Ich weiß nicht, ob mein sonniges Gemüt schon so bald eine weitere Mahlzeit in Gesellschaft von Trini de Soto verträgt!« Er spürte, wie sein Magensäurespiegel stieg, wenn er daran dachte, daß er in wenig mehr als sechs Stunden vielleicht im selben Raum mit Francisco Calderone sitzen würde.
»Das Beste hab ich dir überhaupt noch nicht erzählt!« Sonny grinste. »Zur Tarnung schicken sie uns heute abend Gina und Trudy mit!«
Tubbs starrte seinen unrasierten Partner mit aufgerissenen Augen an, so als hätte er gerade ein Geburtstagsgeschenk bekommen. »Trudy ist in Ordnung«, sagte er einen Augenblick später. »Der Gedanke gefällt mir. Du suchst ein nettes Mädchen, also rufst du einfach bei der Vice Squad an, und die schicken dir ein paar gutaussehende Angehörige des weiblichen Geschlechts, einfach so . . .« Den Drogenhändler zu spielen hatte schon seine kleinen Reize. Kleidung und Essen mußten erstklassig sein, unbedingt – es sei denn, man hatte sich als so exzentrischer Typ eingeführt wie Sonny. Sonnys Markenzeichen war sein teures Schnellboot und seine lässige Verachtung für teure Kleidung und kostspielige Autos. Er hatte die richtigen Sachen, die Boote, die Kleider, die Autos, aber er achtete darauf, daß die großen und kleinen Dealer merkten, daß er sich nichts daraus machte. Tubbs zog ein eher klassisches

Image vor, kleidete seinen geschmeidigen Körper in Maßgeschneidertes und sprach perfekt den örtlichen Slang.
Als sie auf die Venice-Schnellstraße kamen, sagte Tubbs: »Ich habe ein bißchen über die undichte Stelle in eurer Abteilung nachgedacht, welche Möglichkeiten es da gibt!«
»Ja! Und was ist dabei herausgekommen?«
»Wie gut kennst du euren Lieutenant Rodriguez? Er ist die Schlüsselfigur bei dem ganzen Unternehmen!«
Crocketts Augen schienen Feuer zu sprühen. »Denk daran, daß du uns hier bloß einen kleinen Höflichkeitsbesuch abstattest, New Yorker. Also rate ich dir, lenk das Gespräch lieber auf ein anderes Thema!«
Tubbs dachte darüber nach, daß Crockett bisweilen ohne Einschränkung auf seiner Seite zu stehen schien. Und dann schnappte er plötzlich zu, wie ein Wolfsjunges oder eine Klapperschlange. »He, Mann, reg dich ab. War ja bloß 'ne Frage!«
Crockett schnitt ihm das Wort mit einer seiner berüchtigten Wutanfälle ab: »Das war bloß 'ne Frage nach einem Mann, den ich für einen der ehrlichsten Polizisten im ganzen Lande halte, mit dem ich fast sechs Jahre zusammengearbeitet habe, das ist fünf Jahre, elf Monate und neunundzwanzig Tage länger, als ich dich überhaupt kenne, mein Freund!«
Tubbs brüllte in gleicher Lautstärke zurück: »Also, wenn du ihn so gut kennst, dann kannst du mir vielleicht erklären, was mit den achtzehntausend Dollar ist, die er vor zehn Tagen bei der Miami Federal Bank eingezahlt hat?«
Crockett wußte nicht, ob er zuerst überrascht oder wütend sein sollte. Er trat voll aufs Gas, um zu kaschieren, wie sehr ihn die Mitteilung von Tubbs aus der Bahn geworfen hatte. »Du stellst Nachforschungen über meine Freunde an?«

»Hab' mich nur ein bißchen umgehört. Das nennt man Selbsterhaltungstrieb, mein Junge.« Er imitierte Crocketts Tonfall aus ihrem Gespräch am Strand. »Irgendwann werd' ich's dir erklären. Und wie steht es zum Beispiel mit Switek und Zito? Zito wirkt, als sei er nicht mehr ganz bei Trost, und Switek hat ja auch nicht direkt große Chancen auf 'ne Goldmedaille für geschickte Überwachung. Hast du je darüber nachgedacht, ob sie vielleicht die Sache mit Leon absichtlich vermasselt haben? Und was ist mit den Leuten vom FBI, die hier mitmischen? Was ist mit diesem Burschen Scotty Wheeler?«

»Schluß!« sagte Crockett mit fester Stimme, am Ende seiner Geduld. »Jetzt reicht's mir aber. Du hältst jetzt den Mund, oder du gehst zu Fuß, New Yorker!«

»Ich wollte dir bloß was zum Nachdenken geben, Mann. Überleg es dir!«

Crockett sprach kein weiteres Wort mit Tubbs. Er hatte nicht die Absicht, ihn wissen zu lassen, daß er nichts von Rodriguez' enormer Einzahlung gewußt hatte.

Trudy und Gina waren mehr als bloß in Ordnung, sie waren ganz große Klasse.

Der ›Key Biscayne Club‹ war eine mehr in einer Reihe von kostspieligen Futterstellen, ein privates Tanz- und Eßlokal, das abgesetzte mittelamerikanische Obristen, die meisten kolumbianischen Drogenkönige, ausgewählte Schickeria, die mit Geld um sich warf, und aerobic-gestählte Dämchen bediente. Gina Calabrese steckte – teilweise – in irgend etwas mit drapiertem Ausschnitt, das in einem engen Rock endete, der viel wohlgeformte Schenkel sehen ließ. Trudy Joplin war ähnlich ausstaffiert.

Crockett hatte den Tisch widerwillig verlassen, um einen Burschen, der ihn kannte – als Burnett natürlich –, mit

gespielter Überschwenglichkeit zu begrüßen. Es war Marty Goins, der auf den Cayman-Inseln eine Geldwäscherei betrieb. Sobald Crockett vom Tisch aufgestanden war, hatte Tubbs das Gespräch auf das Thema gebracht, das offensichtlich alle am meisten interessierte.
»Er hat dir erzählt, daß er als *Freiwilliger* nach Vietnam gegangen ist?« rief Gina aus, mit dem ungläubigen Kopfschütteln eines kleinen Mädchens. Ihre dunklen, verführerischen Augen sprühten vor Lachen. »Abgesehen von gelegentlichen Razzien in Massagesalons gibt es nichts im Leben, wozu Sonny Crockett sich freiwillig gemeldet hat!«
Trudy hatte ihre Hand auf Tubbs' Arm gelegt, was ihm durchaus recht war. »Er hat dir wahrscheinlich auch erzählt, daß er sich das kaputte Knie im Gefecht eingehandelt hat, oder?«
Tubbs genoß seinen Kognak nach dem Essen. »Mh . . . so ungefähr!«
Gina und Trudy tauschten wissende Blicke aus. Gina nahm einen Schluck von ihrem Wodka und sagte: »Was ich darüber gehört habe, ist, daß er nach einem großen Sieg in seinem letzten Jahr auf der Universität total blau war und zwei Etagen tiefer aus dem Fenster fiel, als er um fünf Uhr morgens versuchte, aus dem Schlafzimmerfenster einer Cheerleaderin zu klettern!«
Trudy sagte: »Und das nennst du Gefecht, Schätzchen? 'ne Tapferkeitsmedaille hat ihm das aber kaum eingebracht!«
Alle brachen in Gelächter aus. Tubbs gefielen die beiden Mädchen. Sie alle spielten ihre Rolle in einem Spiel, das zu den angenehmen Seiten der Arbeit bei der Vice Squad gehörte: ein erstklassiges Essen in einem exklusiven Club, Drinks und elegante Kleider, Gelächter und Freunde mitten in der Schlangengrube. Es wäre großartig, wenn sie sich alle einfach auf Crocketts Boot zurückziehen und

vergessen könnten, warum sie sich überhaupt diese raffinierte Tarnung zugelegt hatten.
Crockett kehrte zurück, legte die Arme um Ginas und Trudys Schultern und schob sich zwischen die beiden. Tubbs war erstaunt, daß sich Crockett nicht einmal für dieses Dinner rasiert hatte. Er schien einen permanenten Drei-Tage-Bart zu haben, der nie länger oder kürzer wurde.
»Genießt ihr Witz und Weisheit von Mr. Prentiss, meine Damen?«
Er hatte kaum Zeit gehabt, sich zu setzen und sich seinem unberührten Glas Whiskey mit Quellwasser zuzuwenden, als Trini de Soto seinen üblichen unübersehbaren Einzug hielt. Er glitt durch das Gedränge von Tänzern und Trinkern, in einen an den Schultern dick gepolsterten Anzug von Claude Montana gekleidet, der ihn aussehen ließ, als wäre er einem Wandertheater entsprungen. Seine Pupillen waren nicht größer als Nadelköpfe, offensichtlich war er bis an die Kiemen vollgepumpt mit Koks und in ausgelassener Stimmung.
»Tut mir leid, daß ich Sie habe warten lassen!« Er streckte Sonny eine schlaffe Hand entgegen. »Senor Burnett! Ich hoffe, das Dinner war zu Ihrer Zufriedenheit.«
Crockett und Tubbs hatten sich erhoben. Sie alle schüttelten sich übertrieben herzlich die Hände, wobei Tubbs, der so tat, als wäre er selbst ein bißchen high, begeistert äußerte: »Allerbestens, Mann!«
Überhöflich verbeugte sich Trini vor den Damen. Gina stand auf und reichte ihm die Hand, die er an die Lippen hob, um einen angedeuteten Handkuß anzubringen. Sein glasiger Blick wanderte von ihren Beinen zu ihrer Brust und zu ihren Augen. *»Los ojos son preciosas.«* Trudy wurde die gleiche Behandlung zuteil. Tubbs empfand so etwas

wie Neid. Waren die Mädchen tatsächlich von diesem Schleimer beeindruckt oder waren sie ganz einfach phantastische Schauspielerinnen?

Gina und Trudy erkannten ihr Stichwort, als über Geschäfte geredet werden sollte. »Also«, sagte Gina brav, »wenn ihr Jungs uns entschuldigen wollt, Trudy und ich müssen unsere Kriegsbemalung auffrischen!« Sie zwinkerte de Soto zu, der ihnen nachsah, als sie sich auf den Weg zur Damentoilette machten.

»Muy hermosas, eh?«

Tubbs lenkte Trinis Aufmerksamkeit auf sich, indem er eine Garderobenmarke hervorzog und sie ihm überreichte. »Es ist in der Garderobe, Mann!« sagte er leise. »Genau hundertzwanzigtausend. Eine ›Goodwill-Geste‹ in der Hoffnung auf gute Zusammenarbeit in der Zukunft.« Er grinste freundlich.

De Soto reichte die Marke an einen jungen Latino weiter, der sich diskret am Tisch vorbeidrückte. Er hatte ihm nicht einmal ein Zeichen geben müssen. Sie wurden pausenlos überwacht, dachte Tubbs.

De Soto lehnte sich zurück und sog die Luft so genüßlich ein, als wäre sie mit erstklassigem Haschisch versetzt. Mit theatralisch übertriebener Geste deutete er auf den Raum und begann: »Ich liebe diesen Platz, Leute. Gutaussehende Menschen, erstklassige Toiletten, sorgfältige Türkontrolle.« Er griff die Tanzmusik auf und summte: »Nur in Miami . . . ist Kuba so weit weg . . .!« Dann brach er in helles, unbeherrschtes Kichern aus.

»Heben Sie nicht ab, Mann!« sagte Crockett.

»Machen Sie sich meinetwegen keine Sorgen. Ich bin seit vier Tagen ununterbrochen auf den Beinen, wissen Sie!«

»Ja, ja, ich kenne solche Tage!« stimmte Crockett zu.

Trini hatte sich wieder in der Gewalt. »Über welche Mengen reden wir hier eigentlich, Teddy?«
Teddy/Tubbs dachte darüber nach, während er einen weiteren Schluck nahm. »Bis morgen mittag kann ich bis zu zehn Millionen Dollar in amerikanischem Geld bereit haben. Vierzigtausend pro Kilo ist der Höchstpreis. Sie können es sich ausrechnen!« Er grinste über das ganze Gesicht.
Trini überdachte diese Mitteilung und fand sie verlockend. »Ich kann natürlich keine Versprechungen machen. Aber es kann sein, daß Sie zu einem sehr günstigen Zeitpunkt auf der Szene erschienen sind. Erzählen Sie mir was über das Superboot, das Sie da haben, Burnett!«
»Zwölf Meter lang, ein leistungsstarker Motor, kann gut achtzig Kilo laden und dann immer noch jedes Schnellboot der Küstenwacht abhängen.«
»Wenn das so ist, wär's vielleicht nicht schlecht, wenn Sie noch ein zweites bereithielten.« Je mehr Trini erfuhr, desto übermütiger und ausgeflippter wurde er.
›Mein Gott!‹ dachte Tubbs. Hier saßen sie, tranken überteuerten Schnaps und redeten über eine mögliche Ladung, die irgendwo zwischen hundertsechzig und zweihundertfünfzig Kilo lag.
»*Todo está bien*«, sagte Trini, die Hände auf den Tisch gestützt. »Wenn wir uns überhaupt melden, dann irgendwann morgen.«
Crockett war sehr entgegenkommend. »Wir werden Tag und Nacht telefonisch auf dem Boot erreichbar sein.«
Trini erhob sich und war ganz offensichtlich dabei, sie in seinem Rausch aus dem Blick zu verlieren. Tubbs tippte ihm auf den Arm. »Nicht so schnell, Trini . . . Sie haben gesagt, Calderone wäre hier!«
Crockett warf Tubbs einen Blick zu, als wollte er sagen: *Was macht das schon für einen Unterschied?* Aber Trini

drehte sich um und nickte ihnen mit einem Glitzern in seinen schwerlidrigen, von Drogen vernebelten Augen zu. »Er *war* hier, Mann . . .«
Vor ihnen tauchte ein Kellner mit einer eisgekühlten Magnumflasche eines 100-Dollar-Champagners auf. »Mit den besten Empfehlungen von dem Herrn dort drüben!« sagte er und hielt ihnen das Tablett zur Begutachtung hin.
Tubbs schaute in die angegebene Richtung. Sein Herz pochte laut, als er Calderone in einer luxuriös ausgestatteten Nische sitzen sah, auf beiden Seiten einen tablettensüchtigen Teenager und einen seiner bulligen Leibwächter ganz in der Nähe, in der Hand die Aktentasche, die er aus der Garderobe geholt hatte. Die Gorillas waren nicht dieselben wie die, die Tubbs in der Bronx außer Gefecht gesetzt hatte. Der pockennarbige Drogenkönig mit den öligen Haaren erhob sein Champagnerglas, um Tubbs und Crockett aus der Entfernung zuzuprosten. De Soto war in der Menge verschwunden. Tubbs starrte weiterhin Calderone an.
»Hey, Tubbs . . .« begann Crockett, aber Tubbs schüttelte ihn ab und startete quer über die Tanzfläche in Richtung auf Calderone.
Sonny hatte keine Ahnung, was Tubbs vorhatte, als er so die Initiative ergriff. Wenn er ihm nachlief, würde das nicht gut aussehen. So setzte er sich hastig wieder, hielt sich an seinem Glas mit Bourbon fest und schaute zu. Beunruhigt dachte er darüber nach, ob vielleicht der Druck der Situation bei Tubbs einen Kurzschluß ausgelöst hatte.
Tubbs' Herz schlug wie ein Schmiedehammer, aber er behielt sein cooles Äußeres bei und glitt geschmeidig zu Calderone hinüber. Der Leibwächter machte ihm Platz. Und Calderone, der kleine Mann mit der großen Macht, be-

trachtete ihn von seinem erhöhten, thronartigen Sitz in der Nische aus. Sein Gesichtsaudruck war offen und zeigte Neugier, er war zugleich überlegen und verwundert.

Tubbs lächelte. »Eine freundliche Geste, Mr. Calderone. Ich danke Ihnen.«

Calderone streckte die Hand aus.

»Ich bin Teddy Prentiss!« fuhr Tubbs fort. »Ich freue mich darauf, mit Ihnen Geschäfte zu machen.«

Er sehnte sich danach, eine Pistole zu ziehen und Calderone in Stücke zu pusten, eine Kugel in seinen Schädel zu schießen und zuzusehen, wie sein Hirn den Chintz hinter ihm mit einem neuen Muster versah. Die von Drogen betäubten Teenager, die sich an ihn schmiegten, wußten nicht einmal, auf welchem Planeten sie sich befanden. Die Leibwächter waren keine Gefahr für Tubbs. Er konnte ein Cocktailglas zerbrechen und damit Calderones Augen auskratzen. Oder seine Daumen in seine Kehle pressen und seinen Kehlkopf zerdrücken. Ein harter Schlag gegen die Luftröhre: Gehirntod. Während ihres kurzen, freundlichen Händeschüttelns starb Calderone tausend qualvolle Tode.

Aber weder Tubbs noch Crockett waren bewaffnet hierhergekommen. Mit Waffen an diesen Ort zu kommen, wäre ein schwerer Fehler gewesen. Anstatt den Mann auf der Stelle zu töten, ließ Tubbs seine Hand los. Die Berührung mit Calderones kühler, gepuderter und parfümierter Hand verursachte ihm Magenschmerzen.

»Willkommen in Miami, Senor Prentiss!«

Crockett an seinem Tisch schluckte, aber alles schien in Ordnung, während Tubbs und Calderone sich die Hände schüttelten und einige nichtssagende Worte wechselten. Dann drehte sich Tubbs um und kam zurück. Gina und Trudy erreichten den Tisch als erste, äußerst erheitert. Sie ließen auch Crockett den Grund ihrer Fröhlichkeit wissen.

»Auf der Toilette ging's zu wie in einem überfüllten Notaufnahmelager!« Gina schüttelte verwundert den Kopf. »Mindestens drei in jeder Kabine!«
Trudy lächelte: »Ob sie die wohl stundenweise vermieten?«
Crockett hörte ihnen zwar zu, war aber in erster Linie um Tubbs besorgt. »Hör mal, Partner . . .?«
Tubbs setzte sich wortlos und starrte ins Leere, er hing irgendeiner Erinnerung nach . . .
»Alles in Ordnung?«
Teddy Prentiss kehrte in die Gegenwart zurück. »Na klar, Mann. Alles ist Spitze. Überhaupt kein Problem!«
Crockett hielt Calderones Geschenk in der Hand. »Möchte jemand Champagner?« fragte er und schüttete sich selbst zuerst ein.
Trudy hatte sich erst gar nicht gesetzt. »Also, ich weiß ja nicht, wie es mit euch Partylöwen steht, aber ich für mein Teil muß morgen arbeiten. Ihr erinnert euch noch, was das ist: Arbeit? Wie ist es . . . kann ich jemanden mitnehmen?«
Tubbs' Gesicht leuchtete auf. Er schien sich jetzt erholt zu haben. »Ja!« sagte er und bot sich selbst großzügig als Begleiter an. Er stand auf und nahm Trudys Arm.
Gina schaute auf und sagte zu Trudy: »Also, wir sehen uns sicher morgen!« Sie wünschten einander eine ›Gute Nacht‹, und Tubbs und Trudy verschwanden.
Crockett grinste: »Ich glaube, Tubbs ist verliebt!«
»Ich hab' gedacht, sein Name ist wirklich Prentiss!« sagte Gina, und Verwunderung verfinsterte ihr Gesicht.
»Nein! Rafael Tubbs. Deswegen habe ich dich nach dem Computerauszug gefragt. Hast du etwas herausbekommen?«
»Und ob!« sagte Gina. »Hör mal, Sonny, ich weiß nicht,

wer dieser Spaßvogel in Wirklichkeit ist, aber auf dem Auszug steht, daß Detective Rafael Tubbs seit mehr als drei Wochen tot und begraben ist!«
Crocketts Glas fiel auf den Boden und rollte davon. Glücklicherweise war es leer. Aber das änderte nichts an dem schockierten Ausdruck auf seinem Gesicht.

8.

Das Telefon in Tubbs' Hotelzimmer klingelte zwölf-, dreizehnmal, während Crockett unruhig über das Bootsdeck wanderte. Jedesmal, wenn er wieder an der Kajütentür ankam, starrte ihn Elvis mürrisch und verschlafen an. Er fand all dies Aufheben, das die Menschen um Vertrauen und Betrug machten, unerheblich. Seine Reptil-Augen schimmerten in der Dunkelheit wie gelb gewordene Zigarettenglut.
»Komm schon, komm schon, nimm den Hörer ab!« versuchte Crockett dem Telefon zuzureden. »Ich hätte wissen müssen, daß das eine Falle war! Ein Bursche, der vom Himmel fällt, so gut wie nichts über ihn bekannt, Empfehlungen über drei Ecken. Du lieber Gott, ich wenigstens sollte doch 'ne falsche Tarnung, die bis zum Himmel stinkt, erkennen.«
Er hängte den Hörer seines drahtlosen Telefons ein, nahm ihn wieder ab und wählte wütend nochmals die Nummer.
Gina entspannte sich in einem Liegestuhl. Hohe Absätze waren auf dem Deck der ›St. Vitus Dance‹ verboten. Sie beschäftigte sich genüßlich mit einem Drink und versuchte, aus Crocketts recht sonderbar sortierter Musiksammlung eine Kassette auszuwählen. Kopfschüttelnd schob sie eine Kassette mit Jimmy Buffett in den Recorder und

schaute zu, wie die ersten Töne von »One Particular Harbour« die Zeiger auf den Skalen in die Höhe trieben. Sie sah, daß Elvis sich auf seiner blauen Schmusedecke behaglich zusammengerollt hatte.

Crockett wütete weiter, während das Telefon stumm blieb: »Die ›Goldene Regel‹ in diesem Geschäft: Traue niemals jemandem! Wer weiß denn, wer dieser Bursche in Wahrheit ist, für wen er arbeitet. Zum Teufel, nach allem, was ich über ihn weiß, könnte er genausogut einer von Calderones Laufburschen sein, mit einer fadenscheinigen Geschichte, für den ein bescheuerter Drogenfahnder wie ich gerade das richtige Fressen ist!«

Gina, die Stimme der Vernunft, brachte ihn zum Schweigen: »Sonny, falls du nicht die Absicht hast, deine Zelte vor seinem Hotel aufzuschlagen, kannst du jetzt wirklich nicht viel tun. Du solltest dich mal ein bißchen zusammenreißen!«

Verärgert wollte er sie gerade wütend anfahren, als er die gute Laune und die Besorgnis in ihren Augen sah. Er hängte das Telefon ein und tätschelte Elvis beiläufig die Schnauze. Nachdem er einige halbgeschmolzene Eiswürfel und Bourbon in ein Glas getan hatte, lehnte er sich in Ginas Nähe an die Reling. Sein Zorn war verraucht.

»Ich weiß nicht . . .« Er schüttelte den Kopf wie ein erstaunter junger Hund. »Vielleicht werde ich langsam zu alt für diese Art Job. Sich mit vier Stunden Schlaf pro Nacht dahinzuschleppen. Manchmal wochenlang getarnt ein Leben in der Unterwelt zu führen. Diese Woche als Dealer, nächste Woche als Motorradgangster, dann wieder als Porno-Verkäufer. So nach dem Motto: Wenn heute Dienstag ist, dann sind wohl die Drogen dran!« Sie lächelte, also wagte er sich einen Schritt weiter. »Das geht einem höllisch an die Nerven. Und für 'ne Ehe ist es katastrophal!«

»Nichts belastet eine Beziehung mehr als die Art von Arbeit, die wir machen!« sagte Gina. Nachdem sie nachdenklich geschwiegen hatte, fügte sie hinzu: »Kannst du jemals vergessen, wer du bist?«

»Ob ich das je vergesse?« Er warf ihr ein trauriges Lächeln zu. »Schätzchen, bisweilen kann ich mich *erinnern*, wer ich bin! Aber was soll's? Ich habe einen wunderbaren Sohn, der sechs Jahre alt ist! Stell dir vor! Sechs Jahre!« Er wollte nicht, daß das Schweigen zu peinlich wurde, also fuhr er mit seiner Aufzählung fort: »Ich habe freie Auswahl bei sündhaft teuren Luxuswagen, nicht nur ein Boot, sondern gleich zwei, einen wirklich reizenden, ausgeflippten Alligator . . . Und wie heißt es im Lied: ›She left me at Sears . . . and I cried all the way to Wallgreen's.‹« Er prostete Elvis zu, der grunzte, dann Gina, dann dem ganzen Hafen, und schließlich trank er.

»Du bist ein solcher Schwindler, Sonny Crockett!«

»Was sagst du da?« Er war ganz gespielte Unschuld.

»Von mir aus kannst du deine Strand-Cowboy-Nummer komplett mit Football-Getue und Macho-Mentalität von jetzt an bis in alle Ewigkeit abziehen, aber mich kannst du damit nicht überzeugen!«

Er schaute sie nicht an: »Tututuut! Schon wieder ertappt!«

»Du bist genauso verängstigt und verwirrt wie jeder andere Mensch auch!«

»Weißt du was, Gina?« Er lächelte gewinnend. »Du kannst einem manchmal ganz schön auf den Nerven herumtrampeln . . . aber ich mag dich!« Zumindest damit war er aufrichtig. Das war eine schwache Stelle in dem Panzer, den er um seine Gefühle gelegt hatte, und er ließ es zu, daß sie sie bemerkte. »Ich mag dich wirklich sehr!«

»Ich mag dich auch, Sonny!« sagte sie, ohne Umschweife.

»Ach, wirklich?« Er sah eine Chance, das Thema von sich

abzulenken. »So, und warum hast du dann vier Einladungen in drei Wochen abgelehnt? Heute abend wärst du auch nicht gekommen, wenn Trudy nicht als Anstandsdame dabeigewesen wäre!«
»Mein Vater war ein Römer von der guten alten Art. Er hat mir immer geraten, ich soll mich nicht mit einem Mann einlassen, den eine andere gerade abgewiesen hat. Schau dich doch an, Sonny, dich hat es so hart aus der Bahn geworfen, daß du dich kaum auf den Füßen halten kannst!«
Er versuchte, dem auszuweichen, was ihm nichts als ein typisch weiblicher Angriff aus dem Hinterhalt zu sein schien. »Zum Teufel, was soll das heißen?«
»Du liebst Caroline immer noch!« In ihrer Stimme schwang Bedauern.
Ihre Worte trafen ihn mitten ins Herz, und nicht zu wissen, ob sie nicht vielleicht recht hatte, erschreckte ihn. Er versuchte, das mit einer schwungvollen Geste zu überdecken. »Nicht getroffen! Meine Dame, ich gebe Ihnen noch eine Chance!«
Während dieser unvorhergesehenen Psychoanalyse hatten sich ihre Hände gefunden. Jetzt zog Gina sie fort. »Ich sollte jetzt wohl gehen!« bemerkte sie ruhig. Sie stand auf und küßte ihn sanft, wie in geheimem Einverständnis, und ging dann unter Deck, um ihre Umhängetasche zu holen.
Sonny stand allein auf Deck und tat sich selbst ein bißchen leid. Wenn Gina jetzt aufbrach, nachdem sie spät in der Nacht noch den ganzen Weg hinaus zum Hafen mit ihm gemacht hatte, konnte das ja nichts anderes bedeuten, als daß sein Charme versagt hatte. Ganz offensichtlich war ihm nicht einmal der geblieben!
Unter Deck ging das Licht aus. Crockett drehte sich um und sah, daß Elvis ihn vorwurfsvoll anstarrte. »Was guckst du denn so?« fragte er, und der Alligator rollte sich

behäbig auf seine Decke. Weil Gina nicht auftauchte, steckte Crockett seinen Kopf in die Kajüte. »Gina? Ist alles in Ordnung?«
»Sicher!« hörte er ihre Stimme aus dem dunklen Gang. »Komm, gib mir doch mal die Hand!«
Crockett tat es und wurde die Treppe hinunter und in Ginas Arme gezogen. Er umarmte sie und streichelte die sanfte, nackte Haut ihrer Schultern und ihres Rückens.
Elvis, dem klar wurde, daß er die Nacht allein im Freien verbringen mußte, jaulte wie ein einsamer Jagdhund und ließ seinen Kopf auf die Decke fallen.

Crockett schlief tief, besser als seit Wochen. Mit einem warmen Körper neben sich im Bett sah die Welt ganz anders aus. Das Meer roch, als sei der Tag angebrochen, aber er war noch nicht bereit, sich zu erheben. Sonny wollte diese Erfahrung auskosten, am liebsten die Zeit zurückdrehen.
Die Augen im träumerischen Halbschlaf geschlossen, drehte er sich auf dem großen Bett herum und legte einen Arm um Gina. Er bemerkte sofort, daß da etwas nicht in Ordnung war. Gina hatte keine gepanzerten Schuppen und keinen fischigen Atem.
Er öffnete die Augen. Elvis, der sich auf dem Platz breitgemacht hatte, den Gina verlassen hatte, tat so, als schliefe er, ein selbstzufriedenes Schmunzeln auf seinem Gesicht. Die brummende Digitaluhr zeigte erbarmungslos auf acht Uhr morgens. Ohne viel Hoffnung setzte sich Crockett auf und rief: »Gina!« Ihre Sachen waren fort. Die blaue Decke von Elvis lag auf der Treppe. Sie hatte die Kajütentür aufgelassen, und der Alligator war hereingekrochen, um sich auf dem Platz, der ihm seiner Meinung nach rechtmäßig zustand, auszubreiten.

»Ist ja wirklich irre!« murmelte er. Er hatte Gina nicht als jemanden eingeschätzt, der morgens wortlos verschwand. Dann hörte er Schritte auf Deck. »Gina?«
Tubbs hörte ihn von draußen. »He, Crockett, kann man hineinkommen?« fragte er mit lauter Stimme, um durch die geschlossenen Luken hindurch gehört zu werden. »Steh auf und zeig dich, Kumpel!« Keine Antwort. »He, Crockett, wenn dein bekifftes Krokodil irgendwo herumhängt, wo ich es nicht sehen kann, dann sag ihm, es soll sich anständig benehmen, oder ich mach 'nen Koffer aus ihm . . . Crockett?«
Er bückte sich, um Elvis' Schmusedecke von der Treppe aufzuheben. Elvis bemerkte diesen Übergriff von seinem bequemen Lager aus und ließ ein tiefes, warnendes Brummen hören. »Hallo, Elvis, du siehst heute morgen reichlich schuppig aus.« Langsam fühlte er sich in der Nähe dieser Kreatur etwas weniger unbehaglich: »Hast du in deinem LSD-umnebelten Hirn vielleicht einen Schimmer, wo Crockett sein könnte?« Er hatte die fast leere Flasche Bourbon an Deck gesehen.
Als Antwort auf seine Frage griff eine mächtige Hand nach seiner Kehle, hob ihn ein Stück vom Boden hoch und preßte ihn an die gegenüberliegende Wand. Ein unglaublich riesiger Pistolenlauf schob sich in seine Magengrube, und als Tubbs die Augen öffnete, sah er Crockett – bereit, auf der Stelle abzudrücken.
»Das hier ist eine Leuchtpistole, du Mistkerl«, zischte Crockett. »Die feuert Leuchtkugeln ab so dick wie 'ne Bierdose. Und wenn du nicht willst, daß deine Innereien so hell beleuchtet werden wie Cap Canaveral, dann hast du noch genau zehn Sekunden Zeit, um mir zu sagen, wer du in Wirklichkeit bist!«
Tubbs stand unter Schockwirkung. Das war wohl kaum

als Witz gemeint. »Bist du verrückt, Crockett, was zum Teufel . . .?«
»Noch acht Sekunden!« Sonny scherzte durchaus nicht.
»Du weißt doch, wer ich bin, Mann!«
Crockett brüllte noch lauter, Tubbs direkt ins Gesicht. »Rafael Tubbs hat sich vor drei Wochen bei der Schießerei mit Calderone in New York ein Plätzchen auf dem Friedhof eingehandelt! Noch vier Sekunden!« Die Signalpistole bohrte sich tiefer in seinen Brustkorb.
Tubbs verstand jetzt, was los war. »Ich bin sein Bruder!«
Elvis hatte sich vom Bett fallen lassen und war herübergerutscht. Er wartete, für den Fall, daß Tubbs log, mit weit aufgerissenem Maul. Crockett hielt Tubbs noch immer fest.
»Ich bin sein Bruder, Crockett!« Tubbs schäumte vor Wut. »Ich weiß, daß wir Schwarze für euch Südstaatler alle gleich aussehen, aber wir sind's nicht. Schau dir doch das Foto an, Mann, schau es dir an!«
Crockett ließ ihn los, unsicher geworden, und griff nach der Vergrößerung von Calderones Bild.
Während Crockett sich langsam beruhigte, war Tubbs wütend. Er sagte: »Rafael war der *beste*! Seinetwegen bin ich Polizist geworden!«
Crockett ließ voller Zweifel seinen Blick zwischen der Vergrößerung und Tubbs hin- und herwandern. »Der ältere Bruder? Der, der sich für Football begeisterte?«
Tubbs nickte. »Mein Ausweis ist in meiner rechten Jackentasche.«
Die Pistole war immer noch auf Tubbs gerichtet, aber sie hatte ihre Bedrohlichkeit verloren. Crockett angelte sich den Ausweis aus Tubbs' maßgeschneiderter Jacke. Ihm fiel fast der Unterkiefer herunter, als er ihn sich genauer anschaute. »Tubbs, Ricardo«, las er laut, »Bronx, 61. Re-

vier . . . Abteilung für bewaffnete Raubüberfälle . . .!« Verächtlich schnaubend fügte er hinzu: »Ich weiß schon, deine Freunde nennen dich Rico, hab' ich recht?« Eine andere Eintragung zog seine Aufmerksamkeit auf sich: »Erst vor vier Jahren die Polizeiakademie abgeschlossen?«
Die Pistole senkte sich langsam, bis sie auf den Fußboden gerichtet war. So graziös, wie das einem übergewichtigen drei Meter langen Alligator mit einem LSD-Rausch überhaupt nur möglich war, bewegte Elvis sich aus der Schußlinie.
»Die Mordkommission bei uns im Norden kam keinen Schritt weiter!« sagte Tubbs.
»Was?« sagte Crockett verwundert. »Die Aufforderung, dich zu unterstützen, die Lou erwähnt hat? Der Spezialauftrag mit Zugang zu allen Geheimakten? Alles gefälscht?«
»Stell dich nicht so dumm an, Sonny. Wie zum Teufel hätte ich sonst so schnell, nachdem Calderone aus New York verschwunden war, hier auftauchen können? Ein Streifenpolizist aus der Bronx in einer Drogensache in Brooklyn? Was hätte ich ihnen erzählen sollen? Daß ich einen Todesfall in der Familie hatte?« Er hatte seine Frustration lange genug in sich hineingefressen. Es verschaffte ihm Erleichterung, einiges davon vor Sonny auszubreiten, selbst wenn es damit endete, daß Sonny ihn haßte. »Ein altgedienter Detective mit hohem Dienstgrad bekommt bei der Bearbeitung eines Falles nicht so viele dumme Fragen gestellt. Calderone, dieser Saukerl, hat Rafael umgebracht!«
Crockett war mindestens so aufgebracht wie Tubbs. »Und wo kamen die hundertzwanzigtausend her? Hast du sie in deinem Keller gedruckt? Oder hast du sie durch Schwarzarbeit verdient?«
»Die stammen aus der Durchsuchung einer Geldfälscherwerkstatt in Brooklyn, im vergangenen August. Ein New

Yorker Vice-Squad-Mann, ein Freund meines Bruders, hat sie für mich aus der Asservatenkammer geschmuggelt!«
»Ist ja großartig!« Crockett kam wieder auf Tour. »Gefälschtes Geld! Gefälschte Dienstanweisungen! Gefälschte Sicherheitsüberprüfung! Mein Gott!« Er warf die Signalpistole mit aller Kraft quer durch den Raum. Als sie losging, räumte sie ein Bücherregal ab. Elvis rutschte unter das Bett und nahm seine Schmusedecke mit, um sie vor dem tobenden Crockett zu schützen. »Der größte Coup in meiner ganzen gottverdammten Laufbahn, und ich hab' einen schwarzen Charles Bronson am Hals, der rot sieht und Amok läuft!«
»Es geht um Gerechtigkeit!« protestierte Tubbs.
Crockett zeigte mit dem Finger auf ihn. »Es geht um Rache, mein Freund, schlicht und einfach! Ich mag ja auf den ungeübten Beobachter ein wenig unorthodox wirken, aber wenn es um die Polizeiarbeit geht, dann lasse ich meine Gefühle an der Garderobe. Und mich soll der Teufel holen, wenn ich meinen Kopf für einen verdrehten, hitzköpfigen Streifenpolizisten hinhalte, der sich zu einer ganz persönlichen Vendetta aufgemacht hat! Wenn's persönlich wird, dann gerät alles durcheinander, und wenn alles durcheinandergerät, dann sterben die falschen Leute! *Comprende?*«
Tubbs hatte einen Ausbruch wie diesen schon halbwegs erwartet. Die ›Drei-Musketiere-Kumpanei‹ gab's nur im Kino.
Einen Augenblick lang stand Crockett kochend vor Wut da, dann griff er nach dem Telefon.
»Ich werde die ganze Sache sofort Rodriguez erzählen. Ab sofort hast du nichts mehr mit dieser Untersuchung zu tun, Tubbs!«
Tubbs schlug mit der Hand auf die von Sonny und unter-

brach so die Verbindung. »Ohne mich gibt es keine Untersuchung, erinnerst du dich, Crockett? Calderone wird sich so schnell davonmachen, daß du nur noch den Luftzug spürst!«
Noch während beide ihre Hände auf dem Telefon hatten, begann es zu klingeln.
»Das sind sie!« sagte Tubbs. »Ein Anruf für Teddy Prentiss!«
Crockett wollte die Hand nicht wegnehmen. »Vier Leute umgebracht«, drängte Tubbs. »Mein Bruder – tot! Dein Partner Eddie – tot! Und das alles für nichts? Crockett, bitte!«
Sonny gab einen erstickten, gequälten Laut von sich und trat dann mit dem Fuß so hart gegen die Holztäfelung der Kabine, daß das ganze Boot schaukelte. Es mußte sein. »Nimm den Anruf an!«
Tubbs änderte sein Verhalten so schnell wie eine Fernbedienung das Fernsehprogramm. Er griff nach dem Hörer. »Ja, Mann?«
Trini de Soto hatte gute Nachrichten für Teddy Prentiss.

Die dunklen Linien von Rodriguez' Augenbrauen hoben sich interessiert. »*Dreihundert* Pfund Kokain? Wau!«
Er versuchte zu lächeln, aber die Zigarre, die permanent in seinem Mund hing, machte es zu einer Art von Galgenvogelgrinsen.
Crockett war stolz auf den großen Fang, der ihnen da möglicherweise bevorstand, aber Tubbs hatte einen nagenden Zweifel in ihm geweckt. Wer war in der Abteilung die undichte Stelle, und warum war Lou so glücklich über den Deal mit Calderone? »Heute abend, acht Uhr!« bestätigte er. »Ein Krabbenfischer, in Panama registriert, in der Nähe von Key West!«

»Phantastisch!«

Crockett ging den Haufen mit Abzügen der Amateurfotos durch, die er nach der Ermordung von Leon de Santis am Tatort hatte einsammeln lassen. Auf einem Foto war Tubbs zu erkennen. Die meisten Fotos waren der übliche Touristenkram, sie konzentrierten sich entweder aufs Meer oder auf die Volleyballschönen. Auf einigen Schnappschüssen war ›Dino's Dogs‹ am Rande erkennbar. In Anbetracht dessen, daß für diesen Abend die Verhaftung von Calderone geplant war, sagte Crockett: »Ich habe mir erlaubt, eine kleine Besprechung zur Lage anzuberaumen, in zehn Minuten, für alle, die heute abend als Unterstützung dabei sind: Switek und Zito, Hoban und Dibble, Gorman und Augustine. Ich dachte, wir sollten uns mal über die Feinheiten unterhalten!«

»In Ordnung! Wie steht's mit Tubbs?«

Crockett hatte über Tubbs' wahre Identität den Mund gehalten, fast widerwillig vertraute er dem jungen Polizisten. »Ich hab' ihm gesagt, er soll auf der ›St. Vitus Dance‹ bleiben und sich ruhig verhalten. Auch für den Fall, daß Trini de Soto im Auftrag von Calderone anruft.«

»Scheint, als würdet ihr beiden doch noch ein ganz anständiges Team abgeben!«

Du hättest mal sehen sollen, wie der Tag anfing! dachte Crockett. Aber falls das wahr war, was Tubbs über sich erzählt hatte, dann hatte er sich in der Tat bei seinem Tête-à-tête mit Calderone im ›Key Biscayne Club‹ ausgesprochen professionell benommen. Calderone hatte die ›Teddy-Prentiss-Nummer‹ gekauft, und Calderone war ein Killer, der sich nicht so leicht Sand in die Augen streuen ließ. Und jetzt saßen Crockett und Rodriguez hier zusammen und bereiteten sich in aller Gemütsruhe darauf vor, dem Mann, den Crockett noch vor zwei Wochen nur als ›den Kolum-

bianer‹ gekannt hat, das Messer an die Kehle zu setzen. Und das war das Verdienst von Tubbs.
Durch das Fenster von Rodriguez' Büro konnte Crockett sehen, daß Gina durch die Wachstube eilte. Er wollte zur Tür hinaus, wurde aber aufgehalten, weil eine Polizistin aus dem Innendienst im selben Augenblick ihren Kopf zur Tür hereinsteckte.
»Ein Anruf für Sie, Lieutenant!« sagte sie zu Rodriguez. »Eine Schwester Agnes vom Kloster zum ›Unbefleckten Herzen‹ auf Leitung zwei!«
Crockett blieb stehen und drehte sich um, um zu sehen, wie Lou darauf reagierte. Lou schaute von seinem Schreibtisch auf, wo sich wie bei ihm üblich Papierkram stapelte, und grinste. »Ich rufe später zurück, Trina!« Zu Crockett gewendet fügte er hinzu: »Ich will meinen Jungen, Hector, im nächsten Herbst da auf die Schule schicken. Ich hab' 'ne Weile darauf gewartet, daß sie sich bei mir melden, also werd' ich die jetzt ein paar Minuten auf mich warten lassen, verstehst du?«
»'ne gute Schule!« Crockett nickte zustimmend. »Ich wünschte, ich könnt' es mir leisten, Billy auch da hinzuschicken!«
Lou spürte Crocketts forschenden Unterton und legte die Akten, die er gerade in der Hand hatte, auf den Tisch. »Was soll denn das heißen?«
Rodriguez war mißtrauisch.
Warum gehst du plötzlich derart in die Defensive, Lou? dachte Crockett. Er äußerte sich ganz ähnlich, wie er es schon gegenüber Eddie Riviera getan hatte: »Nichts. Scheint mir nur 'ne verdammt große Belastung für das Gehalt eines Lieutenants zu sein!«
Lou stand auf und schob seine Brille auf seine Nasenspitze, um sich Crockett genauer ansehen zu können. »Was zum

Teufel ist los mit dir, Crockett? Willst du wissen, woher ich das Geld dafür habe? Dann frag mich danach!«
Sofort sagte Crockett mit tonloser Stimme: »Woher hast du das Geld, Lou?«
»Das geht Sie überhaupt nichts an, Detective!« Lou beugte sich vor. »Und jetzt raus aus meinem Büro!«
Crockett legte den Stapel mit den Fotoabzügen zusammen und nahm sie mit. Er wollte zuerst den Hinweisen aus Leons kleinem schwarzem Adreßbuch nachgehen. Er ging hinüber zu George Maronis Schreibtisch. »Bist du schon damit fertig, Namen zu den Nummern in Leons Adreßbuch herauszufinden, George?«
George schaute von seinem Corned-Beef-Sandwich hoch. »Fast!«
»Ich hab' gleich 'ne Besprechung. Meinst du, du bist in einer Stunde damit fertig?«
»Also, wenn ich mir jetzt keinen Nachtisch mehr leiste . . .«
»Ich werde dir einen ganzen Kirschkuchen kaufen, wenn du bis dahin fertig bist und wenn du außerdem noch ein paar Vergrößerungen für mich machen kannst, von denen hier, und zwar schnell. Ist ausgesprochen dringend!« Er legte die Schnappschüsse auf den Schreibtisch. »Von diesem, von dem und von dem hier. Ist aber nur für mich bestimmt, Kumpel. Verstanden?«
Seine Stimme klang so dringlich, daß George unwillkürlich leise sprach. »Geht in Ordnung, Sonny!«
Crockett schaute auf und sah, daß Gina ihn von der anderen Seite der Wachstube her beobachtete. Als sie sah, daß er sie bemerkt hatte, wurde sie rot, wandte sich ab und machte sich an der Kaffeemaschine zu schaffen. Noch bevor Crockett herausfinden konnte, was dieses Benehmen zu bedeuten hatte, stand Tommy Ray Zito vor ihm.
Beim Anblick von Ginas Nuttenaufmachung hob Zito

vielsagend die Augenbrauen und wischte sich die Nase mit dem Handrücken ab: »Die Jungs sind im Bereitschaftsraum, Professor. Wenn Sie fertig sind, kann's losgehen!«
»Ja, ja, Zito – in einer Minute!« Er näherte sich Gina. Fast wäre sie von der Kaffeemaschine geflüchtet. Dann, als ob sie sich überlegt hätte, daß sie Sonny Crockett nicht für alle Zeiten aus dem Weg gehen konnte, tat sie so, als ob eine Tasse mit dem braunen Höllengebräu, das man hier für Kaffee ausgab, sie mehr interessierte als irgend etwas sonst auf der Welt.
Weil er nicht genau wußte, wie er anfangen sollte, entschied er sich für forsches Vorgehen. »Die Sache mit Tubbs hat sich aufgeklärt. War wohl ein kleines Durcheinander in den Computereingaben!« Dann trat er näher an sie heran, so dicht, daß ihr Atem seine Selbstbeherrschung in Gefahr brachte. »Du hast dich ja heute morgen ganz schön schnell aus dem Staub gemacht. Ich war ja nicht mal bei Bewußtsein. Ich bin mit Elvis im Arm aufgewacht.«
Sie holte einmal tief Luft, stellte den Kaffeebecher ab und preßte die Lippen zusammen, bis sie fast weiß waren. »Ich habe dir nichts zu sagen!« Dann stolzierte sie über den Korridor davon. Trudy und einige andere hatten die Szene beobachtet. Um der neugierigen Zuschauer willen spielte Crockett achselzuckend den Gleichgültigen, doch dann nahm er die Jagd auf.
»Gina . . .?« Irgend etwas hatte die wunderbare Nacht, die sie miteinander verbracht hatten, verdorben. Und er hatte nicht den blassesten Schimmer, was es war. Sie beschleunigte ihre Schritte, und er eilte hinter ihr her. Er umrundete sie und versuchte, ihr ins Gesicht zu schauen, während er rückwärts vor ihr her ging. »Was ist los? Worüber bist du so wütend?«
Verwundert sagte sie: »Denk darüber nach. Ich laß von

mir hören.« Dann machte sie eine schnelle Linkswendung in die Damentoilette, um ihm zu entkommen.
Alle, die auf dem Flur waren, starrten Crockett an. Er biß die Zähne zusammen und marschierte ihr nach.
»Mach, daß du hier rauskommst!« sagte sie zu seinem Bild im Spiegel. »Hier drin hast du nichts zu suchen!« Ihre Stimme bebte, ihre Fassung schwand dahin.
»Gina, schau doch . . .«, flehte er und legte ihr die Hände auf die Arme, zuckte aber sogleich zurück, als hätte ihn ein elektrischer Schlag getroffen. »Hör doch, ich hab' das, was letzte Nacht passiert ist, nicht vorausgeplant. Aber alles in allem finde ich es ganz toll, daß es passiert ist!« Er versuchte zu lächeln.
»Wirklich sensationell, Crockett!« schnaubte sie, mit Tränen in den Augen. Ihr echt italienisches Temperament ging mit ihr durch. »Vollmond, ein Boot, das sanft im Hafen schaukelt, ein paar Drinks zuviel, zärtliche Musik . . . und dann ganz überraschend eine kleine Schiffsromanze – «
»Und was ist daran so übel? Ich hab' doch nicht alles, was passiert ist, vorprogrammiert, Gina, das war doch kein Schlachtplan oder so was!« Die Tür zum Waschraum öffnete sich, und eine andere Angehörige der Vice Squad machte zwei Schritte in den Raum, bevor Crockett sich am Waschbecken herumdrehen und »Ich muß doch sehr bitten . . .!« brüllen konnte, was sie zu einem angsterfüllten Rückzug veranlaßte.
Gina beachtete das nicht weiter. »Das Komische ist, um ein Haar hätte ich alles geglaubt, was du gesagt hast. Bis heute morgen!« Als sie die Verwirrung auf seinem Gesicht sah, entschied sie sich, Klartext zu sprechen. Männer waren manchmal wirklich auf den Kopf gefallen. »Nichts stärkt das Selbstbewußtsein so sehr wie ein Bursche, der sich im

Morgengrauen im Bett zu dir umdreht und dir den Namen seiner Ex-Frau ins Ohr flüstert!«

Sonny wurde zuerst bleich, dann dunkelrot. »O mein Gott!«

»Du liebst Caroline immer noch! Du hast mich angelogen!«

»Ach bitte, Gina, es tut mir . . .!«

»Und wenn du sie immer noch liebst, was sollte denn das ganze Theater gestern nacht?«

»Gestern nacht ging es um dich und mich!«

»Du trägst ganz schön dick auf, Crockett. Wenn du nicht mit deiner Ehe . . .«

Er unterbrach sie. Darin war er schon immer besonders gut gewesen. »Diese Ehe war zum Scheitern verurteilt, Gina. Ich hab' gedacht, mit uns beiden könnte es klappen!«

»Es gibt wohl keine andere Situation, die mir so zuwider ist wie diese, Crockett. Ich als ›die andere Frau‹! Das hab' ich wirklich nicht nötig! Verstehst du das?« Dann schob sie sich an ihm vorbei und warf die Tür krachend hinter sich zu.

Bevor er irgend etwas tun konnte, stürmte sie zurück, um einen Schlußpunkt zu setzen. »Weißt du . . . weißt du, was mich am meisten aufregt? Ich hab' zugelassen, daß es geschah. Weil ich es selbst wollte. Ich hab' es so gewollt, Sonny, und was ist daraus geworden?«

Päng! Sie war wieder draußen. Crockett starrte sein Spiegelbild an und fühlte sich wie ein Schuft. Irgendwo in der Ferne hörte er das durchdringende Heulen einer Polizeisirene.

Elvis genoß gerade sein mittägliches Sonnenbad, als Tubbs mit einem Eistee aus der Kajüte heraufkam. Elvis in seinen alligatorischen LSD-Träumen hielt Tubbs scharf im Auge, er fühlte, daß Tubbs zu keinem anderen Zweck gekommen war, als ihm seine Schmusedecke zu stehlen.

»Elvis, mein Junge!« sagte Tubbs voller Zweifel. Dann brach er in eine gänzlich unerträgliche Presley-Imitation aus und sang: *»You ain't nothin' but an alligator, ah-just ah-cryin' alla time – you ain't never caught a rabbit and you ain't no friend o' mine!«*

Elvis war nicht beeindruckt.

Ohne Hemd ließ sich Tubbs auf dem Deck der ›St. Vitus Dance‹ in der Nähe des Hecks nieder und amüsierte sich über Crocketts Kassettensammlung. Während er darin herumwühlte, las er die Namen der Künstler: »Waylon Jennings . . . George Jones . . . Jimmy Buffett . . . Dicky *Betts*?« Er schüttelte betrübt den Kopf. »Sag' mal, Elvis. Wo bekommt Crockett denn seine Musik her? Hat er sie bei 'nem Straßenhändler im Ausverkauf gekauft? Na?«

Elvis, der wußte, was er Crockett schuldig war, ließ ein lautes Brüllen los, das das überlegene Lächeln von Tubbs sofort ersterben ließ.

»Ja, ja, ist ja schon gut, bleib ganz ruhig, Elvis. Hier, nimm einen Barsch oder einen Hecht oder was auch immer du sonst ißt. Du ißt nur weißes Fleisch, hab' ich recht?«

Elvis brummte. Er klang wie Lurch in der alten ›Adam's Family-Show‹.

Das Telefon klingelte, und Tubbs legte sich sofort wieder seinen jamaikanischen Akzent zu. »›St. Vitus Dance‹! Teddy am Apparat. He, de Soto, mein Freund, was gibt's Neues?« Als Tubbs Trinis Neuigkeiten hörte, wurde er ärgerlich. »Nein, nein, Mann, der Plan wird nicht geändert!«

»Also, Teddy, jetzt hören *Sie* mal zu. Wir reden hier über eine Riesenladung, und wenn Calderone den Plan ändert, dann ändert er ihn. Sind Sie dabei oder nicht?« Trini sagte ihm, wo sie sich kurz treffen wollten, um Informationen

über die veränderten Verhältnisse auszutauschen, die am Telefon besser ungesagt blieben.
»In vierzig Minuten!« sagte Tubbs. »Ich werde da sein!«
»Bis dann, Mann! Und, Teddy, machen Sie sich keine Sorgen!« Die Stimme war voll falscher Freundlichkeit.
»Ja, ja, mach dir keine Sorgen«, murmelte Tubbs, nachdem er aufgehängt hatte. Er hatte den gemieteten weißen Z 28 zum Hafen mitgebracht und nahm an, daß er es in der angegebenen Zeit bis zu Trinis Treffpunkt schaffen würde. Als er nach unten kletterte, um sich sein Hemd zu holen und auf die Uhr zu schauen, bemerkte er, daß Crocketts Digitalwecker verschwunden war. Teile davon waren auf dem Bett verstreut. Das übrige war von dem einzigen anderen Bewohner des Boots verschlungen worden.
»Elvis, du hast keinen Respekt vor der Zeit!« Er wählte die Nummer des Reviers und wartete darauf, daß jemand abnahm. »Ich möchte mit Sonny Crockett sprechen!«
Crockett war in einer Besprechung und durfte nicht gestört werden. Ob er eine Nachricht hinterlassen wolle?
Mit dem Zeigestock in der Hand spielte Crockett Schullehrer für ein ganzes Zimmer der übelst aussehenden Gestalten, die außerhalb der Entziehungsanstalt von Miami zu finden waren. Sie lungerten im Bereitschaftsraum herum. Zito pflegte seinen Angel-Dust-Schnupfen; Switek schlürfte an einer Cherry-Pepsi; und Rodriguez, ganz hinten im Raum, kaute auf einem unangezündeten Dutch-Masters-Stumpen herum. Er sah wie ein billiger Winkeladvokat aus, der einer Kautionsverhandlung für eine Bande Modesto Hell's Angels teilnimmt.
Auf einer großformatigen Karte mit der Küste Floridas zeigte Crockett ihnen die entscheidenden Punkte. »Switek, Zito und Augustine befinden sich auf der ›Kobra‹ vor Key Biscayne.« Er verglich noch einmal seine Notizen. »Ho-

ban, Dibble und Gorman sind in dem 12-Meter-Schnellboot vor Fisher Island. Die Hubschrauber und die Kutter von der Küstenwacht bekommen ihre Positionen erst dreißig Minuten, bevor es losgeht. Gibt's noch Fragen?«
»Ja, ich hab' 'ne Frage«, sagte Switek schnaufend. »Hast du für das Hemd da 'nen Schwulen hochgenommen?«
Crockett schaute an seinem leuchtenden Hawaii-Hemd herunter. »Also, um bei der Wahrheit zu bleiben, Ernie, deine Alte hat mir das Hemd geschenkt. Und es war nicht mal mein Geburtstag!«
Selbst Rodriguez lachte mit.
»In Ordnung, Überprüfung der Waffen und letzte Worte um 18.00 Uhr hier, Herzchen, sechs Uhr, das heißt, das lange Zeigerchen steht auf der zwölf, das kurze Zeigerchen auf der sechs. Und nun verschwindet!«
Gerade als sich die Gruppe zerstreute, spazierten Gina und Trudy durch den Wachraum – zu ihrem eigenen Bedauern, denn sie wurden von einem Konzert anerkennender Pfiffe und pubertären Stöhnens begrüßt.
»Werdet endlich erwachsen, ihr Idioten!« sagte Trudy matt.
Gina rollte mit den Augen und schaute in ihr Postfach, ohne wirklich etwas darin zu erwarten. Sie zog eine Rolle aus Seidenpapier heraus, in der eine einzige, langstielige rote Rose lag. Wassertropfen hingen an den Blütenblättern. Trudy nickte billigend. George Marino quetschte sich an den beiden vorbei, um Sonny, der immer noch im Bereitschaftsraum war, einen Umschlag zu geben. Gina sah, daß er beobachtete, wie sie reagierte.
Sie gestattete sich, ein einziges Mal den Duft der Blüte einzuatmen, dann verstaute sie sie sorgfältig in ihrer Schultertasche.
Sie hatte das Geschenk angenommen, und mehr verlangte

Crockett auch nicht. Er schlitzte den Umschlag auf. Zuerst kamen die Vergrößerungen heraus. Die mysteriöse Frau mit dem breitrandigen Hut schien auf mehr Fotos näher an Leon de Santis und dem Telefon zu stehen als irgendwer sonst. Dann kam ein Zettel heraus, auf dem Leons Kontaktadressen aufgelistet waren. Crockett durchmusterte die Reihe mit Namen und Adressen und schaute dann hoch, gerade rechtzeitig, um noch Lieutenant Rodriguez zu erwischen, der eben den Wachraum durchquerte. Er gab ihm ein Zeichen hereinzukommen.

»Entschuldigung, Lieutenant«, sagte er, ganz dienstlich. »Gestern abend habe ich eine komische kleine Tätowierung auf der Hand von Calderones kubanischem Laufburschen gesehen!« Er skizzierte die Tätowierung mit Bleistift auf den Umschlag und zeigte dann auf die Haut zwischen Daumen und Zeigefinger: »Genau hier. Sagt dir das was?«

Rodriguez rieb sich einen Augenblick lang das Kinn. »Der muß in einem von Castros Gefängnissen gewesen sein. Das ist das Kennzeichen für ein Sexualdelikt: Homosexueller, Transvestit, irgend sowas.«

Crockett nickte kühl und blickte seinen zerknitterten Vorgesetzten abschätzend an.

Rodriguez bemerkte den prüfenden Blick und drehte sich mit einem Seufzer um. »Also gut, Detective. Ich hab' es satt, unter dem Crockettschen Mikroskop zu liegen. Ich hab' ein paar richtige Nummern gehabt, hab' 'nen Insider-Tip für die Dreierwette beim Rennen über die lange Distanz letzte Woche in Hialeh bekommen!«

Die Wahrheit traf Crockett wie ein Blitz. »Ich wette, ich weiß auch, von wem der Tip war. Du willst sagen, daß dir ein Gewinner beim Pferderennen achtzehntausend Dollar gebracht hat?«

»Mein Hengst kam als erster ins Ziel«, sagte Rodriguez,

immer noch die Zigarre im Mund. »Wenn du es nicht glaubst, zeige ich dir die Wettscheine. Aber wenn meine Frau ein Sterbenswörtchen davon erfährt, dann kannst du was erleben, Kumpel!«

Crockett lachte und gab zu verstehen, daß er den Mund halten würde. Dann schaute er wieder auf die Namensliste, die die Telefongesellschaft aufgestellt hatte.

Scotty Wheelers Name war auf der Liste mit Leons Kontaktadressen. Nicht seine Deckadresse, sondern seine Telefonnummer zu Hause.

George kam nochmal zurück. »Ich hab's fast vergessen, Sonny – jemand namens Tubbs hat angerufen!«

Crockett wurde von Panik überfallen. »Wann?«

»Vor ungefähr zwanzig Minuten. Sagte, er müßte zu einem Treffen lossausen, mit Trini . . mh . . Soho oder Soto. Der Name war schwer zu verstehen, er sprach über das verdammte Funktelefon, das du da auf dem Boot hast, und du weißt, wie . . .«

»Ja, ja, schon gut, danke, George. Ich schulde dir einen Kirschkuchen.« Er überprüfte nochmals die Liste, die nicht log.

Wenn Scotty Wheeler die undichte Stelle war, dann hatte sich Trini de Soto mit Tubbs verabredet, weil er wußte, daß er ein Polizist war.

9.

Die Nutte hatte sich in chinablaue Seide geworfen, dazu eine gemusterte Lastex-Hose, weiße hochhackige Schuhe und falsche Perlen. Hinter einer riesigen Designer-Sonnenbrille hervor überschaute sie prüfend die Calle Ocho. Sie hatte einen aufreizenden, hüftenschwenkenden Gang, der einigen kubanischen Straßenarbeitern, die in einem Gully herumstocherten, unanständige, johlende Kommentare entlockte. Die Straßennutten von Little Havanna starrten sie an, und einige der forscheren schwarzen Zuhälter boten ihr eine Anstellung. Unter ihrem breitrandigen Strohhut hervor schüttelte sie sie in einer Art und Weise ab, die auf Erfahrung schließen ließ.

Sie wackelte weiter auf dem Gehweg entlang und hielt dann an, um eine rosa Nat-Sherman-Zigarette aus ihrer Tasche zu holen. Die leichte Brise tat nichts, um die erdrückende Mittagshitze zu lindern, aber sie ließ die Flamme ihres Feuerzeugs unruhig hin- und herflackern. Das Dämchen begab sich in den Windschutz der nächstgelegenen Seitengasse, um ihre Zigarette anzuzünden, schaute hoch, zog an ihrer Zigarette und erblickte Tubbs, der unauffällig ungefähr zehn Meter weiter neben einer überfüllten Mülltonne herumhing.

Tubbs beobachtete, wie sich die Prostituierte ihre Zigarette ansteckte, und hoffte, daß sie ihn nicht erspähen würde. Denn er wußte, wenn sie ihn sah, würde seine erstklassige Bekleidung ihn als vielversprechenden Kunden erscheinen lassen, der in dieser von Kubanern bewohnten Gegend auf der Suche nach billigen Vergnügungen war. Er mußte über ihre unverhüllt geschäftsmäßigen Annäherungsversuche lächeln.

»Buscando fiesta, papasito?«

War er auf der Suche nach einer tollen Party, wollte er sich amüsieren? Ihre Stimme klang angestrengt, wie vom zu vielen Feiern. Tubbs mobilisierte ein wenig Charme. *»No, gracias, mi amor. Estoy esperando a un amigo.«*

Sie neigte vornehm den Kopf und drückte ihr Bedauern aus. Dann ging sie an ihm vorbei, dem anderen Ende der Gasse zu.

Als Tubbs seine Aufmerksamkeit wieder der Calle Ocho zuwendete, zog die Nutte eine verchromte 357er Magnum aus ihrer Handtasche, spannte den Hahn, drehte sich um und zielte auf Tubbs Hinterkopf.
Tubbs hörte Trini de Sotos Stimme knurren: »Dein Warten ist zu Ende, du bist ein toter Mann!«
Reifen quietschten und Glas splitterte, als Sonnys Corvette gegen die Schwelle am anderen Ende der Gasse fuhr und darüberflog. Krachend landete er mit mindestens neunzig wieder auf dem Boden und durchquerte die Gasse in der Zeit, die de Soto in seinen hochhackigen Schuhen brauchte, um sich zu ihm umzudrehen.
Ohne eine Spur von Furcht zu zeigen, begann de Soto, den entgegenkommenden Corvette zu beschießen. Sonnys Kopf verschwand nach unten, als die Windschutzscheibe in kleine Stücke auseinanderfiel. Ein Einschuß hinterließ eine lange Furche auf der Motorhaube, ein anderer schlug mit lautem Knall in den Kühler ein. Ein Dampfstrahl entwich. Sonny trat auf die Bremse und der Wagen schlitterte in voller Fahrt in den engen Durchgang.
In der Zwischenzeit suchte Tubbs bei dem Müllcontainer Dekkung und zerrte einen Revolver mit kurzem Lauf aus seinem Schulterhalfter. Während de Soto den Corvette mit Blei vollpumpte, kam Tubbs wieder hoch und leerte den kleinen Revolver in den in Seide gehüllten Rücken des Kubaners.
De Soto wurde von zwei Kugeln getroffen, bevor der Corvette ihn frontal erwischte, wobei der rechte Vorderreifen zerplatzte, und ihn mit voller Wucht gegen die Backsteinmauer quetschte. Als das, von ihm übriggeblieben war – sein Rock hatte sich über die Hüfte geschoben, und Blut färbte die blaue Seide schwarz –, auf dem Pflaster zusammenbrach, da schien es Tubbs, als hätte er nie zuvor etwas gesehen, das so tot war.

»Crockett!« brüllte Tubbs und rannte zu dem deformierten Wrack, das seitlich in der Gasse eingeklemmt war.
Sonny hatte sich unterhalb des zerknitterten Armaturenbretts zusammengekrümmt. Zerbrochenes Sicherheitsglas bedeckte ihn wie Schnee, und der durchlöcherte Kühler spuckte feucht, als der Motor stotternd starb.
»Hallo, Tubbs. Wie läuft das Geschäft?«
»Sehr komisch . . .!« Tubbs schaute zu de Soto, und er wurde weiß wie die Wand. »Ich . . . ich . . .«
Sonny kämpfte sich hoch, seine Schultermuskulatur machte sich schmerzhaft bemerkbar. Er befreite sich aus dem Wrack.
»Tubbs . . . ist alles in Ordnung? Bist du getroffen?«
Tubbs starrte den Revolver in seiner Hand an. »Ich wollte . . . Crockett . . . ich hab' nie richtig . . .«
Sonny kannte diese Reaktion nur zu gut. Er legte seine Hände auf Tubbs' Schultern, um ihn zu beruhigen, und führte ihn ans hintere Ende des Corvette, damit er sich dort mit etwas mehr Würde übergeben konnte.
Crockett löschte das Bild, das er vor sich sah, aus, indem er sich ein anderes aus seinem Gedächtnis holte. Er kannte es von den Touristenfotos, die an dem Ort gemacht worden waren, an dem Leon starb. Geblümtes Kleid, breitrandiger Hut, große, runde Sonnenbrille, die den größten Teil des Gesichts verdeckte. Hatte sich bei ›Dino's Dogs‹ herumgetrieben. Das war Trini de Soto gewesen. Trini war Calderones zuletzt engagierter Killer. Wahrscheinlich war er auch der C4-Plastiksprengstoffexperte – und außerdem Transvestit und benzedrinsüchtig, dazu ein Fan von ›Geliebte Lucy‹. Eine ganz schöne Personalakte. Crockett hatte keinen Zweifel, daß die Kugeln, die die Ballistiker aus dem Kühler des Corvette herausklauben würden, mit denen übereinstimmen würden, die Leon durchlöchert

hatten. Tubbs hustete, um seine Kehle freizubekommen, und Crockett reichte ihm, ohne hinzusehen, sein Taschentuch. »Du hast Trini nicht getötet, Tubbs . . . ich glaube, ich war's!«
Darauf kam es nicht an. Trini begann die Fliegen aus dem Müll anzuziehen. Er zog auch Sensationshungrige und Vorübergehende an, die in Scharen herbeikamen und die Eingänge zu der Gasse versperrten.
»Die Streifenpolizei wird jeden Augenblick kommen«, sagte Crockett. Tubbs starrte auf Trinis schlaffen Körper. Seine Schüsse waren wohlgezielt. »Hattest du so ein Ende für Calderone geplant, Tubbs?«
Tubbs faßte die Frage nicht als Beleidigung auf. »Ich weiß wirklich nicht mehr, Sonny? Ich weiß es einfach nicht.«
Crockett wachsende Wut hatte nichts mit Tubbs zu tun. Sie waren beide Opfer geworden. Calderone hatte ein riesiges Schuldkonto angesammelt, für das er zahlen mußte.
»Ja, unsere kleine undichte Stelle hat dich beinahe dahin gebracht, wo Trini jetzt ist. Ich persönlich bin froh darüber, daß es ihn erwischt hat und nicht dich, Amigo!«
Weniger bleich als zuvor, sagte Tubbs: »Ja . . . ja, das bin ich auch!«

Crockett brauchte eine halbe Stunde, um etwas zu erledigen, was ihm verhaßt war, und er arbeitete erbarmungslos darauf hin, sich diese halbe Stunde Zeit zu verschaffen.
Er und Tubbs kehrten im Z 28 zur Polizeistation zurück. Tubbs fuhr, ein Beweis, daß er seine Fassung wiedergefunden hatte.
Zu dieser Zeit hatte Rodriguez schon die Flut von Funkmeldungen gehört, die auf die Schießerei Bezug nahmen. Sonny ließ Tubbs das Reden erledigen, während er sich eines kürzlich konfiszierten Porsches mit Klimaanlage

bemächtigte, bei dem gerade Polizeifunk eingebaut worden war.
Als Rodriguez sich gerade erkundigte, woher Trini gewußt hatte, daß Tubbs ein Polizist war, war Crockett schon mit quietschenden Reifen und in einer Wolke von Straßenstaub verschwunden. Tubbs stellte sich dumm und versuchte, Zeit für Crockett herauszuschinden, der sich jetzt jeden Augenblick über Funk melden mußte.
Crockett saß in dem geparkten Porsche. Scotty Wheelers weitläufige Wiese vor dem Haus war mit Kinderspielzeug übersät, meistens das von Karen, und dazu alles, womit Bobby Wheeler von seinem motorisierten Rollstuhl aus spielen konnte. Als Crockett an Bobby Wheelers Behinderung dachte, fiel ein weiteres Stück des abstoßenden Puzzles, das sich in seinem Kopf bildete, an den richtigen Platz. Bobby mußte Wheeler ein Vermögen kosten.
Er rauchte seine Lucky zu Ende und schnippte sie fort. Vielleicht war da ja auch nur etwas schiefgelaufen, bloß ein Durcheinander, das etwas mit Scottys Tarnung gegenüber Leon zu tun hatte. Etwas, von dem Rodriguez nichts erzählt hatte. Crockett selbst war oft genug auf eigene Faust losgezogen, ohne irgendeine Erklärung, öfter, als Rodriguez abzählen konnte, auch wenn er außer den Fingern auch noch die Zehen zu Hilfe nahm. In den nächsten Minuten mußte er mit der allergrößten Sorgfalt vorgehen. Crockett trug alles zusammen, was zu Gunsten von Scotty sprach – vielleicht sogar ein bißchen zu eifrig. Er konnte keine offenen Anschuldigungen erheben. Scotty mußte sich schon selbst belasten.
Sonnys Gefühle waren hart und düster, während er um die Spielzeuge herumging. Als er den Klingelknopf drückte, kam er sich wie ein Henker vor. Scotty Wheeler, der die Tür öffnete, lächelte, als er seinen alten Kollegen sah.

»Hallo, Sonny, was bringt dich denn hier in unsere Gegend?«
Scotty hatte in der Hand eine Serviette. »Komm rein, komm rein, wir haben uns gerade zum Essen gesetzt.«
Crockett blieb an der Schwelle von Wheelers bescheidenem Vorstadthaus stehen. »Hallo, Donna, schau doch mal, wen uns der Wind da hergeblasen hat!«
Donna, Karen und Bobby schauten vom Eßtisch hoch.
»Onkel Sonny!« piepste Karen. »Mama kocht Spaghetti!«
Donna hielt eine große Schüssel im Arm. Sie hatte immer ein Lächeln für Sonny bereit. »Ich hoffe, du hast Appetit mitgebracht, Sonny!«
»Wirst du mit uns essen?« fragte Bobby.
»Nein, heute nicht, ihr Rasselbande!« Es brach Sonny das Herz, mit welcher Selbstverständlichkeit sich die Freundschaft ausdrückte, die sie alle verband.
»Es wird dir noch leid tun!« sagte Donna, als die Kinder ihr Bedauern übertrieben.
»Ich weiß«, sagte er.
Scotty streckte ihm die Hand entgegen. »Um was geht's, Sonny? Was ist los?«
Sonny reichte ihm das Adreßbuch, die Seite mit den Telefonnummern aufgeschlagen. Wheelers Nummer war eingekreist.
Scotty sagte nichts. Als er seine eigene Telefonnummer erblickte, stand ihm die Schuld unübersehbar ins Gesicht geschrieben.
Sonny machte seinen Zug. »Wenn das nicht reicht: Es gab da auch noch eine Liste mit Auszahlungen aus Trinis Notizbuch!« Seine Lüge schnürte ihm den Hals zu. »Ich glaube, wir sollten darüber besser im Wagen reden, findest du nicht?«
Scotty, dessen Stimme deutlich erkennen ließ, daß er

kaum die Fassung wahren konnte, spielte das Spiel mit: »Also, Schätzchen, wir haben was Dienstliches zu besprechen. Ich bin gleich wieder da!«

»Bleib nicht so lange, mein Lieber!«

»Bestimmt nicht!«

Sonny sagte nichts. Sie setzten sich in den Porsche, beobachteten, wie um sie herum das amerikanische Vorstadtleben weiterging.

Die Hände auf die Knie gelegt, starrte Scotty aus dem Fenster. »Drei Monate im Rückstand mit der Hypothek«, sagte er tonlos. »Das verdammte Haus, weißt du! Allein 1983 hab' ich achtunddreißigtausend für Bobbys Arztkosten bezahlt . . . und dabei verdien' ich doch nur knapp dreißig. Mickrige dreißigtausend dafür, daß ich mich von Burschen anschießen lasse, die genausoviel in einem Monat in Restaurants verjubeln . . .« Scottys verzweifelter Zorn kochte langsam über.

In Sonny stieg Enttäuschung auf. Er ließ beide Hände am Steuer, atmete gleichmäßig und hörte zu, wie sich sein guter Kumpel Scotty mit dem, was er sagte, das eigene Grab grub.

»Vor sechs Monaten kommt dieser Bursche zu mir, in der Nähe von ›The Gallows Pole‹ in Little Havanna. Er gibt mir einen Aktenkoffer und sagt: ›Mit den besten Empfehlungen von Mr. Calderone!‹ Sonst nichts, einfach nur ›Empfehlungen‹. Ich hab' das verdammte Ding zwei Wochen lang nicht einmal aufgemacht. Es stand da wie eine tickende Bombe. Ich kann dir nicht sagen, wie hart das war, Sonny, das kannst du einfach nicht wissen!«

Während Scotty redete, nahm Crockett ganz ruhig das Mikrofon des Funkgeräts und stellte es ein. Als er das Freizeichen für eine Durchsage bekam, sprach er, als wäre Scotty noch immer im Haus. »Sagt Rodriguez, er soll Unterstützung schicken, zur Nummer Fünf-Fünf-Null Belinda Street. Sagt ihm, ich habe die undichte Stelle gefunden.« Er legte das Mikrofon zurück. »Wieviel?« fragte er, wobei er die Worte nur rauh flüsternd hervorbrachte. »Wieviel kostet es, dich zu kaufen, Scotty?«

Scotty betrachtete den Freund, den er soeben verloren hatte, und entschied sich gegen die mögliche Lüge.

»Die Anrufe von Trini de Soto begannen ungefähr einen Monat später. Alles, was sie wollten, waren Informationen ... sie haben mich was gefragt, und ich hab' mit ja oder nein geantwortet!«

»Informationen!« sagte Crockett, und seine Stimme wurde immer leiser. Daß Switek und Zito bei der Verhaftung am Bootssteg zu früh gekommen waren, das war Scottys Informationsdienst zu verdanken. All die vielen Male, wo Calderone Sonny aus den Händen geglitten war – all das war Scottys Schuld. Tubbs war vor einer Stunde beinahe umgekommen, dank Crocketts prima Kumpel Scotty, der nichts Schlimmes getan hatte, außer ein paar kleine Informationen weiterzugeben ...

»Ich ... ich hab' versucht, da rauszukommen. Mindestens ein Dutzendmal. Aber es war zu spät, verstehst du? Ich hab' nie daran gedacht, daß dabei jemand umkommen könnte!«

Nun griff er schon nach Strohhalmen, um seine Haut zu retten, und von dem Anblick wurde Sonny ganz übel. Er hatte immer gehofft, so etwas nie erleben zu müssen. Es schnitt durch sein Inneres wie ein Rasiermesser. Noch gestern hatte er Wheeler gegenüber Tubbs verteidigt, während Wheeler eifrig damit beschäftigt war, sie beide zu verkaufen. »Sie haben den Operationsplan geändert, Scott. Ich muß wissen, ob der Deal heute nacht trotzdem wie geplant läuft. Und wo.«

Scotty schwitzte, verlor seine Fassung, ging völlig aus dem Leim. »Du mußt mir hier raushelfen, Sonny. Ich schwöre dir, es wird bei diesem einen Mal bleiben! Ich hab' doch eine Familie da drinnen, Mann, die . . .!«

»Wo, Scott?«

»Ich habe fünfzehn Jahre als ehrlicher Polizist hinter mir! Ich habe zwei Tapferkeitsmedaillen!«

»Wo?«

»Ich hab' 'ne Kugel abbekommen, die für dich bestimmt war! Meine Güte . . .«

Wheelers Augen folgten dem schwarzweißen Streifenwagen, der langsam die Belinda Street herunterrollte, von einem weiteren Wagen gefolgt. Der vordere Wagen stellte sich neben den Porsche. Tubbs saß auf dem Beifahrersitz. Nachbarn begannen, durch die Streifenwagen aufmerksam geworden, neugierig aus den Fenstern zu schauen.

»Calderone hat ein Sportfischerboot vor dem Jachthafen liegen. Die Übergabe findet weiter oberhalb statt!«

Crockett nickte. Er hatte bekommen, was er wollte. Und es hatte den üblen Geschmack von Tod und Verderben. »Hab' ich hier irgendwas nicht kapiert, oder was ist los, Scott? Ich meine, ich versteh' das alles nicht. Du warst mein Partner. Du und Donna, ihr seid zu uns zum Essen gekommen, zu Caroline und mir, zwanzig-, dreißigmal, oder wie oft? Unsere Kinder haben zusammen gespielt. Erntedankfeste, Weihnachtsgeschenke, Geburtstagsfeiern . . .«

Tubbs war gerade aus dem Streifenwagen ausgestiegen, als er sah, wie Sonny die Beherrschung verlor und einen Wutanfall bekam, bei dem er nur noch rot sah. Er ging Scotty an die Kehle und begann, seinen Kopf gegen das Seitenfenster zu schlagen.

Tubbs sprang hinzu, riß die Fahrertür auf, packte Crockett

bei den Schultern und zerrte ihn aus dem Porsche. »Crockett!« brüllte Tubbs. »Crockett!«
Sonny schaute auf, Tränen liefen ihm übers Gesicht, und er sah, wie Rodriguez ihn entsetzt anstarrte.

Tubbs wußte, daß er jetzt keine Fragen stellen durfte. Alles, was er jetzt tun konnte, war, bei Sonny zu bleiben und die Zeit, bis der Deal stattfinden sollte, totzuschlagen. Es war die Anwesenheit eines menschlichen Wesens, die verhindern konnte, daß Sonny völlig die Beherrschung verlor und vielleicht sogar den Porsche bei 140 km über den Rand einer Brücke lenkte.
Sonny schien erschöpft, als sei er am Ende seiner Kraft. Er kurvte um die anderen Wagen, die auf der 95 in Richtung Norden fuhren, als stünden sie still, unvorsichtig, seine Augen starr auf die weiße Mittellinie gerichtet.
Tubbs beschäftigte sich damit, den Inhalt der Leinentasche zu untersuchen, die im Wagen verstaut war, und das Walkie-Talkie-Set, die Fackeln und die starken Taschenlampen zu überprüfen. Seine eigene abgesägte Flinte war dabei, und er nahm sich die Zeit, sie mit zwei tödlichen Hochgeschwindigkeitspatronen, mit Stahlschrot gefüllt, zu laden, Geschosse, mit denen man einem Elefanten hätte den Kopf abreißen können. Sonny trug seine 45er, mit gefülltem Magazin. In der Tasche hatte er eine Ingram Modell 10, mit neun vollen Magazinen, und eine langläufige 38er. Tubbs hatte seine eigene Artillerie noch dazugelegt.
Crocketts Lippen bewegten sich die ganze Zeit, aber es formten sich keine Worte. Sie rasten an mehreren Polizeiwagen vorbei, aber keiner machte Anstalten, die Verfolgung aufzunehmen – das war wohl Rodriguez zu verdanken, der über Funk die Anweisung gab, den schwarzen

Porsche unbehelligt zu lassen. Unerwartet fragte Crockett: »Wieviel Zeit haben wir noch?«
Tubbs schaute auf seine Uhr. »Fünfundzwanzig Minuten!«
Sonny faßte plötzlich einen Entschluß. Er drehte das Steuer scharf nach links, raste über drei dichtbefahrene Fahrbahnen und bremste so hart, daß die Räder blockierten und der Wagen mit der vorderen Stoßstange fünf Zentimeter vor der Telefonzelle neben einer Tankstelle zum Stehen kam. Er stieg aus und suchte in seinen Taschen nach Kleingeld.

Billy zu füttern war ein richtiges Abenteuer für Caroline. Alles, was schleimig oder glibbrig war, brachte ihn völlig außer Rand und Band, und obwohl er mit sechs lange über das Alter hinaus war, wo man ihn füttern mußte, hatte er gerade das kritische Stadium erreicht, wo er etwas wirklich Scheußliches richtig genießen konnte.
Päng! Roter Wackelpudding verteilte sich klebrig über den ganzen Tisch.
»Schätzchen, nimm den Löffel. Du weißt doch, wie man sich benimmt.« Es gab Zeiten, da waren Billys Tischmanieren nicht besser als die von Sonny. »Ich werde dir ein Schlabberlätzchen kaufen müssen, William Crockett.«
»Oje, du sagst nicht ›Billy‹, das heißt, daß ich mich in acht nehmen muß.«
Sie lächelte. »Du hast es erfaßt, mein Sohn!«
Er grinste, wobei Brocken von Wackelpudding seine Zähne verzierten. Als das Telefon klingelte, hatte Caroline gerade in gespieltem Zorn ihre Serviette nach ihm geworfen.
»Hallo?«
»Caroline?«
»Sonny . . .« Komisch, daß er gerade anrief, als sie an ihn dachte. Sie rief sich selbst zur Ordnung, indem sie den Ge-

danken modifizierte: *Wann denkst du denn mal nicht an ihn?* Aber sofort wurde in ihr Besorgnis wach. Seine Stimme war leise, klang unnatürlich kontrolliert, so als wäre er wie betäubt. War er wieder auf einer seiner fürchterlichen Sauftouren gewesen? Hatte es ein Unglück gegeben? Die Flut der Gedanken, die auf Caroline einströmten, illustrierte aufs brutalste die Probleme, die sie und Sonny auseinandergetrieben hatten.

»Ich muß etwas wissen, Caroline!« Er schien um die richtigen Worte zu ringen. Gewöhnlich sagte Sonny geradeheraus, was ihm in den Sinn kam. »Wie . . . so wie wir vorher zusammen waren, Caroline . . . ich meine nicht jetzt zuletzt, sondern früher.« Wieder ein bedrücktes Schweigen. »Das hat doch wirklich was bedeutet . . . oder nicht?«

Sie war erschüttert, von der seltsamen Frage aus der Fassung gebracht. Sie brauchte einen Augenblick, um darüber nachzudenken, welche Antwort er suchte. Sie wußte, es würde ihnen beiden nicht genug sein, wenn sie jetzt unsicher klang.

»Ja, Sonny, das hat es!« Es war so, wie wenn sie Billy beruhigen mußte, wenn er aus einem Alptraum hochfuhr. »Ja, Sonny, da kannst du sicher sein!« sagte sie nachdrücklich, wobei sei ein wenig lächelte. »Komm schon, Sonny, sag, was ist nicht in Ordnung?«

»Nichts, Caroline!«

Sie fühlte das nagende Bedürfnis, Fragen zu stellen, sich auf sein Problem, was auch immer es war, einzulassen, aber dazu bekam sie keine Gelegenheit. Als sie wieder sprach, redete sie in eine tote Leitung.

Sonny hängte den Hörer ein.

Vermutlich hatte er eben das Natürlichste von der Welt gemacht. Nachdem er gerade erlebt hatte, wie tiefes, langjähriges Vertrauen verraten worden war und sich vor seinen Augen in Schmutz verwandelte, war er losgerannt, um anderswo einen Beweis dafür zu finden, daß es so etwas wie Treue und Vertrauen gab. Ihm wurde klar, daß es feige gewesen war, Caroline anzurufen und sie damit zu belasten. Er hatte sie in eine Position gebracht, wo sie ihn mit einfachen Sätzen beruhigen mußte, und das war es eigentlich nicht, was er gewollt hatte.

Nicht einmal jetzt konnte sie ihm Sicherheit geben, nicht einmal das.

Es war absurd, er war ein Clown, wenn er dachte, daß er je lieben konnte wie ein normaler Mensch. Sogar Gina hatte das erkannt.

Tubbs beobachtete ihn vom Wagen aus genau. So wie Crockett neulich in Little Havanna erkannt hatte, daß Tubbs Hilfe brauchte, so erkannte jetzt Tubbs die Gefahrensignale, die bei Crockett sichtbar wurden. Die bittere Realität von Betrug und menschlicher Schwäche hatte Sonny hart getroffen. Wieder einmal war er von den Menschen um ihn herum enttäuscht und in eine Ecke gezwungen worden, wo er sich letztlich nur noch selbst trauen konnte. Ein solcher Gemütszustand schlug leicht in Depression um, was sich bei einem Menschen wie Sonny in einer selbstmörderischen Gleichgültigkeit gegenüber dem persönlichen Risiko ausdrückte. Wenn er durchdrehte, würde er Calderone mit der Waffe in der Hand verfolgen, und alle würden mit Kugeln im Bauch enden.

Er war entschlossen, Sonny heute nacht nicht im Stich zu lassen, das war er dem merkwürdigen Bund, den sie geschlossen hatten, schuldig.

Tubbs erhob sich von seinem Sitz und steckte den Kopf über die Windschutzscheibe. »Komm schon, Sonny, wir wollen doch Calderone genau nach Stundenplan hochge-

hen lassen. Sonst wird Elvis seinen Mitternachtsimbiß nicht pünktlich bekommen!«
»Richtig!«
»Bist du sicher, daß du es schaffst?« fragte Tubbs und versuchte, die Lage zu sondieren. »Du siehst ein bißchen mitgenommen aus, und ich möchte heute abend nicht allein im Rampenlicht stehn!«
»Mit mir ist alles in Ordnung!« sagte Sonny, wobei seine Stimme etwas weniger abweisend klang.
»Na, dann wollen wir uns mal für unsere Vorstellung einkleiden!« sagte Tubbs und wühlte in der Reisetasche.

›Kapitän‹ Max Hart schlurfte über das Deck der ›Smoky Joe‹ und bereitete sich darauf vor, pünktlich abzulegen. Der Kleinhandel mit Drogen, auf den Hart sich eingelassen hatte, hatte es ihm erlaubt, die ›Smoky Joe‹, die Motorjacht seines Vaters, für Touristen, die ein Boot zum Fischen suchten, topfit herzurichten. Mit Calderones Hilfe schlug er sich Jahr um Jahr so eben durch, was bedeutete, daß er nie wieder Versicherungen verkaufen mußte. Er konnte in Frieden seinem Seefahrertraum nachhängen.
Der Leuchtzeiger auf seiner Taucherarmbanduhr sagte ihm, daß die Vorstellung begann. Er stolzierte zur Backbordseite und sah zwei Dockarbeiter, die sich auf dem Landesteg herumtrieben.
»Hallo Jungs!« rief er. »Könntet ihr wohl mal die Leine da losmachen?«
Beide Männer trugen Overalls. Der eine hatte einen Reisesack aus Segeltuch. Ein Schwarzer und ein Weißer, wie Hart erkannte.
»Da haben wir aber Glück, daß wir zur rechten Zeit kommen«, sagte der weiße Bursche grinsend.
Harts Kehle wurde eng. Konnte sein, daß sie sein Schiff ka-

pern wollten, so was war schon vorgekommen. Piraterie stand noch immer in voller Blüte, besonders im Drogengeschäft. »Wie?« meinte er und bewegte sich seitwärts, um an die Pumpflinte heranzukommen, die quer auf den hölzernen Armlehnen eines Liegestuhls lag. »Warum? Hab' ich was vergessen?«

»Ja«, sagte Tubbs. »Uns!« Er richtete sein abgesägtes Gewehr auf Harts Kopf. »Wenn du die Absicht hast, nach deiner Schießbüchse da zu greifen, mein Freund, dann wirst du in der Intensivstation aufwachen!«

Hart verstand klar und deutlich, was gemeint war.

Crockett grinste bösartig. »Dürfen wir an Bord kommen, Sir?«

»Ihr . . . ihr Burschen seid doch keine Piraten, oder?« fragte Hart, nachdem sie einige Seemeilen schweigend hinter sich gebracht hatten.

»Doch«, sagte Tubbs. »Ich bin ›Blackbeard‹. Und das da ist ›Long John Silver‹.«

»Ein fröhliches Herz hat der Herr lieb!« scherzte Crockett.

10.

Die See war ruhig, die Oberfläche ölig glatt wie schimmerndes schwarzes Glas. Auch Calderones Augen zeigten häufig solch undurchdringliche Dunkelheit. Seine Augen verrieten dem, mit dem er Geschäfte machte, sehr wenig, gaben keine Hinweise. Es gefiel ihm, daß es so war. Der einzige Mensch, der Francisco Calderone wirklich kannte, war Francisco Calderone.

Seine Geldanlagen waren so enorm, daß er sich schon vor Jahren ohne weiteres aus dem Drogenhandel hätte zurückziehen können. Aber genau wie bei Crockett war es das Risiko selbst, das Calderone reizte – das bloße Risiko. Der kolumbianische Straßenjunge in ihm konnte der Versuchung nicht widerstehen, die Autorität der Bundesbehörden zu verspotten. Der Kapitalist in ihm fand keinen schnelleren Gewinn als die Riesensummen, die im Rauschgifthandel im Umlauf waren. Die Zwanzig-Millionen-Dollar-Deals, über die Leon de Santis sich begeistert hatte, waren keine Einzelfälle.

Calderone hatte sorgfältig beobachtet und vom Beispiel des jüngst entthronten Drogenkönigs Tony Montana gelernt. Das hatte ihn dazu veranlaßt, einen Vorgehensmodus zu entwickeln, dessen Kenntnis seiner extremen Natur wegen niemand, nicht einmal Calderones engste Vertraute, teilte.

Das erklärte auch, warum Calderone an diesem Abend auf einem Bootssteg stand und darauf wartete, daß Max Hart mit seinem Fischerboot auftauchte, anstatt auf seiner eigenen Jacht herumzuhängen und sich mit Krabben-Canapés vollzustopfen, während seine Laufburschen sich um das weiße Pulver kümmerten. Und um die grünen Scheinchen.

Er zog an seiner türkischen Zigarette; der Geschmack ihres Rauches stand im scharfen Kontrast zu dem des salzigen Tangs, der in der Luft über diesem Industriekanal lag. Zu beiden Seiten von ihm warteten je zwei seiner besten Schützen: Hector Ruiz und Julio Izquapa, beide Brasilianer, die keinen Spaß verstanden, wenn es um Schußwaffen ging; Tobe Monteleone, ein schwarzer Muskelmann, den Calderone aus New York mitgebracht hatte, und Ray Harris, ein früherer FBI-Mann mit eisenhartem Kinn, der jetzt seit vier Jahren auf Calderones Gehaltsliste stand. Calderone hatte keine rassischen Vorurteile und betrachtete sich selbst als Arbeitgeber, der allen gleiche Chancen

gab. Er war in den fast fünfzig Jahren seines Lebens Genies und Idioten jeder Farbe und jeder Konfession begegnet. Er suchte sich seine Talente, wo er sie fand.
Harris war ein perfektes Beispiel dafür, warum die Anstrengungen der Gesetzeshüter, Calderone zu fangen, bestenfalls vergeblich und schlimmstenfalls lachhaft waren. Calderone kaufte und verkaufte Männer wie ihn mit dem Geld aus der Portokasse, weil er erkannte, daß die Regierungen diejenigen, die für die herrschende Klasse als Arm des Gesetzes Dienst tun, niemals ausreichend belohnen. Er hielt daran fest, daß ein ehrlicher Polizist einfach einer ist, dem man kein ausreichendes Angebot gemacht hat. Calderone hatte zugesehen, wie Harris FBI-Beamte umgepustet hatte, ohne mit der Wimper zu zucken.
Man konnte Loyalität erkaufen, aber dieser Kauf war mit Einschränkungen verbunden, einer Art Garantiezeit. Daß Calderone das begriffen hatte, war ein Grund dafür, daß er noch im Geschäft war und Tony Montana nicht. Jeder, den man mit dem richtigen Angebot einmal hatte kaufen können, der ließ sich immer wieder kaufen, egal, wie gut man ihn bezahlte. Deshalb wechselte Calderone selbst häufig das Personal. Die Leichen blieben meist tief im Atlantischen Ozean zurück. Mehr als fünfzig Menschen getötet zu haben, das hatte ihn, wie er meinte, zu einem ausgezeichneten Kenner der menschlichen Natur gemacht.
Wenn es Calderone einige frische Leichen kostete, der Gefangennahme zu entgehen, dann mußte es eben sein. Es war besser – und billiger –, als Geld zu verlieren. Sein distanziertes Verhältnis zum Leben ließ ihn brutal pragmatisch erscheinen, was denjenigen, denen er Befehle erteilte, Respekt einflößte. Niemand, der für ihn arbeitete, stand ihm nahe, aber alle respektierten ihn, selbst wenn es in manchen Fällen die Art von Respekt war, die der Christ für

den Löwen hat, der ihn gleich zum Frühstück verspeisen würde. Corky Fowler, Leon de Santis, Trini de Soto, sie alle hatten eine wunde Stelle, die sie als Rauschgiftschieber nützlich machte, aber gleichzeitig hielt sich genau dadurch ihre Nützlichkeit in Grenzen, von denen nur Calderone wußte, wie eng sie waren. Daher war ihr Verlust unvermeidlich. Im voraus zu wissen, daß er sie verlieren würde, erlaubte es Calderone, aus ihrem Verlust Gewinn zu schlagen.

Es war Leon de Santis gewesen, der die Explosion für Corky vorbereitet hatte. Und als Corky gen Himmel fuhr, nahm er einen starrköpfigen Polizisten mit. Als Leon an Trini und an dem Informanten aus der Vice Squad, Wheeler, zum Verräter werden wollte, hatte Calderone Trini losgeschickt, um Leon an einem belebten Strand mitten im hellen Licht des Tages umzulegen. Beides diente dazu, den verbleibenden Polizisten der Vice Squad Angst einzujagen. Sie sahen, daß Calderones Gerechtigkeit gründlich und endgültig war. Wheeler war nützlich gewesen. Jetzt, wo es mit seinem Nutzen vorbei war, hatte man sich seiner entledigt. Es war weit besser, wenn Wheelers eigene Leute seine Verurteilung in die Hand nahmen. Man brauchte keine Zeit darauf zu verschwenden, ihn zu töten. Er würde als demoralisierendes Beispiel für die übrigen Vice Squad Officers dastehen. Diese Art von Planung war die Ursache dafür, daß Calderone nie verhaftet worden war.

Und nach dieser Nacht, dachte er, würde die Vice Squad in die Knie gehen. Er konnte seine Unternehmungen an der Südküste in einem Maße steigern wie nie zuvor. Wenn sie erst einmal erkannt hatten, daß Calderone nicht zu schlagen war, würde ganz Florida ihm offenstehen. Er konnte darangehen, die kleinen Händler auszuschalten, seine Verbindungen auszubauen und zugleich das mit dem Drogenhandel beschäftigte Syndikat, das in Miami bislang nur mühsam arbeitete, besser in den Griff zu bekommen. Der kleine Kolumbianer, der nie über die vierte Schulklasse hinausgekommen war, würde wieder einmal unterbezahlte Polizisten mit nutzlosen akademischen Zeugnissen in den Hintern treten. Der Wirtschaftsmagnat würde sein Imperium ausdehnen. Der Drogenhändler würde einige kleinere Störfaktoren aus dem Weg räumen. Der Straßenjunge würde seinen Spaß dabei haben.

Calderones Mitarbeiter rauchten nicht. Sie trugen Nachtkampf-Anzüge, und ihre Waffen waren schwarzmattiert, damit sie kein Licht reflektieren konnten. Seine Leute waren buchstäblich unsichtbar. Und sie hatten ihre Ausrüstung bereit. Diese vier trugen genug Mordwaffen bei sich, um ein Militärregime in Nicaragua zu stürzen.

In Calderones eigenem Gürtelhalfter steckte eine mit echtem mexikanischen Silber beschlagene 38er Smith and Wesson. Er hatte sie niemals gegen Polizisten einsetzen müssen, und er war zuversichtlich, daß er sie auch heute nicht würde ziehen müssen.

Er schob die Manschette seines maßgeschneiderten Hemdes zurück, um auf seine 25.000-Dollar-Uhr zu sehen. Wo zum Teufel war Hart?

»He, Captain Bligh!« sagte Crockett und lenkte Harts Aufmerksamkeit auf sich, indem er ihm mit seiner 45er gegen die Schulter klopfte. »Du würdest doch wohl nicht versuchen, meinen Partner und mich übers Ohr zu hauen, indem du hier herumkurvst und so viel Zeit verschwendest, daß Calderone Verdacht bekommt, so was würdest du doch nicht tun?«

»Wer ist Calderone?« sagte Hart. »Ich kenne keinen Calderone. Ich fahre euch hin, wo immer ihr hin wollt. Ihr habt schließlich die Pistolen!«

Crockett hatte keine Lust, sich das anzuhören. Er zielte mit seiner Automatik auf Harts Kopf. Tubbs blieb vor Erstaunen der Mund offen. »Nein, Crockett, nicht!«
Crockett zog den Abzug durch, und die Explosion erschütterte das ganze Boot. Hart fiel auf die Knie und faßte nach seinem Kopf.
Tubbs hielt inne. Wenn Crockett den Mann wirklich mitten in den Kopf geschossen hätte, so wäre jetzt kein Kopf mehr da.
Crockett kniete mit schiefem Lächeln nieder und schob den Lauf der Waffe in Harts Ohr, bevor er den Hahn spannte. »Also«, fragte er, »willst du jetzt auch noch das andere Trommelfell verlieren, oder spielst du jetzt mit? Ich werde dir das nicht zweimal sagen, Mistkerl!«
Hart, der gespürt hatte, wie die Kugel direkt an seiner Nasenwurzel vorbeizischte, als sein linkes Trommelfell explodierte, entschied, daß Mitspielen eine ausgezeichnete Wahl war. Sein Kopf dröhnte wie ein chinesischer Bronzegong. Die klebrige Blutspur, die aus seinem Ohr rann, fühlte sich in der Nachtluft kühl an.
»Um Himmels willen, Sonny . . .«, sagte Tubbs entsetzt.
»Hast du nicht gesagt, du würdest mit so was fertig werden, New Yorker?« brummte Sonny. »Muß ich alles selber erledigen? Wirst du jetzt auch aus dem Leim gehen?«
Tubbs steckte seine Waffe weg. »Ich bin ganz ruhig. Aber ist mit dir alles in Ordnung?«
»Wen interessiert das schon?« sagte Sonny. Er zerrte Hart an dem Arm herum, mit dem er sich sein Ohr hielt.
»Wo ist der Treffpunkt, Schlaukopf? Ich werde fahren!«
»An der alten Tokay Pier«, murmelte Hart, dessen Sicht durch den Schmerz im Ohr getrübt war. »Jenseits des Industriekanals, in der Nähe des ehemaligen Reparaturbeckens der Werft.«

Sonny schubste Hart zum Bootsende hin. »Schau nicht so mißbilligend, Tubbs. Er ist nicht dauerhaft beschädigt. Halt ein Auge auf ihn. Wir kommen zu spät.«
»Weißt du, wo wir sind?«
»So ungefähr. In Ordnung, Kapitän – hast du einen Schnellgang auf diesem Kahn, falls dich einer verfolgt?«
»Ja! Der Startknopf dafür ist der blaue genau vor dir. Der zündet einen Hilfsmotor mit so ungefähr fünfhundert Pferdestärken.« Hart saß da, niedergeschlagen, wie ein Schuljunge, den man bei einer Missetat erwischt hat.
Crockett drückte auf den Knopf, und sie spürten, wie der zusätzliche Motor in den Eingeweiden des Schiffes brummend zum Leben erwachte. »Das ist ja wenigstens was!« gab Crockett zu. »Wir müssen als erste da sein, sonst tauchen Rodriguez und die Unterstützung und die Küstenwache und alle anderen auf, und wir stehen da mit nichts in den Händen!«
Langsam dämmerte die Erkenntnis in Hart. »Mein Gott, ihr Burschen seid Polizisten!«
»Du klingst erleichtert?« fragte Tubbs.
»Darauf kannst du was wetten. Ich dachte, ihr wärt Drogenpiraten. Ich hab' mich schon auf ein Schläfchen auf dem Boden der Bucht vorbereitet, wißt ihr!«
Tubbs pfiff durch die Zähne. Dieser glibbrigen Qualle war jetzt klar, daß er nicht sterben würde, und er wußte, daß Calderones Rechtsanwälte ihn von der Anklage wegen Schmuggelei freibekommen würden, ohne daß er auch nur eine Sekunde in der Zelle verbringen mußte. Wenn er das einen Augenblick eher gewußt hätte, hätte er Sonny vielleicht nicht den Treffpunkt verraten, weil ihm bekannt war, daß Polizisten ihn nicht erschießen durften. Nun hatte Tubbs selbst größte Lust, Hart zu durchlöchern.
»Mit wem wartet Calderone auf uns?«

Hart versuchte, es beiden Seiten recht zu machen, und wollte ein wenig von seinem Sündenkonto abtragen. »Er hat vier Jungs bei sich. Das ist alles, was ich weiß!«
»'ne ganze Menge Leute, um einen einzigen Koffer mit Geld zu tragen«, bemerkte Sonny.
»Aber gerade genug Leute, um zwei tote Detectives wegzuschleppen«, sagte Tubbs, »und sie mit Zementschuhen ins Wasser zu werfen!«
»Schau nach, ob unsere Schießeisen bereit sind«, sagte Sonny. »Jetzt hab' ich langsam Angst, daß wir nicht genug Munition bei uns haben.«
»Ich bin ein guter Schütze!« sagte Tubbs. »Meine Mama hat mir beigebracht, daß ich niemals Kugeln verschwenden soll!«
»Das hab' ich gemerkt!« Sonny grinste und erinnerte sich an die wohlgezielten Schüsse bei dem Debakel mit Trini de Soto.
»Calderone weiß, wer wir sind«, überlegte Tubbs. »Wir wissen nicht, wieviel Wheeler ausgeplaudert hat!«
»Wir müssen annehmen, daß Calderone alles weiß. Aber er wird so lange die Täuschung aufrechtzuhalten versuchen, bis er weiß, daß wir in seiner Sichtweite sind!«
»Wunderbar! Das gibt uns ungefähr fünf Sekunden Zeit, mit den Scharfschützen fertigzuwerden.«
»Aber, aber, New Yorker – wenn du 'ne gemütliche Aufgabe suchst, dann geh doch wieder zu deinen bewaffneten Überfällen zurück.«
»Du bist mir schon ein Spaßvogel, Crockett!«
»Und du, mein Kapitän«, fügte Crockett zu Hart gewandt hinzu, »du fährst uns da ran, als ob wir absolut koscher wären. Ganz das übliche Vorgehen. Und bleib auf dem Boot, falls du nicht willst, daß dir irgendwas abgeschossen wird!«

»Aye, aye, Sir!« Hart salutierte grimmig. Sein Kopf dröhnte immer noch.
»Ich weiß nicht«, murmelte Crockett. »Sieht aus, als ob wir so oder so keine Chance hätten. Was hält Calderone davon ab, uns umzulegen, sobald er uns erkennt? Das Ganze klappt nicht, wenn er weiß, daß wir Bullen sind, Tubbs!«
»Es wird klappen!« sagte Tubbs mit absoluter Sicherheit. »Aus zwei Gründen. Erstens, soviel er weiß, ist das Geld, das wir haben, echt. Er beabsichtigt, zehn Millionen zu verdienen, einfach nur, indem er sich einen ruhigen Abend macht und zwei Bullen erschießt. Das ist ein ganz schönes Stück Geld, und er ist keineswegs abgeneigt, Leute auch für noch weniger umzubringen.«
Sonny nickte. »Allein in Florida hat der Kolumbianer für 'ne beträchtliche Menge Totenscheine gesorgt. Aufs ganze Land gesehen hat er wahrscheinlich 'ne ganze Menge Leute mehr für viel weniger ermordet!«
»Und er wird das Zeichen nicht geben, bevor wir nicht das Geld überreicht haben. Sag's mir, wenn ich falsch liege!«
»Was war der zweite Grund?«
»Rafael!« sagte Tubbs. »Er wußte, daß Rafael und Jake Bartamas Polizisten waren. Er zog den Deal durch, ganz wie üblich. Und dann, im letzten Augenblick, hat er sie alle ins Jenseits geschickt!« Tubbs erinnerte sich an den Ausdruck des Erstaunens auf dem Gesicht seines Bruders, die Schnelligkeit, mit der alles geschah, nachdem der Handel abgeschlossen war. Sein Ego war es, das Calderone dazu brachte, diese entzückende Charade so lange wie möglich auszudehnen.
»Da vorn ist die Tokay Pier! Was jetzt?«
»Senk die Geschwindigkeit«, sagte Hart. »Warte darauf, daß sie dir mit den Autoscheinwerfern Signale geben. Zweimal blinken.«

»Geh ans Steuer!« befahl Crockett. »Haben wir alles bereit, New Yorker?«
Überflüssigerweise überprüfte Tubbs noch einmal die Ladung seiner Flinte, steckte ein volles Magazin in die Ingram und schaute in die langläufige 38er und seinen eigenen Revolver. In seinen Gürtel hatte er Schnellader dafür gesteckt, und er hatte die Tasche voller Munition für die Flinte.
Sonny zog nur ein zusätzliches Magazin für die Ingram heraus, zwei für seine 45er. Er entfernte das ungenutzte Magazin aus seiner Pistole und setzte ein frisches ein, um einen zusätzlichen Schuß zu haben, und acht dazu, um die Munition zu ersetzen, die er an Harts Kopf vorbeigeschossen hatte.
»Zeit für unseren Auftritt«, sagte er.

Calderone hatte gerade auf seine Armbanduhr geschaut, als er das tiefe Brummen der Motoren der ›Smoky Joe‹ hörte. Er und seine Schützen spähten in die tintenschwarze Nacht. In einiger Entfernung drosselte eine große Motorjacht die Motoren und trieb heran, die Fahrtlichter gelöscht.
Calderone schnippte mit dem Finger und streckte ihn dann aus. Das war sein Standardsignal, wenn's losgehen sollte. Hector Ruiz trottete zu einem der beiden Jeeps mit Vierradantrieb, die auf beiden Seiten von Calderones schwarzem Mercedes parkten. Alle drei Wagen standen in Richtung auf das Wasser.
»Luces, pronto!«
Hector knipste die Lichter des Jeeps an, und der Rand der Pier leuchtete auf, einmal, zweimal.
Auf der ›Smoky Joe‹ wendete sich Hart an Sonny. »Ich muß zurückblinken. Das ist die übliche Prozedur. Sonst

werden sie das Feuer eröffnen, weil sie denken, das hier ist ein Boot der Drogenfahndung!«
»Oder vielleicht ist es das, was sie denken, *wenn* du blinkst«, zischte Tubbs. »Sonny – vielleicht legt er uns rein!«
»Es gibt nur einen Weg, das herauszufinden. Blink zurück. Und denk dran, du bist der erste, der über Bord geht, wenn ich auch nur den leisesten Hauch von Gefahr wittere, Kapitän!«
»Jawohl, Sir!« grunzte Hart diensteifrig und gab das Signal.
Tubbs sah, daß Crocketts Überlegungen richtig waren. Wenn das Signal überflüssig war, würde Calderone und seine Leute sich wahrscheinlich in die Wagen werfen und zu entkommen suchen. Dazubleiben und es zu einer Schießerei mit Leuten von der Vice Squad kommen zu lassen, die schon im Vorteil waren, hatte keinen Sinn. Und wenn ihre eigene Deckung durch das Signal aufflog, so hatten sie auf dem Boot eine bessere Chance.
Nichts Beunruhigendes geschah. Hart spielte mit, er wollte nichts als diese Nacht hinter sich bringen.
Die ›Smoky Joe‹ wurde hereinmanövriert und dümpelte leicht gegen das Dock.
»Und was nun?« fragte Crockett.
»Gib ein Blinkzeichen mit deiner Taschenlampe, dann halt' den Aktenkoffer hoch, so daß sie ihn sehen können.«
Tubbs betätigte die Lampe und hob den Koffer hoch.
»Oigan, idiotas!« knurrte Calderone Hector Ruiz und Tobe Monteleone zu. *»Meuvanse!«*
Die beiden Männer bewegten sich schnell über die abgedunkelte Pier zum Boot hin. Tubbs konnte jetzt die automatischen Waffen sehen, die sie trugen. »Ingrams«, sagte er zu Sonny.

»Bleib ganz ruhig. Laß sie an Bord.«
Hector und Tobe waren zur Hälfte oben, als sie von Tubbs und Crockett, die sich direkt unter der Reling versteckt hatten, ergriffen und den Rest des Weges gezogen wurden. Hector ließ seine Waffe fallen, und sie rutschte über das Deck. Nach einem kurzen Wirbel von Schlägen und Hieben waren beide Schützen mehr oder weniger groggy und besinnungslos.
»Ab nach unten mit dir, Kapitän. Und komm ja nicht rauf!«
Dankbar rutschte Hart nach unten und schloß die Kajütentür.
»Nimm diesen Idioten da als Schild, Tubbs«, sagte Sonny. »Und steh auf. Jetzt geht's los!«

11.

In dem Augenblick, in dem die Männer auf der Pier sahen, daß ihre Vorhut rüde an Bord gezerrt wurde, wurden sie lebendig; ihre tödlichen Waffen waren entsichert und bereit, Tod am Ufer zu verbreiten.
Calderone schien auf diese Strategie vorbereitet, er wirkte fast blasiert. *»Mantenante firme«*, flüsterte er, und seine zwei besten Männer wichen nicht zurück.
»Alto vatos, el la policia!« brüllte Crockett ihnen entgegen. Er ging wirklich genau nach Vorschrift vor, wie Tubbs bemerkte. Sie mußten sich selbst zu erkennen geben, wenn das, was heute abend hier geschah, vor Gericht Beweiskraft haben sollte. Und Calderone würde einen ganzen Stall voller Rechtsanwälte haben, die jeden Fehler, den sie vielleicht machten, ans Licht bringen würden.
In Tubbs' Plan war jedoch nicht vorgesehen, daß Calderone dieses abendliche Vergnügen überlebte.

Tubbs entdeckte rechts den Killer, der zu zielen versuchte, wobei es ihm nicht gelang, eine freie Schußlinie um den Körper seines erschreckten Kollegen herum zu finden, in diesem Fall Hector Ruiz.
»Un movimiento y los hagos como pasta de frijoles!« schrie Tubbs und hoffte, daß es drohend klang.
»Eine Bewegung und Sie sind *Bohnenmus*?« fragte Crockett ungläubig von der Seite her. »Das hier ist kein Kino, Tubbs!«
»Da hast du recht!« sagte er. »Denn es sieht so aus, als ob unsere Leute nicht zum verabredeten Zeitpunkt auftauchten. Wo zum Teufel ist Rodriguez?«
»Wahrscheinlich steht seine Uhr immer noch auf Sommerzeit. Wir müssen sie uns eben vom Leibe halten!«
»Die beiden sind allein!« schrie Tobe, bevor Crockett ihm als Antwort den Lauf seiner 45er gegen die Schläfe schlug. Er grunzte und sank in sich zusammen.
»Großartig!« seufzte Crockett.
Die Situation stand auf der Kippe, spannungsgeladen, die Zeit schien stillzustehen. Die Killer schauten über das Wasser, ob sie irgendwelche Boote zur Verstärkung sahen, aber sie entdeckten keine.
»Apartanse, homeres!« flüsterte Calderone. *»Julio, a la izquierda. Coje el tipo negro.«* Dann drehte er sich zu Ray Harris um, dem FBI-Mann mit dem Eisenkinn und den fest zusammengebissenen Zähnen. »Ray, nach rechts. Wenn ich das Zeichen gebe, schießt du auf den Weißen – durch Tobe hindurch.«
Harris nickte. Er und Izquapa warteten auf das Signal, um die Polizisten zu erledigen, indem sie durch ihre Partner schossen – ihre *früheren* Partner.
Qualvolle fünfzehn Sekunden verstrichen. »Sieht so aus, als ob wir wirklich in der Klemme steckten«, sagte Crokkett. »Nichts zu hören!«

Tubbs hatte seine Waffe auf Calderone gerichtet, wobei er gleichzeitig versuchte, den halb bewußtlosen Hector zu stützen und mit seiner Waffe zu zielen. Hectors Ingram lag außerhalb Reichweite auf Deck.
Crockett hielt Tobe in einem halben Nelson und tat dasselbe, wobei seine eigene Ingram auf eine Schußrichtung von rechts nach links eingerichtet war, die in einer schnellen Bewegung zuerst Harris, dann Calderone töten würde, falls er selbst in den ersten Bruchteilen von Sekunden im Feuer der automatischen Waffen getroffen würde.
Calderone schien ungerührt. Er war der einzige, der nicht schwitzte.
Genau in diesem Augenblick hörten alle acht Männer – Kapitän Hart eingeschlossen – das dröhnende Geräusch des herankommenden Polizeihubschraubers. Calderones Männer schauten nach oben und sahen das Aufblitzen bewegter Suchscheinwerfer.
Das war's dann. Crockett stieß Tobe mit Macht nach vorne und brachte die Ingram in einer schnellen Bewegung in Anschlag. Tubbs machte es im selben Augenblick genauso und riß seine Waffe hoch. Hector und Tobe gingen über Bord, mit dem Kopf zuerst und waffenlos.
Ray Harris feuerte die erste Salve ab, und hätte Crockett nicht einen halben Schritt getan, um seine Waffe anzulegen, wäre ihm der Kopf abgerissen worden. Statt dessen riß der Einschlag direkt neben Crocketts Kopf ein riesiges Stück Holz aus dem Hauptmast, was Crockett aufs Deck warf. Seine erste Salve ging in die Luft.
Tubbs schoß beide Läufe in die richtige Richtung, aber zu dieser Zeit waren ihre Widersacher bereits auf dem Weg zu ihren Autos. Calderone war schon nicht mehr zu sehen. Ein Aufheulen des Motors, ein Blitz und dann grauer Rauch. Er hörte, wie die Kugeln gegen den Mercedes und

die Jeeps prasselten. Als Julio dann mit der Uzi das Feuer auf sie eröffnete, duckte Tubbs sich unter Deck, um seine Waffe neu zu laden.
Die 45er spuckte wieder Kugeln aus, und ein Stück Reling der ›Smoky Joe‹ wurde oberhalb von Sonnys geducktem Kopf herausgerissen. »Verdammt!« ächzte er.
Schnell kroch er ein Stück seitwärts, sprang dann wie eine Schießbudenfigur hoch und feuerte ungefähr hundert Schuß auf Harris ab. Die Vorderseite des Jeeps rechts außen löste sich unter dem Kugelhagel auf. Chromleisten sprangen blitzend in die Luft. Die Scheinwerfer zerbarsten und verstreuten Splitter von Sicherheitsglas. Das Metall klickte, während die Kugeln Dutzende von Einbuchtungen im Blech des Wagens hinterließen. Das schiere Chaos der Schießerei zwang Harris, seinen Kopf unten zu halten, während Sonny sich bewegte. Das Magazin der Ingram ging zu Ende und war schließlich leer.
Harris suchte nach einer besseren Deckung und feuerte drei weitere Schuß ab. Sie trafen nicht.
Der Polizeihubschrauber kam über ihnen in Sicht, hing in der Luft und richtete die Scheinwerfer auf die drei parkenden Wagen. Julio blinzelte in das gleißende Licht und bedachte den Hubschrauber mit einem halben Magazin aus seiner Uzi.
Sonny hörte, wie die Kohlebogenlampe explodierte, ihre letzten Strahlen schwenkten hart nach rechts, während der Hubschrauber den Rückzug antrat.
Julio kniff gegen die gleißenden Strahlen die Augen zusammen. Für einige Sekunden war er völlig geblendet und schoß den Rest seines Magazins in Richtung Boot ab. In der Seitenwand der ›Smoky Joe‹ taten sich dreißig neue Löcher auf. Während Julio nachlud, gab ihm Ray Harris mit seiner Ingram Feuerschutz.

»Sonny!« brüllte Tubbs. »Paß auf, Mann!«
Sonny wirbelte schnell genug herum und sah, wie Tobe über die Reling kletterte und nach einem der auf den Boden gefallenen Maschinengewehre grabschte. Er zog seine 45er Automatic mit der linken Hand ab und pumpte zwei Schüsse in die Brust des Schwarzen, dann trat er ihm ins Gesicht. Tobes Arme schwangen nach rückwärts, während er nach hinten fiel, mit einem dumpfen Platscher schlug er auf die Wasseroberfläche auf. Er schluckte Meerwasser, und dieses Mal versank er und blieb unten.
Tubbs wendete seine Aufmerksamkeit wieder Julio zu, während Harris seine Ingram nachlud. Dann legte sich eine triefnasse Hand auf seinen Mund und verdrehte seinen Kopf gewaltsam nach links. Er fiel auf den Rücken, und noch bevor er wußte, was ihm geschah, sah er Hector, der ihn festhielt und würgte.
»Tubbs! Aus dem Weg!« Crockett versuchte, sorgfältig auf Hectors Rücken zu zielen, doch dann hatte er alle Mühe, Julios Schüssen auszuweichen.
Sie konnten nicht die ganze Nacht durchhalten. Rodriguez mußte einfach auftauchen – vielleicht in der Dämmerung – oder den Schützen würde die Munition ausgehen. Es waren ungefähr dreißig Sekunden vergangen, seit der erste Schuß gefallen war. Crockett wußte, daß die ganze Schießerei am berüchtigten O.K. Corrall nicht länger als insgesamt 45 Sekunden gedauert hatte.
Tubbs schlug mit seiner Waffe nach Hector und verfehlte seinen Schädel nur um Zentimeter. Hector befreite eine Hand, um nach der Waffe zu greifen, und als er das tat, riß sich Tubbs seinen 357er aus dem Gürtel, stieß sie gegen Hectors Magen und zog den Abzug durch, bis die Waffe leer war. Wie vom Dreschflegel getroffen fiel Hector um,

schlug mit dem Kopf auf und versuchte, seine Innereien am Herausquellen zu hindern.
Der Motor des Mercedes hustete und sprang an. Die Scheinwerfer flammten auf.
»Tubbs! Der Wagen!«
Tubbs kämpfte sich auf die Füße, begierig auf Sauerstoff. Er stolperte, das Abschnüren der Luftröhre hatte ihn wacklig auf den Füßen gemacht, und er ließ sein Schießeisen fallen.
Crockett drängte sich mit der zweiten Ingram von Calderones Leuten zu ihm heran und leerte das Magazin in Richtung auf Calderones Wagen. Die Scheinwerfer zersprangen, und die Pier wurde wieder dunkel. In der Entfernung sah Crockett endlich die rot-weiß-blauen Lichtblitze von wenigstens vier Wagen, deren Signallampen und Blaulichter wie verrückt blinkten, während sie sich auf der Zugangsstraße drängten und in einer Linie auf die Tokay Pier zufuhren.
Julio und Harris ließen sich nicht beirren und hielten ununterbrochen die Feuerdeckung aufrecht.
Auf die Entfernung hin konnte das relativ kleine Kaliber der Ingram dem Mercedes wenig anhaben. Tubbs schüttelte seine vorübergehende Betäubtheit ab und feuerte beide Läufe des Gewehrs ab. Sonny schoß zur gleichen Zeit wie er. Mit einem ohrenbetäubenden Knall flog der Tank des ihnen zunächst stehenden Jeeps in die Luft, verstreute brennende Teile in alle Richtungen und warf Julio auf den Hintern, während sein Mantel in Flammen geriet. Über dem Fahrzeug wuchs ein hellorangefarbener Feuerpilz in die Luft. Die Schüsse von der anderen Seite stoppten für einen Moment.
Sonny schoß weiter, bis sein zweites Magazin leer war. Eine der Radkappen des Mercedes sprang wie verrückt

hoch, mit einem Durchschuß in der Mitte, und rollte vom Wagen weg wie ein zerbrochener Frisbee. Rad und Felgen fielen auseinander. Es war sicher, Calderone würde heute abend nirgendwo mehr hinfahren. Die Wagenfenster waren mit einem Sternenmuster aus zerbrochenem Glas überzogen. Möglicherweise war das Wageninnere selbst gepanzert, aber was würde Calderone jetzt, wo man unter ihm die Reifen weggeschossen hatte, tun?

»Spring!« sagte Sonny. »Jetzt oder nie!«

Tubbs verstand, was er meinte, und er schwang sich über die Reling. Er hatte gerade einen neuen Schnellader für seinen 357er benutzt und suchte nach zwei weiteren Patronen für die Flinte.

Eine ließ er fallen, als seine Füße auf der Pier aufkamen. Sie rollte über die Kante und war für immer verschwunden.

Crockett hatte über das offene Gelände hin einen wahren Feuersturm entfesselt, die Ingram in der einen, die 45er in der anderen Hand. Tubbs sah, daß Harris seinen Kopf hinter dem unbeschädigten Jeep hervorsteckte und feuerte so lange blindlings auf ihn, bis der Hammer des 357er auf die leere Hülse schlug. Seine Schüsse waren nahe genug, um Harris aufzuhalten, bis Sonny Deckung beim Unterbau eines Ladekrans finden konnte, der aus den Zeiten übriggeblieben war, als die Pier noch als Werft diente.

Sonny landete mit einer Rolle und schlug gegen die dem Wasser zugewandte Seite des Gestells. Sofort schaute er sich nach Tubbs um, sah ihn immer noch neben der ›Smoky Joe‹ stehen und zielte mit der Ingram, falls Harris sich erneut entschließen sollte, noch einmal Schützengrabensoldat zu spielen.

Der Motor des Mercedes stotterte und erstarb.

Sonny feuerte eine kurze Salve auf den anderen Jeep, um

Harris zu Boden zu zwingen. Vielleicht war ihm die Munition ausgegangen.
Tubbs kniete bei einem der Anlegepfosten, die einzige erreichbare Deckung. Er hatte jetzt seine Waffe wieder geladen und suchte in seinem Gürtel nach einem weiteren Schnellader für die 357er. Genau in diesem Augenblick drehte sich Sonny um und sah den tückischen Captain Bligh alias Max Hart, der an Bord der ›Smoky Joe‹ auf die Füße kam und mit einer Luger, einem Kriegssouvenir, auf Tubbs Kopf zielte. »Tubbs . . .!«
Der junge Detective verlor keine Zeit damit, sich erst umzudrehen und zu sehen, worin die Gefahr bestand. Er warf sich sofort auf den Boden und rollte weiter, was Hart dazu zwang, erneut zu zielen, während er sich bewegte. Tubbs blieb auf dem Rücken liegen, mit dem Gesicht zum Boot, sein Gewehr auf dem Dock aufgestützt. Ohne zu zielen ließ er beide Abzüge los, und Sonny sah, wie Hart sich in Stücke auflöste und dabei einen ganzen Überschlag über die Länge des Bootes hin machte, als Tubbs' doppelte Ladung ihn in die Luft warf. Seine Deckschuhe flogen in verschiedene Richtungen, während sein Rumpf aufs Wasser aufschlug und er niedersank, um Neptun zu treffen.
Dann schlug eine riesige, häßliche Bleiladung ungefähr einen Viertelmeter von Sonnys Schulter entfernt ein und riß einen faustgroßen Krater in das Metall, und Sonny wußte, daß Harris springlebendig war und weiterkämpfte und versuchte, ihn mit seiner Magnum zu eliminieren. Eine dieser Ladungen in den Leib zu bekommen wäre so, wie eine Kanonenkugel mit einem Baseballhandschuh zu fangen. Sonny wußte das, und er schob die Ingram über den Rand der dicken Eisenabdeckung und feuerte blind.
Tubbs schaute sich nach Sonnys Position um und sprang hoch, als Kugeln auf seine Füße zielten und dreißig Zenti-

meter lange Splitter aus dem Deck rissen. Calderone war aus dem Mercedes mit einer weiteren Uzi aufgetaucht. Die Flammen des Jeeps zeigten seinen Schatten auf dem Wagen. Dahinter lag ein glimmender Haufen, der einst Julio gewesen war.

»In Ordnung, Chef!« sagte Tubbs, als er mit den Füßen zuerst auf dem Stahl aufkam, was seine wilde Bewegung abbremste.

»Fünf haben wir geschafft, zwei sind noch übrig!«

Während Sonny sprach, zog sich Harris zum Mercedes zurück, und zusammen bewegten er und Calderone sich in Richtung auf das Lagerhaus hinter ihnen.

»Der andere Jeep muß kaputt sein!« sagte Sonny. »Versuch, ihn zu erreichen, wenn sie ein paar Meter weiter sind.«

Sie hielten die Köpfe geduckt, und das Feuer stoppte.

»Los!«

Sie rannten zusammen los. Calderone und Harris waren nirgends in Sicht. Als sie ohne Zwischenfall den Jeep erreicht hatten, fluchte Sonny wieder. »Sie verstecken sich da drinnen.«

»Sie sind doch nur zu zweit!« sagte Tubbs eifrig.

»Du solltest vielleicht etwas weniger darauf bedacht sein, daß wir umgebracht werden, hörst du!«

»Vorschrift 1.2! Laß uns losgehen, bevor sie Zeit haben, einen Hinterhalt zu planen!«

»Hast du nachgeladen, New Yorker?«

»Natürlich! Und du?«

Crockett hatte ihn nicht dabei gesehen, aber er wußte, daß es stimmte.

Er lud die Pistole und die Ingram und nickte.

Das Ladetor stand zu einem Viertel offen. Es war aus rostigem Stahl, mit einem X aus Holzbalken in der Mitte. Drinnen war ein riesiger Innenhof, in der Mitte offen, aber mit mehrstöckigen Galerien und Stahltreppen an den Seiten. Alles war vollgestopft mit Unrat, altem Packmaterial, verfaulender Schiffsausrüstung und schimmeligen Abfallhaufen.

Calderone würde nicht gleich auf sie schießen, wenn sie durch das Tor kämen, dachte Crockett. Das würde seine Position zu schnell verraten. Sie nahmen auf beiden Seiten der Tür Aufstellung. Ihre Blicke begegneten sich – ein fast perfektes Team. Sie wußten beide, auf ein Kopfnicken hin würde Tubbs die Tür auftreten, Crockett würde hineinschlüpfen und den unbekannten Raum unter Feuerschutz nehmen, während Tubbs ihm Deckung gab.

Crocketts Muskeln waren wie Hochspannungsdrähte, seine Nerven wie die Saiten von Gitarren. Er öffnete den Mund, um »Jetzt« zu sagen, als ein Feuerstoß von hinten sie beide festnagelte, wo sie standen.

Sie wirbelten gerade noch rechtzeitig herum, um zu sehen, daß Julio Izquapa zusammenklappte wie eine Schnecke unter kaltem Wasser, als ihn Kugeln durchlöcherten und ihn dazu zwangen, die Uzi loszulassen, die er aus einer günstigen Position hinter dem rauchenden Jeep auf sie angelegt hatte. Die Waffe fiel klappernd auf den Boden, ohne loszugehen.

Fünfzehn Meter weiter stand Lou Rodriguez, dessen Revolver immer noch blauen Rauch spuckte, ihm zur Seite zwei Leute von der Spezialeinheit.

Crockett gab Lou mit der flachen Hand ein Zeichen.

»Was will er, Lieutenant?« fragte der mit einem Kampfanzug bekleidete Mann von der Spezialeinheit.

Lou schüttelte resigniert den Kopf. »Er will, daß wir zurückbleiben und die Außenseite des Lagerhauses unter Deckung nehmen. So ein verrückter Hund!«

»Aber wir sollten zur Unterstützung mitgehen . . .!« protestierte der Kommandant. Sein Name war McCullough. Lou konnte die unterdrückte Blutgier in den androiden Augen des Mannes sehen. McCullough preßte seine M 16 zärtlich gegen seinen Unterarm. Seine Leute drängten sich um ihn und warteten auf neue Anweisungen, enttäuscht darüber, daß das Feuergefecht auf der Pier schon stattgefunden hatte, bevor sie aufgetaucht waren.

»Bleibt zurück«, sagte Lou. »Es ist nur ein Mann da drinnen. Ich bezweifle, daß er auf uns alle losgehen wird. Laßt Crockett und Tubbs ihn herausbringen.« Er kaute auf seinem Zigarrenstummel und schaute auf die Männer um ihn herum. »Hat hier jemand zufällig ein Streichholz?«

12.

Im Inneren des geräumigen Gebäudes herrschte ein brakiger Geruch, und Tubbs Blick verschwamm, als er versuchte, sich daran zu gewöhnen. Crockett stand mit gespreizten Beinen zu seiner Linken, die Ingram bereit, alles zu zerfetzen, was sich rührte.

Tubbs hatte die 357er zurück in den Gürtel gesteckt; er zog die Flinte vor. Es würde in diesem Gebäude leichter sein, den Garben aus dem Gewehr zu folgen. Aber die Akustik des Stahlgerüsts würde hinderlich sein. Möglich, daß es sich anhörte, als würden von überall her Schüsse kommen.

Crockett ließ die flache Hand nach oben schnellen. Beide Männer erstarrten.

Da war ein kleines, zartes Geräusch. Pling, pling, pling. Sie hörten es beide.

Crocketts Flüstern bewegte kaum die Luft. »Ich möchte darauf wetten, daß sie aufs Dach wollen!«

»Wieso?«
»Calderone könnte uns jederzeit angreifen. Aber er will Zeit gewinnen, um auf das Dach des Lagerhauses zu kommen.«
Tubbs schüttelte verneinend den Kopf, in der feuchten Dunkelheit war er fast unsichtbar. Er verstand noch immer nicht.
»Was glaubst du wohl, warum Calderone so viel Zeit damit verbracht hat, seinen Mercedes zu starten, nachdem ich das Rad weggepustet hatte?«
Jetzt klickte es bei ihm. »Verstärkung? Oder ein Rettungstrupp«, sagte Tubbs.
Verstärkung schien unwahrscheinlich, weil draußen gerade eine ganze Spezialeinheit Aufstellung genommen hatte. Der Abend war weit über eine bloße Drogenschießerei, Razzia und Verhaftung hinausgegangen. Jetzt mußte Calderone fliehen.
»Wir können nicht sicherheitshalber herumstehen und warten«, hauchte Crockett. »Wenn wir dann aufs Dach kommen, ist er fort. Er hat vermutlich über Funk einen Hubschrauber herbeigerufen!«
Das klang wahrscheinlich. Calderone hatte persönlichen Besitz in Millionenhöhe. Selbst wenn es darum ging, seine eigene Haut zu retten, ging er in skrupellos geschäftsmäßiger Weise vor. Er hatte sich nicht zurückgezogen, bis es zwischen seinen Kräften und Crockett gleich stand, zwei gegen zwei. Er hatte seine Scharfschützen wie Schachfiguren eingesetzt und versucht, für jeden einzelnen, den er verlor, einen Vorteil herauszuschlagen – selbst wenn der nur darin bestand, daß er einen Augenblick länger Zeit hatte, Deckung zu suchen, oder in einem Ablenkungsmanöver, das es ihm erlaubte, ein bequemes Schlupfloch zu finden. Er war gerissen und mit allen Wassern gewaschen.

»Während er sich aufs Dach davonmacht, hat er seinen letzten Schützen zwischen sich und uns postiert«, fuhr Crockett fort. »Schlau. Er läßt uns keine Sekunde zum Atemholen!«
»Dann also los!«
Crockett schnaufte ungläubig. Tubbs schien es wirklich eilig zu haben, als Zielscheibe zu dienen. In angenehmem Gegensatz zu der Trini-de-Soto-Episode war Tubbs bei der Schießerei am Wasser ganz Profi gewesen. Wenigstens hatte Crockett das Gefühl, daß er sich keine Sorgen darüber machen mußte, daß seine Rückseite von einem blutigen Anfänger gedeckt wurde. Tubbs würde das Richtige tun, wenn das Schießen losging. In großen Sprüngen, die Waffen nach vorn gerichtet, bewegten sie sich zur Treppe hin.
Sie war abgenutzt, aus stark verrostetem Metall. Sie krachte.
»Bist du sicher, daß die hält?« fragte Tubbs.
Crockett machte zwei Schritte nach oben und spürte, wie die brüchige Konstruktion unter seinem Gewicht sanft hin und her schwang. »Überhaupt nicht«, sagte er. »Komm weiter!«
Ihre Schuhe zermahlten Rost zu braunem Puder. Vorsichtig schlichen sie sich die Treppe hinauf und fühlten sich wie Urwaldjäger auf einer verfaulten Seilbrücke.
Schimmernder Sternenglanz aus weiß-gelbem Licht brach auf dem zweiten Stock hervor, begleitet von der ohrenbetäubenden Garbe aus Harris' Ingram.
Einschüsse spritzten einen halben Meter hinter Tubbs' und Crocketts Füßen auf, zerkratzten den Stahl und hinterließen in der ruhigen, nassen Luft funkelnde Spuren wie Leuchtraketen. Eine Salve, dann Stille.
Crockett bemühte sich, das Ende der leiterartigen Treppe

zu erreichen. Tubbs machte sich flach, schmiegte sich an das zerbröckelnde Metall und hoffte, daß das Geländer vor seinem Gesicht verirrte Kugeln ablenken würde. Ihr Vorgehen war klüger, als es aussah. Vom eigenen Feuer geblendet, würde der Schütze über ihnen nicht in der Lage sein, ihre Position auszumachen, bis sie wieder ein Geräusch verursachten. Er würde noch dazu annehmen, daß die beiden Männer zusammen waren.
Sonny zielte sowohl links als auch rechts von dem Punkt, wo er das Mündungsfeuer hatte die Galerie beleuchten sehen, und bepfefferte das dunkle Gebiet freizügig mit Kugeln aus seiner eigenen Ingram. Das Lagerhaus war kurzfristig mit dem verrückten Cartoon-Sound von abprallenden Kugeln erfüllt, die in diesem ganz aus Metall gebauten Gebäude von Metalloberfläche zu Metalloberfläche sprangen und Funken schlugen.
Harris machte Sonnys Position aus und feuerte. Während um ihn herum überall Blei klickte und meteorhaftes Flimmern erzeugte, warf sich Sonny kopfüber auf die Galerie. Der Trick bestand darin, zu feuern und dann so schnell, wie man feuerte, die Position zu wechseln.
Sonny hätte beinahe einen stockwerktiefen Kopfsprung gemacht, als er über die Galerie hinausschoß und von seinem eigenen Schwung über das Geländer getragen wurde. Sein Fuß schlitterte über die Galerie, und er klammerte sich verzweifelt mit dem rechten Arm fest; es gelang ihm, sich an dem verrosteten Geländer festzuhalten. Die Ingram entglitt ihm und fiel taumelnd, wie ein aus Blei gegossenes welkes Blatt, auf den Zementfußboden sieben Meter unter ihm, wo sie zerbrach. Unfreiwillig entfuhr ihm ein Fluch, als er fürchten mußte, jeden Augenblick selbst abzustürzen.
Harris zielte auf ihn und schoß ein paar Salven in seine

Richtung, um sich an Crocketts Position heranzutasten. Crockett war eine wunderbare Zielscheibe, halb auf, halb unter der Galerie.
Tubbs ließ eine Salve in Richtung Harris los. Die Maschinenpistole stieß gegen seinen Arm, und der Lärm klang wie ein ausbrechender Vulkan. Ein tödlicher Kugelhagel war unterwegs, um Harris ein paar lebenswichtige Sekunden lang ruhig zu halten.
Crockett strampelte und griff nach allen Seiten, fand die Galerie und zog sich hoch, rollte auf den Rücken und riß die 45er aus dem Halfter.
Als Harris erneut auf Tubbs feuerte und dabei sein Magazin verbrauchte, erwiderte Tubbs das Feuer aus dem zweiten Lauf. In dem Lagerhaus aus Stahl und Metall war der Widerhall wahrhaft ohrenbetäubend. Während alles verhallte, rannte Tubbs zum Treppenabsatz.
»He, Mann!« rief er vernehmlich. »Der ganze Schuppen ist von Polizei umstellt! Calderone läßt dich im Stich, er kümmert sich einen Dreck um dich, Mann, und deine Munition kann nicht ewig reichen!«
Crockett hatte keine Ahnung, worauf Tubbs hinauswollte, aber er benutzte seinen Redeschwall als Lärmschutz, um auf der Galerie vorwärts zu kommen. Dann ging ihm auf, daß Tubbs genau deswegen herumbrüllte, damit Crockett sich bewegen konnte. Er wußte, daß Tubbs keinen Deut darum gab, einen von Calderones Gehaltsempfängern den Schritt ins Grab zu ersparen. Tubbs wollte ihm Bewegungsfreiheit einhandeln.
Vorsichtig und schnell bewegte Sonny sich wie eine Katze auf der Galerie vorwärts.
»Du willst doch wohl nicht für nichts und wieder nichts sterben, oder?« Tubbs hörte, wie Harris ein leeres Magazin fallen ließ und ein neues einlegte – ein Geräusch, das in-

telligenten Menschen sagte, daß die Zeit für Verhandlungen vorbei ist.
Tubbs bewegte sich, als Harris wieder feuerte. Mit dem Rücken gegen einen Eisenbalken gepreßt, bohrten sich die alten Bolzen gegen sein Rückgrat, während er nachlud, seine beiden letzten Kugeln in das Gewehr steckte und seinen 357er zog.
Harris feuerte da hin, wo Sonny sich zuletzt bemerkbar gemacht hatte, ihm war nicht klar, daß Sonny zwanzig Schritt von ihm entfernt auf der Galerie stand.
Sonny biß sich auf die Lippen und ging mit der 45er breitbeinig in Schußposition. Als Harris sich umdrehte und ihn sah, feuerte Sonny mechanisch.
Der erste Schuß beschädigte Harris' Ingram bis zur Unbrauchbarkeit und riß sie aus seinem Griff. Der zweite traf ihn oben an der rechten Schulter.
Sein Arm zuckte und krümmte sich vor Schmerz. Der Ex-FBI-Mann war nach hinten geworfen worden, aber er blieb, obwohl das fast unmöglich schien, aufrecht. Der dritte Schuß änderte das, warf ihn nieder, als er seinen Oberkörper durchschlug und sein rechtes Schlüsselbein zerschmetterte. Die Wunde, die die Kugel beim Verlassen des Körpers hinterließ, war so groß wie der Boden einer Bierflasche und verdarb Harris' Nachtkampfanzug. Er fiel um und schlug mit einem lauten Knall auf der Galerie auf, während seine linke Hand nach der blutenden Fleischmasse griff, die die beiden Kugeln aus der rechten Seite seines Oberkörpers gemacht hatten.
Der vierte Schuß verlor sich in der Dunkelheit und hallte laut wider, bevor das Echo erstarb.
»Tubbs!« schrie Sonny, sobald Harris zusammengebrochen war. »Alles in Ordnung?«
»Ich denke schon. Hab' noch keine Löcher. Hast du ihn erwischt?«

»Todsicher!« bestätigte Sonny. »Komm hierher!«
Tubbs kletterte über die Galerie, während Sonny sich dem gefallenen Killer näherte. Was dann geschah, war ein Gewirr einander überstürzender Ereignisse, die erst sehr, sehr viel später auseinandersortiert wurden.
Beim Geräusch einer zuschlagenden Tür im Obergeschoß schrie Tubbs: »Sonny, paß auf!« und gab Crockett einen verwegenen Stoß, der ihn auf Harris warf – und beinahe wieder über den Rand der Galerie hinaus – gerade in dem Augenblick, als Calderone mit seiner Pistole das Feuer eröffnete.
Der erste Schuß streifte das rostige Geländer nur wenige Zentimeter von Tubbs rechter Hand entfernt, und er warf sich herum. Es gab nirgendwo Deckung, und Calderones dritter Schuß traf ihn mitten in den linken Unterarm. Brodelnder Schmerz überfiel seinen Körper, und er ließ seine Flinte fallen, die klappernd zu seinen Füßen auf der Galerie aufschlug.
Drei weitere Schüsse, alles ungezielte Fehlschüsse, und die Tür schlug wieder zu.
Tubbs bückte sich, ergriff wieder die Flinte. Sonny bewegte sich noch, also schien er in Ordnung zu sein. Er stieg über Sonny und Harris hinweg und rannte so schnell er konnte zum nächsten Aufgang, der ihn zu der Dachtür führen würde, durch die Calderone gefeuert hatte.
Sechs Schüsse. Falls Calderone keinen Nachschub hatte, saß er in der Falle.
Sonny hörte, wie Tubbs losrannte, aber was er sehen konnte, war immer noch wie eine Schwarzweiß-Fernsehstörung. Er versuchte zu stehen, schwankte und fiel gegen das Geländer der Galerie, wobei er erneut nahe daran war, kopfüber auf den Zement zu stürzen. Er schaffte es nicht.
»Tubbs!« schrie er.

Tubbs war losgerannt, um Calderone zu stellen, und das bedeutete, daß Sonny nie die Genugtuung haben würde, Calderone den Behörden zu übergeben. Jedenfalls nicht, wenn Tubbs' abgesägter Gleichmacher bei der Angelegenheit mitzusprechen hatte.

Die Galerie über ihm kam allmählich schärfer in den Blick. Er klopfte seine Achselhöhle nach der 45er ab; dann begann er langsam in Richtung Dach zu klettern, wobei er beide Hände benutzte, um seinen Weg auf den Treppen zu ertasten.

Tubbs hörte, wie Sonny rief, aber er ignorierte es. Das Gebrüll bedeutete, daß bei Sonny alles in Ordnung war. Tubbs hielt seinen pochenden Arm steif gegen seine Seite. Sein Kopf schmerzte vor Erinnerungen, die zurückfluteten, während sein Körper unter einem Adrenalinstoß erzitterte. Er fühlte, wie Rafaels Kopf in seinen Armen erschlaffte, und er fühlte die Nässe seines Blutes. Er dachte daran, wie Calderone mit dem Kopf genickt und seinen Henkern das Zeichen gegeben hatte, das Feuer auf die ›Smoky Joe‹ zu eröffnen, genauso, wie er genickt hatte, um Rafaels Tod zu befehlen.

Er hatte Rafael ermordet, Corky Fowler, Leon und Sonnys Partner Eddie Riviera. Er hatte Trini de Soto und Scotty Wheeler zerstört. Er hatte die ganze Ostküste vergiftet. Rodriguez hatte mindestens sieben andere Calderone-Morde allein in Florida erwähnt – und da gab es wahrscheinlich unzählige Calderone-Nachahmer, die genauso viele Leute töteten, die Millionäre wurden, indem sie Millionen andere mit Drogen belieferten, und die das ganze System in den Schmutz zogen, indem sie sich hinter Rechtsanwälten versteckten, Polizisten anheuerten und sich Richter – im Dutzend billiger – kauften.

Es ist nichts Persönliches, Mr. Calderone, dachte Tubbs, als er die Metalltür aufstieß und die Flinte in Anschlag brachte.
Der kleinwüchsige Drogenkönig lag nicht hinter der Tür auf der Lauer. Vorsichtig ging Tubbs hinaus.
Die Luft und das Lagerhaus hatten begonnen, in einem leichten Summen zu vibrieren, das deutlich erkennbar wurde, als Tubbs ins Freie kam. Es war der entnervende Lärm eines sich nähernden Hubschraubers – entweder das Fluchtfahrzeug, das Sonny vermutet hatte, oder ein weiterer Polizeihubschrauber.
Tubbs wollte nicht müßig herumstehen und warten, wie die Antwort auf diese Preisfrage lautete.
Er erkannte die roten und blauen Fluglichter, die in der Luft schaukelten und immer größer wurden. Der Himmelsvogel kam direkt von einem Startplatz draußen in der Bucht. Tubbs wußte nicht genug über den Standort der Dade-County-Hubschrauber, um entscheiden zu können, ob die Richtung etwas darüber sagte, wessen Hubschrauber es war.
Einmal, zweimal leuchtete eine Taschenlampe auf. Calderone stand am äußersten Westende des Daches und wies dem Hubschrauber den Weg. Rodriguez und seine Leute waren auf der anderen Seite des Gebäudes. Glücklicherweise ahnten sie nichts von Sonnys Befürchtungen.
Calderone hatte keine Fluchtmöglichkeit, als Tubbs plötzlich hinter ihm auftauchte. Er drehte sich um und betrachtete uninteressiert die Flinte des Detektivs, dann fuhr er fort, dem Hubschrauber Zeichen zu geben.
Vor Wut mit den Zähnen knirschend, rammte Tubbs ihm den abgesägten Doppellauf seiner Waffe in den Rücken.
Calderone drehte sich um. »Was willst du?« fragte er mit äußerster Verachtung.

Tubbs schwenkte den Lauf und schlug dem kleineren Mann die Taschenlampe aus der Hand. Sie rollte über den Rand des Daches. Gerade in dem Augenblick, als der Hubschrauber eine Strickleiter auswarf, feuerte Tubbs den ersten Lauf ab und polierte die Unterseite des Hubschraubers mit einer dröhnenden Ladung.
Der Vogel drehte sich in der Luft und machte sich schleunigst zurück auf den Weg, auf dem er gekommen war.
Vom Lärm der Schüsse angelockt, kamen die Männer von der Spezialeinheit zur Westseite gerannt, vier Stockwerke unterhalb von Tubbs und Calderone.
Calderone hatte den Rand des Daches im Rücken und Tubbs, der nicht ganz bei Sinnen war, unerreichbar in 1,50 Meter Entfernung vor sich. Er verzog den Mund zu einem schiefen Lächeln, hielt seine leere Pistole hoch, so daß Tubbs sie sehen konnte, und ließ sie vor seine Füße fallen. In der klassischen Weise streckte er die Hände nach oben.
»Komm schon, du Vierhundert-Dollar-in-der-Woche-Bulle. Es wird spät. Du kannst mich jetzt verhaften!«
»Du bist tot!« sagte Tubbs.
Calderone sah verdrossen aus, als hätte ihn eine Kleinigkeit verärgert. »Was ist los mit dir? Du hast gewonnen, Mann. Ich muß mich wohl auf eine Gerichtsverhandlung einlassen.«
Tubbs zwinkerte nicht einmal. Seine Augen flossen vor Haß fast über. Rufe von unten. M 16-Maschinengewehre wurden von der Straße her auf Calderones Rücken gerichtet.
Calderone starrte auf den Flintenlauf. »Na hör mal!« sagte er so jovial wie ein Armbanduhrenverkäufer auf der Straße. »Du wirst mich doch wohl nicht erschießen, oder? Das ist gegen das Gesetz.« Er brach in ein aufreizend keckelndes Gelächter aus. »Es ist gegen das Gesetz!«

Für Tubbs war Calderones Gelächter sein letzter Fehler. Er schlug ihm mit dem Lauf der Flinte ins Gesicht und warf dabei den kleinen Mann gegen den Rand des Daches. Er prallte ab und fiel auf den Rücken. Tubbs machte einen Schritt über ihn hinweg, hielt ihm die Flinte ins Gesicht und spannte den Hahn. Calderones Lachen brach ab wie ein zerschnittenes Band, und in seine kaffeebraunen Augen trat die Furcht.
Tubbs' Finger schloß sich enger um den Abzug. *»Por mi hermano«*, sagte er ruhig. Er hatte den Finger am Abzug.

Crocketts Magen hüpfte wie eine schräglaufende Waschmaschine. Aber er stellte fest, daß er sich um so besser fühlte, je schneller er sich dem Dach näherte.
Er kam gerade rechtzeitig, um zu sehen, wie Tubbs Calderone brutal mit dem Flintenlauf schlug. Der kleine Mann fiel, und Tubbs war über ihm, gänzlich außer Kontrolle, Rachsucht ließ ihn rot sehen.
»Nein!« schrie Crockett und eilte so schnell er konnte über das Dach.
Tubbs' Finger erstarrte bei halb durchgezogenem Abzug. Eine Erschütterung, ein Windstoß, ein Augenzwinkern würde Calderone direkt auf den Weg in die Hölle schicken. Er schien Sonny hinter sich nicht zu bemerken.
Sonny kam heran und versuchte Tubbs die Sache auszureden. Jetzt den Mund zu halten bedeutete Unheil. »Nicht so, Tubbs. Komm schon, Partner, nicht so . . . Tubbs?«
Tubbs schluckte, seine Augen prüfend auf Calderone gerichtet. Der Drogenhändler war davon überzeugt, daß dieser verrückte schwarze Polizist völlig den Verstand verloren hatte. Wie eine übel zugerichtete Katze, die nicht länger kämpfen oder fliehen kann, lag Calderone auf dem Rücken, fast erstarrt, und wartete auf das Ende.

Fünf Sekunden schienen wie eine Ewigkeit. Aber alle waren noch da, lebten noch, und Calderones Augen blinzelten kurz zu Crockett. Vielleicht gab es Hoffnung auf Rettung.
Tubbs sah es und ließ, plötzlich angewidert, den Hahn los. Die Flinte spuckte Feuer und Lärm. Crockett fühlte den Widerhall des Schusses in seiner Brust und zuckte zusammen.
Der Feuerstoß versengte Calderones silberschwarzes Haar und riß ein zackiges Loch aus den Ziegeln hinter seinem Kopf. Sein Körper zuckte krampfhaft, und seine Augen waren fest zusammengekniffen. Er machte sich die Hose naß.
Tubbs schaute sich Bestätigung suchend nach Crockett um, dann ließ er die Flinte zu seinen Füßen niederfallen, sie hatte offenbar ihre Aufgabe erfüllt.

13.

Tubbs war gereizt, und er wußte nicht genau, warum.
Er drängte sich durch die Tür der Notaufnahme im Dade County General Hospital, Crockett dicht auf den Fersen, seinen Arm in einem frischen, blendend weißen Verband. Die Proteste der Krankenschwester hinter ihm ignorierte er.
»Sir! Sie haben eine ganze Menge Blut verloren!« sagte sie, mit ihm Schritt haltend, berufsmäßig geduldig, aber streng. »Sie sind nicht in dem Zustand, jetzt schon herumzugehen!«
»Was zum Teufel heißt *verlegt*?« fuhr Tubbs Crockett von hinten an. »*Verlegt* wohin? Was ist mit dem Gefängnis in der Innenstand nicht in Ordnung?«

Sonny, der drei Schritte vor ihm war, erklärte es im Gehen. »Alter Football-Trick, Tubbs, mein Junge«, sagte er über die Schulter. »Wir verstecken Calderone in einem Knast außerhalb der Stadt. Das verschafft dem Bezirksstaatsanwalt – du erinnerst dich doch an Avery? – genug Zeit, um die Ablehnung einer Freilassung auf Kaution für die erste Vernehmung morgen vorzubereiten!«

»Detective«, unterbrach ihn die Krankenschwester, womit sie Crockett meinte, »würden Sie bitten diesen Mann zur Vernunft bringen. Er hat mehr als bloß eine Fleischwunde, und er muß die Sache ein bißchen ernster nehmen. Oh, verdammt!« Ihr Clipboard entglitt ihrem Griff und fiel klappernd auf den glänzenden Fliesenboden.

Tubbs unterbrach sie. »Toller Einfall, *paisan*! Er hat immer noch das Recht auf einen Telefonanruf, oder? Der würde jeden für 'ne Million verklagen, wenn er seinen Anruf nicht machen darf. Also wird er einen seiner gekauften Richter dazu bringen, anstatt in der Stadt da draußen anzutanzen, um ihn da rauszuholen. Der einzige Unterschied, den ich sehe, liegt darin, daß die Fahrt länger ist.«

Crockett setzte sein bekanntes schlaue Grinsen auf. »Ach, du vermißt die Feinheiten, wie sie für die überaus raffiniert arbeitenden Leute vom Dade County, und besonders für mich, charakteristisch sind? Der Knüller ist, daß niemand wissen wird, daß Calderone in dem Vorstadt-Knast ist – nicht mal Calderone selbst. Und zu der Zeit, wenn irgend jemand eine Ahnung davon bekommt, wo wir mit dem Gangster Verstecken spielen, ist die Vernehmung längst vorbei und wir haben Calderone am Kragen!« Er zwinkerte ihm zu und fuhr fort: »Wir werden ihn in einem abgedichteten Polizeiwagen transportieren. Der wird nicht mal wissen, ob es Tag oder Nacht ist!«

»Mr. Tubbs, kommen Sie sofort zurück!«

»Ich glaube, das Schätzchen da hinten verlangt nach dir, Mr. Tubbs!« sagte Sonny und schaute über die Schultern zurück, als sie bei den doppelten Schwingtüren ankamen, die mit ›Ausgang‹ gekennzeichnet waren.
»Die nennen mich hier wahrhaftig *Mister* Tubbs!« blödelte Tubbs und schaute ebenfalls zurück.
Krankenschwester Odetta Mason stand da, die Arme übereinandergeschlagen, auf dem Gesicht den Ausdruck totaler Erschöpfung.
Zwischen dem Saum ihrer Uniform und den klobigen weißen Arbeitsschuhen befand sich, jedenfalls nach Tubbs' bescheidener Meinung, ein Paar ausgezeichneter Beine. Odetta war schon ein Anblick.
»Das ist 'ne Puppe!« sagte Tubbs. »So aufmerksam in jeder Hinsicht. Aber die Sache mit Calderone möchte ich auf keinen Fall verpassen, und wenn ich im Rollstuhl säße, darauf kannst du wetten!«
»Ich verstehe«, stimmte Sonny ihm zu, der sich immer noch im eigenen Ruhm sonnte. »Wenn dir irgendwas platzt oder du 'nen Blutsturz kriegst oder sonst was, ich schau einfach nicht hin!«
»Du bist mir schon ein edler Ritter!« sagte Tubbs. Trotz des üblen Schmerzes im Arm fühlte er sich gut. Sie hatten Calderone hinter Schloß und Riegel, deswegen war er hierher nach Florida gekommen. Schon bald würden Rodriguez und alle anderen ihn fragen: ›Was steht als nächstes auf Ihrer Liste, Mister Tubbs?‹ Über die Antworten darauf dachte er noch nach. Aber in der Zwischenzeit ging es ihm gut, weil es so aussah, als wäre Sonnys Vorgehen bei Calderone richtig gewesen.
Crockett holte seinen Porsche vom Hotelparkplatz, und Tubbs wand sich, bis er dahintergekommen war, wie man die Tür öffnete und einstieg, wenn man nur eine Hand benutzen konnte.

»Also hör mal, Mann«, jammerte er, »so was wie diese Schlinge hier kann einem entschieden die Bestform im Handball vermiesen!«
»Von deinem Liebesleben ganz zu schweigen!«
»Von *deinem* Liebesleben will ich lieber nicht reden! Laufen all deine Romanzen so ab wie die Sache mit Gina? Als ich sie zuletzt gesehen hab', war sie ganz schön aufgebracht.«
»Gina hat Verständnis«, sagte Crockett. »Sie macht dieselbe Arbeit wie du und ich. Ich wollte sie übrigens für morgen abend einladen, nachdem wir Calderone sicher hinter Schloß und Riegel haben.«
»Wirst du dich rasieren?«
»Sehr komisch!« Crockett schnaubte und hielt die Augen auf die Straße gerichtet; dann fügte er nach einer etwas unbehaglichen Pause hinzu: »Wahrscheinlich nicht. Ich vergeß das immer.«
»Wieviel Uhr haben wir jetzt?«
Crockett schaute nach. »Fast vier Uhr morgens. Sieht so aus, als ob die unerschrockenen Vice Cops gerade wieder eine ihrer berühmten langen Nächte hinter sich gebracht hätten. Und ohne einen einzigen Tropfen Alkohol. Trinken wir später zusammen ein Glas, Tubbs, alter Kumpel?«
»Du brauchst mir nichts zu erzählen. Elvis ist auch ein bewährter Barkeeper!«
»Eben ein vielseitig begabter Alligator!«
Zu dieser Zeit war die Nacht am dunkelsten, ungefähr eine Stunde vor der Dämmerung. Crockett und Tubbs waren fast allein auf dem Highway.

Der Schalterbeamte, der hinter dem Schreibtisch des Bezirksgefängnisses saß, hieß Streeter. Er war der typische Fall eines Mannes, den das Gefängnisleben so ausgebrannt

hatte, daß seine Uniform einer Vogelscheuche besser gepaßt hätte als ihm. Er hatte eine ungesunde, gefängnisgraue Gesichtsfarbe, und unter seinen tiefliegenden Augen sah man dunkle Ringe, die an »Die Nacht der lebenden Toten« denken ließen. Er sah aus, als ob er von Koffein lebte und vielleicht manchmal Menschenfleisch aß, um seine Diät etwas anzureichern. Sein Haar hatte die Farbe von faulendem Stroh, und es schien, als habe der Telefonhörer, den er gegen seine Schulter gepreßt hielt, auf der einen Seite seines Kopfes eine dauerhafte Einbuchtung hinterlassen. Crockett dachte, daß er einem zurückgebliebenen Sechzehnjährigen glich, den man mit einer Folter wie aus einem Science-Fiction-Film um fünfzig Jahre gealtert hatte.
Streeter quasselte ins Telefon, als Crockett und Tubbs sich dem Schalter näherten. Auch zwei uniformierte Polizisten warteten mit viel Geduld, während Streeter gemächlich einen Stapel mit Karteikarten – die Einlieferungen dieses Tages – durchblätterte.
»Nein, Teddy!« murmelte Streeter, nur halb wach. »Wenn du mit diesen Leuten essen willst, dann iß mit ihnen. Ich versteh dich nicht. Ich finde die Clarkes zum Kotzen, also vergiß es, wenn du nicht allein gehen willst.«
Crockett klopfte auf den Schalter. »Mach schon, Mann, heut' noch!« Er zog seine Papiere raus und faltete sie auseinander. »Transport nach Orlando für den Gefangenen Calderone!«
Streeter warf einen flüchtigen Blick auf die Blätter und beugte sich dann über die Akten. »Mal sehen . . . Cabanez, Cadwood . . . hoppla, Cajun, John, der ist doch schon in der letzten Nacht weg!« Er nahm die veraltete Karteikarte heraus und warf sie weg, gerade als sich ein übergewichtiger Gefängnisbeamter hinter den Schalter drängte. Er war fettbäuchig, schweinsähnlich und stank

nach kalten Pommes frites. »Alles ruhig im Zoo!« brummte er. »Dieser Clown von Forbes hat den Dreck, den er in der Zelle gemacht hat, aufgewischt!«

». . . Caldone, der Spaghettifresser . . . Calderone. O ja, Mister Großmaul.« Er zog die Karteikarte.

»Also, da hast du recht!« tönte der Wärter. »Dreckiger kleiner Zwerg. Wie der einen Richter dazu gebracht hat, mitten in der Nacht hierher zu kommen, ist mir völlig schleierhaft.«

»Was?« Tubbs' Stimme überschlug sich beinahe.

»Wo ist er?« fragte Crockett. »Ist er nicht hier?«

»Nein, der ist weg!« sagte der Wärter.

Sonny wurde purpurrot. »Was soll das heißen, weg? Wie konntet ihr ihn gehen lassen?«

Streeter unterbrach ihn. »Wir mußten. Der Richter!«

Tubbs hing über dem Schalter und hielt ihn bei den Jackenaufschlägen. Crockett hinderte ihn nicht daran. »Wie lange ist das her?«

»Hände weg, Brikett. Du hast ihn knapp verpaßt. Ist vielleicht zehn, fünfzehn Minuten her.« Er griff nach oben, um Tubbs' Hände abzuschütteln, aber die hatten ihn bereits wieder losgelassen.

Crockett und Tubbs rannten, so schnell sie konnten, über den Gang.

Streeter hatte sich erhoben und schrie ihnen nach. »He, Leute, was soll die Aufregung. Niemand läßt 'ne Kaution von zwei Millionen aus!«

In seiner Hast, aus dem Gebäude zu kommen, hätte Crockett um ein Haar einen uniformierten Polizisten umgerannt. Tubbs hielt auf dem ganzen Weg zum Parkplatz mit ihm Schritt, trotz des Arms in der Schlinge, die ihn behinderte. Um den Schmerz zu verringern, hielt er sich den hin und her schlenkernden Arm fest, während er lief.

»Crockett?«

»Keine Zeit!« brüllte Crockett zurück. »Wir müssen machen, daß wir weiterkommen!«

Tubbs wußte, wenn Calderone eine Viertelstunde Vorsprung hatte, hieß das genausoviel, als wenn er anderthalb Wochen Vorsprung hatte. Der Drogenkönig hatte die ganze Zeit für den Notfall ein As in seinem maßgeschneiderten Ärmel gehabt. Gegen alle Logik hoffte Tubbs, daß auch Crockett eins hatte, nur für den Fall.

Der Porsche verließ in einer Wolke von Auspuffgasen den Parkplatz. Sonny verringerte die Geschwindigkeit keine Sekunde lang. Bremsen wurden unwichtig.

Zwei Sekunden vor ihnen sprang auf dem Biscayne Boulevard eine Ampel von gelb auf rot. Crockett gab Gas, ließ den Porsche davonzischen, der knapp vor den Stoßstangen einer Reihe von herankommenden Wagen vorbeirutschte.

Tubbs' Hände umkrampften die Armlehnen, aber er blieb ruhig.

»Melde dich über Funk«, sagte Crockett, den Blick auf der Straße, er selbst wie ein Teil des Fahrzeugs.

Während sie über eine weitere rote Ampel rasten, begleitet von einem Konzert gellender Hupen, griff Tubbs nach dem Mikrofon am Armaturenbrett und wiederholte, was Crockett zu ihm sagte. Er brüllte, um bei dem höllischen Luftzug im offenen Wagen gehört zu werden.

»Postiert zwei Wagen sofort vor Baycrest Drive 244 ... Nein, lieber vier!«

»Und die übrigen am Flughafen!« sagte Crockett, als sie sich hinter einen Station Wagon drängten, der mit einer Geschwindigkeit von etwa 60 km dahinbummelte.

Die Frau, die in dem Station Wagon saß, beging den Fehler, in den Rückspiegel zu schauen. Der Porsche war genau hinter ihr, und sie tat, was die meisten ungeübten Fahrer tun – sie wurde steif wie eine Wand, die Hände ums Steuer gekrampft, und bereitete sich auf das splitternde Krachen eines Aufpralls bei höchster Geschwindigkeit vor.
Tubbs bemerkte den Station Wagon. »Paß auf die Frau im . . .« begann er kühl und endete mit einem vor Schreck gequietschten »Crockett!«
Das Tachometer ging nicht von gleichmäßigen hundertfünfzig herunter, während Crockett den Porsche scharf auf den Randstreifen zog und mit ein paar Zentimetern Abstand rechts an dem Station Wagon vorbeiraste.
»Diese verdammten Sonntagsfahrer!« murmelte er. »Du mußt Vertrauen zu mir haben, Tubbs!«
In dem Augenblick, als er das sagte, sah Tubbs den käferartigen Kleinwagen, der fünfzig Meter vor ihnen stand, schräg aufgebockt, mit gelb blinkenden Warnlichtern, während ein Mann das Ding mit dem Wagenheber hochstemmte, um einen platten Reifen auszuwechseln.
Ohne eine Spur von Nervosität bog Crockett vom Randstreifen ab und zog an dem kleinen Auto vorbei. Der Mann, der den Reifen wechselte, sprang in einem panischen Anfall von Selbsterhaltungstrieb auf das Dach seines Wagens. Das schwankende Gewicht war zuviel für den Wagenheber, und das Ganze brach auf der Straße zusammen, wobei der Fahrer herunterfiel.
Um diese frühe Morgenstunde fuhren nicht viele Autos, die ihn hätten plattwalzen können.
Tubbs hatte auf seiner Seite das ›Ping! Ping!‹ der Räder gehört, die über den Schraubenschlüssel fuhren. Er wollte ja nicht behaupten, daß Sonny es nicht geschafft hatte, aber . . .

»Es ist schon eine verdammte Schande«, sagte Crockett, »wie die Japaner uns dazu gebracht haben, diese kleinen Keksdosen mit Nähmaschinenmotor zu bauen.«
Sie überfuhren eine weitere Ampel, die soeben auf Rot umgesprungen war. Wenn sie fünf Sekunden schneller gewesen wären, wäre das Timing perfekt. So rutschten sie gerade noch durch, aber ihr Glück konnte einfach nicht ewig dauern.
»Zu welchem Flughafen soll die Verstärkung fahren?«
»Opa Locka. Ganz ruhig, Tubbs, ich sehe den Lastwagen. Und sie sollen den Tower benachrichtigen!«
Ein riesenhafter städtischer Müllwagen machte genau vor ihnen eine langsame, die ganze Fahrbahn versperrende Wende.
Crockett huschte durch eine weitere rote Ampel und entdeckte in der letzten Sekunde, daß zwischen dem quietschenden Lastwagen und der mittleren Leitplanke kein Platz für seinen Wagen war. Er schlitterte in eine diagonale Bahn, auf der die Reifen rutschten und die den Porsche auf die Gegenfahrbahn brachte. Zwei Wagen, die wegen der Ampel langsamer fuhren, gerieten in Panik und rutschten in eine krumme V-Lage, während Crockett vor ihren Kühlern vorbeiraste.
». . . und die anderen nach Opa Locka!« schrie Tubbs in das Funkgerät. »Ruft den Kontrollturm an und sagt ihnen, sie sollen verzögern, wenn Calderones Lear Jet Starterlaubnis will. Jeder Vorwand ist recht – Ausfuhr von verbotenen Früchten, alles . . . sie sollen sie nur noch fünf Minuten am Boden halten!« Er lauschte einen Augenblick lang. »Zum Teufel mit dem Dienstweg, dafür haben wir nicht genug Zeit!«
Die Ampel vor ihnen sprang nicht um. Sie war die ganze Zeit über rot gewesen.

»Verdammt, das ist zum Wahnsinnigwerden!« maulte Crockett.
»Fahr drüber, Mann, fahr drüber!«
»Halt dich fest!«
Die Hinterräder blockierten, als Crockett auf die Bremse trat, grauer Rauch stieg von den Radkästen auf, während der Verkehrsfluß an der Kreuzung total durcheinandergeriet. Die wie versteinert blickenden Sonntagsfahrer taten nichts, um Crockett den Weg frei zu machen.
Er trat aufs Gas und schaltete durch die Gänge: eins, zwei, drei. Als Tubbs die Augen öffnete, waren sie über die Kreuzung hinweg und fuhren mit neunzig über den Venetian Causeway.
Tubbs' Blick fiel auf blinkende Warnlichter vor ihnen, während der Porsche an die hundertvierzig fuhr. »Was ist das?«
»Das ist eine hübsche örtliche Sehenswürdigkeit, die man Venetian Causeway Bridge nennt«, schrie Sonny. »Sie geht hoch!«
»Wovon redest du?« schrie Tubbs zurück, als er sah, daß die Warnlichter an einer rot-weiß gestreiften Schranke befestigt waren, wie man sie bei Eisenbahnübergängen benutzt.
»Es ist 'ne Zugbrücke, Tubbs!« sagte Sonny mit eigenartiger Verzückung im Blick, als die Schranke vor dem Kühler des Porsche zersplitterte. Plötzlich schien die Straße eine Neigung von erst zwanzig, dann dreißig Prozent zu bekommen.
»So was macht man doch nur im Kino!» brüllte Tubbs, als der Porsche sich über dem immer weiter werdenden Abgrund über dem Kanal in die Luft erhob.
Der Wagen kam wieder auf, der Unterboden rutschte über die Zementrampe, Funken flogen wie bei einem Düsen-

start. Sonny schaffte es, um die zweite Schranke herumzuschwenken.
»Nur 1,20 Höhenunterschied, Tubbs. Das ist kaum die Aufregung wert. Zum Teufel, der Abgrund war nur 3 Meter breit. Ich bin mal bei fast 7,50 rübergekommen!«
»Ich werde daran denken, Rosen auf dein Grab zu stellen, wenn du es bei neun Metern versuchst, mein Junge. Wo zum Teufel sind wir?«
»Wir sind da – fast!«
Tubbs konnte die blinkenden Positionslichter der Flugzeuge in der Luft sehen. Von jedem bildete er sich ein, es sei Calderones, der seine Flucht wie eine Küchenschabe wieder einmal schaffte. Sie hatten ihn gehabt. Sie hatten ihn gehabt, und sie hatten es vermasselt.
Sie waren überlistet worden. Mehr als je zuvor bedauerte er, Calderones Gesicht nicht zu blutigem Brei zerschlagen zu haben.
Sie rasten durch die Außenbezirke des Flughafens und vermieden dabei die Parkplätze. Sonny wußte, wie man zur Ladezone kam und dann auf direktem Weg zu den Startbahnen, aber notwendigerweise war das eine Durchfahrt, die mit Kontrollstellen für die Sicherheit des Flughafens gespickt war. Zwei weitere gestreifte Schranken fielen vor dem Porsche in ihre Bestandteile zusammen, und in allerkürzester Zeit hörten Crockett und Tubbs Sirenen hinter sich.
»Das ist 'ne Sicherheit!« sagte Crockett. »Schau – da drüben!«
Ein schlanker weißer Lear Jet mit roter Markierung rollte an den Start. Crockett suchte in seiner Tasche nach einer Karte, die er Tubbs gab.
Tubbs schaute auf die Karte, auf der ›NCC 11505‹ stand. Es war die Nummer, die auf dem Heck des Flugzeuges aufge-

malt war, dem sie sich näherten. Das Funkgerät summte, und er nahm den Hörer und lauschte einen Augenblick lang.

»Die Nummer stimmt, Sonny! Die Flugkontrolle sagt, daß Calderone vor ein paar Minuten Starterlaubnis bekommen hat!«

»Sag ihnen, sie sollen ihn aufhalten!«

»Zu spät!«

Der Lear Jet war immer noch auf dem Boden, die Spitze zeigte jetzt in Richtung auf den schmalen, blinkenden Streifen der Startbahn für die Nicht-Linienflüge. Tubbs und Crockett hörten, wie die Turbinen beschleunigten und einige hundert Phon an heißem Düsenlärm hinten aus der Maschine kamen.

Der Porsche raste mit fast 120 km auf den Zementstreifen der Startbahn. Der Randstreifen war ähnlich wie eine Schwelle gegen zu schnelles Fahren – oder wie eine Randbegrenzung aus Zement, wie sie auf Parkplätzen benutzt wird – nur zweimal so breit und aus viel festerem Material. Der Wagen wurde in die Luft geschleudert – dieses mörderische Stunt-Fahren erwies sich als zu viel für die Vorderachse.

Das hintere Ende des Flugzeugs war etwa 100 Meter entfernt. Crocketts Ausruf der Überraschung ging in dem scheußlichen kratzenden Geräusch von Metall auf Pflaster unter, und das Vorderteil des Porsche riß ein ordentliches Loch in den Boden. Seitlich schlitternd, Kunststoff abreibend und Reifen verzehrend, kam der Porsche in fünf Sekunden von neunzig auf null Kilometer, wobei er doppelte Furchen in die Startbahn grub, als erst der eine und dann der andere Reifen unter dem Wagen explodierten und langsam davonrollten. Mit dem Boden verschmolzen stand der Porsche rauchend und dampfend da.

Crockett war schon aus dem Wagen gesprungen und rannte in vollem Tempo die Startbahn hinunter.
Tubbs kämpfte darum, sich den Weg aus dem Porsche freizutreten. Seine Tür klemmte. Er stemmte sich gerade über das Fenster, als der Luftzug von der Beschleunigung des Flugzeugs ihn traf und der Lear Jet wie ein Geschoß nach vorne flog.
Crocketts Laufzeit war immer noch nicht schlecht, aber Tubbs sah, wie er mit einem Mal den Mut verlor, als er feststellte, daß er nicht die geringste Chance hatte, das Flugzeug zu erreichen. Und selbst wenn er es schaffte, was würde er dann tun? Er sah, wie Crockett beim Laufen der Atem ausging und er stehenblieb, während seine Kleider heftig im Rückstoß des Flugzeugs flatterten.
Dann nahm er die klassische Haltung ein und leerte die 45er mit einem unverständlichen Wutschrei auf das abfliegende Flugzeug.
Der Lear Jet steckte seine Nase in den Himmel und erhob sich graziös in die Luft, ein perfekter Start. Er zog eine Schleife am Nachthimmel und flog dann in Richtung Karibik.
Tubbs befreite sich schließlich aus dem Wagen und ging langsam zu Crockett, der stehenblieb, wo er stand, in den Himmel starrte, die Automatik schlaff in der Hand, auf die Erde gerichtet.
Die beiden Detectives beobachteten, wie die sich entfernenden Lichter des Jets kleiner wurden, bis sie nicht länger zu sehen waren. Crockett und Tubbs schienen ziemlich winzig, wie sie da allein mitten auf der weiten, verlassenen Zementebene standen.
»Es tut mir leid, Tubbs, ich . . .« Seine Stimme versagte. »Es tut mir leid.«
Tubbs schaute immer noch in den Himmel. Der Jet war

seit langem in einer entfernten dunkelblauen Wolkenbank verschwunden.
»Es ist nicht deine Schuld, Mann!«
Wagentüren knallten. Sogleich richteten die Möchtegern-Experten von der Flughafensicherung ihre Waffen auf sie und brüllten ihnen zackige Befehle entgegen.
»Wirklich 'ne feine Versammlung!« sagte Sonny. »Nimm die Hände hoch, bis wir diesen Deppen erzählen können, wer wir sind.«

14.

Die Fahrt zurück zur Dade-County-Polizeistation machten sie auf dem Rücksitz eines Polizeiwagens, hinter einer Trennwand aus ausbruchssicherem Stahldraht, in dem Teil des Fahrzeugs, der nicht einmal von innen Türgriffe für die Fahrgäste hat.
»Zwei Millionen!« Crockett schüttelte den Kopf. »Calderone verdient so viel Bargeld, der kann zwei Millionen hinlegen wie nichts, einfach so, nur damit er nicht eine Nacht im Gefängnis verbringen muß. Zwei Millionen, um meinen sauberen kleinen Plan zunichte zu machen. Ich wußte gar nicht, daß ich so viel wert bin . . .!«
»Vielleicht können sie was von dem Geld dazu verwenden, für die Schäden aufzukommen«, sagte Tubbs. »Du weißt schon – wütende Bürger, die der Stadt 'ne Rechnung für ihren verbeulten Kühler schicken, die Reparaturkosten für die Schranken an der Brücke und am Flughafen, für das Zurechtflicken der Startbahn . . . Also wirklich, Sonny, wenn du was machst, dann gründlich!«
Er bewegte sich auf dem Sitz hin und her und beäugte seinen Gipsverband. »Von unseren eigenen Blessuren ganz zu

schweigen . . . Weißt du, dieses Gipsding hier tut wirklich weh.«
»Rodriguez ist wahrscheinlich jetzt auf hundertachtzig!« bemerkte Sonny. Er wußte, daß sie es beide vermieden, über das zu reden, was sie am meisten beschäftigte, und versuchten, das mit dieser Art von nichtssagendem Geschwätz zu verdecken. Nach weiterem unbehaglichen Schweigen sagte er: »Er kommt zurück, Tubbs. Mit 'nem neuen Namen, neuen Leuten, neuen Verbindungen – aber er kommt zurück. Das hier ist der Sonnenscheinstaat, stimmt's? Da kann er nicht widerstehen. Hier gibt's mehr Schnee als in den Schweizer Alpen.«
Tubbs nickte grimmig.
»Ich werde 'ne Woche damit zu tun haben, Berichte anzufertigen«, jammerte Sonny.
»Bring Elvis dazu, ein Stenogramm aufzunehmen!«
Er ignorierte das und fragte forschend: »Hm . . . ich vermute doch, du gehst wieder zurück zu deinem Job im Norden?«
Tubbs stieß ein müdes, dünnes Lachen aus und schaute dann mit eigenartigem Blick auf Crockett. »Du machst wohl Scherze? Benutz doch mal dein Elektronengehirn, um dir die letzten Tage vor Augen zu halten, Mann. Wenn die Vorstellung, die ich hier gegeben hab', da erst mal bekannt wird, dann werd' ich froh sein dürfen, wenn ich unter Einsatz aller meiner bescheidenen Kräfte noch 'ne Anstellung als Parkuhrkontrolleur bekomme!«
Crockett seufzte wieder. Tubbs begann langsam, dieses Seufzen als einen festen Bestandteil in Crocketts Verhaltensrepertoir zu erkennen. Es war so eine Art tiefes Luftholen, verschwenderisch eingeatmet, wie bei teurem Tabak, dann mit einem Schnellzug-Schnauben durch beide Nasenlöcher wieder ausgestoßen, die Augen unbeweglich

und die Brauen ein wenig gefurcht. »Ich glaube, du und ich, wir könnten eine kleine Höhenveränderung brauchen. Steht dein Camaro immer noch am Bahnhof?«
»Ja, Mann. Bei der Parkrechnung werden dir die Augen aus dem Kopf fallen.«
»Hast du Lust, von da aus 'ne kleine Fahrt zu machen?«
»An was denkst du dabei?«
»Eine phantastische kleine Bierkneipe in der Nähe der Keys, heißt ›Stanley's Wharf‹. Hervorragend für Leute mit 'ner gedämpften Stimmung, die was gegen Stadtkneipen haben.«
Tubbs warf einen Blick auf die Dealer-Uhr von Teddy Prentiss. »Du kennst 'ne Kneipe, die auf hat, jetzt um . . . hör mal! Dieses verdammte Ding ist stehengeblieben!« Er klopfte auf die Uhr, wie ein wütender Kunde in einer Filmkomödie aus der Stummfilmzeit.
Crockett lachte laut über Tubbs' Bestürzung. »Ich werd' sie Elvis geben. Als Mitternachts-Snack!«
»Ich bin sicher, daß Mitternacht längst vorbei ist!«
»Wie wär's mit viertel vor sechs morgens!« sagte Crockett, nachdem er seine eigene Armbanduhr konsultiert hatte.
»So, du kennst 'ne Bar, die Sonntag morgens um sechs geöffnet ist?«
Crockett warf ihm einen extrem hochmütigen Blick zu. »Nimmst du vielleicht an, ich will bloß da hin, um einen Strandspaziergang zu machen?«
»Ich nehme an, du willst sagen, daß es da jetzt wirklich noch was gibt!« Tubbs gähnte und klappte dann den Mund zu.
»Du hast das Richtige getroffen. Ich hab' keine Lust, mich draußen rumzutreiben, wenn die Sonne aufgeht, Mann, nicht nach dieser Nacht und nicht in meiner gegenwärtigen Gemütsverfassung.«

»Stanley's ist genau das Richtige. Da drinnen gibt's keine Tageszeit. Da drin ist's dunkel, und das ändert sich nie.«
»Und außerdem hab' ich im Augenblick nichts Besseres vor!« fügte Tubbs hinzu.
»Und nachdem du ein paar gekippt hast«, sagte Crockett, »könnte ich mich ja vielleicht dazu herablassen, dich zu fragen, ob du je an eine Stelle bei der Südstaatenpolizei als eine Möglichkeit für eine befriedigende Karriere gedacht hast.«
»Also, im Augenblick hab' ich wohl 'ne Stelle ohne weitere Aufstiegschancen!« Tubbs lächelte. »Ich brauch' wohl ein bißchen . . . Aufregung in meinem Leben!«
»Ich nehme an, das heißt ja.«
»Vielleicht!« sagte er. »Vielleicht!«

Crockett fuhr den Camaro. Er und Tubbs schafften es, ›Stanley's Wharf‹ gerade in dem Augenblick zu erreichen, als die Sonne rosig über dem östlichen Horizont aufstieg, was für alle anderen in dieser Gegend den Anbruch eines neuen Tages bedeutete.

Stephen Grave:
Miami Vice – Spiel um Rache

Roman

Aus dem Amerikanischen von Renate Michel

Die Straßen von Miami sind ein heißes Pflaster. Skrupellose Kokain-Händler, die auch vor Mord nicht zurückschrecken, machen die Stadt unsicher.
Ein Fall für Crockett und Tubbs, die beiden Detektive von Miami Vice. Sie setzen sich auf die Fährte von Gangsterboß Calderone, der Miami und seinen Gesetzen den Krieg erklärt hat…

Deutsche Erstausgabe 1987

Nach der Universal-Fernsehserie »Miami Vice«
Idee von Anthony Yerkovich
Nach den Folgen »Calderones Rückkehr« 1. und 2. Teil
Drehbuch von Joel Surnow und Alfonse Ruggiero Jr.
Titel der Originalausgabe »Miami Vice Book 2: The Vengeance Game«
A novel by Stephen Grave
Based on the Universal television series »Miami Vice«
Created by Anthony Yerkovich
Adapted from the episode »Calderone's Demise«
Written by Joel Surnow & Alfonse Ruggiero, Jr.

Für John Brillhart
die besser aussehende Hälfte
der *Tom and John Comedy Hour*

Zur Erklärung:

Vice: Moralische Abartigkeit oder Verdorbenheit, perverses Verhalten, das der Gesundheit oder der Leistungskraft schadet: sexuelle Unmoral, insbesondere Prostitution.

Vice Squad: Polizeieinheit, die damit beauftragt ist, für die Einhaltung der Gesetze zu sorgen, die Glücksspiele, Pornographie, Prostitution und den illegalen Konsum von alkoholischen Getränken und Drogen betreffen.

I.

›*Der Deal läuft wie geschmiert*‹, dachte Estebán Barrencia, doch, nervös wie er war, überlegte er weiter: ›*Oder etwa nicht?*‹ In einer Minute mußte Rudolpho Mendez hier zu einer wichtigen Unterhaltung auftauchen; genauer gesagt: in zweiunddreißig Sekunden, wenn man sich an Barrencias Vierzehntausend-Dollar-Rolex hielt. Ihr Gesprächsthema würde sechzig Kilo chemisch reines, schneeweißes Nasenpulver sein, genug Kokain, um darauf Ski zu fahren. Glatt zwei Millionen vierhunderttausend Dollar wert; genug Stoff, um die hirnrissigen High-Schoolers in New York bis ins nächste Jahrtausend zu versorgen. Barrencia wußte, daß Mendez versuchen würde, ihm die Daumenschrauben anzulegen und ihn auf einen Preis von einer Million neunhunderttausend, d.h. zweiunddreißigtausend für ein Kilo, runterzudrücken. Er war darauf eingestellt, bei vierunddreißigtausend abzuschließen, das würde zwei Millionen einbringen, dazu vierzigtausend für die Unkosten. Das war sowieso leicht verdientes Geld, da Barrencia gerade diese Partie importierten kolumbianischen Kokains schon eine beträchtliche Zeit festhielt.
Er schnüffelte selbstzufrieden und rieb sich seine großporige Nase mit dem Handrücken. Der Bursche, der ihm gegenüber im Fahrstuhl des Starliner Towers Hilton stand, tat so, als ob er nicht existierte, wie es die Art der meisten Leute im Fahrstuhl ist. Barrencia schob die Hände in die Taschen und musterte den Mann.

Er war vielleicht einsfünfundsiebzig groß und sah auf seine stille, intellektuelle Art ganz gut aus. Er trug eine bescheidene Cordjacke über einem pastellfarbenen Sporthemd, das am Hals offen war. Seine klaren, blauen Augen schienen hinter dem Metallgestell seiner Brille vor innerer Freude zu funkeln. Er war tief in Gedanken versunken; aber, so dachte Barrencia, gelassen wie ein erschöpfter High-School-Lehrer. Strubbeliges, braunes Haar, halblang. So richtig ein Gesicht aus der Menge, ganz gut aussehend, aber nichts, was man je auf dem Titelblatt von ›Gentleman's Quarterly‹ sehen würde. So ein bißchen wie Clark Kent. Schlank, trainiert wahrscheinlich dreimal in der Woche in einem Fitness-Center. Barrencia trat von einem Bein aufs andere und zog seinen Bauch ein. Ein bißchen zu viel von dem süßen Leben, das der Kokain-Handel einem ermöglichte, hatte ihn schwabbelig und kraftlos gemacht.
›*Also, Senor Schulmeister*‹, dachte er, ›*ich könnte Ihre ganze Familie drei Generationen vor und zurück kaufen und verkaufen, mit dem, was ich mit Koks in einem Monat verdiene. Stecken Sie sich das in die Brieftasche.*‹ Dieser Bursche war wahrscheinlich hier unten in Miami zu seinem sechswöchigen Jahresurlaub, Busreise, billige Mahlzeiten, das ganze Touristenpaket. Barrencia hatte es sich zur Regel gemacht, an jedem Arbeitstag eine Stunde der Arbeit zu widmen und die übrige Zeit dem Vergnügen. ›*Stecken Sie sich das in Ihre imitierte Meerschaumpfeife und atmen Sie das tief ein, Mister Schoolmaster!*‹
Die Fahrstuhlglocke klingelte sanft, und die polierten Türen glitten zur Seite, um Barrencia auf den zweiundzwanzigsten Stock zu lassen. Seine viel zu teure Uhr sagte ihm, daß zumindest er pünktlich war. Er ließ den Amerikaner mitsamt seiner, vermutlich langweiligen Lebensgeschichte hinter sich im Fahrstuhl.

Während er zur Tür ging, zog er den Zimmerschlüssel für die Suite 2010 aus der Manteltasche. Da Mendez sich nicht auf dem Flur herumtrieb, würde er ihn als nächstes anrufen.
Wie es ihm zur Gewohnheit geworden war, schloß er die Tür hinter sich ab. Seine Jacke warf er auf den Schreibtisch. Die Drogen, die er verkaufen wollte, waren in der Tiefgarage in zwei Luxuskoffern im Kofferraum eines gemieteten Cadillac Seville untergebracht. Wenn Mendez das Geld bereithielt, würde Barrencia ihm drei Schlüssel an einem Ring überreichen – den Kofferraumschlüssel und für jeden der Aluminiumkoffer einen Schlüssel – und verraten, in *welchem* der hundertfünfzig Wagen in der Garage der Schatz wartete. Dann war die Zeit zum Feiern gekommen.
Auch das hatte Barrencia schon geplant. Er dachte darüber nach, während er den Hotel-Farbfernseher einschaltete und mitten in einem ›Nur für Erwachsene‹-Film aus dem privaten Kabelprogramm des Hotels landete. Da lief irgendein smarter Bursche, mit einem irren Punker-Kampfanzug und mit Stiefeln herausgeputzt, durch ein Polizeirevier, eine Uzi-Maschinenpistole in der einen Hand und eine Pump-Flinte in der anderen und radierte im Alleingang jeden Polizisten aus, der sich zeigte. Es war mitten in der Nacht, und der Bursche trug eine Sonnenbrille und tötete Polizisten – dieser Gedanke gab Barrencia ein Gefühl innerer Sicherheit. Man tötet nur dann Polizisten, wenn man sie nicht kaufen kann, dachte er. Und Polizisten konnte man in Miami zu Ausverkaufspreisen erhalten. Städtische Polizeibeamte wurden nicht gerade fürstlich bezahlt.
Mendez verspätete sich – auch das war in Ordnung. Barrencia wußte das, Kokain-Dealer funktionierten nun mal

nach einem anderen Stundenplan als normale menschliche Wesen, vielleicht lag das an der Chemie, die sie zu sich nahmen. Barrencia wurde nie von seinem eigenen Zeug high . . . obgleich er, wenn die Scherzartikel von jemand anderem stammten, begeistert dabei war. Aber da Mendez sich verspätete, entschloß sich Barrencia, den Room-Service mit einer Flasche Champagner herbeizurufen, um den Deal begießen zu können. Mendez sollte nicht denken, daß Barrencia knausrig war. Dieser Bursche konnte in Zukunft ein solider Kunde werden, und zwar von der Sorte, die Barrencia besonders schätzte – besonders seit er dabei war, sein kleines Unternehmen auszubauen. In dieser Situation konnte er es sich leisten, ein oder zwei Flaschen von dem »Sprudelwasser« springen zu lassen.
Er nahm den Hörer des Telefons und drückte den entsprechenden Knopf. »Hallo, ist das der Room-Service?« Er sagte: Room-*Serviss*, denn auch nach sechs Jahren in Miami hatte er seine Aussprache immer noch nicht ganz amerikanisiert. »Ich brauche zwei Flaschen Talttinger 1976 Blanc de Blancs und sechs Gläser!« Barrencia ließ Champagner nie zweimal hintereinander ins selbe Glas schütten, daher die ausdrückliche Bestellung der Extragläser. Nur er und Mendez würden da sein. »Beeilen Sie sich bitte. Danke. Auf Wiederhören!«
Mendez hatte fünf Minuten Verspätung.
Barrencia drehte den Ton laut und schaute für ein paar Minuten dem wüsten Treiben auf dem Bildschirm zu. Ein lautes, beflissenes Klopfen an der Tür – das war sicher nicht Mendez, der würde nicht ›*poch – poch – poch*‹ machen. Barrencia hatte viel Zeit in Hotels zugebracht, um zu wissen, wie der Room-Service klopft.
Er warf einen spähenden Blick durch das Guckloch in der Mitte der Tür und sah, daß draußen ein weißlivrierter

Kellner mit einem Servierwagen stand. Er schob den Riegel zurück und öffnete die Kette – sein alter Verfolgungswahn würde erst dann zu Ende sein, vermutete er, wenn er tot war.
Er drehte den verzierten Türknopf herum und wollte gerade die Tür öffnen, als sie aufgestoßen wurde und sein Gesicht traf und ihm das Nasenbein brach. Die Welt drehte sich seitwärts, er taumelte drei Schritte zurück, fiel jedoch nicht. Seine Hand griff instinktiv nach der 45er Automatik, die er immer unter der Jacke in einem Halfter trug.
Barrencias Blick wurde wieder klar, als er hörte, wie die Zimmertür sanft ins Schloß fiel. Er sah den Schulmeistertyp aus dem Aufzug und registrierte sofort zweierlei, was an ihm nicht stimmte. Das erste war, daß der Mann die weiße Kellnerjacke über seinem Sportjackett trug, so daß diese sich bauschte und schlecht saß. Das zweite war die bereits gezogene Pistole, die ohne Zögern auf Barrencias Solarplexus gerichtet wurde. Trotz der aussichtslosen Situation versuchte er, seine eigene Waffe zu ziehen.
Die Augen des Fremden lachten noch immer. Seine Waffe war ein 45er Revolver mit einem dicken, schwarzen Schalldämpfer am Ende des Laufs. Als die Waffe feuerte, machte sie ein hustendes Geräusch wie ein festes Händeklatschen – *klong*! Jemand, der auf dem Hotelflur vorbeiging, wäre wohl kaum von einem solch schwachen Geräusch aufgeschreckt worden.
Die Kugel traf Barrencia in die Brust und hob ihn ein Stück vom Boden hoch. Sie hinterließ eine riesige Austrittswunde in seinem Rücken und durchschlug die gläsernen Schiebetüren des Balkons hinter sich. Die geschlossenen Vorhänge raschelten, als die abgeplattete Kugel sie durchdrang und das Glas zerbrach.
Der Schmerz traf ihn wie ein Faustschlag, der ihn rück-

wärts auf den Boden warf, und ihn die eigene Waffe vergessen ließ.
Der Fremde trat näher. Sein Gesichtsausdruck hatte sich nicht verändert. Er *sah* alles – Barrencia, der nach Luft rang, dessen Augen brachen, dessen Blut aus seiner Brust sprudelte –, aber nichts davon veränderte sein ruhiges, geschäftsmäßiges Gebaren. Die Augen lachten immer noch, der Mund schien sich zu einem Lächeln zu öffnen, als ob der Mann einem Witz gelauscht hätte, den ein anderer erzählte.
Barrencia gab sich alle Mühe, ›*Warum?*‹ zu fragen. Er bekam keine Luft. Seine Brust war wie ein Eisblock. Mit seinen Lungen stimmte irgendwas nicht. Sie waren weg; und er würde sterben.
Er hätte all das getan, was man in dieser Situation so tat: Er hätte gekämpft; gebettelt; Geld angeboten; versucht, Zeit zu gewinnen; aber der Fremde trat nahe zu ihm heran, hielt den dicken Lauf drei Zentimeter von Barrencias Stirn entfernt und zog wieder den Abzug.
Das letzte, was Barrencia dachte, war, daß der Mörder sehr schlau war. Daß er einen Revolver benutzte, bedeutete, daß keine Patronenhülsen als Beweismaterial zurückblieben.
Die zweite Kugel hatte den gewünschten Erfolg. Der Fremde blieb noch lange genug, um die Waffe ganz abzufeuern. Nachdem Barrencias Körper auch noch die übrigen vier Kugeln geschluckt hatte, gab es in ganz Miami nichts, was so tot war wie er. Der Fremde nahm den Schalldämpfer von der Waffe und steckte beides in eine braune Papiertüte, die er aus seiner Hosentasche gezogen hatte. Dann wischte er den Türknopf von Raum 2010 mit einem Hilton-Handtuch ab und verschloß hinter sich die Tür.
Barrencias Leiche würde vom Room-Service entdeckt wer-

den. Der Leichenbeschauer von Dade County würde sich veranlaßt sehen anzumerken, daß dieser Mord besonders brutal war, selbst für einen Mord im Drogen-Milieu: Der Mörder hatte noch lange, nachdem das Opfer längst tot war, weitergeschossen.
Man würde unterstellen, daß jemand versuchte, ein deutliches Zeichen zu setzen.
Die beiden Koffer voller Kokain im Tiefgeschoß blieben unentdeckt, bis die Leihwagenfirma ihren Wagen abholte.

2.

James ›Sonny‹ Crockett starrte sich im beschlagenen Badezimmerspiegel an. Er hatte weißen Schaum kunstvoll über das ganze Gesicht verteilt und sah aus wie ein unordentlicher Nikolaus. ›*Adios, compadre*‹, dachte er . . . und der Wegwerf-Rasierer schnitt seine erste Bahn durch den Schaum. Er hielt ein Ohr in Richtung auf die Übertragung, die aus dem Nachbarraum kam. Die Geräusche wurden blechern, wie es typisch war für den Empfang über eine diskret angebrachte Wanze, es war ein Klang, den Sonnys Gehirn automatisch ergänzte. *»Iß dein Frühstück, es wird kalt . . .«* Weibliche Stimme.
Dann eine männliche Stimme, ganz offensichtlich am Telefon: *». . . ja, wir sind hier unten, im wohligen Sonnenschein . . .«*
Der Drei-Tage-Bart, den Sonny gewöhnlich pflegte, nahm Abschied von seinem Gesicht. Bloße Haut im Gesicht zu haben, würde ein Schock sein.
Er, jetzt nicht mehr am Telefon: *»Das ist ein Leben, was?«*
Sie: *»Was steht denn für heute auf dem tollen Stundenplan,*

hmmm?« In ihrer Stimme schwang ein Unterton gelangweilter Ironie mit.
Er: *»Wir fahren nach außerhalb. Du und ich, wir werden ein paar Leute in Lauderdale treffen – also sieh zu, daß du heute in die Sonne kommst!«*
Sie, nach einer eisigen Pause: *»Und was soll das heißen?«*
Er, nach ebenso eisigem Schweigen, gab mit kalter Stimme zurück: *»Das soll heißen, daß ich nicht will, daß wichtige Leute denken, ich sei mit 'ner Leiche frisch aus dem Kühlhaus verheiratet!«*
Sonny schnaubte und spülte seinen Rasierer ab. »Da soll einer sagen, daß Kokainhändler nicht der Gipfel an Charme sind!«
Aus dem Wohnzimmer der teuren, klassisch-modern eingerichteten Eigentumswohnung antwortete ihm ein Lachen.
Ricardo Tubbs saß auf einem Lederschemel in der Nähe des Balkonfensters. Zu seiner Rechten stand ein TEAC-Tonbandgerät mit 25-Zentimeter-Tonbändern, das sich langsam drehte und Felix Castronovas arrogantes morgendliches Geschwätz aufnahm. Tubbs hatte wie üblich seine leichte Jacke und ein Seidenhemd an. Er war wohlgekleidet, gepflegt, roch nach ›Baron‹-Eau de Cologne und trank seine dritte Tasse Kaffee.
Sonny war zwischen seinen morgendlichen Aktivitäten noch mit seiner ersten Tasse beschäftigt.
Tubbs legte sein Auge an das auf ein Stativ montierte starke Fernglas, das durch einen Spalt in den Balkonfenster-Vorhängen nach draußen gerichtet war. Im Blickwinkel lag das Penthaus im elften Stockwerk des Gebäudes auf der anderen Straßenseite, wo Castronova und seine Frau die Frühstücks-Vorstellung gaben.
»Das ist ein Verbrechen!« sagte Tubbs in Richtung Bade-

zimmer. »Ich würde so was Wohlgeformtes *nie und nimmer* versehentlich für 'ne Leiche halten!«

Wie eine Antwort kam Susan Castronovas Stimme: *»Vielleicht fühl ich mich wie 'ne Leiche! Ich weiß immer noch nicht richtig, warum wir aus New Jersey weg sind, um diese Müllkippe zu besuchen!«*

»Na, das ist doch 'ne Frau nach deinem Herzen, Tubbs!«

»Amen!« sagte Tubbs.

»Sind zwei Millionen mehr im Jahr vielleicht Grund genug, Schätzchen?« Castronova sprach den Kosenamen mit wenig Zuneigung aus. *»Florida ist das Land der unbegrenzten Möglichkeiten!«*

Tubbs rollte mit den Augen. Die beiden wollten wohl immer so weiter herumbummeln und dieses nichtssagende Geschwätz weiterführen. Er löste den Feststeller am Fernglas und musterte den Bienenstock von Balkonen auf der anderen Straßenseite. Auf einem Dachgarten im zwölften Stock sichtete er ein süßes junges Ding, das sich in einen String-Bikini gezwängt hatte, der wie gemalt an ihren aerobic-verschönten Kurven klebte. Ihre Brüste versuchten, das sparsam geschnittene Oberteil zu sprengen – und sie tropfte – sie kam gerade aus dem Pool im zwölften Stock. Langes, glänzendes, nasses Haar. Tubbs Phantasie erdachte sich einen Duft für sie. Ihre Körper war schmal, pantherartig, und ihre sanfte Bräune war gleichmäßig verteilt. Sie war ein leckerer Happen. Und ohne Begleitung. Tubbs behielt sie im Blick, während sie über den Dachgarten ging. In einer plötzlichen Laune bewegte sich seine Hand zu der Überwachungskamera, die auf einer Plattform unterhalb des Fernglases befestigt war. Er stellte sie scharf auf die junge Frau ein und machte einen Schnappschuß für seine Sammlung. »Hm . . .«, dachte er erfreut, »eine Überwachung hat auch ihre guten Seiten . . .!«

»Ist ja toll!« sagte Susan Castronova. Die Anzeiger für die Lautstärke sprangen zusammen mit ihrer Stimme in die Höhe. *»Geschäft – immer das Geschäft.«*
Tubbs richtete seine Aufmerksamkeit wieder auf die Schönheit im Bikini, gerade als ein abenteuerlustiger, reicher, sechzigjähriger Freier sie von hinten umarmte. Sie schnurrte und schmiegte sich an ihn. Tubbs drehte sich der Magen um.
»Wenn ich nicht ungefähr fünfzehn Millionen Dollar erbe«, sagte er zu Sonny, »hab' ich in dieser Stadt überhaupt keine Chancen!«
Aber andererseits, überlegte er, wie viele tolle Frauen spazierten mit praktisch nichts am Leib durch Brooklyn, so wie sie das hier taten?
Darüber hinaus: Wie viele ehemalige New Yorker Streifenpolizisten konnten ihre Polizeikarriere retten, indem sie, wie er es getan hatte, in der Spitzen-Einheit der Vice Squad von Dade County, Florida, dem Tor zum Kokainhandel der ganzen Welt, Fuß faßten? Noch vor zwei Monaten hatte er sich auf eigene Faust hier durchschlagen müssen, mit einer gefälschten Identität, wobei er seine Rechnungen mit Falschgeld bezahlte, das ihm seine New Yorker Freunde besorgt hatten. Hier unten in Miami hatte er sich mit Sonny Crockett zusammengetan – und auf den ersten Blick konnte man sich kaum ein komischeres Paar vorstellen als sie beide. Sonny war, wie sich herausstellte, wild darauf, den kolumbianischen Drogenhändler auffliegen zu lassen, der in New York Rafael, Tubbs' Bruder, umgebracht hatte. Zwei Gehirne, eine gemeinsame Sache. Tubbs hatte seinen Bruder verloren, Crockett seinen Partner, an beidem war Calderone schuld, den der Kokainhandel zum Millionär gemacht hatte. Neben Calderone sah Castronova, der ein aufstrebender Mittelklasse-Dealer war, wie ein Grundschüler aus.

Calderone hatte zweiundvierzig Millionen Dollar Bargeld und war Crockett und Tubbs bei all ihren Anstrengungen, streng nach dem Gesetz vorzugehen, durch die Finger geschlüpft. Er war zurück in die Karibik, oder wo immer er sonst sein Versteck hatte, geflüchtet, nachdem er zwei Millionen Dollar Kaution in den Wind geschrieben hatte. Er hatte mehr Geld im Stich gelassen, als Tubbs je in seinem Leben verdienen konnte. Die ganze Geschichte war ein übler Fehlschlag gewesen, aber Tubbs hatte dabei eine wichtige Empfehlung von Crocketts Boss, Lou Rodriguez, geerntet. Einige Zeit war vergangen. Tubbs hatte aufgehört, sich nach seinem heimatlichen New York zu sehnen, und war ein Teil von Miami Vice geworden. Die Leichtigkeit, mit der sich sein Leben geändert hatte, war beunruhigend, aber in diesen Tagen dachte er weniger darüber nach. Er hatte nichts, was man wirklich Familie nennen konnte, zurückgelassen, keine Freundin . . . und Sonny hatte sich als guter Freund und professioneller Partner erwiesen. Alles zusammengerechnet gab es derzeit wenig, worüber er sich Sorgen machen mußte, ausgenommen vielleicht, daß die Bikinischönheit auf der anderen Straßenseite ungerechterweise so viel Aufmerksamkeit auf den grobschlächtigen, altersschwachen Spendieronkel mit Verdauungsstörungen verschwendete. Das einzige, wovon sich dessen Hosen beulten, waren kühle grüne Scheinchen. Natürlich gehörte Susan Castronova auch nicht gerade zum alten Eisen. Tubbs schwenkte die starken Gläser zurück und richtete sie auf die Stelle, an der ihr Bademantel sich öffnete.

»Na, was meinst du?« sagte Sonny, der sich eben ein steif gestärktes, weißes Hemd zuknöpfte. »Seh' ich etwa aus wie einer, der sich gerade scheiden läßt?«

»Ich wußte nicht, daß man heute wirklich noch ›Scheidung‹

sagt«, meinte Tubbs und schaute nicht hin. »Außer in dem albernen Song!«
»Tammy Wynette ist nicht albern!« knurrte Crockett und kam auf ihren freundschaftlichen Dauerstreit zurück. »Wann wirst du endlich lernen, daß es nur zwei Arten ›richtiger‹ Musik auf der Welt gibt, Tubbs?«
»Zwei?«
»Ja – Country und Western!«
»Der Mann mit dem rasiermesserscharfen Verstand!« erwiderte Tubbs. Er drehte sich um und erlitt fast einen Schock. Crockett band sich eine *Krawatte* um. Er wußte tatsächlich, wie man sie band. Er trug nicht sein übliches Fußballerhemd oder ein Comic-Strip-T-Shirt, sondern war tatsächlich in ein 35-Dollar-Markenhemd geschlüpft. Seine blond-braune Haarpracht war *gekämmt*. »Du hast dich *rasiert*!« sagte Tubbs mit stiller Ehrfurcht, die zur Bewunderung wurde. »Du siehst aus, als wärest du auf dem aufsteigenden Ast, mein Junge. Ich hab' dir doch gesagt, daß mein Einfluß gut für dich sein wird . . .!«
Sonny griff sich pathetisch ans Herz. »Erzähl weiter, erzähl mir weiter deine wundervollen Lügen!«
Tubbs machte eine anerkennende Handbewegung. »Klasse!« In diesem Zustand konnte Crockett fast als junger, aufstrebender Rechtsanwalt durchgehen.
Crockett steckte eine Krawattennadel an.
»Ein Hauch von Gold schmückt den Mann!« sagte Tubbs.
»Was ist aus den beiden Streithähnen geworden?«
Tubbs wies mit dem Kopf zum Fenster. »Sie ist reingegangen. Das Mädchen hat das Frühstücksgeschirr weggeräumt.«
Jemand klopfte an die Zimmertür. ›Das muß Ernest Switek sein‹, dachte Tubbs – der klopfte immer zu oft. Komisch, wie schnell er die Gewohnheiten dieser Burschen kennen-

gelernt hatte. Switek würde ein grelles Hawaii-Hemd über seinen Segeltuchhosen tragen. Er würde hereinstrolchen wie ein großer, bärtiger Bär, unter dem Arm wahrscheinlich eine Schachtel mit gefüllten Doughnuts. Switeks Partner, Tommy Ray Zito, würde ein graues T-Shirt tragen, ein Päckchen Zigaretten in den Ärmel gesteckt, hautenge Cordhosen und Joggingschuhe. Zito war dünn wie ein Bindfaden und hatte diesen leicht schmierigen Dealer-Look; er würde auf einem Zahnstocher heraumkauen oder an einem kalten Glimmstengel saugen. Er würde einen leicht unrasierten Eindruck machen und Pickel auf dem Kinn haben. Switek und Zito arbeiteten recht erfolgreich bei der Vice Squad, nicht weil sie bei der Polizeiarbeit große Künstler waren, sondern weil bei ihrem Aussehen sie niemand je für Polizisten halten würde.

»Caroline wird dich anflehen, zu ihr zurückzukommen, wenn sie den wahren Sonny sieht«, sagte Tubbs, während Crockett zur Tür ging. »Ohne Scherz!«

Switek und Zito schoben sich herein. Tubbs Vorhersage war fast hundertprozentig richtig gewesen.

»Hallo, Mädchen, wie sieht's aus?«

»Wie geht's, wie geht's?« dröhnte Switek. »Wie geht's Angelique? Hast du uns vermißt, Zuckerpüppchen?«

Tubbs grinste. ›Angelique‹ war ein Poster, das Switek jedesmal an die Wand heftete, wenn sie einen Überwachungsauftrag hatten, der sich ja manchmal Wochen oder sogar Monate hinziehen konnte. Sie war eine stattliche Blondine, langbeinig, Silikon-Busen und ihr Bild stammte aus einem jener Magazine, die man in der »Nur für Erwachsene«-Ecke von Zeitschriftenläden kaufen kann. Im Laufe der Zeit war Angelique so etwas wie das dritte Mitglied des sonst üblichen Zwei-Mann-Bewachungsteams geworden.

»Sie hat dich vermißt, Switek, das hab' ich gemerkt«, sagte Tubbs.
»Wer zum Teufel ist *das* da?« fragte Zito und wies mit dem Daumen theatralisch auf Sonny.
Switek betrachtete Sonny von oben bis unten. »Smart aussehendes Bürschchen! Willst du mit Angelique anbandeln, Ladykiller?«
Tubbs sagte: »Dieser Kerl ist hier hereinspaziert und behauptet, ein gewisser James Sonny Crockett zu sein. Mich hat er nicht für den Bruchteil einer Sekunde damit täuschen können!«
»Mein Gott, er hat sich *rasiert*«, sagte Zito mit einem Ausdruck, der nahe an Ehrfurcht heranreichte.
»Schon gut, schon gut, warum tut ihr beiden armen Sünder nicht eure Arbeit?« Sonny nahm sein Jackett von der Rückenlehne eines Stuhls und schwang es sich über die Schulter.
»Und was gibt's Neues bei Amerikas Traumpaar?« fragte Switek und stellte seine Schachtel ab. Amüsiert bemerkte Tubbs, daß sie keine gefüllten Doughnuts, sondern Bärentatzen enthielt.
»*Nada!*« Tubbs schaute wieder durchs Fernglas, nichts Neues. »Castronova ist ziemlich einsilbig, was seine Geschäfte angeht. Selbst zu seiner eigenen Frau spricht er kaum darüber. Sie langweilt sich bei der ganzen Sache zu Tode!«
»Die übersättigten Neureichen!« sagte Zito. »Gott schütze uns!« Er steckte sich eine Zigarette ins Gesicht und entzündete ein Streichholz, indem er es gegen seinen Daumennagel flippte, griff in eine Papiertüte und zog seine Colas hervor. Um seinen Coffein-Spiegel konstant zu halten, verbrauchte Zito täglich zwölf Dosen Cola. Wenn sein Kopf zu dröhnen begann, zerkaute er drei oder vier Exce-

drin-Tabletten und spülte sie mit dem sprudelnden braunen Zeug runter.

»Wir haben unten auf der Brickle jemanden zum Beschatten abgestellt – ungefähr drei Blocks weiter!« sagte Crokkett. »Nur für den Fall, daß er beschließt, in Aktion zu treten!«

Crocketts und Tubbs' Dienst, der den größten Teil der Nacht ohne besondere Ereignisse geblieben war, war für die nächsten zwölf Stunden vorbei. Felix Castronova war bedeutend genug, um eine Verhaftung interessant zu machen. Aber wie auch andere im Drogengeschäft, hatte er begonnen, seine Grenzen auszudehnen, damit seine Verbindungen höher hinauf reichten. Und die städtische Vice Squad von Dade County bereitete gerade auf dringlichen Wunsch von Lou Rodriguez eine spektakuläre Verhaftungswelle der Mittelklasse-Dealer vor. Damit konnte man den Bürgermeister in der Wahlzeit beeindrucken und die Existenz der Vice Squad rechtfertigen. Castronova und seine Berufskollegen, mit einem Schlag in der ganzen Stadt eingesammelt, würden als Fang ausreichen, um eine Meldung in den Abendnachrichten zu werden, ›*Der größte Fischzug unter den Drogendealern in der Geschichte von Miami Beach* . . .‹ Es war stumpfsinnige Routinearbeit, genauso wie das Erfüllen von Verhaftungsquoten. Nicht zu vergleichen mit der Jagd auf Calderone, der in zwei Jahren weit mehr als hundert Millionen verdiente, steuerfrei. Aber ohne Mittelsmänner wie Castronova würde Calderones Imperium nicht existieren können, genausowenig wie die Drogenimperien eines Dutzend anderer Supermistkerle wie er.

Switek und Zito machten es sich bequem. Mit einer halben Bärentatze im Maul drehte Switek den Lautsprecher auf; Zito bewegte sich in Richtung Badezimmer, um sich von

seinen zwei Morgen-Colas zu erleichtern. Er reichte Crockett seinen Waschbeutel.
»Dann viel Spaß, Jungs!« sagte Sonny, deutete einen militärischen Gruß an und ließ Tubbs mit großartiger Geste an der Tür den Vortritt. Ihr Abgang vollzog sich mit beträchtlich mehr Stil als der Auftritt von Switek und Zito.
Mampfend und schluckend beugte sich Switek vor und preßte sein Auge ans Fernglas. Susan Castronova war allein auf dem Balkon gegenüber, mit einer losen, wehenden Bluse und Designer-Jeans bekleidet.
»He . . . du, Zito?«
Zitos Stimme hallte hinter der halbgeschlossenen Tür von den Badezimmerkacheln wieder. »Ja?«
»Sie zieht sich das Hemd aus, o mein Gott, sie ist nackt!«
Zito stürmte aus dem Badezimmer, die Hosen auf halbmast, kämpfte mit dem Reißverschluß und versuchte, quer durchs Zimmer zum Fenster zu rasen. Seine Füße verhakten sich, und er fiel mit lautem Plumps auf den Boden.
Switek schaute nicht vom Fernglas hoch. »Du wirst dir noch wehtun, wenn du so rausstürzt. Du wirst dir was brechen oder sonstwas . . .«
Zito rutschte auf den Knien heran und schob Switek beiseite. Er spähte durch die Gläser. »Wovon sprichst du eigentlich, Mann?«
Ganz gespielte Unschuld, schaute Switek wieder durch das Fernrohr. Auf dem Balkon war niemand. »Ach, tut mir leid, *amigo*. Du hast es verpaßt. Sie war splitternackt, da drüben!«
Zito schaute mit zusammengekniffenen Augen auf Switek, öffnete schweigend eine Cola und setzte sich, um »Supermann III« anzuschauen.

»Du mußt langsam lernen, die Dinge von ihrer besten Seite zu sehen, Sonny«, begann Tubbs, als sie sich in Sonnys 84er Corvette durch den morgendlichen Verkehr schoben. Der Corvette stammte aus der Abteilung für beschlagnahmte Güter, Ersatz für einen ähnlichen, schwarzen Corvette, den Sonny vor ein paar Wochen zu Schrott gefahren hatte, als er verhindern wollte, daß Tubbs mit Blei vollgepumpt wurde. Crocketts üblicher Deckname für Aufträge im Untergrund war »Sonny T. Burnett«. Seine Ausrüstung umfaßte ein Hunderttausend-Dollar-Schmuggelboot und ein Zwölfmeterboot, die beide im Jachthafen vor Anker lagen – ebenso beschlagnahmte Güter. Die kleinen und großen Drogenhändler lebten gut, und wenn sie verurteilt und ins Gefängnis gesteckt wurden, dann ließen sie teure Autos, teure Kleidung und teure Wohnungen zurück. All dies verteilte die Vice Squad von Dade County unter ihren Beamten. Es gab keine andere Möglichkeit, sich den falschen Glanz übertriebenen Reichtums zuzulegen, um die gutgläubigen Dealer ins Netz zu locken. Tubbs schaute erwartungsvoll diesen kleinen Freuden des Jobs entgegen, in derren Genuß er kommen würde, wenn er erst ein Weilchen länger in Miami war.

Aber es gab auch die andere Seite der Medaille. Sonny war Vater eines sechsjährigen Sohnes mit Namen Billy und mußte sich praktisch die Zeit stehlen, um ihn zu sehen. Sein Job bei der Vice-Einheit, die oft Wochen und Monate Arbeit im Untergrund erforderte, wobei er die ausgeklügelten Fallen aufbaute, für die er in der Abteilung berühmt war, hatte seiner Ehe mit Caroline schwer geschadet. Daher hatte er sich für das, was heute auf dem Terminkalender stand, so herausgeputzt. Es ging nämlich um weitere juristische Rangeleien mit den Rechtsanwälten über das, was Tammy Wynette in ihrem Lied ›Scheidung‹ nannte.

»Zum Teufel, was ist das *Gute* an 'ner Scheidung, Schwarzbrot?« kläffte Sonny, hinter seiner getönten Designer-Sonnenbrille versteckt.
»Wenigstens ist es keine Wurzelbehandlung beim Zahnarzt, Weißbrot!« gab Tubbs zurück, und beide lachten. Bei dem, was Sonny da gerade tat, gab es wenig zu lachen, aber es war ein gutes Zeichen, daß er seinen Sinn für Humor noch nicht verloren hatte. Tubbs wußte nicht alles über die Sache, aber aus seinen Diskussionen mit Sonny war ihm klar: Sonny liebte Caroline. Und Caroline liebte ihn. Aber seines Jobs wegen nahm die Ehe keinen glücklichen Verlauf. Ende der Diskussion.
»Ich weiß, ich weiß. Ich darf all diese Dinge nicht so ernst nehmen. Richtig?« Sie näherten sich dem Bezirksgericht.
»O Himmel, ich glaube, da sehe ich Janet!«
Tubbs schaute sich eilig um.
»Janet Buckley. Meine Anwältin!«
»Oh!«
Crockett fuhr den Wagen an den Bordstein, und sie tauschten die Plätze. Crockett winkte zu Janet Buckley hinüber, einer schlanken Frau Ende Dreißig, seriös gekleidet, mit schlichtem, aber teurem Schmuck. Sie hinterließ den Eindruck von nicht zur Schau gestellter Kraft.
Sie lächelte Sonny oft zu, aber bei Verhandlungen hatte Sonny sie noch nie lächeln sehen. Wenn seine knospende Beziehung zu Gina Calabrese – die auch für Miami Vice arbeitete – zu nichts führte, so gab es vielleicht Möglichkeiten bei Janet. Aber Crockett glaubte das eigentlich nicht, da er nie vergessen konnte, daß sie die Frau war, die mitgeholfen hatte, seine Ehe mit Caroline aufzulösen.
Tubbs sah, daß Crockett den gelben Volvo bemerkt hatte, der in dreißig Meter Entfernung parkte. Der Wagen, in

dem Caroline Billy zur Schule fuhr. Er sah, wie sich Crocketts Gesicht anspannte.
»He, sag mal, im Ernst!« meinte er und blickte Crockett direkt in die Augen. »Wenn du was brauchst, dann bin ich für dich da!«
Crockett quetschte seinen Bizeps. »Danke, Partner!«
»Ich sehe, du hast mich verstanden!« Tubbs fuhr an und reihte sich in den Verkehr ein. Im Rückspiegel sah er, wie Crockett Janet Buckley begrüßte.
Er war viele Blocks weiter, an der Ecke 10. Straße und Lejeune, als er über Polizeifunk den Notruf hörte.

3.

»Der Wagen kommt gleich, Mister C. . .«
»Wo willst du denn jetzt hin?« Susan Castronovas klagende Stimme kam über die Überwachungsanlage. Switek schnitt ein Gesicht und imitierte sie.
Castronova sagte: *»Teddy wird für ein paar Anzüge Maß nehmen. Hör mal, in einer Stunde bin ich zurück . . .«*
»Kann ich mit . . .!«
»Du bleibst hier und hältst das Bett warm, wie ist das?«
Switek, der seine letzte Bärentatze verputzt hatte und sie mit einem Schluck lauwarmer Cola runterspülte, sagte: »Tun denn diese verdammten Dealer nie was anderes als Klamotten kaufen?«
»Doch!« sagte Zito und trank seine Cola-Dose aus. »Sie kaufen Autos!«
»Überwachungswagen Nummer Eins, laßt den Motor an!« sagte Switek in das Mikrofon, das an seinem Hals befestigt war. Dann fügte er in scherzhaftem Ton hinzu: »Also, heute geht es zum Schneider!«

Switek stellte das Fernglas ein und sah, wie eine schwarze, langgestreckte Limousine aus der Ausfahrt der Tiefgarage kam. Ein Garagenangestellter, der eine rote Jacke trug, stieg auf der Fahrerseite aus.
»Felix, ich möchte mir so ein paar Fallschirmspringerhosen kaufen.« Switek schwenkte das Fernglas zurück. Castronovas Frau zeigte ihrem Mann ein Bild in einer Modezeitschrift.
»Wenn ich dich in solchen Fallschirmspringerhosen erwische, mein Häschen, dann werfe ich dich aus einem Flugzeug.«
»Prinz Charming, wie er leibt und lebt«, sagte Zito. Ein blonder Surfertyp, dessen Muskeln einander den Platz streitig machten, trat auf den Balkon. Offensichtlich einer von Castronovas muskelprotzenden Leibwächtern. Sie gingen zusammen ins Penthaus zurück.
Unten, in der Nähe des Parkplatzes, zog sich der Garagenangestellte seine rote Jacke aus und wischte sich die Stirn ab. Es waren schon fast 25 Grad. Er schob die Jacke auf den Vordersitz der Limousine.
Switek richtete das Fernglas auf die Vordertür des Gebäudes und wartete darauf, daß Castronova und sein Wachhund herauskämen. Er sah nicht, daß der Garagenangestellte einen Lederbehälter aus seiner hinteren Hosentasche zog und sich zwei kleine Stöpsel in die Ohren steckte. Dann rückte er das Metallgestell seiner rechteckigen Brille zurecht und lehnte sich gegen die Limousine, um zu warten.

Felix Castronova und Bruce Blodgett, sein athletischer Leibwächter, gingen quer durch die Halle des Gebäudes, nachdem sie den Fahrstuhl verlassen hatten. Blodgett steckte sich eine geladene AutoMag Kaliber 44 unter die

Windjacke. Diese Waffe konnte einen Sattelschlepper zum Halten bringen, dachte Castronova ... aber er hatte auch noch seine kleine Walther PPK Kaliber 38 im Wadenhalfter. Ein bißchen Verstärkung konnte nie schaden.

Vor der selbstschließenden Glastür gab Blodgett dem Angestellten ein Zeichen, die Limousine vorzufahren. Castronova schaute sich nach seinem anderen Leibwächter um.

»Wo zum Teufel ist Nickie?«

»Der mußte mal zur Toilette«, sagte Blodgett. »Wird jede Sekunde kommen!«

Der Angestellte rückte sich die Mütze zurecht und lenkte die Limousine an den Bordstein. Wendig sprang er heraus und hielt die Tür für Castronova auf.

»Gib ihm ein Trinkgeld, Bruce«, sagte Castronova.

Bruce kramte einen 5-Dollar-Schein hervor und drückte ihn dem Angestellten in die Hand, der ein wenig lächelte und, ohne etwas zu sagen, den Schein zusammengefaltet in seine Hemdentasche steckte. Er hatte, wie Blodgett bemerkte, sehr klare blaue Augen. Blodgett kletterte hinter Castronova in die Limousine.

Der Angestellte griff nach seiner Jacke auf dem Vordersitz. Die Jacke saß schlecht, denn der echte Angestellte – derjenige, der jetzt gefesselt und geknebelt in der Tiefgarage lag – war ein schwächlicher Mann, kleiner und dünner als der Mann mit der Metallrandbrille. Er schob die Jacke beiseite und umschloß mit der Hand den Pistolengriff einer Remington 12er Polizeiflinte, die bereits geladen war.

In einer einzigen, schnellen Bewegung brachte er den gekürzten Lauf der Waffe auf Höhe des Innenfensters und feuerte, ohne mit der Wimper zu zucken, vier Salven ab. Der erste Schuß ließ das dunkel getönte Glas nach innen fliegen. Der nächste Schuß traf Blodgett in Brust und Kopf und zerriß ihn dermaßen, daß Stücke von ihm im Innen-

raum des Wagens verteilt wurden. Castronova starb, während er nach seiner Waffe griff, sein Designer-Anzug mit frischem Blut getränkt. Der vierte Schuß war zur Sicherheit, zum Abräumen, für alle Fälle, auch wenn der Mörder wußte, daß beide Männer bereits tot waren. Grauer Rauch zog aus dem zerschossenen Fenster. Stolz bemerkte der Mörder, daß keine einzige Kugel den Lack des Wagens zerkratzt hatte. Durch das Seitenfenster hatte er beste Arbeit geliefert.
Ärgerlicherweise begann jemand hinter ihm laut zu schreien.

Switek ließ seine leere Kaffeetasse auf den Boden fallen. »Sie haben ihn gerade umgebracht!« schrie er in das Mikrofon. Zito war schon aufgesprungen und seine Magnum im Schulterhalfter geriet in heftige Bewegung, während er zur Tür rannte.
»Los! Los!« Switek schnappte sich die Polizeiflinte, die an der Tür lehnte, und folgte Zito nach draußen. Sie mußten zehn Stockwerke hinabrennen, bis sie auf Straßenniveau waren. Niemand hatte mit einer Schießerei gerechnet und deshalb war außer den Polizisten in dem Beschattungswagen drei Blocks weiter so schnell keine Verstärkung zu erwarten.
»*Fallenlassen!*« kreischte Nickie, wobei sich seine Stimme überschlug. »*Sofort fallenlassen!*«
Der Mörder wußte, daß ein Schießeisen auf seine Wirbelsäule zielte. Durch das zerbrochene Fenster warf er seine Polizeiflinte in die Limousine. Sie landete mit einem dumpfen Geräusch mitten in dem Blutbad. Langsam drehte er sich um, die Hände nach oben gereckt. Sein Gesichtsausdruck hatte sich nicht verändert.
Nickie war jung und drahtig und er hielt eine Waffe in der

Hand, die der Mörder als Browning 9 Millimeter Automatik identifizierte, mit einem 7-Schuß-Magazin. Er hielt die Pistole in professioneller Position.

Ein kleines Lächeln huschte über das Gesicht des Mörders, so, als habe er die Situation völlig unter Kontrolle, obwohl unzweifelhaft eine Waffe auf ihn gerichtet war. »Bleib stehen!« schrie Nickie. »Laß die Hände oben und geh vom Wagen weg!«

In einem Trainingslager inmitten der Wüste von Arizona hatte der Mörder eine sehr interessante Überlebenstechnik erlernt. Dieses Lager wurde von einem dem Verfolgungswahn verfallenen Ex-Ranger geleitet, der mit einem Schulterhalfter schlief, und der, wo immer er sich in seiner Wohnung aufhielt, eine geladene Waffe in Reichweite hatte. Er hatte Regierungsagenten und Freibeuter trainiert. Seinen Lebensunterhalt verdiente er damit, daß er Männern beibrachte, wie man Deckung sucht; über den Boden rollt und dabei blitzschnell vier Schüsse abgibt, von denen zwei in der Brust und zwei im Kopf des Angreifers landen.

Nickie war dabei, die Beherrschung zu verlieren. Der Mörder schien außerordentlich sorglos. Nickie schob sich zur Limousine und versuchte hineinzuschauen. Bei einer plötzlichen Bewegung des Mörders würde sich Nickie schnell überlegen und dann entscheiden müssen, ob er nun schoß oder nicht.

Kurz gesagt, Nickies Reaktion würde nicht spontan sein. Der Mörder hielt die Arme einen halben Herzschlag länger ausgestreckt in der Luft, dann ließ er beide Hände sinken, um blitzschnell zu ziehen. Seine Linke zerrte sein Hemd nach oben, seine Rechte griff nach einer Super Automatic Kaliber 38, die mit Wadcuttern geladen war. In der Zeit, die Nickie brauchte, um erstaunt die Augen aufzureißen, hatte der Mörder schon vier Schüsse abgegeben.

Zwei in die Brust, um bewegungsunfähig zu machen, wie er es gelernt hatte, und zwei, um sicher den Tod herbeizuführen. Das Haar auf Nickies Hinterkopf flog auseinander. Hirn spritzte heraus. Den Bruchteil einer Sekunde lang schien die Browning an seiner Fingerspitze in der Luft zu hängen. Dann brach Nickie tot zusammen.

Nickie, der schwerfällige Idiot, hatte überhaupt keine Chance gehabt. Er hatte sich von dem schieren Wagemut eines Mannes, der seine Waffe zog, obwohl jemand auf ihn zielte, überraschen lassen. Das bedeutete das Ende seines Lebens.

Der Mörder zog das Magazin aus der 38er und warf es auf Nickies Leiche, wie einen schaurigen Siegespreis. Es hatte seinen Zweck erfüllt. Er verließ den Ort des Gemetzels mit den Händen in den Taschen, wie ein Mann, der einen Spaziergang macht, um sich eine Zeitung zu kaufen.

Ein geschlossener, blauer Mercury löste sich aus der Reihe der vorüberfahrenden Wagen und fuhr langsam an den Bordstein. Der Mörder öffnete die Tür und stieg auf den Beifahrersitz.

Der Fahrer, ein dunkler, südamerikanischer Typ mit herunterhängendem Schnurrbart und tiefdunkler Popper-Sonnenbrille, sagte nichts. Er hatte den Blick nach vorn gerichtet und reihte sich genau in dem Augenblick wieder in den Verkehr ein, in dem Switek und Zito aus der Hotelhalle auf der anderen Straßenseite stürzten.

»Es sind Schüsse gefallen!« schrie Switek in das Walkie-Talkie, das er sich ans Ohr hielt. »Der oder die Verdächtigen bewegen sich in einem geschlossenen blauen Mercury in südlicher Richtung auf der 19. Straße!«

Zito hielt seine Waffe in der Hand und näherte sich vorsichtig der Limousine. Niemand aus dem Hotel hatte bislang den Mut aufgebracht, sich dem Wagen und den menschlichen Überresten darin zu nähern.

Der Verfolgerwagen, ein unauffälliger Chevy Nova in Behördengrau, zog an Switek vorbei, während er seinen Funkruf durchgab. Der Fahrer hatte sich an den Mercury gehängt. Sekunden später fuhr ein Streifenwagen mit rotierendem Blaulicht im Gefolge des Nova vorbei.
»Du lieber Himmel, Switek, komm her und schau dir das an!« sagte Zito, der am zerstörten Fenster der Limousinne stand. »Sieht aus wie die Frikadellen, die man an der Bude bekommt, allerdings ungebraten!«
»Wer zum Teufel hätte Grund gehabt, Castronova umzubringen? Ich meine, der ist doch nicht der Mühe wert, einen professionellen Killer anzuheuern, aber genau mit so einem haben wir es hier zu tun. Siehst du die Waffen? Sind liegengeblieben, und ganz bestimmt nicht, weil der Schütze sie aus Zerstreutheit vergessen hat. Sie haben ihre Schuldigkeit getan. Ich möchte drauf wetten, daß sich ihre Spur nicht zurückverfolgen läßt!«
Zito steckte seine Magnum zurück ins Halfter. »Ja!« Dann hielt er seine Polizeimarke den Mutigsten unter den Zuschauern, die sich allmählich näher zum Wagen drängten, unter die Nase. »Wir sind von Miami Vice! Zurück, hier gibt es nichts zu sehen. Sie da hinten, treten Sie zurück! Polizei!«

Der Mann mit dem Schnurrbart bemerkte im Rückspiegel, daß hinter ihm zwei Verfolgerwagen auftauchten. Ruhig gab er Gas und brachte den Mercury auf Hundertzwanzig. Der Attentäter, der neben ihm saß, befestigte sein Schulterhalfter.
Die Verfolgerwagen hielten das Tempo.
Der Schnurrbärtige sah eine Auffahrt und raste quer über fünf Fahrspuren auf sie zu. FALSCHE RICHTUNG/KEINE EINFAHRT-Schilder an beiden Seiten verschwammen hinter

ihnen. Der entgegenkommende Verkehr kam durch Auffahrunfälle oder Ausweichmanöver auf den Seitenstreifen schnell zum Stehen, um diesem wahnsinnigen Mercury den Weg freizumachen. Beharrlich folgten die Polizeiwagen über die Einbahnstraße und rasten um die scharfe Kurve der Zufahrt. Rings um sie her hatten sich die anderen Autos in Sicherheit gebracht. Die Verfolger bremsten kurz ab und dann nahm jeder eine der beiden möglichen Richtungen, in die der Mercury gefahren sein konnte.
»Einheit Zwölf, hier spricht Alpha. Ich glaube, wir haben die falsche Richtung. Ende!«
»Einheit Zwölf an Alpha. Seid ihr sicher? Ich sehe nichts von dem Mercury!«
Das Radio knatterte, einen Augenblick war Stille. Dann:
»Victory eins-neun, Antwort auf Ihre Anfrage. Blauer geschlossener Mercury, Zulassungsnummer 115 B 46, ist ein Mietwagen, gemietet von William Watten aus Los Angeles. Keine früheren –«
»Verfolgungswagen Alpha, hier spricht Einheit Zwölf. Er ist verschwunden!«
»An Einheit Zwölf – er *muß* auf eurer Seite der Straße sein . . . Ende!«
»Hier spricht Einheit Zwölf – Unmöglich. Ende!«

Tubbs tätschelte das Armaturenbrett des brummenden Corvette so, wie er einem Schoßhund den Kopf gestreichelt hätte. Über Radio ließ er die unsterbliche B.B. King »Lucille« erklingen, die Melodie, nach der der schwarze Gott des Blues seine Gitarre genannt hatte.
»*Speak* to me Lucille!« sang Tubbs zusammen mit dem Radio. »Let's you and I get to *know* each other better!«
Er fuhr über die Main Street und genoß die Aussicht, so daß die Welt einen Blick auf den einzigartigen Ricardo

Tubbs genießen konnte. Jetzt, am frühen Nachmittag, war der Gehweg ein Laufsteg weiblicher Schönheit. Tubbs schnupperte die verheißungsvollen Düfte, die in der Luft schwebten, und zwinkerte, winkte und warf jeder gutaussehenden Dame, die ihm Beachtung schenkte, Kußhände zu. »Oh yeah! You messin' wit the *kid*!«

Er erwischte eine rote Ampel und bremste so, daß seine Stoßstange zwei oder drei Zentimeter vor der weißen Haltelinie stehenblieb. Zwei hübsche Mädchen spazierten an ihm vorbei und schwenkten graziös die Hüften. Sie waren sich seiner Aufmerksamkeit bewußt und spielten mit ihm, wobei ihre engen Trikots wunderbar zu ihrem aufreizenden Gang paßten.

Tubbs brummte vor sich hin: »Mädchen, ihr tut dem alten Ricco ganz schön weh. Dagegen sollte es ein Gesetz . . .«

Er verstummte, als ein kirschrotes 1968er Mustang-Coupé, so glänzend, als wäre es nagelneu, langsam vor der roten Ampel anhielt. Nachdem er volle fünf Sekunden lang das Auto bewundert hatte, fiel Tubbs' Blick auf die Fahrerin. Sie hatte eine lange Mähne aschblonder Haare, die zu einem dicken Schweif zusammengebunden und über ihre linke Schulter drapiert waren. Irgendwo unter dem Haar saß sicherlich ein wohlgefülltes Top, aber das konnte Tubbs nicht sehen. Ihn beherrschte die quälende Illusion, daß diese Frau, kaum mehr als einen Meter von ihm entfernt, so nackt wie Lady Godiva war, abgesehen von ihrem phantastischen Haar. Ihr Gesicht war wie eine perfekte skandinavische Skulptur. Ihre eisblauen Augen schienen ein bißchen älter, ein bißchen erfahrener als der Rest ihres Gesichtes und ihres Körpers.

Die Ampel vor ihnen sprang gerade auf Gelb, als Tubbs das Mädchen erblickte. Sie reagierte auf seine interessierten Blicke mit mäßigem Interesse.

»Ricardo Tubbs, stets zu Ihren Diensten«, sagte er schnell. »795-3102; rufen Sie jederzeit an, ich bin Tag und Nacht für Sie da! Wenn's sein muß, schlaf' ich für Sie sogar im *Frack*, meine Schöne!«

»Sie sind sehr nett«, sagte sie. Sie sprach mit fürchterlichem Lispeln. »Und Ihr Wagen ist es auch!«

Er warf ihr ein breites Lächeln zu, und etwa eine Million möglicher Antworten schossen im gleichzeitig durchs Hirn.

»Und wessen Chauffeur sind Sie?« fragte sie, und Tubbs' Lächeln bröckelte von seinem Gesicht und zerfiel auf dem Fußboden zu tiefer Beschämung. Bevor er sich zu einer Erwiderung aufschwingen konnte, trat sie aufs Gaspedal und schoß davon.

Tubbs stellte den Polizeifunk ein, um sich zu melden, und erwischte gerade noch das Ende der Nachricht: ». . . *verdächtiger Wagen im Mordfall Castronova, Flamingo Towers* . . .«

Vor Überraschung blieb ihm der Mund offen. Castronova, das war die Überwachung, mit der er und Sonny beschäftigt waren! Hatte man »Mordfall« gesagt?

Er griff nach dem Mikrofon und fragte nach Einzelheiten. Der blaue Mercury war auf dem Parkplatz des Deseret Motel nahe der Ecke 23. Straße und LeJeune gesehen worden. Tubbs war nur dreizehn Blocks entfernt. Er trat aufs Gaspedal und raste an dem nordisch-blonden Schätzchen vorbei, die den Staub, den er aufwirbelte, schlucken mußte.

Tubbs fiel es langsam leichter, sich in den Straßen von Miami zurechtzufinden und sich an Straßennamen zu erinnern. Mit viel Glück erreichte er die 23. Straße und LeJeune und fand dann noch zufällig, durch dessen auffälliges Reklameschild, das Deseret Motel.

Ein Streifenwagen stand quer über die Straße. Tubbs sah den blauen Mercury auf dem Parkplatz.
Zwei junge Polizisten, Metzger und Young, hatten den Mercury entdeckt. Tubbs sprang aus dem Corvette und zeigte seine Polizeimarke.
»Das war meine Überwachungssache am Flamingo!« sagte Tubbs verwirrt. »Was zum Teufel ist passiert?«
Young sprach zuerst. »Das war 'ne üble Sache – drei Burschen wurden genau vor unserer Nase umgebracht. Castronova und zwei von seinen Schoßhündchen haben sie das Lebenslicht ausgepustet!«
»Was ist mit den Leuten, die ihn beschattet haben?«
Young zuckte mit den Schultern. »Zwei Detectives waren dort. Nach dem, was ich gehört habe, hat ein Parkwächter von Flamingo geschossen!«
Tubbs brummte vor sich hin: »Ein Parkwächter, meine Güte. Niemand hat eine Schießerei erwartet. Seid ihr beiden allein hier?«
Metzger stieg aus dem Streifenwagen und dabei steckte er Munition in seine Polizeiflinte. Er brannte darauf, etwas Gewaltsames zu tun und so seine Gehaltsstufe zu verbessern. »Wir sind allein. Der Verdächtige ist im Deseret. Ich würde meinen, wir schnappen ihn uns, bevor er aus dem Fenster schaut und anfängt, herumzuschießen!«
Tubbs streckte die Hand aus und schob die Mündung der Flinte weg von seinem Bauch, wohin Metzger sie unabsichtlich gerichtet hatte, während er lud. Es hatte keinen Sinn, wegen dieser Anfänger angeschossen zu werden. »Wir wollen hier nicht Cowboy spielen«, sagte er. »Wir warten auf Verstärkung!«
»Die sind benachrichtigt!« sagte Young, der zum hundertsten Mal nervös zum Deseret schaute. Tubbs sah, daß we-

nigstens Young nicht wild auf ein Gefecht war, und er war dafür dankbar. »Sie sind unterwegs!«

Wie aufs Stichwort hörten sie mehrere Sirenen, die, in höchster Alarmstufe schrillend, näher kamen. »Idioten!« fauchte er. »Warum senden wir dem Burschen nicht ein Telegramm mit der Nachricht: Die P-O-L-I-Z-E-I ist da!« Ohne Mühe entriß er Metzger die Polizeiflinte und rannte über den ungedeckten Parkplatz.

Metzger und Young standen da und sahen wie zwei verblüffte Cartoon-Figuren aus. Während Tubbs zum Deseret lief, bemerkten sie einen Mann mit Schnurrbart und dunkler Sonnenbrille, der am entgegengesetzten Ende des Verbindungsweges erschien. Tubbs' Laufrichtung brachte ihn genau zwischen den Mann und den blauen Mercury, der vor dem Motelzimmer des Verdächtigen geparkt war.

Der Mann mit der Sonnenbrille brauchte nicht lange, um sich zu entscheiden. Er drehte sich um und rannte los. Es war ihm klar, daß es für ihn unmöglich sein würde, sein Zimmer oder seinen Wagen zu erreichen. Tubbs entdeckte ihn und nahm die Verfolgung auf. Metzger und Young liefen zu dem Zimmer.

Der Flüchtige stürzte durch die nächstgelegene Tür, deren hydraulischer Türschließer sich noch bewegte, als Tubbs sie erreichte, ins Hauptgebäude. Tubbs folgte ihm, die Flinte nach vorn gerichtet, aber auf dem Flur hörte man keine Schüsse. Offenbar war seiner Beute nicht mehr nach Schießen zumute. In dem Augenblick, als Tubbs durch die Tür kam, verschwand dieser gerade um eine Ecke des nächsten Ganges.

»Halt! Stehenbleiben! Polizei!« Das genügte als Warnung. Tubbs stürzte hinter ihm her wie ein Rekordläufer, wobei er stoßweise atmete. Er glitt um die Ecke, die Flinte schußbereit . . . und hörte, wie eine Frau schrie.

Sie schrie beim Anblick von Tubbs' Flinte. Er war mitten in den geschäftigen Fußgängerverkehr auf dem nach Osten führenden Boulevard geplatzt. Passanten und Jogger sprangen ihm hastig aus dem Weg, in dem Glauben, er sei ein herumschießender Wahnsinniger. Mehrere Fahrer auf der Straße verdrehten die Köpfe nach ihm. Ein Mercedes 450 SLC fuhr auf einen Volkswagen Käfer, und man hörte das Klirren von Sicherheitsglas.

Wütend schrie Tubbs der kreischenden Frau, die wie erstarrt auf dem Gehweg vor ihm stehengeblieben war, während andere Fußgänger ihre Einkäufe fallengelassen hatten und in Deckung gegangen waren, zu: »Ich bin Polizist, verdammt noch mal, es ist alles in Ordnung!« Er mußte seine Polizeimarke hervorkramen, während er sich nach allen Seiten auf der verstopften Straße umschaute.

Der Mann mit dem Schnurrbart und der Sonnenbrille war verschwunden. Er war in der mittäglichen Menge untergetaucht.

Tubbs gab sich geschlagen. Er vergewisserte sich, daß der Lauf der Waffe in die Luft gerichtet war, und ging mit schwerem Schritt zu dem Motelzimmer. Metzger tauchte heftig atmend hinter ihm auf. Als er die aufgescheuchten Leute sah, die umherrannten und nicht wußten, wohin sie gehen sollten, aber auch begierig auf ein Schauspiel, das Tubbs ihnen nicht bieten konnte, fragte er: »O Gott, was haben Sie gemacht, den Burschen erschossen?«

»Nein!« sagte Tubbs. »Ich habe nur mein Gesicht gezeigt, ohne gleichzeitig meine Polizeimarke vorzuzeigen. Meine Flinte hat niemanden beeindruckt. Ich hab' ihn verloren!«

Langsam begann das Durcheinander auf dem Gehweg nachzulassen. »Wir haben einiges in dem Zimmer gefunden«, sagte Metzger. »Offenbar haben wir den Burschen

erwischt, als er gerade von der Eismaschine kam oder so was!«
»Wir wollen die Sache überprüfen. Hoppla, Entschuldigung!« Er hatte sich umgedreht und war dabei gegen einen Mann gestoßen, der einer älteren Frau half, ihre verstreuten Einkäufe einzusammeln. Der Mann sagte nichts, sondern lächelte geistesabwesend. Seine Brille mit Metallgestell rutschte ihm immer wieder von der Nase, während er sich bückte, um die Tüten vom Gehweg aufzuheben. Er sah aus wie ein netter junger Mann, der seiner Mutter half. Aber er beobachtete Tubbs und Metzger beim Weggehen, bis sie um eine Ecke gebogen und außer Sicht waren.

Switek und Zito waren vom Flamingo herübergekommen, und Tubbs erfuhr von ihnen, wie die Schießerei – oder besser gesagt, das Gemetzel – abgelaufen war. Die Spurensicherung war schon im Deseret und bepuderte den Hotelraum und den Mercury auf der Suche nach Fingerabdrücken.
Wie vorauszusehen war, brachte die Befragung des Hotelmanagers wenig Resultate. Das Zimmer war fünf Tage lang von einem gewissen »William Warren« bewohnt worde. Er hatte eine Menge Ortsgespräche geführt. Keine Telefonnummer war notiert worden.
Tubbs sah, daß draußen Lou Rodrigues vorfuhr und seinen Wagen durch die Polizeiabsperrung lenkte. Uniformierte Polizisten versuchten, die herumstehenden Neugierigen zu verscheuchen. Lou kroch aus seinem, nicht als Polizeifahrzeug gekennzeichneten, geschlossenen Wagen und blinzelte im Sonnenlicht. Wie immer hing ein halber zerdrückter Zigarrenstummel in seinem Mund, und sein zurückweichender Haaransatz war von Schweißperlen bedeckt. Lous Anzug, der, wie bei ihm üblich, zerknittert war, glät-

tete sich, als er sich streckte. Seine Krawatte hing schlaff herab, mit schiefem Knoten, und sah aus wie ein um den Hals gelegter Strick. Tubbs wußte, daß Lous Kleidung immer ein gutes Stück von wahrer Eleganz entfernt sein würde. Das gestattete dem Boß von Miami Vice, wenn er seinen Vorgesetzten Bericht erstattete, so gestreßt auszusehen, wie man es von ihm erwartete. Seine Vorgesetzten nahmen dann an, er arbeite zu viel, und gaben ihm eine Gehaltserhöhung. Das alles war eine geschickte Strategie zum Gelderwerb, dachte Tubbs, wobei er insgeheim lächelte. Crockett hatte sich für ihn eingesetzt, als er anfangs in Miami Ärger bekam, aber es war Lou Rodriguez gewesen, der ihn in seine Abteilung aufgenommen hatte. Um in Crocketts Worten zu sprechen: Rodriguez war einer der charaktervollsten Männer in der ganzen Abteilung.

Leute, die auf Anweisungen warteten, scharten sich um Rodriguez, als er sich dem Zimmer näherte. Lou wies auf vielerlei hin, was zu tun war, und gab bei seinem kurzen Gang einer Menge von Leuten eine Daseinsberechtigung.

»Ich will, daß *alles* mit Puder bestreut und nach Fingerabdrücken abgesucht wird, und ich will sofort einen Bericht auf meinem Schreibtisch. Keine Kaffeepause, beschäftigt euch nur damit. Ich will Haarproben aus der Badewanne, Fingerabdrücke aus dem Wagen. Ich will wissen, welches Fernsehprogramm er gestern abend gesehen hat, ob HBO oder den Movie Channel, versteht ihr? Wenn ihr ein Streichholzbriefchen findet, gebt's ins Labor. Mit Papierschnitzeln macht ihr's genauso – auch wenn's Toilettenpapier ist, das ist mir egal. Untersucht das Zimmer, den Parkplatz, die Gegend hinter dem Zimmer. Es ist mir egal, wenn ihr das ganze Hotel auf den Kopf stellen müßt – beruft euch auf meine Anweisungen. Was steht ihr herum! Tut, was ich gesagt habe!« Als er mit seinen Anweisungen

zum Ende kam, stand er Tubbs genau gegenüber. »Was die Überwachung von Castronova angeht, Tubbs . . .«
»Niemand ist auf die Idee gekommen, daß er ein so großer Fisch ist, daß jemand Interesse daran hat, ihn zu erledigen. Er war ein Nichts, ein Durchschnittsdealer.«
»Jetzt ist er kein Nichts mehr, Tubbs, jetzt ist er ein dreifacher Mordfall, der mitten im hellen Tageslicht mitten auf einem öffentlichen Platz geschah. Hör zu, diese Burschen, die jetzt mit einem Zettel am Zeh im Leichenhaus liegen, haben mir genausowenig gefallen wie dir . . . aber *warum* hat es sie erwischt?«
»Ich wünschte, ich wüßte es!«
Switek trampelte aus dem Zimmer. »Wir haben einen Aktenkoffer gefunden!« verkündete er stolz. »Sieht so aus, als hätten wir ihn um seine Ausrüstung gebracht, Rico!«
»So?« sagte Tubbs. »Was habt ihr denn da?«
Switek führte Tubbs und Rodriguez in das Zimmer. Leute aus dem Labor verstreuten Fingerabdruckpulver und machten Fotos. »Zwanzigtausend in bar, ein paar Maschinenpistolen . . . und das . . .«. Dabei öffnete er mit seinem Stift den Aktenkoffer, der auf dem Schreibtisch stand.
Tubbs erblickte einen winzigen Bildschirm, Keybord, die Rolle mit Spezialpapier für den Ausdruck. »Ein Minicomputer. Stell dir das vor!« Im Deckel des Koffers steckten zwei Kassetten in einer Tasche, daneben Ersatzmagazine für die Waffen, die gut eingepaßt neben dem Computer in Filz eingebettet lagen.
»Habt ihr schon die Fingerabdrücke genommen?« fragte Tubbs den nächststehenden Spurensicherungsmann, der zustimmend nickte. Er schickte sich an, die tragbare Maschine in Betrieb zu setzen. »Such mir mal 'ne Steckdose, Switek, wir wollen sehen, was wir hier haben!« Lou nickte. Er war beeindruckt. Schweigend paffte er seine Zigarre,

während Switek auf Händen und Knien herumkroch, um eine Steckdose zu suchen. Er sah wie ein schwergewichtiger Onkel aus, der »Pferdchen« spielt. »Jetzt hast du Saft«, hörte man eine Stimme unter dem Schreibtisch.
Tubbs schaltete die kleine Maschine ein und steckte eine Kassette rein. Als er den Knopf für unverschlüsseltes Auflisten drückte, kam ein Name:

BEAUDINE, BEAUREGARD – A 174

»Beaudine ist ein Kokainhändler«, sagte Lou sofort.
Tubbs gab A 174 ein, und über den grünen Bildschirm liefen diverse Angaben – Beaudines verschiedene Adressen, seine falschen Namen, seine Automarken, seine Autonummern . . .
»Ist Beaudine nicht Anfang der Woche in Philadelphia erschossen worden?« fragte Switek.
»Ja!« sagte Rodriguez. »Ist das alles nur über ihn?«
»Das glaub' ich nicht«, meinte Tubbs, der den Computer stoppte. »Wir wollen mal sehen, ob es noch andere Informationen gibt.« Er drückte auf einige andere Tasten. Der Schirm wurde leer, und dann tauchte eine einzelne Zeile mit grünen Buchstaben auf:

RUIZ, TRINIDAD – A 777

»Noch ein Dealer«, sagte Switek.
»Noch ein *toter* Dealer«, sagte Rodriguez, während Tubbs die Daten von Ruiz durchlaufen ließ. »Auch erschossen, auch innerhalb der letzten fünf Tage – genau in der Zeit, in der dieser Bursche hier im Deseret gewohnt hat!«
Tubbs hielt an und drückte weiter die Tasten. »Rudolfo Echevierra«, las er. »Mein Gott, wenn einer dieser Burschen noch am Leben wäre, dann wäre das hier 'ne kleine Goldmine für uns!«

»Carlos Tiendez«, sagte Switek, als der nächste Name erschien. »Alles Kokainhändler. Alle gerade umgebracht!«
»Tubbs, kannst du eine Liste nur mit den Namen aufrufen?« sagte Rodriguez.
»Ich glaube schon!« Er drückte ein paar Tasten, dann hatte er es. »Es geht los –« Die einfache Liste wurde ohne die Umkehrung von Vor- und Nachnamen ausgedruckt:

BEAUREGARD BEAUDINE
TRINIDAD A. RUIZ
RUDOLFO ECHEVIERRA
CARLOS TIENDEZ
ESTEBAN BARRENCIA
FELIX CASTRONOVA
LINUS OLIVER

»Oliver ist nicht tot!« unterbrach Rodriguez. »Jedenfalls noch nicht. Gina und Trudy beschatten ihn.«
»Er ist der einzige auf der Liste, der noch unter uns weilt!« sagte Switek. »Der einzige, der noch . . .«
Er schwieg, weil ein weiterer Name zum Abschluß der Liste erschien. Rodriguez wurde aschfahl, als er ihn las, und Tubbs glaubte, das Herz würde ihm stehenbleiben.

JAMES CROCKETT

»*Sonny* . . .«, flüsterte er.
Rodriguez brachte ihn mit einem Blick zum Schweigen. »Wo ist Sonny jetzt, Tubbs?«

4.

Im Rückblick würde Crockett diesen Nachmittag immer als eine jener eigenartigen Konstellationen des Schicksals betrachten, die oft erst nach einigen Jahren richtig verstanden wurden. Wenn er nur ein paar Stunden zurückdachte, so hatte er wirklich keinen Grund gehabt, *irgend etwas* Angenehmes zu erwarten.

Es begann mit Janet Buckley, die in Kampfstimmung war. Sie wollte Sonnys Scheidung von einer Position der Stärke aus führen und als Sieger aus dem Verfahren hervorgehen, was auch immer das heißen konnte – vielleicht um sich Sonny für anderes aufzuheben, wenn das Verfahren einmal beendet und das Kapitel Caroline für ihn abgeschlossen war. Sie war aggressiv und gut vorbereitet. Als sie sich trafen, tauschten sie nicht einmal einen Händedruck, sondern marschierten sofort in die Schlacht, die sie an einem Zweiertisch in der Halle des Gerichtsgebäudes erwartete. Sonny übersah nicht die strategische Bedeutung der Tatsache, daß weder für ihn noch für Janet Stühle bereitstanden . . . und ihm wurde auf der Stelle klar, daß dieser schlaue kleine Schachzug geradewegs dem verbitterten, intrigierenden Hirn von Carolines widerwärtig modischem Anwalt, Alain Bisno, entsprungen war.

Caroline trank Kaffee und nickte Bisno zu, als Janet und Sonny sich näherten. Sie trug eine lose Seidenbluse mit weiten Ärmeln, kontrastiert von einem roten gemusterten Schal. Ihr Faltenrock betonte ihre Beine. Er dachte darüber nach, daß seine Frau phantastische Beine hatte, und bemerkte dann mit Abscheu, wie oft Bisnos hervorquellende braune Augen nach unten schauten, um sich an ihnen ebenso zu erfreuen.

Carolines Augen wurden ein wenig größer – vielleicht zu-

stimmend –, als sie Sonnys korrekte Kleidung sah. Sie biß sich auf die Lippen und sah ungefähr so aus, als ob sie von einem Telefonanruf mit einer schlechten Nachricht geweckt worden wäre und sich noch nicht ganz an die Realität gewöhnt hätte.
Sie hatten keine Zeit zu einer formellen Begrüßung, Bisno machte den ersten Zug.
»Hallo, Janet!« sagte er übermäßig familiär, während er sich von seinem Sitz erhob. »Mr. Crockett. Also, hören Sie, wir haben über alles geredet, und es ist alles ganz einfach. Meine Klientin wird das Sorgerecht bekommen und den Jungen behalten, gleichgültig, was Sie vor Gericht sagen werden. Wir haben Amerikas Mutterbild auf unserer Seite.« Janet trat zwischen Sonny und Bisno und griff den eierköpfigen Anwalt frontal an. »Versuch das bloß, Alain, und ich werde eine Anordnung beantragen und erhalten, die den Aufenthalt des Kindes auf die Gegend um Miami beschränkt. Du weißt, daß ich das kann. Dann wird sie nie in der Lage sein, das Kind rechtmäßig auch nur weiter als nach Palm Beach zu bringen!«
Bisno schnaubte. »Ach, du willst ein hartes Spiel? Wir werden Mr. Crocketts Lebensweise vor Gericht zur Sprache bringen. Ein Vice Cop, der sein Leben Tag für Tag mit Nutten, Rauschgiftsüchtigen, Zuhältern und Abschaum aller Art verbringt?« Er lachte schrill. »Hat nicht mal 'n Haus – nicht mal 'ne Wohnung. Hängt da mit anderen Cops von zweifelhaftem Lebenswandel herum, die alle mit Asozialen verkehren. Er kann froh sein, wenn er den Jungen *einmal* im Jahr zu sehen bekommt!«
Caroline fuhr bei diesen Worten zusammen. »Ich habe dir gesagt, Alain, daß die Besuchsregelung so bleibt, wie wir es besprochen haben!«
Bisno winkte ab. »Bitte, Caroline, laß mich das hier erledi-

gen.« Er schaute sie nicht einmal an. Sie und Sonny kamen in diesem Scharmützel überhaupt nicht vor.

Sonny sah, daß in Carolines Augen das Wort »Hilfe!« stand. Er hörte auf, von einem Fuß auf den anderen zu treten, und mischte sich ein, bevor Bisno seine Tirade fortsetzen konnte. »Moment mal, kleine Pause!« Er wurde ruhig. »Caroline, kann ich mit dir reden?«

Ohne einen Augenblick zu zögern, stand sie auf, aber Bisno konnte es nicht lassen. »Caroline, es besteht keine Notwendigkeit für irgendwelche außerplanmäßigen Absprachen!«

Sie warf Bisno einen Blick zu, der einen Bleipanzer hätte zum Schmelzen bringen können. »Geh nicht zu weit, Alan!« warnte sie, und Sonny fühlte, wie stolz er auf sie war. Caroline hatte schon immer Rückgrat gehabt. Sie ging neben ihm her, in einigem Abstand zwischen sich und ihren Rechtsbeiständen. Sie steuerten den Brunnen im Hof des Gerichtsgebäudes an, näher beieinander als bloße Bekannte, aber nicht so nahe, daß man sie für Frischverliebte halten konnte. Sonny genoß ihren Anblick, er konnte sich gar nicht satt an ihr sehen. Caroline hielt ihre Augen abgewendet, schaute dann, fast ein wenig scheu, auf. »Sonny . . . ich hatte keine Ahnung, daß er sich so benehmen würde . . . ich . . .«

»Sag nichts!« meinte er. »Ich merke, wie der Wind weht. Schau, der einzige Grund, warum wir überhaupt mit diesen Clowns zu tun haben, ist Billy. Sie tun so, als ob sie nicht einmal seinen Namen wüßten. Er ist ›der Junge‹. Mit ›dem Jungen‹ soll dies geschehen, mit ›dem Jungen‹ soll das geschehen.« Caroline nickte mit einem schwachen Lächeln. »Und Billy ist ein Problem, weil du zurück nach Atlanta willst. Du und ich, wir haben über meine Arbeit bei der Vice Squad gestritten. Aber wir haben nie über Billy diskutiert; wir haben die ganze Sache fast automatisch den Rechtsanwälten überlassen, als hätten wir gespürt, daß wir uns deswegen nur zanken würden. Aber ich halte es nicht aus zuzusehen, wie sehr dich das verletzt. Ich hasse dich doch nicht, ich bin nicht einmal wütend auf dich . . .«

»Ich fürchte, da stehst du alleine«, sagte sie. »Ich werde immer wütend.« Ihre Stimme wurde ein wenig rauh. »Aber nie für lange!«

»Ja!« Genüßlich erinnerte er sich besserer Zeiten. »Hör zu, wenn du denkst, es ist das Beste, zurückzugehen und Billy mit dir zu nehmen . . .« Er zuckte mit den Schultern. »Kein Streit. Kein Kampf. Atlanta ist mit dem Flugzeug eine Stunde entfernt. Ich kann so ziemlich immer rüberkommen, wenn mir danach ist. Also, was soll's!«

Sie gestattete sich, ein wenig offener zu sein. »Sonny, ich bin so hin und her gerissen, was das alles angeht . . . *jetzt* meine ich doch, daß es wichtig für Billy ist, in der Nähe seines Vaters aufzuwachsen. Sein ›Daddy‹. Es wäre für mich auch nicht schwierig, hier eine andere Stelle zu finden!«

Er lächelte. »Du bist eben gefragt!«

Sie nickte zustimmend. »Du auch!«

Ihre Blicke trafen sich, und für Sonny war es, als hätte ihn ein Laserstrahl getroffen. So vorsichtig er sich auch bei seiner letzten Nacht mit Gina Calabrese verhalten hatte, selbst sie hatte es gesehen. Er hatte versucht, so zu tun, als hätte er seine Ehe längst abgeschrieben, während Gina ihm schlicht und einfach gesagt hatte: »Du liebst Caroline noch immer!« Nun fühlte er, wie ein starkes Verlangen nach seiner Frau ihn überfiel. Er sah nichts mehr, außer ihrem Gesicht. Sie streckte den Arm aus und drückte seine Hand. Vielleicht konnte er sein Leben doch noch in Ordnung bringen, mit einer so großartigen Frau.

Janet versuchte, ihren Blick in die Ferne zu richten, während Bisno auf sie einredete. »Ihr Klient ist ein echter Mister Rogers, wissen Sie – ich hab' gehört, daß er auf einem Boot lebt, zusammen mit einem vier Meter langen Alligator. Tja!«
»Wir sehen uns dann vor Gericht, Herr Kollege!« sagte sie bissig.
»Das glaube ich allerdings nicht!« sagte Caroline, als sie und Sonny hinzukamen, jetzt sehr nahe nebeneinander. »Auch wenn Sie keine anderen Fälle haben, Alan, Sie werden heute nicht vor Gericht gehen!«
Janet Buckleys Mund öffnete sich vor Erstaunen.
Sonny grinste sein breites Landjungen-Lächeln. »Was die Dame zu sagen versucht, ist . . . Sie sind beide entlassen!«
Bisno zeigte kein Erstaunen, sondern ließ nur ein verärgertes Stöhnen hören. »Schon gut, Caroline. Jetzt wollen wir mit diesem Unsinn aufhören und uns wieder mit . . .«
»Ja, und noch eines, Sie Miesling«, unterbrach ihn Sonny. Er trat an Bisno heran, bis er ihm Auge in Auge gegenüberstand, und wickelte langsam dessen Krawatte um seine Faust. »Sprechen Sie noch ein einziges Mal in diesem Ton mit Caroline, und ich knote Sie um Ihre kostbare Brieftasche und befördere Sie mit einem Tritt in die Bucht von Biscayne. Haben Sie mich verstanden?«
Bisno schluckte hart, hatte dann aber Verstand genug, sich zu beherrschen.
»Sonny –?« Janet wußte nicht, wie sie sich verhalten sollte.
Er tätschelte ihren Arm. »Rufen Sie mich an und setzen Sie mir auf die Rechnung, was ich Ihnen schuldig bin, Janet. Und sagen Sie diesem Perry Mason da, daß Elvis nur drei Meter lang ist und daß er es nicht gerne hat, wenn man abschätzig über ihn redet.«

Caroline hielt sich die Hand vor den Mund, um ihr Lachen zu verbergen.
Sie ließen die beiden Rechtsanwälte sprachlos zurück und gingen Arm in Arm davon und genossen das Glücksgefühl über die Veränderung. Sie lachten wie verrückt vor Erleichterung – zwei kriegsmüde Soldaten, Veteranen des Liebeskriegs, die beieinander Unterstützung suchten.
»Japp!« sagte Sonny in seiner besten Gary-Cooper-Stimme. »Unsere Scheidung war ein größerer Fehlschlag als unsere Ehe!« Er hielt Caroline die Tür an der Fahrerseite des Volvos auf, und ohne etwas über ihr Ziel zu sagen, fuhr sie geradewegs nach Hause.

Sie tranken Kaffee mit Schuß – Caroline kochte den Kaffee, und Sonny kramte den Rest von dem Brandy hervor, den sie vor zwei Jahren gemeinsam zu Weihnachten bekommen hatten. Ihrer beiden Leben war auf so vielfache Weise miteinander verbunden. Eine Zeitlang redete er, und sie hörte zu. Er sprach von seiner Arbeit, vor allem aber über seine wachsende Freundschaft zu Tubbs. Sie fragte ihn nicht, ob er sich mit einer anderen Frau getroffen hatte, was ihm gnädigerweise erlaubte, nicht über Gina reden zu müssen. Er hatte genug Verstand, sie ebenfalls nicht zu fragen, was sie in der Zwischenzeit erlebt hatte. Schließlich sagte sie. »Billy wird nicht vor drei aus der Schule zurück sein!«
Ein wenig zu schnell fragte er: »Willst du, daß ich gehe?«
Sie machte eine scherzhafte Geste, als wollte sie ein wenig Verstand in seinen Kopf trichtern. »Du sollst nirgendwo hingehen, Nummer 88, außer mit mir!« Sie griff nach seiner Krawatte, die er gelockert hatte, und zog ihn zu dem Schlafzimmer, das sie sich früher einmal geteilt hatten und das jetzt wieder ihnen gemeinsam gehörte. Er ließ seine

Krawatte auf den Boden fallen. Als sie versuchten, gleichzeitig zu gehen und sich gegenseitig auszuziehen, sagte sie: »Nicht den Schal. Der bleibt. Er gefällt mir!«

Als die Digitaluhr im Schlafzimmer zwei Uhr verkündete, legte sich Caroline im Bett zurecht, schmiegte sich eng an Sonny, ein Bein über dem seinen, ihren Kopf an seiner Schulter, während seine Finger mit dem Schal spielten, ihn herumwirbelten und drehten.

»Wie ich eben gesagt habe, bevor wir unterbrochen wurden, ich hab' mich gefragt, ob es nicht noch einen anderen Grund gab!«

»Wofür?« Seine Frau lag auf ihm, und er spürte ihre Wärme. Sein Haar war völlig zerwühlt.

»Dafür, daß wir die Sache vor Gericht heute nicht beendet haben!«

»Und welchen?« Er wollte diesen Augenblick nicht durch Reden zerstören.

Sie zögerte. »Vielleicht . . . vielleicht habe ich mich einfach nicht genug bemüht, unsere Ehe zu einem Erfolg zu machen, weißt du, oder vielleicht habe ich mich nicht genug um Verständnis bemüht. Anstatt mich zu beklagen.«

»Du bemühst dich immer!«

Sie küßte ihn auf beide Mundwinkel und dann ein wenig zögernd mitten auf den Mund. »Hast du jemals darüber nachgedacht?«

»Nein!« Er schüttelte den Kopf. »Höchstens ein-, zwei-, dreihundertmal, allerhöchstens. Ungefähr so oft, wie ich auf meinem Boot herumhing, die Hand nur Zentimeter vom Telefon entfernt, immer kurz davor, dich mitten in der Nacht anzurufen . . .«

»Konntest du nicht schlafen? Hast du dich gequält? Ich hoffe, du hast von mir geträumt!«

»Mhh!« Die Berührung ihrer nackten Haut war wunderbar, gerade im rechten Maß vermißt und vertraut. »Hast du jemals an so was gedacht?«
»Neeeein!« Sie lachte sanft und drückte ihn an sich. Sie konnten nicht näher zueinander kommen, als sie schon waren, aber das hielt sie nicht davon ab, es zu versuchen.
»Vielleicht werden wir diesmal –«
Er legte ihr den Finger auf die Lippen und sagte einfach: »Ja!«
Als die Türglocke klingelte, fuhren sie beide mit ein wenig Schuldgefühl hoch. Er runzelte die Stirn. »Doch nicht Billy?«
»Nein – er kommt nicht allein nach Hause. So alt ist er auch noch nicht.«
Sonnys Gesicht bekam einen wissenden Ausdruck. »Ein Freund? Ein Liebhaber?«
»Ja, das ist mein Zwei-Uhr-Nachmittags-Liebhaber, du Schlaukopf! Tut mir leid, aber du mußt wohl den Hinterausgang nehmen!« Sie stieß mit den Füßen das Bettuch weg. Sonnys bewundernder Blick folgte ihrem nackten Körper zum Schrank, wo sie einen Bademantel mit orientalischem Muster vom Haken nahm und ihn sich mit dieser natürlichen Ungezwungenheit umhängte, die Sonny sehr aufregend fand. Barfuß tapste sie nach draußen. Sonny ergriff eine Pakkung Luckies vom Nachttisch, klopfte eine heraus und zündete sie sich an. Es gab dort ein gerahmtes Foto von ihnen beiden mitsamt dem dreimonatigen Billy.
»Sonny?« Der Unterton von Besorgnis in ihrer Stimme verursachte ein unangenehmes Gefühl in seiner Brust. Er zog sich die Hose an und schloß den Reißverschluß auf dem Weg über den Flur. Der Anblick, der sich ihm bot, war ein wenig eigenartig – Caroline in ihrem Bademantel und Tubbs und Rodriguez auf der Vorderveranda, die beide

viel zu grimmig dreinschauten. Nicht grimmig – durch und durch besorgt. »Habt ihr jemals davon gehört, daß man jemandem auch mal 'ne kleine Pause gönnen muß?«
Tubbs war ein wenig überrascht, Sonny tatsächlich hier zu finden. Er war hierher zuallerletzt gekommen, in der Befürchtung, hier eine Szene zu finden, die dem glich, was an den Flamingo Towers geschehen war. Er war nur deshalb hierher gefahren, weil am Telefon zwei Stunden lang das Besetztzeichen zu hören gewesen war. Nun schloß er die Augen und atmete erleichtert auf.
Sonny bemerkte die Streifenwagen, die den Straßenrand säumten. Drei Einheiten mit je zwei Leuten, dazu sein Corvette und Rodriguez' Wagen.
Rodriguez sagte nichts. Tubbs fühlte sich unter Sonnys mißbilligenden Blicken ein wenig unbehaglich und entschied sich dann, gleich mit der Tür ins Haus zu fallen.
»Castronova wurde heute morgen umgebracht, gleich nachdem wir heute unseren Beobachtungsposten verlassen hatten!«
»Von wem?«
»Das wissen wir nicht! Aber es ist eine durch und durch professionelle Angelegenheit!«
»Tubbs hätte den Schützen unten in Bayshore fast erwischt«, sagte Rodriguez hinter seiner feuchten Zigarre hervor. »Er hat einen Aktenkoffer zurückgelassen.« Er zog aus seiner Tasche ein zusammengerolltes Stück Papier. »Und in dem Aktenkoffer war eine kleine Liste!«
Crockett musterte das Papier: »Beaudine, Barrencia . . . Alles aufrechte Bürger!« Zu Caroline gewendet, fügte er hinzu: »Alles Kokaindealer der mittleren Größenordnung.«
»Acht Namen!« sagte Tubbs, bevor Sonny zu Ende gelesen hatte, »Und du bist die Nummer Acht!«

»Und? Wollt ihr Burschen etwa Koks kaufen?«
»Es ist 'ne Todesliste, Crockett!« unterbrach ihn Rodriguez.
Sonny überflog erneut die Liste. »Du meinst, das ist der Grund für diese . . . hm . . . Unterstützung?« Er wies auf all die wartenden Streifenwagen. Die Nachbarn begannen bereits, hinter den Gardinen hervorzuschauen. Trotzdem schien er erleichtert zu sein. »Hört mal, Leute. Ich weiß eure Besorgnis zu schätzen, aber ich brauch' ungefähr zehn Hände, wenn ich zählen will, wie oft mein Leben bedroht war!«
»Da stehen acht Namen auf der Liste, Crockett«, sagte Lou mit aufrichtiger Sorge. »Die ersten sechs liegen in Schubladen im Leichenschauhaus – alle in den letzten fünf Tagen gestorben!«
Aus Carolines Gesicht entwich alle Farbe.

5.

Im Wachraum herrschte wohlberechnete Aktivität. Sonny war beeindruckt von den Anstrengungen, die er offenbar ausgelöst hatte. Sogar Switek und Zito bedienten die Telefone, ermittelten und stellten Nachforschungen an, trotz diesem Durcheinander von Aufregung und Planung. Das Ziel des Ganzen war der Versuch, die Spur des geheimnisvollen Killers aufzunehmen.
Gina Calabrese legte den Telefonhörer auf und schaute zu Crockett. Heute war sie ganz geschäftsmäßig; Sonny aber wußte, daß sie privat genauso besorgt war wie alle anderen, mehr noch, wenn man bedachte, was sie beide miteinander verband. »In Ordnung«, sagte sie und überprüfte die Notizen auf ihrem Block, »was der Computer über die ersten Namen auf der Todesliste nicht wußte, wußten die

Leute von der Rauschgiftbekämpfung: es waren alles Dealer der mittleren Preislage, die im Begriff waren zu expandieren.«
»Sieht so aus, als wollte jemand die Konkurrenz beiseite schaffen!« sagte Crockett.
Tubbs mischte sich ein. »Was sagt der Erkennungsdienst?«
Gina wedelte mit ihrem Block. »In dem Hotelzimmer gibt es *zweiundneunzig* verschiedene Gruppen von Fingerabdrücken. Wir lassen zuerst die Abdrücke, die in dem Mercury gefunden wurden, überprüfen – wir müssen das Ergebnis jeden Augenblick bekommen.« An ihrem Telefon flackerte ein Licht auf. »Einen Augenblick, Jungs!« Sie nahm den Hörer ab.
Crockett konnte nicht untätig bleiben. Mit Tubbs im Schlepptau ging er auf Rodriguez' Büro zu. Lou war ebenfalls am Telefon, als sie hereinkamen.
». . . ich weiß die Schnelligkeit zu schätzen, Jerry!« sagte Rodriguez. »Ja, ich bin dir einen Gefallen schuldig. Zwei sogar.« Er legte auf. »Von den Fingerabdrücken im Wagen gibt nur einer was her!« teilte er ihnen schlechtgelaunt mit. »Und dazu ausgerechnet bei Interpol!«
»Kennt man den Namen?« fragte Crockett beharrlich. Solange der Mörder in Geheimnisse gehüllt war, würde er als übermenschlich erscheinen. Sonny wollte das Bild, das er sich von dem Burschen machte, so bald wie möglich konkretisieren – oder er würde den Verstand verlieren, weil er sich beständig selbst über die Schulter sah.
»Nein. Tut mir leid. Kein Name. Aber die Fingerabdrücke führen zu . . .« Lou setzte seine Brille auf, um von dem Blatt abzulesen, das vor ihm lag. »1974 – der ehemalige Botschafter Allendes in Mexiko. 1976 – ein türkischer Militärattaché in Rio. 1977 – zwei Kulturattachés, die im Washington Hilton umgelegt wurden, einer aus Ägypten, einer

aus Saudi-Arabien. 1981 – ein Sandinisten-Sprecher im Central Park. Das ist nur der erste Überblick, aber die Liste geht mindestens noch eine Seite lang so weiter. Wer auch immer dieser Bursche ist, er ist international. Keine politische Gesinnung. Spielt auf jeder Seite mit. Sie nehmen an, daß er Argentinier ist.«

»Ist das alles?« sagte Tubbs.

»Noch eine Zahl – er verlangt hunderttausend – und er hat noch nie sein Ziel verfehlt.«

»Lieber Himmel!« Sonny schüttelte den Kopf. »Wenn es wirklich wichtig ist, schickt man nur den Allerbesten . . .«

»Sonny!« Gina rief ihn, den Telefonhörer mit der Hand abgedeckt. Da war etwas von Bedeutung. »Ich habe Trudy am Apparat, sie arbeitet an der Überwachung von Linus Oliver. Es hat sich herausgestellt, daß er gestern mehrfach mit einem Mann namens Rudolpho Mendez telefoniert hat – die Nummer gehört zum Deseret Motel.«

»Gib die Meldung an die Rauschgiftbekämpfung, den FBI und alle anderen!« sagte Rodriguez. »Gib einen Hinweis an Interpol. Vielleicht haben wir ja jetzt einen Namen für den Burschen!«

»Hat Mendez irgendeine Verabredung oder ein Geschäft mit Oliver ausgemacht?« fragte Sonny.

Gina schüttelte verneinend den Kopf. »Jedenfalls bis jetzt noch nicht – aber sie verhandeln über einen Kauf von fünfzig bis hundert Kilo. Es ist bloß eine Frage der Zeit, wann Oliver seinen Anruf macht.«

»Bleib dran. Sag Trudy, sie soll ihn ja nicht verlieren. Schickt ihr Unterstützung hin –«

Tommy Ray Zito stürmte herein, überdreht wie immer. »Wir haben gerade die Bestätigung erhalten, Lieutenant!« sagte er zu Rodriguez. »Caroline Crockett und der Junge sind jetzt in dem abgesicherten Haus angekommen, wo sie sich unter Bewachung aufhalten sollen!«

Gina beobachtete Crockett. Bei dieser Nachricht schaute er automatisch zu ihr hin. Vorausgesetzt, alle überstanden dieses Durcheinander lebend, wie konnte er dann sein Leben mit ihr in Ordnung bringen und noch dazu Caroline behalten? Gina schien zu spüren, daß die Ereignisse plötzlich an einem Wendepunkt angekommen waren.

Er schob den Gedanken daran vorerst beiseite. »Wer ist zur Bewachung da?« Er stellte die Frage ganz allgemein und wußte, irgend jemand würde ihm eine Antwort darauf geben.

Zito zählte die Männer an seine Fingern ab. »Also – Monahan, Sweeney, Hebner und Farris sind jetzt da.«

Crocketts Augen funkelten Lou an: »Du hat mir sechs versprochen! Zum Teufel, was soll –«

»Jessup und Rosenthal sind eben auf dem Weg aus der Stadt dorthin«, sagte Rodriguez. »Das macht sechs. Und wenn man dich dazu rechnet, mit ihnen zusammen da oben sicher aufgehoben, dann sind's sieben . . .«

»Nein, nein, Lou – ich laufe vor dieser Geschichte nicht davon. Ich beschäftige mich mit Linus Oliver!« Crockett ballte die Fäuste, sein Gesicht war gerötet. Er würde auf keinen Fall untätig dabeistehen, während der Rest der Abteilung damit beschäftigt war, sein Leben zu retten.

Mit gefährlich tonloser Stimme, ähnlich der eines Richters am Obersten Gerichtshof, sagte Rodriguez: »Wir haben die Sache hier in der Hand, Crockett. Wir brauchen dich nicht!«

»Die Leute von der Rauschgiftbekämpfung haben eine Akte über Mendez, aber sie bringt nicht viel. Keine Vorstrafen. Keine Verhaftungen. Keine Fingerabdrücke. Keine Tatbeschreibungen. Keine Fotos. Hat Verbindungen in

Bogota. Hat Wohnungen in Miami, New York, Puerto Rico . . .«

»Hast du die Adresse in Miami?« sagte Crockett. Wenn Mendez der Killer war und er ein Haus in Miami hatte, warum hatte er dann von einem Zimmer im Deseret Hotel aus operiert?

»Ja, aber dort ist im Augenblick niemand!«

»Hat er hier in Miami Verbindungen?«

»Die Top-Kokaindealer, die Crème de la Crème. Mitunter arbeitet er als Mittelsmann.«

«*Und* als Killer? Bist du sicher, daß du den richtigen Burschen meinst?«

»Bis jetzt ist er der einzige, den wir haben, Schlaukopf!« sagte Zito verärgert.

»Wie sieht es mit einer Liste der direkten Verbindungen aus? Nur die mehrfachen Kontakte?«

»Ich werd' mal sehen.« Zito trottete – eine zischende Cola-Dose in der einen Hand – los, um die Überprüfung in Gang zu bringen.

»Tubbs, laß uns diesen Oliver von der Straße holen, bevor der Leichenbeschauer es tun muß. Wir holen ihn her und sehen, ob er aus der Sache schlau wird. Selbsterhaltung ist ein starker Trieb.« Sonny steckte seine 45er Automatik in sein Schulterhalfter und überprüfte die Magazintaschen unter der anderen Achselhöhle. Dann griff er nach seiner Jacke. Rodriguez klopfte ihm auf die Schulter.

»Ich hab' es dir gesagt, Crockett. Ich will, daß du von der Straße bleibst«, sagte er grimmig genug, um deutlich zu zeigen, daß er nicht scherzte, und laut genug, um die Unterhaltungen im Hintergrund des Wachraumes zu unterbrechen. Crockett stand seinem Boss wütend gegenüber.

»Lou, ich will meine Arbeit selbst erledigen!«

Lous Augen funkelten. Er war wirklich ärgerlich. »Willst

du dich mit mir anlegen, Crockett? Du setzt jetzt deinen Hintern in ein Auto ohne Polizeikennzeichen und mit schußsicheren Scheiben und gehst zusammen mit deiner Familie in Schutzhaft. Genau das wirst du tun, und ich werde dich in Handschellen dorthin schleppen, wenn es sein muß!«

Crockett schluckte. Gina, Tubbs, Zito . . . sie alle beobachteten ihn besorgt, und ihm war, als würde ein Messer in seinem Inneren umgedreht.

»Ich werde die Räume für euren sicheren Aufenthalt selbst überprüfen«, fuhr Rodriguez fort. »Im Augenblick sind zwei Männer unten an deinem Boot. Wir holen deine Sachen, besorgen deinem drogenschnüffelnden Alligator einen Babysitter, und sperren dich in einen gemütlichen Kasten, wo Mendez dir nicht das Gehirn wegpusten kann. Komm schon, Sonny, beweg dich!«

»Auf der Liste von Mendez stand Sonnys Deckadresse vom Boot«, sagte Tubbs. »Ist es klug, überhaupt dorthin zu gehen?«

»Er mußte nahe an Castronova herankommen«, sagte Rodriguez. »Und im Hafen kann er das nicht. Und außerdem scheint er nach der Reihenfolge auf der Todesliste vorzugehen, und Linus Oliver lebt und atmet noch!«

»Der atmet sehr viel leichter als ich!« beklagte sich Crockett.

»Richtig, Lou, aber Mendez weiß jetzt, daß wir seine Liste haben.«

»Komm schon, Lou!« sagte Crockett. »Je weniger Zeit wir hier damit verbringen, uns herumzustreiten, desto schneller ist die ganze Geschichte erledigt!«

Gina warf ihm heimlich einen Kuß zu. Crockett nickte ihr zu, als er und Rodriguez hinausmarschierten.

Einer der Polizisten, Fields, trug Segeltuchhosen und ein Arbeitshemd. Er saß am Heck von Crocketts Kahn, der »St. Vitus Dance«, so weit von Elvis entfernt, wie er nur konnte.
Fields Partner, Augustine, hockte mit gekreuzten Beinen auf dem Kabinendach. Zu seiner Linken lag ein großkalibriges, automatisches Jagdgewehr. Zu seiner Rechten lag eine Schachtel mit DogNip, großen, knochenförmigen Kuchen für des Menschen besten Freund. Jedesmal, wenn er einen Rundblick mit dem Fernglas über den Hafen beendet hatte, wobei er für alle Welt wie ein neugieriger Tourist auf einem gemieteten Boot aussah, ließ er einen Hundekuchen in Elvis' erwartungsvoll geöffnetes Maul fallen.
Elvis war mit seiner zentimeterdicken Ankerkette aus Stahl an der Treppe zur Kajüte festgebunden. Nach seinem morgendlichen Sonnenbad war er unter Deck gerutscht und war jetzt beleidigt, daß sich sein Mittagessen aus gefrorenem Barsch verspätete. Seine Laune besserte sich, als Crockett auftauchte, und er ließ einen erschütternden Alligatorenbegrüßungsschrei los, der in Augustine die schlimmsten Befürchtungen wach werden ließ.
»Du hast vielleicht ein Viech hier!« sagte Augustine.
»Keine Bange, Mr. A., Elvis liebt Polizisten«, sagte Crockett. Er hockte sich nieder, um Elvis die Schnauze zu tätscheln, und das Vieh knurrte. Es war fast wie ein Schnurren. »Du solltest bloß aufpassen, daß dir die Hundekuchen nicht ausgehen. Falls doch, dann mag er Doughnuts mit gehackten Nüssen fast genauso gerne!«
»Komm schon, Crockett!« brüllte Rodriguez ungeduldig. Er machte einen weiten Bogen um Elvis und sagte zu Fields: »Gib mir das Fernglas – ich will mich mal selbst hier umsehen!«
Crockett suchte sich eilig einige Sachen zusammen. Seine

Toilettentasche, noch fertig gepackt von der Überwachung im Flamingo, wo er am Morgen hergekommen war, war schon im Wagen.

»Also, Augustine, da ist jede Menge Barsch im Kühlschrank. Und was du auch tust, laß ihn nicht in die Nähe der Digitaluhr, die neben dem Bett steht – er wird sie fressen und Blähungen bekommen. Lach nicht, wenn du das noch nicht erlebt hast . . . laß ihn bloß nicht die Uhr fressen. Wenn er die Uhr frißt, dann ist das ein Anzeichen dafür, daß er sich nervös und einsam fühlt. Oder er hat eine Halluzination – das passiert schon mal, wegen der Reisetasche mit LSD, die er gegessen hat – du erinnerst dich daran? Oder – ich bezweifle es allerdings, aber einmal ist es geschehen – er wird brünftig. Sieh nur zu, daß er genug zu fressen bekommt. Wenn er herauskriechen und sich bräunen will, dann laß die Kette ein Stück nach. Aber was auch immer du tust, paß auf, daß er diese blaue Decke nicht aus dem Blick verliert, oder du bekommst es mit einem Alligatoren-Aufstand zu tun!«

Augustine nickte wie ein Mann, der einen zuviel getrunken hat. Elvis brummte; er fühlte, daß Crockett fortging. Abschiednehmen war immer ein schuppiger Schmerz. Um sich zu trösten, zermalmte er einen Hundekuchen zu braunem Staub.

Rodriguez erforschte die Umgebung mit seinem Feldstecher. Einige Millionen Dollar in Form von Freizeitbooten schaukelten im Hafen sanft auf und ab. Am Ende einer künstlichen Mole hielt ein Leuchtturm Wacht. Die meisten der echten Leuchttürme wurden heute nicht mehr benutzt oder waren mit Plaketten der Amerikanischen Leuchtturm-Gesellschaft bereits zu Denkmälern erklärt worden. Die moderne Technik hatte die meisten von ihnen überflüssig gemacht. Ein einzelner Beobachter hielt sich am Geländer

des Turmes fest, seine Windjacke flatterte wild in der Meeresbrise. Er war mehr als zweihundert Meter entfernt und das einzige menschliche Wesen weit und breit.
»Das ist alles, Lou, laß uns hier abtanzen!« Sonny brannte darauf, Caroline und Billy zu sehen, einfach um sicher zu sein, daß mit ihnen alles in Ordnung war.
Rodriguez gab Fields das Fernglas zurück und machte sich auf den Weg zum Bug der »St. Vitus Dance«. Als er bei Sonny angekommen war, schaute er zufällig zurück zum Leuchtturm. Er war ein romantisches Überbleibsel – und es war die Art von Romantik, die sogar Lou Rodriguez berührte.
Lou sah das Aufblitzen, das von dem Punkt kam, wo der Mann gestanden hatte. Dann löste sich die Messinglampe rechts von seinem Kopf aus ihrer Halterung und flog an Augustine vorbei ins Wasser, mit einem langen Riß auf der einen Seite.
»Crockett!« schrie Lou und warf sich zu Boden. Sonny war ohne jede Deckung. Lou traf ihn mit einem ungeschickten Schlag und warf ihn nieder.
Fields sah, was los war, sprang auf, schnappte sein eigenes Gewehr vom Deck und richtete es rechtzeitig genug auf den Turm, um zu sehen, daß der Mann zur anderen Seite rannte, wo zweifellos das Treppenhaus war.
Augustine schaute durch sein Fernglas, konnte aber keine Bewegung mehr erkennen.
Crockett versuchte, rückwärts über Deck zu entkommen, als er bemerkte, daß Lou, der auf ihm lag, sich weder bewegte noch sprach. »Lou? *Lou* – !?«
Er drehte Rodriguez herum. Seine Augen waren glasig und er atmete nur noch ganz flach. Seine Pupillen waren geweitet. In seiner Brust war ein riesiges, pulsierendes Loch, und Blut lief über Deck. Es durchnäßte Sonnys Hosen. »So

– Sonny . . .« Lous Zunge füllte seinen ganzen Mund, er konnte einfach nicht glauben, daß er eine Kugel abbekommen hatte.
»Augustine! Ein Notarztwagen, sofort! Ein Notfall! *Beeilt euch*!!«

Der freundlich aussehende junge Mann schob sein Gewehr in die Hülle und schwang es über die Schulter, während er das gewundene Treppenhaus im Inneren des Leuchtturmes hinunterging. Er streifte die gelbgetönte Schießbrille ab und vertauschte sie mit dem Metallgestell. Er fuhr sich mit den Fingern durchs Haar, das der Wind zerzaust hatte.
Die Behörden besaßen jetzt die Liste, nahm er an, und das war der Grund, warum die Polizisten in Panik geraten waren. Den Polizisten zu erledigen, weil es zeitlich gerade bequem gewesen war, hatte sich als Fehler erwiesen. Er war nicht hundertprozentig sicher, daß er ihn getroffen hatte und nicht den Begleiter. Es tat ihm nicht leid, Unbeteiligte, »Enten«, wie er sie in seinem Jargon nannte, zu erledigen, so wenig es ihm etwas ausgemacht hatte, eiskalt Felix Castronovas Leibwache zu töten, aber es war wie eine Extraleistung ohne Bezahlung und beleidigte seinen Sinn für Proportionen und faires Spiel.
Der Mann mit dem Schulmeistergesicht entschied, daß der vorzeitige Angriff auf den Polizisten nicht dienlich gewesen war. Er schätzte es nicht, bei Aufträgen Zeit zu verschwenden, und hatte sich selbst eine Woche zugestanden, um diesen umfangreichen Auftrag auszuführen. Aber es hatte sich als Fehler erwiesen, die Sache voranzutreiben, indem er den letzten Namen von der Liste strich, den achten, bevor der siebente erledigt war. Seine ursprüngliche Reihenfolge war die beste gewesen. Er hatte diese Gelegenheit abgewogen, etwas riskiert und vielleicht verloren. Er

hatte sich entschlossen, es vom Leuchtturm aus zu versuchen, da die Polizei jetzt die Liste kannte, und der Polizist sich in Schutzhaft verstecken und schwieriger zu treffen sein würde.
Allerdings war es trotzdem nicht unmöglich. Er hatte schon früher mit einer Schutzhaftbewachung zu tun gehabt, in Brasilien und in Nordvietnam. In Brasilien war sein Ziel von fünfundzwanzig Gorillas umgeben gewesen, umsonst. Es hatte eben ein paar Tage länger gedauert. Es hatte ihn Geld gekostet, der zusätzlichen Zeit wegen, die er benötigte. Aber schließlich hatte er eine Lücke gefunden, durch die er erfolgreich schießen konnte.
»Ich wußte nicht, daß der Leuchtturm für Besucher geöffnet ist«, sagte eine Stimme, als er die Tür im Erdgeschoß hinter sich schloß.
Es war eine Frau von ungefähr fünfundfünfzig, in Jachthosen und blendendweißen Tennisschuhen. Sie war tief gebräunt, hatte eine Menge Fältchen, eine Captainsmütze und perfekte weiße Zähne.
Der Mann mit der Metallbrille lächelte höflich und hielt die Tür auf, so daß die Frau sich auf Erkundung begeben konnte.
»Oh – danke schön«, sagte sie. Dann fügte sie einschmeichelnd hinzu: »Ich hatte schon so eine Vorahnung, daß die Ritterlichkeit in diesem Lande noch nicht ganz ausgestorben ist!«

6.

Maria Rodriguez war eine kleine, mütterliche Frau, in ihrer Erscheinung sehr »Spanierin der alten Welt«. Ihr gutaussehendes, charaktervolles Gesicht war aufgedunsen und verunstaltet vom Weinen, ihre dunklen Augen waren

feucht. Sie, Crockett und Tubbs konnten Lou, der unter einem Sauerstoffzelt lag, durch das Fenster im Schwesternzimmer sehen, durch das auch die Krankenschwester die Intensivstation beobachtete.
»Sind das die Kinder?« fragte Tubbs Crockett leise und zeigte zu einer Couch im Warteraum.
»Ja!« sagte Crockett grimmig. »Rebecca und Louis Jr., sechzehn und dreizehn.« Lou Jr. trug ein Sweatshirt der Miami Dolphins und Becky schluchzte.
Ein jüngerer Arzt kam durch die Schwingtür und murmelte der Krankenschwester etwas zu. Dann drehte er sich um, als die drei auf ihn zukamen.
»Mrs. Rodriguez?« Er schien nicht interessiert zu sein, wer Crockett und Tubbs waren. »Erst einmal sollten Sie wissen, daß Ihr Mann sich in einem sehr kritischen Zustand befindet. Er muß zurück auf den Operationstisch –« er schaute auf seine Armbanduhr, »– in einer halben Stunde!«
Beim ersten Mal hatte Rodriguez über eine Stunde lang im Operationssaal gelegen; die Nachricht, daß er noch einmal operiert werden mußte, ließ Maria die Fassung verlieren.
Crockett legte seinen Arm um sie. Sie schien sehr klein zu sein. »Lou ist zäh, Maria – er wird es schon schaffen. Er wird mich noch oft anmaulen!«
Sie lächelte, nickte und ging fort, um sich um ihre Kinder zu kümmern. Der Arzt deutete Crockett an, ihn entlang des sterilen Gangs zu begleiten, und sagte dann mit einem Anflug von Zorn. »Zum Teufel, ich möchte bloß wissen, womit man auf ihn geschossen hat, Officer Crockett. Das Loch ist groß genug, um eine Katze durchwerfen zu können. Sieht aus, als ob er mit 'ner Bazooka angeschossen wurde!«

Tubbs schloß sich ihnen an. »Die Ballistiker haben die andere Kugel, die im Boot eingeschlagen ist. Sonny, du wirst es nicht glauben, aber es ist eine Kugel vom Kaliber Fünfzig.«
Der Arzt schaute zu Crockett und wartete auf eine Erklärung.
Sonny preßte die Lippen zusammen. »Ein riesiges Kaliber!« sagte er. »Die Sorte haben sie in den alten Nitro-Expreß-Büffelgewehren benutzt. *Schweres Geschütz*!«
»Das sehe ich selbst!« sagte der Mediziner. »Starke Blutungen, riesige Verletzungen des Gewebes und des Brustkorbs . . .«
»Die Verwaltung hat schon einen vorläufigen Ersatz für Lou rübergeschickt«, sage Tubbs.
»Wen?« fragte Sonny.
»Er heißt Swanson. Sagt dir das was?«
»Lieber Himmel – Bulldogge Bailey Swanson, einer von Lous Vorgesetzten. Captain der Stadtpolizei. Ein echtes Schwergewicht.« Er rieb sich das Gesicht. »Also gut. Laß uns gehen!«
Tubbs runzelte die Augenbrauen. »Wohin gehen?«
»Um Mendez zu erledigen!« Crockett marschierte über den Flur davon.
Tubbs mußte laufen, um ihn einzuholen. »Zum Teufel, was treibst du da? Für dich ist es viel zu heiß da draußen!«
Crockett hatte die Schultern hochgezogen und sein Gesicht zeigte den bösartigen, angespannten Ausdruck, den Tubbs langsam als Ausdruck hartnäckiger Entschlossenheit kennenlernte. »Willst du, daß ich irgendwo von Wachen umgeben herumsitze, während das Leben von Lou an einem Faden hängt und Mendez fröhlich hinter Nummer Sieben her ist? Ganz bestimmt nicht! Die Kugel, die Lou abgekriegt hat, war für mich bestimmt, Tubbs!«

»Ja, ja, sehr edel, Mann, das weiß ich alles, aber schau – « Tubbs hielt Crockett am Arm fest, und als Sonny sich nicht umdrehte, drückte Tubbs ihn gegen die Wand und schrie ihm ins Gesicht: »Wenn du da raus gehst, wirst du gleich neben Lou auf der Intensivstation landen, wenn du Glück hast. Mann, du hörst mir überhaupt nicht zu!«

Crockett zeigte keine Reaktion. Er starrte Tubbs an, als wüßte er nicht, was er jetzt tun sollte.

»Du kann nicht da raus, verstehst du?« Tubbs hatte Sonny mit einer Hand am Hemd gepackt. Erst als er nach unten schaute, sah er, daß er Crockett zehn Zentimeter vom Kachelboden hochgehoben hatte. Er entspannte sich ein wenig, erstaunt über einen solch leidenschaftlichen Ausbruch.

Menschliche Wesen, so schien ihm, gaben ihr Bestes, wenn die Zeiten und die Ereignisse am schlimmsten waren. Tubbs blickte resigniert auf den Boden. »Nichts, was ich sagen könnte, wird dich abhalten, nicht wahr?«

Crockett schüttelte den Kopf; er war fest entschlossen.

»In Ordnung!« sagte Tubbs. »Dann wollen wir gehen und uns diesen Burschen holen!«

Crockett gab ihm einen Schlag auf den Arm. Es bedurfte keiner Worte, um seine Zustimmung auszudrücken.

»Detective . . . hmm . . . Crockett?«

Sonnys Kopf fuhr herum. Er war schon überempfindlich gegenüber Fremden geworden, die seinen Namen riefen. Denn vielleicht hielt einer dieser Fremden die Waffe von Rudolpho Mendez auf ihn gerichtet.

Es war eine Krankenschwester! »Telefon für Sie!«

»Bleib ganz ruhig, James«, sagte Sonny zu sich selbst. »Ja, was gibt's?«

»Sonny, hier spricht Gina. Alles in Ordnung?«

»Nein! Aber was gibt's?«

»Die Sache mit Linus Oliver gerät in Bewegung. Er hat gerade einen Anruf bekommen, daß an einem festgelegten Ort ein Deal über zwanzig Kilo stattfinden soll. Er wollte ihn nicht am Telefon nennen, aber Trudy hat eine zweifache Beschattung für ihn eingesetzt!«
»Dann folgt ihm also. Wir sind nicht daran interessiert, ihn zu verhaften, Gina.«
»Der Anruf kam von Rudolpho Mendez. Oliver trifft ihn in einer halben Stunde.«
»*Wo?*«
»Biscayne, nahe der 22. Straße. Ich dachte, das würde dich interessieren.«
»Ich liebe dich, Gina. Besorg mehr Unterstützung. Ich schnappe mir Oliver, bevor er die Chance hat, sich umbringen zu lassen!«
Tubbs mußte Sonny aus dem Hospital heraus nachlaufen.

»Wir bewegen uns auf der 2. in Richtung Süden!« sagte Tubbs in das Mikrofon des Corvette, während Sonny auf das Gaspedal trat, um den Wagen auf hundert zu bringen. »Was für einen Wagen fährt Oliver?«
»Große weiße Limousine«, sagte Ginas Stimme. »Nummernschild aus Florida, MS DYNO. Die dritte Gruppe hat sich gerade in der 17. Straße an ihn gehängt.«
»Gib uns drei Minuten, um dahin zu kommen!«
»Sagen wir zwei!« meinte Sonny, die Augen starr nach vorne gerichtet. Ihr Tachometer bewegte sich auf 130 zu, während sicherheitsbewußte Fahrer schleunigst machten, daß sie aus dem Weg kamen.
»Paß auf, Tubbs!« sagte Gina über Funk. »Wir nehmen an, daß Oliver seine Verfolger bemerkt hat. Sein Fahrer hat gerade mit hoher Geschwindigkeit eine verbotene Kehrtwendung über die Mittellinie gemacht!«

Crockett zog den beschleunigenden Corvette sauber um einen städtischen Bus herum. Alle Passagiere starrten sie an.
»Verliert ihn nicht«, sagte er beschwörend in Ginas Richtung.
»Wir stecken im Verkehr fest«, teilte Gina mit. »Wir verlieren ihn . . .«
»Verdammt!« Crockett schlug mit der Faust aufs Armaturenbrett. »Welche Richtung nimmt er?«
»Nach Osten, auf der 19., in Richtung Biscayne.«
Crocketts Wut verwandelte sich in Befriedigung. »Genau in unsere wartenden Arme!« Er umrundete einen dahinschlendernden Winnebago, zog an einem neugierigen Touristen in einem Honda vorbei, hielt sich die Mittelspur frei und schoß über eine Kreuzung, eine Viertelsekunde, nachdem die Ampel auf Rot umgesprungen war.
»Da!« sagte Tubbs. Linus Olivers weiße Limousine raste auf der entgegengesetzten Fahrbahn an ihnen vorbei.
»Halt dich fest, Tubbs!« Crockett blockierte die Bremsen des Corvette und schlitterte seitlich über die Mittellinie. Der entgegenkommende Verkehr wich aus und hupte, während der schwarze Wagen rückwärts rutschte, seine 180°-Wende vollendete und die Nase nach vorne streckte. Aus den Radkästen stieg Rauch auf, während sich durch einen Blitzstart die Lebensdauer der Stahlgürtelreifen beträchtlich verringerte. Die Tachometernadel kletterte in die Höhe.
»Ich glaube, er hat uns bemerkt«, sagte Tubbs, während das große Gefährt zunehmend schneller wurde. Sein Fahrer konnte was; er lenkte den elefantenhaften Wagen geschickt um eine scharfe Kurve mit einer roten Ampel. Fußgänger kreischten und sprangen in Sicherheit. Crockett manövrierte den Corvette durch die Schneise, die Oliver geschlagen hatte, und holte auf. Es war ein ungleiches Ren-

nen. Die Limousine schnitt die zweite Kurve, fuhr über den Gehweg und erwischte einen Briefkasten, ein öffentliches Telefon und zwei Selbstbedienungs-Zeitungsständer des örtlichen Sexblättchens, bevor sie mit dem Bug eine Straßenlaterne aus Beton rammte. Zwei Räder standen im Rinnstein, zwei auf dem Gehweg.

Als der Corvette zum Stehen kam und Crockett und Tubbs mit gezogenen Waffen heraussprangen, hielt der Wagen mit Trudy und Gina auf der anderen Straßenseite. Die beiden Polizistinnen kämpften sich über die Straße, beide mit gezogener Pistole, und schimpften auf die Autofahrer, die sich weigerten, sie vorbeizulassen. Crockett bewunderte ihren Mut.

Linus Oliver stemmte sein Gewicht vom Hintersitz der Limousine. Er war breitschultrig, stattlich und wohlgenährt; groß, stämmig und schwarz, aufgemotzt in einer schwarzen Jacke, schwarzer Hose und schwarzem, hochgeschlossenem Pullover, mit einem goldenen Sonnenmedaillon, das an einer dicken Kette über seinem Pullover hing. In Linus' Akte war er für das Finanzamt als wohlhabender Eigentümer eines Nachtclubs eingetragen, der »Was ist dein Sternzeichen?« hieß. Er sah dem Drummer Buddy Miles, allerdings clean geworden, ziemlich ähnlich, dachte Tubbs. Während sich Linus aus dem Auto schob, entstiegen zwei seiner riesigen afrikanischen Leibwächter den Vordersitzen der Limousine. Linus trug Erstaunen und falsches Lächeln zur Schau.

»Und wo wollen Sie hin, Mister . . . Clubbesitzer?« fragte Tubbs und hielt seine Waffe auf Linus' Kopf gerichtet.

Linus grinste und seine dicken Wangen plusterten sich auf. »Zur Autowäsche. Vermutlich muß ich jetzt aber zuerst zur Karosseriewerkstatt!«

Crockett hatte offenbar schon früher mit Linus zu tun ge-

habt – vielleicht war es auch einfach so, daß viele Kokaindealer sich immer so blödsinnig fröhlich benahmen. Entweder das, oder sie waren Wahnsinnige, die herumballerten wie Barrencia, oder sie waren schmierige Widerlinge wie Castronova.
»Nimmst du immer deine Babysitter mit?«
Linus schnitt ein Gesicht. »Die Autowaschanlage ist in einer üblen Gegend!« Er schob sich den Ärmel hoch und schaute auf seine Zwölftausend-Dollar-Rolex. »Na so was – schau, wie die Zeit vergeht! Ich komme zu spät zu einer geschäftlichen Verabredung, meine Herren. *Ciao* . . .«
Tubbs pflanzte sich zwischen Linus und der Limousine auf. Die Leibwächter machten sich kampfbereit, doch Tubbs ignorierte sie. »Du kommst noch immer *früh genug* zum Sterben, Schwätzer. Liest du keine Zeitung? Du *kannst* doch lesen, oder etwa nicht? Dealer wie du sind in letzter Zeit gestorben wie die Fliegen!«
Linus, durch Erfahrung gewitzigt, stellte sich fett, fröhlich und dumm. »*Dealer*! Was soll das heißen – so wie Wagen-Dealer?«
Crockett hatte das Spiel satt. »Wo hat er den Koffer verstaut, Trudy?«
Trudy zeigt mit dem Lauf ihrer Waffe darauf. »Im Kofferraum!«
Linus' Mund formte ein überraschtes ›O‹. »Ihr Burschen habt mich überwachen lassen –?«
Tubbs schob sich an einem der Leibwächter vorbei, griff ans Armaturenbrett und ließ den Kofferraum aufspringen.
»He! He!« protestierte Linus, jetzt sichtbar erregt. »Ihr Burschen verletzt meine Grundrechte!«
Crockett zog einen großen, silbrigen Luxuskoffer hervor. »Die Schlüssel bitte, Linus.«

Linus verschränkte seine dicken Arme und schaltete auf stur. »Vergiß es, Jack. Du hast kein Recht, diesen Koffer zu öffnen.«
Crockett, dem es zu viel wurde, setzte die Mündung seiner 45er an das Schloß des Koffers und schoß es mit einem Schuß weg. Die Stücke fielen auf den Gehweg. Er schlug den Kofferdeckel zurück. Drinnen waren ordentlich Päckchen Kokain und Geldnotenbündel mit Banderolen verpackt. Das Verhältnis von Pulver und Hundert-Dollar-Scheinen war ungefähr halbe-halbe. Crockett zeigte Linus seine Schuldirektor-Miene: »Mh . . . mh . . . mh . . .!«
Linus wußte, daß ein Vice-Squad-Polizist das Öffnen des Koffers mit dringenden Verdachtsmomenten rechtfertigen konnte, also ließ er die Sache auf sich beruhen. Statt dessen nahm er bei der Betrachtung des Kofferinhalts einen bestürzten Gesichtsausdruck an. »Schau sich das mal einer an! Wo kommt denn das alles her?«
»Sag bloß, die gute Fee?« Crockett knallte den Koffer zu. »Vermutlich kommst du irgendwann im 21. Jahrhundert aus dem Kittchen, Linus, alter Junge!«
Tubbs, der neben Linus stand, nahm eine großzügige Haltung an. »Sag mal, Sonny – warum lassen wir den Bruder nicht einfach laufen?«
Linus schaute ihn mißtrauisch an. Da lief irgendeine faule Sache.
»Keine schlechte Idee, Ricardo – das erspart dem Steuerzahler das Geld für Kost und Logis. Arbeitet auch der Überfüllung unserer Haftanstalten entgegen. Verschwinde schleunigst, Linus!«
Linus wollte sich auf keine Diskussion darüber einlassen. Er winkte seine Leibwächter zurück in den Wagen und warf Tubbs und Crockett einen Abschiedsgruß zu. Was den

Stoff betraf, meinte er: »Das gehört dem ehrlichen Finder!« und wollte ihn zurücklassen. Tubbs hielt ihn fest.
»Nein, nein, *amigo* – das behältst du! Wir wollen's nicht«, sagte Tubbs und klopfte dem dicken Dealer auf den Rücken. Zu Crockett gewandt, fügte er hinzu: »Ich wette acht zu fünf, daß Linus es nicht länger als bis . . . morgen mittag macht. Die Hälfte von dem, was an Geld in dem Koffer ist, setze ich darauf.«
»Ich steige ein!« sagte Crockett. »Ich sage, der lebt nicht länger als bis Mitternacht höchstens.«
Linus, der es nur zu eilig hatte, fortzukommen, erstarrte jetzt. »Hoppla! Hoppla! Was redet ihr da für einen Mist?«
»Verstehen Sie denn nicht, Mister Überschlau?« sagte Tubbs. »Du bist *Nummer sieben* auf der Todesliste von Rudolpho Mendez. Hast du wirklich gedacht, der ruft wegen solchen Pfenniggeschäften wie dem da an? Er hat dich angerufen, damit er dich erledigen kann!«
»Die ersten sechs Burschen auf Mendez' kleiner Liste liegen schon im Leichenhaus«, sagte Crockett. »Kennst du Estebán Barrencia? Felix Castronova? Beide hat es heute morgen erwischt!«
Linus wurde es plötzlich schmerzhaft bewußt, daß sie alle völlig ungedeckt waren, wie sie da herumstanden. »Hm . . . Leute, laßt uns aus der Sonne gehen, kommt schon . . .«
»Auf keinen Fall. Ich liebe den Sonnenschein, frische Luft, Vitamin D! Aber wenn du 'ne kleine Fahrt mit uns machen willst, na gut . . .« Er zuckte mit den Schultern.
Linus ging zwischen Tubbs und Crockett. Einen halben Block lang bewegten sie sich schweigend. »Erzähl mir von dem Koffer!« sagte Sonny.
In der Hoffnung, daß er wegen des Rauschgifts nicht vor Gericht kommen würde, wenn er redete, sagte Linus: »Ich

hab' ihn nur aufgehoben, wißt ihr, für diesen Burschen. Er gehört mir nicht . . .«

»Hast du den Koffer für ihn aufgehoben, oder hast du ihn ihm abgenommen?« Linus spielte den Beleidigten und gab keine Antwort. »Erde an Linus! Linus, antworten Sie!«

»Warum will dich Mendez wohl umbringen, Linus?« fragte Tubbs. »Einen aufrechten Bürger wie dich? Und warum die anderen Dealer?«

»Weil er keine Konkurrenten haben will!« sagte Linus. »Keine Unabhängigen!« Er steckte seine Hände tief in die Taschen.

»Mendez will keine Konkurrenz? Mendez ist nicht so groß im Drogenhandel!« sagte Tubbs erstaunt.

»Nicht Mendez! Der Kolumbianer! Mendez arbeitet für den Kolumbianer!«

Crockett und Tubbs blieben überrascht stehen. Linus ging drei Schritte weiter, bevor ihm klar wurde, daß er allein war. »Du meinst wirklich Francisco Calderone?« fragte Tubbs, während sein Blick den von Crockett traf.

»Ja – das ist der Bursche. Mendez arbeitet als sein Mittelsmann!«

»Seit wann?«

Linus überlegte. »Seit zwei Monaten! Vielleicht drei! Der letzte Vertraute des Kolumbianers ist von Cops weggepustet worden!«

»Trini de Soto!« Crockett kannte den Namen, weil er und Tubbs die Cops gewesen waren, die de Soto getötet hatten, der ebenfalls bisweilen als Killer für Calderone aufgetreten war.

»Das stimmt!« sagte Linus. »Ich hatte angenommen, Mendez würde auf eigene Faust arbeiten, seitdem Calderone aus dem Land verjagt worden ist.«

»Sie sind also immer noch dicke Freunde!« sagte Crockett.

»Calderone konnte es nie ertragen, wenn jemand ihn reinlegt.« Crockett hatte seinen früheren Partner bei einer Explosion verloren, ausgelöst von einer Autobombe, die für einen abtrünnigen Dealer aus Calderones Reihen bestimmt war – ein junger Schwachkopf namens Corky Fowler.

Tubbs sagte nichts. Er war nach Miami gekommen, weil Calderone den Tod seines Bruders Rafael Tubbs angeordnet hatte. Schließlich sagte Linus: »Calderones Hand ist sehr stark, und sie reicht weit!«

»Damit wir uns nicht mißverstehen, Linus: Mendez hätte mit einer Kugel auf dich im Bayshore Park gewartet, nachdem er Calderones Ware wieder eingesammelt hatte. Hast du eine Telefonnummer von Mendez?«

»Ja, sein Auto-Telefon!«

Sie kamen wieder zurück zu der Limousine, wo Gina und Trudy auf sie warteten. »Ruf ihn an!« befahl Crockett Linus. »Sag ihm, der Deal gilt noch!«

Linus spielte mit. Er setzte sich in das Plüschpolster der Limousine und drückte die Knöpfe an dem Telefon, das in der Armlehne befestigt war. »Hallo? Ja, Carlos, alter Junge! Ich muß mich wegen heute nachmittag bei Ihnen entschuldigen, Mann, aber ich wurde da in letzter Minute noch in eine geschäftliche Angelegenheit verwickelt. Sie wissen ja, wie das ist . . .«

Tubbs gab Linus ein Zeichen, den Hörer abzudecken. »Nimm einen abgelegenen Ort. Parkhaus am Flughafen, C, dritte Etage.«

Linus nickte. »Heute abend ist prima. Ja! Sie kennen den Flughafen . . .? Wie? Mein Club? Nein, Mann, der Club ist mit zu vielen Menschen vollgestopft, laute Musik, Gedränge . . .« Er kam mit seinen Vorschlägen nicht durch. »Ja, in Ordnung, oben. Kommen Sie vorbei. Mann. Ja . . .

ganz bestimmt.« Mit saurer Miene hängte er den Hörer ein. »Mendez liebt das Gedränge, scheint's!« Dann hellte sich sein Gesicht auf. »Jetzt ist es wohl an der Zeit für mich auszusteigen. Ihr Burschen übernehmt die Sache jetzt.« Er war dabei, die Wagentür zu schließen.

Tubbs stellte seinen Fuß dazwischen. »Dreimal darfst du raten!«

Linus runzelte im ersten Augenblick verständnislos die Stirn, dann wurde ihm klar, worauf die Polizisten hinauswollten, als er ihre Gesichter sah. »Nein, nein! Auf gar keinen Fall, Jack, wenn du denkst, was ich vermute, kommt nicht in Frage, daß ich da reingehe und mir das Gehirn wegpusten lasse! Vor euch steht ein Wehrdienstverweigerer aus Gewissensgründen! Nein. Leute, es ist ganz einfach – der Bursche kommt durch die Tür, ihr schnappt ihn euch! Ganz einfach!« Der Schweiß floß ihm aus allen Poren.

»Nur ein kleines Problem dabei, mein Freundchen«, sagte Crockett. »Du mußt ihn für uns ausfindig machen. Und wenn du das nicht tust, dann hast du die Wahl zwischen dem nächsten Zement-Hilton mit schwedischen Gardinen – oder einem kühlschrankgroßen Loch in der Erde.« Er erfreute sich daran, wie Linus sich wand.

Das war zuviel für Linus. In zehn Minuten hatte sich seine Welt in einen Trümmerhaufen verwandelt. »Ich hätte mich als Handleser ausbilden lassen sollen – genau das ist es, was ich hätte tun sollen . . .«

Mit großartiger Gebärde sagte Tubbs: »Aber dann könntest du nicht die Dienste des Trudy-Gina-Escort-Service in Anspruch nehmen!« Er wendete sich den Damen zu und stellte Linus vor: »Ist das hier nicht ein Mann für euch?«

»Meinst du wirklich?« fragte Trudy finster. Sie überquerte die Straße, ging zu ihrem Transporter und fuhr mit ihm vor.

Tubbs winkte ihnen zu: »Bleibt bei ihm, Ladies!«
Linus hatte sich in das Unvermeidliche gefügt. Ergeben sagte er: »Ja, bleibt bei mir, Ladies . . .«
Gina hielt die Schiebetür für ihn auf. »Bleib ja auf deinem Platz, Wonneknubbel. Steig bloß ein!« Linus beeilte sich, in den Wagen zu kommen, und sie warf die Tür zu.
Crockett hatte den Leibwächtern gesagt, daß sie die Limousine nach Hause bringen sollten, und kam jetzt wieder zu ihnen. Sie schauten zu, wie Trudy und Gina davonfuhren, um Linus in Schutzhaft zu bringen. Der Corvette stand immer noch am Bordstein, wo sie ihn zurückgelassen hatten.
»Du bleibst hier!« sagte Tubbs und deutete auf die Dekkung, die das Bankgebäude bot, vor dem die ganze Szene stattgefunden hatte. »Ich bring' den Wagen rüber!«
Crockett runzelte die Brauen. »Danke für das Angebot, Tubbs, aber ich glaube, ich kann gut einen halben Block zu Fuß gehen, ohne daß ich umgelegt werde!« Trotzdem schweifte sein Blick nervös nach rechts und links. Er war angeschlagen, aber er hielt durch. Eine Anspannung wie diese würde eines Tages dazu führen, daß seine Nerven wie Gitarrensaiten springen würden.
Tubbs sprach es endlich aus. »Calderone. Er steckt hinter allem, Sonny. Er beseitigt die Konkurrenz, die sich in seinem Gebiet breitgemacht hat, als er die Kaution verfallen ließ und sich aus dem Staub gemacht hat. Jetzt bereitet er ein Comeback vor, will das Vergangene korrigieren und den Polizisten festnageln, der ihn verhaftet hat.«
»Warum ich und nicht du?«
»Für jemanden mit Calderones Verbindungen war es leicht, herauszubekommen, daß du derjenige bist, der bei der Miami Vice für Druck sorgt. Niemand hier unten kannte meinen Namen. Soweit ihn das betrifft, war ich einfach

ein namenloser Polizist, der ihm auf die Spur kam, bevor *du* ihn verhaftet hast.«

»Calderone hat das Geld und die Verbindungen, einen international bekannten Killer zu engagieren. Der Himmel weiß, wie gut dieser Kerl ist, Tubbs – ich hatte einfach Glück da draußen am Boot. Und schau, was mit Lou passiert ist!«

»Du kostest ihn zwei Millionen Dollar, Sonny. Er hat die Kaution verfallen lassen.«

»Das ist vermutlich Grund genug. Ich weiß niemanden, der mir soviel wert wäre.« Er zwang sich zu einem Grinsen. »Außer dir, Caroline, Billy, Gina, Elvis . . .«

Eine Hand legte sich von hinten auf Sonnys Schulter und eine Stimme sagte: »He –«

Crockett wirbelte auf der Stelle herum und drückte die Mündung der schon entsicherten 45er dem Fremden mitten auf die Stirn. Es war ein älterer Mann, dessen Augen sich furchterfüllt weiteten. Seine Hand, die ein zerklumptes Päckchen Lucky Strikes hielt, zitterte unbeherrscht.

»Sie . . . Sie haben das hier fallengelassen!« sagte der alte Herr mit schwankender Stimme. So hätte er auch versuchen können, einen Wahnsinnigen zu beruhigen, der dabei war, in einer Einkaufspassage den Abzug einer Handgranate zu ziehen. Voller Schuldgefühl wurde sich Sonny plötzlich all der Leute bewußt, die um sie herum waren, all der Fußgänger bei ihren Einkäufen, all der Bürger, die keine Ahnung hatten, wer er war und was er machte. Er sah zwei Mädchen, nicht älter als sechs, vorüberschlendern, die Eishörnchen verschlangen, die sie bei einem Straßenverkäufer erstanden hatten. Ein Bauarbeiter, der einen Schutzhelm trug, wollte sich gerade mutig, trotz der Waffe, einmischen.

»He, du Mist. . .«

Tubbs unterbrach ihn. »Polizei!« sagte er und zeigte seine Marke. »Ein kleines Mißverständnis, sonst nichts!«
»Tut mir leid!« sagte Sonny mit gepreßter Stimme und hatte den verrückten Impuls hinzuzufügen: ›*Ich dachte, Sie wären jemand anders*‹ – die Art von Satz, mit dem man eine fremde Frau anspricht. Er steckte seine Pistole weg und nahm eifrig seine Zigaretten.
Die Passanten schoben sich wieder an ihnen vorbei. »He, Mann«, sagte Tubbs. »Ist mit dir alles in Ordnung?«
Angewidert sagte Sonny, daß mit ihm alles in Ordnung sei. Zusammen eilten sie zu dem Corvette zurück. »Ein bißchen nervös vielleicht!«
»Ja, das kann man wohl sagen!«
»Der Mann eben hat Glück gehabt – von mir will ich gar nicht reden!« Er besann sich auf seine angenehmeren Charakterzüge.
Sie kletterten ins Auto und fuhren los. Ein Mann mit Metallbrillengestell, der den ganzen Zwischenfall beobachtet hatte, stand an einer Bushaltestelle und aß ein Kirscheis. Die beiden kleinen Mädchen gingen dicht an ihm vorbei, und eines ließ das durchweichte Einwickelpapier der Eistüte auf den Gehweg fallen. Er hielt sie an und zeigte ihnen, daß sie lieber den Abfallkorb benutzen sollten. Dann lächelte er. Die beiden kicherten und gehorchten. Ihre Mutter, eine attraktive Orientalin, die sich beeilen mußte, um im nachmittäglichen Fußgängerverkehr mit ihnen Schritt zu halten, sah, was sich ereignet hatte. Sie schenkte dem Fremden ein verwirrendes, sinnliches Lächeln, bevor sie ihre Töchter weiterführte.
Mendez liebte es, sich selbst als kleine Streitmacht im Kampf für gute Manieren zu betrachten.

7.

Die schäumende Brandung des Atlantiks schlägt gegen die Höhlen und spritzt über die Klippen, zieht sich zurück und rollt wieder heran, unermüdlich in ihrem Ewigkeiten währenden Kampf mit dem Ufer. Während Millionen von Jahren hatte sie das Land weggespült. Sie hört niemals auf – niemals.

Langsam begann Crockett seinen Gegner, den er nicht einmal gesehen hatte, so zu betrachten wie den Ozean, als eine Art unwiderstehlicher Naturkraft. Das war falsch – und tödlich. Er war ein Mensch – selbst Calderone war nur ein menschliches Wesen. Beide konnten gestoppt werden. Wenn Crockett nicht zuerst ausgelöscht wurde.

Über ihren Köpfen ließen sich Möwen von den Luftströmungen tragen. Die Brecher stürzten heran und befeuchteten den Sand. Billy, ohne Hemd und viel zu großen Shorts, machte sich mit einer kleinen roten Metallschaufel über den feuchten Sand her und suchte nach verborgenen Lebewesen. Carolines honigfarbenes Haar wurde von der Seebrise zerzaust. Sie trug eine Bikinihose und eines von Sonnys alten Arbeitshemden, und Sonny dachte mit aller Bescheidenheit, daß sie hinreißend aussah. Er legte einen Arm um ihre Schulter und zog sie nahe an sich heran, während sie den Strand entlanggingen. Das Ganze schien die perfekte Idylle zu sein.

Abgesehen von den bewaffneten Wachen und den Maschinenpistolen. Crockett kannte die meisten der Männer, die das Haus bewachten, das eine Stunde außerhalb von Miami an einem privaten Strand stand. Die Lage des Anwesens war nirgends aufgezeichnet oder in irgendeinem Computer registriert. Sie fiel unter Geheimhaltungsvorschriften. Die Wachen waren auf amerikanische 180er

Militärwaffen spezialisiert, dieselbe Art Waffe, die der CIA bevorzugt zum Schutz des Präsidenten benutzt. Die Fenster waren aus kugelsicherem Glas, mit einer Ablenkung von 10 Prozent – das bedeutete, alles, was man durch das Fenster sah, war in Wirklichkeit zehn Zentimeter links von dem Ort, wo es zu sein schien, nur für den Fall, der Attentäter benutzte die Art von Büffelgewehr, die Lou getroffen hatte.

»Sonny!« sagte Caroline. »Ich habe noch nie in meinem Leben solche Angst gehabt!«

»Das habt ihr wirklich nicht verdient, du und Billy!« Er hatte ihr erklärt, warum Calderone ihn beseitigen mußte und damit jeden in Gefahr brachte. Dem Killer machte es nichts aus, *durch* einen anderen Menschen hindurch zu schießen . . . und man durfte kein Risiko eingehen . . . nicht bei Caroline oder bei Billy. »Mach dir keine Sorgen, Liebling – uns wird nichts geschehen!«

Sie schaute voller Zweifel an ihm vorbei. »Dann versprich mir, daß du hier bleiben wirst!« Sie bemerkte seinen Gesichtsausdruck. »Tut mir leid, ich versuche, ruhig zu bleiben, verstehst du . . . aber allmählich schaffe ich es nicht mehr!«

Er blieb stehen und legte seine Arme um sie. »Doch, das wirst du schon!« sagte er in ihr Haar hinein. »Ich kann nicht bleiben . . . Rodriguez ist im Krankenhaus, die Leute, mit denen ich arbeite, halten ihren Kopf für mich hin . . .«

Das alles wußte sie und hielt ihn schweigend im Arm.

»Dad!«

»Hallo, Freundchen, was hast du denn da ausgebuddelt?«

Billy streckte den Finger nach etwas aus und zog dann schnell die Hand zurück, unsicher geworden. »Es ist ein *Krebs*!«

»Das ist ein kleiner Einsiedlerkrebs . . .« Er hockte sich ne-

ben seinem Sohn hin. Der Junge wird so schnell groß. »Jetzt hör mir mal zu, mein Junge. Du mußt mir einen Gefallen tun. Ich will, daß du mir versprichst, daß du auf deine Mammi aufpaßt!«
Das Gesicht zu einer sehr bedeutsamen Miene verzogen, sagte Billy schnell ja.
»Großartig! Und jetzt gib mir schnell einen dicken Kuß!«
Billy umarmte seinen Vater; Crockett hob ihn vom Boden auf.
»Oje . . . du wirst viel zu schwer für mich!«
»Gehen wir jetzt schwimmen?«
Crocketts Gesicht verfinsterte sich. »Nein, mein Sohn, tut mir leid. Morgen gehen wir schwimmen, in Ordnung?«
Billy guckte ihn genauso zweifelnd an wie zuvor Caroline. Es fiel Caroline schwer zuzuschauen. Crockett konnte sehen, wie die Furcht in ihr wuchs, sich in ihrem Gesicht widerspiegelte, ihr ganzes Wesen beherrschte und ihre Kraft verminderte. Das hier war eine Wiederholung der Geschichte ihrer Ehe – auf engstem Raum zusammengedrängt. Er stellte Billy auf den Boden, und Billy löste seine mageren Ärmchen vom Hals seines Vaters. Es gab nichts mehr zu sagen. Er drehte sich um und ging zu Monahan, der mit dem Wagen auf ihn wartete.
»Wink auf Wiedersehen!« sagte Caroline zu Billy, der gehorchte.
Sonny winkte zurück und ließ dann seine Familie im Schutz der Polizei zurück.

Das Dröhnen der Rockmusik, die ihm entgegenschlug, ließ Tubbs in seinen Gucci-Schuhen einen Schritt zurücktreten. »Was ist dein Sternzeichen?« rock-und-rollte heute nacht, gefüllt bis an den Rand seines Fassungsvermögens mit einer Menschenmenge, die die Bar belagerte und sich auf der Tanzfläche drängelte. Eine Disco-Lichtanlage für zwölftausend Dollar tauchte die ganze Szene in bizarres Licht.

Tubbs machte eine großartige Verbeugung und gestattete Trudy Joplin, voranzugehen.

Sie hatte ein schleierartiges, enthüllendes Kleid aus blaßblauer Seide angezogen, und es lag genau an den richtigen Stellen eng an. Auf einer Schulter wurde es lose zusammengehalten, und Trudy zog eine Menge Aufmerksamkeit auf sich.

Gina war nicht weniger aufsehenerregend gekleidet, in schwarzem, tief ausgeschnittenem Satin. Sie spielte ihre Rolle als Linus Olivers Begleiterin hervorragend. Linus Oliver folgte ihr durch die Eingangstür, schwitzend und aufgeregt.

Giorgio, Linus' gepflegter, befrackter Türsteher, eilte herbei, um sie zu begrüßen. »Ich bin heute ziemlich explosiv, Giorgio – also, hör mal, warum gibst du uns heute nicht mal 'nen Platz weiter hinten . . .?«

Tubbs hielt Giorgio fest und sagte: »Sein Tisch, wie üblich!«

Giorgio schaute unsicher zu Linus hinüber, der schnaubte und schließlich zustimmend nickte. Dann führte er sie ins Lokal.

Ein Möchte-gern-Tanzfieber-Superstar schwang seine furchtlose Freundin hoch über seinen Kopf. Ihre langen Tänzerinnenbeine durchschnitten die Luft. Auf ihrem Rundgang zu Mr. Olivers Tisch kam Tubbs an einem Kellner vorbei, dessen Haar eng am Kopf klebte, und der den Barkeeper anbrüllte: ». . . und zwei Paulis! Beeil dich, ich hab' da draußen ein paar durstige Verrückte warten!«

Der Kellner war Zito, in Lederschürze, mit hochgekrempelten Ärmeln. Der Barkeeper, Switek, baute Zitos Bestellung auf einem Tablett auf. »Wie läuft es denn hier draußen so?«

»Gar nicht schlecht«, sagte Zito. »Bis jetzt hab' ich fünfundzwanzig Dollar an Trinkgeldern kassiert und zwei Telefonnummern zugesteckt bekommen.«

»Gib mir auch 'ne Chance!« brummte Switek zurück. »Und *lächle*!«

Auf dem Weg zurück quer über die Tanzfläche blieb Zito stehen, um ein oder zwei Sätze mit einer der Tänzerinnen zu wechseln – eine weitere Polizistin. Die Kleidung, die sie trug, bot keine Möglichkeit, irgend etwas zu verbergen, geschweige denn eine Waffe. Aber Zito wußte, daß sie eine höchst kunstvoll an einem außergewöhnlichen Ort verborgen hatte.

Crockett überschaute die Szenerie von dem abgesperrten Balkon aus, vornübergelehnt, die Arme auf dem Geländer aufgestützt, seine 45er unter der Achselhöhle verwahrt. Direkt neben ihm verkroch sich ein äußerst aufmerksamer Scharfschütze namens Bob. Seine Schlägermütze hatte er verkehrt herum aufgesetzt, wie die Jugendlichen in einem Teenager-Strand-Film der 50er Jahre, er knirschte mit dem Kiefer, während er sprach, und er nahm seine Hand nie von seinem Jagdgewehr russischer Herkunft.

»Um Gottes willen, beruhige dich endlich, Crockett!« sagte er verzweifelt. »Wir haben die Sache fest im Griff, Mann!«

»Die sitzen da unten wie auf dem Präsentierteller!«

»Das ist überhaupt kein Problem, Mann, schau doch bloß, wie sehr wir hier oben im Vorteil sind. Keine Sorge. Einmal mußte ich einen Burschen schnappen, der gerade einen Banküberfall in einer Einkaufspassage machte. Er hatte 'ne Frau als Geisel genommen, hielt sie im Würgegriff, eine 44er gegen ihr Ohr gepreßt. Ich hielt bloß den Atem an

und hab' abgedrückt. Alle Neune – mitten in die Stirn getroffen. Mein Einschlag war kräftig genug, ihm das Leben wegzupusten, bevor sich die Muskeln seines Fingers krümmen konnten!«
»Wunderbar!« Seine Hände umklammerten das Geländer. Er fühlte sich hier wirklich sicher, vor allem blieb ihm erspart, daß Bob, der Scharfschütze, und Mendez bei einem Glas Bier berufliche Erfahrungen austauschten.
»Ich tue bloß meine Arbeit!« sagte Bob grinsend.
Linus rutschte hinter seinem Stammtisch aufgeregt hin und her. Tubbs war die Gelassenheit in Person. »Gina – wieviel Uhr?«
Sie warf einen Blick auf ihre mit Diamanten besetzte Uhr. »Sechs Minuten vor zehn!«
Linus' Augen waren schreckgeweitet: »Der Bursche in dem roten Hemd – da drüben!«
Tubbs, sofort in Alarmbereitschaft, fixierte den Mann. Linus' Gesichtsausdruck entspannte sich. »Nein, das ist er nicht!« Nachdem er sich den Schweiß von der Stirn gewischt hatte, fügte er hinzu: »Ich bin einfach nicht für die Polizeiarbeit gemacht!«
Zito näherte sich mit Champagner für sie. Tubbs warf einen Blick auf die Flasche Piper-Heidsieck Brut Sauvage. »Na hör mal, Linus!« sagte er, während Linus den Korken knallen ließ und einschenkte. »Das ist mehr Klasse, als ich von dir erwartet habe!«
»Ist vielleicht mein letzter Schluck!« sagte Linus düster. »Was hast *du* denn erwartet?«
»Och – Maison blanc, drei Flaschen für fünf Dollar!« Als Linus die Stirn runzelte, lachten die Mädchen.
Nachdem sie alle ein Glas getrunken hatten, fragte Tubbs erneut nach der Zeit.
»Zum Teufel, es ist zwei Minuten nach, Leute. Der Bursche

wird gar nicht auftauchen!« jammerte Linus. »Warum sehen wir nicht zu, daß wir alle hier raus kommen?«
Gina sagte gerade, daß Zito als Kellner aussehe wie Jerry Lewis in »Der Bürotrottel«, als Zito sie unterbrach. Aus Tubbs' Stimme klang Besorgnis. »Es wird hier viel zu voll, Zito!«
»Wem sagt du das – hier drinnen ist es wie in einer Sardinendose, gefüllt mit *lebenden* Sardinen!«
Gina wurde aufmerksam und wendete sich zu Trudy. »Willst du tanzen und dich ein bißchen umtun?«
»Ich hab' schon gedacht, du fragst mich nie, Schätzchen!«
»Denk dran«, warnte Tubbs, als sie aufstanden, um wegzugehen, »es könnte jeder sein. Könnte sich sogar verkleidet haben. Behaltet Linus im Auge, ob er euch ein Zeichen gibt.«
Sie mischten sich unter die hopsende, schiebende Menge der Tänzer, sie bewegten sich systematisch vorwärts, registrierten Gesichter und waren gekonnt unauffällig.
Tubbs stöpselte sich den Lautsprecher ins Ohr und stellte die Lautstärke auf seinem Walkie-Talkie ein.
»Peterson, wir können den Eingang nicht mehr sehen!« gab er durch. Das brachte ihm einen weiteren verunsicherten Blick von Linus ein.
»Ich frage mich nur, wie es dazu kommen konnte, daß ich kein Vertrauen zur Polizei habe!« sagte er und goß sich noch ein Glas ein.
Immer neue Gesichter tauchten in der Menge auf. Jeder konnte der Killer sein. Gina bekam einen Stoß mit der Hüfte ab und konnte einen Sturz nur dadurch verhindern, daß sie sich an der Bar festhielt, wobei sie murmelte: »Wenn mir noch einer auf die Füße tritt, fange ich an zu schießen!«
»Wie wär's mit einem Ginger Ale?« fragte Switek.

»In Ordnung!« Sie massierte sich ihre nackten Zehen.
Trudy versuchte, sich durch die wilden Tänzer einen Weg zurück zu Gina zu bahnen, aber plötzlich wurde ihr von einem schwarzen Muskelmann der Weg versperrt, der fast sein enges glitzerndes Supermann-T-Shirt sprengte. Selbst durch den ohrenbetäubenden Lärm der Musik hindurch war seine Stimme ganz klar zu verstehen. »He, laß uns tanzen, du süßes kleines Ding.«
Sie lächelte höflich. »Tut mir leid. Bin völlig erschöpft.«
Er umklammerte ihren Arm wie mit einem Schraubstock, und sie bemerkte, daß er total betrunken war. »Nein, das bist du nicht!« Er umfaßte mit der anderen Hand ihren Rücken und zog sie an sich. Zito erschien.
»He, Mann – beruhige dich!«
»Verschwinde, du Weißbrot!« knurrte Supermann.
Gina kämpfte sich mit Hilfe ihrer Ellbogen zu ihnen durch und schlug die schwarze Pranke von Trudys Vorderseite weg. »Die Dame will nicht tanzen!« erklärte sie . . . und fand sich selbst ziemlich grob von hinten umklammert. Das war Supermanns alter Kampfgenosse, Supermann zwei, der grölte: »Na so was, du bist ja 'ne kesse Biene, Mäuschen!«
Sie wurden gegen einen Tisch gedrückt, an dem ein riesiger Kerl vom Typ eines Samoa-Ringers saß, der ein Hemd mit schrillem Blumenmuster und eine frisch gestärkte, weiße Jacke trug. Gina schnappte sich eine Flasche Korbel-Champagner von seinem Tisch und zerschlug sie auf dem Kopf von Supermann zwei. »Macht jetzt keinen Ärger!« warnte sie. Der Bursche stolperte rückwärts, während Champagner in seine Afro-Frisur rieselte.
Daraufhin versuchte Supermann, einen Schwinger bei Gina zu landen. Trudy blockte ihn ab und Zito boxte ihn auf die Nase. Er fiel zurück und warf den schwerbeladenen

Cocktailwagen voller Drinks auf den riesigen Samoa-Typen. Danach sprang Supermann zwei Zito von hinten an und die kleine Schlägerei breitete sich rasch aus.
»Mir aus dem Weg, ihr Würstchen!« kreischte Nummer zwei und boxte und schlug um sich. Zito wirbelte herum und landete seinen Fuß in seinem Magen, daß er sich krümmte. Dank der Nachhilfe des Samoa-Mannes flog Supermann über ihre Köpfe hinweg in die Bar. Zu diesem Zeitpunkt mischten betrunkene Fremde schon freudig beim Freistil-Wettbewerb mit.
Linus zuckte zusammen und umklammerte Tubbs' Arm. »Er ist hier drinnen – genau da drüben, im gelben Hemd!«
Tubbs setzte das Walkie-Talkie in Betrieb. »Er ist da. Im gelben Hemd, neben dem Eingang!«
»Verdammt!« knurrte Crockett, während er zusah, wie sich unter ihnen das Kampfgetümmel ausbreitete. »Das ist genau das, was uns noch gefehlt hat!«
»Patterson!« schrie Bob in sein Funkgerät. »Riegelt die Tür ab! Hört auf, Leute reinzulassen.«
Drei Scharfschützen erschienen wie aus dem Nichts und bildeten vor der Tür einen Keil, den zu durchbrechen niemand verrückt genug war. Dann begannen sie sich nach innen durchzuarbeiten, wobei sie durch die Menge schnitten wie ein Rasenmäher.
Giorgio, der Clubmanager, und ein massiger »Was ist dein Tierzeichen?«-Rausschmeißer hatten jeweils einen der stämmigen Unterarme des wütenden Samoaners ergriffen, der sie beide in die Luft hob, als wären sie leichtgewichtige Hanteln. Der Discjockey in seiner Kabine reagierte auf den Kampf, indem er die Anlage auf höchste Lautstärke aufdrehte. Tubbs konnte nur hier und da das gelbe Hemd des Verdächtigen entdecken.
Crockett hatte den Killer voll im Blick. »Verdammter

Mist!« sagte er und stürzte an Bob, dem Scharfschützen, vorbei, um die Treppe neben dem Büro des Managers herunterzurennen und um die Ecke zur Bar zu gelangen. Dort angekommen, sprang er auf den Tresen, rannte über das polierte Hartholz und erwischte ihn, indem er sich von oben auf ihn warf, mit einem Bodycheck, der seiner Zeit als halbprofessioneller Footballspieler alle Ehre machte. Nummer 88 lebte immer noch in ihm. Und der Mann im gelben Hemd nahm unsanft Kontakt mit dem Boden auf, während um ihn herum Waffen auf ihn gerichtet wurden. Als Trudy, Gina, Zito und die anderen ihre Schießeisen rausholten, sank die Kampfeslust blitzartig vom Siedepunkt auf Null. Achtzehn Schußwaffen, einschließlich der von Bob, dem Scharfschützen, zielten auf den Verdächtigen. Zuallerletzt zerrte Crockett den Mann herum, bis er auf dem Rücken lag, warf sich auf ihn, riß seine 45er heraus und drückte den Lauf genau zwischen die braunen Augen des schnurrbärtigen Mannes.
»Du brauchst nur einmal mit den Augen zu klappern. Oder zu husten. Gib nur einen Furz von dir. Und du bist ein toter Mann!« sagte Crockett mit tödlicher Kälte. Der Kreis der Polizisten zog sich enger zusammen, um einen Blick auf den verabscheuten und gefürchteten argentinischen Killer zu werfen.
Der Gesichtsausdruck des auf dem Boden liegenden Mannes zeigte mehr Erstaunen über dieses Empfangskomitee als irgend etwas sonst. Sein Blick suchte Linus Oliver, der versucht hatte, graziös zu entschlüpfen, aber von Gina und Trudy aufgehalten wurde, die ihn mit auf den Rücken gedrehten Armen zur Bar führten.
»Ist das Mendez?« fragte Gina. Linus nickte und ließ ihn los. Linus, den Coke-Dealer, zu verhaften, hoben sie sich für einen anderen Tag auf.

Während er mit der Rechten seine Automatik packte, griff Crockett in die Hemdentasche von Mendez und zog die zerbrochenen Hälften einer dicken, grünen Plastiksonnenbrille hervor.

»Du hast meine Sonnenbrille kaputtgemacht!« sagte Mendez in Richtung Pistolenlauf.

Die Spannung löste sich. Mendez war gefangen, und jeder atmete auf.

Niemand, nicht einmal Linus Oliver, wußte, daß – obwohl der Mann, den sie verhaftet hatten, in der Tat Rudolpho Mendez war – er nie in Argentinien gewesen war, *nie* ein freundliches Gesicht gehabt und in seinem ganzen Leben keine Brille gebraucht hatte.

8.

»Atmet's sich jetzt ein bißchen leichter?« erkundigte sich Tubbs bei Sonny, als sie aus dem »Was ist dein Tierkreiszeichen?« heraus waren.

»Auf jeden Fall. Am liebsten würde ich Linus Oliver küssen.«

»Zu spät. Der ist schon nach Hause abgetanzt.«

Crockett begann zu lachen, teils vor Erschöpfung, teils vor nervöser Anspannung. »Ja, ja, der hat einen ganz schön harten Tag gehabt . . .« Tubbs fiel in das Gelächter ein. Crockett rieb sich die Augen und schaute die öde und wenig einladende Straße entlang, die von nächtlichen Reklameschildern beleuchtet wurde.

»Ich fahre zu dem Versteck raus. Ich will Caroline und Billy da wegholen. Ich will meine Familie nach Hause bringen.«

Tubbs schaute zu, während Monahan den Wagen ohne Po-

lizeikennzeichen am Bordstein zum Halten brachte. »Ich werde Mendez in der Stadt in die Mangel nehmen. Ich nehme deinen Wagen mit. Wir treffen uns dann in ein paar Stunden. Ich warte auf dich – ich bin sicher, daß du ihn gerne einiges fragen möchtest.«
»Nach Calderone!« Crockett nickte zustimmend. »Darauf kannst du was wetten!« Er ging zu dem Wagen und kam dann noch mal zurück. »Danke, Kumpel. Du hast für mich deinen Kopf hingehalten!«
Obgleich Tubbs wußte, daß diese Art Eingeständnis bei Crockett Seltenheitswert hatte, quittierte er es mit einem Achselzucken. »Was soll's – ich bin jederzeit für meine Freunde auf der Todesliste da.«
Er sah zu, wie die Rücklichter von Crocketts Wagen in der Dunkelheit verschwanden. Auf dem Polizeirevier ließ er Mendez eine Weile in einer der Verhörzellen schwitzen, während er sich eine Tasse Kaffee schnappte. Auch aus der Ferne brachte Calderone immer noch ihr Leben durcheinander. Calderone mußte für immer ausgeschaltet werden.
Das erste, was Mendez sagte, als Tubbs den mit Kork getäfelten Raum betrat, war: »Mein Rechtsanwalt ist nicht da, Mann. Du kennst doch die Gesetze.« Mendez hatte sich jetzt wieder im Griff. Ihm schien klargeworden zu sein, was geschehen war . . . und seine Ruhe basierte auf Fakten, die Tubbs und die anderen nicht kannten.
»Wir haben deinen kleinen Computer, Mendez, also wollen wir doch jetzt noch nicht von Rechtsanwälten reden!« sagte Tubbs. »Das ist bloß Geldverschwendung! Wir haben auch noch nicht darüber entschieden, ob du bei einem Fluchtversuch erschossen wurdest!«
Mendez lächelte höflich und schlug die Arme übereinander.
»Estebán Barrencia«, las Tubbs von der Liste ab. »Felix Ca-

stronova. Und so weiter. Ein Arbeitspensum von sechs Morden, das du in kaum mehr als fünf Tagen erledigt hast!«

Mendez hatte zu lachen begonnen, unfähig, sich zusammenzunehmen.

»Ich will wissen, wo Francisco Calderone ist. Hier im Lande? In der Karibik? Irgendwo in den USA, außerhalb von Florida? Wo?«

Mendez schüttelte den Kopf, als wäre er ein Schwachsinniger. Switek sah von seinem Ende des Verhörtisches fragend zu Tubbs hinüber – *und was tun wir jetzt*?

»Was für ein Calderone?« wiederholte Mendez zum fünften Mal.

»Der Staat wird dich ausradieren, du Dreckskerl. Extra für dich werden sie den Strom anstellen, und du wirst braten!«

»Nein, das werde ich nicht!« entgegnete Mendez. »Nicht daraufhin, was ein offenkundig wahnsinniger Polizist sagt. Ich habe niemanden umgebracht. Und ich weiß nicht, wie du auf die verrückte Idee gekommen bist, daß ich es getan habe. *Tu sabes*?«

»Wo ist Francisco Calderone? Du weißt, wir haben die ganze Woche Zeit, Mendez, und im Unterschied zu dir können wir Mittagspausen machen.«

Mendez war völlig gelassen. Er hatte diese ganze Prozedur schon einmal hinter sich gebracht, und er hielt an seinem Standardwitz fest. »Was für ein Calderone?«

Trudy steckte den Kopf durch die Tür. »Tubbs – Telefon. Geh sofort auf Leitung vier.« Sie trug immer noch das Kleid, das Tubbs das Einschlafen schwer machte, egal, *wie* hart sein Tag gewesen war.

Er kam aus dem Zimmer und hielt sich den Hörer ans Ohr. Gina saß auf dem danebenstehenden Schreibtisch und beobachtete Switek und Mendez durch das Spiegelfenster.

Sie sah, wie Tubbs' Gesicht aschfahl wurde – selbst in dem schwachen blauen Licht des Beobachtungsraumes.
Langsam legte er wieder den Hörer auf. »Das war Ballinger von der Mordkommission. Linus Oliver ist gerade vor seinem Wohnhaus zusammengeschossen worden – genau wie Castronova. Automatische Waffen. Der ganze Wagen ist hinüber, ebenso wie die Leibwächter. Die Waffen wurden am Tatort zurückgelassen. Eine Frau sagte, *vielleicht* war es ein Bursche, der eine graue Sportjacke trug, er hat ihr die Tür aufgehalten . . . aber niemand ist sicher, ob er irgendwas gesehen hat.«
Gina starrte ihn voller Furcht an. Dann schaute sie zur anderen Seite auf den Mann, den sie in den vergangenen hundert Minuten in Haft gehalten hatten.
»Gina, wir haben den falschen Burschen – der Killer ist immer noch da draußen.«
»Um Himmels willen!« sagte sie. »Sonny . . .«
Sie griff nach dem nächsten Telefon, während Tubbs zurück in die Verhörzelle rannte.

Die Tür zum abgesicherten Haus wurde von einer Wache geöffnet, die einen kugelsicheren Schutzanzug trug und eine M-16 in der Hand hielt. Crockett sah, daß Caroline ein Stück weiter hinten in der Eingangshalle stand, mit einem hoffnungsvollen, aber vorsichtigen Ausdruck im Gesicht. Sie hatte nicht geschlafen.
»Es ist vorbei!« sagte er ruhig, und genauso ruhig kam sie zu ihm.
Billy kam aus seinem Zimmer. Er rieb sich die Augen und sah seine Mutter und seinen Vater in einer engen Umarmung, eingerahmt von dem Licht, das durch den Gang flutete. Seine instinktive Reaktion war, zu ihnen zu laufen und zu versuchen, mit seinen kurzen Armen beide gleich-

zeitig zu umfassen. Wenn er seine Mutti nicht beschützt hätte, dachte er, dann würde sein Vati auch nicht so glücklich aussehen.

In diesem Augenblick waren sie seelisch und körperlich vereint, und Sonny bemerkte, daß sogar die Wachen aufzuatmen schienen.

Zurück zum Haus, zu *ihrem* Zuhause, fuhren sie mit Carolines Volvo. Es mußte über vieles gesprochen werden, aber beide, Caroline und Billy, schliefen während der Rückfahrt auf ihren Sitzen ein. Crockett verbrachte die meiste Zeit auf der Fahrt damit, sein eigenes Bild zu betrachten, das die Windschutzscheibe grün reflektierte, und sich zu fragen, wie die Dinge wohl laufen würden, wenn sie alle ausgeruht, wach und bereit waren, miteinander zu reden. Seine Chancen waren nicht sehr gut, aber er hatte wenigstens welche.

Nachdem er in der Auffahrt geparkt hatte, weckte er die beiden auf. Das Haus war dunkel und ruhig, nicht einmal das Licht auf der Veranda brannte. Er packte Billy in seinen Armeeschlafsack ein, drückte Caroline mit einem Arm an sich – sie war noch schlaftrunken, und ihre Schritte waren unsicher – und steuerte zur Vordertür.

Er hantierte mit dem Volvo-Schlüsselring. »Lieber Gott, Caroline, du hast zweiundneunzig Schlüssel an diesem Ring . . . welcher . . .?«

»Schöner Detektiv!« murmelte sie, ergriff den Schlüsselring und öffnete die Tür. »Billy, bevor du ins Haus kommst, sieh zu, daß du nicht voller Sand bist.«

Sie nahm Billy, während Crockett sich ihren Kleidersack über die Schulter schwang. Das erste, was er jetzt tun mußte, war Tubbs anzurufen. Er warf den Sack auf das Sofa und knipste das Flurlicht an. Der größte Teil des Wohnzimmers wurde in Umrissen sichtbar. Er entdeckte

das Telefon auf dem Couchtisch und hob es hoch, um es wie gewohnt gegen seine Brust zu halten, während er die Tasten drückte.
Das Telefon war unterbrochen.
Niemand war im Haus gewesen, und das Telefon war unterbrochen.

»Crocketts Telefon klingelt, aber es ist niemand da . . .«
Tubbs rannte vorbei in die Verhörzelle, seine Augen rot und grimmig. »Wo ist er?« schrie er Mendez an. »Wo ist der Killer?«
Mendez grinste bloß und schickte sich an, wieder ›*Was für ein Calderone*‹ zu sagen.
Tubbs stürzte quer durch den Raum, griff mit einer Hand Mendez an die Kehle und preßte ihn an die gegenüberliegende Wand. Mendez' Schädel drückte die Schallisolierung ein. »*Der Killer*! Wo ist er?«
Ein Ausdruck von Furcht huschte über Mendez' Gesicht – Tubbs hatte die kühle Fassade des Burschen durchbrechen wollen –, aber die Furcht ging gleich wieder in Ruhe über. »Ich werde dir nichts erzählen, Mann!« zischte er. »Verschwinde. Verfaule und verrecke!«
Tubbs ballte die Faust, um Mendez' selbstzufriedenes Gesicht zu Brei zu schlagen, aber sein Schlag wurde von Switek aufgefangen. »Dieser Schleimer ist nicht der Schütze«, sagte Tubbs, »aber er weiß, wer es ist – und der Killer ist immer noch da draußen!«
Bei Switek dämmerte es. »Und er ist auf der Jagd nach Nummer acht?«
Tubbs' Gesichtsausdruck sagte ihm alles, was er wissen mußte.
Tubbs rannte los und vergaß Mendez. »Komm schon, Switek, wir müssen jetzt los! Es könnte sonst zu spät sein!«

Sie rasten nach draußen und sprangen in den Corvette. Tubbs ließ mit viel Rauch und Lärm den Motor an und mit Höchstgeschwindigkeit fuhr er vom Parkplatz. Switek griff nach dem Autotelefon und versuchte wieder die Nummer von Crocketts Haus. »Immer noch keine Antwort!« Er rief Captain Bailey Swanson an und stellte fest, daß Crockett und seine Familie das bewachte Haus vor fast einer Stunde verlassen hatten. »Sie müßten jetzt zu Hause sein!« sagte er.

»Vielleicht sind sie schon da!« sagte Tubbs düster.

Switek versuchte es weiter, während Tubbs eine rote Ampel überfuhr und den Highway mit Hundertvierzig entlangraste. Sie würden, grob gerechnet, trotzdem immer noch fünf Minuten brauchen, um Carolines Adresse zu erreichen. Zwei Streifenwagen fuhren in ihrem Gefolge quietschend über die Kreuzung, mit jaulenden Sirenen und blinkenden Lichtern. Switek griff hinter den Sitz, zog eine Polizeiflinte hervor und lud sie. Tubbs überprüfte seine eigene Waffe. Ein struppiger Hund bekam fast einen Herzanfall, als die schnellen Wagen quietschend und schlitternd um die Ecke in das Wohnviertel einbogen. Er sprang aus der Mülltonne, wo er Abfälle gefressen hatte, und sah zu, daß er schleunigst unter die nächstgelegene Veranda kam.

»Ich sehe den Volvo«, sagte Switek, der hinter der Windschutzscheibe des Corvette den Hals verrenkte. »Aber kein Licht im Haus.«

Tubbs trat voll auf die Bremsen und fuhr genau in dem Augenblick vor, als die ersten Stöße von Gewehrfeuer die Fenster von innen erhellten.

Crockett ließ das Telefon fallen und warf sich zu Boden, als der Mörder in der Nähe der Küche aus der Dunkelheit trat und einen Feuerstoß aus der automatischen Waffe abgab, der quer durch das Wohnzimmer fegte und in Brusthöhe alles zerstörte. Aus den Löchern, die in das Sofa geschossen worden waren, quoll die Polsterung. Die Bildröhre des Farbfernsehers implodierte mit einem *Plop* wie Zellophanpapier und verstreute silbrige Splitter. Der Teller des Stereoplattenspielers tanzte und sprang, während die großkalibrigen Einschüsse ihn zerrissen, die Platte, die auflag – das neueste Album von Bryan Adams –, fiel auseinander. Carolines geerbte chinesische Vasen lösten sich in Porzellanstaub auf.

Crockett riß seine 45er heraus und gab mehrere Schüsse in Richtung auf das Mündungsfeuer der anderen Waffe. Aber der Killer war im Vorteil, er zwang Crockett zum Rückzug, während er das Wohnzimmer auseinandernahm, um ihn in eine Ecke zu treiben.

Die Salve wurde für den Bruchteil einer Sekunde unterbrochen. Crockett hörte, daß der Mörder eines seiner Dreißig-Schuß-Magazine herausschlug und es ersetzte. »Caroline!« schrie er. »Geh zur hinteren Seite des Hauses!« Dann rollte er sich herum und zerschoß das Flurlicht, damit er nicht mehr so gut zu sehen war, und blitzschnell sprang er zum Gang hin. Einschläge zerrissen den Teppich, wo er eben noch gelegen hatte. Crockett krachte in das antike Tischchen, das er und Caroline zwei Monate nach der Hochzeit gekauft hatten. Er sah einen dunklen Schatten, der vor den Wohnzimmervorhängen vorbeilief, einen Augenblick lang von der Straßenlaterne beleuchtet. Er schoß auf ihn, und damit brachte er die Vorhänge zum Schwingen und ließ das Aussichtsfenster auf den Vorgarten explodieren. Dann wurde er von der Erwiderung des Feuers zurückgetrieben. Ihm gelang ein kurzer Blick auf das Gesicht des Killers – zusammengebissene Zähne, die Augen schmal und schwarz hinter einer rechteckigen Brille

– als blitzendes Mündungsfeuer das Wohnzimmer erhellte.
Crockett hatte sich da, wo die Küche auf den Flur stieß, eng zusammengekauert. Er wischte sich den Schweiß aus den Augen und schob ein neues Magazin in seine Pistole. Der Mörder schoß, und die Kugel traf fünf Zentimeter über Sonnys Scheitel die Wand. Er huschte ins Eßzimmer, zu dem es sowohl von seiner Seite wie von der des Killers einen Zugang gab. Als er in Richtung des Killers schoß, hatte der sich bereits in den entgegengesetzten Teil des Ganges zurückgezogen.
›*Dieser Bursche ist ein Könner*‹, dachte er und Panik ergriff ihn. ›*Das könnte mein Ende sein!*‹
»Crockett!« Das war Tubbs, draußen vor dem Haus.
»Ich bin hier!« schrie Sonnny. »Er ist drinnen, in der Nähe des Eßzimmers!«
Die Haustür sprang krachend auf, der zerbrochene Riegel schlitterte über den Boden. Zwei Gestalten – Tubbs und Switek – wichen zurück, als Maschinengewehrfeuer die Schwelle in Stücke zerriß. Dann lief Tubbs rein, gebückt, die Waffe nach vorn gerichtet. Um ihn herum gaben die Flurwände nach. Ein großes gerahmtes Hochzeitsbild der Crocketts fiel von der Wand und zerbrach auf dem Fußboden. Andere Bilder, angekratzt und durchlöchert, hingen, fielen oder rutschten an der Wand entlang wie eine Reihe abgebrochener Zähne.
Crockett sah Caroline und Billy im Gang nahe dem Schlafzimmer zusammengekrümmt auf dem Boden . . . genau in dem Augenblick, als er den Killer in ihre Richtung laufen sah. Er war verblüfft, daß dieser Mann den Grundriß des Hauses besser zu kennen schien als er selbst. Caroline sah ihn kommen und schrie. Crockett versuchte, in seiner Nähe zu bleiben und ihn zu erledigen, aber er konnte kaum

etwas sehen, und er befürchtete, versehentlich Caroline zu erschießen.
Als Caroline schrie, sprang der Killer über sie und Billy und verschwand im Schlafzimmer.
»Sonny?«
»Komm schon!« brüllte er Tubbs an, und sie bewegten sich zusammen in Richtung Schlafzimmer.
Switek, der sich gegen die Eingangstür lehnte, starb fast vor Schreck, als genau hinter seinem Kopf das Schlafzimmerfenster auseinanderbrach.
Der Killer kam kopfüber heraus, mit vorgestreckter Waffe, schlug auf dem Boden auf, wo er sich gekonnt abrollen ließ in einem Regen aus zerbrochenem Glas, zerrissenen Vorhängen und zersprungenen Rolläden. Er sprang auf die Füße, seine Waffe bereit . . ., schaute hoch und sah Gina, Trudy, Zito und vier andere uniformierte Polizisten, die alle Flinten, M-16 und Pistolen auf ihn gerichtet hatten.
Switek wirbelte herum und riß seine Pistole hoch, um sie in dieselbe Richtung zu halten.
Crockett und Tubbs erschienen im Schlafzimmerfenster.
Der argentinische Attentäter zögerte für den Bruchteil einer Sekunde, auf seinem Gesicht eine fast komische Überraschung. Dann, mit einer Art bedauerndem Seufzer, weil er keinen Ausweg sah, schoß er.
Ein Blinklicht auf einem Streifenwagen zerplatzte. Über die Seiten der Autos zogen sich Einschußlöcher. Das Sicherheitsglas zerbarst zu groben Krümeln. Durch das Eröffnen des Feuers hatte er jedermann überrascht. Er fuhr mit seinem wirkungsvollen Zerstörungswerk fort, indem er eine Vierteldrehung machte und seine Waffe auf Crockett richtete.
Crocketts Lippen wurden weiß, und er drückte ab. Der Hahn seiner 45er schnappte hohl ins Leere.

Der Argentinier feuerte genau in dem Augenblick, als er vier Kugeln in den Rücken bekam. Er fiel zusammen, seine Schüsse verfehlten ihr Ziel, und die Einschläge rissen die Zimmerdecke über Crocketts Kopf auf. Dann machte er eine zuckende Drehung, seine metallgeränderte Brille flog weg und landete unbeschädigt auf dem feuchten Rasen. Die Wucht der Einschläge in seinen Körper preßte ihn gegen die Schlafzimmerwand, und er hing über dem Fensterbrett, als Crockett und Tubbs dem entgegenkommenden Gewehrfeuer auswichen.

Als die Schießerei eingestellt wurde, hing der Mörder immer noch dort.

Während die Polizisten kreuz und quer über den Rasen rannten, betrachtete sich Crockett das Gesicht des Killers. Seine Augen waren immer noch offen. Kraftlos griff er nach Sonnys Hemd, auf dem er einen riesigen Blutfleck hinterließ. Sein Griff wurde schwächer. Helles Blut quoll ihm aus dem Mund, das Weiße seiner Augen trat hervor, und er starb.

Crockett wich zurück. Die leblose Hand fiel herunter, ein Reflex der Sehnen krümmte die toten Finger.

Es war ein grauenhafter Anblick, den er nie aus seinem Gedächtnis verdrängen können würde.

»Caroline . . .? *Caroline*! Billy!« Der Bann brach, und er stürzte nach hinten in den Flur.

Caroline hatte einen Schock. Immer noch hockte sie mit ihrem Sohn auf dem Boden zusammengekrümmt, zitternd, ihre Pupillen klein und von tödlicher Angst erfüllt. Billy wimmerte. Crockett hatte das Gefühl, daß er selbst gerne ein wenig geweint hätte.

»Schschsch – « sagte er und hielt ihn im Arm. »Es ist alles vorbei . . .« Aber das hatte er seiner Familie schon öfter gesagt, und es hatte sich gezeigt, daß es nicht der Wahrheit

entsprach. Er hatte seine Familie betrogen, und in den letzten zehn Minuten war einiges mehr als nur Sachschaden entstanden.
Draußen hielten weitere Streifenwagen, und ein lautes Durcheinander begann.

9.

»Bulldogge« Bailey Swanson war ein stämmiger Mann von ein Meter siebzig und sah aus wie ein pausbäckiger Doppelgänger von Football-Trainer John Madden. Oder von John Candy, dem Komiker. Allerdings wirkte er nicht allzu sportlich oder allzu amüsiert, als er im Vorraum von Sonny Crocketts Haus stand und das Ausmaß der Zerstörung betrachtete.
Völlig ausdruckslos drehte er sich zu Crockett herum und sagte: »Das sieht aus, als ob eine Bande von Straßenrowdys eine tiefe Abneigung gegen deine Inneneinrichtung gehabt hätte.« Als er sich umwandte, die Hände in der Tasche, zermalmten seine übergroßen Wanderschuhe die Scherben des zerbrochenen Flurspiegels. Die Löcher in den Wänden waren teilweise so groß wie Kuchenteller. »Ist irgend etwas ganz geblieben?«
»Die Schlafzimmer und das Badezimmer!« sagte Crockett mit ausdrucksloser Stimme. Sonst war wenig übrig geblieben. Die meisten Möbel im Wohnzimmer und im Eßzimmer waren zerstört. Selbst das Silberservice im Buffetschrank war zerschossen. Einer von Billys Teddybären war mitten in die Brust getroffen worden, die Füllung lag V-förmig auf dem Fußboden.
Eine getrocknete Blutspur verunzierte das Schlafzimmerfenster, dazu Einschußlöcher, die ringsrum verteilt waren.

Ein mit Markierungsband ausgelegter Umriß kennzeichnete die Stelle, wo der argentinische Killer schließlich zusammengebrochen war.
Es schnürte Crockett das Herz ab zu sehen, wie stumpf und erschreckt Caroline sich in den zerstörten Überresten ihres Hauses umschaute. Uniformierte Polizisten untersuchten die Unordnung. Es wurden einige Fotos gemacht. Zeitungsleute drängten sich auf der anderen Seite der Polizeiabsperrung. Billy war glücklicherweise zur Schule gegangen; er war ziemlich unbekümmert. Kinder sind widerstandsfähig; es sind eher die Erwachsenen, die sich nicht anpassen können und zerbrechen. Während sie ihre mütterlichen Pflichten erfüllte, hatte Caroline ganz normal gewirkt, aber jetzt hatten ihre Augen diesen schrecklich verlorenen Blick.
»Rodriguez ist immer noch auf der Intensivstation!« sagte Swanson. »Die zweite Operation war auch nicht viel erfolgreicher als die erste. Er lebt, aber sie sagen jetzt, daß er vielleicht an eine Maschine angeschlossen werden muß . . .«
Crockett war zu Caroline hinübergegangen. Er brachte sie in Billys Zimmer, einen der wenigen Räume, die von der Schießerei verschont geblieben waren. Sie setzten sich auf sein winziges Bett, und jeder versuchte, in den Augen des anderen eine Antwort zu finden.
Er wollte etwas sagen, aber sie war schneller. Merkwürdigerweise sagte sie: »Es ist wunderbar!«
Das erschütterte ihn. Er warf ihr einen fragenden Blick zu.
»Es ist wunderbar, daß wir gedacht haben, daß du und ich wieder zusammenkommen könnten und daß wir es diesmal schaffen würden!« fuhr sie fort. Aber sie hatte die Augen gesenkt und vermied es, ihn zu berühren. Seine Hand zu ergreifen, um Halt zu suchen, würde bedeuten, daß sie die Kontrolle verlor, und das hätte bei ihr in diesem Au-

genblick katastrophale Folgen. »Aber es ist falsch, daß wir wieder zusammenkommen und dann wieder auseinandergehen, Sonny. Einer von uns muß zur Ruhe kommen – und das wirst sicher nicht du sein. Das merke ich an der Art und Weise, wie du bei jedem Auftrag aufblühst. Und jedesmal spielst du mit etwas, das so enden könnte wie das, was letzte Nacht hier geschehen ist. Denk an die letzte Nacht, und diese unzählige Male wiederholt.«

»Aber so wäre es nicht . . .«, begann er, unterbrach sich aber sofort, weil er wußte, daß er unrecht hatte.

»Es ist also derselbe Konflikt, der immer zwischen uns stand!« sagte sie. »Die alten Konflikte sterben nie!«

Mit bitterem Lachen fügte sie hinzu. »Sie verblassen nicht einmal sehr!«

»Caroline – diese letzte Nacht, da hab' ich . . .«

»Es geht nicht nur um letzte Nacht. Diese letzte Nacht war wie jede Nacht. Ich meine das Ganze. Verstehst du das nicht?«

Er holte tief Luft und nickte. »Ich werde Janet Buckley wieder anrufen. Ich bin sicher, sie bekommt einen neuen Termin für die Scheidungsverhandlung!«

»Rechtsanwälte können alles!« Sie schob den Gedanken beiseite und schaute sich um, als sähe sie den Raum zum ersten Mal. »Ich muß meine Sachen zusammenpacken. Wenn Billy aus der Schule zurückkommt, werden wir eine kleine Reise machen!«

Crockett wollte gerade fragen, wohin, doch dann hielt er den Mund. »Ist gut!« Er stand auf und ging hinaus.

»Tubbs versucht, dich zu erreichen!« sagte Swanson. »Über dein Autotelefon!«

Die rechte Seite des Autos war mit Einschußlöchern übersät. Sie hatten rundherum kleine Zackenkränze, wo die

Farbe abgeplatzt war. Ansonsten war der Wagen unbeschädigt; keine platten Reifen und kein Motorschaden.
»Sonny, ich brauche deine Hilfe, um Mendez zum Reden zu bringen. Ich hab' ihm Angst eingejagt, als ich ihn beinahe umgebracht hätte, und ich glaube, er wird langsam weich. Ich will eine Spur zu Calderone aus ihm herausholen. Machst du mit?«
Calderone. Der Mann, der den Bruder von Tubbs getötet hatte. Der Mann, der Sonnys Ehe endgültig ruiniert hatte. Der Mann, der schuld war, daß Lou Rodriguez im Krankenhaus lag und der sie beinahe hätte alle umbringen lassen. Der Mann, der über einen Mittelsmann auf eine der Messinglampen auf der »St. Vitus Dance« geschossen und den armen Elvis verschreckt hatte. Diese verdammten Lampen kosteten Geld. »Was glaubst denn du, New Yorker?«
Tubbs' angestrengte Stimme verriet wieder ein wenig Ironie. »Ich denke, daß du in zehn Minuten hier bist, spätestens!«
»Sagen wir acht!«

Rudolpho Mendez hatte seine Augen auf das Glas gerichtet, das sich langsam mit Wasser füllte. Es war so kalt, daß es auf der Außenseite sofort beschlug. Gegen seinen Willen wurde ihm der Mund wäßrig. Er war die ganze Nacht in der Verhörzelle eingeschlossen gewesen, und er fühlte sich wie im Inneren eines Ofens, der auf »Backen« eingestellt war. Und dazu noch dieser wahnsinnige Polizist, der jeden Augenblick die Beherrschung zu verlieren drohte. Wütende Polizisten waren gefährlicher als die meisten Rauschgiftsüchtigen, die Mendez kannte. Er hatte sechs Stunden lang nichts getrunken und war völlig ausgetrocknet. Er wollte aber nicht zulassen, daß sie seine Schwäche bemerkten. Er hatte niemanden umgebracht und war davon überzeugt, daß alles in Ordnung kam, wenn er nur durchhielt. Aber seine glatte Fassade bekam langsam Risse. Er beobachtete das Glas und stellte sich vor, das Wasser trinken zu können.

Crockett goß sich ein. Als er damit fertig war, sagte Tubbs ganz freundlich: »Wo ist Calderone?«

Mendez schaute Tubbs zweifelnd an. Als sich die Worte ›*Welcher Calderone?*‹ auf seinen Lippen formten, schlug Tubbs das Glas zur Seite, das nur Zentimeter von Mendez' Gesicht entfernt war. Mendez zuckte zusammen. Das Glas flog quer durch den Raum und zerbrach auf dem Fußboden. Kaltes Wasser benetzte Mendez' Hose.

»Ich habe Schwierigkeiten, ihn unter Kontrolle zu halten!« sagte Crockett beiläufig.

Mendez schluckte. »Calderone bringt mich um, wenn ich verrate, wo er ist!«

»Aber mein Partner hier bringt dich um, wenn du es nicht erzählst!« sagte Crockett. »Es scheint, daß er eine Rechnung mit Calderone zu begleichen hat, die nicht unter das fällt, was man als Zuständigkeit der Polizei bezeichnet. Vergiß nicht, wir haben uns noch nicht entschieden, ob du bei der Schießerei, bei der der Killer getötet wurde, umgekommen bist oder nicht!«

»Calderone . . .« Mendez rutschte unruhig hin und her. »Du hast gesehen, wie weit sein Arm reicht . . .«

»Ja, aber im Augenblick ist er nicht hier in diesem Raum mit uns zusammen!«

»Hat Calderone den Attentäter geschickt?« fragte Tubbs. Beim Klang von Tubbs' Stimme schreckte Mendez hoch. »Ja! Ludovico Paz.«

»Der Argentinier?« Mendez nickte. »Und du warst der Mittelsmann. Du hast Ludovico Paz bezahlt?« Wieder

nickte Mendez zustimmend. Jetzt kamen sie voran. »Warum du und nicht Calderone selbst?«
»Calderone brauchte jemanden in den Staaten, der Paz im Auge behielt. Aufpaßte, daß er seine Arbeit tat, und der ihm seinen Vorschuß bezahlte. Ihm bei allem, was er benötigte, half. Ihm alles besorgte, was er brauchte.«
»Wie etwa die Maschinenpistolen? All die Schießeisen, die er einfach liegen ließ?«
»Paz hat das Zeug selbst hereingeschmuggelt. Hat nur seiner eigenen Ausrüstung vertraut. Calderone wollte einen Burschen wie ihn.«
»Hast du Paz angeworben?«
»Calderone würde solche Verhandlungen nie selbst führen. Er hat Ludovico Paz nicht ein einziges Mal gesehen.«
Tubbs und Crockett warfen sich insgeheim einen hoffnungsvollen Blick zu. Das konnte sich bei einem Auswärtsspiel noch als Vorteil für sie erweisen.
Mendez schaute mit gehetztem Blick hoch. »Ich möchte Wasser. Bitte!«
»Du hast noch nicht gesagt, wo Calderone ist!« sagte Tubbs, goß sich Wasser ein und trank es in einem Zug.
»Du hast gesagt, daß ein Vorschuß bezahlt wurde!« sagte Sonny. »Von dir an Paz. Erzähl mir davon!«
»Eine Barzahlung, einhunderttausend, sauberes Geld in kleinen Scheinen. Dollars. Der Rest war fällig nach Erhalt der Todesanzeigen mit den acht Namen von der Todesliste. Keine Leichen im Hafenbecken. Calderone wollte, daß die Morde mit viel Aufsehen öffentlich geschahen, um ein abschreckendes Beispiel zu geben, damit die anderen Dealer bei der Stange blieben!«
Crockett brauchte nicht eigens zu fragen, ob Calderone ein Comeback plante.

»Wo?« fragte Tubbs. »Wir haben jetzt genug drumherum geredet!«
Während er mehr als mitteilsam gewesen war, was Ludovico Paz anging, ließ ihn die Angst vor Calderone vorsichtig sein. Mit seiner Geduld am Ende, hob Tubbs den Boden des zerbrochenen Wasserglases auf und drückte ihn gegen die Kehle des entsetzten Mendez. Zwei scharfe Glasspitzen drückten gegen seinen Adamsapfel.
»Andererseits«, sagte Tubbs mit furchterregender Krächzstimme, die kaum lauter als ein Flüstern war, »ich muß mich nicht damit begnügen, dich nur einfach zu töten. Ich kann dich erst verstümmeln. Dann werde ich dich in ein Verhör schleppen, als Mittäter in sieben Mordfällen. Und dann werde ich mein möglichstes tun, damit du lebenslänglich bekommst, was nicht schwer sein wird. Und dann werde ich dich in einem Gefängnishof frei rumlaufen lassen, darauf achten, daß jeder weiß, wo du bist, und dann werde ich überall bekannt machen lassen, daß du gesungen hast!«
»Ich würde wetten, daß er seine erste Gruppentherapiesitzung nicht übersteht!« sagte Crockett.
Die Aussicht, zuerst von Tubbs in die Mangel genommen und dann von Calderones Leuten getötet zu werden, war einfach zu viel. Es bestand schließlich die Chance, daß Mendez sich vielleicht verkriechen konnte, wenn diese beiden verrückten Polizisten sich auf die Jagd nach Calderone machten. Er griff nach dieser Chance. »Er ist auf den Bahamas!«
»Da gibt es über siebenhundert Inseln, Mendez!« sagte Crockett, deutlich enttäuscht. »Ich denke, ich muß mal 'n bißchen frische Luft schnappen und dich mit Tubbs hier allein . . .!«
Mendez versuchte, wieder Boden unter den Füßen zu be-

kommen, und sagte: »Ich bin nicht sein verdammtes Reisebüro, Mann – das ist alles, was er mir erzählt hat.« Angesichts ihrer drohenden Blicke versuchte er zu nutzen, was er wußte. »Er eröffnet neue Nachschubrouten. Krabbenfischer bringen das Kokain zur Insel. Von dort schaffen es Schmugglerboote hierher, aufs Festland. Die Dealer, die er umbringen ließ, wollten seine Transportwege in den Staaten und die Großhändler, deren er sich in Cleveland, New York und Detroit bediente, übernehmen. Den gesamten mittleren und nordöstlichen Teil seines Netzes!«
Crockett hob einen Briefumschlag hoch und ließ einen Stapel Fotografien, 20 x 25 cm, auf den abgenutzten und von Zigarettenstummeln versengten Tisch gleiten. »Überwachungsfotos von Calderone, von der Drogenfahndung«, erklärte er. »Sieh sie dir an!«
Mendez beugte sich vor und schaute den Stapel durch. Die meisten waren grobkörnig, mit dem Teleobjektiv aufgenommene Schnappschüsse von Calderone, lachend oder essend, vor Hintergründen, die sie alle kannten – Kolumbien, Bogotá, Rio de Janeiro, sogar bei ›Harlequin's‹ in New York. Auf allen diesen Fotos war er mit derselben Frau zusammen – eine junge, dunkelhaarige, schokoladenbraune Schönheit.
»Alles, was wir über die Frau wissen, ist, daß ihr Name Angelina Medera ist, Alter fünfundzwanzig, geboren in Medellin, Kolumbien. Hat die Universität von São Paulo besucht, danach die von Georgetown. Die letzte bekannte Adresse ist auf den Saint Andrews Islands, auf den Bahamas.«
»Ist das Calderones Freundin?« fragte Crockett.
Gleichgültig zuckte Mendez die Schultern. »Calderone hat überall Freundinnen; wie zum Teufel soll ich das wissen?«
»Wir müssen wissen, in welcher Beziehung sie zu Caldero-

ne steht. Sie ist sicher nicht bloß 'ne Nutte. Seine Geliebte? Seine Frau?«
»Warum fragst du mich danach? Ihr Burschen kennt doch schon alle Antworten . . .!«
Tubbs schob Crockett beiseite. Sogar Crockett schien erstaunt zu sein. »Letzte Chance, du Vermittler!« knurrte er. »Wenn du mir keinen Hinweis gibst, dann fang' ich sofort mit der Behandlung an!«
»Tubbs – « Crockett streckte warnend die Hand aus.
»Halt den Mund!« schrie Tubbs. »Ich habe genug von diesem triefäugigen Mistkerl, und ich werde ihm schon sein Gesicht verschönern!«
Mendez brach zusammen. »Paz! Paz!« stammelte er. »Paz! Die zweite Hälfte des Geldes sollte heute kommen! Er hatte den Auftrag, sich in einem Hotel unter dem Namen ›Miller‹ einzutragen, und wenn die Todesliste abgehakt war, zu warten, bis man mit ihm Kontakt aufnahm.«
»Welches Hotel und wo?« fragte Crockett.
»Conch Bay Lodge auf den Saint Andrews Islands. Das ist alles, was ich weiß, das schwör' ich bei Gott!«
Das war auch alles, was sie wissen mußten. Tubbs sagte: »Gib dem Mann einen Schluck *aqua*.«

»Wie steht's mit deinem Spanisch?« fragte Swanson, der durch den Beobachtungsspiegel zusah, wie Mendez in großen Schlucken Wasser trank.
»*Está* bueno«, sagte Crockett, der seine Automatik wieder in das Halfter steckte und zusätzliche Magazine in seinen Schultertaschen verstaute.
»Hört zu, Jungs, ich hab 'ne Menge Zweifel an dieser Geschichte!« sagte der Captain. »Es ist nicht gerade ein Spaziergang, genausowenig wie die kleine Vernehmung da drinnen . . .«

»Phh!« sagte Crockett. »Tubbs, der wahnsinnige Polizist. Sogar mich hast du mit deiner kleinen Vorführung da drinnen eingeschüchtert, Kumpel!«
Tubbs' Blick war ausdruckslos und hart. »Vielleicht war es kein Theater!« Das dämpfte ein wenig die freudige Stimmung im Raum.
»Schon gut!« sagte Swanson. »Kurz gesagt – wenn ihr Burschen freiwillig zu den Bahamas loszieht, dann sind wir nicht dafür verantwortlich, wenn man euch in die Mangel nimmt!«
»Ich verstehe!« sagte Crockett.
»Alles, was wir tun können, ist, die örtlichen Behörden zu informieren und sie um ihre Unterstützung für die Auslieferung von Calderone zu bitten – *falls* er wirklich da unten ist!«
»Er ist da!« sagte Tubbs. »Ich weiß es einfach. Ich *fühle* es!«
»Wir haben absolut keine Polizeigewalt da unten. Und ihr beiden seid auch nicht gerade die besten Kandidaten für diesen kleinen Auftrag, nicht wahr?« Das Schweigen der beiden war für Swanson Antwort genug. »Aber Lou Rodriguez ist mein Freund! Verdammt guter Pokerspieler. Und er hält viel von euch – das weiß ich aus euren Akten. Aber während ihr in dieser Sache unterwegs seid, bin *ich* für euch zwei und alles, was ihr treibt, verantwortlich. Und es gibt eines, was ich klipp und klar feststellen möchte: Ich habe Sonnys Haus gesehen. Und ich habe von Mitch aus der Verwaltung gehört, daß Calderone dafür verantwortlich war, daß dein Bruder getötet wurde, Tubbs.«
»Sie haben richtig gehört!«
»Also gut. Was ich euch klarmachen will, ist folgendes: Ich will auf keinen Fall, ich wiederhole, auf keinen Fall hören müssen, daß irgend etwas nicht streng nach der Dienstvorschrift gelaufen ist. Ihr seid dort zur Beobachtung –

also Geschichten wie Selbstjustiz oder so. Es gibt nur einen einzigen Platz, an dem mit Calderone abgerechnet wird – und das ist ein Gerichtssaal in Miami – versteht ihr mich?«
Sie nickten beide zustimmend und griffen nach ihren Jacken, um zu verschwinden.
»Ich habe keine Antwort von euch bekommen!« sagte Swanson mit gefährlichem Lächeln.
»Ja, Sir!« sagte Crockett sehr formell. Tubbs tat das gleiche.
»Und noch etwas, Crockett! Bevor ihr weggeht, will ich einen ausführlichen Bericht über Mendez auf meinem Schreibtisch haben, das ist wohl klar!«
Crockett blieb nichts anderes übrig als zu erwidern: »Ja, Sir, völlig klar!«
Swanson lächelte. »Geht jetzt!« Er winkte sie hinaus.
Sie gingen schweigend zusammen ein paar Schritte den Korridor hinunter, dann sagte Tubbs: »Dieser Bursche ist wohl ein Bulldozer?«
»So ungefähr«, sagte Crockett. »Die eiserne Faust im Samthandschuh. Mir gefällt das.«
Bevor Crockett begann, seinen Bericht über Mendez zu tippen, telefonierte er mit jemandem, der Sammy Rheingold hieß.
»Sammy wie?«
»Eine kleine Überraschung«, sagte Crockett, in dessen Mundwinkel eine Zigarette hing, während er tippte. »Wie lange brauchst du, bis du für einen Ausflug zu den Bahamas fertig bist, Tubbs?«
Er streckte die Hände aus. »Darauf habe ich mich vorbereitet, seitdem ich in Miami bin!«

10.

Sammy Rheingold hatte rote und blaue Motorradtätowierungen, die auf dem einen Arm aufwärts und auf dem anderen Arm wieder abwärts liefen. Er rauchte eine Camel nach der anderen und hatte dazu noch oft einen Zahnstocher im Mund. Er trug Baumwollhosen, Motorradstiefel und ein zerrissenes, ausgeblichenes Mötley-Crüe-T-Shirt, das mindestens ein Dutzend Löcher hatte.
Seine Arme waren bis zum Ellenbogen schwarz von Schmiere und Öl, und sein blondes Haar schien mit einer Pomade aus Brylcreme und Motorschmiere an den Kopf geklebt zu sein. Sein Anspruch auf Berühmtheit beruhte auf einer entfernten Verwandtschaft mit dem Mann, der für Rheingold – das Bier – verantwortlich war, ein Bier, das in Miami schwer zu bekommen war.
»Muß es praktisch importieren!« murmelte er um seine Zigarette herum, während seine Arme tief im Motor von Crocketts Schnellboot steckten. Vom Deck der »St. Vitus Dance« beobachtete Elvis mit typisch reptilienhaftem Desinteresse, was da vor sich ging.
Crockett schleuderte einen mit Schokolade überzogenen Doughnut über das Deck, und der Alligator schnappte es in seinem zahnbesetzten Scheunentor von einem Mund. »Wie sieht es mit der Geschwindigkeit aus, du alter Teufelskerl?«
Sammy nahm einen Schluck lauwarmes Bier aus der Dose. »Mit dem neuen Vergaser und den neuen Pumpen . . . also verdammt, da kannst du alles überholen, was Räder hat – und ich denke dabei nicht an Fahrräder!«
Sammy kratzte sich die Schmiere vom Arm und suchte nach seiner Armbanduhr. »Zum Teufel, was soll's; ist ja auch egal, wieviel Uhr es ist.« Mit verschlagenem Lächeln

fügte er hinzu: »Ich werde erst gar nicht fragen, was ihr Typen vorhabt . . .« Er schloß die Motorabdeckung, verriegelte sie und begann, seine Werkzeuge zu verstauen.
»Schönen Dank für den Hausbesuch, Sammy!«
»Keine Ursache. Du bist mir einen Gefallen schuldig, in Ordnung? Das Tolle bei dir ist, Sonny, daß du immer dein Versprechen einlöst. Wenn das Schätzchen hier dir irgendwie Kummer macht, kannst du mich Tag und Nacht anrufen – aber das wird nicht nötig sein, das weiß ich, denn hier ist alles erstklassig in Ordnung!«
»Halleluja!« intonierte Crockett. Sie lachten und schüttelten sich die Hand, wobei Crocketts Hand gründlich schwarz wurde.
»Verstehst du jetzt, was ich meine?« sagte Sammy zu Tubbs. »Der Bursche hat keine Scheu davor, sich die Hände schmutzig zu machen! Der ist richtig!«
Tubbs stemmte einen riesigen Seesack über das Wasser zu Crockett hinüber. »Ja. Außerdem ist der Kerl auch noch gefährlich, grob und ein Verrückter!«
»Genau!« schrie Sammy, als er sich in Richtung Pier davonmachte.
Zu Crockett gewandt, fügte Tubbs hinzu: »Sammy muß irgendwie im Zeichen das Wassermanns geboren sein.«
Crockett hob den Seesack mit beiden Händen hoch. »Ganz hübsches Gewicht für 'n Stück leichtes Reisegepäck . . .«
Tubbs spielte den Gleichgültigen. »Bloß ein paar Scheinwerfer und Ferngläser und . . . irgendwelches Zeug!«
Crockett stellte den Sack auf dem Deck des Schnellbootes an und nickte verständnisvoll. »Schußsichere Westen und Anzüge, M-845-Nachtferngläser, ein paar Heckler-Koch Maschinenpistolen, Tränengas . . . schätzungsweise zweitausend Schuß Munition . . . ja, ich seh' schon, gerade das Allernötigste für 'ne kleine Überwachung!«

»Ein guter Pfadfinder ist allzeit bereit!«
»Und dazu kommt noch meine Pistole, deine Pistole, die Polizeiflinten im Laderaum, die M-16 hinter der Tür und das kleine Schmuckstück von Flinte aus Familienbesitz, das du mitgebracht hast. Hab' ich recht?«
Tubbs zuckte theatralisch mit den Achseln. »Nur 'ne Lebensversicherung!«
Crockett sprang hinüber, um für ein letztes Lebewohl vor Elvis niederzuknien, seine Knie zu beiden Seiten der knorrigen, olivgrünen Nase. »Also, Kumpel, hör zu«, sagte er, »du wirst kein Unheil anrichten, während ich weg bin, verstehst du mich? Du wirst nicht unangemeldet auf den Empfängen des Vize-Konsuls von Panama erscheinen, du wirst keine Junkies erschrecken und dich nicht über das hermachen, was die Fischer gefangen haben. Und keine Wecker essen – Sammy braucht seinen Wecker!«
Der Alligator, so schien es, lauschte fasziniert. Dann riß er seinen riesigen Rachen auf und rülpste. Das Schlimmste befürchtend, murmelte Crockett »Nein, nein« und schaute in der Kabine der »St. Vitus Dance« nach.
Der Nichimita-Digital-Wecker im Wert von $ 19,97 – mit Schlummerknopf und allen möglichen Schikanen – war verschwunden.
»Du nichtsnutziges Monster«, schimpfte Crockett halbherzig.
»Da siehst du es!« meinte er zu Tubbs gewandt. »Ich bin bloß mal zwei Tage nicht da, lasse ihm einen Babysitter hier und jede Menge Hundekuchen . . . und wie dankt er es mir . . .?«
»Elvis frißt 'nen Wecker und wird nicht müde!«
»Ja!« Er warf dem Alligator einen, wie er hoffte, sauren Blick zu. »Benimm dich! Das ist ein Befehl! Onkel Ernie kommt so gegen acht mit deinem Frühstück . . . in Ordnung?«

Elvis gab zu, daß das annehmbar war.
Crockett sprang wieder auf das Schnellboot und ließ den Motor an. »Wenn wir in einer Woche oder so nicht zurück sind«, rief er Elvis zu, »gehört das Boot dir!«
Tubbs warf die Halteleinen ab, und Crockett tuckerte auf die offene See zu, wobei das Boot an Geschwindigkeit gewann. Mißlaunig beobachtete Elvis sie. Er haßte lange Abschiedsszenen.
»Warum hast du den Mechaniker geholt?« fragte Tubbs über das Brummen der beiden Mercury-750-Motoren. »Mußte das Ding überholt werden?«
»Nein!« erwiderte Crockett, während das Boot wie geschmiert lief. »Ich werd' dir zeigen, was der Mechaniker gemacht hat!« Er stieß den Schaltknüppel nach vorne, und auf der Stelle hob sich der Bug des Schiffes aus dem Wasser, während das Geräusch der Maschinen von einem sanften Surren in ein lautes Aufheulen überging. Die Beschleunigung preßte Tubbs in seinen Sitz. Das Boot raste los wie eine Rakete. Tubbs hielt sich an seinen Armlehnen fest und rief: »Wie schnell fährt das Ding denn überhaupt?«
»Ein ganzes Stück schneller als zu der Zeit, als du es mir gestohlen hast!« antwortete Crockett leichthin. Das Gefühl der Geschwindigkeit machte ihn high. »Ungefähr 'ne Million Knoten . . .«
Saint Andrews Island war eine Stunde entfernt.

Sie befanden sich auf offener See; Crockett empfand ein fast verwirrendes Gefühl von Freiheit und Beweglichkeit. Als er zum Passagiersitz hinsah, wurde ihm klar, daß Tubbs seine romantischen Ansichten nicht teilte.
»Du siehst ein bißchen grün im Gesicht aus, mein Junge!« schrie er durch die salzige Gischt.
Tubbs versuchte, den Bierkühler anzusteuern, um sich ein

Bier zu schnappen, seine Panik zu besiegen, die ihm Übelkeit verursachte, und sich von der schlingernden Bewegung des Bootes abzulenken. Er fühlte sich hier draußen in diesem nassen Nirgendwo sehr verletzlich. »Ich hab' das Gefühl, als würde ich gleich in deinen netten Ozean kotzen!« sagte er. »Ein bißchen Fischfutter!«
»Aha, da sieht' man's. Im Herzen ist er doch ein Stadtjunge!«
Tubbs zwang sich zu einem Grinsen. »Ich brauche den pulsierenden New Yorker Asphalt unter den Sohlen meiner Gucci-Schuhe. Ich bin nie näher ans Wasser als bis zum Brunnen am Rockefeller-Center gekommen!«
Crockett griff unter den Sitz und warf seinem Partner, der sein Bier in eine Halterung am Sitz gestellt hatte und jetzt mit einer Karte herumfuchtelte, ein Handtuch zu. »Entspann dich. Wir werden in zwanzig Minuten da sein!«
»Ja, richtig. Ich sehe nichts als Blau. Wenn ich nach oben schaue – Blau. Unten – wieder Blau. Und auf dieser Karte – noch mehr Blau.« Er versuchte, Crockett die Karte zu zeigen, aber sie wurde ihm aus der Hand gerissen, über Bord geweht – für immer verloren. »Verstehst du, was ich meine?« sagte er hilflos. Er zeigte über seine Schulter und fuhr fort: »Das einzige, was man auf der Karte sehen konnte, waren kleine blaue Punkte. Wie kannst du sicher sein, daß wir einen davon erreichen – sie sind winzig klein. Was passiert, wenn wir daran vorbeifahren und in Portugal oder sonstwo landen?«
»Keine Angst«, beruhigte ihn Crockett grinsend. »Unser Tank wird leer sein, lange bevor wir portugiesisches Gewässer erreicht haben . . .«
»Ich danke schön!« Tubbs verdrehte die Augen. »Ich werde dich Ishmael nennen, wie in ›Moby Dick‹! Und ich wette, da draußen gibt's auch Haie. Haie . . . und diese scheußlich

aussehenden flachen Dinger mit Stacheln und glühenden Augen, die nur nachts rauskommen, wenn die Leute kein Benzin mehr haben . . . Kraken und anderes Getier mit Saugnäpfen . . . uhhh!«
»Vielleicht noch Schlimmeres!« sagte Crockett, dem das alles ungeheuren Spaß machte.
»Was meinst du damit?«
»Also . . . wir sind mitten im Bermuda-Dreieck, wußtest du das nicht?«
Tubbs gab ein verzweifeltes Stöhnen von sich. »Haie und Phantome!« seufzte er und faßte sich mit den Händen an den Kopf.
Crockett zeigte nach vorne. »Siehst du den weißen Punkt?«
»Wo?«
»Ungefähr zwei Strich Steuerbord!«
»Kannst du das nicht verständlich ausdrücken?«
»Da drüben! Das ist Bimini. Und Saint Andrews Island!«
»Phantastisch. Jetzt kommen wir aus dem Regen in die Traufe! Alles, was wir haben, ist keinerlei Unterstützung, eine ziemlich weit hergeholte Geschichte als Tarnung und einen Schnappschuß von Calderones Liebchen.« Dann beruhigte er sich. »Wennn ich so drüber nachdenke . . . worauf warten wir eigentlich?«
»Das ist der Geist der Seefahrer, der aus dir spricht!« sagte Crockett.
»Mit der See hab' ich nichts am Hut!« erwiderte Tubbs, während sich der Punkt zu einer bergigen kleinen Insel vergrößerte, die die sanfte blaue Linie des Horizonts unterbrach. Er dachte an Rafael, seinen Bruder.

Conch Bay Lodge war ein typisches Reiche-Leute-Bahamas-Hotel. Sein Privathafen war mit einer erlesenen Aus-

wahl von Motorschiffen bestückt. Es gab eine Rezeption und eine Bar im Freien, mit trockenen Palmwedeln behängt und für die Touristen mit einer Menge Fischernetze, getrockneten Seesternen, alten Muschelschalen, Glaskugeln und anderem Fischerei-Schnickschnack aufgeputzt. Crockett lenkte das Schnellboot behutsam auf seinen Platz – er war wirklich ein guter Steuermann, dachte Tubbs – und zusammen schleppten sie Taschen und Segeltuchsäcke über eine von Salzwasser zerfressene Holztreppe zur Bar. Der Barkeeper beobachtete geduldig ihren Aufstieg. Seine Augen waren leuchtend blau, mit dem ein wenig ausgebrannten Glanz, den man bei Surfern und den Liebhabern von Haschisch beobachten kann. Jimbo Spitz – ehemals Jimmy Schwarzenspitznikopf – war beides. Sein Haar war hellbraun, stets ungekämmt und windzerzaust. Bei ihm konnte man es sich kaum anders vorstellen. Sein Gesicht war gebräunt, die Haut auf dem Rücken seiner roten Nase schälte sich. Jimbo war von Natur aus high vor lauter Lebensfreude . . . aber er hatte auch nichts dagegen, diesen Rausch recht of künstlich zu verstärken.
»Wollen Sie hier einchecken?«
Crockett nickte zustimmend, und der strahlende Jimbo bot ihnen bereits vorbereitete Drinks in ausgehöhlten Kokosnüssen an, aus denen rote Plastikstrohhalme herausragten.
»Ein Willkommensgruß unseres Hauses!« sagte er lächelnd, mit einem freundlich-affektierten Kopfnicken. Er glich einem großen, liebebedürftigen, sabbernden Cockerspaniel. »Das ist ein Jimbo-Spezial, der Rum übertönt den scheußlichen Geschmack. Also, Leute, ihr seid wohl zum Tauchen hier – oder für die Regatta der Windsurfer?«
»Wir wollen nichts als Ruhe und Erholung!« sagte Tubbs, der sich in dieser Umgebung unbehaglich fühlte.

»Erholung kann man hier reichlich haben!« sagte Jimbo grinsend. »Aber Ruhe? Nicht, wenn bei uns das Junkaroo losgeht!«
»Was zum Teufel ist . . .?«
»Das Junkaroo-Fest, Mann! Wie ›Mardi Gras‹. Masken, Kostüme, in den Straßen wird getrunken und getanzt – vier Tage nonstop Trubel. Haben Sie denn nie ›Feuerball‹ gesehen?«
»Nonstop Trubel!« murmelte Tubbs. »Genau das, was ich brauche.«
Crockett beugte sich zu ihm vor und sagte: »Nun beruhige dich mal, Kumpel – du bist viel zu gereizt!«
Tubbs schlürfte seinen Jimbo-Spezial und erwiderte: »Warum erledigen wir nicht unsere Arbeit so schnell wie möglich, damit wir uns danach keine Sorgen mehr machen müssen . . . etwa darüber, ob irgend jemand hier im Robinson-Crusoe-Gasthaus schon mal Ludovico Paz gesehen hat. Wenn Calderone nicht auf der Insel ist, dann hab' ich auch keine Lust, bis zu diesem albernen Fest zu bleiben, verstehst du?«
Crockett schüttelte den Kopf. »Du mußt 'ne positive Haltung entwickeln, mein Junge! Willst du was essen?«
Tubbs Miene hellte sich auf. »Ja! Jetzt, wo wir vom Boot runter sind, bin ich tatsächlich ein bißchen hungrig!«
»Denk bloß an den alten Spruch, Tubbs – ›Wenn du auf Saint Andrews . . .‹«
»Ja, richtig!«
Jimbo tänzelte zu ihnen zurück. »Also jedenfalls, wie ich gesagt habe, Leute, dieser Platz wird euch gefallen. Schöne Frauen, Wassersport, Nachtclubs, Strand ohne Ende.« Mit Verschwörermiene fügte er hinzu: »Wenn Sie was brauchen, wenden Sie sich vertrauensvoll an mich – ich kann Ihnen Stoff aus Jamaika besorgen, der Ihnen das Hirn in Technicolor einfärbt!«

Crockett seufzte. »Vielleicht später!«
Achselzuckend sagte Jimbo: »Sehr schlau. Ich hab' mir Gras aus der Karibik besorgt, als ich im Frühjahr hier Urlaub gemacht habe . . . und dann hab' ich mein Flugzeug zurück verpaßt!«
»Wann war dieser Frühjahrsurlaub?« fragte Tubbs.
Jimbo mußte nachdenken. »Mhh . . . im letzten April war es sieben Jahre her. Ich lasse jetzt Ihre Sachen hereinbringen. He, Luis – !«
Ein nußbrauner Eingeborener kam herbei, aber Crockett schickte ihn wieder weg. »Schon in Ordnung, das erledigen wir selbst.« Schließlich wollten sie nicht Gefahr laufen, daß ihr ganzes Waffenlager auf dem Hof ausgestreut wurde. »Wir haben Reservierungen auf den Namen Miller, Luis. Schau'n Sie doch mal nach, ob schon 'ne Nachricht für mich da ist!«
Luis sagte: »Ja, Sir«, und rannte los.
»Laß uns die Drinks alle machen!« sagte Crockett. »Ich werd' mich dann mit dem Polizeichef in Verbindung setzen, und du siehst zu, was du über die Frau in Erfahrung bringst!«
»Warum versuchen wir es nicht bei Jimbo, der für uns alles tun will?«
»Ja, warum nicht?« Luis tauchte wieder auf und teilte Crockett mit, daß noch keine Nachrichten für Miller eingetroffen seien. Jetzt, wo jemand im Hotel angekommen war, würde Calderone erfahren, daß es an der Zeit war, die letzte Rate an Ludovico Paz – auch bekannt als Miller – zu bezahlen.
Tubbs zog eines der Fotos hervor, das Angelina Medera mit Calderone zeigte.
Als Jimbo das Foto sah, nahm die Hochspannung, unter der er sowieso schon stand, noch zu. »Ich wußte, daß ihr

Burschen was im Schilde führt!« sagte er grinsend. »Was kann ich für euch tun?«
»Es ist für den Freund von einem Freund in New York . . .«, sagte Tubbs.
Jimbo nickte verständnisvoll. »Ihr braucht mir nichts zu erklären, Leute. Ist schon in Ordnung. Jeder zweite hier auf der Insel hat was vor. So sind eben die Inseln – voller Geheimnisse, internationale Verwicklungen . . .«
Tubbs steckte einen Zwanziger hinter das Foto und reichte es über die Bar. »Hast du die schon mal gesehen?«
»Angelina? Das ist leicht zu beantworten. Sie ist Schullehrerin am Nordende der Insel. Völlig unnahbar. Und sehr begabt. Sie hat das da gemalt!« Er zeigte mit dem Daumen ans Ende der Bar. Dort hing das Bild einer einzelnen Frau in Weiß, die allein am Strand stand und auf die See hinaussah. Die Bildkomposition mit ihren kräftigen Gestalten und den leuchtenden tropischen Farben erinnerte an Gauguin, aber es lag auch Einsamkeit in dem Bild – ein Ausdruck von Isolation inmitten der Fröhlichkeit. Tubbs' Augen verweilten auf der Leinwand.
»Weißt du, wo ich sie finden kann?« fragte er.
»Wie ich schon sagte, das hier ist 'ne kleine Insel!« erwiderte Jimbo lächelnd.

Sidney Albury war ein fähiger, umgänglicher Mann, einer, der so viel Einfluß ausübt, wie es eben geht, ruhig und ohne die Aufmerksamkeit auf seine Begabungen zu lenken. Sein lockiges, schwarzes Haar war kurz geschnitten und sah fast militärisch aus; sein breites westafrikanisches Gesicht war nachdenklich und Buddha-ähnlich. In der Hitze des Nachmittags schwitzte er nicht. Seine engsitzenden Polizei-Shorts schienen gestärkt und von Schweiß unberührt.

Er stellte zwei Tassen mit starkem, kolumbianischem Kaffee auf seinen Schreibtisch, eine für sich und eine für Crockett. Der Raum hatte eine Klimaanlage, die nicht angeschaltet war.
»Wir haben seit geraumer Zeit keine Berichte mehr über Francisco Calderone bekommen«, sagte Albury langsam, als suche er sich seine Worte aus einem Katalog zusammen. Seine Stimme hatte jenen melodischen Inselklang, der Crockett stets an die einheimische Reggae-Musik denken ließ. »Wir versuchen natürlich, die größten Händler im Auge zu behalten . . . aber bei über siebenhundert Inseln, unzähligen Einfahrten, privaten Buchten und Landeplätzen ist das eine fast undurchführbare Aufgabe. Wie Sie wahrscheinlich wissen, Detective, sind die Bahamas immer ein Zufluchtsort für Piraten und Flüchtlinge gewesen!«
»Ich verstehe Ihr Problem«, sagte Sonny und probierte den Kaffee. Er war sehr stark und sehr gut.
»Ich versichere Ihnen, wenn ein Krimineller von der Bedeutung Calderones auf meine Insel käme, wäre ich der erste, der davon erfahren würde. Das hier ist eine kleine Welt. Wenn sich die Lage hier irgendwie verändert, werde ich Sie natürlich sofort in Ihrem Hotel benachrichtigen. In der Zwischenzeit möchte ich Ihnen versichern, daß ich und meine Abteilung während Ihres Aufenthaltes hier zu Ihrer Verfügung stehen. Es liegt mir sehr am Herzen, mit den Polizeibehörden auf dem Festland bei der Überführung von Kriminellen zusammenzuarbeiten.« Er trank seinen Kaffee in einem Zug aus.
»Ich danke Ihnen!« Crockett war enttäuscht. Albury war offen, geduldig und hilfsbereit . . . und war in Wirklichkeit weniger wert als Jimbo Spitz. Dieser Mann sprach fast so, als wäre Crockett nicht im Zimmer, so, als wäre seine Rede

vorbereitet gewesen wie eine stets griffbereite Presseerklärung über die Insel-Polizei.
Als Crockett sich erhob, um zu gehen, fragte Albury: »Übrigens, wo ist eigentlich Ihr Partner?«
Crockett hatte die winzige Einzelheit, daß er sich als Calderones Killer ausgab, um eine Zahlung zu erhalten, nicht erwähnt . . . nur, daß er und Tubbs auf der Suche nach Calderone waren. Und nun war ihm nicht danach, Auskunft über Tubbs zu geben, und so erzählte er eine Lüge, die in ihrer eleganten Einfachheit zugleich auch die Wahrheit war. »Er ist zum Fischen gegangen!« sagte er.
Er fragte sich, ob Tubbs schon etwas gefangen hatte.

II.

Tubbs blieb eine Weile hinter den Bäumen zurück. Er wollte die Frau zuerst beobachten, versuchen, sich über ihre Ausstrahlung klar zu werden.
Sie stand mitten auf dem sauberen weißen Strand, gleich weit von den Palmen und der See entfernt. Draußen, in einiger Entfernung jenseits des Riffs, ankerte eine riesige Luxusjacht, und während sie malte, schaute sie in regelmäßigen Abständen zu ihr hinüber – obgleich sie, wie Tubbs meinte, sich nicht an ihrem Anblick erfreute. Ihr Interesse galt dem Ozean. Bis auf einige New Yorker war der Strand verlassen, und sie stand mit dem Rücken zu Tubbs.
Tubbs sah, daß Angelina Medera eher groß war, barfuß ungefähr einsfünfundsiebzig. Wenn er sein Fernglas benutzte, zeigte sich, daß ihre Gesichtsknochen aristokratische Züge hatten – aggressiv hohe Backenknochen, ein kräftiges Kinn (oder noch besser, dachte Tubbs, ein Kinn, das nicht das Gesicht verweichlichte), ein großzügig ge-

schwungener Mund. Im Gegensatz dazu war ihre Nase breit, fast bäuerlich, und verhinderte, daß sie zu schön aussah – das Gesicht eines wirklichen Menschen und keine perfekte Titelfoto-Schönheit. Ihr Gesicht zeigte Charakter, gemildert von einem gewissen Maß kindlicher Naivität. Tubbs vermutete, daß dies das Ergebnis des Zusammentreffens zweier unterschiedlicher Abstammungen war. Er sah in ihr eine Prinzessin, aber auch ein reizendes Bauernmädchen. Ihre dunklen, mandelförmigen Augen erfreuten sich an den Dingen, die sie sahen.

Sie tupfte an dem halbfertigen Seebild auf der Staffelei vor ihr herum. Ohne es zu wissen, posierte sie vor ihm, indem sie sich zurücklehnte, um ihr Werk zu betrachten, und sich wieder vorbeugte, um etwas hinzuzufügen. Wenn sie den Fuß hob, konnte Tubbs die hellere Haut auf ihren Fußsohlen sehen; sonst war sie gleichmäßig schokoladenbraun. Eine Südseemischung oder südamerikanisches Blut, vermutete er. Sie hatte eine Mähne aus tintenschwarzem Haar, das schwer und voll bis zur Taille fiel und vom Seewind bewegt wurde. Auf den ersten Blick glich sie den Fotografien, die Tubbs in der Tasche hatte. Und obwohl selbst die mit Teleobjektiv aufgenommenen Beschattungsbilder ihre strahlende Schönheit zeigten, fand Tubbs sie in dieser Situation noch viel attraktiver. Er mußte sich daran erinnern, daß sie Calderones Hure war, und damit hatte er endlich eine Waffe gegen den Mistkerl, der seinen Bruder getötet hatte.

Er kam aus den Büschen hervor und näherte sich ihr. Seine Stadtschuhe drückten tief in den Sand, der eher feinem weißen Puder glich und ihn an Schnee erinnerte. Er schwang die Hülle seines Fernglases über die Schulter und knöpfte den unteren Knopf seiner leichten Sommerjacke zu, damit nicht im falschen Moment seine Pistole zum

Vorschein kam. Er trug eines seiner Seidenhemden mit offenem Kragen; heute nachmittag hatte er sich piekfein gemacht.

Feiner weißer Puder, dachte er. Die böse Ironie des Ausdrucks fiel ihm genau in dem Augenblick auf, als sie sich herumdrehte. Er war drei Meter entfernt, und sie hatte ihn noch immer nicht bemerkt, so vertieft war sie in ihr Bild gewesen. Aber in dem Augenblick, als sie sich umdrehte, konnte er ihr Gesicht sehen, ganz nahe, ganz real, zum ersten Mal, und eine merkwürdige Überlegung kam ihm in den Kopf: ›*Sie ist zu schön, was treibe ich eigentlich hier . . .?*‹

Auf ihrem Daumen war ein Streifen gelber Farbe. Sie wischte ihn an einer bunt beschmierten Stoffschürze ab, die sie achtlos in den Gürtel ihres Sonnenkleides gesteckt hatte. Mit zusammengekniffenen Augen überprüfte sie das Gemälde und strich dann mit dem Pinsel noch einige Farbtupfer auf.

»Das erinnert mich an einen kubanischen Maler. Vacherrez!« sagte er.

Sie war nicht überrascht. Langsam wandte sie sich ihm zu und sah ihn an, und er hatte das unbestimmte Gefühl, daß sie die ganze Zeit von seiner Beobachtung wußte. Mit bescheidenem Lächeln sagte sie: »Ich weiß nicht, was mich mehr überrascht, Ihr plötzliches Erscheinen . . . oder die Tatsache, daß ein *turista* Vacherrez kennt.«

Tubbs achtete darauf, daß sein Blick auf ihr Werk fiel und nicht auf ihren Körper, den die sanften Kurven und Falten ihres Kleides andeuteten, und daß sie dies auch bemerkte.

»Er und Colican sind zwei meiner liebsten Künstler aus der *Karribik.*« Er war stolz darauf, ›Karibik‹ so ausgesprochen zu haben, wie man es von ihm erwartete.

Sie akzeptierte seine Worte und sagte nichts weiter.

»Ehrlich gesagt, ich bin auf einer Art Einkaufsreise hier unten«, sagte er. »Ich habe eine Kunstgalerie in Soho. Es würde mich sehr interessieren, mehr von Ihrer Arbeit zu sehen!«
Sie ließ ihn einen Augenblick auf eine Antwort warten. »Ich bin geschmeichelt – aber ich verschenke meine Arbeiten nur an Freunde. Ich habe nie ein Bild verkauft.«
Er suchte ihren Blick und hielt ihn fest; für ihn schien es ein Kampf zu werden. »In diesem Falle hoffe ich unbedingt darauf, eines zu bekommen!«
Ein kleineres Motorboot löste sich von der Jacht und tuckerte langsam aufs Ufer zu. Als sie den Motor hörte, wendete sie den Blick von Tubbs ab und drehte sich in Richtung des Bootes um. »Ich muß jetzt gehen!« Sie befestigte ihre Staffelei an einem Haken in ihrem Malkasten und begann, ihre Malsachen zusammenzusuchen.
Die Gefahr, daß diese günstige Gelegenheit ungenutzt verstrich, veranlaßte ihn, näherzutreten und sanft ihre Hand zu ergreifen. Sie schob ihre Staffelei zurecht, und Tubbs bemerkte, daß ihre Cartier-Armbanduhr dabei in den Sand fiel. »Sie können nicht gehen!« sagte er.
Ihr Gesichtsausdruck verriet ihm, daß sie nicht daran gewöhnt war, mit aufdringlichen Männern umzugehen. Sie unternahm einen vagen Versuch, ihre Hand wegzuziehen. Er hielt sie fest. »Und warum kann ich das nicht?« fragte sie, während ihr Blick auf dem herannahenden Boot ruhte.
Tubbs ließ seinen Charme spielen. »Weil es einen alten, buddhistischen Brauch gibt, der besagt: Wenn das Schicksal es so bestimmt hat, daß man jemanden trifft, der einfach überwältigend ist, dann muß er einwilligen, ein hochgeehrter Gast zum Abendessen und Tanzen in dem phantastischen Café zu sein, das es in Lyford Cay geben soll!«

Die Spannung löste sich, als sie gegen ihren Willen lächeln mußte. »Das ist eine sehr freizügige Interpretation der buddhistischen Philosophie!«
»Der Vorteil des Buddhismus: Er ist anpassungsfähig.« Er lächelte, und sie erwiderte sein Lächeln. »Wie heißen Sie?«
»Angelina!«
»Ich heiße Richard!«
Er spürte einen leichten Druck ihrer Hand. »Ich muß jetzt wirklich gehen . . . Richard!«
Er nickte und ging zu der Staffelei, um ihr beim Zusammenpacken zu helfen. Dabei drückte er die Uhr sanft mit dem Fuß in den Sand. Das Boot hatte jetzt bei einem kleinen Pier in ungefähr vierzig Meter Entfernung angelegt. Um die kurze Zeit zu nutzen, die ihm noch blieb, entschied er sich, sie ein wenig auf die Probe zu stellen.
»Ist das Ihr Freund da draußen auf der Jacht?«
»Soll ich Sie den Mann mit den tausend Fragen nennen?« neckte sie ihn.
»Nur noch eine einzige – werden wir uns wiedersehen?«
Der Fahrer des Bootes war sichtlich ungeduldig. Aber sie blieb noch einen Augenblick, als wollte sie Tubbs richtig einschätzen. »Das ist schon möglich!« Sie unterstrich ihre Worte mit einem echten, offenen Lächeln.
Er trug ihre Staffelei und ihren Malkasten zum Boot. Der Steuermann war ein sehniger Brasilianer, der Tubbs neugierig anstarrte. Als er am Strand entlang zurückschlenderte, winkte sie ihm zu. Er drehte sich zu einem letzten Blick um und sah sie im Boot sitzen, ihre Aufmerksamkeit der Jacht zugewendet.
Erst als das Boot zu Spielzeuggröße zusammengeschrumpft war, ging er zurück, um die Uhr zu holen. Sand rieselte herab. Er nahm sie zwischen die Finger und untersuchte sie, während er zu den Bäumen wanderte.

»Na so was, du bist mir schon ein New Yorker Teufel mit 'ner silbernen Zunge!« Crockett stand da, wo Tubbs sich versteckt hatte, auch ein Fernglas um den Hals. Er hatte alles oder doch das meiste von dem, was sich ereignet hatte, beobachtet. »Wie ist das Ergebnis?«

»Wie bei einem Banditen!« Er steckte die Uhr in die Tasche. »Und bei dir?«

»*Nada*. Chief Albury sagte, er hat seit Monaten nicht einmal Calderones Nasenspitze gesehen. Aber irgend etwas an der Art, wie er es sagt, löst in meinem Kopf lauten Alarm aus!«

»So als wenn er die Sache vielleicht mit Calderone am Telefon abgesprochen hätte, bevor er seine Erklärung abgab?«

»So was in der Art. Obwohl Albury mir eigentlich zu anständig aussieht, als daß ich annehme, daß Calderone ihn in der Tasche hat. Das heißt allerdings nicht, daß er nicht vielleicht . . . verstehst du, zur anderen Seite schaut, wenn zwei fremde Polizisten hier unten einen Unfall haben!«

»Das hat mir gerade noch gefehlt«, sagte Tubbs, die Augen auf die Jacht gerichtet. »Wenn *sie* irgend etwas mit ihm zu tun hat, wird er irgendwann wieder hier auftauchen. Wenn nicht jetzt, dann morgen, und wenn nicht an diesem Tag, dann an einem anderen. Das fühle ich.«

Crockett runzelte verärgert die Brauen. »Willst du mir vielleicht mal diese Vorahnungen, die du bei Calderone hast, erklären? Zum Teufel, Tubbs, der Bursche kann überall sein. Der hat wahrscheinlich fünfzig Häuser rund um die Erde. Südamerika, Südafrika, irgendwo in Europa. Er ist nicht so lange am Leben geblieben, weil er vorauszuberechnen war!«

»Ach, wirklich?« sagte Tubbs und reichte ihm sein Fernglas. »Du solltest nie die schwachen Stellen eines Mannes unterschätzen. Sieh dir das an!«

Crockett nahm das Fernglas und stellte es scharf. Er sah, wie der Steuermann Angelina aus dem Boot half. Als sie an Deck war, ließ sie sich von einem kleinen Mann mit lockigem, silbrig-schwarzem Haar umarmen. Sogar auf die Entfernung hin konnte Crockett sich aus der Erinnerung die Pockennarben auf dem Gesicht des Mannes, den schütteren Schnurrbart, die Zähne, die weit auseinanderstanden, vorstellen. Er pfiff durch die Zähne. »Oh, verdammt . . . das ist er!« Das Jagdfieber wurde bei ihm spürbar. »Wir werden die Registriernummer des Bootes herausfinden, die Häfen überwachen, um zu sehen, wo er anlegt, und dann rufen wir Swanson an . . .«
Tubbs' Gesicht wurde kalt und ausdruckslos, aller Charme war verflogen. Der Blick, den er – ohne Fernglas – der Jacht zuwarf, war mörderisch.
Um ihn zu beruhigen, sagte Crockett: »He, Kumpel, du bist doch nicht gerade dabei zu vergessen, daß du Polizist bist? Du und ich, wir werden uns nach den Vorschriften richten!« Es kam nicht sofort eine Antwort. »Das werden wir doch?«
»Du meinst, so wie wir es beim letzten Mal gemacht haben? Damals, als es damit endete, daß wir mitten in der Nacht auf einer Startbahn standen, dein Wagen und mein Arm kaputt waren und wir zuschauten, wie dieser Schweinehund mit einem breiten Grinsen auf seinem Gesicht und zehn Millionen auf einem Schweizer Bankkonto davonflog? Der Bursche, der erst gestern dein Haus zu einem Schrotthaufen zusammenschießen ließ?«
Tubbs bewegte sich auf gefährlichem Boden, da er absichtlich Sonnys wunde Stellen berührte. Es stimmte – sie hatten mit Calderone eine enorme Rechnung zu begleichen. Crocketts Ehe und das Leben von Tubbs' Bruder waren nur zwei Posten auf dieser Rechnung. Lou Rodriguez, dessen

Leben in einem Krankenhaus in Miami an einem seidenen Faden hing, war ein dritter.
»Hör mir zu!« Crockett war hartnäckig, ohne daß sein Temperament mit ihm durchging. »Wenn du deine Selbstjustiz-Anfälle nicht unter Kontrolle halten kannst, dann gib jetzt lieber gleich deine Polizeimarke ab und erledige ihn auf eigene Faust, als Bürger. Sonst . . . mußt du dir eines merken. Wir sind hier, um ihn zu beobachten. Um ihn zu fangen. Und um ihn zurück nach Miami zu bringen, vorzugsweise ohne Blei im Bauch, schlicht und einfach gesagt.«
»Schlicht«, meinte Tubbs, »aber vielleicht nicht so einfach. Ich werde nach der Dienstordnung vorgehen. Noch ein einziges Mal werde ich mich an die Vorschriften halten, was Calderone angeht. Aber wenn die Sache anfängt, sich rückwärts zu bewegen, und sich die Geschichte vom letzten Mal wiederholt . . . dann werde ich ihn erledigen. Und ich werde mich von niemandem daran hindern lassen – nicht von dir, nicht von Albury, nicht von dieser guterzogenen Nutte, von niemandem.«
Dann drehte er sich um und stolzierte davon.
»Tubbs!« Es war sinnlos. Sonny beschloß, Tubbs eine Weile vor sich hin wüten zu lassen. Irgend etwas schien an dem Mädchen zu sein, daß Tubbs besonders aufgebracht war.

Als die Sonne einmal unter- und wieder aufgegangen war, war in der Conch Bay Lodge immer noch keine Nachricht für Miller eingetroffen. Über Calderone wurde nicht gesprochen, aber Tubbs hatte sich beruhigt, nachdem er am Abend einen langen, besinnlichen Spaziergang durch die Stadt gemacht hatte und die Vorbereitungen für die Junkaroo-Parade und die Festlichkeiten beobachtete.

Als Crockett aufwachte, fand er eine Nachricht von Tubbs, die besagte, daß das Frühstück um neun Uhr heraufgebracht würde. Es war Viertel vor neun.
Crockett rollte sich aus dem Bett und begann, nackt bis auf ein Paar Boxershorts, stöhnend und schnaubend eine Anzahl Liegestütze auf dem Boden hinter sich zu bringen. Er war bei dreizehn angekommen, als die Zimmertür sich öffnete, Schritte näher kamen und eine Ausgabe des gestrigen »Miami Herold« auf den Fußboden klatschte. Schweiß tropfte von seiner Nase und fiel auf eine Schlagzeile in der zweiten Spalte der unteren Hälfte:

DETECTIVE ERMORDET

Bezahlter Mord im Zusammenhang
mit Rauschgift vermutet.

»Das vorerst letzte Opfer in einer Reihe von Mordanschlägen, die mit Rauschgift in Verbindung gebracht werden, ist ein Dade-County-Polizeioffizier mit hohem Dienstgrad, der gestern in seinem Haus in South Beach von unbekannten Attentätern erschossen wurde. Bislang wurden noch keine Einzelheiten über die Person des Officers bekanntgegeben . . usw. usw. . . . bereits in Haft befindliche Verdächtige werden unter Anklage gestellt . . . möglicherweise bezahlte Mörder . . . usw. . . .«

»Verdächtige?« Tubbs schnaubte. »Welche Verdächtigen . . . was passiert, wenn Calderone das liest und denkt, daß Ludovico Paz tot ist . . . was er ja auch wirklich ist?«
»Verschleierungstaktik, mein lieber Tubbs – Calderone *weiß*, wie die Polizei vorgeht. Der FBI schafft es meistens, seine Leute ins Fernsehen zu bekommen. Wenn dann so ein Wahnsinniger anfängt, Kellnerinnen mit dem Hackebeil

abzuschlachten, dann achten sie darauf, in den Abendnachrichten zu verkünden, daß ein Verdächtiger geschnappt worden ist, und sie versorgen ihn immer mit einem leicht verständlichen Motiv, so daß die Leute davon überzeugt sind, daß da draußen kein Killer rumläuft, der sie im Schlaf stören könnte. Sie schleppen einen Burschen an, der in der Kneipe früher mal Chef gewesen ist, zum Beispiel. Oder sie sagen, der Kerl war arm und hatte Liebeskummer. Der übliche offizielle Mist – aber es funktioniert. Und es erhält die Illusion, daß die Polizei die Sache immer unter Kontrolle hat.«

»Also, indem man so tut, als wäre Ludovico Paz gefaßt, und keine Namen nennt . . .«

». . . wird Calderone ziemlich sicher sein, daß Paz *nicht* geschnappt worden ist und daß die Behörden hier verschleiern. Einfach und elegant, nicht wahr? Außerdem kann ich das zusammen mit den anderen Zeitungsausschnitten als meinen neuesten Nachruf mitnehmen, wenn ich die Bezahlung für den Mord kassiere.«

»Für 'nen toten Mann bist du ganz schön in Form. Und außerdem stehst du auch noch auf der ersten Seite!«

Crockett schnitt ein Gesicht und setzte sich auf. »Allerdings glaube ich nicht, daß meine Mutter begierig wäre, das zu lesen!«

»Gibt's schon eine Nachricht für Miller?«

»Überhaupt nichts. Ich hab' gestern nacht mindestens fünf Minuten lang an die Tür deines Bungalows geklopft.«

»Was gab's?« fragte Tubbs.

»Nur mich und ein paar kalte Bierdosen . . .«

»Ich hab' einen Spaziergang gemacht. Einen langen. Ich habe versucht, mit mir ins reine zu kommen, verstehst du?«

Crockett nickte.

»Mir geht's wieder gut . . . sobald wir uns um das kümmern, weswegen wir hierher gekommen sind.« Ein fernes Singen, das allmählich immer näher kam, lenkte ihn ab. »Was . . .?«

»Hört sich an wie eine Led-Zeppelin-Nummer ohne Orchester!« sagte Crockett. »Falsch gesungen. Das kann nur bedeuten –«

Jimbo Spitz streckte den Kopf über die Verandabrüstung, ein riesiges Silbertablett mit Speisen auf einer Schulter. »*And sheeez biii-jinng a stairwayyyyy* to . . . GUTEN MORGEN, DIE HERREN! Das Frühstück ist da!« Er setzte das Tablett krachend auf dem Verandatisch ab, sprang über die Brüstung und hüpfte ins Zimmer. An diesem schönen Inselmorgen war Jimbo von mehr als nur Kaffee angeregt. »Was steht denn an diesem wunderschönen Tag auf dem Terminkalender? He, Mann, ich kann euch ein Stöffchen besorgen, da werdet ihr staunen, dann könnt ihr die Sonne genießen, die ganze Insel besichtigen. Unterwasserfischen, Windsegeln. He – auf und los geht's. Kann ich ein Stück Toast haben?«

Crockett verdrehte die Augen. »Sicher!«

Jimbo ergriff eine braune Scheibe und häufte etwas von Crocketts Rührei darauf. Dann begann er, eine Runde durch den Raum zu drehen, fuchtelte mit der freien Hand herum und prahlte. »Sagt mal, Leute, ich nehme mir heute mal frei vom Schreiben, versteht ihr? Ein Schriftsteller sollte nicht mal in dieselbe Zeitzone mit 'ner Schreibmaschine gehen, wenn der Wind aus Süden weht. Das wirft einem die ganze metaphorische Assimilation um, das delikate Gleichgewicht von glaubwürdigen Charakteren und einer kommerziellen Geschichte geht irgendwie zum Teufel. Ich kann meine Gestalten nicht mit Menschlichkeit versehen, wenn die Luft so wird wie jetzt. Und ich hab'

mich trotzdem an die Schreibmaschine gesetzt. Und gleich das erste Wort, das ich getippt habe, hatte einen Fehler. Tippfehler sind immer ein schlechtes Omen. So hab' ich's für heute aufgegeben. Morgen ist auch noch ein Tag, nicht wahr?«
Dieses Theater amüsierte beide Detectives. »Was schreibst du, Jimbo?«
Jimbo schlang den halben Toast mit einem Bissen hinunter. »Mh – einen Roman. Er ist erst halb fertig. Das übrige ist hier oben sicher verwahrt.« Er tippte sich gegen die Stirn. »Aber ich hab' bis jetzt schon zweitausendeinhundertundsiebenundzwanzig Seiten.«
»Seit wann arbeitest du daran?
»Mh . . . fünf Jahre. Hört euch das an.« Er räusperte sich und warf sich in eine selbstbewußte Bühnenpose.
»›Das Haus stand auf der höchsten Stelle der schmalen Landzunge zwischen dem Hafen und der offenen See. Es hatte drei Wirbelstürme überstanden, und war solide wie ein Schiff gebaut . . .‹«
»Ich bin beeindruckt«, sagte Tubbs, der es tatsächlich war.
»Das solltest du auch – das ist Hemingway.« Jimbo war völlig ausgeflippt. »Also, ich arbeite an einem zeitgenössischen Inselklassiker nach der Art des alten› Papa‹. Es ist so 'ne Mischung aus ›Meuterei auf der Bounty‹ und ›Mad Max II‹, das Ganze mit ›Beat Street‹ und ›Am goldenen See‹ vermengt. Sehr kommerziell, aber gleichzeitig künstlerisch, versteht ihr?«
»Hört sich nach einem todsicheren Bestseller an«, sagte Crockett.
»Ja, und wenn dann das Geld für das Buch reinzukommen beginnt«, fügte Jimbo hinzu, »dann kaufe ich vielleicht das Hotel.« Er schob sich ein weiteres Stück Toast in den Mund und steckte noch ein Stück als Notration in seine Hemden-

tasche. »Wir sehen uns dann später – ach, das hätte ich fast vergessen . . .« Er zog einen zerknitterten Briefumschlag aus der Hosentasche. Er sah aus, als hätte er darauf geschlafen. »Für Miller.«

Jimbo verschwand samt seinen Ideen im Gebüsch, während Crockett den Briefumschlag aufschlitzte und sagte: »Ins Schwarze getroffen!« Er wedelte mit dem Zettel, der in dem Umschlag gelegen hatte. »Ich soll Calderones Mittelsmann im ›Typhoon House‹ treffen, das ist ein Café hier in der Nähe. Die letzte Zahlung an den toten Killer. Ich hab' mir doch gedacht, daß er die Zeitung liest.«

Tubbs überprüfte sein Schulterhalfter. »Brauchst du Unterstützung?«

»Nein – diesmal gehe ich besser allein. Das ›Typhoon House‹ ist mitten in der Stadt; ich glaube nicht, daß er da irgend etwas unternehmen wird. Sie haben keinen Grund, gegen mich vorzugehen.«

»In Ordnung«, sagte Tubbs. »Das gibt mir die Gelegenheit, mich ein wenig meiner kleinen ›Romanze‹ zu widmen.«

Crockett schnaubte verächtlich. »Ah-ha. Auch wenn man deinen zweifellos vorhandenen Charme und deine animalische sexuelle Anziehungskraft in Rechnung stellt – woher willst du denn eigentlich wissen, daß sie dich überhaupt wiedersehen will?«

»Ich hab' so ein Gefühl!« sagte Tubbs mit stillem Grinsen.

12.

»Typhoon House« war weniger unecht als einige der anderen Lokale auf den Saint Andrews Islands, in denen man es auf das Geld der Touristen abgesehen hatte – weniger Bambusdekoration, weniger farbenfrohe Drinks mit Sonnenschirmchen und Strohhalmen. Eine Gruppe ruhiger Nachmittagstrinker kam, die ihren Schnaps und ihr Bier tranken und die sich vielleicht einiges von den Sportereignissen auf dem Schwarzweißbildschirm über der Bar ansehen wollten. Der Barkeeper war ein ›Big Kahuna‹-Typ von der extragroßen Sorte. Langsam und methodisch polierte er mit geübten Kreisbewegungen die Mahagoniplatte der Bar. Trotz Brandstellen von Zigaretten, Kratzern und Flecken glänzte der Tresen wie schwarzes Glas. Er sagte nichts, als Crockett hereinkam, einen doppelten Jack Daniels und ein Bier bestellte, sein Geld auf die Bar legte und sich dann in eine Nische gegenüber dem Eingang verzog.

Crockett schüttete den Whisky pur hinunter und ließ dann einen langen Zug aus der braunen Flasche folgen. Feuer und Eis. Vielleicht war es keine gute Idee, so früh am Tag zu trinken – dabei kamen ihm zu viele unangenehme Erinnerungen in den Sinn, in denen bisweilen Caroline eine Rolle spielte –, aber er war dabei, in die Maske des Killers zu schlüpfen, und das Trinken half ihm, sich darauf einzustellen, sich cool zu geben.

Und gerade noch zur richtigen Zeit, wie er bemerkte. Ein Mann hatte »Typhoon House« betreten – ein kleiner Mann im weißen Leinenanzug. Er bewegte sich durch die Tür mit der Grazie eines Tänzers und musterte prüfend das Innere der Bar. Er trug einen ziemlich großen Lederaktenkoffer. Um sich an das gedämpfte Licht der Bar zu gewöhnen, setzte er seine Sonnenbrille ab und kam dann zu Crocketts Nische hinüber. Crockett saß strategisch günstig mit dem Rücken zur Wand, und er hatte gerade seinen Whisky ausgetrunken, als der Fremde eingetreten war.

Er näherte sich Crockett ohne Umschweife. »Sind Sie Amerikaner?« Aus der Nähe konnte Crockett sehen, daß

das linke Auge des Mannes trüb und tot war, angeblich war er dort einmal von einem Eispickel getroffen worden.
»Mein Name ist Miller.« Sonny streckte ihm seine Hand nicht entgegen.
»Guillermo Pino.« Der kolumbianische Killer setzte sich ihm gegenüber in die Nische. »Gefällt es Ihnen hier auf der Insel, Mr. . . . Miller?«
»Wer schickt Sie, der Fremdenverkehrsverein?« erwiderte Crockett kalt. »Hören Sie auf mit der Fragerei und reden wir vom Geschäft.«
Pino nickte zustimmend. »Vom Geschäft! Benehmen tun Sie sich jedenfalls wie ein Amerikaner . . .« Ein leichtes, gefährliches Lächeln huschte über sein Gesicht.
Crockett zog einen großen Umschlag unter seinem neuen, breitrandigen Panamahut hervor. Er schob ihn über die polierte Holzplatte. »Zeitungsausschnitte aus dem ›Miami Herold‹. Sieben Nachrufe.« Er legte die Zeitung dazu, die ihm Tubbs am Morgen gezeigt hatte. »Der achte steht hier auf Seite eins!«
Pino warf nicht einmal einen kurzen Blick auf den Umschlag und die Zeitung. Er schob ihm den Aktenkoffer zu. »Einhunderttausend in amerikanischem Geld. War angenehm, mit Ihnen Geschäfte zu machen.«
Crockett schob den Aktenkoffer zurück. Diese Geste rief gelindes Erstaunen auf Pinos narbiges, häßliches Gesicht. »Unser Geschäft ist noch nicht erledigt«, sagte er leise und bedrohlich. Er tippte mit einem Finger auf die Zeitungsausschnitte. »Meine Preise richten sich nach gewissen Kriterien. Carlos Mendez hat es versäumt, mir mitzuteilen, daß James Crockett ein Mann von der Vice Squad war. Mein Preis für diese Art Arbeit ist genau derselbe wie bei Militärattachés und Politikern, weil das Risiko größer ist. Versucht Calderone etwa, mich zu Schleuderpreisen zu beschäftigen?«

Pino zuckte zusammen, aber er beherrschte sich.
»Sie schulden mir noch dreißigtausend extra für den letzten Auftrag«, sagte Crockett.
Pinos Gesichtsausdruck veränderte sich kaum. »Señor Calderone läßt über feste Preise nicht mit sich handeln!«
Crockett lächelte und zündete sich mit seinem Zippo-Sturmfeuerzeug eine Zigarette an, indem er mit der Bewegung einer Hand das Oberteil öffnete und das Rädchen drehte. »Hier geht es nicht um feste Preise!« sagte er ruhig, über den grauen Tabakrauch hinweg. »Hier wird auch nicht gehandelt. Entweder bezahlt Señor Calderone den angemessenen Preis für die Arbeit, mit der er mich beauftragt hat . . . oder ich unterbreche meinen Urlaub für ihn.«
»Und was heißt das?« Pino machte ein Gesicht wie ein Markthändler, der lieber einen gutgläubigeren Kunden bedient hätte.
»Das soll heißen, daß die Todesliste nicht bei der Nummer Acht aufhören muß. Señor Calderone könnte leicht die Nummer Neun werden. Sagen Sie ihm – in höflicher Form natürlich –, er soll seine Rechnungen begleichen.«
Pino verdaute diese neue Information und fand seine Fassung wieder. Sein hartes Killergesicht nahm wieder den gewohnten Ausdruck an. »Vielleicht können wir neue Vereinbarungen aushandeln.«
»Von Aushandeln war nicht die Rede – die Bezahlung erfolgt bei Sonnenuntergang. Kein Katz-und-Maus-Spiel mehr.«
Pino erhob sich unbeholfen. »Ich werde ihm Ihre Nachricht überbringen!«
Crockett blies den Rauch in das Whiskyglas. »Und sag Calderone, daß ich nicht mehr mit Laufburschen verhandle. Mendez hat sich schnappen lassen und hätte fast meine Tarnung ruiniert, und du siehst auch nicht viel schlauer

aus. In Argentinien wird Geld, das man für Blut bezahlt, immer persönlich ausgezahlt. Von ihm. Heute abend.«
»Ich verstehe vollkommen«, sagte Pino und hob den Aktenkoffer hoch. Er eilte aus dem »Typhoon House«, ohne Abschiedsgruß und ohne einen Ton zu sagen.
Crockett ging zwei Minuten später. Er brauchte einen Espresso, um seinen Magen zu beruhigen.

Das winzige Insel-Schulhaus war eine altmodische, romantische Anlage mit nur einem Raum, gut erhalten und ziemlich abseits von den Touristenpfaden. Es war leuchtend bunt angestrichen und sah wie eine Filmdekoration aus.
Als Tubbs vorsichtig den ansteigenden Weg zum Vordereingang der Schule entlangging, hörte er durchs Fenster Angelinas wohlklingende Stimme mit dem leichten Akzent. Sie rezitierte »Madeleine«.

»›In einem alten Haus in Paris,
Das ganz bedeckt war mit Wein,
Da lebten zwölf kleine Mädchen,
Die wollten stets zusammen sein . . .‹«

Tubbs trat an ein Fenster und sah, daß Angelinas Schützlinge aus einem Dutzend Drittkläßler bestanden, nicht allzu gut angezogen, dunkelhäutig, gesund, ganz und gar liebenswert, die schwarzen Knopfaugen in gespannter Aufmerksamkeit auf die Lehrerin gerichtet, während sie ihr zuhörten.

»›Die wollten stets zusammen sein.
Zusammen aßen sie ihr Brot,
Zusammen putzten sie die Zähne,
Zusammen gingen sie zu Bett . . .‹«

Als sie bemerkte, daß er draußen stand, holte er ihre Uhr aus der Tasche und hielt sie hoch, damit sie sie sehen konnte. Die Kinder konnten Tubbs nicht sehen.
Angelina zögerte einen Augenblick und las weiter und dann wies sie mit dem Kopf in Richtung Klassentür. Während Tubbs um das Gebäude herumging, wurde ihre Stimme leiser.
»›Zusammen lachten sie und . . .‹ Theresa, würdest du bitte weiter vorlesen?«
Theresa erhob sich schüchtern und nahm das Buch so aufgeschlagen, wie Angelina es ihr hinhielt. Dann begann sie auf eine Art zu lesen, als sei sie mit der allergrößten Ehre ausgezeichnet worden. Zuerst stockte sie ein wenig, aber bald wurde sie sicherer. Angelina hörte geduldig zu, bis das kleine Mädchen den richtigen Rhythmus gefunden hatte, dann lächelte sie und schlich sich vorsichtig nach draußen.
»Ich bin erstaunt, Sie hier zu sehen!« sagte sie, wobei ihr Gesicht offen und freundlich war.
»Ich freue mich, Sie so bald wiederzusehen!« antwortete Tubbs. »Ich habe mich im Hotel erkundigt, wo ich Ihnen die Uhr wiedergeben könnte . . . und man hat mich hierher geschickt. Hier ist es wirklich reizend.«
Sie war sichtbar glücklich, daß sie die Uhr wiederbekam. »Ich hatte schon Angst, ich würde sie nie wiederfinden – normalerweise nehme ich sie nicht ab. War sie am Strand?« Sie umschloß die Uhr mit der Hand; ihre ehrliche Freude brachte Tubbs aus der Fassung. Wie konnte diese warmherzige, hübsche Schullehrerin das Liebchen eines Mannes wie Calderone sein? Und doch, gestern hatte er die beiden zusammen auf dem Boot gesehen. »Das ist ein Familienerbstück«, sagte sie und holte ihn in die Gegenwart zurück.

Es herrschte Schweigen – Tubbs mußte es beenden: »Und da es gestern schon nichts mit dem gemeinsamen Abendessen wurde, dachte ich, ich versuch' es heute mal mit einem Mittagessen . . .?«
Sie gab so schnell zu verstehen, daß es für sie dabei Probleme gab, daß es fast aussah, als hätte sie seine Frage erwartet. Anstatt ihn wegen seiner Hartnäckigkeit zurechtzuweisen – wie er es erwartet hatte (und darauf hätte er mit einer Erklärung reagiert, daß er nicht anders könne, er sei nun mal ein forscher, extrovertierter Amerikaner) – sagte sie: »Ich würde gerne kommen, Richard . . . aber ich habe schon etwas anderes vor!«
Tubbs ging sofort darauf ein. »Na, ich bin ein geselliger Typ. Wie wär's, wenn ich einfach mitkomme?«
Sie dachte darüber nach, dann lehnte sie ab. »Ich glaube nicht, daß das dem Mann, den ich treffen will, gefallen würde.«
Jedenfalls hatte sie Tubbs' Namen behalten, und er betrachtete das als ein erstklassiges Zeichen. Ohne sie anzuschauen, sagte er: »Wer auch immer dieser Bursche ist, ich bin auf jeden Fall enorm eifersüchtig auf ihn. Lassen Sie sich nicht mit ihm ein, bevor Sie nicht Gelegenheit hatten, mich ein bißchen besser kennenzulernen.«
Darüber lachte sie. »In Ordnung – wie steht's denn heute mit dem Abendessen?«
»Wenn Sie das irgendwie hinbalancieren könnten, schrecklich gerne!« Er überlegte, daß er nicht im Traum daran dachte, sie zurückzuweisen, und fühlte ihre Ausstrahlung. Da sie gerade vom Balancieren sprachen, wie schaffte diese Frau es bloß, eine Klasse aufgeweckter Schulkinder mit Calderones Weltreisen unter einen Hut zu bringen? Aber andererseits hatte Mendez gesagt, daß Calderone in jeder Stadt 'ne andere Freundin hatte.

Fast verführerisch sagte sie: »Halb acht!« Jedenfalls wirkte es auf Tubbs verführerisch, und trotz seines blutigen Auftrages sagte sein Instinkt ihm, daß diese Frau ihn begehrte, daß sie es ehrlich mit ihm meinte, daß sie auf seiner Wellenlänge war und daß das merkwürdige Gefühl, das in ihm aufstieg, keine Täuschung und mehr als nur die Reaktion auf eine schöne Frau war.

Er nickte. Sie mußte die Uhrzeit nicht wiederholen. Trotzdem blieb sie noch im Gang bei ihm stehen. Vielleicht hatte auch sie seit ihrer Begegnung gestern an ihn gedacht.

»Nochmals wirklich herzlichen Dank hierfür!« Sie zeigte auf die Uhr.

Er lächelte so strahlend, wie er nur konnte. »Es war mir ein Vergnügen. Gern geschehen.«

Er beobachtete sie, als sie wieder ins Klassenzimmer ging. Dann marschierte er zurück in die Stadt, froh darüber, daß niemand ihn beobachtet hatte, denn er fühlte sich ein wenig schwindelig und erschöpft.

Crockett würde sich über ihn lustig machen, das wußte er. Aber die verdammte Geschichte wurde ernst.

13.

Tubbs schlenderte auf einem Seitenweg nach Hause, vorwiegend am Strand entlang, der an einige große Zuckerrohrfelder grenzte. Ein Mietwagen, eine schlichte weiße Limousine, fuhr an die Seite, und er sah, daß Crockett am Steuer saß. Er lief zu ihm hin, stieg ein, Crockett wendete und fuhr zurück in Richtung Stadt.

Die salzige Brise trug die Musik von einem der Inselsender, die im Autoradio lief, hinaus aufs Meer. »Ich hab' gedacht,

du hättest 'ne Verabredung zum Mittagessen«, fing Crokkett an.
»Und ich hab' gedacht, du würdest mir nicht nachspionieren, du Schwätzer!« erwiderte Tubbs.
»Ich spionier' dir nicht nach – ich bemühe mich nur um das Wohlergehen meines Partners!« Das war die übliche Sonny-Crockett-Standard-Antwort.
»Nur zu deiner Information – wir haben das Ganze auf den Abend verschoben!« sagte Tubbs. »Und noch was . . .« Er zögerte, sichtlich verwirrt, wie Crockett bemerkte. »Ich weiß einfach nicht recht, was Angelina angeht, Mann . . .«
»Du meinst, du kannst sie dir einfach nicht als die Geliebte eines Polizisten mordenden Mistkerls wie Calderone vorstellen?«
»Da stimmt etwas nicht, Sonny . . . ich meine, ich hab' sie im Umgang mit diesen Kindern beobachtet. Sie ist wunderbar. Und irgendwie gefällt mir die ganze Sache nicht mehr – ich meine, daß wir sie benutzen, um zu Calderone zu kommen!«
Crockett versuchte, erfahren und abgeklärt zu klingen. »Nun tritt mal etwas kürzer, Tubbs – denk dran, du bist noch nicht sehr lange bei uns, und die Erfahrung, die du vorher bei der Polizei gesammelt hast, hatte wenig mit Versteckspielen zu tun. Ich mach' das jetzt seit über zehn Jahren –«
Tubbs unterbrach ihn. »Und du bist jetzt abgehärtet genug, daß es dir nichts mehr ausmacht, andere Leute zu benutzen.«
»Falsch, *amigo*. Man gewöhnt sich nie daran.«
Das überraschte Tubbs. »Wirklich?«
»Nur weil dieses Schätzchen von Angelina dir Kinderlieder vorsingt, bedeutet das noch lange nicht, daß sie Calderone nicht was ganz anderes vorsingt!« Seine Stimme wur-

de ein wenig härter, als er hinzufügte: »Laß dich ja nicht von ihr herumkriegen, Kumpel!«

»Stop mal, *niemand* braucht mir hier was von Rumkriegenlassen zu erzählen!« fauchte Tubbs. »Ich weiß *genau*, warum wir hergekommen sind, Kumpel! Und was hat sich bei dir getan?«

»Ich bekomme bestimmt 'nen Oscar für meine schauspielerische Leistung!« brüstete Crockett sich. »Ich hab' ihnen das Messer an die Kehle gesetzt und weitere Dreißigtausend verlangt. Am späten Nachmittag werden wir sicher etwas aus dem Calderone-Lager hören!«

Crockett fuhr langsamer. Vor sich hatten sie einen schwerfälligen Ford-Lastwagen, ein Transporter, dessen Ladefläche von weißem Gestänge umgeben war und der vollgestopft war mit Menschen. Aus der Ferne hatte Crockett angenommen, daß es Landarbeiter seien, aber aus der Nähe sahen er und Tubbs zu ihrem Erstaunen, daß der Laderaum voller kostümierter Dorfbewohner war, die alle auf dem engen Raum tanzten, Weinflaschen schwenkten, Haschisch rauchten und sich amüsierten, bevor das Junkaroo-Fest wirklich begann. Die bizarren Papiermaché-Maskierungen gaben der Begegnung einen surrealistischen Anstrich: die ganze alltägliche Umgebung und dazu der Lastwagen mit tanzenden Ziegenböcken, Fledermausfrauen und grell angemalten Dämonengesichtern. Einige der Feiernden schlugen auf Felltrommeln oder bliesen einfache Blasinstrumente. Als Crockett und Tubbs sie eingeholt hatten, bemerkten sie sie und winkten und riefen ausgelassen in verschiedenen Dialekten.

Tubbs zwang sich zu einem Lächeln. »Festgäste. Auf dem Weg zum Junkaroo, Mann!« Er winkte zurück und schnitt eine Grimasse. Die Feiernden belohnten ihn mit übertriebenen pantomimischen Erwiderungen.

»Ja, ja«, brummte Crockett, »und sie fahren mindestens atemberaubende 10 Kilometer in der Stunde!« Er lenkte den Wagen auf die andere Fahrbahn und wurde von dem dröhnenden Tuten eines entgegenkommenden Lastwagens begrüßt, der entschieden schneller fuhr. Der stämmige Lastwagenfahrer hupte und hob drohend die Faust, verlangsamte seine Fahrt allerdings nicht. Crockett lenkte den Wagen wieder hinter den Junkaroo-Lastwagen, während das entgegenkommende Fahrzeug gefährlich nahe auf der anderen Fahrspur an ihnen vorbeidonnerte. Ein kleiner, blauer Chevy mit Flecken von grauer Vorstreichfarbe reihte sich auf der verstopften Straße brav hinter Crockett ein. Tubbs saß nach dem Beinahe-Zusammenstoß steif auf seinem Sitz. »Vorsicht, mein Junge, gerade jetzt bin ich noch nicht darauf vorbereitet, jemandem als Kühlerfigur zu dienen!«

»Darauf legen es die Spaßvögel hinter uns aber an!«

Tubbs drehte sich gerade in dem Augenblick um, als der blaue Chevy hinter ihnen hervorschoß, beschleunigte und auf der anderen Fahrbahn neben ihnen herfuhr. Der Chevy war mit weiteren Festbesuchern besetzt, die Crockett und Tubbs wild zuwinkten. Es waren vier, sie trugen Masken, die Skelette, Teufel und Sensenmänner darstellten.

Crockett verdrehte die Augen und winkte halbherzig zurück, als zwei Schädel auf ihrer Seite des Wagens zwei Ingram Modell 10 hochrissen und begannen, den Leihwagen zu beschießen. Crockett trat auf die Bremse, gerade als die erste Salve ihren linken Kotflügel zerriß. Gleichzeitig streckte er seinen rechten Arm aus, um Tubbs unter die Schußlinie zu ziehen. Aber Tubbs hatte sich schon auf den Boden geworfen.

Der blaue Chevy, der immer noch auf der anderen Straßenseite fuhr, verlangsamte die Fahrt und glitt wieder hinter sie. Das tiefe, häßlich rülpsende Geräusch der Ingram, die Hunderte von kleinkalibrigen Kugeln verstreute, erschütterte die Luft, und vor Crocketts Augen nahm die Windschutzscheibe das Aussehen gesprungenen Eises an. Nur ein Teil der Festbesucher in dem Lastwagen vor ihnen bemerkte, was da vor sich ging; die anderen tanzten immer noch. Crockett schlug ein faustgroßes Loch in die Windschutzscheibe, um hindurchsehen zu können, und gab dann Gas, so daß der Wagen vorwärtsschoß und dem nächsten Kugelhagel auswich.

Er warf aufgeregt seine 45er in Tubbs' Schoß. »Schieß auf diese Penner, ich muß den Wagen fahren!«

Einschläge zerstörten die Heckscheibe und Tubbs zuckte zusammen, sofort lehnte er sich über den Rücksitz und gab vier wohlgezielte Schüsse auf den Chevy ab, die den Angreifer zwangen, zurückzubleiben.

»Halt dich fest!« Crockett trat aufs Gas und überholte, ohne etwas sehen zu können, den Junkaroo-Wagen. Sie hatten Glück und landeten nicht auf dem Kühler eines entgegenkommenden Wagens. Aber der blaue Chevy blieb ihnen auf den Fersen, er tauchte hinter dem Lastwagen mit den Festgästen auf und setzte zum Überholen an.

Tubbs hatte seine eigenen Waffen nicht mitgebracht, da er nicht annahm, daß er sie bei einem Lunch mit Angelina brauchen würde. Der Rest ihres Waffenlagers lag noch gut verschlossen auf Sonnys Schnellboot. Sonny zog ein neues Magazin für die 45er hervor und benutzte es, um zerbrochenes Glas aus dem Fensterrahmen zu schlagen.

»Wir kommen jetzt in die Stadt«, sagte er und legte das Magazin neben Tubbs auf den Sitz.

»Ja, und hier bekommen wir wieder Gesellschaft!« Der blaue Chevy schob sich erneut vor den Lastwagen und er-

höhte die Geschwindigkeit. Tubbs feuerte durch das Rückfenster, der Wagen schwankte und schleuderte auf die entgegenkommende Fahrbahn.
Verkehrszeichen huschten an ihnen vorbei. Mit hoher Geschwindigkeit rasten sie in die Stadt. Gebäude, Fußgänger, weitere Festbesucher flogen an ihnen vorüber.
»Zum Teufel, was ist hier vor . . .?«
»Leute!« schrie Tubbs unnötigerweise. »Und Autos! Und . . . huuu, nein!«
Crockett trat auf die Bremse und riß das Steuer herum, so daß der Wagen seitlich über eine gepflasterte Kreuzung schlitterte. »Scharf rechts!« Passanten suchten Deckung, die Augen in plötzlicher Panik weit aufgerissen, als kurz darauf der Chevy heranraste. Ungezielte Schüsse rissen Brocken aus dem Mauerwerk.
Tubbs wurde halb über den Sitz geschleudert und kletterte hoch, um einen Blick aus dem Rückfenster zu werfen. »Die sind immer noch dicht hinter uns!« rief er und feuerte eine Salve ab, die ein faustgroßes Loch in die Windschutzscheibe des Chevy schlug. Der Chevy schleuderte bedenklich und warf einen Obststand um, von dem in alle Richtungen die Früchte wegrollten. Aber der Chevy verringerte seine Geschwindigkeit nicht.
Crockett ließ die Straße und die Rückspiegel nicht aus den Augen. Es bedurfte all seiner Fahrkünste, keinen Passanten umzufahren, gegen keine Mauer zu rasen und sich nicht zu überschlagen. Er nahm eine Kurve zu eng und streifte mit dem rechten Hinterreifen einen hohen Bordstein. Durch den Aufprall stieß Tubbs' Kopf gegen die Wagendecke.
»Wir müssen aus der Stadt raus!« schrie Crockett, was fast komisch klang.
Blei surrte durch die Luft und prallte am Kofferraum des Wagens ab. Das Chrom schlug Funken, und die beiden

Rücklichter zerfielen in einem kleinen Splitterregen aus buntem Plastik. Crockett nahm eine weitere Kurve und schlug die Richtung zum Meer ein. Tubbs hielt den Verfolgerwagen durch ununterbrochenes Schießen beständig einen Häuserblock weit entfernt. Ein maskierter Junkaroo-Festbesucher, der einen riesigen Stierkopf aus Pappmaché trug, drehte sich gerade noch rechtzeitig um, um den angeschlagenen Leihwagen zu bemerken, der in wilder Fahrt auf ihn zuraste. Um nicht überfahren zu werden, machte er einen Satz und suchte Halt an einer Regenrinne. Er selbst schaffte es, aber sein übergroßer Kopf nicht. Tubbs spürte, wie es unter ihren Rädern knirschte.

»Entschuldigung!« schrie er aus dem Loch, wo sonst das Seitenfenster war. Als Antwort drohte der Mann mit der Faust, hatte aber dann alle Hände voll zu tun, um den Kugeln auszuweichen, die aus dem blauen Chevy kamen. Der zerdrückte Bullenkopf verschwand unter der Stoßstange.

»Crockett! Der Blumenstand!«

»Ich seh's, ich seh's!« Er fuhr trotzdem dagegen, als er auf die rechte Seite lenkte, um einem laufenden Kind auszuweichen, das sich der Gefahr, in der es sich befand, nicht bewußt war. Hinter ihnen regneten frische Blumen auf den Verfolgerwagen.

»Crockett – das ist eine Sackgasse!«

»Hoffentlich nicht!« Sie fuhren mit hundert Stundenkilometern auf ein stattliches, von Säulen getragenes Gebäude zu. Verschreckte Bürger rannten die Stufen hinauf, um dem heranrasenden Wagen auszuweichen.

Crockett erspähte einen Seitenweg und lenkte den Wagen dorthin. Das andere Ende war mit einem Lattenzaun versperrt, den er durchbrach.

»Sind sie immer noch hinter uns her?«

»Wie ein Schatten!« sagte Tubbs, der sah, wie der Chevy durch das Loch kam, das sie gerade in den Lattenzaun gefahren hatten.
Dieses Mal hatten sie wirklich eine Sackgasse erwischt und mußten bei Höchstgeschwindigkeit eine Kehrtwendung machen. Dabei kam es einen atemberaubenden, fürchterlichen Augenblick lang zu einem Schußwechsel aus nächster Nähe. Crockett fuhr auf dem Weg zurück, den sie gekommen waren.
»Links!« brüllte Tubbs.
»Recht so!« stimmte ihm Crockett zu.
»Nicht rechts, links!«
Die Richtung nach links brachte sie wieder zu den Docks. Ein kleiner Hafen huschte vorüber. Fischer, die wissen wollten, was das für eine Schießerei war, schauten sich nach ihnen um.
Wie eine selbststeuernde Rakete erschien der blaue Chevy in ihrem Gefolge.
Angewidert sagte Crockett: »Halt dich fest, Tubbs – ich werde das Ding hier jetzt *parken*!«
Mit Höchstgeschwindigkeit raste er auf den Pier zu. Die alten Seeleute und die Touristen, die am Pier lehnten, waren zu verblüfft, um zu reagieren. Sie staunten bloß, als der Wagen über den Pier hinausschoß und in die Luft flog.
»Kannst du schwimmen?« schrie Crockett, als der Wagen kopfüber im Wasser versank.
Das Seewasser spritzte auf beiden Seiten hoch, strömte ungehindert ins Innere und drückte dabei die Reste der Windschutzscheibe ein. Tubbs' Ohren füllten sich mit dem gurgelnden Geräusch des Wassers. Der Wagen sank schnell, wobei das hintere Ende in die Luft ragte.
Der Chevy stoppte an der Kaimauer, und die Attentäter sprangen heraus. Guillermo Pino riß sich seine bösartige

Maske ab, um besser zielen zu können. Die anderen Männer folgten seinem Beispiel und feuerten die Magazine ihrer Ingrams auf den sinkenden Wagen. Dank der Lage bot sich der Benzintank als perfektes Ziel an und bald schlugen dort die Kugeln ein. Es gab einen flachen, hohlen Knall, der von den umliegenden Gebäuden widerhallte. Teile des Wagens flogen in die Luft und ein flammender Ring aus Benzin verbrannte auf der Wasseroberfläche. Der in die Luft geschleuderte Kofferraumdeckel versank wenige Sekunden, bevor der Wagen ganz unterging. Außer Flammen und Rauch blieb nichts übrig. Pino nickte befriedigt und winkte seinen Leuten, wieder in den Chevy zu steigen, während aus der Ferne das Heulen von Sirenen die Luft durchschnitt.

Tubbs ließ die Wasserpflanzen los, die auf dem Boden der Bucht wuchsen, und stieß sich nach oben ab, dem Licht entgegen. Seine Lungen waren nahe daran zu platzen, aber er schaffte es. Wassertretend und -spuckend rieb er sich die Augen und sah, daß er ungefähr zwanzig Meter von dem in Flammen stehenden Benzin entfernt war. Es brannte langsam ab. Besorgte Menschen starrten ihn an, aber niemand sah wie ein Rettungsschwimmer aus.
Crocketts Panamahut trieb langsam an ihm vorbei, und plötzliche Panik erfüllte ihn.
»Crockett!« Er drehte sich einmal im Kreis herum. »Sonny!«
Mit einem würgenden, gurgelnden Geräusch kam Crokkett drei Meter entfernt an die Oberfläche. Er schnappte nach Luft und spuckte Wasser.
»Sonny!«
Crockett versuchte, den schrecklichen Salzgeschmack im Mund loszuwerden, und antwortete: »Zur Stelle!«

»Ich glaube, das war ein Gruß von Calderone!«
»Ja, aber wen läßt er grüßen – dich oder mich?«
Wie Chief Albury gesagt hatte – es war eine kleine Insel. Es konnte sein, daß Calderone den Angriff als Antwort auf die Aufmerksamkeit, die Tubbs Angelina schenkte, veranlaßt hatte – die er vielleicht als sein exklusives Eigentum betrachtete. Vielleicht war es aber auch nur schlicht und einfach die Antwort auf »Millers« Forderung nach mehr Geld.
Vielleicht gab es eine dritte, noch gefährlichere Möglichkeit.
Plötzlich war der ganze Pier mit uniformierten Polizisten übersät. Zwei davon legten mit einem kleinen Boot ab, um Crockett und Tubbs an Land zu holen, und zehn Minuten später waren sie schon, dank der Hilfe von Chief Albury, dabei, sich zu trocknen.
»Ich habe gerade erfahren, was passiert ist!« sagte er, einerseits um ihre Sicherheit besorgt, andererseits aber auch beunruhigt über den Schaden, den sie verursacht hatten. »Ist mit Ihnen beiden alles in Ordnung?«
»Kaum!« sagte Tubbs verärgert, während er sein Haar mit dem durchnäßten Handtuch abrieb.
Albury betrachtete den rauchenden Ölfleck auf dem Wasser, die Zuschauer und die beiden durchweichten Männer von der Vice Squad. »Ich war gerade auf dem Weg zu Ihrem Hotel, als ich über Funk die Nachrichten von einer wilden Verfolgungsjagd durch die Straßen der Stadt hörte. Verantwortungsloses Fahren, Schußwechsel . . .«
Crockett schnitt ihm das Wort ab. »Hatten Sie eine Nachricht für uns? Irgendeine neue Spur?«
Albury nickte grimmig. »Einer unserer Spitzel, ein Inselbewohner namens Red Tulle, hat berichtet, daß Caldero-

nes Jacht die Insel verlassen hat. Mein Assistent hier, Mr. Henderson, hat später den Bericht bestätigt.«

Henderson, ein jugendliches Abbild von Albury mit strahlenden Augen, trat näher, um sich ihnen vorzustellen.

»Wann war das?« fragte Crockett alarmiert.

»Heute morgen! Calderones Jacht ist als Nummer 768 – Alpha-311 registriert, unter dem Namen einer griechischen Holdinggesellschaft. Es ist sein Boot.«

Der Blick, den Crockett und Tubbs wechselten, zeigte ihre sinkende Hoffnung. »Das ist eine von Calderones Gesellschaften, die er als Tarnung betreibt«, bemerkte Tubbs.

Henderson, der begierig war, noch etwas zu sagen, fügte hinzu: »Sobald wir das erfuhren, haben wir die nächsten Nachbarinseln benachrichtigt. Eine Jacht, auf die die Beschreibung paßt, hat gegen Mittag zum Auftanken in San Marcos angelegt.«

Das war ungefähr zu der Zeit gewesen, als Tubbs gerade den gewundenen Weg zum Schulhaus gefunden hatte. Angelina war also nicht zusammen mit Calderone weggefahren.

»Warum wurde die Küstenwacht nicht benachrichtigt?«

»Es *sind* Suchflugzeuge losgeschickt worden!« sagte Henderson.

»Unglücklicherweise«, meinte Albury, »liegen da draußen achttausend Quadratkilometer offene See, und seine Fahrtrichtung war unbekannt. Er kann Kurs auf Kuba, die Antillen, Costa Rica . . .«

»Verdammt!« Crockett hatte langsam Alburys muntere Reisebüro-Statistik satt. Ein so großes Gebiet konnte er nicht ausreichend kontrollieren, da sie zu wenig Flugzeuge hatten, und so schienen sich die Chancen stark zugunsten von Calderone zu verschieben.

»Ich fühle mich dafür verantwortlich!« fuhr Albury fort

und blickte traurig auf das Durcheinander. »Wir haben nichts getan, um diese Geschichte zu verhindern!«
»Schon gut!« murmelte Crockett.
»Wenn es irgend etwas gibt – egal was –, das wir für Sie tun können, solange Sie auf Saint Andrews Islands sind . . .«
Crockett schien sich die Sache genau überlegt zu haben. »Ich weiß Ihre Freundlichkeit zu schätzen, Chief, aber Tubbs und ich werden auf der Stelle nach Miami zurückkehren.«
Das war Tubbs neu.
»Hervorragend«, sagte Albury. Er schien zufrieden, ja sogar erfreut, so als ob Crockett eine Testfrage richtig beantwortet hatte. »Henderson wird Ihnen natürlich eine Rückfahrgelegenheit ins Hotel besorgen!«
»Von hier aus können wir zu Fuß gehen!«
Albury nickte eifrig. »Nochmals meine Entschuldigung für . . . für all das hier!« Er schien aufrichtig schockiert und bewegt zu sein, machte eine halbe Verbeugung und marschierte dann davon, Henderson hinter ihm her.
Tubbs platzte fast vor Wut. »Und das war alles? Wir nehmen unser Gepäck und verschwinden?«
»Shhh – ganz ruhig!« sagte Crockett mit halblauter Stimme und tat so, als sei er an der Aussicht auf das Meer interessiert. Er schaute zu, bis Alburys Wagen startete und davonfuhr. Die Neugierigen zerstreuten sich. »Die Sache stinkt!«
Tubbs kam näher und senkte die Stimme. »Wovon sprichst du?«
»Vom Zufall. Vom glücklichen Zufall. Wie die Schießerei ablief. Ich glaube, Calderone hat schon gewußt, wer wir sind, seit wir angekommen sind!«
»Wie?« fragte Tubbs. »Durch Albury?«
»Der Kandidat hat hundert Punkte!«

Crockett schien brutal desillusioniert und völlig außer sich.
»Wie kommst du darauf?«
»Er ist der einzige auf der Insel, der weiß, wer wir sind. Er ist hier nicht aufgetaucht, bis die Killer verschwunden waren. In der ganzen Zeit, in der wir verfolgt wurden, hat sich *kein* Polizist blicken lassen. Das genügt für mich, um von der Annahme auszugehen, daß zwischen Albury und Calderone eine Verbindung besteht. Wie siehst du das?«
Tubbs nickte zögernd. »Das heißt, wir haben keine Unterstützung. Überhaupt keine Hilfe. Die Polizei hier hängt mit den bösen Buben zusammen. Und für unsere Polizeimarken bekommen wir hier noch nicht mal im Pfandhaus was.«
»Da haben Sie wohl recht, Mann!« sagte er mit stark übertriebenem kubanischem Akzent, wie es einst der unselige Trini de Soto aussprach. »Wir sind so weit weg von allem, wir könnten glatt auf einem anderen Planeten sein.«
»Ich gehe zurück und besuche Angelina – sobald ich trockene Kleider gefunden habe. Wenn Calderone *wirklich* die Insel verlassen hat, dann kann ich von ihr sicher erfahren, mit welchem Ziel.«
Crockett schaute ihn einen Augenblick lang scharf an. »Und das ist der einzige Grund, weshalb du zu ihr willst?«
Tubbs' Gesicht bekam wieder diesen eigenartigen, nichtssagenden Ausdruck. »Streng geschäftlich!« sagte er. Dann fügte er lauter, damit die Umherstehenden, die sie immer noch anstarrten, es hören konnten, hinzu: »Komm, wir gehen jetzt unsere Sachen packen und dann nichts wie weg!«

14.

Mit ein wenig Hilfe der Einheimischen fand Tubbs die Adresse heraus, die ihm Angelina vor ein paar Stunden gegeben hatte. An *diesem* Tag. Es war kaum zu glauben, daß es noch keine Woche her war, seitdem er und Crockett gemütlich ihre Zeit mit der Beschattung von Felix Castronova verbracht hatten. Sonny und Caroline waren kurz vor einer Versöhnung gestanden – Tubbs erkannte, daß Crocketts überreizte Gemütsverfassung, seine Tollkühnheit und sein gelegentlicher Griff zur Flasche eine Menge mit seinem Privatleben zu tun hatten. Und noch vor weniger als einer Woche war Lou Rodriguez bei bester Gesundheit gewesen.

Er selbst hatte nicht diesen Gefühlsaufruhr verspürt. Die Nähe von Angelina, dieser für ihn rätselhaften Frau, versetzte ihn in einen Zustand, der ihn abwechselnd erschreckte und erregte.

Als er die Conch Bay Lodge verlassen hatte, war er noch sicher gewesen, daß Angelina ihn gerne mochte und ehrlich zu ihm sein würde. Er wollte keine Lügen und hatte keine Zeit für Halbwahrheiten. Er hatte gehofft, daß er sie allein durch seine Ernsthaftigkeit dazu bringen würde, ihm bei der Suche nach Calderone zu helfen. Diese Ernsthaftigkeit war einerseits zurückzuführen auf den Tod Rafaels durch Calderones Helfer und andererseits auf ein allmählich entstehendes Verständnis für Angelina. So mächtig Calderone auch war, überlegte Tubbs, so konnte er doch dieser Frau nur als Liebhaber etwas bedeuten . . .? Ein einem Liebesabenteuer nicht abgeneigter Mäzen ihrer Kunststudien vielleicht, der als Gegenleistung für seine finanzielle Hilfe mehr verlangte als nur Gemälde . . .?

Sicher erwiderte sie seine Gefühle nicht?

Ein anderer Eindruck, der Tubbs verwirrte, war die Szene in der Schule. Sie paßte nicht zu dem Bild, das er sich von Angelina zurechtgelegt hatte. Er hatte immer gewußt, daß Nutten ein Doppelleben führen. Man würde nie auf die Idee kommen, daß die frisch aussehende junge Frau im Supermarkt in der Nacht in Pfennigabsätzen und Leder die Verkörperung sexueller Phantasien war. Tubbs kannte Trudy Joplin und Gina Calabrese und kannte die nervtötend schizoide Art und Weise, wie sie, wenn es der Dienst verlangte, in einem Augenblick Prostituierte spielten und im nächsten Moment wieder normale Polizistinnen der Vice Squad wurden. Die Täuschung mußte natürlich perfekt sein. Warum also war es ihm so unmöglich, sich Angelina am Tage als Lehrerin und nach Sonnenuntergang als Gelegenheitsnutte vorzustellen?

Ihre Ausstrahlung sprach dagegen. Angelina war auf dem besten Wege, eines von den Phantomen zu werden, das Tubbs' Gedanken träge werden ließ und ihm Schwindelgefühle verursachte. Einfache Dinge schienen sie sehr zu beglücken, und ihr Vergnügen war so selbstverständlich. Als Junge aus Brooklyn hatte er gelernt, daß die Macht, sich alles kaufen zu können, der einzige Weg zum Glück war. Angelinas Existenz schien im Widerspruch dazu zu stehen – sie wollte nichts von ihm.

Vielleicht, und dieser Gedanke war ihm unbehaglich, weil Calderone ihr schon alles gekauft hatte.

Er hatte die Absicht gehabt, ihr die Wahrheit zu sagen, ihr alles zu erzählen; vor ihr auszubreiten, was für ein Verbrecher Calderone in Wirklichkeit war. Er hatte versuchen wollen, an ihr Gerechtigkeitsempfinden zu appellieren, das er spürte, als er sie bei ihrer Arbeit mit den Kindern beobachtete. Aber jetzt, da er in ihre eindeutig teure Wohngegend kam, fragte er sich, ob er den harten Panzer des Kapitalismus mit etwas so Fragilem wie der schlichten Wahrheit durchbrechen konnte.

Der gewundene Weg, gerade so breit wie ein Auto, führte stetig nach oben, nur ab und zu wurde eine Abzweigung oder private Einfahrt sichtbar. Gelegentlich stand neben der Straße ein Briefkasten. Die Anwesen, die Tubbs durch Hecken und Zäune sehen konnte, wirkten teuer und großzügig. Villas, Landhäuser, Gutshöfe.

Angelinas Anwesen schien ihm noch kostspieliger zu sein, versteckt zwischen den großen Besitzungen, ein ruhiges Heim, das allein durch seine Existenz Ausdruck von Macht war. Es bestand aus weißem Stuck, hatte einen L-förmigen Grundriß mit Veranda und war ringsherum mit handgemalten, spanischen Fliesen gekachelt. Über dem Gebäudeteil, der Tubbs am nächsten war, erhob sich ein Turm, dessen Panoramafenster die Sicht nach allen Seiten über die Hügel ermöglichte. Tubbs war sich sicher, daß man von dort oben einen atemberaubenden Ausblick auf den Ozean hatte.

Plötzlich und unerwartet verspürte er wieder das flaue Gefühl im Magen. Er schauderte, hatte sich aber schnell wieder unter Kontrolle. Die letzten Tage waren sehr ereignisreich gewesen. Wie lange noch hielten sie dieses Leben durch, bis seine oder Sonnys Wachsamkeit nachließ und sie umgebracht wurden? Wie lange noch?

Er drückte auf die mittlere Kachel in einem verschlungenen Ornament und hörte, wie drinnen ein sanfter Gong anschlug. Kurz nach dem Gong vernahm er das Geräusch nackter Füße, die über einen Schieferfußboden und gelegentlich über einen Teppich gingen.

Angelina öffnete die Tür; sie war in zwei üppige, purpurfarbene Badetücher gewickelt. Das eine hatte sie um ihren Leib geschlungen, das andere wie einen Turban um den

Kopf gewunden. An ihrem schlanken Hals hingen Wassertropfen.
Wenn das alles nur eine Illusion war, dann war sie verdammt perfekt – ihr Gesicht schien aufzublühen, als sie Tubbs sah. Trotz der Störung schien sie froh, daß er gekommen war.
Aber natürlich galt es, die Regeln der Höflichkeit zu beachten, den Wirrwarr von gesellschaftlichen Floskeln, Formeln und Erklärungen. Das mußte er alles abrupt unterbrechen; er und Sonny hatten keine Zeit zu verlieren.
»Ein bißchen früh fürs Abendessen«, sagte sie ironisch.
»Angelina . . . es ist etwas geschehen«, begann er so nüchtern, wie er nur konnte. »Ich muß die Insel in ein paar Stunden verlassen.«
Auf ihrem Gesicht breitete sich Enttäuschung aus. »Aber . . . so schnell, Richard?«
»Geschäfte – auf dem Festland. Dringende. Wichtige. Es hat mit . . .«, er wurde leiser. »Hör zu, ich muß mit dir reden!«
Sie trat zur Seite. »Komm bitte herein.« Als er drinnen war, schloß sie die Tür.
Tubbs verlor den Faden, wußte nicht weiter. Es gab keine Chance, daß sie die Geschichte mit Calderone glauben würde. Trotzdem mußte er es versuchen. »Es ist . . . es ist sehr schwer für mich, dir das zu sagen . . .«
Sie unterbrach ihn. »Nein, ich verstehe dich. Ich fühle genauso!«
Sie legte die Arme um ihn und trat näher. Tubbs' Hirn arbeitete auf Hochtouren. Sie hatte seine Verlegenheit als Vorspiel zu einem romantischen Geständnis angesehen . . . und jetzt hielt sie ihn im Arm, ihr frischer Duft machte ihn verrückt und vernebelte seine Gedanken. Tubbs fühlte sich wie im Rausch.

Er umarmte sie und zog sie an sich. »Was fühlst du?«
»Seitdem wir uns gestern begegnet sind . . .« Diesmal versagte ihre Stimme. Sanft zog sie seinen Kopf herab, bis ihre Lippen sich trafen, und Tubbs schloß die Augen. Ihre erste Berührung war elektrisierend; es traf sein Innerstes und ließ ihn alles andere vergessen. »Siehst du«, sagte sie, »so schwer war es auch nicht!« Dann war sein Blick wieder von ihrem Gesicht gefangen. Sie lehnte sich vorsichtig in seiner Umarmung zurück, das Handtuch löste sich von ihrem Kopf und fiel zu Boden. Tubbs hob seine Hände in die schimmernde Schwärze ihres Haares.
»Du vertraust mir!« sagte Tubbs, davon ebenso tief bewegt wie von der Leidenschaftlichkeit des Augenblicks.
Offen und unschuldig sagte sie: »Warum sollte ich das nicht?«
Er sah, wie sich ihre Augen weiteten, um sein Bild in sich aufzunehmen. Sie waren jetzt beide gleichermaßen erregt und standen endlos lange da, einander festhaltend und erforschend. Endlich entzog sie sich ihm und wies auf die schmiedeeiserne Wendeltreppe, die im Turm hochführte. Sie führte ihn an der Hand. Auf halber Treppe ließ sie das andere Handtuch zu Boden gleiten.

Jimbo Spitz blies kräftig in seine Mundharmonika, wobei er sie mit den Händen so abdeckte, daß wilde, abgerissene Bluestöne entstanden. Er begeisterte sich mächtig an seinem eigenen Spiel, dann starrte er Crockett an. Dieser war dabei, seinen Seesack zu packen.
»Du bist ganz sicher, daß ihr *hombres* wirklich in See stechen wollt?« fragte Jimbo und blies ein weiteres Mal in seine Mundharmonika. »Junkaroo ist hier wirklich *das* Ereignis. Wir werden uns erstklassigen Stoff einwerfen, gerade heute morgen aus Oakland gekommen, mit einem College-Professor aus Berkeley.«

»Klingt verführerisch, Jimbo«, sagte Crockett mit sarkastischem Unterton. »Aber irgendwie befriedigt es mich nicht mehr so wie früher, mein Hirn in gekochten Kürbis zu verwandeln!« Er dachte an Elvis, der bei jeder plötzlichen Bewegung ausflippte, als wiche er unsichtbaren Monstern aus, die nur er sehen konnte.

»He, Kumpel, versteh mich nicht falsch!« protestierte Jimbo. »Das ist kein Trip bloß zum Vergnügen!«

»Rein geistige Angelegenheit, was?« Das hatte er auch schon mal gehört.

»Es hilft mir beim Schreiben. Hör dir das an –: ›Parallele Linien ziehen sich hin in das zwinkernde Auge der Sonne, während wir Mongos von einem sterbenden Kadaver essen. Komm zurück dahin, wo alles nur fünf Cents kostet oder zehn . . . Zarathustra.«

»Ich bin überwältigt«, sagte Crockett. »Was ist das – ›Moody Blues‹ rückwärts gespielt?«

Stolz sagte Jimbo: »Das ist aus *Nylon Wahrheit!*«

»Und was ist das?«

»Mein erster Gedichtband für die Massen. Verse für das Volk. Nicht so ein kompliziertes Zeug wie das, was Rod McKuen macht. Das hier ist mehr wie . . . William Burroughs verbunden mit Stanley Kubrick. Mit einem Schuß Ryota.«

»Irgendwie muß ich das Buch verpaßt haben!« sagte Crockett. »Ich werd' versuchen, die Verfilmung zu erwischen!« Er bemerkte, daß sich unten am Dock irgend etwas ereignete, und griff nach seinem Fernglas, um einen Blick darauf zu werfen. Was er sah, ließ ihn für eine Sekunde erstarren. Es war Guillermo Pino, Calderones einäugiger Killer, der aus einem blauen Chevy, graugefleckt von Vorstreichfarbe, stieg und zu einem Boot trat. Er reichte dem Dockaufseher, der das Schnellboot auftankte, einen

Schein, legte dann den Gang ein und raste los, eine schwere Wolke aus weißer Gischt hinter sich lassend.
Jimbo plapperte immer noch über seinen Gedichtband. »Er ist bis jetzt noch nicht veröffentlicht, aber ich hab' da 'ne Reihe wichtiger Agenten in Pittsburgh, die wirklich daran interessiert sind. Wir tasten einander noch ab, verstehst du?«
Crockett hörte nicht zu. »Richtig!«
Jimbo bemerkte seinen angestrengten Ausdruck. »He, Mann, ist alles in Ordnung? Du siehst aus, als hättest du gerade Jim Morrison gesehen oder so was!« Er steckte sein Musikinstrument ein.
»Ja, es ist alles o.k.« Crockett drehte sich herum und kramte etwas Geld hervor. »Jimbo, ich glaube, ich habe meine Meinung geändert. Renn ins Dorf und sieh zu, ob du ein paar Junkaroo-Masken für Tubbs und mich auftreiben kannst!«
»Für heute abend?«
»Genau!« Er beobachtete weiter das Dock. Das Schnellboot war zu einem winzigen weißen Fleck zusammengeschrumpft . . ., es konnte nur ein einziges Ziel haben!
»Bin schon unterwegs! Ich wußte doch, daß ich euch Jungs zum Feiern überreden könnte. Das werdet ihr nicht bedauern, Mann!«
Und Jimbo verschwand. Crockett fragte sich, wie Ricardo Tubbs zurechtkam.

Der Druck ihrer Lippen war sanft und köstlich, sie schmiegte sich an ihn, einen Arm um seinen Kopf gelegt, mit dem anderen streichelte sie seine nackte Brust. Tubbs war kein Schwarzenegger, aber auch er hatte seine körperlichen Reize.
Die von Angelina waren ganz offensichtlich.
Sie lagen nebeneinander in ihrem Bett. Die Bettücher wa-

ren dunkelblau und inzwischen über den ganzen Raum verstreut. Das Zimmer war von hellem Licht durchflutet, das durch die Panoramafenster in der Spitze des Turms kam. Der größte Teil von Tubbs' Kleidern hing über dem eisernen Geländer, das in diesen zeitlosen und für ihn magischen kleinen Raum führte.

Er fühlte sich ganz und gar befriedigt, faul und entspannt, was ihm erst wenige Male gelungen war, seit er seinen Rachefeldzug von New York aus südwärts begonnen hatte. Er hielt Angelina liebevoll in seinen Armen und dachte über diesen Augenblick nach, als ihn der Klang ihrer Stimme in die Gegenwart zurückholte.

»Wer bist du, Richard?«

Fragen wie diese waren stets dazu angetan, Tubbs in eine defensive Stimmung zu versetzen. »Was meinst du damit?«

»Beantwortest du Fragen immer mit Fragen?«

Er lächelte sie an und sagte: »Hast du den Eindruck, daß ich diese Art Mensch bin?«

Ein weiterer Kuß, dann eine lange Pause.

»Ich beobachte deine Augen!« sagte sie. »Die Augen sind die Spiegel der Seele. Und sehe ich in deinen Augen, daß deine Seele woanders hintreibt, dahin, wohin sonst niemand hin darf. Nicht unbedingt angenehme Orte. Deine Augen sagen mir, daß du anderen viel von dir geben kannst . . . aber daß du es nicht schätzt, wenn andere versuchen, dir etwas zu geben!«

Diese Enthüllung traf Tubbs, und es gefiel ihm nicht, so offen analysiert zu werden. *Warum sollte sie wohl solche Dinge sagen,* dachte er, *wenn nicht* – ? Fast im selben Augenblick mißfiel ihm seine plötzliche Reaktion gegen Angelina. Sie schien so gut für ihn zu sein; sein ganzer Körper fühlte sich lebendig, nicht erschöpft. »Es hat keinen Sinn, meine Probleme zu erörtern!« sagte er.

»Außer, jemand interessiert sich dafür!« erwiderte sie. »Verstehst du das nicht?«
Gegen seine Gefühle bemühten sich seine antrainierten Verteidigungsmechanismen, sie abzulenken. »Hab' ich dir das nicht erzählt?« meinte er leichthin, weil er Angst hatte, auch nur an den Grund zu denken, der ihn in erster Linie hierhergebracht hatte. »Ich bin eine der großen, mißverstandenen Seelen dieser Welt!«
»Nein, ich bitte dich, laß das!«
»Also, ich sehe auch etwas in deinen Augen!«
Entzückt – und abgelenkt – sagte sie: »Wirklich?«
»Ja, eine winzige kleine Wimper, genau hier . . .« Er streckte die Hand aus, um sie wegzuwischen, und Angelina lachte.
»Du Dummkopf. Gib mir die Bürste.«
Er schaute sich verständnislos um. »*Donde está*?«
Sie wies mit dem Finger darauf. Er hob ein dünnes, orientalisch gemustertes Hemd hoch und nahm die silberne Bürste, die darunterlag. Dann bemerkte er etwas anderes auf dem Nachttisch – etwas, das seine Gesichtszüge erstarren ließ, so wie auch Crockett reagierte, als er Pino am Dock in ein Boot klettern sah. Es war eine ovale Fotografie von Angelina. Sie konnte kaum älter als siebzehn sein. Sie lächelte liebevoll und hatte ihre Arme um einen ebenso strahlenden Mann gelegt – Francisco Calderone, mit etwas dunklerem Haar, aber sonst derselbe.
Tubbs konnte der Wahrheit nicht mehr ausweichen und kämpfte dennoch darum, ihr aus dem Wege zu gehen. Er nahm den vergoldeten Rahmen und versuchte, mit einem Scherz darüber hinwegzukommen. »Erzähl mir ja nicht, daß uns dein Freund hier die ganze Zeit zugeschaut hat!« sagte er. »Ist dieser Bursche nicht ein bißchen zu alt für dich?«

Sie lächelte mit echter Freude, während sie sich im Bett aufsetzte, um ihr feuchtes Haar zu bürsten. »Er ist nicht zu alt, um mein Vater zu sein!«
Nur mit äußerster Mühe gelang es ihm, seine Fassung zu bewahren. Die Chance, ihr alles zu erzählen, war ihm zwischen den Fingern zerronnen. Dazu war es jetzt zu spät. Sie würde denken, daß sie nur benutzt worden war. Ihm war schwindlig. Dieses hinreißende Geschöpf war Calderones Lenden entsprungen? Jetzt verstand er, warum ihm ihre Gesichtszüge als Mischung aus Aristrokatie und Vulgarität erschienen waren. Wenn er ihr scharf genug ins Gesicht sah, konnte er dort sogar Ähnlichkeiten mit dem Mann entdecken, der seinen Bruder getötet hatte. Er riß sich zusammen. »Dein Vater . . .«
»Ich habe gehofft, du würdest zum Junkaroo bleiben«, sagte sie. »Ich wollte euch miteinander bekannt machen!«
»Heute abend?«
Sie nickte. »Im Strandclub findet ein Maskenball statt!«
Er setzte sich auf und umfaßte ihre Schultern. Sie schmiegte sich in seine Umarmung und gab ihm einen langen, tiefen Kuß.
»Wie kann ich da nein sagen?« fragte Tubbs. »Die Dinge haben sich geändert, nicht wahr?«
Das schien genau das zu sein, was sie hören wollte. »Es wird ein wunderbarer Abend für dich werden. Für *uns*!«
»Sicher!« sagte er bitter. »Ich liebe Maskeraden.«

15.

»*Seine Tochter* –?« Crockett war sprachlos vor Erstaunen. Was Tubbs gesagt hatte, brachte mit einem Mal das Bild, das sie sich von Calderone zurechtgelegt hatten, ins Wanken. Er hatte immer noch Schwierigkeiten, Angelina mit dem Mann, den er vor zwei Monaten ohne Skrupel in die Luft gejagt hätte, in Verbindung zu bringen – mit dem Mann, der ihn mit äußerster Verachtung einen »Bullen, der nicht mehr wert ist als vierhundert die Woche« genannt hatte. Sie hatten dasselbe Blut. Die Realität verursachte ihm Schwindelgefühle und es fiel ihm schwer, sachlich zu bleiben.

»Ich treffe Calderone heute abend beim Junkaroo-Fest«, sagte er. »Sie bestand darauf, daß wir uns kennenlernen; ich habe nicht einmal nachgeholfen!«

»Ich habe Jimbo losgeschickt, um einige Masken aufzutreiben, bloß um ihn aus dem Weg zu haben«, sagte Crockett. »Jetzt bin ich froh darüber, daß ich das getan habe – es sieht so aus, als ob wir sie brauchen könnten.« Sein Kopf lief auf Hochtouren, verarbeitete die neuen Informationen und plante bereits weiter, während Tubbs noch durch das Zimmer rannte und sich schließlich in einen Schwingsessel warf. »Wir werden mit dem Boot ablegen und darauf achten, daß Alburys Spione im Hafen sehen, daß wir wegfahren. Weiter unten an der Küste können wir in einer der versteckten Buchten, mit denen Albury so gerne protzt, anlegen.«

Tubbs war ganz in seine düsteren Gedanken versunken. Er schaute auf und sah, daß Crockett ihn beobachtete. »Diese Frau ist mir wichtig, Sonny!« Direkter konnte er es nicht sagen. »Sie weiß nichts anderes, als daß ihr Vater ein reicher Finanzmann ist, der regelmäßig die Hälfte seines Einkommens der katholischen Kirche spendet. Alles sehr nebulös. Er hat große Anstrengungen gemacht, sie völlig im Dunkeln zu lassen. Das wäre kaum zu glauben, wenn ich nicht wüßte, was für eine Person sie ist. Sie ist völlig unberührt von dem, was Calderone verkörpert und tut. Sie

liebt ihn und in ihm das Gute, das ja bekanntlich noch beim größten Verbrecher vorhanden ist.« Ihm mißfiel die Tatsache, daß Angelinas Existenz das einseitige Bild zerstörte, das er sich von Calderone aufgebaut hatte, um seinen Haß aufrechtzuerhalten. Früher war ihm der Gedanke, Calderone in tausend Stücke zu zerreißen, angenehm gewesen. Tubbs hatte unzählige Male daran gedacht, die abgesägte Flinte seines Bruders dem kurzgewachsenen Drogendealer in den Mund zu stecken und sein Hirn direkt in die Hölle zu pusten. Jetzt war die Sache nicht mehr so einfach. Calderone zu töten würde heißen, das fragile, einzigartige Wesen, das Angelina für ihn war, zu zerstören.
»Sie hat dich wirklich völlig aus den Angeln gehoben, nicht wahr?« fragte Crockett. Er verstand Tubbs.
Auch das nagte an Tubbs. Crockett hatte ihm das Leben gerettet. Und Calderone hatte versucht, Crockett zu beseitigen. Tubbs schuldete es nicht nur Rafael, sondern auch Sonny, Calderone zur Strecke zu bringen. Trotzdem bekam er jetzt damit Probleme. Ohnmächtig vor Wut sagte er: »Warum kann es nicht stets Schwarz und Weiß sein? Du jagst den Bösewicht, und entweder erwischst du ihn oder er erwischt dich, und das ist alles. Wie kommt es, daß dabei Unschuldige zerstört werden?«
Er kannte die Antwort auf diese Frage. Das Leben verlief eben nicht so wie die meisten schlechten Filme. Und Unschuld war nicht länger ein Geschenk . . . sie war ein Verbrechen. Wenn du unschuldig bist, dann trampelt die Welt auf dir herum, ohne sich darum zu kümmern.
»Hast du deinen Entschluß, Calderone auffliegen zu lassen, geändert?« fragte Crockett geradeheraus. »Oder was ist?«
»Ganz und gar nicht!« Jetzt war es gesagt, egal, was daraus werden würde! Er hatte sich festgelegt. Die Entscheidung

war richtig. Er spürte aber auch, daß es ihm bald schlecht werden würde.
Wenigstens einen gab es, der in besserer Stimmung war. Schritte näherten sich, begleitet von falsch gesungener Swingmusik. »*Ah-know Ah-know . . . I know* she's a country girl!!« ›High‹ war das richtige Wort dafür. Jimbo Spitz hüpfte über die Verandabrüstung, in der Hand zwei große braune Einkaufstüten. »Los geht's, rein ins Vergnügen, meine Herrschaften!«
»Hast du uns was mitgebracht?« fragte Sonny.
Jimbos Augen strahlten. »Na, ich würde doch meine Yankee-Brüder nicht im Stich lassen! Ihr werdet heute abend 'ne tolle Feier erleben, Mann – das wird 'ne tolle Sache. Ernsthaft ausgeflippt.« Er griff in die eine Tüte und zog schwungvoll ein grell bemaltes Dämonengesicht aus Pappmaché mit weißen Fangzähnen heraus. Er betrachtete Tubbs von oben bis unten. »Die hier, das bist du – absolut!«
Tubbs probierte sie an, während Crockett ein paar Zwanzig-Dollar-Scheine hervorholte, um sie Jimbo in die Hand zu drücken.
»Das ist Seiloth«, sagte Jimbo. »Einer von den ›Alten‹. Er verkörpert das Chaos.«
»Vielen herzlichen Dank!« sagte Tubbs. »Ich fühle mich auch so schon ziemlich chaotisch.«
»Und für dich, Bwana«, sagte Jimbo und zog die andere Maske hervor, »für dich haben wir Dietrachboelet. Der verkörpert die Zerstörung. Verdammt mächtige Burschen, Leute. Ihr werdet 'ne starke Ausstrahlung haben, wißt ihr!«
»Chaos und Zerstörung!« überlegte Crockett. »'ne tolle Zirkusnummer!«
Perfekt aufs Stichwort, wie Theaterdonner, ließ jemand ein paar Knaller los, als Crockett sprach.

»Mach dich nicht über die ›Alten‹ lustig!« sagte Jimbo mit so tödlichem Ernst, daß es schon wieder komisch war. »Sie haben große Macht.« Er steckte das Geld ein.
Crockett verstaute seine Maske in seinem Seesack. »Vielen Dank, Jimbo. Alles Gute, falls wir uns nicht mehr beim Fest sehen!«
Sie schüttelten sich die Hände. »Wenn ihr Burschen je Hilfe braucht, dann wißt ihr, wo ihr mich findet!« Er ließ einen riesigen Joint in Crocketts Hemdtasche gleiten und tat dann dasselbe bei Tubbs. »My dark brother«, sang er, »I'll see you on the Twenty-Fourth Plane.«
»Denk an mich, wenn du berühmt geworden bist!« sagte Tubbs.
Jimbo winkte ihnen beiden zu und schwankte zur nächsten Party. Abendrot färbte den Himmel.
Sie schulterten ihre Seesäcke und machten das Schnellboot seeklar. Als sie gerade abfahren wollten, bemerkte Tubbs Henderson, der in einem geparkten Dienstwagen saß und einen Funkspruch durchgab.
»Ich glaube, wir werden überwacht!« sagte er.
»Zum Teufel mit ihm!« antwortete Sonny und ließ die starken Zwillingsmotoren an. Sie ließen Alburys Vertreter den Gischt schmecken, den ihr Boot aufwirbelte.
Crockett legte einige Meilen Abstand zwischen Insel und Boot, dann drehte er hart bei. »Machen wir uns an die Vorbereitungen!« schrie er zu Tubbs hinüber, der die Seesäcke öffnete.
Tubbs fühlte sich diesmal bei den schlingernden Bootsbewegungen weit weniger unbehaglich. Er saß ruhig da und bereitete die Magazine für Crocketts 45er Automatik vor. Dann schob er ihm eine kleine 38er Walther in einem Schulterhalfter zu. Er öffnete seine Flinte und lud mit zwei Hochgeschwindigkeitspatronen, steckte vier weitere Pa-

tronen ein und zwängte sich dann in eine Schulterhalterung für seine Heckler-Koch-Maschinenpistole. Er holte eine blau-stählern schimmernde 44er Magnum und öffnete die Trommel. Nach kurzem Zögern lud er sie mit abgeflachten Wadcuttern.
Crockett sah ihm zu. »Wir gehen doch nicht auf Elefantenjagd, Tubbs!«
Als ihre Vorbereitungen beendet waren, hatte die Dunkelheit den größten Teil der Insel eingehült. Crockett legte mit dem Boot in einer Bucht in der Nähe der Stelle an, die Angelina Tubbs als Adresse des Strandclubs genannt hatte.
Tubbs setzte sich seine Dämonenmaske auf. »Es ist Zeit zum Feiern!« sagte Chaos.

Tubbs nahm amüsiert zur Kenntnis, daß sein Freund Crockett, der Vice-Squad-Experte, komischerweise dann untalentiert war, wenn es um eine schlichte Tarnung in der Maskerade nach Halloween-Art ging. »Diese weißen Schuhe und dein Gang würden dich überall verraten!« sagte er Crockett.
»Ich hab' das Gefühl, mit diesem Ding auf der Nase müßte ich einen Schnapsladen überfallen!« erwiderte Crockett hinter seiner Maske der ›Zerstörung‹.
Sie standen in der Nähe eines riesigen offenen Feuers in der Mitte des ausgedehnten Privatstrandes, der zum Club gehörte. Fröhliche karibische Musik erfüllte die Luft; um sie herum tanzten barfuß feiernde Menschen in grotesken Masken und tranken miteinander. Die meisten von ihnen benutzten Strohhalme, um ihre geheimnisvolle, maskierte Identität zu wahren.
Der Goomby-Rhythmus vertrieb das Gefühl für Realität. Das Dröhnen der Ziegenfelltrommeln vermischte sich mit dem Bimmeln von Viehglocken, dem Tuten lärmender

Hörner, dem Krach der Knarren und Pritschen. Festgäste, denen der Sinn nach animalischeren Gelüsten stand, gingen miteinander in die dunkleren Sanddünen, um sich dort zu vergnügen. Das andere Ende des Strandes war durch ein zweites, rauchendes und funkensprühendes Feuer markiert, und zwischen diesen beiden Feuern bewegte sich eine farbenfrohe, sinnverwirrende Menschenmenge – die »Lumpensammler« in ihren kunstvollen Kostümen aus bunten Lumpen und zusammengesammelten Stoff- und Papierstücken. Manche in aufwendigen Federmasken und Kopfschmuck, andere als Tiere verkleidet, wieder andere als Dämonen oder übernatürliche Wesen von entschieden okkulter Bedeutung. Pfeifen kämpften gegen Dschungelrhythmus an; Hörner tuteten. Auf allem, was nur irgendwie als Instrument benutzt werden konnte – leere Dosen, Flaschen, sogar die Masken selbst – wurde entsprechend herumgetrommelt und geschlagen. Es war eine berauschende Szenerie, selbst wenn man nichts trank, rauchte oder schluckte. Ein riesiges Huhn führte Zaubertricks vor. Einige Festgäste warfen ihre Kleider von sich.

»Zerstörung« stand in typischer Sonny-Crockett-Haltung da und überblickte das Geschehen. »Hast du das Mädchen schon gesehen?«

Eine kunstvoll kostümierte Frau, deren Beine denen von Angelina sehr ähnlich waren, drängte sich auf sie zu. Ein Tänzer sprang vor sie hin, versperrte ihr den Weg und forderte sie zum Tanz auf. Sie taten sich zusammen und wirbelten lachend in einem verrückten Tanz davon.

»Wir wollen uns in der Nähe des Barbecues treffen!« sagte »Chaos« mit der Stimme von Tubbs.

Eine andere Frau, die auch Angelina hätte sein können, löste sich aus der tosenden Menge und kam auf Tubbs zu,

ging aber dann an ihm vorbei weiter, ohne ihm ein Zeichen zu geben. »Das hier gefällt mir nicht!« sagte Tubbs. »Es ist viel zu schwer herauszufinden, wer da eigentlich mitspielt?«
»Moment mal – ist sie das nicht? Da drüben!«
Am Fuß der Treppe, die zum Clubhaus führte, in der Nähe einer extra aufgestellten Strandbar, stand Angelina, setzte ihre kunstvoll gefiederte Maske ab und spähte, auf der Suche nach Tubbs, eifrig in die Menge.
»Ja!« sagte Tubbs. »Gib mir Rückendeckung. Könnte sein, daß ich schon in der nächsten Sekunde Calderone gegenüberstehe!«
»Du bist ja nicht allein!« sagte Sonny. »Ich werde dir den Rücken decken. Gib dich ganz natürlich!«
Crockett verschwand im Gedränge, während Tubbs hinüberging. Angelina streckte ihm die Hände entgegen, um ihn zu begrüßen; die Berührung ging ganz natürlich in eine Umarmung über. Dann stampfte eine weiteree Reihe von Conga-Tänzern vorbei und versperrte Tubbs für einen Augenblick die Sicht.
Nach einem langen Kuß sagte Tubbs: »Dein Vater – ist er schon hier?«
Sie schüttelte den Kopf. »Er ist nie irgendwo pünktlich!«
»Ich freue mich darauf, ihn zu treffen!« Das war unfair. Er benutzte sie für seinen Plan, und er wußte es.
»Grrrh!» Ein gräßlicher Teufelstänzer sprang die Stufen hinunter und erschreckte sie beide. Sie lachten. Der Dämon machte ein paar fürchterliche Verrenkungen und rannte dann fröhlich davon, um andere zu verängstigen. Die Band wechselte das Tempo, und Angelina packte Tubbs und drehte ihn in einem Inseltanz. Sie setzte die Maske wieder auf. Über ihre Schulter konnte Tubbs Crockett sehen, der sich in der Nähe der Bar aufhielt.

Sie schmiegt sich eng an ihn. »Ich wünschte, dieser Augenblick würde ewig dauern!«
»Das wünsch' ich auch!« Angesichts dessen, was gesehen würde, wünschte er es sich wirklich.
Crockett beobachtete die beiden beim Tanzen. Offenbar ließ sich Calderone Zeit, bevor er hier auftauchte. Diesmal wollte Crockett keine Fehler machen. Er faßte unter seine Maske und schluckte eine von seinen Dexamyl-Kapseln – alte Gewohnheit aus seinen ausschweifenderen Tagen. Er brauchte die Power, die das Aufputschmittel ihm gab, und falls er zu aufgedreht werden würde, konnte er sich mit Alkohol betäuben. Das war sicher nicht der gesündeste Weg, einen körperlichen Vorteil zu erzwingen, aber doch wohl das schnellste und effizienteste Vorgehen, das er sich denken konnte. In Gedanken spielte er immer wieder durch, was damals in dem Lagerhaus in Miami schiefgegangen war, wo sie Calderone in die Enge getrieben hatten. Wenn sie damals fünf Minuten schneller im Gefängnis zur Stelle gewesen wären, dann hätte Calderone keinen Richter aus dem Bett zerren und mehr als zwei Millionen Dollar Kaution bezahlen können, um so seine Flucht zu ermöglichen.
»He, Mann«, sagte eine Stimme hinter ihm. »Tubbs schickt mich.« Im Glauben, Jimbo Spitz zu sehen, drehte sich Crockett um, als sich der Lauf eines Revolvers gegen sein Rückgrat drückte. »Du willst doch nicht dein Leben in einem Rollstuhl fortsetzen!« fügte die Stimme hinzu. »Geh langsam und unauffällig zum Feuer hinüber!«
Crockett wurde in Richtung Strand genötigt. Sein Aufpasser war ein Mann, der seine Identität hinter einer engsitzenden Froschmaske verbarg. Bald ließen sie die Feiernden in einiger Entfernung zurück und gelangten an einen dunklen kleinen Anlegesteg am Meer.
»Detective!« grüßte ihn eine vertraute Stimme.

Crockett zog sich die Maske herunter. Chief Albury stand mit gespreizten Beinen im Sand, flankiert von zwei maskierten Männern, die mit Ingrams auf Crockett zielten. Auf diese Entfernung konnte sie niemand sehen.
Albury trat zu ihm heran und nahm Crocketts 45er aus seinem Halfter. Dann wurde er von hinten abgetastet und man nahm ihm die 38er ab, die er am Fußgelenk befestigt hatte. Der bewaffnete Mann entfernte sich die Maske und hielt seine Waffe gegen Crocketts linke Niere gepreßt.
»Pino!« sagte Crockett. »Ich hätte die billigen Schuhe erkennen müssen!«
»Mr. . . . Miller!« Pino nickte, seine Augen waren kalt und unbewegt wie die einer Kobra.
»Ich bedaure außerordentlich!« sagte Albury in seinem üblichen klebrigen formellen Tonfall. »Sie hätten die Insel verlassen sollen, wie Sie es angekündigt haben. Jetzt haben Sie keine Wahl mehr!«
»Ich danke Ihnen für Ihre Hilfe!« sagte Crockett. Er fragte sich, ob sie Tubbs schon gefunden hatten.

»Soll ich dir etwas zu trinken holen?« Tubbs war vom Tanzen durstig und dachte, daß ein Krug kühlen Weines ihm jetzt so angenehm wie ein Kuß sein würde.
»Das wäre wunderbar!« erwiderte sie.
Der Vorschlag, einen Drink zu holen, war zur einen Hälfte ein Trick. Calderone war noch nicht aufgetaucht, und Tubbs hatte Crockett aus dem Blick verloren. Der Ausflug zur Bar konnte ihm helfen, wenigstens einen der beiden aufzuspüren. »Bin gleich wieder da!«
Während Tubbs an der Bar stand, schob sich der Froschmann – Guillermo Pino – hinter ihn. Er zog seine Waffe heraus und drücke sie Tubbs in den Rücken.

»Kein Aufsehen!« sagte eine Stimme, leise und unerschütterlich. »Beweg dich. Geh vor mir her!«
Ein ausgeflippter Rastafarian, der eine Flasche schwenkte, mischte sich unaufgefordert ein. »Keine *Gewalt*, Mann!« rief er. Er bemerkte die Waffe, fürchtete sie aber nicht. »Ihr müßt *Rum* trinken!«
Als der Rasta die Flasche hochhielt, drehte sich der Froschmann, um ihn beiseite zu stoßen. Blitzschnell wirbelte Tubbs herum, schnappte sich die Flasche und zerschlug sie auf der Nase des Maskierten. Pino konnte einen Augenblick lang wegen der Glassplitter und dem Rum in seinen Augen nichts sehen.
Tubbs trat kräftig zu; Pino keuchte und klappte zusammen. Dann gab Tubbs dem Froschmann einen Tritt ins Gesicht, daß die Maske mit einem knirschenden Geräusch auseinanderfiel. Pinos Waffe flog durch die Luft und landete im Sand, während er sich rückwärts krümmte und mit weit ausgebreiteten Armen, nach Luft schnappend, hinfiel.
»Zu viel Rum!« sagte Tubbs zu dem leicht schockierten Barkeeper. Der Sektenfreak lief davon. Es würde wohl noch andere in der Menge geben, die Jagd auf Tubbs machten, jetzt, wo er erkannt worden war.
Er hatte keine Zeit mehr zu verlieren.
Tubbs eilte zurück zu Angelina, nahm sie an der Hand und zerrte sie durch die Menge.
»Richard! Was ist denn . . .?«
Schweigend und entschlossen zog er sie mit. Er konnte ja eine Ausrede benutzen, um sie dorthin zu bringen, wo sie das Schnellboot versteckt hatten, und ihr dann die Wahrheit erzählen. Er mußte sich ein wenig die Seele erleichtern, und die Zeit drängte.
Zwei maskierte Gestalten zogen ihre Waffen und kamen in

ihre Richtung gelaufen. Tubbs schob Angelina durch eine Reihe mit Conga-Tänzern. Die beiden Bewaffneten wurden in den Trubel der Tänzer hineingezogen, ihre Jagd war zum Scheitern verurteilt.
Er hatte das Gefühl, als ziehe er Angelina dem gemeinsamen Untergang entgegen, und er haßte sich dafür.

Eine Viertelmeile vom Land entfernt, in der totalen Schwärze des nächtlichen Meeres, wo die einzigen Orientierungspunkte die fernen Strandfeuer und die Positionslichter der Vergnügungsjachten waren, hielt Tubbs das Schnellboot an. Während sie sanft dahintrieben, erzählte er ihr die Wahrheit.
Sie saß auf dem Passagiersitz, hielt seine Polizeimarke in einer Hand und starrte in die Dunkelheit.
»Bloß ein Spiel!« sagte sie und brach das fürchterliche Schweigen, das zwischen ihnen entstanden war. »Die ganze Zeit über . . . hast du mich einfach nur benutzt.« Stumm liefen ihr die Tränen übers Gesicht und hinterließen auf ihren Wangen glitzernde, nasse Spuren.
»Angelina . . .!« Seine Stimme klang erstickt. »So ist es nicht ge. . .«
Ihr dumpfer Schmerz veränderte sich sekundenschnell in Wut, und sie schlug Tubbs, ohne zu zögern, mitten ins Gesicht. Er saß da und ließ es sich gefallen. Trotz der Tränen in ihren Augen spürte er ihren Widerstand.
»Was für ein Mensch bist du bloß?« schrie sie ihn an.
»Du hörst mir nicht zu!« sagte er, wobei ihm bewußt war, daß dies genau seine Worte zu Sonny im Krankenhausflur gewesen waren, als er versuchte, ihn davon abzuhalten, draußen herumzulaufen und sich umbringen zu lassen. Er wollte Angelina vor der Enttäuschung bewahren. Die Wahrheit würde keine Befreiung für sie sein. »Das hier zer-

frißt mir mein Innerstes! Was ich für dich empfinde, habe ich seit *Jahren* bei keiner Frau gefühlt. Aber ich habe jetzt keine Zeit, mit meinem Gewissen zu ringen. Ich will dich nicht *anlügen*, Angelina. Deshalb erzähle ich dir das alles! Du mußt mich zu deinem Vater bringen!« Er hielt sie an den Armen fest, und sie wand sich in seinem Griff.

»Geh doch zur Hölle!« fauchte sie ihn an.

»Dein Vater bringt Leute um – und er hat meinen Partner in seiner Gewalt!«

Ihre Stimmen wurden immer lauter und hallten über das Wasser.

»Mein Vater ist kein Killer! Glaubst du, ich kenne meinen eigenen Vater nicht?« Sie stieß ihn zurück.

Jetzt wurde Tubbs wütend. »Um Himmels willen, warum machst du nicht die Augen auf und denkst nach! Er wird in fünf Ländern polizeilich gesucht!«

»Nein!«

»Seit zwanzig Jahren ist er ein international bekannter Verbrecher!«

»Ich glaube dir nicht!« Sie legte die Hände über die Ohren, als ob sie gefoltert würde.

Tubbs zog eine Handvoll Dokumente aus dem Schiffsschrank und hielt sie ihr drohend vor. »Berichte von Verhaftungen! 7. Mai – verhaftet wurde Francisco Calderone – hatte hundertzwanzig Kilo Kokain im Besitz, die er verkaufen wollte! Autobomben! Morde! Todeslisten!«

»Das ist eine Lüge!« schrie sie ihn an.

»Ja? Schau dir das hier an – Akten von der Rauschgiftfahndung über viele Jahre hinweg! Da warst du *sieben Jahre alt*! Hier sind Fotografien – du erinnerst dich doch an diese Herren, nicht wahr?« Er warf ihr vorwurfsvoll die Bilder hin. »Trini de Soto, Triebtäter und Killer! Leon de Santis! Hier ist jemand, den du bestimmt kennst – Ru-

dolpho Mendez! Ein Bursche mit lockigen Haaren, der ab und zu bei euch vorbeikommt und einen freundschaftlichen Drink nimmt? Und mit einem vollgestopften Umschlag wieder geht?«
Ihre Augen glitten über die Fotos . . . sie wollte die vertrauten Gesichter nicht wiedererkennen. Tubbs beobachtete, wie sich langsam Entsetzen auf ihrem Gesicht ausbreitete.
»Ich weiß überhaupt nicht, wovon du redest!« Aber sie wußte es. Sie war jetzt weniger entschieden; der Anblick der Bilder hatte ihre Wut verringert.
Tubbs blieb beharrlich, ihm war schmerzlich bewußt, wie sehr er sie verletzte. »Mendez war so freundlich, uns von den sieben Morden zu erzählen, die dein Vater im letzten Monat in Miami in Auftrag gegeben hat!«
»Das würde mein Vater nie tun – !« kreischte sie ihm ins Gesicht.
Plötzlich schrie er sie ihn an, und der Klang seiner Stimme ließ sie erstarren: »Dein Vater hat einen Polizisten in New York City erschießen lassen! Und dieser Polizist war mein Bruder!!« Jetzt strömten Tränen auch über sein Gesicht. Der Schmerz war dumpf und so real wie bei einer offenen Wunde.
Sie standen einander jetzt gegenüber, keuchend, voller Haß und Wut. Sie fühlte sich erschöpft. »Ich möchte jetzt gehen!« sagte sie ruhig, als habe sie es mit einem Geisteskranken zu tun. »Laß mich doch einfach – «
»Nein!« sagte er mit gebrochener Stimme. »Ich kann nicht!«
»Bitte . . . laß mich in Ruhe!«
Verzweifelt nahm er ihren Kopf zwischen seine Hände und schaute ihr in die Augen. »Bring mich zu ihm! Ich werde dir zeigen, wer und was dein Vater in Wirklichkeit ist!«
Er spürte, daß sie die Wahrheit ahnte und sich ihr nicht

stellen wollte. Als sie sprach, hörte er die Traurigkeit über das, was verloren war; und es hatte nichts mit ihrem Vater zu tun. »Kommt es darauf an, Richard?« fragte sie. »Kommt es darauf an?«

16.

Der Fußboden des saalgroßen Eßzimmers der Villa war aus poliertem Schiefer, so dunkel, daß er wie ein schimmernder Teich mit unbewegtem Wasser aussah. Die Ausstattung bestand aus klassischem, verchromtem Art-Deco und einer riesigen Spiegelwand. Der nierenförmige Eßtisch war eine kühn geschwungene Angelegenheit aus fünf Zentimeter dickem Glas; das Eßservice setzte sich aus klarem Kristall und Sterlingsilber zusammen. Auf der anderen Seite des Tisches waren Schiebetüren aus Glas, dahinter ein Swimmingpool mit Olympia-Maßen, dessen Wasser blaue Reflexe in den Raum warf. Das Licht war gedämpft, indirekt, dazu kamen Kerzen auf Chromständern und Glaslampen, in denen Öllichte schwammen.

Der Gesamteindruck des Raumes war sehr ungemütlich: kalt, glänzend, ohne Seele und sehr high-tech; wie ein Glaskasten voller steriler Operationsinstrumente. Ein solcher Raum hatte wenig Wärme oder Atmosphäre.

Francesco Calderone bearbeitete ein gut durchgebratenes Filet Mignon, das auf der Platte dampfte. Der Stuhl, auf dem der kleine Mann saß, bestand aus Chromgestänge und Acrylglas und schien in der Luft zu schweben. Er stopfte sich wenig manierlich voll und schüttete den Wein immer halbglasweise in sich hinein. Der Wein war einer der wenigen Farbflecke im Raum – er hatte die purpurne Färbung von frischem Blut.

Crockett fand die Szene unheimlich, er erinnerte sich daran, wie er Calderone zuletzt gesehen hatte, an den Docks, wo er und Tubbs den Dealer aus Miami in eine Falle gelockt hatten. Damals war er ebenfalls von Leibwächtern umgeben gewesen. Während der Drogenkönig sich lustlos mit seinem teuren Essen beschäftigte, standen zwei Wachen mit Maschinenpistolen neben seinem Stuhl. Ein dritter hielt sich neben Crockett, dem man Handschellen angelegt hatte. Die Handschellen schienen, wie Crockett trübsinnig bemerkte, zur Einrichtung des Raumes zu passen.

Heiße Nachtluft strömte durch die geöffneten Schiebetüren in den Raum. Calderone saß mit dem Rücken zum Swimmingpool.

»Ich freue mich darauf, Miami wiederzusehen!« sagte er, während er an einem Bissen kaute. »Nette Gesellschaft in dieser Stadt . . . freundliche Menschen . . .« Seine kolumbianischen Leibwächter standen stocksteif, die Augen auf Crockett gerichtet, bereit, ihn auf ein Zeichen ihres Chefs zu töten.

»Miami freut sich auf Sie!« sagte Crockett mit monotoner Stimme. Er wurde dafür mit dem Stoß eines Gewehrlaufs belohnt.

Calderone lachte verächtlich, ein häßliches, abgehacktes Geräusch. »Du meinst die örtliche Staatsgewalt?« feixte er. Seine Augen funkelten im Bewußtsein seiner Überlegenheit. »Eure Dreihundertfünfzig-Dollar-im-Monat-Bullen? Diese Penner? Für 'nen Hundert-Dollar-Schein stehen die Bullen Schlange, um mein Klo zu putzen!« Er ließ seine Gabel auf den Glastisch fallen. Sie schlug klirrend auf.

Calderone schien völlig außer sich, ein Wahnsinniger mit dem Temperament eines Vulkans, das jederzeit die mühsam aufrechterhaltene Fassade der Gutbürgerlichkeit durchbrechen konnte. Vielleicht, überlegte sich Crockett, schien er auch nur verrückt, weil er so weit entfernt von allem war, was man »normal« nannte. Sorgenvoll dachte er: So lebt also die andere Hälfte der Menschheit . . .

»Das verstehst du nicht, nicht wahr?« sagte Calderone zu ihm. »*No comprende*. Die Rauschgiftfahndung, das FBI, die Polizei, die Vice Squad . . . all die Computer und die moderne Technik . . . sie alle schaffen es nicht, einen kleinen Mann zu fangen, der nie weiter als bis zur vierten Klasse gekommen ist. Soll ich dir was sagen? Ich werde nie vor dem Richter stehen, höchstens, wenn ich mit einem von ihnen im Luke-and-Dender-Country-Club Golf spiele. Du hast ganz richtig gehört, deine Bosse haben mir beigebracht, wie man Golf spielt!« Er schnüffelte. »Zu traurig, daß sie dir überhaupt nichts beigebracht haben!«

Crocketts Hände waren vor seinem Bauch mit Handschellen zusammengeschlossen. Er prüfte seine Fesseln. Es war nichts zu machen.

Verächtlich erhob sich Calderone, ein Weinglas in der Hand, und spähte Crockett über den Glasrand hin an, als wolle er ihm zuprosten. »Zweiundvierzig Millionen Dollar im letzten Jahr. Steuerfrei. Nennt man es deshalb das Land der unbeschränkten Möglichkeiten?« Er kicherte.

»Auch der schlaueste Fuchs wird mal gefangen!« sagte Crockett.

»Das stimmt. Aber nur, wenn er zuläßt, daß Fehler gemacht werden. Du bist ein Fehler. Aber um mich zu fangen, braucht man einen viel schlaueren Polizisten als dich. Schau dir doch an, was du erreicht hast. Was hat es dir gebracht? *Nada. Estupido.*«

Guillermo Pino kam plötzlich über den Patio heran und betrat den Raum durch die Schiebetür. Er blieb vor Calderone stehen, bis der ein Zeichen machte, er solle reden.

»Señor Calderone«, sagte er unterwürfig, jetzt keineswegs mehr der eiskalte Killer. »Es geht um den Schwarzen. Er ist uns entkommen. Er –«

Calderone starrte Pinos Gesicht an. Es blutete. Er hatte links ein blaues Auge, wo Tubbs ihm seine Froschmaske zertreten hatte, und Hautabschürfungen. Calderones Miene verfinsterte sich. Bevor Pino noch etwas sagen konnte, zerschlug Calderone das Weinglas an Pinos Kopf.

Winzige Scherben flogen umher. Pino fiel schwer auf ein Knie, sein Ohr war halb abgerissen, und Blut quoll in Strömen aus der Wunde. Wütend trat Calderone so lange auf ihn ein, bis Pino zusammengekrümmt dalag.

»*Idiota*!« zischte er durch die Zähne. »*Bastardo!* Du wertloses Stück Dreck!«

Dann packte er Pino am Kragen und riß ihn hoch. »Finde ihn!« schrie er dem halb betäubten Mann ins Gesicht. Er stieß ihn grob durch die Tür. Dankbar, noch zu leben, humpelte Pino davon, so schnell er konnte.

Calderones Gesichtsausdruck war leidenschaftslos, als er sich umdrehte. Er zeigte auf Crockett und sagte zu den beiden Leibwächtern: »Schießt ihn fünfmal in den Hinterkopf und werft ihn ins Meer.« Das war das Erkennungszeichen für einen bestellten Mord.

»Vater –?«

Alle blieben wie angewurzelt stehen, als sie Angelinas Stimme hörten. Mit fast tranceähnlicher Langsamkeit betrat sie das Zimmer, schaute auf die Wachen und dann auf Crockett. Sie bemerkte das Blut und das zerbrochene Glas auf dem Fußboden und blickte zu Calderone.

Er war von ihrer Anwesenheit offensichtlich schockiert.

»Engel . . . was machst du hier?«

Jetzt war sie nervös und verängstigt. Sie sagte: »Jemand hat mir . . . etwas über dich erzählt . . .«

Er runzelte die Stirn. Diesmal hatte er die Situation nicht in der Hand. »Mit wem hast du gesprochen?« Er war beunruhigt.
»Mit mir!« Tubbs trat aus dem Flur hinter ihr. Den zwei kurzen Worten folgte der abgesägte Doppellauf von Rafaels handgefertigter Flinte.
Angelina war dabei, die Beherrschung zu verlieren. Das widerwärtige Bild, das Tubbs ihr geschildert hatte, wurde hier vor ihren Augen zur Realität. Sie sah, wie ihr Vater auf seine Gegenwart reagierte, und wußte, daß sie sich schon früher begegnet waren und dabei nicht über das Wetter gesprochen hatten.
Crockett war angespannt. Das hier würde nicht einfach werden.
Tubbs' Stimme hallte in dem leeren Raum. »Sag deinen Gorillas, sie sollen die Waffen sofort fallen lassen – oder ich werde dein Gehirn über dein Silberservice verteilen.«
»Was machst du?« schrie Angelina. »Nein –«
»Angelina, verschwinde von hier!« schrie Tubbs.
Calderones Augen gingen zwischen ihnen hin und her. »Du hast es gehört! Verschwinde jetzt!«
Sie war total verunsichert und gefährlich nahe daran, die Nerven zu verlieren. Zögernd ging sie einen Schritt auf Calderone zu. »Vater . . .?«
»Geh!«
»Laßt sie fallen!« sagte Tubbs zu den Leibwächtern. »Ich meine es ernst!«
Calderone schnippte einmal, zweimal mit den Fingern. Beide Männer beugten sich langsam vor und ließen ihre Waffen auf den polierten Fußboden gleiten.
Nur Crockett überblickte, was da vor sich ging. Als die Waffe des ersten den Boden berührte, riß der zweite schnell sein Gewehr hoch und feuerte eine kurze Serie von

Schüssen in Tubbs' Richtung, der Angelina heftig zur Seite stieß. Die Salve verfehlte ihr Ziel, da Crockett den Schützen geistesgegenwärtig angerempelt hatte. Der Raum war von dem tausendfach verstärkten, widerhallenden Geknatter der Schüsse erfüllt.

Crockett ballte die Fäuste, setzte zu einem Rundumschwinger an, wobei er dem Schützen die Nase zerschlug. Jetzt bückte sich der zweite Mann nach seiner Waffe. Der Schütze fiel rücklings über einen der modernen Stühle aus Stahl und Leder und überschlug sich, während Crockett sich der Maschinenpistole zu bemächtigen versuchte. Es war keine Ingram wie die, die die Leibwächter vorher benutzt hatten. Dies war eine bullige 9-Millimeter-Smith & Wesson; Crockett bezweifelte, daß er sie mit gefesselten Händen hochheben und abfeuern konnte.

Als sich der zweite Mann herumdrehte, um zu feuern, ließ Tubbs ihn das Blei aus beiden Läufen der Flinte spüren. Ein tiefes Grollen erfüllte den Raum und übertönte alle anderen Geräusche; der Leibwächter wurde buchstäblich aus seinen Schuhen gerissen, flog durch die Luft und landete schließlich auf dem Eßtisch.

Er schlitterte quer darüber, räumte dabei die Überreste von Calderones Abendessen ab und fiel auf der anderen Seite zu einem blutigen Bündel zusammen.

Calderone hatte unter seiner leichten Sommerjacke eine silberbelegte 45er hervorgeholt und zielte damit auf Tubbs' Stirn. Er feuerte den ersten Schuß in dem Augenblick, als Tubbs die Wache mit seiner Flinte erledigte. Der Rückstoß warf Tubbs um fünfzehn Zentimeter zurück. Als er spürte, wie die Kugel an seiner Stirn vorbeisauste, zuckte er zusammen. Angelina schrie, wurde aber von der Schießerei übertönt.

Mit einem Ächzen stemmte Crockett die Smith & Wesson vom Fußboden hoch, seine Finger suchten nach dem Abzug und die Muskeln in seiner Hand vibrierten vor Schmerz. Calderone hatte seinen Arm gesenkt und konzentrierte sich auf den Schuß, der Tubbs den Kopf zerreißen würde. Tubbs erkannte plötzlich, daß Calderone durch seine eigene Tochter hindurchschießen würde, um ihn zu töten. Ihm wurde auch klar, daß er unbewaffnet war. Er ließ seine leere Flinte fallen und versuchte blitzschnell, seine 38er zu ziehen . . . aber Calderone war im Vorteil.

Die Maschinenpistole vibrierte in Crocketts Hand, der harte Rückstoß drückte den Lauf zur Decke, als er feuerte. In seinem Handgelenk spürte er einen stechenden Schmerz. Die aufwärts gerichtete Feuergarbe traf Calderone in die rechte Hüfte und riß eine Reihe roter Löcher bis zu seiner linken Schulter.

Calderone wurde von dem Einschlag der Kugeln nach rückwärts geschleudert. Er stolperte durch die Glastüre, die auseinanderflog und auf ihn niederregnete. Der Schuß, den er gerade abgefeuert hatte, als er getroffen wurde, verfehlte sein Ziel und traf die Glaskugel einer Öllampe, nicht mehr als dreißig Zentimeter von Angelinas Gesicht entfernt. Sie brach auf dem Fußboden zusammen. Schwankend, als ob ihm seine Beine nicht mehr gehorchen wollten, stolperte er auf den Pool zu. Noch bevor er ihn erreicht hatte, drehte er sich halb um, als wolle er Crockett und Tubbs ansehen, und setzte sich dann abrupt auf den Boden, die Beine gerade vor sich ausgestreckt. Tonlos bewegte er den Mund. Sein Körper war von der Gürtellinie aufwärts bedeckt mit hervorquellendem Blut.

Nach kurzer Zeit fiel er hintenüber. Sein Kopf und sein Arm bewegten kaum die Oberfläche des Wassers im Pool. Dünne, rote Rinnsale verfärbten das Wasser.

In der darauffolgenden Stille war nur noch Angelinas krampfhaftes Schluchzen zu hören, das den Raum mit Kummer und Schmerz erfüllte.

17.

Crockett fühlte sich zerschlagen. Trotz einer weiteren Dexamyl-Kapsel konnte er die Augen kaum offenhalten. Nach Essen war ihm sowieso nicht zumute. Die Strahlen der Morgensonne trafen seinen Kopf wie ein Faustschlag und quälten sein Gehirn, der Kaffee, von dem er eine Tasse nach der anderen trank, verwandelte seinen Magen zu einem schmerzenden Klumpen.

Er haßte den ganzen Verwaltungskram, der jetzt zu erledigen war. Warum konnte es nicht so sein, daß eine Untersuchung nur so lange dauerte wie die Schießerei, die sie veranlaßt hatte?

Ein Untersuchungsbeamter kam herein, das Notizbuch in der Hand. Er trug einen leichten Anzug, eine schicke Krawatte und schien nicht zu wissen, was das Wort »Schwitzen« überhaupt bedeutete. Er sprach mit Crockett, doch dieser schien ihn kaum zu hören.

»Albury wird in Untersuchungshaft bleiben«, sagte der Mann gerade, »zusammen mit . . . hm . . .?«

»Henderson!« ergänzte Crockett.

»Richtig! Beide bleiben bis zur ersten richterlichen Vernehmung in Haft. Wir werden Sie beide, Detective Tubbs und Sie, irgendwann in der nächsten Woche wieder hier brauchen!«

»Sie haben ja meine Telefonnummer!«

Der Untersuchungsbeamte klopfte sich auf die Taschen. »Ach ja. Übrigens, kennen Sie einen Captain Swanson?«

»Ja!« Sonny dachte, daß Swanson wahrscheinlich schon nach einem maschinengeschriebenen Berichte jammerte. »Wir haben eine Nachricht von ihm für Sie.« Er reichte ihm ein zusammengefaltetes Stück Papier. »Und vergessen Sie nicht – nächste Woche!«

»In Ordnung!« Crockett interessierte sich nicht besonders für Swansons Probleme. Er suchte nach Tubbs. Ein Regierungs-Mercedes war auf der Wiese vor Calderones Villa geparkt, dem Ort der Untersuchung. In der Nähe stand ein zweiter Beamter, der ein Clippboard und einen kleinen Kassettenrecorder in der Hand hielt. Er verhörte Angelina Medera. Sie nickte oder schüttelte den Kopf oder antwortete mit kurzen Sätzen.

Gekleidet in ein langes, loses Kleid in Taubengrau, dazu hochhackige Schuhe, sah sie geschäftsmäßig aus, fast formell. Sie tat Crockett leid. All diese Fragen nach Calderones Finanzgesellschaften, nach dem schmutzigen Geld, nach seinen Betrügereien. Sie würde ihnen erzählen, daß sie nichts davon wußte . . . und man würde ihr nicht glauben, da es um etliche Millionen ging. Sicherlich war das Geld so aufbewahrt und legalisiert, daß es zehnmal ausreichte, um Angelina fürs Leben zu einer reichen Frau zu machen.

Calderones Kokaingeschäft war nur die nährende Wurzel eines ausgedehnten Imperiums, und seine Direktoren und eine Schar treuer Rechtsanwälte würden zusehen, daß es auch weiterhin Profit abwerfen würde. Crockett bezweifelte, daß sich jemand auf den Thron setzen würde, den Calderone in der vergangenen Nacht freigemacht hatte – den einer internationalen Schlüsselfigur im Rauschgiftgeschäft.

Tubbs stand schweigend in Angelinas Nähe und ließ sie nicht aus den Augen. Immer wieder neigte sie den Kopf, um zu ihm hinüberzuschauen. In ihrem Gesicht hatten der Kummer und die grausame Wahrheit ihre Spuren hinterlassen, trotzdem zeigte sich auch so etwas wie Mitleid für ihn.

Crockett schüttete seinen Kaffee weg, begann eine Zigarette zu rauchen und darüber nachzudenken, wie sehr er Styroporbecher haßte.

Vielleicht der tragischste Aspekt der ganzen Geschichte war, daß die naive Angelina, die aufreizend Unschuldige, die Tubbs erst vor ein paar Tagen am Strand kennengelernt hatte, zusammen mit ihrem Vater gestorben war. An ihre Stelle war diese Frau getreten, härter, verschlossener, erwachsener, nicht mehr so verträumt . . . und in ihrem Inneren ein wenig tot.

Genausowenig wie die Behörden je glauben würden, daß Angelina nichts von den Geschäften ihres Vaters gewußt hatte, genausowenig würde Angelina je glauben, daß Tubbs sie wirklich geliebt hatte. Und, nach seinem Gesichtsausdruck zu schließen, immer noch liebte.

Das Schnellboot lag nun an Calderones privatem Anlegesteg, genau unter ihnen, nur zwei Minuten entfernt. Crokkett dachte an zu Hause. Er dachte daran, wie es wäre, auf der »St. Vitus Dance« zu schlafen, vielleicht eine Woche lang, mit ausgehängtem Telefon. Wie es wäre, mit Gina im Arm aufzuwachen . . . oder mit Elvis. Er dachte daran, wie es wäre, in der Sonne zu liegen und all die schrecklichen Dinge zu vergessen, die sich jüngst in seinem Leben ereignet hatten.

Er bemerkte, wie Tubbs einen letzten Versuch unternahm, mit Angelina zu sprechen. Um dabei nicht zuschauen zu müssen, wendete er seine Aufmerksamkeit Swansons Nachricht zu.

Angelina war auf dem Weg zur geöffneten hinteren Tür des Mercedes. Sie war sich der Gegenwart von Tubbs bewußt und stieg nicht ein. Nach einer Bemerkung zu dem Untersuchungsbeamten begab er sich diskret außer Hörweite. Dann schaute sie Tubbs an.

Er kam näher und beobachtete über das Dach des Wagens hinweg ihr Gesicht. Sie sagte nichts . . . starrte ihn prüfend an. Ihr Gesichtsausdruck war kalt und für sie ganz untypisch, fast bemüht ausdruckslos.

»Angelina, ich . . .!« Er brach ab. »So sollte es nicht enden!«

Seine Hände griffen in die Luft. Nichts machte Sinn. Das einzige, woran er denken konnte, war das Zwischenspiel, das sie gestern zusammen in ihrem geheimnisvollen Leuchtturm erlebt hatten. Und aus irgendeinem Grunde erinnerte er sich auch immer wieder daran, daß ihr Vater sie ›Engel‹ genannt hatte.

Ihre Augen trafen sich. Angelina sah neben dem positiven Bild, das Tubbs von sich selbst hatte, etwas anderes, etwas Fremdes und Feindliches.

»Ich hatte für alles eine Lösung gefunden!« sagte er zu ihr. »Ich dachte jedenfalls, ich hätte für alles eine Lösung gefunden. Und dann kamst du.« Er kämpfte mit sich, seine Stimme klang gepreßt. Ihr eisiges Schweigen machte die Sache nicht leichter. »Ich bin Polizist, Angelina!«

Sie lächelte, traurig, krampfhaft. »Und das rechtfertigt deiner Meinung nach alles, Richard?«

Er ächzte, als sei er verwundet worden.

»Was dich auf diese Insel und zu mir gebracht hat, das war viel mehr als nur dein Job!«

Sie verschwand im Wagen. Der Chauffeur ließ den Motor an und fuhr sanft los. Tubbs sah dem Wagen nach, bis sich auch die letzte Staubwolke gelegt hatte.

Er bemerkte, daß Crockett herankam.
»Ist bei dir alles in Ordnung, Kumpel?«
Tubbs schluckte und zwang sich zu einem Lächeln. »Ja, ja!«
Sie waren von Regierungsleuten und Untersuchungsbeamten umgeben, von denen sie allerdings inzwischen nicht mehr beachtet wurden. Ihre Beteiligung war fürs erste vorbei. Crockett schüttelte eine Zigarette aus der Schachtel, und Tubbs nahm sie. Normalerweise rauchte er nicht.
»Ich habe immer gedacht, wenn dies erst einmal vorüber wäre, dann würde ich mich – ich weiß nicht genau – wieder ›ganz‹ fühlen!« sagte Tubbs. »So als würde es mich irgendwie dafür entschädigen, daß Rafael für immer fort ist. So als würde das Loch in meinem Inneren, das Rafaels Tod hinterlassen hat, wieder heilen, wenn Calderone erledigt wäre. Aber diese Vergeltungsgeschichte funktioniert nicht, Sonny . . . sie läßt dich nur mit einer noch größeren inneren Leere zurück. Es ist wie ein Videospiel – du kannst einfach nicht gewinnen. Das einzige, was zählt, ist das Ausmaß deines Verlustes.«
»Calderone ist uns wieder entschlüpft, Tubbs!« meinte Crockett philosophisch. »Wir verlieren alle!«
»Ich lasse ein großes Stück von mir selbst hier!« sagte Tubbs. »Fast so groß wie das, das ich in New York gelassen habe. Und nach einer Weile bleibt nichts mehr von einem übrig, verstehst du, Sonny?«
Sie starrten zusammen nach Osten. Ein neuer, idyllischer Inseltag begann.
Crockett atmete eine lange, tief herausgepreßte Rauchwolke aus und winkte dann mit dem viereckigen Papier zu Tubbs.
»'ne Nachricht von Swanson!« sagte er. »Ist schon fast sechs Stunden alt!«

»Wir sind beide entlassen?«
»Nein. Rodriguez ist in der letzten Nacht im Krankenhaus gestorben.« Seine Hand schloß sich zur Faust, zerknüllte das Papier und ließ es auf den makellos gepflegten Rasen fallen.
Die Neuigkeit traf Tubbs wie ein Schlag gegen die Brust. Er hatte plötzlich das Gefühl, nicht mehr atmen zu können, und sah, daß auch Sonny sich kaum mehr aufrecht halten konnte. Rodriguez war tot. Rodriguez, der sich für Tubbs einsetzte und ihn zur Polizei nach Miami vermittelt hatte. Lou Rodriguez, den Crockett als den ehrenhaftesten Polizisten verehrte. Rodriguez mit den kurzen Anweisungen, den ungebügelten Kleidern und den stinkigen Zigarren. Er war nicht mehr.
Es war Crockett, der schließlich sprach: »Komm, zum Teufel, laß uns hier verschwinden und nach Hause fahren!«
Tubbs schlug ihm hart auf die Schulter, so, als wolle er ihn in Bewegung setzen. »Ja!« Zusammen gingen sie die Anhöhe hinunter und ließen einiges an seelischen Belastungen zurück. Auch Calderones Leiche – als Symbol für etwas, wonach sie gegriffen und das sie verfehlt hatten.
Sie überquerten den Rasen und schlugen die Richtung zur Anlegestelle ein. Vor ihnen wartete das Schnellboot. Dahinter stieg langsam die Sonne ihrem Zenit entgegen, und jenseits der Bucht lag Miami.

Stephen Grave:
Miami Vice – Die Klinge

Roman

Aus dem Amerikanischen von Renate Michel

Ein Geheimagent ist den Verführungen und dem schnellen Geld der Pornoszene erlegen.
Nach Kolumbien ist ein Polizist geflüchtet, der zu einem kaltblütigen Mörder geworden ist.
Wieder einmal müssen Crockett und Tubbs, die beiden Detektive von Miami Vice, sich in den Untergrund wagen – und mehr als einmal steht ihr Leben auf Messers Schneide!

Deutsche Erstausgabe 1987

Nach der Universal-Fernsehserie »Miami Vice«
Idee von Anthony Yerkovich
Nach den Folgen »Abenteuer in Kolumbien«, Drehbuch von
Miguel Pinero, und »Pakt mit dem Teufel«, Drehbuch von A. J. Edison
Titel der Originalausgabe »Miami Vice Book 3: The Razor's Edge«
A novel by Stephen Grave
Based on the Universal television series »Miami Vice«
Created by Anthony Yerkovich
Adapted from the episodes »Smuggler's blues« written by
Miguel Pinero and »Heart of Darkness« written by A. J. Edison

Für Jeff Weinstein,
einen unentbehrlichen und wertvollen Freund
hinter der schwarzen Tür

Zur Erklärung:

Vice: Moralische Abartigkeit oder Verdorbenheit, perverses Verhalten, das der Gesundheit oder der Leistungskraft schadet: sexuelle Unmoral, insbesondere Prostitution.

Vice Squad: Polizeieinheit, die damit beauftragt ist, für die Einhaltung der Gesetze zu sorgen, die Glücksspiele, Pornographie, Prostitution und den illegalen Konsum von alkoholischen Getränken und Drogen betreffen.

I

Der Deal scheint in Ordnung, dachte Sonny Crockett, *und wenn das hier nicht das verdammteste Mistding ist, das ich je in meinem Leben gesehen habe, dann kommt es jedenfalls nahe dran!*

Crockett schaute zu, während Desiree Sizzle, ein sechzehnjähriges Spatzenhirn, deren graue Augen von Kokain vernebelt waren, sich vorsichtig, damit die Aufnahme klappte, mit dem Hintern in Richtung Kamera bewegte. Auf der Leinwand des Pornokinos würde die Szene mit einer Schwarzblende beginnen, und das erste, was das Regenmantel-Publikum mit den schwitzenden Handflächen dann sehen würde, war eine von unten aufgenommene Ansicht von Desirees wackelndem Hinterteil. Sie trug glänzende Seidenhöschen, die vorne mit Ausrufezeichen bestickt waren, und ein »WELCOME TO MAUI«-T-Shirt, das in Nabelhöhe abgeschnitten war. Junge, pralle Brüste hüpften unter dem fast durchsichtigen Stoff.

»Ein tolles Talent, ein richtiger Profi!« murmelte Meyer, der Regisseur. Aber seine Stimme klang nicht überzeugend. Crockett bemerkte, daß Meyer unter dem »Schneeflocken-Schnupfen« zu leiden schien. Ungefähr alle fünfzehn Sekunden schneuzte er sich feucht die Nase, um seine durchlöcherten Nasenscheidewände zu durchlüften. Er war ein typischer Angehöriger der Porno-Mittelklasse: schwarze Spuren auf seiner weißen Hose, wo er sich die Hände abwischte, ein Hawaii-Hemd, fettige Haare, unruhige Augen. Offensichtlich ein Filmhochschulabsolvent ohne Talent, der es mit Haarfestiger-Werbung zu nichts gebracht hatte. Eine behaarte Brust, falscher Goldschmuck und drei verschiedene Meinungen zu allem und jedem. Ob Meyer ein Mistkerl war? Wohnte der Papst in Rom . . .?

Meyer fuhr fort, sich halblaut über Desirees Talente zu äußern – über alle beide –, und schaute zum achten Mal nach, ob in der Kamera genug Filmmaterial für eine weitere Aufnahme war. Die ganze Zeit über wartete Desiree, vornübergebeugt, mit dem Hintern zur Kamera. Als sich Meyer bückte, um durch den Sucher auf totale Finsternis zu starren, quoll sein Kugelbauch über den enggeschnürten Motorradfahrer-Kettengürtel, als versuche er, den Boden zu erreichen.

Crockett ließ seinen Blick wieder zu Desirees festen Schenkeln schweifen und dann weiter zu Ricardo Tubbs, der sich auf der anderen Seite der Kamera herumtrieb. Die Hände hatte er tief in die Taschen seiner Mailänder Designerjacke gesteckt. Tubbs, sein Partner bei der Vice Squad – genauer gesagt, bei der Dade County Vice Squad, dem Rauschgift- und Sittendezernat des Bezirks Miami –, trug Mikrofon und Sender am Leib, um ihre Gespräche nach draußen zu übertragen. Aber solange Meyer an dieser jüngsten Szene in seinem neuesten Hardcoreporno-Epos »Harte Bohrer II« herumfummelte, so lange würden weder Crockett noch Tubbs in der Lage sein, ihre Tarnung als Pornohändler auszunutzen, etwas Lohnendes herauszubekommen, was die mit der Wanze verbundenen Tonbandgeräte aufnehmen konnten. Seit einer Stunde trieben sie sich an diesem Drehort in einem Lagerhaus herum und warteten darauf, ein Wort mit Jimmy Montebello zu reden, dem derzeitigen Produzenten dieses filmgeschichtlich bedeutsamen Werkes.

Crocketts Gelassenheit nutzte sich allmählich ab.

»In Ordnung, Baby, es geht los!« sagte Meyer. Die Dekoration bestand aus drei schlichten Bühnenwänden, die so aufgestellt waren, daß das Ganze wie ein Zimmer in einem billigen Flohhotel wirkte. Der Raum und das gesamte Obstlagerhaus, das vorübergehend als Pornofilmstudio diente, war von dickem, künstlichem Rauch erfüllt, der das Licht dämpfen und auf dem entwickelten Film wie ein sanfter Schleier wirken würde. Irgendein namenloser, gescheiterter Collegestudent kam herbei und bearbeitete Desiree mit einem Sprüher, der mit einer Wasser-Öl-Mischung gefüllt war. Die Tropfen auf ihrem Kinn sollten Schweiß darstellen und würden nicht durch die Hitze der Scheinwerfer verdampfen. Sie verzog das Gesicht, bis der Geschmack des Öls aus ihrem Mund verschwunden war. Der verkrachte Collegestudent verlangte laut und mit näselnder Stimme nach Ruhe im Studio. Er war begierig, jedermann seine Professionalität und seine Begeisterung zu zeigen. Er war im *Film*geschäft. Er war der nächste Steven Spielberg, und nur er wußte dies. Crockett war klar, daß auch die anderen Mitglieder der Crew genau solche Versager waren wie dieser Collegeknabe.

Crockett klopfte sich eine Lucky Strike aus dem Päckchen und zündete sie mit seinem Zippo-Sturmfeuerzeug an. Sie schmeckte stark und trocken. Der ölige Rauch hatte seine Kehle ausgedörrt. Als Tubbs sich in seine Nähe bewegte, um ihm etwas über die Schulter zuflüstern zu können, sagte Crockett: »Genau so stelle ich mir die Luft in Manhattan vor!«

Tubbs wisperte: »Das reinste Parfum, verglichen mit dem sonnengetrockneten Smog von Miami!«

»Provinzler!« gab Crockett seinem Freund zurück.

»Action!« schrie Meyer.

Desiree vollführte einen aufreizenden, hüftenschwenkenden Gang weg von der Kamera. Im Sucher wackelte ihr Hinterteil hin und her und kam dann in dem angeblich künstlerischen Nebel voll ins Bild. Sie bückte sich aus der Taille nach unten, um eine Haarbürste aufzuheben, wobei sie der Kamera einen

tiefen Blick zuwarf. Crockett sah, daß sich ihre Absätze dabei nicht vom Boden hoben; ihre Bewegungen waren geschmeidig genug, um vermuten zu lassen, daß sie regelmäßig Fitnessübungen machte. Aber andererseits waren Mädchen ihren Alters in jedem Falle ziemlich gelenkig. Plötzlich fühlte er sich, als wäre er eine Million Jahre alt, nicht besser als die schmutzigen alten Männer und die Stammkunden mit ihren Regenmänteln, die Schlange stehen würden, um sich in einigen Monaten »Harte Bohrer II« auf Video auszuleihen.
Jemand schlug mit der Faust gegen die Kulissentür. Desiree schlenderte dorthin.
»Sie sind die Dame, die . . . Hilfe braucht?« sagte der Bursche, der hereinmarschierte. Es war ein breitschultriger Südländer, der einen Gürtel mit Werkzeugen trug und ein T-Shirt, das seine Muskeln entsprechend zur Geltung brachte. Auf den Schultern hatte er Haarbüschel und in den Augen ein gieriges Glitzern. Er schaute Desiree lüstern an und verschlang sie mit seinen Blicken. Er umkreiste sie wie eine Hyäne. Sein gekünstelter Gang mit vorgeschobenem Becken sollte andeuten, daß diese Witzfigur Qualitäten hatte wie ein guter Zuchthengst.
Dieser Bursche, wer auch immer er war, war ein erprobter Veteran billiger Sex-Filme. Sein Repertoire an Gesten und Schauspielkünsten war außerordentlich begrenzt, aber er wußte genau, was er zu tun hatte, und das reichte für diesen Film.
Desiree verpaßte beinahe ihr Stichwort. »Mh . . . das stimmt!« Sie schaute sich um, so als wüßte sie nicht, wohin sie als nächstes gehen sollte. Dann fiel es ihr wieder ein. »Die Klimaanlage ist im Eimer. Hier drin ist es wie in einer Sauna!«
Meyer sprach lautlos den Dialog seines Stars mit.
Der wie ein Bär wirkende Machotyp schloß die Tür hinter sich. »Sie wissen doch, daß Hausbesuche mindestens vierzig Dollar kosten!«

Und wieder vergaß sie fast ihren Satz. »Vierzig Dollar? Ach du Schreck, soviel Geld hab ich doch nicht . . . Ich bin doch gerade erst mit dem Bus aus Nebraska gekommen!«
Jimmy Montebello nickte väterlich zustimmend mit dem Kopf. Das Mädchen hatte seinen Text verändert, aber sie hatte die Aufnahme nicht geschmissen. Wenn sie jetzt bloß den Übergang schaffte . . .
»Vielleicht nehmen Sie auch 'nen persönlichen Scheck an!«
Jimmy seufzte. Aus dem Mädchen konnte man einen Star machen, das stand fest.
Der Potenz-Protz wackelte wild mit den Augenbrauen. »Na ja, das kommt darauf an!« Er trat dicht auf Desiree zu. »Wie persönlich soll es denn werden?« Geschmeidig streckte er die Hand aus und riß Desirees durchsichtiges Oberteil herunter, wobei er ihre Schätze für die Kamera und die Welt insgesamt freilegte. »Wie schwer es ein Mädchen hat, allein zurechtzukommen!« sagte er. Er schob sie zum Bett und öffnete seinen Gürtel. Die daran befestigten Werkzeuge klapperten laut, als er zu Boden fiel. »Entspann dich. Ich will dir doch bloß einen Gefallen tun, Baby.«
Desiree versuchte, den Eindruck zu erwecken, daß sie Widerstand leistete, wobei sie eine Reihe improvisierter Proteste ausstieß. Crockett verdrehte die Augen, beugte sich zu Tubbs und flüsterte ihm ins Ohr: »Wenn alles andere schiefgeht, können wir diese Burschen vielleicht wegen sträflich schlechter Dialoge hochgehen lassen.«
Tubbs grinste. »Sieht die deiner Meinung nach aus wie eine Minderjährige?«
»Nein. Sieht aus, als hätte sie den Kindergarten und alles übrige schon hinter sich!«
Meyer richtete die Kamera genau auf das Geschehen und brüllte dann so laut »Schnitt!«, daß Desiree und ihr behaarter Vergewaltiger erschreckt hochfuhren.

»He!« sagte der Macho. »Die Aufnahme ist mies!«
Jimmy ignorierte die beiden und eilte quer durch die Kulissen zu Crockett und Tubbs. »Also, Leute – wie gefällt euch die wunderbare Welt des Films?«
Crockett spielte den ungeduldigen Ganoven. Mit seinen pinkfarbenen Hosen, seinem formlosen Versace-Jackett, ohne Socken, mit Rennfahrersonnenbrille und seinem beständigen Zwei-Tage-Bart paßte Crockett in diese schäbige Ansammlung von Schmierenkomödianten und Schmutzfinken. Zigarettenrauch ausstoßend, sagte er: »Das hier langweilt mich. Mein Partner und ich sind nicht den ganzen Weg aus Jersey hergekommen, um bei der Entstehung von ›Susie schafft die Sioux‹ oder wie immer dieses Epos heißt, unsere Zeit zu vertrödeln!«
»Wollte bloß, daß ihr mal 'nen Blick auf die Produktion werft!« sagte Jimmy mit breitem Vertretergrinsen. »Ich habe Proben von unserem fertigen Produkt drüben in meinem Büro!«
»Jimmy!« Die schüchterne Stimme gehörte Desiree. Sie trug jetzt einen fadenscheinigen Teddy-Bademantel und machte sich offenbar nichts daraus, daß er offenstand und sie darunter nackt war.
Jimmy schaute sie an. »Ja, Süße?«
Sie druckste herum. »Ich – ich weiß nicht, ob ich diese Vergewaltigungsgeschichte schaffe, ich meine, ich fühle mich nicht so toll dabei. Ich meine, ich weiß nicht, ob ich das bringe . . .!«
Er tätschelte ihr väterlich die Schulter. Er schien für jeden Notfall einen Spruch parat zu haben. »Was redest du denn da? Du wirst *sensationell* sein – du mußt mir vertrauen! Du bist ein bißchen müde, Schätzchen, – wir haben den ganzen Morgen gedreht. Ich sag dir, was du tust: Du legst dich ein bißchen hin in meinem Büro, einverstanden? Mach 'ne kurze Pause, während wir die Beleuchtung des Bettes einrichten.

Hier!« Er holte ein Silberpapierpäckchen mit Kokain aus seiner Hemdentasche und drückte es ihr zusammen mit einem silbernen Röhrchen in die Hand.
Desiree betrachtete Crockett und Tubbs. Ihre Hand schloß sich über dem Kokain, und sie blickte kokett zu Crockett. »Hast du 'nen Kaugummi?«
»Tut mir leid, Schätzchen.« Er hätte vermuten können, daß sie mit ihm flirten wollte, wenn er nicht bemerkt hätte, wie leer ihr Lächeln war und wie ausdruckslos ihre Augen, wie zwei Fernseher, die nichts als Schneegestöber wiedergaben.
»Mir auch!« Mit bloßen Füßen ging sie zu Jimmys »Büro« im hinteren Teil des Lagerhauses. »Aber die Show muß weitergehen, nicht wahr?«
»Hör mal«, rief Tubbs hinter ihr her, »Jimmy hat mir erzählt, daß du *wirklich* gerade mit dem Bus aus Nebraska gekommen bist!«
Sie kicherte. Eine Sekunde lang konnte Tubbs hinter dem Drogenrausch ein frisches junges Mädchen vom Lande erkennen. »Aus Salina, in Kansas!« Dann verschwand sie.
»Sie kann doch nicht wirklich Desiree heißen«, sagte Tubbs zu Jimmy. »Nicht, wenn sie aus Kansas ist!«
»Das ist auch nicht ihr richtiger Name. Sie heißt Peggy . . . Soundso. Ich hab's vergessen. Sie ist das neueste Liebchen vom Boß. Sam will eine neue Linda Lovelace aus ihr machen.«
»Sieht eher aus, als brauchte sie ein hübsches Plätzchen auf dem Friedhof!« sagte Crockett zynisch. »Wie die aussieht, denkt man, die hält nicht mal bis heute abend durch!«
»Das Mädchen hat Mumm!« entgegnete Jimmy. »Die kommt wieder in Form. Auf jeden Fall!« Er verfiel wieder in seine Hausierermanieren: »Wie ich höre, Leute, habt ihr ›Rund um die Welt in achtzig Positionen‹ gesehen?«
»Bekam den Goldenen Hengst beim Tallahessee-Kunstfilm-

Festival 1984!« sagte Tubbs, wobei Jimmy zustimmend nickte. »Aber den können wir ja schon an jeder Straßenecke ausleihen, Jimmy. Wir sind hierhergekommen, um was Neues zu kaufen, und zwar jede Menge. Seit einer Woche schon hast du ein paar Tausender als erste Anzahlung . . ., und ich habe immer noch nicht Sam Kovacs getroffen!«

Jimmy sprach zu ihm in demselben verständnisvollen Tonfall, den er gerade gegenüber Desiree/Peggy angeschlagen hatte. »Richard, mein Freund, du kannst nicht mit Kovacs sprechen, bevor du nicht mit Artie Rollins gesprochen hast, was sowieso genauso gut ist, als wenn du mit Sam Kovacs sprichst, weil so nun mal die Entscheidungen gefällt werden, verstehst du? Immer eins nach dem anderen, Leute. Wenn man feststellt, daß mit euch alles in Ordnung ist, werdet ihr von Artie hören. Das Geschäft läuft wie geschmiert, und bevor ihr euch umseht, habt ihr jede Menge Ware!« Er ging zu einer Ecke des Lagerhauses, in der völlige Unordnung herrschte, holte einen großen Koffer hervor und ließ die Schlösser aufschnappen. Ein Plastikhalter mit vierundzwanzig 1-Zoll-Master-Videos wurde sichtbar. »Und hier sind schon eure Ansichtskopien!«

Crockett und Tubbs, die im Augenblick unter ihren Decknamen Burnett und Prentiss auftraten, schauten das Angebot durch: »Schenkel und Schnaufer«, »Carlotta schläft im Freien«, »Jahrmarkt der Nacktheit«, »Die Mädchen von der Tankstelle«, »Liebe unzensiert«, »Liebe wider Willen«, »Sackhüpfen«, »Sexsklaven der Sadisten« und »Unartige Erzieherinnen, Teil II«.

»Alle in diesem Jahr gemacht!« brüstete sich Jimmy. »Wollt ihr Dokumentarfilme? Wir haben ›Spaß mit Schoßhündchen‹. Wir haben ›Im Tal der Silikon . . .‹«

»Es ist alles klar, Jimmy«, unterbrach Tubbs.

Sein Benehmen veränderte sich wieder. »Fabelhaft. Und wo ist der Rest meiner Anzahlung?«

Tubbs nickte zustimmend und reichte ihm einen gelben Umschlag voller Geldscheine. Jimmy hielt sich nicht damit auf, das Geld zu zählen, und stopfte den Umschlg in seine hintere Hosentasche.
»Ihr überprüft unser Angebot, während wir euch überprüfen!« fuhr Jimmy grinsend fort.
»Schon gut, aber wann treffen wir Kovacs?« ließ Crockett nicht locker. Kovacs, das war der große Fisch, der Drahtzieher des gesamten Porno-Geschäfts in Miami.
Tubbs warf einen Blick auf die Tür des Lagerhauses, den Bruchteil einer Sekunde, bevor sie von außen aufgestoßen wurde. »Miami Vice!« Einige aus der Crew versuchten zu entwischen und wurden zurückgeholt. Crockett und Tubbs spielten ihre Rolle perfekt und verschränkten ihre Hände hinter ihrem Kopf, als wären sie hilflos auf frischer Tat beim Abschluß eines Pornofilm-Geschäfts erwischt worden.
Das alles gehörte zur Strategie, die sie sich heute morgen auf der Dienststelle überlegt hatten. Während der dicke, bärtige Switek Crockett, Tubbs und Jimmy mit dem Gewehr in Schach hielt, stoppte sein Partner Tommy Ray Zito den Billigporno-Super-Potenzprotz, der mit heruntergelassenen Jeans durch eine der Ladetüren zu entkommen suchte. »Was glaubst du, was du bist? Ein Schnelläufer? Komm sofort hier rüber!«
Innerhalb von Sekunden stand die Filmcrew in der klassischen Manier an der Wand. »Hände über den Kopf, Mistkerle«, sagte Zito, während er die zerquetschten Überreste eines Zahnstochers ausspuckte. Eine Sekunde später hing ein neuer Zahnstocher in seinem Mundwinkel. Crockett wußte, daß es seine Gewohnheit war, aus Cafés die in Zellophan eingepackten Zahnstocher mitgehen zu lassen, und daß er immer einen Vorrat davon in seiner Hosentasche hatte.
Ein Polizist stolperte über eine elektrische Leitung, und ein Scheinwerfer zerbrach mit lautem Splittern. Ein anderer Poli-

zist brachte die völlig aufgelöste Desiree zu den anderen, die schon an der Wand standen. Sie sah verwirrt und halb betäubt aus, mit halbgeschlossenen Augen schaute sie verständnislos auf das hektische Geschehen. Niemand in dem Schuppen hatte eine Waffe gezogen, aber Zwitek und Zito ließen ihre Schießeisen entsichert. Crockett und Tubbs wurden gerade so grob gegen die Wand geschubst, wie nötig war, um überzeugend zu wirken.

Tubbs überlegte sich wehleidig, daß er hier tatsächlich in einer Pornofilm-Kulisse stand und . . . eine Rolle spielte.

Switeks Stimme dröhnte durch das Lagerhaus. »Also, ihr Dreckskerle. Ihr habt das Recht, die Aussage zu verweigern . . .«

2

Crockett hatte diese Prozedur schon früher mitgemacht, zu oft, wie ihm schien. Die beliebteste und narrensichere Art und Weise, sich als respektabler Käufer von Rauschgift, Pornos oder in jener anderen Art von krimineller Betätigung einzuführen, die Miami Vice verfolgte, war, sich zusammen mit den vermutlichen Ganoven verhaften zu lassen. Also wurden er und Tubbs zusammen mit Jimmy Montebello abtransportiert, auf dem Rücksitz eines Streifenwagens, die Hände hinter dem Rücken mit Handschellen gefesselt. Crockett bemerkte die neugierigen Blicke der Passanten, die sehen wollten, wer da auf dem Rücksitz eines Polizeiwagens hinter dem Drahtgitter saß – wer da statt ihrer verhaftet worden war. Auf dem Revier durchliefen sie die üblichen Formalitäten – Fingerabdrücke (danach gaben sie einem nur ein Papierhandtuch, nicht Wasser und Seife, um sich damit die Fingerabdruckfarbe von den Händen zu waschen; es war wie ein Brandmal, und Crockett kannte die Routine nur zu gut), Fotos für die Verbrecherkartei, eines von vorne, eines von der Seite, gefolgt von den bisweilen gefährlichen Vertraulichkeiten der Mithäftlinge in der Zelle.

Crockett rauchte eine Zigarette nach der anderen. Tubbs ging unruhig hin und her. Jimmy schien unbesorgt. Ihre nachmittäglichen Zellengenossen bestanden aus der üblichen Ansammlung erwachsener Krimineller und kubanischer Muskelmänner, Burschen, die wußten, daß das Gefängnis für eine ganze Weile ihr Heim sein würde, und die deshalb eifrig darauf bedacht waren, die Hackordnung festzulegen.

Crockett starrte nachdenklich auf den fleckigen Zementboden vor seinen Füßen, als dort plötzlich ein paar schmutzige Kampfstiefel auftauchten. Uninteressiert blickte er auf. Ein südländisch aussehender kleiner Gauner in einem Jeans-Shirt mit abgerissenen Ärmeln grinste ihn arrogant an. Er trug ein weißes Stirnband, und von den Achselhöhlen aus zogen sich weiße Linien über den Arm – ein Zeichen dafür, daß er zu viel Gewicht zu schnell gestemmt hatte, um sich ein paar ansehnliche Bizepse zuzulegen.

»Deine süßen kleinen rosa Höschen gefallen mir, Schätzchen!« sagte der Typ. »Stehst du auf Knaben, oder was ist mit dir?«

Crockett war nicht in der Laune, sich darauf einzulassen. Tubbs war allmählich vertraut geworden mit dem merkwürdigen Gemütszustand, in den sein Partner bisweilen verfiel. Er zog sich in sich selbst zurück, so als würde die Welt außerhalb seiner eigenen, düsteren Gedanken aufhören zu existieren. Das Wasser dieses stillen Sees aufzurühren war manchmal gefährlich.

Tubbs unterbrach seine Schritte in sicherer Entfernung. »He, *Padrón*! Du hörst besser auf damit!«

Der Typ war kampfeslustig und wartete nur auf einen Vor-

wand, um loszulegen. »Halt den Mund, *Negrito*«, begann er und wendete sich Tubbs zu.
Crockett griff ein, bevor irgend jemand es bemerkte. Er umfaßte den Adamsapfel des Gauners mit der einen Hand in einem schraubstockartigen Griff, während die andere fest am kostbarsten Körperteil des Latinos zupackte. Die Reaktion des Gauners machte es Crockett leicht, ihn vom Boden zu heben und gegen die Gitterstäbe zu pressen. Andere Insassen der Zelle ahnten, was da kam, und sahen zu, daß sie ihm Platz machten. Der Kopf des Angebers dröhnte gegen die Gitterstäbe.
»Stör uns nicht, Freundchen«, empfahl Crockett in bedrohlichem Flüsterton. Er ließ sein Opfer kurz los und versetzte ihm einen Stoß in den Magen. Der Ganove krümmte sich zusammen und fiel auf den Boden, schnappte nach Luft und blieb verkrampft liegen. Die anderen in der Zelle murmelten ihre Kommentare zu dem Kampf, und die einzige Reaktion eines aussätzig aussehenden Säufers bestand darin, sein flüssiges Mittagessen in einer Zellenecke von sich zu geben; der Gestank war unvorstellbar.
Crockett ging wieder an seinen alten Platz zurück.
»Alles in Ordnung?« fragte Tubbs, der sich nicht gerührt hatte. Sonny konnte auf sich selbst aufpassen.
»Nicht der Rede wert!« Crockett wandte sich zu Jimmy, der ganz offensichtlich nichts für Gewalt übrig hatte. »Jimmy, mein Freund, für heute nachmittag hatte ich ein wirklich geruhsames und kostspieliges Essen in einem Restaurant namens ›Ricardo‹ geplant. Prentiss und ich sind jetzt seit zehn Tagen hier, und alles ist erstklassig gelaufen . . . Dann nehmen wir zu dir Verbindung auf und finden uns plötzlich hier im Kittchen wieder!« Crocketts Zigarette war ihm aus dem Mund gefallen, als er aufgesprungen war; er suchte nach der Kippe, hob sie auf und zündete mit ihr eine neue Zigarette an.

Hier drin waren keine Streichhölzer erlaubt, und sein Feuerzeug hatte man ihm abgenommen. Wenn man in der Zelle rauchen wollte, mußte man also kettenrauchen, sonst gab's kein Feuer. »Ich hab ja keine Luxusbehandlung erwartet, aber würdest du nicht auch sagen, daß das hier einiges zu wünschen übrigläßt?«
»Kovacs holt uns hier in Null Komma nichts raus!« sagte Jimmy zuversichtlich. Noch während er sprach, wurden ihre Namen aufgerufen. »Da siehst du, was ich meine!«
Die Kaution wurde von einem übergewichtigen Anwalt gestellt, der Jimmy vertraulich zuzwinkerte, als sei dies eine Standardprozedur, und die drei holten sich den Inhalt ihrer Taschen aus den jeweiligen Tüten für »Persönliches Eigentum«. Jimmy zwinkerte der zuständigen Polizeibeamtin zu und legte einen Zehndollarschein hin. »Das nächste Mal soll der Etagenkellner den Champagner ein bißchen schneller servieren, Schätzchen!«
Der Blick der Beamtin gab Jimmy Auskunft darüber, wohin er sich sein Trinkgeld stecken sollte, am besten, nachdem er es angezündet hatte.
Der fette Anwalt ergriff nacheinander Crocketts und Tubbs Hände und schüttelte sie kurz. »Wie geht's, meine Herren? Mein Name ist Sid Goynes!« Nach dieser Vorstellung schienen sie für ihn aufzuhören zu existieren, während er mit Jimmy voranging. »Artie hat einen Wagen für euch geschickt, also werde ich mich an der Tür davonmachen. Er möchte deine Freunde, die eigens zu uns hergereist sind, kennenlernen.«
Crockett und Tubbs warfen sich einen Blick hoffnungsvoller Befriedigung zu. Vielleicht führte die Knochenarbeit dieses Vormittags doch noch dazu, daß sie in ein oder zwei Tagen die Chance haben würden, einen dicken Fang zu machen.
Jimmy holte tief Luft, sobald er aus der Tür des Bezirksge-

fängnisses war. »Ahhh! Ich bin immer dankbar für den ersten Atemzug, den ich wieder als freier Mann tun kann.«
»Wie oft machst du das hier mit?« fragte Tubbs.
Jimmy zuckte fatalistisch mit den Schultern. »Oft genug, mein Junge. Die Bullen stören uns nicht ernsthaft. Sowenig wie Mücken. Aber beide können ganz schön lästig werden, nicht wahr?«
»Das hab ich auch gehört!«
Goynes warf ihnen einen Abschiedsgruß zu, und Jimmy führte sie zu einem nagelneuen Lincoln, der die Parklichter anhatte und auf einem Platz wartete, der für Behinderte reserviert war.
»Sag mal, Jimmy«, begann Crockett, als sie über den Parkplatz gingen, »wie kommt es, daß die Leute in Jersey wie der Blitz auf den Name Kovacs kommen, wenn es darum geht, Pornos einzukaufen? Aber jetzt, wo wir hier sind, hören wir immer nur Artie, Artie, Artie will dies, Artie sagt das?«
»Ganz einfach!« erwiderte Jimmy. »Ihr bekommt nicht mal 'ne Haarspitze von Sam zu sehen, bis Artie euch begutachtet hat. Keine Geschäfte mit Sam, bis man nicht mit Artie verhandelt hat. *Capice?* Wie lange hat das mit der Kaution gedauert? Nicht mehr als neunzig Minuten! Und dazu schickt uns Artie noch einen Wagen. Also haben wir gar nicht so viel Zeit verloren!«
Der Fahrer des Lincoln war ein kühl kompetenter Mann mit unbeweglichem Gesicht, der Crockett und Tubbs im Rückspiegel prüfend musterte. Er drückte seine Zigarette im Aschenbecher aus und zündete sich nachdenklich eine andere an. Er schien uninteressiert und professionell. Jimmy begrüßte ihn, als er sich auf den leeren Vordersitz schob.
»Ist denn Artie der Sohn von Kovacs oder so was?« fragte Tubbs.
Der Fahrer grinste. »Eher so 'ne Art ›Adoptivsohn‹!«

»Sam spricht davon, ihn zum gleichberechtigten Partner zu machen!« sagte Jimmy.
Der Fahrer ließ einen sanften kleinen Schnaufer hören, der fast ein Lachen war. »Das sagst du doch bloß, weil du Arties Job willst, nicht wahr, Jimmy?« Er fuhr auf die Schnellstraße und beschleunigte den Wagen.
»Als sie Desiree eingebuchtet haben, sah sie furchtbar aus!« warf Jimmy ein. »Vielleicht solltest du über Autotelefon anrufen und Sam wissen lassen, daß er sie schleunigst rausholen soll . . ., bevor sie überall die Geschichte ihrer neuen Karriere herumposaunt.«
Ohne den Blick von der Straße zu wenden, sagte der Fahrer: »Du bist nicht auf dem laufenden, Jimmy. Das ist längst passiert.« Er blickte in den Spiegel. Crockett sah, daß er sich dessen vergewisserte, was er da gesehen hatte. Mit einem leichten Unterton des Bedauerns – nett, daß Sie gekommen sind, aber – sagte er zu den Männern auf dem Rücksitz: »Tut mir leid, Leute, ich fürchte, das mit dem Treffen müssen wir verschieben!«
Dann trat er aufs Gaspedal, und der Wagen schoß nach vorne.
Crockett drehte sich gerade rechtzeitig um, um zu sehen, wie ein LTD-Vorjahresmodell die Spur wechselte, um mit dem Lincoln Continental Schritt zu halten. Ohne eine Spur von Angst nahm Arties Fahrer die nächste Abfahrt und raste mit 120 runter. Am Ende stand eine Reihe von Wagen, die hinter einer roten Ampel warteten. Er fuhr auf den Seitenstreifen und zog elegant an ihnen vorbei, begleitet von einem ohrenbetäubenden Hupkonzert. Der LTD war noch immer hinter ihnen.
Jimmy geriet außer Fassung. »Was ist denn los?« Er verrenkte den Hals, um nach hinten zu sehen. »Verfolgt uns jemand, oder was ist?«

»Nein, nein, Jimmy«, sagte der Fahrer verärgert. »Ich dachte, auf diesem Weg haben wir die bessere Aussicht. Setz dich hin, bevor du dir einen Nerv einklemmst!«
Jimmy tat, was man ihm sagte, gerade als der Continental mühsam einem Müllwagen auswich, der die Kreuzung überquerte. Der LTD versuchte dasselbe Manöver einen Augenblick später und fuhr seitlich in den Städtischen Müllsammler, wobei er viel Chrom verlor und der linke Kotflügel gegen das Vorderrad gepreßt wurde. Mit rauchenden Reifen rutschte der LTD zwischen den entgegenkommenden Verkehr, der ihm auszuweichen versuchte. In wenigen Sekunden war die Kreuzung erstklassig verstopft von verwirrten Fahrern, die nicht wußten, wohin. Dann schaltete die Ampel auf Grün, und die wartenden Autos versuchten vorbeizufahren. Die Hupe an dem LTD klemmte. Ihr Tuten wurde hinter ihnen langsam leiser, während der Continental mit der gesetzlich erlaubten Geschwindigkeit zum Porno-Lagerhaus-Studio zurückkehrte. Der Verfolger hatte man sich entledigt.
»Tut mir leid, Jungs!« sagte der Fahrer. Dann, wie zur Entschädigung, fügte er hinzu: »Ruft morgen vormittag vor dem Mittagessen an. Wir werden was für die nächsten Tage vereinbaren!«
Crocketts Ferrari parkte noch immer in der Nähe des Lagerhauses. »Spätestens morgen!« betonte er. »Wenn wir dann nicht Artie treffen, verschwinden wir von hier. Und unser Geld auch!«
Der Continental fuhr davon und ließ Crockett, Tubbs und Jimmy bei ihren eigenen Autos. Jimmy bedachte die beiden mit seinem leicht high wirkenden Lächeln. »Ihr habt ihn gerade getroffen, Leute. Artie. Der Chauffeur . . .«
»There's no business like show business!« johlte Jimmy, während er sich in seinen feuerwehrroten Porsche warf und ihnen einen Abschiedsgruß zuwinkte.

Tubbs machte es sich auf dem naturfarbenen Ledersitz auf der Beifahrerseite des Ferrari bequem. Das schimmernde, polierte schwarze Fahrzeug war Crocketts jüngste Neuerwerbung aus dem Depot für beschlagnahmte Wagen. Er hatte ihn einer Heroin-Razzia vor einigen Wochen zu verdanken, bei der einige größere Heroindealer einkassiert worden waren, hauptsächlich den Bürgern zu Gefallen, die die Abendnachrichten sahen. Die Nachrichtenreporter berichten nur über Verhaftungen, die nach kurzer Zeit sowieso alle gleich klingen. Die größte Menge von Heroin in der Geschichte der Drogenfahndung beschlagnahmt . . . der größte Kokain-Fang, der jemals gelang . . . alles nur nichtssagende Statistiken, die dazu dienen sollten, den Zuschauer unwissend, aber glücklich zu halten. Tubbs wußte, daß das Gesetz nur auf ungefähr zehn Prozent des Drogenhandels im ganzen Land die Hand legen konnte. Und davon mußte man noch alle Deals abziehen, bei denen Polizisten oder Beamte der Bundesbehörde dafür bezahlt wurden, sich nicht einzumischen, für Geld mitmachten oder umkamen. Hinzu kam die Tatsache, daß die Dealer fast immer einen gutbezahlten Anwalt oder einen korrupten Richter bei der Hand hatten, der sicherstellte, daß sie nicht mehr Zeit im Kittchen verbrachten, als Crockett und Tubbs es gerade eben getan hatten. Die Drogenkönige übertrafen die Gesetzeshüter im Verhältnis von zweihundert zu eins. Allein schon die konfiszierten Fahrzeuge, die von den Männern in der Vice Squad benutzt wurden, würden Tubbs Budget für mehrere Jahrzehnte erschöpfen. Außer dem neuen Ferrari und Crocketts Designergarderobe – alles von Versace und Armani – gab es da noch den Kahn, auf dem er lebte, die »St. Vitus Dance«. Daneben lag ein Hunderttausend-Dollar-Schnellboot. Da kam einiges zusammen, dachte Tubbs. Auf jeden Fall führen wir den Kampf gegen die bösen Buben im großen Stil.

»Wer hat uns die Verfolger eben auf den Hals gehetzt?« fragte er.
»Da fragst du mich?« sagte Crockett mit dem Ausdruck der Verachtung auf seinem unrasierten Gesicht. »Wer würde schon jemandem mit halbem Block Abstand in einem alten LTD folgen?«
»Die Unberührbaren?«
»Richtig getroffen, Mann!«

Im Revier herrschte die übliche hektische Aktivität. Switek und Zito, das Hamburger-und-Hot-dog-Team von Miami Vice, hatten stolz ihren Fang aus Jimmy Montebellos Porno-Lagerhaus ausgebreitet, so daß alle ihn sehen konnten. Zito suchte sich die Videokassetten mit den besten Titeln aus, um sie für den Abend mit nach Hause zu nehmen. »Hör mal! ›Rund um die Welt in achtzig Positionen‹. Weißt du, daß der im letzten Jahr den Goldenen Hengst gewonnen hat? Stand alles in der Zeitung . . .«
Trudy Joplin hatte gerade ihren Dienst beendet. Sie hatte ihre Polizeimarke an den Träger ihrer Nutten-Aufmachung gesteckt, ihre Pistole beiläufig in eine Schultertasche gestopft. »Was sind denn das für Zeitungen?«
Zito öffnete eine Coca-Dose und leerte sie mit einem Zug bis zur Hälfte. Todernst sagte er: »Das stand sogar auf der Titelseite der Bondage News.« Dann wandte er sich wieder der Tätigkeit zu, soviel Koffein wie möglich durch seine Kehle zu jagen.
Gina Calabrese blätterte einige der konfiszierten Zeitungen und Magazine durch. Ihre dunklen italienischen Augen suchten, bis etwas ihre Aufmerksamkeit erregte, und funkelten dann vor Vergnügen. Sie zeigte auf ein Faltblatt von Pornostar Johnny »Stretch« Studd und sagte: »Da, seht her, solche Burschen wie *der* sollten bei der Vice Squad arbeiten . . .«

»Ich glaube, der ist andersrum«, sagte Trudy, und beide schüttelten sich vor Lachen.

Einige uniformierte Polizisten eilten durch den Raum, um Papiere einzusortieren, und warfen dabei unbeholfen diskrete, aber wohlgefällige Blicke auf Gina und Trudy. In ihrem Fahrwasser kam ein kleiner dunkler Mann, der sofort Ginas Aufmerksamkeit erregte.

Er war kompakt gebaut und drahtig, vielleicht ein Meter dreiundsechzig groß. Sein Hemd war strahlend weiß und steif gestärkt, die schmale, schwarze Krawatte war eng gebunden, und sein Anzug zeigte keine Falte. Sein Gesicht war dunkelhäutig und pockennarbig, wie Zement, der zu spät, erst nachdem bereits Graffiti in ihn geritzt worden waren, hart wurde. Aber die Augen in diesem traurigen, zerfurchten Gesicht übersahen nichts. Dunkel, fast schwarz, durchdringend, ja geradezu hypnotisch, sprühten sie vor Intelligenz, nahmen das ganze Durcheinander im Wachraum mit einem Blick auf und ordneten es.

Der Fremde stand da, die Hände in seinen Jackentaschen vergraben. Switek rannte vorbei, eine Riesenmenge Pornos im Arm. »Aus dem Weg, großer Häuptling!« brüllte er, gerade als der kleine Mann anfing: »Entschuldigung . . .«

Seine Stimme war tief und dröhnend, fast ein rauhes Flüstern. Sie war nicht laut, dennoch durchschnitt sie das Klappern und den Lärm. Gina, die sich in der anderen Hälfte des Raumes befand, hörte sie klar und deutlich.

»Können Sie mir sagen, wo . . .« Ein anderer Polizeioffizier drängte sich an dem Fremden vorbei und ignorierte ihn.

Er drehte seinen Kopf von rechts nach links und betrachtete den Wachraum für den weiteren Bruchteil einer Sekunde. Dann legte er Zeigefinger und kleinen Finger an die Lippen und stieß einen Brooklyn-Baseball-Pfiff aus, der so schrill war, daß Ginas Backenzähne schmerzten. Das Chaos im Raum erstarb für einen Augenblick.

»Ich bin Lieutenant Castillo!« Der Ton, in dem dies gesagt wurde, machte klar, daß es sich hier nicht um eine Vorstellung handelte, sondern um eine Tatsache, in Granit gemeißelt. Die Stimme verblieb in derselben rauhen, aber bestimmenden Tonlage. »Ich bin euer neuer Boß. Kann mir irgendwer erzählen, wo mein Büro ist?«

Trudy schluckte und zeigte dann auf das leere Büro von Lieutenant Rodriguez. Rodriguez war einige Monate zuvor von einem argentinischen Mörder erledigt worden, von einem Killer, der auf Detective James Sonny Crockett geschossen hatte. Ihre zwischenzeitlichen Vorgesetzten waren alle kurzfristig aus anderen Abteilungen gekommen. »Es ist dahinten, in der Ecke!«

Castillos düsterer Blick erfaßte sie, hielt sie fest. Er nickte kaum merklich mit dem Kopf. »Vielen Dank!« Dann ging er zu Rodriguez' Büro und schloß die Tür hinter sich. Zwei Sekunden später folgten ihm ein paar uniformierte Polizisten, die Kartons mit Akten und anderen Gegenständen trugen.

Trudy streckte eins ihrer wohlgeformten Beine aus und setzte sich auf Ginas Schreibtisch. »Guck dir seine Schläfen an! Er wird fünfundvierzig sein!«

Gina schüttelte den Kopf. »Vorzeitig gealtert. Der ist keinen Tag älter als vierzig. Sieht aus wie ein harter Brocken.«

Trudy schaute in Richtung auf das Büro. Der Sichtschutz wurde knarrend heruntergelassen. »Ist irgendwie niedlich, findest du nicht?«

»Er ist nicht mein Typ«, sagte Crockett, der gerade zusammen mit Tubbs hereingekommen war, das Jackett über die Schulter geworfen, seine Automatik schaute aus dem Schulterhalfter, das er fast ständig trug.

»Mach dir seinetwegen keine Sorgen«, sagte Trudy und blätterte das Pornomagazin auf Ginas Schreibtisch durch. »Du hast andere Konkurrenz, mein Freund!«

Tubbs riß ein Papierhandtuch von der Rolle, die neben dem Automaten mit dem legendären Killer-Kaffee der Vice Squad hing, und tupfte sich die feuchte Hitze von Miami von den Augenbrauen. »Der neue Lieutenant, soso! Sehr gut! Da fühle ich mich weniger wie der Neue in der Klasse! Vermutlich ist es zuviel verlangt, wenn ich hoffe, daß er schwarz ist! Wie sieht er also aus?«

Gina spielte mit einem Bleistift herum, während sich Crockett die gutgebauten Männer in dem Magazin betrachtete. »Sieht gewalttätig aus. Ich würde mich nicht mit ihm anlegen, selbst wenn ihr beide mich dabei unterstützen würdet. Kalt, beherrscht. Hat sich völlig unter Kontrolle. Sieht aus, als wäre er ganz und gar in seine Gedanken versunken, so als ginge 'ne Menge in ihm vor, das meiste davon nicht sehr angenehm!« Sie zuckte mit den Achseln. »Er ist Rechtshänder!«

»Das bin ich auch!« sagte Crockett, umfaßte leicht ihren Oberarm und ließ sie dann wieder los. Seit Beginn ihrer wechselhaften Affäre hatte weder er noch Gina ihre Zuneigung allzu offen im Wachraum zur Schau getragen. Sie hielten die Gefühle, die sie füreinander hatten, aus dem Alltagsgeschäft heraus, abgesehen natürlich von der erhöhten Besorgnis, die bei gefährlichen Aufträgen jeder um den anderen empfand.

»Und wie ist es euch in der Räuberhöhle von Miami ergangen?« Gina erwiderte Sonnys Händedruck bei der Begrüßung mit einem liebevollen Blick.

»Ich glaube, die Zeit im Knast hat geholfen, unseren Ruf als lupenreine Pornokäufer zu festigen!« sagte Tubbs. »Jetzt geht es nur noch darum, daß wir uns an die Abmachung halten, und schon werden sie springen. Aber ich befürchte, daß ich nach dieser Zelle 'ne gründliche chemische Reinigung brauche!«

»Puh, ich verstehe, was du meinst!« sagte Crockett und schnüffelte an seinen eigenen Klamotten. »Aber zuerst muß ich mich noch um was anderes kümmern, das stinkt!« Er ging zu seinem eigenen, mit Papieren übersäten Schreibtisch und wählte eine Telefonnummer. Sein Gesicht hatte einen grimmigen, entschlossenen Ausdruck angenommen, der seine übliche zerknitterte, nonchalante Haltung verhärtete.

»Du rufst doch nicht zufällig bei einer Bundesbehörde an?« fragte Tubbs.

»Ja! Wie geht der Vers? Streck die Hand aus und schlag zu!«

»Was . . .?« fragte Gina verständnislos.

»Kleiner Fehler in der Bürokratie, wenn du den Scherz gestattest!« sagte Tubbs. Zuerst hatte er geglaubt, Crockett wollte Nachforschungen über Desiree Sizzle anstellen, die als Peggy MacGraw ins Gefängnis eingeliefert worden war. Wenn sie aus ihren Akten eine Heimatanschrift herausfinden konnten, so stand es wohl zehn zu eins, daß sich herausstellte, daß sie von zu Hause weggelaufen war. Es würde ein Kinderspiel sein, sie dazu zu bringen, gegen Kovacs als Belastungszeugin aufzutreten. Aber wenn Kovacs schlau war, dann wußte er das auch selbst. Dies war wohl der Grund, warum Sid Goynes so lange gebraucht hatte, Tubbs, Crockett und Jimmy herauszuholen – er hatte zuerst Peggy aus dem Knast geholt. Jimmy war kein Schwätzer, durch und durch loyal gegenüber seinem Arbeitgeber. Peggy hingegen war verängstigt genug, um zu reden – oder sie würde es jedenfalls sein, wenn das ganze Rauschgift erst einmal aus ihrem Körper war.

Während Crockett zuhörte, wie das Telefon am anderen Ende der Leitung klingelte, schoben sich zwei weitere Fremde in den Wachraum. Der eine hatte einen Bürstenschnitt, der andere einen zu modischen, kurzen Stufenschnitt. Einer von ihnen trug eine karierte Sportjacke. Beide hatten zu kurze Hosen an, weiße Socken und schwarze Schuhe, militärische Haltung und verspiegelte Sonnenbrillen. Sie durchquerten den Raum, sahen sich prüfend um und versuchten dabei, mit ihrer betont dienstlichen Haltung die Leute von der Vice Squad zu beeindrucken, die sich allerdings den Teufel darum kümmerten. Der Gegensatz zum Auftritt von Castillo war schlicht lächerlich. Tubbs warnte Crockett, indem er seine eigene Version des klassischen »Dragnet«-Themas summte. Ein Scherz, der sogleich das Paar, das gerade hereinkommen war, beschrieb: »Dumm-da-DUM-dumb.«

Mr. Bürstenschnitt begann kurz angebunden: »Ich bin Dennis Doyle, dies hier ist . . .«

Crockett knallte den Hörer auf die Gabel. »Nein, laßt mich raten: auffällig unauffällige Kleidung, ein 82er LTD, keine Extras, Behördenschilder, wurden zuletzt gesehen, als sie einen verfolgten Wagen auf der Collins Avenue bei einer Ausfahrt verloren. Das FBI – richtig?«

Mr. Bürstenschnitt ignorierte die Schärfe in Crocketts Stimme. Er versuchte, seinen leichten Texas-Sheriff-Tonfall ganz dienstlich zu halten: »Ich bin Dennis Doyle; das hier ist Mark Russo. Wir haben gehört, daß Sie diesen Mann beschatten.« Doyle schob ein 20 x 25 cm großes Foto auf Crocketts Schreibtisch. Russo riß sich entschlossen die Sonnenbrille von den Augen und ließ sie auf den Fußboden fallen.

Das Foto war aus nicht weiter Entfernung verdeckt aufgenommen worden und scharf und klar wie ein Paßfoto. Der Mann, den es zeigte, war Artie Rollins, die rechte Hand von Sam Kovacs, der Mann, der einen Wagen des FBI, der ihn verfolgte, fein säuberlich in eine Massenkarambolage geschickt hatte, ohne in der Hitze Floridas auch nur einen Tropfen Schweiß zu vergießen.

Crocketts Gesicht verriet kein Wiedererkennen. »Und?«

Doyle straffte die Schultern. »Das hier ist der neue Partner von Sam Kovacs. Wir ermitteln seit sechs Monaten gegen Sam Kovacs wegen Vergehen gegen die Bundesgesetze, die von der Verführung Minderjähriger bis zur Bestechung reichen. Viel-

leicht sogar Mord. Habt ihr ein Treffen mit Kovacs vereinbart?«
»Wir waren auf dem besten Wege dazu, als ihr Jungs euch entschlossen habt, euch an uns zu hängen!« sagte Crockett angewidert. Bei zurückliegenden Fällen war er zu oft über die unfähigen Aufschneider vom FBI gestolpert, so daß er von ihrem Status als Gesetzesbrecher im Staatsdienst nicht mehr beeindruckt war.
»Habt ihr diesen Mann je gesehen?« Doyle zeigte überflüssigerweise auf das Foto.
Crockett und Tubbs schüttelten beide unschuldig den Kopf.
»Weißt du, Dennis«, sagte Agent Russo, »ich glaube, das Beste, was wir hier machen können, ist, mit diesen Jungs die Akten auszutauschen!« Das war fast eine Drohung!
Tubbs klatschte in die Hände. »Wir werden einfach hier warten, bis ihr uns eure Akten rüberbringt!«
Doyle lächelte nachsichtig, ein Lächeln, das er nur im Dienst benutzte oder vielleicht während er jemanden mit einem Gummischlauch verprügelte. »Ich glaube, was Mark damit sagen will, ist, daß wir euch bei dieser Kovacs-Angelegenheit entweder helfen oder euch sehr behindern können!«
»Ich will ja niemanden kränken, Dennis und Mark!« sagte Crockett, der sich jetzt ganz als der zutrauliche gute Kumpel gab. »Aber wenn ich mir euren Auftritt so ansehe, dann glaube ich, ihr helft uns am besten weiter, wenn ihr versucht, uns zu behindern. Paßt auf, daß euch auf dem Weg nach draußen die Tür nicht ins Kreuz fällt!«
Kochend vor Wut drehten sich die beiden FBI-Agenten herum und verließen den Raum. Ihre drohende Haltung signalisierte, daß sie wiederkommen würden und daß es dann besser keinen Ärger geben sollte.
Lieutenant Castillo tauchte aus seinem neuen Domizil auf. Diesmal verstummte unter seinem Blick sofort der Lärm im

Raum, lebte wieder auf, als Castillo ohne eine Bemerkung den Raum durchquert hatte.
Crockett hielt ihn auf. »Lieutenant Castillo? Sonny Crokkett!«
Castillo akzeptierte den angebotenen Händedruck. »Freut mich, Sonny!« Crockett lächelte ihn an, glücklich darüber, daß er der erste gewesen war, der sich dem neuen Chef genähert hatte. Ohne seinen Ausdruck zu verändern oder seinen Blick von Crockett zu nehmen, fügte Castillo hinzu: »Sag mal, Sonny, hast du schon einen Bericht über die Verhaftung heute morgen zusammen mit Jimmy Montebello geschrieben?«
»Also . . . nein, noch nicht!«
Castillo nickte in sich hinein und war im nächsten Augenblick zur Tür hinaus. Auf Crockett konzentrierte sich plötzlich das Unbehagen aller Anwesenden.
»Reizend!« sagte Tubbs. »Charles Bronson, diesmal aus Havanna.« Crockett starrte noch immer Castillo nach.
»Übrigens, Sonny, was glaubst du, warum die FBI-Leute sich solche Sorgen wegen Artie Rollins machten?«
»Wir sollten allein an der Sache weiterarbeiten. Wenigstens noch für eine kleine Weile. Trudy?«
Trudy schaute von Ginas Schreibtisch hoch. »Ich habe jetzt Dienstschluß, Sonny. Ich habe keine Zeit für – «
»Ein einziger Gefallen, Schätzchen! Bitte! Du mußt für mich 'ne kleine Nachforschung machen!« Er setzte sein betörendstes Lächeln auf.
»Hat der Gefallen vier Füße, Schuppen, einen besonderen Appetit auf Wecker, eindeutige Erkennungszeichen?« Sie sprach von Elvis, dem früheren Maskottchen der »University of Florida-Gators« und jetzigem Wach-Alligator auf der »St. Vitus Dance«. Elvis war sicher gerade dabei, sich seine gepanzerte Haut zu sonnen.

»Ein weißer männlicher Erwachsener, Mitte Dreißig. Der Name ist Artie – vielleicht Arthur – Rollins.« Er buchstabierte den Namen.

Sie sah ein wenig verärgert aus. »Hast du nichts anderes als bloß den Namen?«

Seine kräftigen Hände massierten ihre Schultern. »Wenn ich seine Anschrift hätte, dann könnte ich ganz einfach auf meinem Skateboard zu ihm rüberrollen und ihn fragen, meinst du nicht?«

Sie verdrehte die Augen und ging zum Keyboard des Computers.

»Ich werd's mal eingeben und sehen, was dabei herauskommt. Aber ich hab nur ein paar Minuten Zeit. Gina schuldet mir einen ›Margarita‹.«

»Zwei ›Margaritas‹!« sagte Gina.

»Drei für jeden von euch, wenn du was herausfindest!«

»In Ordnung!« Trudy nickte. »Erzähl mir bloß nicht, du würdest mir *einen* schulden, hörst du!«

»Vielleicht sollten wir uns darauf konzentrieren, Peggy MacGraw zu finden?« schlug Tubbs vor.

»Wir haben Peggy MacGraw schon gefunden!« Das war Lieutenant Castillo, der gerade wieder zur Tür hereingekommen war. »Die Mordkommission hat eben angerufen!«

3

Peggy MacGraws Wohnung war mit typisch neumodischem Chic eingerichtet; die riesige Vergrößerung eines Nacktfotos von ihr hing in einem Messingrahmen an der Wand. Es gab der Phantasie nicht den geringsten Spielraum. Gegenüber auf einem Ecksofa waren ungefähr hundert Plüschtiere – Giraffen, Gorillas, prähistorische Schoßtierchen, ein Löwe, der

über einen Meter hoch war. Auf der einen Seite das kleine Mädchen, auf der anderen die künftige Porno-Königin.
Als man Peggy fand, trieb sie mit dem Gesicht nach unten in dem Swimming-pool, der gleich neben der Terrasse lag. Eine Computernachfrage unter ihrem richtigen Name zeigte, daß sie fünfzehn Jahre alt war. Die Labor-Leute fanden in ihrem Medizinschrank Mandrax, Menbutal, Seconal, Valium, Librium und mehrere Ein-Gramm-Röhrchen, die mit »China White« gefüllt waren.
»Sie kann 'ne Überdosis genommen haben!« sagte Crockett mit dünner Stimme.
»Ich glaube nicht, daß das ein Unfall war!« meinte Tubbs.
»Ich glaube, Kovacs hatte Angst, daß sie singen würde – und hat einen seiner Gorillas geschickt, um die Sache zu erledigen!«
»Du meinst so einen wie Artie Rollins?« sagte Crockett, der verstand, was er meinte.
»Heute morgen hatte sie einen Besucher, nachdem sie aus dem Gefängnis heraus war!« sagte Castillo emotionslos. »Die Hausfrau von nebenan erinnert sich an den Teil einer Autonummer. Wenn wir Glück haben, finden wir Fingerabdrücke!«
Er hielt den Bericht der Spurensicherung in der Hand. »Ich muß ihre Familie in Kansas anrufen!«
Sie schauten ihm nach, als er ging. »Mann!« sagte Crockett. »Ist das ein kalter Bursche! Eingefroren wie ein Eiswürfel!«
»Jetzt müssen wir Kovacs festnehmen!« sagte Tubbs. »Bevor J. Edgar Hoover und Elliot Ness die ganze Geschichte versauen!« Auf dem Tisch lag ein Stapel von Teenager-Klatsch-und-Schmalz-Zeitschriften. Der Kühlschrank war vollgepackt mit Fertiggerichten, die nur noch im Mikrowellenherd aufgewärmt werden mußten, und Instant-Drinks. Offenbar hatte Peggy meist mit Kovacs im Restaurant gegessen.

»Hast du schon Artie angerufen, um ein Treffen zu vereinbaren?«
»Nein. Das habe ich aufgeschoben. Aber ich werde es bald tun.« Crocketts Piepser summte. Er hatte vergessen, ihn abzustellen, wie das sonst seine Gewohnheit war. Er hing an Peggys Telefon und rief im Revier an.
»Sonny, hier ist Trudy. Bei Artie Rollins tut sich überhaupt nichts auf dem Bildschirm. Aber weil diese Holzköpfe vom FBI vorhin aufgetaucht sind, habe ich mich an die FBI-Daten herangemacht, einfach so aufs Geratewohl. Da bin ich auf einen FAO-IBM-Kode gestoßen – Zugang nur für das FBI. Vertraulich.«
»Du bist viel zu gut, um dich davon aufhalten zu lassen, Trudy!« drängte Crockett, ungeduldig wie immer. »Hast du nun was herausbekommen oder nicht?«
»Du gönnst einem nicht einmal einen kleinen Triumph. Gina sollte sich lieber vor dir in acht nehmen, mein Junge.«
»Trudy! Hast du oder hast du nicht?«
»Ich hab ein paar Kodes aus meinem kleinen schwarzen Hacker-Buch eingegeben, mit denen man da reinkommt!« sagte sie nun und hörte auf, ihn auf die Folter zu spannen. »Ich hab so getan, als ginge es um eine Überprüfung der Telefonrechnung. Dabei stellt sich heraus, daß Artie Rollins' richtiger Name Arthur John Lawson lautet und daß er im Untergrund für das FBI arbeitet. Euer Artie Rollins ist in Wirklichkeit ein FBI-Agent.«
Er wußte nicht, ob er seinen Ohren trauen sollte. »Weiß Castillo das?«
»Ich werde es ihm sagen, bevor ich gehe. Gina ist in einem der Verhörzimmer eingeschlafen, während sie auf mich wartete . . .«
»Ihr seid beide wunderbar!« sagte er nachdrücklich. »Sag das alles Castillo. Und find für mich raus, wo Switek gerade ist.«

»Er ist mit dieser Diebstahlsgeschichte in South Dade beauftragt worden – du weißt, wo sie sich als Hehler ausgeben sollen?«
»Richtig, ich weiß, wo das Warenlager ist. Danke, Trudy. Ich schulde dir – «
»Sprich es nicht aus!« Sie lachte und hängte ein.
»Was jetzt?« fragte Tubbs.
»Ich muß mit Switek reden und versuchen, den direkten Draht zum FBI auszunutzen, den er seit einigen Monaten hat und den er für sich behält.«
Sie eilten hinaus und überließen es den Gerichtsmedizinern, das aufzuräumen, was von Desiree Sizzle übriggeblieben war – die jetzt nicht mehr eine Porno-Prinzessin auf dem Wege zum Ruhm war, sondern bloß noch ein durchschnittlich aussehendes, sehr totes junges Mädchen namens Peggy MacGraw aus Kansas.

Die Wellblechtüren des weitläufigen, unauffälligen Lagerhauses hatten Fernbedienung und öffneten sich rasch bis zu einer Höhe von ein Meter fünfzig. Das erlaubte Crockett, den Ferrari in der hallenden Akustik auf dem glatten Zementboden des großen, weitläufigen Ausstellungsraumes, den Switek und Zito im Vorderteil des Gebäudes eingerichtet hatten, mit quietschenden Bremsen zum Stehen zu bringen. Entlang der einen Wand waren Paletten mit gestapelten Videorecordern aufgestellt, jeweils fünf übereinander. An der gegenüberliegenden Wand standen Fernseher, Mikrowellenherde, Stereoanlagen, Stand-Fahrräder und Heimtrainer, dazu ein paar in Plastikfolie verpackte dänische Möbel. Eine lange Ladentheke aus rostfreiem Stahl trennte das hintere Drittel des tiefen Raumes von einer Wand zur anderen ab. Dahinter stand Switek, wie die Bedienung in einem Schnell-Imbiß. Ein breites, leicht blödsinniges Lächeln verzerrte sein bärtiges Ge-

sicht. Er trug ein Keglerhemd, bei dem »Foxy's Team Championship« quer über den Rücken gestickt war.
Über und hinter Switek stand ein Eisenregal mit verstellbaren Brettern, auf dem kleinere Teile wie Walkmans, Kameras, Waffen, Bestecke, Kassetten und anderes lagen. In halber Höhe war ein großer Sony-Fernseher befestigt. Dahinter hockte Zito zusammengekrümmt wie ein Wasserspeier und montierte eine Videokamera, um damit durch die Scheibe des Fernsehers zu filmen und auf diese Weise die verschiedenen Gangster aufzunehmen, die hereinschleichen würden, um mit gestohlenen Waren zu handeln.
»Nenn uns einfach die ungekrönten Könige des Niedrigpreishandels!« blödelte Switek, als Crockett und Tubbs aus dem Ferrari stiegen. »Ich geb dir fünfhundert für die Reifen! Dafür lackier ich dir dann auch noch den Wagen!«
»Nun halt mal die Luft an, Switek!« sagte Crockett erschöpft. »Ich will nichts verkaufen, ich will mit dir ein Tauschgeschäft machen!«
Tubbs steckte seine Vuarnet-Sonnenbrille ein und ging auf die Ladentheke zu. In diesem Augenblick tauchte ein Kopf mit glatt zurückgestrichenen Haaren auf. Dieser dritte Mann sah in Tubbs' Augen wie der Klavierspieler bei Sparks aus: ein ausgefranster kleiner Schnurrbart, eine bleiche, ungesunde Gesichtsfarbe, eingesunkene Augen. Er erschien in einer wirbelnden Wolke aus grauem Rauch. Tubbs erkannte den Geruch, es war der von geschmolzenem Zinn. »Plastik!« murmelte der seltsame kleine Mann. »Ich hab alles nur mit Plastik gemacht. Die meisten Leute haben keinen blassen Schimmer von Mikroelektronik. Du kennst doch diesen Detektiv-Film – der, wo dieser Bursche von der Wanze, die er am Körper trägt, verbrannt wird! Das ist miese Arbeit gewesen! Man muß solche Sachen individuell machen. Es gibt da 8-Ohm-Leute und 12-Ohm-Leute. Verschiedene Typen von Körpern

haben eine unterschiedliche Leitfähigkeit. Einmal habe ich einen Fettwanst verdrahtet, der mindestens zwei Liter pro Tag ausgeschwitzt hat . . . der hat noch nicht mal ein Kitzeln gespürt. Man muß sich Zeit nehmen. Es ist eine Kunst.« Er berührte mit seinem glühenden Lötkolben eine Elektrospule, die auf der Theke stand. »Wer sind Sie?«

Switek machte eine weitausholende Bewegung. »Tubbs, das ist Lester Kosko – der Thomas Edison von Miami Vice!«

»Freut mich!« sagte Lester ein wenig geistesabwesend. Er tastete seine Umgebung ab, fand eine Zigarette und steckte sie am Lötkolben an. Sobald er einen Zug getan hatte, fing er an zu husten. Es hörte sich an, als würde er dabei seine Lunge in Stücke zerreißen. Aber sein Benehmen ließ vermuten, daß er zu den Menschen gehörte, deren Leben von einem Glimmstengel abhing.

»Der gute alte Lester erledigt alle unsere Überwachungsapparaturen – die optischen und die akustischen!« erklärte Switek Tubbs. »Ein wahrer Hexenmeister! Unsere Wände haben wirklich Ohren!«

Ruhig schaute sich Tubbs die Leitungen am Ladentisch und Lesters vereinfachten Schaltkasten an. Während Crockett ein Gespräch mit Switek begann, beendete Zito seine Arbeit und sprang mit einem lauten Bums von seiner Leiter, wobei seine Tennisschuhe Staub aufwirbelten. Eins der Mikrofone war eingeschaltet, und Lester stöhnte, als der Lärm durch seine leichten, hochempfindlichen Kopfhörer kam.

Zito nahm sogleich in die eine Hand eine Cola – er trank pro Tag mehr als zwölf Dosen dieser berühmten Marke, die fast ein Prozent mehr Zucker enthält als jeder andere vergleichbare Soft-Drink – und mit der anderen Hand griff er nach einer neuen Zigarette. Für Zito war Koffein der Brennstoff, den er brauchte. Tubbs hatte beobachtet, wie der schlanke Mann außer den Dosen mit Cola mehr als dreißig Tassen Kaffee pro

Tag hinunterschüttete, einige davon sogar mit dem tödlichen Gebräu aus der Wachstube, mit dem man den Chrom von einer Cadillac-Stoßstange ablösen konnte. Tubbs hatte einmal gehört, wie Gina aus ihm unbekannten Gründen den schlammigen, ätzenden Kaffee aus der Wachstube einen »Neill Cream Soda« genannt hatte. Wie Crockett behauptete, hatte dieser Scherz etwas mit Jack the Ripper zu tun.

Zito stellte fest, daß er nicht gleichzeitig trinken, rauchen, an seinem allgegenwärtigen Zahnstocher lutschen und seinen Viererpack Kaugummi kauen konnte, deshalb verzichtete er auf den Kaugummi und klebte ihn neben Lesters Schaltkasten auf die Theke, für später. Der Zahnstocher blieb und hing aus seinem Mundwinkel wie ein Miniatur-Torpedo, der bereit ist zum Gefecht. »Na, Tubbs«, sagte er, »wie sieht's aus?«

»Zito, mein Junge, eines Tages explodierst du noch mal und fliegst durch die Decke. Du weißt doch, wenn du all diese Colas und den Kaffee und dieses Zeug trinkst, wirst du nie schlafen können!« Er empfand es als Ironie des Schicksals, daß es eine Zeit gegeben hatte,in der Colagetränke tatsächlich Kokain enthalten hatten. Jetzt war diese Droge überall – außer in Soft-Drinks.

»Richtig. Aber andererseits – wenn ich schlafe, dann kann ich keinen Kaffee trinken, hab ich recht?« Die Dose war zu drei Viertel leer. Tubbs gab es auf, Zitos verdrehter Logik zu folgen. »Übrigens – was denkst du von unserem bescheidenen kleinen Unternehmen hier? Wir können New York noch etwas vormachen, oder nicht?«

Tubbs verzog die Lippen und nickte. »Mhh. Zum Beispiel, wie man es schafft, in ein paar Tagen sicher abgeknallt zu werden, um nur ein Beispiel zu nennen!«

»Zum Teufel, wovon redest du?«

»Diese Ladentheke!« Tubbs klopfte darauf. »Ihr müßt sie mindestens einen Viertelmeter höher machen und einen halben

Meter breiter. Baut dahinter einen Plattform oder einen Laufsteg, das gibt euch Höhe, ihr fühlt euch bedrohlicher und seht auch so aus!«

»Und warum breiter?«

»Damit niemand über die Theke greifen und dir die Lunge aus dem Hals reißen kann!«

»Verschwinde bloß von hier!« knurrte Zito. Aber seine Stimme spiegelte so viel Zweifel wieder, daß er gewillt war, weiter zuzuhören.

»Räum ein paar von den Hustler-Magazinen weg, die ihr da oben gestapelt habt!« fuhr Tubbs fort. »Besorgt euch ein paar scharfe Fotos und befestigt sie zu beiden Seiten des Fernsehers – dann werden eure Kunden begierig darauf starren. Auf diese Weise braucht ihr Verdächtige nicht nach der Frisur zu identifizieren.«

»Nicht schlecht!« Zito schien beeindruckt. Er trank seine Cola leer, warf die leere Dose in Richtung auf einen halbvollen Abfalleimer, verfehlte ihn und griff nach einer neuen Cola.

Crockett hatte Switek in eine Ecke zwischen Werkzeugkästen und Videospielen gedrängt.

»Tut mir leid, Großer Häuptling!« sagte er scheinheilig. »Aber diesen FBI-Kontakt hebe ich mir für den Eigenbedarf auf. Könnte mich in meiner Karriere einen großen Schritt weiterbringen!«

Crockett strich sich das Haar zurück und nagelte ihn mit dem Blick einer Brillenschlange fest. »Du hast ein lückenhaftes Gedächtnis, Stanley. Du scheinst den Streifenwagen vergessen zu haben, den extra angefertigten, den du geradewegs in den Bal-Harbor-Canal gefahren und dann als gestohlen gemeldet hast.«

Switek erwiderte mit einem unbehaglichen, schwachen Lächeln: »Hör mal, Sonny, du hast mir versprochen, niemandem davon zu erzählen!«

»Ach ja!« Er klopfte Switek brüderlich auf die Schulter. »Aber jetzt denke ich, daß der Fall noch nicht abgeschlossen ist . . . und wenn ich einen Bericht schreibe, dann könnte ich dir zu einer großartigen Karriere verhelfen. Bei der Verkehrspolizei!«
Switek räusperte sich dreimal, versuchte, das Gesicht zu wahren, und griff schließlich zum Telefon. »Geh bloß sorgfältig damit um!« Er wählte eine Nummer aus dem Gedächtnis.
»Wer ist der Kontaktmann?«
»Calman Claiborne. Ich hab seinen Neffen erwischt, als er bei einem UB40-Konzert mit Hasch handelte. Ein Junge vom College, keine Vorstrafen. Cal hat mich selbst angerufen, also hab ich ein paar Fäden gezogen, und jetzt hält er mich für den lieben Gott!«
Crockett verspürte plötzlich eine Menge Mitgefühl für Calman Claiborne.
»Hallo, Schätzchen!« sagte Switek in den Hörer. »Sag Cal, daß Switek von Miami Vice anruft! Nein, *Swi*-tek! Richtig!«
Crockett schlenderte umher, bis Switek aufhängte.
»Cal war von der Idee nicht besonders begeistert, aber ich habe meinen beträchtlichen Charme aufgewendet, um ihn vom Gegenteil zu überzeugen!« berichtete Switek. »Er sagt, er wolle dich in einer Stunde am Nordende des Piers in der Nähe von Intercoastal Shipping treffen.«
Also war Claiborne die ganze Sache so peinlich, daß er bereit war, Informationen herauszurücken. Interessant.
»Ist das alles?« Crockett kramte in seinen Jackentaschen nach einer Zigarette und fand keine.
»Er trägt einen grauen Anzug und fährt einen 84er Plymouth. Ein Kerl mit beginnender Glatze, Brille mit goldfarbenem Drahtgestell, sieht sehr distinguiert aus, wie ein College-Präsident.«
Crockett tätschelte Switek die Wange. »Du bist ein richtiges Schätzchen!«

Als er und Tubbs zum Ferrari zurückgingen, hörten sie, wie Zito Switek auf dieses und jenes hinwies. »Ich hab ein paar Ideen, die diesen ganzen Bau hier, mh, strategisch günstiger machen!« sagte Switek mit ungezügeltem Eifer. »Diese Theke – die muß höher sein. Und *breiter* . . .«

Wie es sich für das FBI gehörte, machte Claiborne aus der Pünktlichkeit eine Tugend. Sein grauer Anzug von »Brooks Brothers« hielt sich streng an die veralteten »Dress for Success«-Regeln, die vor einigen Jahren bei allen Bürokraten im ganzen Land großes Aufsehen erregt hatten. Seine dunkle Krawatte war so konservativ, daß sie kaum vorhanden war. Er verbreitete den Duft von Aftershave und Pfefferminz. Aber seine Augen waren intelligent und wachsam, als er Crockett und Tubbs von oben bis unten musterte, unsicher, ob dies die Männer von Miami Vice waren, die mit ihm plaudern wollten, oder ein paar übertrieben gekleidete reiche Knaben, die unterwegs waren, um am Nachmittag noch ein kleines Ding zu drehen. Der Unterschied zwischen ihrer Kleidung war so wie der zwischen »Bebop« und Kaufhausmusik.

Claiborne blieb in seinem Wagen, als Crockett und Tubbs sich näherten. Er hatte gerade die Hälfte eines Thunfisch-Salat-Sandwichs gegessen. Sie alle nickten sich nur zu, anstatt sich die Hand zu schütteln, und zwischen Bissen von seinem Brot und Schlucken aus der Thermoskanne mit Kaffee auf dem Fahrersitz neben seiner Dienstwaffe, einer 38er, erzählte Claiborne ihnen von Artie Rollins, auch bekannt als Arthur John Lawson. »Offiziell ist Art Lawson ein ganz gewöhnlicher FBI-Agent!« sagte er. »Aber in Wahrheit ist er einer der härtesten Untergrund-Agenten, die das FBI hat. Er hat den Rhythmus der Straße im Blut – nichts vom Haarschnitt von 1960 und all dem anderen Mist, mit dem man es bei Burschen wie Doyle und Russo zu tun hat!«

Crockett grinste. Dieser Mann gefiel ihm. Claiborne wischte sich den Mund ab, dann die Hände und holte eine in Plastik eingeschweißte FBI-Plakette mit Art Lawsons Daten hervor. »Wie lange ist er diesmal schon im Untergrund?«
»Diesmal? Fast acht Monate an einem Stück. Aber er hat einen Auftrag nach dem anderen angenommen, mit kaum einer Unterbrechung, seit mehr als vier Jahren. Vielleicht ist das ein Fall zuviel . . .«
Tubbs versuchte zu verstehen, was er meinte. »Was soll das heißen?«
Ein Ausdruck von Bitterkeit flog über Claibornes Gesicht. Über ihnen segelten Möwen auf den Luftströmungen. Die Luft war heiß und mit Salz und dem fischigen Geruch des Atlantischen Ozeans gesättigt. »Das soll heißen, daß ich mich normalerweise gar nicht mit euch Jungs hier treffen würde. Aber Artie ist ein guter Mann, und niemand sonst im FBI scheint sich einen feuchten Dreck darum zu kümmern!«
»Warum sind Doyle und Russo auf der Suche nach ihm?« fragte Crockett und starrte auf die See hinaus.
»Weil Artie vor sechs Wochen die Verbindungen abgebrochen hat. Er hat sich ausgeklinkt. Hat seinen Wagen stehengelassen, ist aus seiner Wohnung ausgezogen, die man für ihn eingerichtet hatte, hat aufgehört, Berichte anzufertigen. Nichts! Schluß!«
Crockett hatte diese Geschichte schon früher einmal gehört – und sie selbst durchlebt. Sobald man von dem vorgeschriebenen Weg abwich – selbst wenn man es tat, um Hindernisse zu beseitigen und alle Möglichkeiten auszunutzen, sich in das Lager des Feindes einzuschleichen –, dann wurden die Vorgesetzten nervös. Wenn es nach Schrumpfhirnen wie Doyle und Russo gegangen wäre, dann würden Crockett und Tubbs nie die Zeit im Gefängnis verbracht haben, die ihnen im Handumdrehen einen Freifahrtschein für ein Treffen mit Kovacs

verschafft hatte. Leise und bedrückt fragte Crockett: »Warum hat ihn das Bureau nicht einfach zurückgeholt?«
»Unmöglich. Er hat keine Spuren hinterlassen. Doyle und Russo sind nur zufällig durch eure Verbindung über ihn gestolpert. Sie tappten im dunkeln und hatten Glück. Ihr wißt, von welch unschätzbarem Wert ein Bursche wie Art Lawson sein könnte, wenn er sich entschließt, sich wirklich auf die Seite der Verbrecher zu schlagen. Und das Bureau haßt Blamagen!«
»Und daher die Zurückhaltung!« fuhr Crockett fort. »Sie glauben, daß Artie zur anderen Seite übergelaufen ist, nicht wahr?«
»Richtig! Nach zehn Jahren und zwölf Belobigungen!«
Das Schreckliche an der Sache war die Möglichkeit, daß Lawson tatsächlich hinter sich die Brücken abgebrochen hatte. Die unglaublichen Einnahmemöglichkeiten, der erstklassige Lebensstil, die Reklameschönheiten, das ganze Leben auf der Sonnenseite hatten in der Vergangenheit schon viel bessere Polizisten als Crockett und Lawson verführt . . . und würden es auch in Zukunft tun. Wenn man die Beschränkungen kennengelernt hatte, die das Leben auf der Seite der »Guten« mit sich brachte – ganz besonders, wenn man ein Polizist war –, dann hatte man bisweilen das Gefühl, daß man sich auch mit einem anderen Leben anfreunden konnte, mit dem außerhalb der Gesetze. Einige Tatsachen durfte man dabei nicht übersehen, etwa, daß die Chancen für einen schnellen und unordentlichen Tod erheblich stiegen. Die Wahrscheinlichkeit umzukommen, lieferte sich ein Kopf-an-Kopf-Rennen mit dem beschleunigten Lebensgenuß.
»Wenn du Switek siehst«, sagte Claiborne, »dann sag ihm von mir, daß wir jetzt quitt sind!«
»Das werd ich!« versicherte Crockett. »Danke!« Er behielt die Plakette, die ihm der FBI-Agent gegeben hatte.

Als sie wieder im Ferrari saßen, wählte Crockett auf dem Autotelefon die Nummer, die Jimmy Montebello ihm gegeben hatte. »Ich bin mal getarnt mit 'ner Gruppe Motorrad-Gangster gefahren!« grübelte er, während die Verbindung hergestellt wurde. »Es wurde ziemlich häßlich. Es ist leichter, als man denkt, zu vergessen, daß man eine Rolle spielt. Caroline und Rodriguez waren davon überzeugt, daß ich ein bewaffneter Motorradfreak in Lederkluft geworden war, mit einer scharfen Mutter auf dem Rücksitz, einem vollen Tank und mit nichts sonst im Kopf. Und daß ich nie mehr zurückkommen würde . . .«

»Ich traue Artie nicht!« sagte Tubbs, felsenfest davon überzeugt. »Soll ihn sich das Bureau doch schnappen, nachdem wir ihn dazu benutzt haben, Kovacs festzunehmen. Ende des Auftrags!«

»Vielleicht mußte Artie sich so weit einlassen, um überhaupt so nahe an Kovacs heranzukommen!«

»So weit einlassen?«

»Ich meine, sich bis an den Rand des Möglichen vorzuwagen!« erklärte Crockett. »Vielleicht mußte er so weit gehen, um Kovacs' Vertrauen zu gewinnen. Und jetzt ist er die Nummer zwei.«

»Vielleicht!« sagte Tubbs zweifelnd. »Vielleicht *gefällt* es ihm aber auch da draußen!«

Am Telefon wechselte Crockett einige Höflichkeitsfloskeln, machte dann Zeit und Ort aus und hängte ein.

»Wie sieht es aus?« fragte Tubbs.

»Wir sind gerade zum Dinner mit Artie bei Florimbini eingeladen worden!« erwiderte Crockett, der darüber nachdachte und auf den Fußboden starrte. »Und mit Kovacs. Einer von denen ist möglicherweise der Bursche, der Peggy MacGraw heute das Lebenslicht ausgepustet hat.«

4

Was Vanessi für San Francisco ist, das ist Florimbini für Florida – ein luxuriös ausgestattetes Nudel-Paradies, dessen Hauptraum jetzt mit eifrigen, zu elegant gekleideten Gästen vollgestopft war, begierig, gesehen zu werden und andere zu beobachten, herauszufinden, wen man wohl aufgabeln konnte, und geneigt, viel zu üppige Trinkgelder zu verteilen. Gleichgültige Kellner nahmen die Gäste aus, und sie bezahlten teuer für schlechten Wein. In dieser Arena aus Nischen und Tischen herrschte der spezielle Lärm von Leuten, die darauf bedacht waren, alle um sich herum glauben zu lassen, daß sie sich amüsierten, auch wenn das nicht der Fall war.

Auf der anderen Seite des Haupt-Speisesaals lag ein privaterer Bereich mit kleinen Tischen für diejenigen, die reserviert hatten, und für die wirklich einflußreichen Leute. Am hintersten Tisch nahm Sam Kovacs' kleine, erlesene Gesellschaft Platz. Kovacs hielt hof, ihm gefiel es, daß er hier das Feld beherrschte.

». . . und wir haben also 'ne halbe Million in diesen Streifen gesteckt, und wie aus heiterem Himmel kommt unsere Hauptdarstellerin und erzählt mir, daß sie erst vierzehn ist.«

Kovacs war ganz und gar nicht der fette Porno-König, den Crockett und Tubbs erwartet hatten. Er war kräftig, mittelgroß, mit einer gleichmäßigen Sonnenbräune, die er sich im Studio erworben hatte, weil er keine Zeit darauf verschwenden konnte, wirklich in der Sonne herumzuliegen. Am kleinen Finger trug er einen Ring mit einem lupenreinen dreikarätigen, makellosen blauweißen Diamanten in einer Fassung aus 24karätigem Gold, an seinem rechten Handgelenk hatte er eine goldene Rolex-›Präsident‹. Er war nicht mit Schmuck behängt und trug keine Kunststoffanzüge. Er war teuer gekleidet, ohne auffällig herausgeputzt zu sein. Sein Haar hatte seine natürliche Farbe, Stahlgrau, das an den Schläfen ins Weiße überging. Sein Bauch war flach wie ein Brett, zeigte nichts von der Rundung, die den Genießer kennzeichnet. Statt schlaff war er drahtig, eher fit als verweichlicht, ein kühler Rechner, kein Verschwender.

»Also sage ich: ›Aha, vierzehn!‹ und versuche, die Panik, die mich sofort überfällt, zu verbergen, nicht wahr! Wenn ich das vorher gewußt hätte, hätte ich doch im Ausland gedreht, vielleicht in Puerto Rico oder Mazatlan.«

Crockett trank seinen Bourbon mit Wasser aus. Er und Tubbs spielten ihre Rollen als Burschen aus Jersey – wobei Tubbs das meiste an Lokalkolorit beisteuerte, wenn es darum ging, in Erinnerungen an Jersey zu schwelgen. »Also machen Sie sich schon darauf gefaßt, Ihren fünfhunderttausend ›Auf Wiedersehen!‹ zu sagen, und denken angestrengt darüber nach, was noch kommen kann. Zum Beispiel Kindesbelästigung und eine Gefängnisstrafe!«

»Richtig, ganz genau!« Kovacs strahlte. »Und dann hatte Artie einen Geistesblitz, ein wahrer Geniestreich – «

Artie Rollins, der auf der linken Seite der halbkreisförmigen Nische aus rotem Leder saß, nahm sein Stichwort auf: »Das Mädchen versucht also, Sam unter Druck zu setzen, indem es loslegt: ›Meine Mutter weiß, wo ich bin!‹ Also rufe ich ihre Mutter an und biete ihr eine Rolle in dem Film an! Ich dachte mir: ›Der Apfel fällt nicht weit vom Stamm!‹ Zehntausend und dazu ein paar Prozente – und die Mutter sprang sofort darauf an. Wir änderten den Titel in ›Es bleibt in der Familie‹, und wir haben allein im Inland sechs Millionen eingenommen, dazu 4,5 Millionen in Übersee, und die Verleiher schreien nach einer Fortsetzung!«

Die ganze Tischrunde brach in Gelächter aus. Zu beiden Seiten von Kovacs saßen aerobic-gestylte Schönheiten, die ihre

Zeit damit verbrachten, zu lächeln. In gleichmäßigen Abständen puderten sie sich die Nase mit Kokain aus Kristallfläschchen. Ihre perfekte Haut war weich und so hüllenlos, wie es die Polizei erlaubte. Sie waren unwirklich wie lebendige Barbie-Puppen, aber sie erfüllten ihren Zweck als Dekoration, was alles war, was Kovacs für die relativ geringe Bezahlung, die sie erhielten, von ihnen erwartete.
Außer Crockett und Tubbs – oder Burnett und Prentiss, Porno-Händlern aus Jersey – war da noch Artie. Er war die perfekte Verkörperung dessen, was die Beat-Generation »cool« nannte. Während Kovacs allerlei Anekdoten erzählte und den großzügigen Gastgeber spielte, hielt Artie seinen Posten am Ende der Tafel. Während des Essens brachte der Oberkellner einen Kubaner im braunen Anzug an Kovacs' Tisch. Artie wandte ihnen den Rücken zu, um auf der Stelle ein paar geschäftliche Fragen zu erörtern. Es war unheimlich, mit welcher Geschwindigkeit er die Gangart wechseln konnte.
»Fest für acht Millionen?« hatte er zu dem Kubaner gesagt. »In Ordnung. Sag ihm, daß ich morgen früh, wenn die Banken aufmachen, einen Kreditbrief bereithalten lasse. Bis Ende der Woche werden wir abschließen!« Der Kubaner hatte gelächelt, ihm die Hand geschüttelt und war wieder verschwunden. Danach hatte sich der Oberkellner zweimal genähert, um Artie zu benachrichtigen, daß draußen jemand war, der unbedingt mit ihm sprechen wollte. Artie winkte ab. »Sagen Sie Renny, er soll sich beruhigen; um seine Probleme werde ich mich später kümmern!« Danach wandte sich Artie wieder dem Tisch zu und beteiligte sich so mühelos an der Unterhaltung, als hätte er die ganze Zeit nichts anderes zu tun gehabt.
»Ich erinnere mich daran, als ›Es bleibt in der Familie‹ ein Riesenerfolg wurde!« sagte Tubbs. »Allein die Einnahmen in New York lagen so um die siebenhunderttausend!«
»Das ist richtig, Richard!« sagte Kovacs lächelnd. »Sie kennen

Ihr Metier!« Und während er sich umwandte, um auf Artie zu weisen, fügte er hinzu: »Und ohne das Köpfchen von diesem Burschen hätte ich das nicht geschafft. Also hab ich ihm ein kleines Boot gekauft!«
Artie grinste breit vor Dankbarkeit. Für ihn war es ein wirklich bewegender Augenblick. »Das feinste Kunststoff-Schnellboot, das je den Hafen von Biscayne verschönt hat, mehr als zwölf Meter lang!« sagte er. »Also, ich möchte bloß wissen, was er unter einem *großen* Boot versteht!«
»Soviel Geld bringt ihr uns mit jedem eurer Kinos ein, nicht war, Richard?« sagte Kovacs zu Tubbs.
Tubbs' Antwort kam wie geschmiert, wobei seine Stimme mit leichtem Akzent das Ganze so logisch machte, daß es einfach wahr sein mußte. »Ganz und gar nicht. Deswegen sind Sonny und ich ja hergekommen, um Sie zu treffen. Mann, wir haben zur Zeit sechsundzwanzig Kinos in New York, Jersey und Massachusetts, die *leer* sind. Die können wir Ihnen als Absatzmarkt garantieren, und dazu noch die Einzelhändler!«
»Hört sich wirklich sehr gut an!« stimmte Kovacs zu.
»Wir reden hier über große Geschäfte, Sam, und dazu noch über Bargeld!« sagte Crockett mit einschmeichelndem Lächeln.
»Das sagt Artie auch. Und wenn Artie überzeugt ist, daß ihr Burschen koscher seid, dann ist für mich alles in Ordnung. Aber zum Teufel mit dem Geschäft, das hier ist ein geselliges Beisammensein. Und jetzt im Augenblick möchte ich noch ein bißchen geselliger werden!« Er zog die halbbetäubten Party-Girls eng an sich, und sie quietschten erfreut.
Artie schien ungeduldig, den Austausch von Höflichkeitsfloskeln hinter sich zu bringen. »Hört mal, Leute, wenn ihr hier irgendwas seht, was ihr gerne für die Nacht mit nach Hause nehmen würdet, so ist das kein Problem. Wir haben hier 'nen ganzen Stall. Habt ihr Lust, zusammen mit mir frische Luft zu schnappen?«

Der Oberkellner hatte gerade seinen dritten Auftritt, um Artie davon zu benachrichtigen, daß Renny, wer auch immer das sein mochte, wartete. Tubbs drängte ihn: »Wie steht's mit frischer Luft?«

»In Ordnung!« Zu dem Oberkellner, der offenbar für jede seiner Störungen reichlich bezahlt worden war, sagte er: »Schon gut, Louis, ich werde jetzt mit ihm reden, aber draußen. Halten Sie die Rechnung für mich bereit, wenn ich zurückkomme!« Er erhob sich und machte Crockett und Tubbs Zeichen, sich ihm anzuschließen. »Kommt mit, Jungs, das geht in Ordnung! Ihr werdet es interessant finden. Wir sind in fünf Minuten zurück, Sam!«

Sie gingen nach draußen zu einem metallic-blauen Camaro mit Kunststoff-Spoiler. Ein Mann mit einem Gesicht wie ein Nagetier, etwa fünfundzwanzig, mit einem braunen Aktenkoffer, den er fest gegen seine Brust preßte, lehnte dagegen und richtete sich auf, als er Artie erblickte.

»Hallo, Artie!« In der Stimme schwangen gebührende Loyalität und mehr als nur ein bißchen Nervosität mit. »Ich hab gedacht, du kommst da nie raus! Das wär 'ne Schande gewesen, Mann, weil ich es mitgebracht habe. Es ist alles da!«

»Du willst sagen, du hast es *endlich* gebracht!« sagte Artie. Seine Stimme klang nicht feindselig, nur leicht strafend. »Aber wenigstens ist alles da, nicht wahr?«

»Ja, absolut, Artie. Also, es tut mir wirklich leid wegen der Verspätung. Ich konnte . . .«

Artie ließ den Aktenkoffer aufspringen. Er war vollgestopft mit Bündeln großer Scheine. »Renny . . . ich habe dir schon gesagt, du brauchst dich nicht zu entschuldigen.«

Rennys Schultern entspannten sich.

»Ich meine, es ist doch nicht deine Schuld, habe ich recht?«

Renny nickte eifrig mit dem Kopf, während Artie den Aktenkoffer wieder schloß.

Unerwartet schlug Artie mit dem Aktenkoffer zu. Rennys Schädel prallte vom Leder ab, schlug mit einem Knall gegen das Dach des Camaro, und er sackte zusammen.
»Nichts ist deine Schuld, Renny, nicht wahr?« schrie Artie wütend und schlug mit dem Aktenkoffer auf ihn ein. Renny versuchte, davonzukriechen oder sich möglichst klein zusammenzurollen, aber er konnte Artie nicht entkommen, der mit entblößten Zähnen über ihm stand, ihm eine Rippe nach der anderen eintrat und fauchte: »Und es ist auch nicht meine Schuld, daß ich dich jetzt zusammenschlage, nicht wahr!«
Er warf den Aktenkoffer wie Abfall zur Seite, zog Renny an den Aufschlägen hoch und schlug ihm ins Gesicht, daß sich die Zähne lockerten. Renny hatte eine geplatzte Lippe, aber noch bevor er über der Haube des Rennwagens zusammenbrechen konnte, ergriff Artie ihn bei den Haaren und stieß ihn mit der Stirn auf das Blech.
Crockett griff in den einseitigen Kampf ein, packte Artie bei den Schultern und riß ihn zurück. Renny brach zusammen wie ein nasser Sack, »Artie, beruhig dich, Mann, du bringst ihn ja um!«
Artie wirbelte herum, befreite sich mit erstaunlicher Leichtigkeit aus Crocketts Griff und setzte ihm die Faust auf die Brust, um ihn zurückzustoßen. Seine Augen waren silbrig vor wahnsinniger Wut.
»Wag es ja nie wieder, niemals wieder, dich in meine Angelegenheiten einzumischen!« brüllte er Crockett ins Gesicht, völlig außer sich.
Schwer atmend wandten sie sich voneinander ab, bis sich ihr Adrenalinspiegel wieder normalisiert hatte. Artie fluchte leise vor sich hin und ging an ihnen vorbei zum Club. Zögernd schlossen sich Crockett und Tubbs ihm an. Als sie die Tür erreicht hatten, drehte sich Artie zu ihnen um und strich sein Haar ordentlich zurück. Er hatte sich wieder völ-

lig unter Kontrolle. Es war unmenschlich, unheimlich.
»Soviel also zum Geschäftlichen!« sagte er mit entschuldigendem Achselzucken. »Ich nehme an, ihr habt gemerkt, daß ich die Geschäfte gerne tipp-topp in Ordnung habe!«
Renny, der als unordentliches Bündel auf dem Asphalt lag, stöhnte nicht einmal.
Crockett hatte sich wieder beruhigt. »Deshalb sind Richard und ich ja auch hier!«
»Da ist gut so. Hört mir zu, ich will euch was sagen, bevor wir wieder zu den anderen da reingehen . . . Seht zu, daß ihr euer Geld noch vor morgen abend zusammen habt. Ich möchte gerne einen Blick darauf werfen. Und dann läuft das Geschäft . . . sagen wir, um acht Uhr. Bringt das Geld morgen nachmittag in meine Wohnung. Eure Telefonnummer hab ich ja.«
Er drückte Crockett eine geprägte Visitenkarte in die Hand. »Und jetzt habt ihr meine Adresse. Reine Formsache!«
Tubbs, der den Aktenkoffer aufgehoben hatte, reichte ihn ihm. Auf der einen Seite waren üble Schrammen im Leder, von der Rutschpartie über das Pflaster. Ein Aktenkoffer von 180 Dollar war hinüber. »Reine Formsache, klar!« Der Ton seiner Stimme verriet nicht allzuviel Vertrauen in Arties Zuverlässigkeit, aber Tubbs wahrte das Gesicht. Zum Teufel, dachte er, hier spielt jeder seine Rolle. Der Trick bestand einfach darin, so überzeugend zu sein, daß man in seiner Rolle ganz natürlich wirkte. Vielleicht war Arties aufbrausende Persönlichkeit ein Teil seiner Tarnung. Oder vielleicht hatte Artie die Grenze überschritten und wußte es selbst nicht. Doktor Jekyll und Larry Flynt.
»Also, Leute«, fuhr Artie fort, »laßt uns nach drinnen gehen, wir wollen noch eins trinken und gemeinsam anstoßen, nicht wahr? Alles ist in bester Ordnung! Und willkommen in Miami!«

5

Als Tubbs am nächsten Morgen im Revier eintraf, lag Ärger in der Luft. Da stank nicht bloß der berüchtigte Kaffeekessel, der seine üblichen abstoßenden Gerüche in die stets erregte Atmosphäre des Hauptquartiers von Miami Vice entließ. Crockett stand neben seinem Schreibtisch und hatte den Telefonhörer in der Hand, wobei er vor sich hin knurrte und mit der anderen Hand herumwedelte. Offensichtlich hatte er nicht viel geschlafen. Er war zerzaust, mit Ringen unter den Augen und nicht sehr fröhlich.

»... ich *habe* Ihnen gestern den Antrag gegeben!« Eine Pause, erschöpftes Schweigen. »Nein, *fünf*hunderttausend!«

»Hallo, Tubbs!« sagte Gina und hielt ihn auf, bevor er herausfinden konnte, was seinen Partner an den Rand eines Wutanfalls brachte. »Wir haben was über die Frau herausbekommen, die ihr als Artie Rollins' Begleiterin von gestern abend beschrieben habt!«

Er blieb stehen, teilweise um zu bewundern, wie gut Gina die Nutten-Aufmachung stand. An diesem Morgen trug sie Netzstoff und Leder und bereitete sich auf einen harten Nachmittagsdienst vor, bei dem sie schmierige Geschäftsleute hochgehen lassen und Informationen über die Zuhälter-Szene sammeln würde.

»Wir haben hier Unterlagen über sie unter dem Namen Becky Dalton – vielleicht Rebecca. Macht in Pornos.«

Gina zeigte auf die Aktenmappe mit den Unterlagen, die auf dem Schreibtisch lag. »Ziemlich unten auf der Erfolgsleiter, kleine Nebenrollen, keine großen Sachen. Aber sie macht sich, so oder so. Sie arbeitet sich nach oben im Lovelace-Paradies. Ihr Künstlername war ›Tawny Lustful‹. Wir haben sie letztes Jahr bei der Razzia im ›Inferno‹ geschnappt. Da hat sie

die Leute mit ihrer Nackttanz-Masche angemacht. Das könnte uns weiterbringen.«
»Wirst du mit ihr reden?«
»Glaubst du etwa, daß ich mich so angezogen habe, um Männern zu gefallen?«
»Ich gebe mich geschlagen!«
Castillo durchquerte das Büro wie ein Gespenst. Sonny war immer noch mit seinem Telefongespräch beschäftigt. Er starrte direkt auf den Lieutenant, als er seine Frustration ins Telefon schrie. »Wir treffen uns in zwei Stunden mit Artie . . . und diese Penner sollen ja nicht zu spät mit dem Geld kommen!«
Päng! Er knallte den Hörer auf. Sonnys Telefon mußte eine Menge einstecken.
»Ich hab mir angeguckt, was Sie über Rollins herausbekommen haben!« sagte Castillo in seiner ausdruckslosen, keinen Unsinn duldenden Flüsterstimme. »Der Mann steht auf der Kippe. Der ist verdammt gefährlich!«
Crockett schüttelte den Kopf. Mit Castillo sprach er nicht herablassend, sondern geradeheraus. »Wenn man im Untergrund ist, dann macht man, was nötig ist, Lieutenant. Vielleicht mußte er sich so weit vorwagen, damit die ganze Sache lief!«
Tubbs erinnerte sich nur zu deutlich an die gewalttätige Szene auf dem Parkplatz von Florimbini. »Oder vielleicht gefällt ihm der Nervenkitzel!« sagte er. »Vielleicht hat er sich entschieden, seinen Lebensstil ein bißchen anzuheben. Warum machst du dich so stark dafür, diesen Burschen zu verteidigen, Sonny?«
Crockett wirbelte zu ihm herum, seine Augen flammten vor Erstaunen darüber, daß er ihn nicht unterstützt hatte.
»Du auch? Was zum Teufel ist bloß mit euch Burschen los?«
Tubbs trat einen Schritt zurück, die Hände abwehrend nach vorn gestreckt. »Stopp, stopp, Mann. Ich frage ja bloß!«

Crockett schien langsam zur Besinnung zu kommen, vielleicht wurde ihm klar, daß er nicht von allen um ihn herum erwarten konnte, Dinge einzusehen, die für ihn offensichtlich waren. Er konnte nicht einmal von seinen Freunden erwarten, daß sie seine Gedanken lasen. »Hört mal!« sagte er, immer noch zornbebend. »Ich weiß, wie das ist, wenn man sich in so eine Rolle eingelebt hat, einen Monat nach dem anderen. Ich stand selbst schon auf Messers Schneide. Ich hab das durchgemacht, was Artie jetzt durchmacht – total. Und wenn wir Artie jetzt auffliegen lassen, dann geht die ganze Kovacs-Geschichte den Bach runter.«
Castillo dachte darüber nach. Sein Gesicht glich stets einem tiefen, dunklen, bewegten Wasserloch. Er richtete den Blick direkt auf Crockett. »Beweis mir, daß Artie die Sache noch in der Hand hat, und du kannst dir das Geld abholen!« Nachdem er das verkündet hatte, drehte er sich um und wandte sich anderen Angelegenheiten zu.
Crockett knüllte das Papier zusammen, das er in der Hand hatte, und warf es ärgerlich auf den nächsten Aktenständer. Dann stolzierte er davon. Dieses primadonnenhafte Benehmen fing an, Tubbs zu ärgern. »Sonny, wohin zum Teufel . . .?«
»Ich will mit Arties Frau reden! Was sonst?«
Tubbs mußte laufen, um ihn einzuholen.
Die Daten zu Arthur John Lawsons Ehe waren so spärlich wie das Alibi eines Junkies. Der Name seiner Frau war Wendy. Sie war fünfunddreißig und seit vier Jahren Mrs. Lawson. Keine Kinder, natürlich.
Als Crockett sich vorstellte und sagte, er sei von Miami Vice, öffnete sie die Tür mit dem Ausdruck hoffnungsloser Unvermeidlichkeit. Sie war attraktiv, wenn auch erschöpft. Tubbs nahm an, daß sie wenig geschlafen hatte, seit Artie im Fall Kovacs seine eigenen Wege ging. Ihre Fingernägel waren ungepflegt und völlig abgebissen. Sie entschuldigte sich dafür,

in welchem Zustand sich das Wohnzimmer befand. Offensichtlich hatte sie hier manche Nacht durchwacht, nur den Fernseher als Gesellschaft.
Die gerahmten Fotos von ihr und Artie, die auf dem Kamin standen, waren wie stumme Anklagen.
»Ich hab gedacht, ihr beiden wäret die Burschen, die leise an die Vordertür klopfen, höflich plaudern und mich nach einer kleinen Weile wissen lassen, daß mein Mann tot ist«, sagte sie mit bitterem Lächeln. Sie klopfte eine Zigarette aus einer halbleeren Schachten, die auf dem Kaffeetisch lag, und Crockett hielt die Flamme seines Sturmfeuerzeugs für sie hoch. »Ich habe schon zu viele . . . *höfliche* Unterhaltungen mit diesen Hohlköpfen von der Zentrale gehabt. Sie hatten nicht den blassesten Schimmer, wo er ist. Und ich habe wirklich keine Zeit mehr für höfliches und sinnloses Gerede.«
»Er ist nicht tot!« sagte Crockett sofort. »Wir haben ihn gestern gesehen. Wir sollen ihn heute wieder treffen!«
Ihre Reaktion war ein bißchen zu schnell, ein bißchen zu eifrig. Aber sie faßte sich rasch wieder, trotz der tausend Fragen, die ihr gleichzeitig durch den Kopf schossen. »Ich habe mit ihm gesprochen . . . vor sechs Wochen, glaube ich. Damals klang er erschöpft. Sah er erschöpft aus?«
»Mit ihm ist alles in Ordnung!« sagte Tubbs. »Er sah gut aus!«
Sich weiter über Arties Unternehmungen, seine Laune oder seine gegenwärtige Freundin auszulassen schien keine gute Idee zu sein.
»Wissen Sie, Artie war immer sehr zurückhaltend. Er haßte Gedränge und Partys. Er hat sich mit seiner Arbeit umgeben wie mit einem Schutzwall. Wie ein Mauerblümchen, das plötzlich der Star der Schulaufführung wird. Fast schizophren. Er war besessen von seiner Arbeit – das ist er immer gewesen!« Ihre Selbstbeherrschung zerbröckelte immer mehr. »Er . . . er versucht so sehr, überzeugend zu sein . . . Vermut-

lich ist er deshalb so gut!« Sie schluchzte einmal, griff nach einem Kleenex und verbiß sich die Tränen. »Deshalb haben sie ihm einen Auftrag nach dem anderen gegeben. Weil er so *gut* darin war, böse zu sein.« Ihr Lächeln war flüchtig, ohne Fröhlichkeit.

Crocketts Stimme war ein sanftes Flüstern, als besäße er telepathische Fähigkeiten und als könne er genau spüren, was diese Frau empfand. »Hat er Ihnen irgendwas gesagt, als Sie zuletzt mit ihm gesprochen haben, Wendy? Irgend etwas, das uns helfen könnte?«

»Er hat mich von einem Club aus angerufen. Er sagte, daß er durcheinander sei. In Sachen verstrickt. – Wirklich frustriert, daß das Bureau ihn nicht zurückholen wollte.«

Das wirkte auf Crockett wie ein Schuß durch die Brust. »Moment mal, Wendy, – Sie wollen behaupten, er hat darum gebeten, zurückgeholt zu werden?«

Sie nickte. »Mehr als einmal. Sie hatten immer dieselbe stereotype Antwort. ›Wir sind zu nahe dran, Artie, Junge, du kannst die Sache jetzt nicht platzen lassen.‹« Ihre Stimme brach. »Als wenn die Welt unterginge, wenn er aufhörte . . .«

Crockett mußte die Art und Weise bewundern, wie Wendy, sogar während sie sprach, versuchte, ihre Fassung zu bewahren. Das Stadium erregter Szenen hatte sie schon hinter sich. Die hatten sich im Privaten abgespielt und einen hohen seelischen Preis gefordert. Alles, was ihr noch übrigblieb, war eine Art bitteres Geständnis.

»Als wir heirateten, war alles ganz anders. Er bearbeitet erst seit drei Jahren diese Untergrund-Fälle. Zuerst habe ich gedacht, es hätte etwas mit mir zu tun. Aber dann kam er nach Hause, und alles war in Ordnung, wie nach einem Heilungsprozeß, wie eine Erholung von der Arbeit. Nur kamen die Aufträge immer schneller hintereinander, bis es keine Erholungspausen mehr gab, keine Unterbrechungen. Ein einziger

Urlaub in vier Jahren. Zum Teufel, was ist das für ein Leben!« Sie blies eine dünne Rauchfahne in die Luft.

Tubbs behielt seinen Partner im Auge. Crockett verstand Wendy Lawsons Kummer nur zu gut. Die bittere Wirklichkeit, daß auch er sich immer mehr in seine Rollen einlebte und sich total in seiner Arbeit für Miami Vice verlor, hatte seine Frau Caroline dazu getrieben, die Scheidung einzureichen. »Ihr seid alle Spieler!« hatte Caroline ihm gesagt.

»Action macht euch high!« Er sah den Schmerz, den man Wendy Lawson zugefügt hatte, und realisierte, vielleicht zum ersten Mal aus dem Blickwinkel eines anderen, welches Leid er Caroline angetan hatte.

Und Tubbs wußte, daß es nicht einfach eine Sache von Trennung und Scheidung war. Das Ganze war schon im Gange, als er in Miami auftauchte und Crocketts neuer Partner wurde. In der einen Woche ließ sich Crockett von Caroline scheiden, in der nächsten Woche war die Scheidung wieder abgesagt, immer dann, wenn die beiden unversöhnlich schienen, taten sie sich wieder zusammen. Das waren die Zeiten, in denen Tubbs seinen Partner nicht telefonisch auf der »St. Vitus Dance« erwischen konnte, weil er ein Wochenende bei Caroline verbrachte, in dem Schlafzimmer schlief, in dem sie früher jede Nacht zusammengewesen waren, und mit seinem sechsjährigen Sohn Billy herumalberte. Er spielte den ganz normalen Vater und Ehemann, obwohl er tief in seinem Innern wußte, daß er genau das nie sein konnte. Denn er *war* ein Spieler. So hatte Caroline ihn genannt. Tubbs wußte, daß sie eine kluge, scharfsinnige, realistische Frau war. Crockett selbst war der Romantiker, einer, der beides zugleich haben wollte.

»Er ist so gut darin!« sagte Wendy mehr zu sich selbst als zu den beiden Polizisten, die ihren sicheren kleinen Kokon aus Kummer und Warten zerbrochen hatten. »Er ist so verdammt gut darin!«

Crockett wollte ihr gerne sagen, daß sie beabsichtigten, der Sache ein Ende zu machen und Kovacs zu verhaften, so daß Artie nach Hause kommen konnte. Aber er war nicht so sicher, daß Artie in dies bescheidene Haus in diesem gutbürgerlichen Vorort und zu seinem Dienstwagen zurückkehren wollte, nachdem er den unbeschränkten Aktionsradius kennengelernt hatte, dessen sich ein Porno-König erfreute.
»Bitte!« sagte Wendy und schaute sie an. »Bringt mir meinen Mann zurück!«
Crockett stand als erster auf und rieb sich seine Hände an der Hose ab. »Ja!« Er sagte es wie ein Mann, der sich selbst eine Aufgabe stellt, von der er weiß, daß es für ihn kein Zurück mehr gibt.
Niemand kommt unbeschadet da durch, dachte Tubbs. Da kommt man nur versengt und zerbrochen heraus. Der Sieg bestand nicht im Überleben. Der Sieg bestand darin, jedesmal sowenig wie möglich zu sterben.

Crockett fädelte den Ferrari in den Parkplatz am Jachthafen, der mit *Burnett* gekennzeichnet war. Trudy hatte ihn auf dem Weg zu seinem schwimmenden Heim über Autotelefon angerufen und ihm Bescheid gesagt, daß jemand namens O'Halloran versuchte, ihn über seinen Piepser zu erreichen, der abgeschaltet im Handschuhfach des Ferrari lag. Crockett haßte diese Dinger.
»Es sollte eine Verordnung oder so was geben!« ließ er sich aus, während er und Tubbs aus dem Wagen stiegen. »Ein Gesetz, das jedem Bürger das Recht gibt, wenn so ein verdammtes Ding in einem Restaurant oder in einem Kino loslegt, es mit Stumpf und Stiel zu vernichten. Ich habe mal eins von diesen Mistdingern in der Kombüse der ›St. Vitus Dance‹ mit einem Fleischhacker umgebracht. Es quietschte, als es starb. Einer der befriedigendsten Augenblicke meines Lebens!«

Tubbs lachte, obwohl er wußte, daß Sonnys scherzhaftes Plaudern zum Teil seine Ursache darin hatte, daß er die ernste Begegnung in Wendy Lawsons Haus überspielen wollte.
Kyle O'Halloran war der Jachthafenverwalter, ein sonst liebenswürdiger Bursche, den die Kunden ›Skipper‹ nannten. Er wartete am Ende des Piers auf Crockett. Ungefähr die Hälfte der Freizeitboote war an diesem schönen, warmen Nachmittag auf See. Die übrigen lagen an ihren vorgesehenen Plätzen und schaukelten in dem plätschernden Wasser auf und nieder – die Creme der Luxusboote von Miami. O'Halloran grinste, als er Crockett erblickte, aber Crockett spürte sofort, daß etwas nicht in Ordnung war.
Hinter O'Halloran war der Pier mit zerbrochenen Strandsachen übersät – ein zerdrückter Korbliegestuhl, eine Stahlrohr-Sonnenliege mit zerrissenem Rückenteil und zerfleddertem Plastikgewebe; Fische lagen umher wie die Opfer eines Heckenschützen, deren Innereien die Holzplanken glitschig machten; ein leuchtend orangefarbenes Bikinioberteil hing an den Planken wie eine doppelläufige Schleuder; ein zerquetschter Strandball hatte sich an einem Anlegepfosten verfangen; noch mehr zerstörtes Mobiliar und Fischfangausrüstung. Dazu einer der Football-Bälle von der Universität Florida, den Sonny zur Erinnerung behalten hatte . . . ebenfalls platt, dank der riesigen Bißwunden, die durch die Oberfläche gingen. Er lag wie ein totes Hirn einen Meter neben Elvis, der sich genau in der Mitte des Piers ausgestreckt hatte, rülpste und seine schuppige Gestalt sonnte. Seine Leine, ein Stück zentimeterdicker, verchromter Industriekette, war da, wo sie sich zweimal um den fetten Hals des Alligators wand, abgebrochen.
Langsam überfiel Crockett der Horror, gefolgt von wachsendem Zorn. »Ich glaub's einfach nicht!« Er war fast unhörbar, so, als hätte es ihm die Sprache verschlagen.

Entgegen allen Erwartungen schien O'Halloran über die Maßen amüsiert. Während er Crockett und Tubbs zu Elvis' Siestaplatz begleitete, zählte er die jüngsten Schreckenstaten auf und brach zwischen den Sätzen immer wieder in lautschallendes Gelächter aus.
»Haha! Ich hab dich den ganzen Morgen lang über deinen Piepser zu erreichen versucht, seitdem er sich losgerissen hat!« sagte Skipper und bog sich vor Lachen. »Zuerst – denk dir bloß –, zuerst hat er sich an die Leute herangemacht, die ein Boot zum Fischen gemietet hatten, weißt du, diese Touristen mit ihren molligen Frauen? Er hat sie völlig um den Verstand gebracht! Zuerst hat er sie in einer Ecke auf dem Oberdeck zusammengetrieben, und während jeder versuchte herauszufinden, wie man einem Alligator gut zuredet, verschlang er den ganzen Fang des Tages – mindestens dreißig Pfund Fisch!«
Während O'Halloran wieder in Gelächter ausbrach, schüttelte Crockett ungläubig den Kopf und ging über den Abfall und die Überreste des Alligatoren-Terrors auf Elvis zu. »Zum Teufel, ich hab doch noch heute morgen, bevor ich ins Büro ging, mit ihm Frühsport betrieben . . .«
»Dann kriecht er weiter bis zur ›Elmo II‹, geht an Bord und macht einen *riesigen* Haufen auf das Vorderdeck des Hafenmeisters!«
Tubbs fing an zu lachen. Er konnte nicht länger ernst bleiben.
»Dann rutscht er in die Vorderkabine und legt sich zum Schlafen auf die Bettdecke. Mrs. Bryant schlendert herein, frisch geduscht, und verschluckt fast ihr Gebiß. Sie kreischt nach ihrem Hund, Oodles, dem Shit-Tzu. Oodles hat einen Herzanfall, und der Hund muß zum Tierarzt gebracht werden.«
»Hast du je daran gedacht, Elvis gegen einen netten Beagle oder einen Pekinesen einzutauschen?« stichelte Tubbs. Er und O'Halloran lachten beide abwechselnd. Crockett war immer noch so erschüttert, daß er ziemlich schweigsam war.

»Und dann kommt er aus der ›Elmo II‹ und entschließt sich, einen Höflichkeitsbesuch bei Rolandez, dem Vize-Konsul von Panama, abzustatten. Rolandez zieht einen Schirm und versucht sich im Lanzenstechen. Elvis frißt den Schirm. Rolandez wird ohnmächtig. Er kommt wieder zu sich, lange genug, um dich mit einer formellen Beschwerde zu bedrohen, nimmt dann zwei Aspirin zuviel, und ihm wird schlecht vor Aufregung. Das meiste, was du hier auf dem Pier siehst, gehört ihm. Elvis war ein bißchen aufgebracht . . .«

Crockett starrte direkt in die gelben Schlitzaugen des Reptils. »Du elendes . . . unbeherrschtes . . . nutzloses Stück Dreck. Du bist so gut wie tot!«

Elvis unterbrach sein tiefes Diesel-Brummen lange genug, um zu rülpsen.

»Vielleicht solltest du es mal mit 'nem Alligatoren-Training oder so was versuchen!« schlug Tubbs augenzwinkernd vor.

»Er tut das bloß, um Aufmerksamkeit zu erregen. Ich bin in letzter Zeit zu oft zu lange weg gewesen!«

»Ach ja, ganz klar!« sagte O'Halloran freundlich. »Auch Tiere haben Gefühle!«

Crockett hielt die Kette in der Hand. Man konnte unmöglich erkennen, ob Elvis sie durchgekaut oder zerrissen hatte. Er war ganz sicher gewesen, daß diese Kette alles außer vielleicht einen Lastwagen halten konnte. »Wir müssen dich in der Kajüte einsperren, du großer grüner, jugendlicher Krimineller!«

Er wußte, daß ihn das einen weiteren Digital-Wecker kosten würde. Elvis hatte eine Vorliebe dafür und verschlang sie häufig, um auf diese Weise seiner obskuren Meinung Nachdruck zu verleihen. Elvis schmeckten die Einzelteile einer japanischen Uhr so gut wie Sushi.

»Dumm-da-DUM-dumb«, verkündete Tubbs, und Crockett drehte sich um und sah die FBI-Agenten Doyle und Russo, die sich durch Elvis' Hinterlassenschaften einen Weg zu ihnen bahnten. Heute trugen sie Anzüge im vorschriftsmäßigen Blau, die Krawatten waren braun; die Socken waren immer noch weiß und die Schuhe immer noch schwarz.

»Wir haben euch gesucht!« sagte Doyle und richtete sich auf.

»Also, und jetzt, wo ihr uns mit eurem reichen Schatz an Erfahrungen auf diesem Gebiet gefunden habt, warum macht ihr da nicht schleunigst kehrt und setzt euch wieder an euren Computer?«

Doyle/Hoover und Russo/Ness blickten einander bedeutungsvoll an.

»Geht jetzt«, drängte Crockett, den diese Holzköpfe aufregten, »das fehlt mir gerade noch, daß ein paar Typen wie ihr in Petrocelli-Anzügen hier herumhängen und die Aufmerksamkeit auf mich lenken, während ich unerkannt zu bleiben versuche.«

»Als was – als Zoowärter?« schnaubte Russo. Seine verspiegelte Sonnenbrille reflektierte den Sonnenbrand auf seiner Nase.

»Hoho! Skipper, die beiden hier begehen gerade Hausfriedensbruch!«

Doyle schob O'Halloran beiseite. »Wir haben gehört, daß ihr euch mit Artie getroffen habt! Wo ist er?«

Tubbs unterbrach ihn. »Ihr Burschen seid so gut darin, Leute zu finden; also findet ihn doch selbst.«

»Das beabsichtigen wir auch!« schnaubte Russo beleidigt. »Wir sind hergekommen, um euch Nullen aus dem Verkehr zu ziehen!«

Elvis entschied, daß ihm die Wendung, die die Unterhaltung nahm, nicht gefiel. Er schlug einen Halbkreis und schnappte nach dem nächststehenden schwarzen Schuh, wobei er ein Brüllen ausstieß, das wie ein Erdrutsch in einem Bergwerk klang. Doyle und Russo sprangen respektvoll zurück. Das hätte wohl jeder getan.

»Elvis, mein Junge!« strahlte Tubbs.
Crockett hatte seinen Standort nicht verändert. »Ihr wollt uns aus dem Verkehr ziehen, *amigo*? Dann solltet ihr besser eine richterliche Anordnung unter eurem . . . hm, Anzug . . . versteckt halten. Wir denken gar nicht daran, einen Fall aus den Händen zu lassen, an dem wir über zwei Monate gearbeitet haben, nur damit das FBI in den Zeitungen 'ne gute Figur macht.«
Die beiden Männer konnten nicht umhin, jede Bewegung des Alligators genau zu beobachten. Schließlich sagte Russo: »Hier steht mehr auf dem Spiel als bloß unser Image. Wir haben gerade die Nachricht erhalten, daß Sam Kovacs seine Sachen zusammenpackt. Er verlegt sein ganzes Unternehmen nach Mexiko und schließt hier seinen Laden!«
Crockett und Tubbs warfen sich einen erstaunten Blick zu, der aber nicht länger dauerte als den Bruchteil einer Sekunde. Davon hatten sie nichts gewußt – aber wenn sie Doyle und Russo das hätten erkennen lassen, so wäre das reine Selbstverstümmelung gewesen. Tubbs griff das Stichwort auf.
»Und das nennt ihr Neuigkeiten, Jungs?« sagte er. »Was glaubt ihr denn, wer den ganzen Laden aufkauft?«
Crockett griff sofort den Faden auf. »Wir lassen den Handel mit Kovacs und Artie so über die Bühne gehen wie geplant. Ende der Durchsage!«
»Wie können wir sicher sein, daß ihr uns Artie auch wirklich übergebt, wenn ihr Kovacs erst einmal verhaftet habt?« fragte Russo.
»Das könnt ihr nicht! Komm schon, Tubbs. Wir sehen euch Jungs dann *mañana*.« Er reichte Doyle das lose Ende von Elvis' Kette. Doyle ergriff sie, bevor er wußte, was er tat. »Binde ihn für mich an, ja!«
Sie gingen zurück zum Ferrari. Tubbs deutete mit dem Finger einen militärischen Gruß an. »*Bon appetit*, Elvis!«

Elvis, der über seinen unerwarteten Babysitter enttäuscht war, brummte mächtig und kaute auf seiner Kette.

6

Jedes Eingreifen von Doyle und Russo mußte die ganze Untersuchung in Gefahr bringen. Sie hatten keine Zeit zu warten, bis ein Beweis dafür vom Himmel fiel, daß Artie Lawson zuverlässig genug für eine Zusammenarbeit war. Also entschied sich Crockett, mit dieser unerfreulichen Situation auf die einzige Art und Weise fertig zu werden, auf die er sich verstand – indem er sich Hals über Kopf hineinstürzte.

»Was zum Teufel sollen wir tun?« fragte Tubbs, während der Ferrari die Don-Schula-Schnellstraße entlangraste. »Bei Artie reinplatzen und sagen: ›Tut uns leid, wir haben das Geld vergessen, könntest du es uns bitte leichtmachen und uns sagen, ob du noch als Polizist arbeitest oder nicht?«

»Komm ja nicht auf die Idee, Rico. Wir werden reinstürmen, so tun, als wären wir außer uns vor Wut, und ihm erzählen, wir hätten gehört, daß Kovacs unterwegs in Richtung Süden ist und daß er besser keine krummen Dinger mit uns versucht, sonst würde es ihm leid tun. Ich muß diesem Burschen noch ein bißchen auf den Zahn fühlen.«

»Ich muß 'ne Menge Boden zwischen mich und diesen Burschen bringen!« sagte Tubbs düster. »Der ist umgekippt!«

»Vielleicht bekommen wir heraus, wie wir die Sache anfassen müssen, wenn wir bei ihm vorbeigehen!« Es war klar, daß Crockett die Absicht hatte, in dieser Sache seiner Intuition zu folgen, und nicht davon abgebracht werden konnte . . . Also ließ Tubbs die Angelegenheit vorläufig auf sich beruhen.

Arties Eigentumswohnung war luxuriös durchgestylt, hatte eine Lage wie ein Adlernest oder ein Schloßausguck und ei-

nen wahrhaft königlichen Blick auf den Strand und über ganz Miami. Crockett drückte auf den schimmernden Knopf, der in eine Bronzeplatte eingelassen war. Von draußen konnte man die Klingel nicht hören. Das konnte man nie bei einer Wohnung, die so viel Geld kostete.
Artie kam an die Tür, sein drahtloses Telefon unter ein Ohr geklemmt, den Finger auf dem Knopf, der die Verbindung unterbrach. »Hallo Jungs!« sagte er mit echter Herzlichkeit. »Kommt herein! Die Bar ist da drüben! Nehmt euch einen Drink, ich bin sofort mit dem Telefonieren fertig.«
Er warf die Tür zu und bewegte sich in Richtung auf das Panoramafenster am anderen Ende des gewaltigen Hauptraumes, einer Art-deco-Halle von erstaunlicher Extravaganz und schlechtem Geschmack. Tubbs amüsierte sich darüber, daß so viele der Pornohändler und Drogendealer, denen er und Sonny begegneten, davon überzeugt waren, daß Art deco klassisch und erstklassig war. Die kalten, technisch wirkenden Flächen und die simplen Dekors hinterließen in ihm ein Gefühl der Leere. Die Aufmachung war kostspielig, aber steril, was ihn nicht überraschte. Chromtische, Glasgestelle, Ledermöbel, die nicht warm, sondern tot wirkten, Oberflächen und Designs, die eher das Auge abstießen, als ihm zu schmeicheln. Die Kunstgegenstände hingen mit Nazi-Präzision gradlinig an den Wänden; alles war Großformatig-Abstraktes von der einen oder der anderen Sorte – Alpträume aus Rorschachklecksen und paranoiden Farbspritzern. Der Raum erinnerte Tubbs an einen Operationssaal, ein Ort, der gekachelt war, damit man das Blut leicht abwaschen konnte.
Er benahm sich gebührend beeindruckt, nickte zustimmend und pfiff anerkennend vor sich hin, alles in Richtung Artie gezielt. Crockett war nicht an Innendekoration interessiert; er nahm das Ambiente zur Kenntnis, ohne darum notwendigerweise davon beeindruckt oder beeinflußt zu sein. Für ihn be-

stand ein Haus aus einem Wirrwarr von Wänden und Räumen, weiter nichts. Caroline hatte das Haus, in dem sie gemeinsam gewohnt hatten, eingerichtet. Auf der »St. Vitus Dance« kam Form hinter Funktion. Crocketts Geschmack, was Dekorationen anging, neigte zu Football-Souvenirs und ungemachten Betten.

»Schau dir die Aussicht an!« begeisterte sich Tubbs mit einem lautstarken Ausruf. »Toll. Artie, du hast dir hier wirklich 'ne phantastische Wohnung angeschafft. Erinnert mich ein bißchen an meine eigene Eigentumswohnung . . .«

Crockett verdrehte insgeheim die Augen. Tubbs hatte es bislang noch nicht zu dem gebracht, was die Verwaltung »Anrecht auf eine Dienstwohnung« nannte. Er war immer noch in einem zweifelhaften Hotel einquartiert, mit kubanischen Radfahrern auf der einen Seite der hauchdünnen Pappwand, einer südamerikanischen Version der »Battling Bickersons« auf der anderen Seite und einer Rock'n-Roll-Party, die die ganze Nacht dauerte, im Stockwerk über sich. Dieser Flohpalast war im Branchenverzeichnis als Bon-Air Motel eingetragen, aber es hatte kein Schild, das Autofahrer oder Reisende hätte anziehen können. Kein Pilgersmann mit nur einem Hauch von Selbstachtung hätte sich in einer solchen Spelunke niedergelassen. Die Luxusausstattung des Bon-Air bestand in einer einzigen Kochplatte und einem tropfenden Wasserhahn. Immerhin wies das ständige »Tropf-tropf-tropf« darauf hin, daß in dieser Woche das Wasser funktionierte. Das einzige, was die Verwaltung Tubbs hatte anbieten können, war die Etagenwohnung eines verhafteten venezolanischen Drogenhändlers in Kendall gewesen – einem nur von Weißen bewohnten Vorort, dessen Einwohner in ihrer Entwicklung in der Analphase stehengeblieben waren. Er lag eineinhalb Stunden Fahrt vom Hauptquartier entfernt, was ganz und gar nicht Tubbs' Geschmack entsprach. Selbst der Kampf mit den

Schaben im Bon-Air war immer noch besser, als im Nirgendwo zu versauern.

Crockett hing an der Bar herum, einer weiteren Art-deco-Scheußlichkeit, machte aber keine Anstalten, die gewünschten Drinks einzugießen. Artie beendete sein Telefongespräch – sie konnten das, was er sagte, in dem geräumigen und kahlen Apartment nur als vages Echo hören –, schob die Antenne in den Apparat zurück und legte ihn weg. Crockett begann das Gespräch: »Artie, mein Junge, wir haben angefangen, uns zu fragen, ob du vielleicht deine Meinung über unser Geschäft geändert hast!« Er betrachtete interessiert seine Fingernägel.

Artie schaute sie beide an. Er hatte sein geschäftsmäßiges Lächeln aufgesetzt – derselbe Ausdruck von glücklicher Sorglosigkeit, wie man ihn eigentlich nur in der Gesellschaft von guten Freunden zeigt. Diesen Ausdruck hatte Tubbs bei ihm gesehen, bevor er Renny, den Geldboten, zusammenschlug.

»Warum sollte ich meine Meinung ändern wollen, Sonny? Glaubt ihr, ich lasse mich hier auf etwas ein, mit dem ich nicht fertig werde?« Er goß sich einen doppelten Scotch in ein Kristallglas mit dickem Boden und schüttete es mit einem Zug in sich hinein. »Kein Problem. Ich meine, ihr seid doch einfach ein paar ehrliche Cowboys aus Jersey mit dem Koffer voll Bargeld!«

Ein eigenartiges Glitzern kam in seine Augen. »Ist es nicht so, . . . Detectives?«

Bevor Crockett oder Tubbs reagieren konnte, schmetterte er das Glas so hart auf den Tisch, daß die ganze Bar dröhnte. »Ich habe meinen FBI-Code benutzt, um die Telefonnummer zu überprüfen, die ihr mir gegeben habt!« Mit tödlicher Ruhe sagte er dann: »Wollt ihr mich umbringen?« Dann änderte er die Tonart und brüllte: *»Ich arbeite hier an einem Fall!«* Der unbändige Zorn flackerte in seinen Augen.

»Moment mal!« unterbrach Tubbs ihn. »Bist du da völlig sicher?«
Artie wirbelte herum. »Was zum Teufel soll das heißen?«
Tubbs paßte sich seiner Tonart an. »Das heißt, daß du seit Wochen keinen Kontakt zum Bureau und zu deiner Frau aufgenommen hast. Du hast deinen Wagen stehengelassen, die Wohnung aufgegeben, die man für dich eingerichtet hat, und deine eigenen Leute haben keinen blassen Schimmer, wo sie dich finden können!«
»Artie!« sagte Crockett und unterbrach Tubbs: »Die vom Bureau denken, daß du zur anderen Seite übergelaufen bist!«
Artie zischte bösartig abgehackt, wobei er mit dem Finger in die Luft stieß: »Ich habe es nicht nötig, meine Methoden von euch oder irgend jemandem sonst in Zweifel ziehen zu lassen! Wenn ich die strategische Entscheidung fälle, die Sache zu vereinfachen und die Vorschriften in den Mülleimer zu werfen, so ist das meine Entscheidung, du Schlaumeier. Denn es ist einzig und allein meine Haut, die ich hier zu Markte trage!«
Jedenfalls regte sich Artie wie ein Polizist auf.
»Ich habe Tonbänder, Akten . . . das Geschäft mit der Prostitution, mit den Kinder-Pornos und die Erpressung von Regierungsbeamten sind voll dokumentiert – und noch mindestens sieben Morde dazu. Ich kann Kovacs auffliegen lassen, wann immer ich will!« Er war störrisch geworden und verteidigte sich zu heftig.
»Und worauf wartest du dann noch?« Crocketts Stimme war leise und höflich – ruhige Normalität, die der starken Spannung in Arties Persönlichkeit gegenübertrat.
»Wenn ich ihn in den Knast bringe, dann soll er auch drin bleiben!« schrie Artie. »Wenn ich sein Schiff zum Sinken bringe, dann soll es so tief sinken, daß er nie wieder hochkommt!«
»Und wer hat Peggy umgebracht?« fragte Tubbs. Es war keine freundliche Frage.

»Was sagst du?« Artie war völlig aus der Bahn geworfen. Oder hatte er bloß dieses kleine Detail ebenfalls aus seiner Erinnerung gelöscht? »Wovon redest du?«
»Wir haben sie gestern aus dem Swimming-pool gefischt. Der Leichenbeschauer dachte zuerst an 'ne Überdosis, bis er die Quetschungen an ihrem Hals fand. Jemand hat ihr einen freundschaftlichen Besuch abgestattet, sie so voll mit Drogen gestopft, daß sie ihren eigenen Namen nicht mehr wußte, sie dann zum Pool geführt und so lange unter Wasser gedrückt, bis sie zu atmen aufhörte.«
Das war auch für Crockett neu, der sich zurückhielt und beobachtete, wie Artie plötzlich in Verwirrung geriet und seine Stimme dünn wurde. »Oh, mein Gott . . . das hab ich nicht gewußt.« Er schüttelte den Kopf. »Nein. Sam hat mir erzählt, daß es 'ne Überdosis war . . . sie war doch noch ein Kind, um Gottes willen. Ein kleines . . .« Hilflos ließ er die Arme sinken. Er vergaß, was er noch sagen wollte.
Crockett griff ein. »Artie. Hör mir zu, Mann . . .«
»Zum Teufel, alles gerät völlig durcheinander, versteht ihr . . . alles um mich herum bricht zusammen . . .«
Crockett hielt ihn davon ab, automatisch nach der Scotch-Flasche zu greifen. Artie ließ das zu.
»Ich weiß, auf was du dich da eingelassen hast«, sagte Crockett mit allem Mitgefühl, das er nur aufbringen konnte. »Ich mache so etwas seit zehn Jahren, und es hat mich meine Frau, einige Partner und mehr Freunde gekostet, als ich zählen kann. Die Rolle zu leben, sich so tief darauf einzulassen, daß man sie atmet, sie mit allen Fasern erlebt, bis man sie *ist*! Das laugt einen aus. Das kostet. Das kostet auch dich. Schau dich bloß an und sag mir, daß ich lüge.«
Artie starrte ihn mißtrauisch an und sagte nichts. »Laß uns Kovacs zusammen zur Strecke bringen«, sagte Crockett. »So schnell wie möglich. Heute.«

Arties Kopf arbeitete auf Hochtouren. Jetzt war er wieder derjenige, der die Karten austeilte. »Einverstanden. In Ordnung . . . Ich werde euch zwischen fünf und sechs anrufen. Und wir werden Kovacs hochgehen lassen. Wie im Bilderbuch.«
Tubbs war da nicht so sicher.

Crocketts Wirklichkeit veränderte sich auf eigenartige und durchaus spürbare Weise. Wenn Lou Rodriguez noch am Leben gewesen wäre, dann hätte er sie angeschnauzt: »Wo zum Teufel seid ihr beide gewesen?«
Aber Lou war tot. Castillo hatte seinen Platz eingenommen. Und von Castillo bekamen sie nur »den Blick« – ein starrer, wortloser, anklagender Gesichtsausdruck, der suggerierte, daß sie gerade in einem verwunschenen Haus die falsche Tür geöffnet hatten.
Tubbs konnte sich nicht entscheiden, ob er seine Jacke anlassen oder sie ausziehen sollte, und er fragte sich, ob er sich je an das Klima von Miami gewöhnen würde. Er bemerkte Crocketts unsichere Haltung.
»Ich will dir mal sagen, was ich denke, Sonny. Ich denke, diese Geschichte wird von Minute zu Minute verrückter, und wenn man unseren Freund Artie auch nur mit dem kleinen Finger anstoßen würde, dann würde er in die Luft fliegen, und wir alle mit ihm.«
Crockett schüttelte den Kopf und baute sich eine, für ihn typische, halsstarrige Verteidigungsposition zusammen. »Ich weiß, daß wir mit diesem Burschen arbeiten können, Rico. Er hat sich im Griff. Er ist nur durcheinander.«
»Du verlierst noch den Verstand wegen dieses Knaben – er steckt dich an. Und er hat schon über dem, was er tut, den Verstand verloren. Artie weiß nicht mal von einer Sekunde zur anderen, was er gerade tut. Zuerst ist er ›cool‹, dann benimmt er sich wie ein Psychopath, dann ist er verwirrt. War-

um sollte er uns eher unterstützen als diese Dummköpfe vom Bureau?« Mit Bedacht schüttete er sich eine Tasse Kaffee aus dem Killer-Topf ein. Er brauchte alle Säure, die er kriegen konnte, um seinen Ärger so lange wachzuhalten, bis er alles gesagt hatte, was zu sagen war, ehe Sonny anfing zu brüllen.
»Wovon redest du eigentlich?« Es war fast, als wäre Crockett abgelenkt und hörte Tubbs' Bedenken überhaupt nicht. Dann sprang er darauf an. »Glaubst du, du könntest mit der engstirnigen Mentalität fertig werden, die Artie wahrscheinlich bei Hoover und Ness erlebt – oder wie auch immer diese Typen sich nennen? Vielleicht hat er sich deshalb abgesetzt?«
Er hatte sich sein Waffenhalfter aus naturfarbenem Leder ausgezogen; das Schulterhalfter, die schwere matt-polierte Bren-Ten-Automatik und zwei zusätzliche Magazine lagen in einem unordentlichen Haufen auf seinem Tisch. Die Bren – eine der ersten großen 10-mm-Waffen in diesem Lande – hatte Crockett einer Beschlagnahmung zu verdanken, und Tubbs hatte gesehen, daß die Munition Kaliber 40, mit der sie schoß, 'ne ganz schöne Wucht hatte. In Crocketts Hand wirkte sie wie eine 45er, mit breiterem Griff wegen der größeren Clips, die für die stärkere Munition erforderlich waren. Es war ein eindrucksvolles Stück Waffenschmiedekunst . . . und da nahm es nicht wunder, daß die bösen Buben sie zuerst hatten.
»Du weigerst dich zu sehen, wie weit vom Kurs Artie schon abgekommen ist«, sagte Tubbs ohne Feindseligkeit, aber mit wachsendem Verständnis. »Weißt du auch, warum? Weil er für dich überhaupt nicht existiert. Wenn du Artie anschaust, dann siehst du dich selbst, *compadre*.«
Crockett schaute ihn an. Nicht wütend. Konnte das stimmen?
Castillo war ohne Vorwarnung hinter ihnen aufgetaucht. Der Klang seiner Stimme ließ sie herumfahren. »Gina hat Verbindung aufgenommen zu Arties Pornostar-Freundin. Sie behauptet, daß Artie sie zusammen mit Kovacs mit nach Mexi-

ko nimmt, und sie hat Gina die Flugscheine gezeigt. Ausgestellt auf Mr. und Mrs. Rollins. Ich glaube, euer Verbindungsmann ist weit vom Weg abgekommen, Detective Crockett. Ich will ihn zurückholen, bevor er sich davonmacht.«

Päng! Crockett schlug mit der flachen Hand auf den Schreibtisch. Er sprang aus seinem Stuhl hoch, und seine Augen suchten etwas, woran er seine Wut auslassen konnte. Er stand dem unbeweglichen Castillo gegenüber. Ruhiger geworden, sagte er: »Nein.«

Tubbs mischte sich ein. »Tun Sie's nicht, Lieutenant. Überlassen Sie die Sache unserem eigenen Urteil. Wir wissen, daß der Bursche auf der Kippe steht, wir wissen, wie unsicher das Ganze ist. Aber Sonny hat sich nur aufgeregt, weil wir *so* nahe dran sind!« Er hielt Daumen und Zeigefinger wenige Millimeter auseinander. »Wir sind bei Artie Rollins ganz nahe dran, Mann! Sie müssen bei unserem Plan mitziehen!«

Castillos dunkler Blick glitt von Crockett zu Tubbs. Sein Gehirn verarbeitete die Mitteilung. »Was ist euer Plan?«

»Lassen Sie Artie draußen auf der Straße, und er wird uns Kovacs abliefern. Heute abend.«

Castillo nickte langsam. Tubbs wurde klar, welche enorme Grube er für sich und Sonny grub, sollte sich heute abend erweisen, daß Arties Charakter nicht von reinem Gold war. Er war für Crockett in die Bresche gesprungen, ohne sich dessen bewußt zu sein, daß er in Gegenwart von Castillo um 180 Grad von der Diskussion abgewichen war, in die er mit Sonny verstrickt gewesen war. Er war nicht einmal sicher, ob er diese Verantwortung übernehmen konnte; er hatte einfach das getan, was er für richtig hielt.

»Detective«, sagte Castillo zu Crockett, »Sie werden nie mehr in diesem Ton mit mir reden.«

Crockett erstarrte.

Zu Tubbs gewandt, sagte Castillo: »Holen Sie sich die fünf-

hunderttausend ab.« Er drehte sich um und konzentrierte sich auf andere Geschäfte.
»Charmant«, sagte Crockett. »Ich werde Artie anrufen.« Während er die Nummer wählte, schaute er hinüber zu Tubbs. »Danke, Partner.«
Tubbs nickte bloß. Er wünschte sich nichts sehnlicher auf der Welt, als daß diese Nacht vorüber wäre.
Arties Telefon klingelte, bis Crockett aufgab. Als sie zu Arties Wohnung rasten, fanden sie diese vollständig ausgeräumt. Artie hatte seine Sachen gepackt und war verschwunden.

7

Sie trieben sich auf der »St. Vitus Dance« umher, schlugen die Zeit tot und warteten. Das war alles, was sie tun konnten.
Die Tatsachen, die gegen Artie sprachen, häuften sich in einer spektakulär häßlichen Weise. Die Kraftfahrzeugmeldestelle hatte das Fahrzeug identifiziert, das ungefähr eine Viertelstunde vor ihrer vermutlichen Todeszeit vor dem Haus gestanden hatte, in dem Peggy MacGraw wohnte: Es war Arties Lincoln.
Crockett gab seine »Tiger-im-Käfig«-Vorstellung, indem er auf seinem schwimmenden Heim hin und her rannte, und darüber nachdachte, daß er jetzt mit Sicherheit seinen Job verloren hatte, während die Uhr unbarmherzig von fünf auf sechs rückte und die Sonne unterzugehen begann . . . nicht nur über dem Atlantischen Ozean, sondern auch über der Zuverlässigkeit seiner Intuition.
Er überprüfte erneut das Telefon. »Ich wollte nur sicher sein, daß es richtig auf der Gabel liegt!« entschuldigte er sich lahm.
Tubbs sprach aus, was für ihn klar auf der Hand lag. »Wenn Artie anrufen wollte, dann hätte er das vor einer Stunde getan. Er ist mit Sicherheit auf und davon . . .«

Elvis war unter Deck verbannt. Nachdem er den Hafen verwüstet hatte, hatte Crockett ihn in der vorderen Kabine eingesperrt. Nach ein paar Augenblicken in der Gesellschaft des Alligators waren die FBI-Agenten Doyle und Russo unendlich dankbar gewesen, entkommen zu können und das Geschäft einem Amateur-Tierwärter, »Skipper« O'Halloran, zu überlassen. Crockett setzte seine Runden fort, das Gesicht ernst, die Zähne fest zusammengebissen, aufs äußerste angespannt.
»Ich hoffe, du überlegst dir, wie wir uns bei Castillo aus dem Schlamassel ziehen können!« meinte Tubbs. »Nach dem, was ich gesehen habe, ist der Bursche wohl nicht gerade für seine Menschlichkeit und Wärme berühmt!«
»Wir können kein Verständnis erwarten. Nicht für ein Desaster dieser Größenordnung. Zwei Monate harter Kleinarbeit . . .« Er schlug sich mit der Hand an die Stirn. »Und sich dann von einem Burschen vom FBI ausmanövrieren zu lassen. Selbst von einem so guten Mann wie Artie.« Er versuchte, seine Depression mit künstlich angeheizter Hoffnung zu vermindern. »Vielleicht gibt's noch 'ne andere Kontaktmöglichkeit . . .«
»Wir haben schon alles versucht außer ›Wolfie's Delikatessenladen‹ und ›Radio Freies Cuba‹. Gina und Trudy haben sogar Becky Dalton schon zweimal durch den Computer laufen lassen. Sie hat genausowenig Kontakt zu Artie wie wir. Wir sind völlig aufgeschmissen!«
Crockett zog sich das Hemd aus und rieb sich ab. »Ich gehe nach unten. Willst du 'n kaltes Bier?«
»Ja! Wir können genausogut auch besoffen sein, wenn sie kommen, um uns unseren Job wegzunehmen!«
Crockett lachte bitter und nickte zustimmend. Als er die Luke öffnete, hatte er Elvis vor sich, der ihn mit einem lauten Alligatoren-Gebrüll begrüßte, das die Segelleinen vibrieren ließ. Als er unten angekommen war, brüllte auch Crockett los.

Elvis kroch zum hintersten Ende des Schiffes. Zwischen den scharfen Zählen seines zu einem beständigen Alligator-Grinsen verzogenen Maules hing wie in einem Schraubstock ein Plattenalbum. Oder vielmehr, wie Tubbs bei genauerem Hinsehen bemerkte, ein halbes Plattenalbum.
Crockett raste nach oben und schrie sich seine Wut von der Seele. »Du schlitzäugiger Hundesohn! Du bist eine Schande für deine Rasse! Jetzt reicht's mir! Es ist aus mit unserer Freundschaft!« Er rieß seine Bren aus der Lederhülle, entsicherte sie und richtete die Waffe genau zwischen Elvis' goldene Augen.
Tubbs sprang auf. »He, Crockett! Beruhige dich, Mann!«
Elvis ließ ein dröhnendes Gebrüll los. Wenn Sonny mit ihm seine Kräfte messen wollte, dann war er dabei. Das Geräusch ließ Tubbs erschaudern.
»Mich beruhigen? Dieser amphibische Mistkerl hat gerade neunzig Prozent meines Waylon-Jennings-Albums verschlungen!«
Tubbs trat einen Schritt zurück und zuckte mit den Schultern. »Na und? Das ist kein großer Verlust!« Seiner Meinung nach waren Country- und Westernmusik noch schlimmer als eine Zahnwurzelbehandlung.
Schweratmend, mit hochrotem Gesicht schrie Crockett ihn an: »Du hast überhaupt kein Gefühl, Tubbs! Überhaupt kein Herz! Keinen Geschmack! Und *du* –« Er wandte sich zu Elvis, der jetzt in einer Ecke hockte. »Was ist mit dir los? Wie würde es *dir* gefallen, wenn jemand *deine* persönlichen Besitztümer zerkauen würde! Du barbarischer –.« Ärgerlich warf er das verstümmelte Plattenalbum, das er in der Hand gehalten hatte, über Bord und raste nach unten in die Kajüte. Man hörte, wie dort einiges zu Bruch ging, dann sprang er buchstäblich zurück nach oben, wobei er Elvis' blaue Decke zusammengeknüllt in der Hand hielt. Die Waffe war wieder auf Elvis' gepanzerten Schädel gerichtet.

»Siehst du das?« Zu Tubbs gewendet: »Siehst du die Decke hier? Elvis liebt diese Decke – sie ist das, was ihm am *allerliebsten* auf der Welt ist! Wie wäre es, wenn ich die einfach über Bord werfen würde? *Wie würde dir das gefallen, he?*«
Der Alligator ließ erneut sein Brüllen hören. Wie sich die Dinge jetzt entwickelten, gefiel ihm ganz und gar nicht! »Komm, komm, du elendes Monster! Hol sie dir! Das hier geht nur dich und mich was an! *Versuch es nur!*«
Elvis brüllte, und Sonny schrie zurück, Kopf an Kopf, und Tubbs, der diese ganze Wahnsinnsszene beobachtete, sank in seinen Sessel zurück, hielt sich den Bauch und lachte, bis er sich fast einen Bruch holte.
»Und was ist mit dir los?« kreischte Crockett.
Nach Luft schnappend, brachte Tubbs hervor: »Nun reiß dich mal zusammen, Mann, – wenn du dich selbst so sehen könntest!«
Crockett stand mit bloßer Brust an der Reeling, hielt die Decke über das Wasser und hatte die Bren entsichert, um den armen Elvis ins Alligatoren-Fegefeuer zu pusten. Langsam kam Sonny wieder zu sich. Er ließ den Abzug los. Die Decke warf er voller Abscheu Elvis zu, der sich auf sie stürzte, als wenn sie die Geheimnisse des Universums enthielte, und mit ihr unter Deck rutschte, um sie vor seinem verrückten Herrn in Sicherheit zu bringen.
»Wau! Alles gerät aus den Fugen, Mann . . .«
»Das ist genau das, was Artie sagte, erinnerst du dich noch?«
Crockett stieß einen langen Stoßseufzer aus. »Ich weiß überhaupt nichts mehr. Wirklich nicht!«
»Was war nun mit dem Bier?«
»In Ordnung. Du willst – ?«
Tubbs unterbrach ihn, denn er kannte die Frage. »Bring mir 'ne Flasche von dem Hofmeister Lager, wenn du noch eine hast.«

»Kein amerikanisches Bier, hm?« Er ging wieder nach unten.
»Schmeckt zu sehr nach Alka-Seltzer und zuwenig nach Bier«, sagte Tubbs, der damit eine der Meinungsverschiedenheiten bekräftigte, die ihre Freundschaft lebendig hielten. »'ne Limonade hat mehr Pep als diese gelbe Brause, die du so liebst, für die beim Football Reklame gemacht wird.«
»Snob!« blödelte Crockett, als er wieder nach oben kam, eine Flasche in der einen Hand, in der anderen eine Aluminium-Aufreißdose.
Als das Funktelefon klingelte, ließ er beides beinahe fallen. Einen Herzschlag lang waren sie beide wie gelähmt, aber Sonny war am Apparat, bevor das erste Klingeln zu Ende war.
»Ja?«
»Ihr habt doch nicht etwa geglaubt, ich ließe euch im Stich, oder?« Das war Arties Stimme, gepreßt, vorsichtig und rauh.
»Wo zum Teufel bist du gewesen?«
»Hatte noch einiges zu erledigen. Sam verschwindet morgen aus der Stadt.«
»Und wann verläßt *du* die Stadt, Artie, mein Junge?« Crocketts Ton war schneidend und feindselig.
»Was soll das denn heißen?«
Crockett behielt die Situation in der Hand. »Hast du die Reise nach Mexiko bei einem Quiz gewonnen? Ich habe den Kopf für dich hingehalten! Oder bist du vielleicht der Bursche, der entschieden hat, daß Peggy MacGraw 'ne kleine Wassertherapie braucht?«
»Was glaubst du, wer ich bin?« schnappte Artie beleidigt zurück.
»Das frage ich mich gerade. Dein Lincoln wurde dort gesehen, Supermann!«
Am anderen Ende hörten sie einen scharfen Seufzer, als ob Artie mit sich kämpfte, ob Crockett und Tubbs überhaupt eine Erklärung verdient hatten. »Ich habe Kovacs' Leibwäch-

ter da abgesetzt. Alonzo. Er sagte, Kovacs hätte ihn geschickt, um Peggy ein Flugticket und Reisegeld zu geben. Ich habe den Flugschein selbst gesehen.«

Das hörte sich plausibel an, aber zu knapp. Es erklärte auch Arties Erstaunen, als er am Abend zuvor von Peggy MacGraws Tod erfuhr.

»Hör zu, Crockett, ich werde das mit der Reise nach Mexiko später erklären; jetzt müssen wir sofort Kovacs hochnehmen. Macht ihr Jungs mit oder nicht?«

Das war es: ein Ultimatum. »Wo soll der Deal stattfinden?« sagte Crockett und griff nach seinem Schulterhalfter.

»Das habe ich noch nicht feststellen können. Wahrscheinlich muß alles blitzschnell gehen. Wenn ihr Unterstützung organisieren wollt, so will ich davon nichts erfahren. Ihr müßt das allein erledigen. Vergeßt nicht – das hier ist *mein* Fall.«

»So weit, so gut. Wo?«

»An der Ecke 23. und Biscayne. Ich hab Sam gesagt, wir würden euch da um 11.30 Uhr abholen. Kennst du die Stelle?«

»An der Nord-Ost-Ecke ist ein Gebrauchtwagenhändler«, sagte Crockett. »›Waldos nagelneue Gebrauchtwagen‹.«

»Genau. Bringt das Geld mit.« Es klickte, als der Hörer ohne weitere Abschiedsworte aufgelegt wurde.

Crockett starrte eine Weile auf das Telefon in seiner Hand und hängte dann ein. »Heute nacht sind wir dabei.«

»Du lächelst überhaupt nicht«, sagte Tubbs.

»Das ist genauso undurchsichtig wie alles übrige. Könnte ja auch nur eine Finte sein, um an unsere fünfhunderttausend zu kommen, bevor sie sich ins sonnige Mexiko davonmachen. Aber er hat gesagt, wir könnten unsere eigene Unterstützung organisieren. Was meinst du dazu?«

»Wenn sie sich wirklich mit uns treffen wollen«, überlegte Tubbs. »Also . . . wir brauchen eine Abhöreinrichtung, damit wir Kovacs aufs Band bekommen. Wir brauchen Verfol-

gerwagen. Wir müssen so viele Verfolger in der Gegend postieren, daß wir ihn nicht verlieren.« Er nippte an seinem Bier. »Ich rufe Castillo an. Er soll Lester Kosko sagen, daß er heute nacht lange aufbleiben muß.«
»Sieht aus, als wäre der Anruf gerade noch rechtzeitig gekommen«, sagte Tubbs.
»Du meinst, er war . . . strategisch günstig? Darüber habe ich auch schon nachgedacht.«
Auch Tubbs hatte das getan, aber er sagte nichts dazu.
»Also, Mann, ich wollte dir gerade ein Steak spendieren, um dich aufzumuntern.«
»Wir haben genug Zeit«, sagte Crockett grinsend. »Wir könnten uns das, was übrigbleibt, einpacken lassen und sagen, es wäre für den Hund, und es dann Elvis mitbringen. Das ist das einzige im ganzen Hafen, das er heute noch nicht gegessen hat.« Von unten kam wie als Erwiderung ein tiefes Grunzen, das möglicherweise ausdrücken sollte, daß der einzige weitere Bewohner der »St. Vitus Dance« den Wunsch nach einem halbdurchgebratenen Sirloin-Steak hatte.
»Keine Zeit«, entgegnete Tubbs. »Nicht, wenn wir alle Verfolgerwagen koordinieren müssen. Ich hab das Gefühl, daß Castillo verdammt gründlich ist, wenn es um solche Einzelheiten geht.«
»Ja, du hast recht. Tut mir leid, Elvis.«
Castillo htte mindestens zehn Kriminalbeamte und eine ganze Reihe uniformierter Polizisten für diese Blitz-Operation zusammengetrommelt. Sie alle saßen wartend herum, rauchten, versuchten ihr Glück mit dem Kaffee oder nörgelten über den Extra-Dienst – einige gutgelaunt, andere nicht.
Als Crockett hereinkam, drückte ihm Castillo einen Zettel in die Hand. »Ich habe die Leute, die die Verfolgung aufnehmen sollen, in verschiedene Gruppen eingeteilt. Hast du mit irgendwem besondere Probleme?«

Crockett überflog das Schema, das mit dünner, exakter Handschrift geschrieben war. Castillo würde in dem Kleinlaster mitfahren, der die Aufnahmegeräte für die Wanze enthielt. Gruppe Nummer eins und Nummer zwei bestanden aus Switek und Gina, Trudy und Zito in ihren eigenen Wagen. Brannigan und Ruiz saßen in einem schäbigen Charger, der unter der Haube einen starken Motor versteckte. Moore und Jones, Thomas und Johnson fuhren in Behördenwagen ohne besonderes Kennzeichen.

Auf einem Gestell lag eine Karte des Zielgebietes, farbige Stecknadeln kennzeichneten die Warteposten für die Verfolger-Teams. »Hört zu«, sagte Crockett, nachdem Castillo ihn dazu aufgefordert hatte. »Haltet die Verfolgung ganz unauffällig, mindestens anderthalb Block Abstand. Der Lieutenant hier wird über die Abhöranlage erfahren, wenn es Ärger gibt. Ich will nicht, daß die Sache wegen einer nachlässig durchgeführten Verfolgung vermasselt wird.« Er dachte an die auffällige Verfolgung, die Doyle und Russo inszeniert hatten, die glücklicherweise keinen blassen Schimmer von dem Unternehmen hatten, das eine halbe Stunde vor Mitternacht stattfinden sollte.

Ein Mann, den Crockett nie zuvor gesehen hatte, wickelte Klebeband um Tubbs nackten Oberkörper, um die Wanze unter seinem Hemd festzumachen. Er hatte Pickel, kaute an einem Zahnstocher, trug einen Ohrring und dauergewelltes Haar.

»Autsch!« Tubbs verzog das Gesicht, als er ein paar Locken seiner Brusthaare opfern mußte. »Geh vorsichtig damit um, Slick!«

»Zum Teufel, wer ist das?« fragte Crockett. »Wo ist Lester?« Er schaute sich suchend um; der kleine Überwachungsspezialist war nicht zu sehen.

Als der picklige Abhörmann sprach, fiel Asche von der Filter-Pall Mall, die in seinem Mund hing, auf Tubbs Hose.

»Lester wurde nach Broward County ausgeliehen. Er soll Abhöranlagen in ein Dampfbad einbauen. Da findet ein Treffen von hochkarätigen kolumbianischen Gangstern statt. Halt still.«

Tubbs streckte seine Arme in die Luft, während der Bursche das Mikrofon genau unter seiner linken Brustwarze befestigte. Crockett drehte sich um, suchte Castillo und fragte: »Versteht dieser Typ denn was davon?«

Der Bursche schaute mit vorwurfsvollem Blick zu ihm hoch. »Mein Name ist Audio Audie, Großmaul. Vielleicht möchtest du das hier ja selbst machen?«

Crockett stellte fest, daß er offenbar auf alles, was nicht ganz normal oder irritierend erschien, übel reagierte, und er ließ die Sache auf sich beruhen. Als er sich umdrehte, stand Castillo vor ihm.

»Ich hab's gezählt«, sagte er. »Und das werden Sie auch tun, bevor es diesen Raum verläßt.«

Crockett sagte: »Das ist doch sonnenklar.« Aber in Wirklichkeit dachte er: *Das hat mir gerade noch gefehlt, Lieutenant.* Castillos Altweibermanieren konnten einen schon wahnsinnig machen.

Auf der anderen Seite schien er genau zu wissen, was er tat. Streng nach Vorschrift, aber mit Durchblick. Er fragte sich, was dieser Mann gesehen, getan oder erlebt hatte, das ihn zu dem eiskalten Burschen gemacht hatte, der gekommen war, um die Zügel von Miami Vice in die Hand zu nehmen.

Tubbs gesellte sich zu ihnen, wobei er sein geblümtes Rohseidenhemd zuknöpfte. »Weißt du was, Sonny?« sagte er mit halber Stimme. »Castillo ist ein *merkwürdiger* Typ.«

Crockett nickte schweigend. Also hatte er sich das nicht nur eingebildet. Auch Tubbs hatte es bemerkt.

Er verglich die Wanduhr mit seiner eigenen Uhr. Es war 10.00 Uhr. Das Warten war immer das Schlimmste.

8

»Sucht ihr 'ne Mitfahrgelegenheit?«
Eine langgestreckte weiße Limousine hielt vor »Waldos nagelneue Gebrauchtwagen«. Nach Sonnys Rolex war es genau 11.30 Uhr und dreißig Sekunden. Er und Tubbs standen neben einem Straßenbaum und einem Briefkasten, rauchten, beobachteten die leere Straße. Heute gab es hier keine Action.
Die Stimme gehörte Artie. Die Tür sprang einladend auf, und der Einladung folgte eine Art wissendes Gelächter. Es war ein Insider-Scherz, der Crockett/Burnett und Tubbs/Prentiss durchaus nicht ausschloß.
Unter den trüben 40-Watt-Lampen des Straßenkreuzers saß Sam Kovacs, neben ihm ein kahlköpfiger Gewichtheber, der einen Trainingsanzug und Schuhe mit dünnen Sohlen trug. Er hatte einen geschwungenen Schnurrbart und schwarze Zigeuneraugen. In dem winzigen Raum zwischen seinem aufgeblähten rechten Bizeps und seinem massiven Körper war der matte Schimmer eines Magazins zu sehen, das fest in einer 45er Automatik steckte.
Unter allgemeiner Begrüßung stiegen Crockett und Tubbs ein und setzten sich auf die leere Polsterbank gegenüber von Kovacs, seinem Leibwächter und Artie, der links von Kovacs saß. Auf dem Seitensitz war ein lockenhaariger Mulatte mit goldbesetzten Zähnen. Er trug eine Wraparound-Sonnenbrille nach Art der Punker mit grell pinkfarbenem Gestell. Neben seinem Einzelsitz stand unauffällig eine Ingram MAC 10 mit einem doppelt langen Magazin.
Noch ungefähr dreißig Sekunden, bevor sie von dem Wagen aufgenommen wurden, hatte Tubbs die Wanze überprüft. Der Scheinwerfer des Überwachungswagens, der mit Castillo, einem Fahrer und Audio Audie, der vor seinen Tonbandgeräten

hockte, einige Blocks weiter südlich parkte, hatte auf sein Stichwort hin zweimal geblinkt. Die Wanze saß bequem und ganz natürlich und war durch die Seide hindurch nicht zu erkennen.

»Nett, euch wiederzutreffen«, sagte Kovacs mit echter Herzlichkeit. »Wollt ihr einen Drink?«

Im Laster hielt Castillo ein Paar Kopfhörer an sein Ohr. *»Ist das der Barkeeper?«* hörte er Tubbs fragen. Arties Stimme erwiderte: *»Alonzo ist nur zur Dekoration da. Der Bursche hier neben dir ist Jade. Der sagt auch nicht viel.«* Alles schien ganz klar übertragen zu werden. Die Tonbänder liefen. Er gab den Kopfhörer an Audio Audie zurück. Als Kovacs' Limousine wieder anfuhr, wartete Castillo einen Augenblick und gab dann dem Fahrer ein Zeichen: »Los.«

»Also«, sagte Crockett, »es sieht ja so aus, als ob ihr schwere Artillerie auffahrt, bloß um ein schlichtes, kleines, freundschaftliches Geschäft abzuschließen.« Das war für Castillo das Stichwort, daß wenigstens einer der Verbrecher in der Limousine schwer bewaffnet war.

»Das ist für später«, sagte Kovacs beruhigend. »Das hat nichts mit euch zu tun. Ich verlasse das Land für eine Weile, und ich hab noch tausend Dinge in letzter Minute zu erledigen, versteht ihr.«

»Auf jeden Fall.« Tubbs stellte den Aktenkoffer mit dem Geld zwischen seine Füße. Alonzo, der schnurrbärtige Muskelmann, der aller Wahrscheinlichkeit nach Peggy MacGraw's Mörder war, saß da und starrte stumpf vor sich hin, die kräftigen Arme gekreuzt, die Beine ebenfalls, wie ein britischer Kanalschwimmer, der für ein Foto posiert. »Ich nehme an, wir fahren zu einem Lagerhaus?«

»Richtig«, sagte Artie, »das heißt, wenn ihr ein Geschenk für Sam mitgebracht habt.«

»Darauf kannst du wetten.« Tubbs hob den Aktenkoffer

hoch, ließ die Metallschlösser aufspringen und öffnete ihn. Sofort schnappte sich Jade sein Maschinengewehr und richtete es auf die Brust von Tubbs.
»Tu das verdammte Schießeisen weg«, herrschte Artie ihn an. Der Mulatte tat, was man ihm sagte. »Jade verhält sich sehr reaktionär gegenüber Aktenkoffern, wenn er nicht weiß, was drin ist«, erklärte er. »Er hat einmal bei einem überraschenden Angriff aus einem Aktenkoffer einen Schuß in den Hals bekommen.«
»Mir gefällt der Stil, in dem ihr eure Geschäfte macht«, sagte Tubbs, dessen Grinsen immer noch etwas säuerlich war. Er haßte es, wenn man Waffen auf ihn richtete. Das schränkte seine Handlungsfreiheit beträchtlich ein. Er ließ den Deckel des Aktenkoffers offen und drehte ihn herum, um das Geld vorzuzeigen.
»Das ist die eine Hälfte – 250 große Scheine«, sagte Crockett. »Die andere Hälfte wird auf magische Weise erscheinen, wenn wir die Ware geprüft haben.«
»Das läßt sich hören.« Kovacs schien zufrieden.
»I ma mei gefte grn f umr cher«, sagte Crocketts Stimme, die über den Lautsprecher in den Übertragungswagen kam. Castillos Kopf fuhr herum, irritiert, aufgeregt. Seine Augen starrten zuerst auf den Lautsprecher und dann auf Audio Audie, der aufsprang und begann, Knöpfe zu drehen und Filter einzuschalten.
»Was läuft schief?« fragte er.
»Nichts, nichts. Bloß eine Überschneidung. Es ist alles in Ordnung.« Der Empfang kam wieder, als Tubbs gerade sagte: ». . . fast nur in der Stadt. Ich liebe das.«
Die Skalen und Lautstärkenanzeigen auf dem Schaltbrett zitterten von einer neuen, unbekannten Tonquelle. Audio Audie drückte einen Schalter, und die Zeiger kamen zum Stillstand. »Ja, das bringt's.«

Castillo beäugte ihn mißmutig.
Dann fiel Arties Stimme auseinander, mittem im Satz, während die Limousine unter einer Ampel zwei Blocks weiter hindurchhuschte. »Wir können über eine Verbindung reden – regelmäßige Geschäfte, von Mexiko aus getätigt, we wr rstna ur verbd augbt hbn, zu den Zollbeamten und den Behörden. Hab ich recht, Sam?«
Tubbs schluckte. Es war kein Sodbrennen, das langsam seine linke Brust aufheizte. Schweißtropfen standen auf seiner Stirn, als die Wanze begann, sich in sein Fleisch zu brennen. Castillos Augen wurden immer größer.
»Ds wrd sch en gz erfles geft wed mnt ir cht!« Castillo konnte nicht einmal erkennen, wer da sprach.
Auch Audio Audie schwitzte jetzt – literweise. »Das müßte es bringen!« sagte er und drehte an einem anderen Schalter.
Das Innere des Übertragungswagens war von der Gitarreneinleitung zu »Running With the Devil« erfüllt.
Blechern ertönte Musik aus Tubbs Hemd. Wie die legendäre Zahnplombe, die im Mund des Patienten zum Radioempfänger geworden war, begann seine Wanze gänzlich unerwünschte Radiounterhaltung zu liefern. Alle im Wagen hörten auf zu reden und schauten Tubbs an . . . allerdings keinesweg neugierig.
Tubbs lächelte dünn, ballte die Hand zur Faust und schlug sich selbst hart auf die Brust. Es gab ein kleines, zischendes Geräusch, und die Musik hörte auf.
Tubbs schaute zu Artie, der seinen Blick senkte. Dann sah er zur Seite und ihn den Lauf von Jades MAC 10. Artie zog eine Walther und richtete sie auf Crockett. Alonzo beugte sich vor und riß Tubbs' Hemd in der Mitte auf. Ein dünner Rauchfaden stieg, vom Kurzschluß des Mikrofons verursacht, hoch. Castillo hörte ganz klar, was Kovacs als nächstes sagte.

»Ich weiß nicht, wer ihr Burschen seid . . . aber ihr seid so gut wie tot.«
Castillo schob sich hastig nach vorn und ergriff das Mikrofon, das ihn mit den anderen Einheiten verband. »Man hat sie erkannt. Greift jetzt ein.«
Das einzige, was Audio Audie sonst noch hereinbekam, war ein flaches, atmosphärisches Zischen. Es klang wie der Tod.

Kovacs betätigte die Sprechanlage zum Fahrer der Limousine. »Nimm die Schnellstraße«, sagte er tonlos, »so schnell wie möglich.«
»Sam, ich habe davon nichts gewußt«, versicherte Artie. Kovacs nickte und sah seine beiden Gefangenen abschätzig an. »Mach dir keine Sorgen, mein Junge. Wir machen alle mal einen Fehler. Es ist schon in Ordnung.« Er streckte den Finger aus, und Alonzo riß die Wanze, Klebegand, Brusthaare, verbrannte Haut und alles sonst mit einem brutalen Griff ab und warf es aus dem Fenster.
Crockett schaute ruhig in die Mündungen dreier auf ihn gerichteter Waffen – Arties Walther, die MAC 10 und Alonzos 45er – und teilte Kovacs mit: »In diesem Augenblick sind acht Einheiten hinter dir her.«
Das beeindruckte Kovacs nicht. Er schaute sich theatralisch um. »Na so was, ich seh niemanden.« Dann starrte er Crokkett an und sagte: »Ich habe heute nachmittag einen interessanten Anruf von Sid Goynes bekommen. Scheint, daß ein stellvertretender Staatsanwalt was von einer interessanten Untersuchung gehört hat, die gerade im Gange ist . . . und er hat die Neuigkeit weitergegeben.«
Die Limousine erreichte den Rickenbacker-Causeway mit ungefähr 130, wobei sie gerade noch an einer roten Ampel durchraste. Der Fahrer hatte den Wagen beschleunigt, um zu sehen, was sich da hinter ihm an Verfolgerwagen zeigen würde . . .

und tatsächlich, der Lastwagen, der Charger und diverse andere Fahrzeuge bogen scharf aus der Spur ab und nahmen die Verfolgung auf. Rote Blinklichter wurden hervorgeholt und mit Magneten auf den Dächern befestigt, aber der entgegenkommende Verkehr war nicht sofort gebührend beeindruckt. Für einen Augenblick gewann die Limousine Vorsprung.

»Alonzo!« Das war ein Befehl. Der Muskelmann erleichterte Crockett um seine Bren und Tubbs um seinen 38er Revolver, den er im Schulterhalfter trug.

»Komm schon, Kovacs«, sagte Crockett. »Die Art von Rechtsanwalt, die du dir leisten kannst, holt dich aus dieser Sache mit nichts als 'ner Verwarnung raus.«

»Warum würdest du mich wohl davon überzeugen wollen, daß ich so leicht davonkomme, wenn all deine Verstärkung tatsächlich unterwegs wäre?« erwiderte Kovacs. »Mach dir keine Gedanken um meine Verwarnungen, wer auch immer du sein magst. Mach dir Sorgen um dein eigenes Leben, um das es bald geschehen ist.« Mit all den Anklagen und Untersuchungen, die ihm drohten, konnte Kovacs nicht einmal einen Strafzettel im Verkehr riskieren oder sich auch nur in die Nähe eines Gerichtssaals wagen. Er nahm Alonzo die Bren ab und reichte sie Artie. »Der gehört dir, Artie. Leg ihn mit seiner eigenen Waffe um. Das macht dich zu einem von uns.«

Artie umfaßte die schwerere Waffe, betrachtete und entsicherte sie. »Jetzt sofort?« fragte er und zielte auf Crocketts Kopf. Auf diese Entfernung würde der Schuß Sonny über den ganzen hinteren Teil der Limousine verteilen. »Die Reinigung der Polster kostet Geld. Laßt uns unsere Freunde mit den roten Lichtern abhängen und uns nach einem Pier umsehen.« Ungeduldig drückte er mit dem Daumen auf den Knopf der Sprechanlage. »Komm schon, Murch, wofür zum Teufel bezahle ich dich eigentlich? Werde diese Clowns los!«

Murch, der Fahrer, trat aufs Gas, während das gemischte Sortiment von Verfolgerwagen dreihundert Meter hinter ihnen ungeduldig heranzukommen versuchte. Dann machte der Fahrer eine scharfe Kurve nach rechts, bei der fast die Radkappen absprangen.

Crockett wußte, was vor sich ging, als er die Gegend sah, die draußen an den getönten Fensterscheiben vorbeiraste. Er kannte das Gebiet, wo sie hinwollten.

Die Stimson-Zugbrücke ging gerade in die Höhe. Die rotweiß gestreiften Tore waren unten, die Glocken klingelten, die Warnlichter blinkten. Ein Wagen wartete pflichtschuldig an der weißen Linie. Murch trat das Gaspedal ganz durch, ließ den wartenden Wagen in einer Staubwolke hinter sich, fuhr die Tore zu Kleinholz und raste die Rampe hinauf, die schon einen Winkel von etwa dreißig Grad erreicht hatte.

Ihre Mägen vermittelten ihnen ein Gefühl wie in einem herabsausenden Fahrstuhl, als der Wagen sich in die Luft erhob und die sich weitende Öffnung überflog. Dann knirschte das Untergestell auf dem gewaffelten Eisensteg und schlug krachend auf. Hinter der Limousine sprühten Funken. Sie rollten immer noch. Das gegenüberliegende Tor durchbrachen sie ohne Probleme. Keiner von den Verfolgerwagen hatte es gewagt, den Sprung zu tun.

»Du hast dir 'n Tausenddollar-Trinkgeld verdient, Murch«, sagte Kovacs gnädig in die Sprechanlage. »Und jetzt wollen wir den Müll loswerden.«

Castillo war aus dem Laster ausgestiegen und stand wie ein besiegter Scharfschütze da, während er die Brücke betrachtete, die jetzt ganz hochgezogen war. Er drehte sich zu seinem Fahrer um, der auf die Hupe drückte. »Jetzt kannst du das FBI benachrichtigen. Und gib der Highway Patrol Bescheid. Wir haben da draußen zwei Männer, die gerade umgebracht werden sollen.« Er wendete sich mit gesenktem Kopf und nach

oben gerichtetem Blick zu Audio Audie. »Sie bleiben im Wagen und lassen die Finger von der Ausrüstung. Mit Ihnen rede ich später noch.« Audio Audie wurde so blaß, als wäre er gerade zum Tode auf dem elektrischen Stuhl verurteilt worden. Murch mußte nicht erst gesagt bekommen, wohin er den Wagen fahren sollte. Es war offensichtlich, daß Kovacs schon früher Leute zum Schweigen gebracht hatte und daß es da einen Ort gab, der seinem Geschmack und seinen Bedürfnissen auf dem Gebiet des Mordens offenbar besonders entsprach. Ihr Ziel erwies sich als ein unauffälliges Hafenbecken von Miami. Holzkisten und Transport-Paletten standen im Dunkeln: Dinge, die darauf warteten, am nächsten Morgen verladen zu werden. Noch mindestens sechs Stunden lang würde hier niemand herkommen. Im Innern der Limousine war die Unterhaltung abgebrochen worden. Worüber sollte man auch reden?
Artie riß die Tür auf und stieg als erster aus. Murch kletterte neben ihm aus dem Wagen und schob sein blondes Haar unter seine Chauffeursmütze zurück. Crockett und Tubbs wurden von Alonzo, der Crockett die Mündung seiner 45er in den Rücken schob und hart zustieß, aus dem Wagen getrieben. Jade schwenkte seine MAC 10 herum und lächelte selig, gab aber keinen Laut von sich, um sein offensichtliches Vergnügen zu artikulieren. Er trat nach vorne und schubste Tubbs grob vorwärts – so, wie er es bei Killern in Filmen gesehen hatte.
»Ich kann alleine gehen, du Kraftprotz!« Tubbs schnauzte ihn an. Jade zuckte zusammen, aber er hielt seine Waffe fest.
»'ne Bande von Weichlingen ohne Mumm in den Knochen«, murmelte Crockett. Er wäre seinem eigenen Charakter untreu geworden, hätte er vor dieser Truppe von Mistkerlen Furcht erkennen lassen – selbst wenn Castillo nicht noch gerade rechtzeitig zum Schlag ausholen würde; selbst wenn er und Tubbs tatsächlich heute sterben mußten.

Artie war ihm gewachsen. »'ne geschwätzige Bande, nicht wahr?« sagte er zu Sam.
Kovacs' Humor war versiegt. Nun konnte Crockett die weniger angenehme Seite des üblicherweise als freizügiger Gastgeber auftretenden Pornokönigs kennenlernen. Jetzt sah er den Mann, der den Tod von Peggy MacGraw so beiläufig bestellt hatte, wie Crockett sich einen Hotdog mit Chili bestellte. Kovacs sah sie nicht einmal mehr an; sie waren schon Vergangenheit. Er schaute auf Artie. Und lächelte. Sein Blick ging zu der Bren in Arties Faust und wieder zu Arties ruhiger Erscheinung.
»Töte sie«, sagte er. »Ich möchte, daß du weißt, daß ich dir nichts übelnehme, Artie. Das hier macht dich zu einem Mitglied der Familie.«
»Das weiß ich«, sagte Artie sanft. Er hob die Waffe, entsicherte sie und zielte auf Crocketts Nase.
Die beiden Opfer standen außerhalb Reichweite. Tubbs' ganzer Körper schrie danach, loszurennen, die Killer zu überwältigen, alles mögliche zu tun, nur nicht dazustehen und zu sterben oder zuzusehen, wie Sonny mit seinem eigenen Blei vollgepumpt wurde. Aber Alonzos 45er und die MAC 10 machten in bewegungslos.
Crockett starrte auf den Lauf der Bren und hielt jeden Muskel angespannt. Artie stellte sich breitbeinig hin und benutzte seine freie Hand dazu, die Pistole mit dem Griff eines Scharfschützen zu umfassen.
»Bist du sicher, daß du das schaffst, Artie?« fragte Crockett, der noch angespannter wurde, als er sah, wie sich Arties Finger am Abzug krümmte.
Arties Augen verrieten ihm alles, was er noch wissen mußte. Dann spuckte die Bren eine heiße Todessalve aus, und Tubbs sah Crockett auf dem Boden zusammenbrechen. Dann – er traute seinen Augen kaum – sah er die Bren durch die Luft

fliegen. Artie hatte die Waffe von sich geschleudert, und Crockett griff aus der Hocke hoch, um sie zu fangen wie einen perfekt geworfenen Baseball.
In einer einzigen Bewegung, die so geschmeidig aussah, als wäre sie trainiert, hatte Artie Crockett die Bren zugeworfen, war dann herumgewirbelt, hatte seine eigene Walther aus dem Schnellfeuerholster gerissen und aus nächster Entfernung zwei Schüsse auf Alonzos Brust abgegeben. Alonzos Gesicht verzog sich, als hätte er Verdauungsstörungen. Er versuchte, seine 45er hochzunehmen, um Artie zu Blei zu schießen, ließ sie dann aber auf das Pflaster fallen, versuchte, auf Artie zuzugehen, konnte allerdings nur noch bleiern einen Fuß vor den anderen setzen und fiel dann vornüber. Er schlug auf dem Pflaster auf wie eine Rinderhälfte, die vom Lastwagen eines Fleischers geworfen wird, und blieb liegen.
Crockett fing die Bren, ließ sie in seine Hand gleiten und versuchte, in einem Zug die Waffe zu fangen, sie auf den mit einem Maschinengewehr ausgestatteten Jade zu richten und zu feuern. Der Schuß verfehlte sein Ziel.
Tubbs schmiß sich auf Alonzos heruntergefallene 45er genau in dem Augenblick, als Crockett seine erste Salve abfeuerte. Er warf sich auf den glatten Zementfußboden, rutschte so weit nach vorn, wie er nur konnte, und griff nach der Waffe. Artie drehte sich um, zielte mit seiner eigenen Pistole auf Jade, als der Killer hinter der Limousine Deckung suchte. Murch warf sich auf der Fahrerseite zu Boden. Artie versuchte, sich auf Kovacs zu konzentrieren. In dem kurzen Zeitraum, seit der erste Schuß gefallen war, den Artie über Crocketts Kopf hinweg gefeuert hatte, während Crockett in die Knie gegangen war, um die Waffe aufzufangen, hatte sich Sam Kovacs' Gesichtsausdruck verwandelt: von einer Art wohlbegründeten väterlichen Stolzes in den Blick eines Mannes, der soeben von seinem eigenen Fleisch und Blut betrogen worden ist. In

diesem kurzen Augenblick, als alle erstarrt waren, bevor die instinktiven Reaktionen wieder einsetzten, wurde Kovacs klar, daß er sich hatte zum Narren halten lassen.
Als Alonzo kopfüber auf den Boden fiel, hatte sich Kovacs hinter Jade vorbeigeschoben und im Inneren der Limousine eingeschlossen. Artie wußte, daß er seine eigene Waffe hatte, einen polierten silbernen Colt Commander, der für Luger Munition Kaliber 30 ausgelegt war. Als die Sekunden verstrichen, wußte Artie, daß er ihn jetzt herausholte, entsicherte, um durch das nächstbeste Fenster zu schießen. Die Limousine war nur ein Reisewagen und nicht gepanzert. Die Scheiben waren nicht kugelsicher, so wie in Sams anderen Wagen, dem Mercedes, dem BMW, dem Jaguar und dem Lamborghini.
Tubbs nahm die 45er, rollte sich den Rest des Weges seitwärts weiter, bis er hinter der Limousine außerhalb Jades Schußlinie lag. Für den war das günstigste Ziel Crockett, und Jade ließ eine Salve in Crocketts Richtung los. Crockett, Artie und Tubbs feuerten gleichzeitig, und Jade fiel auseinander wie eine Puppe aus Sägespänen. Während er von den verschiedenen Geschossen aus verschiedenen Richtungen hin und her gestoßen wurde, schlossen sich seine Finger im Todeskampf um den Abzug der MAC 10, und ein langer Feuerstoß schoß in den Nachthimmel. Durchlöchert, tot, seine Zähne und seine Brille völlig zerschossen, krümmte er sich zusammen und fiel zu Boden. Die Ingram flog in die Luft, schlug auf dem Dach der Limousine auf und rutschte herunter. Artie griff danach. Murch preßte sich eng auf den Boden, auf den er sich hatte fallen lassen, und bedeckte den Kopf mit den Händen. Das Feuer wurde nicht, wie erwartet, aus dem verdunkelten Innenraum des Wagens erwidert. Sam Kovacs saß bloß da . . . und wartete.
Und Artie wußte, worauf sein alter Boß, ehemals sein vertrauter Partner, wartete.

Crockett sah es. Zwischen Kovacs und Artie hatte ein Band existiert; wie auch immer begründet und aufrechterhalten, ein Vertrauen, selbst wenn es nur das Vertrauen zwischen unaufrichtigen Männern gewesen war. Kovacs' engster Mitarbeiter hatte sich gerade gegen ihn gestellt, aber Kovacs würde nicht kämpfend untergehen. Artie war es gewesen, der das ganze Versteckspiel bis zu dieser blutigen Entscheidung gebracht hatte. Und Artie hatte diesen Augenblick mit seiner Seele erkauft, er gehörte ihm, für alle Ewigkeit – ihm und niemandem sonst.

Sein Gesicht war ausdruckslos, als er die MAC 10 in einem sanften Bogen zurück auf den hinteren Teil der Limousine richtete. Er ließ seinen Finger am Abzug, bis das Magazin leer war. Das getönte Glas zerbrach und fiel in einem Hagel aus Splittern nach innen. Die Wucht der Einschläge warf Kovacs herum, er prallte auf der anderen Seite gegen die Tür und sank auf die Knie. Bewegungslos hing sein Kopf aus dem zerbrochenen Fenster. Glasstücke und Einschläge verunstalteten seine Leiche. Er hatte mindestens vierzig Kugeln abbekommen. Sekunden nachdem Kovacs tot war, erstarb auch das Echo der Salven.

Leer geschossen und harmlos rutschte die Ingram Artie aus der Hand und fiel klappernd auf das Pflaster. Das Geräusch hallte unangenehm laut.

Tubbs rannte los und umklammerte Murch, drückte ihn gegen den Wagen und tastete ihn nach einer Waffe ab. Furchtsam und zitternd stieß Murch hervor: »Ich bin doch bloß der Fahrer, Mann! Ich bin doch bloß der Fahrer!«

»Das ist nicht wahr!« murmelte Artie mit tonloser Stimme. »Er hat gerne zugesehen.«

Das einzige auffällige Geräusch – das Tropfen von Kovacs' Blut – wurde von dem Motorenlärm der beiden städtischen Hubschrauber übertönt, die sich näherten. Es war genug

Platz, so daß die Hubschrauber gleich hier im Hafen landen konnten. Noch bevor der Metallvogel ganz aufgesetzt hatte, wurde die Tür zur Seite geschoben, und Castillo sprang heraus, seine Kleider flatterten in dem künstlichen Hurrikan, den der Propeller verursachte. In einiger Entfernung sah man die Reflexion der rot-blauen Blinklichter, die vermuten ließen, daß die abgehängten Streifenwagen sich näherten – Crocketts gesamte Verstärkung kam gerade zur rechten Zeit an, um zu spät zu sein.
Artie blieb stehen, wo er war, wie ein trauriger, erschöpfter Schauspieler nach der letzten Vorstellung. Crockett wußte, was der dachte: *Wofür die ganze Zeit und Mühe? Wofür? Es hätte keinen Unterschied gemacht, wenn ich Sam Kovacs vor acht Monaten erschossen und mir selbst die Qualen erspart hätte, die mich die Maskerade gekostet hat. Der einzige Unterschied hätte darin bestanden, daß Peggy MacGraw und einige ihrer Vorgängerinnen sich noch bei bester Gesundheit befinden würden . . .*
Und während Crockett ihn beobachtete, verspürte er wieder die seltsame Gedankenübertragung, und er wußte, daß er und Artie im gleichen Augenblick dasselbe dachten: *Was zum Teufel habe ich eigentlich hier verloren?*
Er steckte die Bren wieder in ihre Lederhülle und näherte sich Artie. Selbst jetzt, wo er nahe bei ihm stand, spürte er so etwas wie eine Aura um diesen Burschen herum – einen Wall aus privatem Fegefeuer und Selbstbestrafung, den niemand, nicht einmal Sonny Crockett, der das verstand und in der gleichen Weise litt, jemals überwinden konnte. Arthur John Lawson war ein Mann, der ganz alleine stand. Crockett wollte diesem Mann irgendwie sein Selbstvertrauen wiedergeben . . . und damit gleichzeitig versuchen, im Glauben an ein kosmisches Gleichgewicht, über das er jetzt nicht nachdenken konnte, sich selbst ein ähnliches Schicksal zu ersparen.

»Artie?« Lawson schaute ihn an, als ob er unter Drogen stand. »Artie, in ungefähr zehn Sekunden wird man dich hier mit tausend Fragen durchlöchern, Mann . . .«
Eine andere Facette von Arties ständig wechselnder Persönlichkeit kam zum Vorschein und nahm wie selbstverständlich ihren Platz ein. Es war beunruhigend, das zu beobachten.
»Mit mir ist alles in Ordnung«, sagte er, obwohl er ganz deutlich eine Sekunde vorher *keineswegs* in Ordnung gewesen war. »Ich kann den Druck aushalten. Glaubst du wirklich, es macht mir angst, wenn Clowns wie Doyle und Russo mir Fragen stellen? Und außerdem hab ich doch erreicht, was ich wollte, oder nicht? Ich meine, Sam kommt doch ganz bestimmt nicht wieder. Ich hab ihn erledigt. Ich habe erreicht, was ich wollte.« Er schnaubte gebieterisch, als wolle er damit das Ende des ganzen Desasters betonen.
Castillo war auf dem Weg zu ihnen. Ein Wagen ohne Behördenkennzeichen schlitterte sehr unelegant auf quietschenden Reifen heran und spuckte die FBI-Agenten Doyle und Russo aus. Polizisten sprangen mit gezogener Pistole aus ihren Streifenwagen. Idioten.
Tubbs war vom Boden aufgestanden. Als Artie sah, wie sich von allen Seiten die Polizisten näherten, sagte er zu ihm und zu Crockett: »Ich möchte, daß wenigstens ihr wißt, daß ich mit dem Mord an Peggy nichts zu tun hatte. Ich habe einige kleinere Straftaten begangen, klar – aber keinen Mord.«
Er schaute sich um und blickte auf all die hektische Aktivität der Polizei, die beschädigte Limousine, die herumliegenden Leichen. »Ich war hier draußen wohl wirklich voll dabei, hm?«
»Leute wie wir werden dafür bezahlt, hier zu arbeiten«, sagte Crockett. Das bedeutete mehr, als mit den Füßen auf dem Boden zu scharren und ein leeres »Danke« zu murmeln.
»Das Bureau ist kein Problem«, sagte Artie, ohne dabei je-

manden anzuschauen. Seine Augen hatten noch immer diesen verlorenen Blick.
»Was ist mit deiner Frau?« fragte Tubbs, ohne grausam sein zu wollen.
»Ich weiß es nicht, Richard. Ich weiß es wirklich nicht. Klingt ziemlich lahm, nicht? Ich weiß nicht, ob ich jetzt zu Wendy zurückgehen kann, zu dieser Art von Leben. Es war wie ein Rausch – all das Geld, all die Frauen. Und alles, was vorher war, wurde plötzlich wie ein . . . wie ein . . .« Er zuckte mit den Schultern, völlig verwirrt. »Ich weiß es nicht.«
»Komm schon, Lawson«, unterbrach Doyle. »Wir erwarten einen langen Bericht von dir, und dann wird wohl die Polizei mit dir über den Tod von Peggy MacGraw reden.«
Doyle und Russo nahmen Artie zwischen sich und führten ihn fort. Er stoppte sie und drehte sich für einen Augenblick um. »Wir sehen uns dann später noch.«
»In Ordnung«, sagte Crockett und benutzte eine von Arties bevorzugten Floskeln.
»Paß auf dich auf«, sagte Tubbs. Dann schaute er hoch und sah den Überwachungswagen, der neben einem der blinkenden Polizeiwagen geparkt war.
Drinnen saß Audio Audie, der sehr gehetzt aussah, und allein dieser Anblick genügte Tubbs, zum Angriff überzugehen. Crockett sah und verstand das, doch er war eine Sekunde zu langsam, als er Tubbs festhalten wollte.
Audio Audie sah den wütenden Detective kommen, drehte hastig das Fenster hoch und drückte die Türverriegelung runter. Tubbs änderte seinen Weg und rannte in Richtung Fahrerseite. Audio Audie war vor ihm da. *Klick!*
Audio Audie bekam aber nicht rechtzeitig heraus, wie man die hinteren Schiebetüren des Wagens verschloß.
Wie eine Furie sprang Tubbs in den Wagen, und Sekunden später wurde Audio Audie am Kragen herausgezerrt. »Du

hast heute nacht zum zweiten Mal das Radio erfunden, nicht wahr?« brüllte Tubbs. Audies Augen weiteten sich vor Angst, als er sah, wie Tubbs die Faust ballte, um ihn ins Land der Träume zu schicken.
»Tubbs!« Crockett hatte ihn erreicht und verhinderte den Schlag, der Audio Audies Kopf zum Dröhnen bringen sollte. »Beruhige dich, Mann!«
Tubbs' Augen sprühten vor Mordlust. »Laß mich wenigstens *einmal* zuschlagen, Sonny!«
»Diese kleine Qualle wird keinem von unseren Leuten je wieder ein Abhörgerät verpassen.« Er streckte den Finger nach Audie aus und sagte in seiner sanft-tonlosen Stimme. »Mit dir ist es aus, mein Junge. Ich schlage dir vor, daß du dir entweder die Kehle durchschneidest oder dir 'ne andere Stadt suchst, wo du die Umwelt verschmutzen kannst. Verstehst du mich?«
»Detectives?« Das war Castillo. Und Audio Audie hörte sofort auf zu existieren.
Sie drehten sich um, und Castillo schaute sie kurz von oben bis unten an. Da sie offensichtlich lebten und unverletzt waren, sah er keinen Grund, sie fürs Überleben zu belobigen. »Im Hauptquartier wartet ein Mann von der Rauschgiftfahndung, der mit euch sprechen will.« Er machte eine Bewegung zu dem Wrack der Limousine und zu den starren Körpern von Kovacs, Alonzo und Jade. »Wie ist das passiert?«
»Kovacs befahl Artie, uns beide umzulegen«, sagte Tubbs. »Das hat er nicht getan. Danach hieß es schießen oder erschossen werden.«
»Ihr braucht nicht zu warten, bis das hier alles aufgeräumt ist«, sagte Castillo, der die Szene mit leichtem Abscheu betrachtete. »Wir treffen uns dann in der Stadt.«
»Was sagst du zu diesem Burschen?« fragte Tubbs, als Castillo in sicherer Entfernung war. »Nichts von ›Gute Arbeit‹, keine

Anerkennung dafür, daß wir um ein Haar umgelegt worden wären . . .«
»Das ist nicht Castillos Schuld«, sagte Crockett und schaute sich nach Audio Audie um, der in dem Kleinbus hockte. »In dessen Haut möchte ich nicht stecken.«
»Ja. Ich denke, wenn jemand wie Castillo nicht sauer auf dich ist, dann bedeutet das soviel wie anderswo 'ne lobende Anerkennung.«
»Wir sind nicht hier, um uns Fleißkärtchen zu verdienen, Tubbs.«
»Hallo!«
Sie sahen Gina, die auf sie zulief, offensichtlich erleichtert. Sie nahm Tubbs in den Arm und gratulierte ihm und ließ Crockett eine ausgedehntere Version dieser Umarmung zuteil werden. Sie beendete den ganzen Alptraum mit derselben Frage, mit der dieser anstrengende Abend begonnen hatte: »Sucht ihr Jungs 'ne Mitfahrgelegenheit?«

9

Sie drängten sich alle drei zusammen auf den Vordersitz von Ginas Wagen, der nicht als Polizeifahrzeug zu erkennen war. Als Crockett seine Hand freundschaftlich auf Ginas Oberschenkel legte, ließ sie sich das gefallen. »Ich habe vorsorglich etwas zum Feiern organisiert«, sagte sie, »nur für den Fall, daß ihr Jungs diesen Abend lebend überstehen würdet.«
»Da soll mich doch der Teufel holen«, sagte Tubbs, drehte sich um und fand eine Kühlbox voller Bierflaschen, die hinten im Wagen verstaut war. Es gab einheimisches Spülwasser für Sonny und überteuertes, angeberisches Importgebräu für Tubbs.
»Fragt mich nicht, was ich will«, fuhr Gina fort, die Augen,

die mit der für sie typischen italienischen Heiterkeit strahlten, fest auf die Straße gerichtet. »Es gibt da ein Gesetz gegen Trunkenheit am Steuer.« Crockett wußte, daß Gina bei dem 100-Stunden-Kurs in offensivem und defensivem Fahren, den sie absolviert hatte, zu den Besten gehört hatte. Während er mit Tubbs anstieß, fühlte er sich mit Gina am Steuer so sicher wie sonst selten als Beifahrer.

»Danke, Gina. Wirklich.«

»Ich habe mir gedacht, wenn ich nett zu euch Jungs bin, dann erinnert ihr euch vielleicht daran, wie viele Gefallen ihr Trudy und mir schuldet«, sagte sie schnippisch.

»Ach, ich wußte doch, daß die Sache einen Haken hat . . .«

»Im Ernst – seid ihr beide in Ordnung?«

Crockett nahm einen langen, nachdenklichen Schluck. Ich fühle mich, als wenn ich gerade ein leichtes Fieber hinter mich gebracht hätte . . . Ihr kennt doch diese Spiegel auf dem Jahrmarkt, die dein Bild ganz verzerren? Ich fühle mich so, als hätte ich mich in den letzten drei Tagen in solch einem Spiegel angeschaut.«

»Es liegt nicht an dir, Sonny«, sagte Tubbs, als hätte er sich darüber eine Menge Gedanken gemacht. »Es ist der Job. *Das* ist das Spiegelbild. Ich kann überhaupt nicht verstehen, wie man diese Wahnsinnsarbeit so lange machen kann, wie du das getan hast.«

»Schau ihn dir doch bloß an«, warf Gina ein. »Das hinterläßt seine Spuren.«

»Auch bei dir, meine Schöne. Bei uns allen.«

»Man muß wohl ein bißchen verrückt sein«, sagte Crockett.

»Amen. Ich vermute, ihr beiden habt nicht gehört, was auf der anderen Seite der Stadt los war, während ihr mit dem Versuch beschäftigt wart, euren Porno-König hochgehen zu lassen?«

Crockett starrte auf seine leere Bierdose. Hatte er sie wirklich in zwei Zügen ausgetrunken? Die Anspannung hatte ihn ausgetrocknet, und er schubste Tubbs an, ihm eine neue Dose zu geben. »Das hat doch nicht etwa was mit Castillos Burschen von der Rauschgiftfahndung zu tun, der im Revier auf uns wartet, oder doch?«

»Ich hab gehofft, ihr könntet mir das sagen«, erwiderte Gina offen. »Trudy hat mir erzählt, daß der Bursche Ed Waters heißt. Er trägt 'ne schwarze Augenklappe – irgendwie sexy. So'n richtiger ›Soldier of Fortune‹-Typ. Klingelt's bei euch?«

Crockett und Tubbs schüttelten den Kopf.

»Also, ungefähr zehn Minuten bevor Kovacs euch aufgelesen hat, hat Castillo Trudy und Zito zu einem Beschattungsauftrag abgestellt.«

»Soso«, sagte Tubbs. »Castillo hat wohl geglaubt, wir brauchten nicht so viel Unterstützung. Ich finde, wir haben 'ne tolle Schau abgezogen . . . vielleicht will er uns zum Klodienst abkommandieren.«

»Wir haben die Sache vermasselt, nicht wahr?« Crockett zeigte auf Tubbs' Bier. »In diesem Falle solltest du dein Bier genießen. Es ist vielleicht die einzige Anerkennung, die wir bekommen.«

»Was sollten sich Trudy und Zito denn anschauen?«

»Da war von einem Kokain-Deal die Rede. Erinnert ihr euch an Roberto Morales?«

»Fährt einen Mercedes und kleidet sich wie ein *peon*«, sagte Crocket. »Ein echter Freund der Arbeiterklasse.«

»Es ging nicht um eine Verhaftung. Nur um 'ne Überwachung, damit genug Fakten zusammenkommen, das ganze Unternehmen zu beenden. Als Zito und Trudy ihn ausfindig machten, hielt er sich an der Prince-Georges-Avenue-Brücke auf, bei den Touristen und Anglern. Trug 'nen Picknick-Korb mit sich rum.«

»Ich wette, in dem Korb waren keine Butterbrote mit Eisalat und Limonade«, sagte Tubbs.

»Zuerst haben sie gedacht, da soll ein Deal stattfinden. Dann tauchte ein Schnellboot unter der Brücke auf, und Morales läßt den Korb reinfallen. Beide gehen getrennte Wege, also denken unsere Leute, es ist eben kein Deal, sondern nur eine Übergabe. Er macht sich mit dem Mercedes davon. So schnell, daß Trudy denkt, er werde eben *jetzt* das Geld abholen. Mindestens drei Einheiten – darunter auch Trudy und Zito – folgen ihm zu einem Pier. Da ist draußen im Dunkeln abseits eine Jacht festgemacht. Die Luke ist auf. Eine der Verfolger-Einheiten benutzt Telefoto und sieht eine Frau, gebunden und geknebelt, auf einem Stuhl, exakt so postiert, daß sie durch die Tür sichtbar ist. Morales springt aus seinem Auto, rennt hin . . . und das ganze verdammte Boot fliegt in die Luft. Der Pier fängt an zu brennen. Die Leute von der Spurensicherung fischen immer noch im Wasser herum, um ein paar Stücke von den Leichen zu finden . . . aber sie nehmen an, daß es die Frau von Morales war.«
»Ist Benny Stadler da unten?« fragte Crockett, und Gina nickte. Benny war der Experte für Explosionen. »Dann werden wir ja bald wissen, wodurch das Boot in die Luft geflogen ist.«
»Warte erst mal ab, bist du Esperanza kennengelernt hast.«
»Wen?« fagte Tubbs.
»Esperanza Dias . . . unsere inoffizielle Lippenleserin.«
Tubbs konnte es nicht glauben. »Du nimmst mich auf den Arm. *Lippen*leser? Wofür?«
»Die Teams, die vor Zito und Trudy die Überwachung übernommen hatten, haben einen Film von den Burschen, mit denen Morales den Deal ausgehandelt hat«, sagte Gina und ließ sich das Ganze noch einmal durch den Kopf gehen, um vielleicht doch noch irgendwo einen Hinweis zu finden. »Ich wünschte, ich wüßte mehr . . .«
»Ich möchte nur eines wissen«, sagte Crockett, den die un-

durchsichtige Geschichte eines Drogendealers völlig kalt ließ. »Warum wir?«

Nachdenklich betrachteten sie die nächtliche Stadt, die draußen an ihnen vorüberglitt. Tubbs brach schließlich das Schweigen mit der amüsierten Frage: »Also, Gina, was ist nun wirklich mit dieser Esperanza los?«

Sie lächelte wie über einen versteckten Scherz. »Auf jeden Fall 'ne phantastisch aussehende Person. Dein Typ, Rico.«

Tubbs grinste. »Der erste angenehme Gedanke des heutigen Abends.«

Esperanza Diaz – Señora Esperanza – beugte sich auf ihrem Klappstuhl nach vorn, wobei ihre mehr als 200 Pfund das Metall zum Krachen brachten. Ihre Brille schob sie auf die Nasenspitze, wo sich auch ein Muttermal befand, und sprach die Unterhaltung nach, die sie vor sich auf der Leinwand sah. Ihr Akzent ließ Spuren ihrer Muttersprache erkennen.

Die Filmvorführung zeigte eine nächtliche Unterhaltung vor Roberto Morales' exklusiver Eigentumswohnung.

»Der auf der rechten Seite scheint mit einem leichten Lispeln zu sprechen«, sagte sie professionell. »Wie ein Argentinier. Alle anderen sind Kolumbianer. Jetzt wiederholt Morales im Grunde seine Anweisungen noch einmal. Er betont, daß er . . . die Übergabe . . . allein machen muß. Jetzt protestieren die anderen, sagen, daß sie mit ihm gehen wollen, um ihn zu beschützen . . .«

Der überfüllte Vorführraum roch nach Zigarettenrauch und der Wärme menschlicher Körper. Sonny nutzte die Gelegenheit aus, um Gina spielerisch ein wenig zu betätscheln, doch diese blieb ungerührt und verhinderte, daß seine Hand zu weit wanderte. Gina und Crockett standen hinten; Tubbs saß vor ihnen. Außerdem war da ein Lieutenant von der Mordkommission, Marcusson, und ein FBI-Agent namens Sam

Conrad. Zudem war Marcussons Assistentin da, eine kleine blonde Frau, die vorzustellen sich niemand die Mühe gemacht hatte; dann Castillo und eine Reihe von Leuten, die sich nicht kannten, wohl das Team, das Morales beschattet hatte.

». . . das Geld, sagt er, ist in dem Picknick-Korb . . . er wiederholt, daß sie ihm nicht folgen dürfen . . .«

Crockett beugte sich zu Tubbs' Ohr. »Das war kein Deal. Das war 'ne Zahlung an Erpresser. Das scheint mir eindeutig.«

Tubbs nickte, die Augen auf die Leinwand gerichtet.

». . . er sagt, daß er sie vom Boot aus, wo seine Familie festgehalten wird, anrufen will . . sie wünschen ihm *buena suerte* . . .«

Der Film endete, gnadenlos gingen die Lichter an, und alle blinzelten wie Maulwürfe. Esperanza Diaz stand zuerst auf. Ihre dick mit Haarlack eingesprühte Hochfrisur zeigte mindestens drei verschiedene Farbschattierungen. Sie kaute Kaugummi und trug auf dem Gesicht ungefähr ein Kilo Make-up: Sie ähnelte einem Transvestiten.

Castillo begleitete sie zur Tür. »*Muchas gracias,* Señora Diaz«, sagte er.

Sie warf ihm ein Lächeln zu. Ihre Lippen waren feuerrot geschminkt, und ihre Zähne hatten rosa Flecken. *»No es nada. Adios.«*

Sobald sie gegangen war, stieß Tubbs das nächste Fenster auf. »Puh, was glaubst du, was das für ein Parfum war?«

Zito spuckte den Zahnstocher, an dem er gerade gekaut hatte, aus dem Fenster. »Chanel Nr. 1 – eins von den schiefgegangenen Experimenten.«

Conrad, der FBI-Mann, war aus derselben Rolle Polyester geschneidert wie Doyle und Russo. »Also, hier wird jetzt nicht dumm rumgeschwätzt! Marcusson?«

Lieutenant Marcusson erhob sich. Er hatte lockige, goldbraune Haare, einen etwas zurückweichenden, herzförmigen

Haaransatz und wassergraue, leicht besorgte Augen. Er war nicht groß, aber kräftig gebaut.
»Wenn du den Bericht für die Mordkommission geschrieben hast«, sagte Conrad, »dann schick mir doch bitte eine Kopie. Danke.« Er wartete gar nicht erst auf die Zusage.
»Was ist los bei euch?« fragte Marcusson. »Steht das FBI-Bowling-Turnier bevor?« Sie lachten beide – es handelte sich offenbar um einen privaten Scherz –, und Conrad schaute auf die Uhr. Dann eilte er aus dem Raum.
»Benny hat angerufen«, sagte Castillo zu den anderen. »Er hat bestätigt, daß die ganze Familie von Morales, nicht bloß seine Frau, mit dem Boot in die Luft geflogen ist.« Das ließ alle einen Augenblick lang verstummen. »Wir scheinen es hier mit Kidnapping zu tun zu haben . . .«
»Diese Mordakte wird für alle Ewigkeit bei den ungelösten Fällen landen«, sagte Marcusson und unterbrach ihn. »Castillo, diese Typen aus dem Süden haben einander seit Al Capones Zeiten gegenseitig gekidnappt und umgebracht. Und wen interessiert das schon?«
Castillos Stimme war nüchtern, aber fest. »Das hier ist nicht New York! Und auch nicht Chikago! Und das sind auch nicht die ›Wilden zwanziger Jahre‹!«
Marcusson war ungeduldig. »Na, erlaube mal. Das ist das Gesetz des Dschungels. Einer frißt den anderen. Also, was soll's!«
»Der Mord an Kindern hat nichts mit dem ›Gesetz des Dschungels‹ zu tun«, widersprach Castillo. »Du hörst dich an wie so 'ne Art Faschist, Marcusson –«
»Ein Nazi-Schwein, willst du sagen, Freundchen!« Marcusson starrte ihn wütend an.
»He!« sagte Tubbs erregt. »Was heißt hier ›Freundchen‹? Die Sache geht auch mich was an. Wollen wir's draußen austragen?«

Castillo mischte sich ein und verhinderte weitere Feindseligkeiten: »Crockett . . . Tubbs . . .«
Marcusson zuckte mit den Achseln. »War nicht so gemeint.«
»Also, die Dolphins, das ist wirklich 'ne feine Mannschaft, hm! Cialo.« Er verschwand.
»Lieutenant?« rief Zito, einen Telefonhörer in der Hand. »Auf Leitung drei.«
Castillo nahm das Telefon und hörte zu. Es schien, daß dieser Mann selten auch nur mit der Wimper zuckte. Er knurrte etwas, unterbrach die Verbindung und wählte eine neue Nummer. »Hier spricht Castillo. Richtig. Ich habe es selbst eben erst erfahren. Wir treffen dich dann dort. In Ordnung.«
Er schrieb einige wichtige Informationen auf einen Notizblock, riß das Blatt ab und drückte es Tubbs in die Hand.
»Das ist nur für euch beide bestimmt. Ihr zwei werdet mich in 45 Minuten bei der Adresse, die ich hier aufgeschrieben habe, treffen.«
»Genau wie James Bond«, überlegte Tubbs, aber sein leichtfertiger Kommentar verstummte unter Castillos eisigem Blick. Zu Crockett, bei dem er sich sicherer fühlte, sagte er: »Wann bist du zuletzt ins ›Seashore Inn‹ eingeladen worden – von 'nem Polizisten, meine ich?«

Das Treffen sollte in der Suite 217 des »Seashore Inn« stattfinden, und Crockett und Tubbs waren pünktlich. Sogar jetzt, nach Mitternacht, lagen um den Swimming-pool, der Olympia-Format hatte, mehrere halbnackte Schönheiten, die offensichtlich darauf warteten, daß die Sonne aufging. Leute mit viel Geld saßen paarweise an den Tischen um den Swimming-pool herum, prosteten sich zu oder zogen sich ihre teuren Gucci-Schuhe aus, um im Gras herumzutollen.
»Kleines Quizspiel?« sagte Crockett auf dem Weg zum Hotel.

»Was glaubst du, wie viele dieser guten Bürger mehr als ein Gramm Nasenzucker bei sich haben?«

»Die gehören zu den oberen Zehntausend«, sagte Tubbs, wobei sein Ton andeutete, daß er selbst dazugehörte. »Alles Kunden. Keine Dealer. Ich meine, wir sollten sie laufenlassen. Oder noch besser, ihnen ein Tauschgeschäft vorschlagen.« Sie lachten. »Du läßt dich von einem hübschen Gesicht doch gleich beeindrucken«, sagte Crockett.

»Mmm«, Tubbs verlangsamte absichtlich seinen Gang, um die ausgestellte Weiblichkeit wohlwollend zu betrachten. Auch ihn trafen freundliche Blicke. Abgesehen davon, daß er sich niedergeschlagen fühlte und sich schmerzhaft der verbrannten Stelle auf der Brust bewußt war, sah er doch zumindest in seinen teuren, konfiszierten Versace-Klamotten erstklassig aus. »Und von anderem auch . . .«

Obwohl das »Seashore«-Hotel nur zwei Stockwerke hatte, gab es einen geräumigen Aufzug. Tubbs und Crockett stiegen die Treppe zur Suite 217 hinauf. Tubbs blieb einen Augenblick stehen. »Sag mal, Partner, das war 'ne lange, harte Nacht. Was hieltest du davon, wenn wir die Sache hier sausen lassen, uns ausziehen, in den Pool da unten springen und uns von ein paar hübschen Mädchen ihre Lebensgeschichte erzählen lassen? Das haut einen doch ganz schön um, wenn so auf einen geschossen wird . . .«

»Ja, oder wenn einem die rechte Brustwarze gut durchgebraten wird.« Er zögerte und war fast bereit, sich verführen zu lassen. »Aber ich hab das Gefühl, diese Sache ist aus irgendeinem Grund, den ich noch nicht herausbekommen habe, wichtig für Castillo. Laß uns mal in diese rätselhafte Geschichte reinriechen und sehen, was dabei rauskommt.«

»Ich hab schon befürchtet, daß du so was sagen würdest.«

»Komm schon, Tubbs, diese Vollblutpferdchen werden immer noch hiersein, wenn du mal Urlaub hast.«

»Bist du nicht müde?«
»Schlafen könnte ich jetzt nicht. Komm, wir gehen rein. Jedenfalls ist alles andere besser, als beim Einschlafen Artie Lawsons Gesicht vor sich zu sehen. Wir wollen doch mal hören, was da so wichtig ist, daß sogar Castillo es geheimhalten muß.«
Tubbs war zugegebenermaßen neugierig. Er schaute noch einmal auf den erfrischenden Anblick da unten und gesellte sich dann zu Sonny, der an die pastellfarbene Tür von 217 klopfte.
Trudy Joplin öffnete die Tür. »He, Jungs!« Sie waren erfreut und zugleich erstaunt, sie hier zu sehen.
Drinnen warteten Castillo – pünktlich wie immer – und ein großer, mitgenommen aussehender Mann, der eine Augenklappe trug und niemand anders als Ed Waters sein konnte.

10

Den Eindruck der Dringlichkeit und die professionelle Atmosphäre, die Ed Waters in seinem maßgeschneiderten Hemd, mit gelockerter Krawatte und hochgekrempelten Hemdsärmeln verbreitete, fand Crockett sofort angenehm. Sie hatten sich in diesem anonymen Raum versammelt, um eine Aufgabe zu erfüllen und den Schleier des Geheimnisses zu lüften. Waters und Castillo schienen auf genau der gleichen Wellenlänge zu liegen.
Als Trudy die Tür geschlossen hatte, machte Castillo die beiden mit Waters bekannt. »Sonny, Ricardo – das hier ist Ed Waters von der Bundesbehörde für Rauschgiftfahndung.«
Während sie sich die Hand schüttelten, bemerkte Crockett die Akten, die sich vor Waters auf dem Tisch stapelten. Auf der Bar lagen ein Aktenkoffer und weitere Papiere. Alkoholische Getränke waren nicht zu sehen.

»Das hier sind deine Leute«, sagte Waters zu Castillo. »Willst du die ganze Operation erklären?«

»Nein. Ich will euch Jungs bloß sagen, daß ich euch nicht mitten in der Nacht hierher bestellt habe, weil ich versuchen will, eure Gesundheit völlig zu ruinieren. Es ist nur so, daß Waters ein paar gute Leute braucht.«

Sie hatten beide noch nie etwas aus Castillos Munde gehört, das so nahe an ein Kompliment herankam.

»Und«, Waters griff das Stichwort auf, »ich muß zugeben, daß wir ein bißchen in der Klemme stecken. Castillo und ich, wir kennen uns schon seit Jahren. Wir haben zusammen schon manche ungemütliche Situation erlebt, in . . . mmh, im Ausland.«

»Ich verstehe so ungefähr, was Sie meinen«, sagte Crockett und zündete sich eine Zigarette an. Er, Tubbs und Trudy hatten sich in die Nähe des zugezogenen Fensters gesetzt.

»Ich bin in den letzten anderthalb Monaten mit einem Spezialauftrag in Miami gewesen«, fuhr Waters fort. »Ich entschloß mich, Castillo anzurufen und zu fragen, ob er mir helfen kann, und er hat mich über den Fall Kovacs informiert. Ihr beide seid für eure Arbeit im Untergrund belobigt worden.« Er nahm die Kovacs-Akten, ließ sie dann wieder auf den Tisch fallen und deutete damit an, daß er das vorhandene Material gelesen und überprüft habe. »Was ihr hier jetzt tun sollt, ist auf völlig freiwilliger Basis. Ich habe hier für jeden von euch eine Zusammenfassung der Hintergrundinformationen.« Er holte zwei braune Umschläge aus dem Aktenkoffer und reichte sie ihnen.

Tubbs begann, seinen Umschlag aufzureißen. *Dein Auftrag, Ricardo, falls Du Dich entscheidest, ihn anzunehmen . . .*

»Schauen Sie sich das später an«, sagte Waters. »Hat Trudys Partner Ihnen schon über den Morales-. . . Zwischenfall . . . berichtet?«

»In groben Zügen haben wir davon erfahren«, sagte Tubbs. »Grundsätzlich sieht es so aus, als ob einer von Morales' Rauschgifthändler-Kollegen sich entschlossen hat, in die Erpresser-Branche überzuwechseln. Morales wirft das Erpressergeld in das Schnellboot, er ist dabei allein, wie verlangt. Im Austausch dafür erfährt er, wo das Boot liegt, auf dem seine Frau und seine Kinder als Geiseln gefangengehalten werden. Er kommt zu dem Boot, und eine Bombe zerreißt sie alle und verteilt sie über das ganze Ufer. Ein einseitiger Handel, verbunden mit der totalen Vernichtung der Opfer. Keine Spuren.«

»Benny Statler sagt, daß die Explosion durch ferngezündeten Plastiksprengstoff erfolgte«, berichtete Castillo. »Sehr gut möglich, daß Morales gar nicht über einen Draht stolpern mußte, der die Detonation auslöste. Sie wußten einfach, wann er in dem Boot sein würde, und haben es in die Luft gehen lassen, als die Zeit gekommen war.«

»Es war genau durchgerechnet, und es war durch und durch professionell«, sagte Waters. »Aber es war auch nicht das erste kleine Picknick dieser Art. In den letzten drei Monaten hat es fünf andere davon gegeben. Die Vorgehensweise ist immer dieselbe – es gab Massaker oder Kidnappings in Boca Raton, Key West, Fort Lauderdale . . .«

»Und alle Opfer waren Dealer?« fragte Sonny.

»Schmuggler«, antwortete Waters. »Was ihnen allen gemeinsam war, ist, daß sie alle umgelegt wurden, nachdem sie große Ladungen nach Südostflorida gebracht hatten. Wir wissen ja auch, warum diese Burschen als Opfer hervorragend geeignet sind.«

»Ja«, sagte Tubbs. »Was können sie denn schon tun? Sich bei der Polizei beschweren?«

»Ich will euch sagen, als die ersten Leichen an Land gespült wurden, hat uns das völlig kalt gelassen. Je mehr Dealer von anderen Dealern umgebracht werden, desto leichter ist unsere Arbeit. Aber wenn ganze Familien umgelegt werden, dann ist wohl die Grenze erreicht. Wir haben es hier mit Wahnsinnigen der Größenordnung von Terroristen zu tun. Jedes Opfer hatte eine ausgedehnte kriminelle Vergangenheit. Gegen Morales zum Beispiel ermittelte nicht nur die Rauschgiftfahndung, sondern auch die örtliche Polizei, die Staatspolizei und das FBI.«

»Kommt dieser komische Vogel Marcusson von daher?«

»Marcusson hat die Verbindung zum FBI übernommen. Er ist ein Widerling, aber er tut seine Arbeit. Ich nehme an, ihr habt Doyle und Russo schon kennengelernt?«

»Lieber Himmel«, murmelte Tubbs. »Diese Clowns . . .«

»Das ist der Grund, warum in diesem Fall Marcusson die Verbindung zum FBI übernimmt. Wir wollen schließlich nicht, daß diese ganze Geschichte morgen früh auf der Titelseite des ›Miami Herold‹ steht.«

»Ich verstehe«, sagte Crockett. »Kein angenehmer Mensch, aber vermutlich clever.«

»Genau. Da Morales und seine Vorgänger so viele Behörden auf den Fersen hatten – einschließlich Miami Vice, wie ich hinzufügen möchte –, haben wir den Verdacht, daß derjenige, der diese Leute umbringt, seine Informationen direkt aus irgendwelchen Polizeiakten hat.«

»Das bedeutet, daß die Killer keine Dealer sind«, sagte Crockett. »Sie sitzen irgendwo in unseren Reihen.«

»Das ist der Grund, warum die Auszahlung in Bargeld und nicht in Drogen erfolgt«, fügte Waters hinzu. »Diese Kerle sind nicht an Drogen interessiert. Wenn sie irgendwie mit den Polizeibehörden zu tun haben, dann haben sie auch Zugang zu den Lagerhäusern mit konfiszierten Waren. Die brauchen den Handel mit Drogen ungefähr so dringend wie du im Sommer im Miami einen Regenmantel.«

»Gibt's Hinweise?« fragte Tubbs.
»Die Quelle könnte überall sein. Bei der Bundes-Rauschgiftfahndung, beim FBI, hier im County, bei irgendwelchen Computerleuten, bei den Leuten von Broward County, der Küstenwache . . wir haben keine Ahnung.«
»Und hier liegt eure Aufgabe«, sagte Castillo. »Niemand weiß von diesem Treffen außer uns fünf, dazu Gina, Switek und Zito.«
»Auch Marcusson nicht?« fragte Tubbs.
»Niemand!« betonte Waters. »Die Bundes-Rauschgiftfahndung hat es mir überlassen, wie ich diesen Fall anpacke. Sie wollen nicht wissen, welche Maßnahmen ich ergreife . . . und wenn ihr bereit seid, mir zu helfen, dann will ich auch nicht wissen, was ihr tut.«
»Jetzt kommt der Haken«, bemerkte Tubbs. »Wo passen wir in dieses ganze Unternehmen rein?«
»Ich will, daß du und Tubbs als geschäftsmäßige Kokain-Schmuggler nach Catagena reist, einen Kauf tätigt und das Rauschgift zurück nach Miami bringt – das ganze Schmuggelgeschäft, wie es im Buche steht. In der Zwischenzeit lassen wir eine Meldung rumgehen, in der ihr beide als Verdächtige beschrieben werdet.«
»Und die Informanten lesen die Meldung und nehmen uns als nächste Opfer aufs Korn«, sagte Crockett. »Charmant.«
»Das bringt sie ans Tageslicht«, sagte Castillo.
Trudy zuckte mit den Achseln. »Dann muß ich mir wohl meinen Paß verlängern lassen.«
»Sie bleiben in Miami«, sagte Waters. »Sie spielen den Köder – die Familie. Wir bringen Sie in dieser Suite als Tubbs' Frau unter, mit verstecktem Sender und allem Nötigen, und warten darauf, daß die sich rühren. Wir werden die ganze Zeit über mit Ihnen in Verbindung stehen.«
»Seht zu, daß diesmal Lester die Elektronik einbaut«, sagte

Crockett mit einer Spur von Bösartigkeit in der Stimme. Ihm wurde plötzlich klar, daß er die ganze Zeit über so geredet hatte, als würde er bei jeder Aufgabe, die Waters möglicherweise im Sinn hatte, mitmachen; so, als ob ihm die Möglichkeit abzulehnen, niemals in den Sinn gekommen wäre. Artie Lawson hätte, da war er sicher, den Auftrag genauso selbstverständlich akzeptiert.
»Warum gerade wir?« fragte Tubbs. »Ich meine, von unseren offensichtlichen Talenten mal abgesehen?«
»Ihr beiden habt nur in Miami gearbeitet, nicht in der internationalen Schmugglerszene. Also seid ihr nicht bekannt. Wie ich den Akten entnehme, habt ihr nur ein einziges Mal außerhalb operiert, im letzten Jahr, als es darum ging, Francisco Calderone auf den Bahamas das Handwerk zu legen.«
Crockett und Tubbs warfen sich einen kurzen Blick zu, in dem viele Erinnerungen lagen. Dieser Auftrag hatte sie eine Menge gekostet.
»Irgendwelche Probleme?« fragte Castillo. Er hatte offensichtlich keine Zeit zu verschwenden.
»Das scheint trotzdem 'ne ganz hübsch aufwendige Sache zu sein«, sagte Tubbs, der versuchte, Klarheit zu gewinnen. »Ich meine, Leute nach Catagena zu schicken –«
»Keine *Leute*«, sagte Waters. »Nur ihr zwei. Wenn ihr irgendwie Ärger habt, dann seid ihr ganz auf euch allein angewiesen.«
Idiotischerweise war alles, was Tubbs in diesem Augenblick durch den Kopf ging, Robert Johnsons kleiner Tonbandscherz aus ›*Mission Impossible*: *Der Minister wird jede Kenntnis Ihrer Aktion leugnen* . . . »Ohne jede Unterstützung bis nach Catagena? Also, ich hab dieses schreckliche Laster, versteht ihr? Ich wache gern am Morgen lebend auf!«
»Ihr denkt, das ist 'ne harte Sache?« Waters war offen und dachte nicht daran, die Sache zu beschönigen. »Es kommt

noch schlimmer. Ihr werdet es mit südamerikanischen Bullen zu tun haben, die nicht besonders scharf darauf sind, streng nach Vorschrift zu verfahren. Wenn ihr mit dem Boot unterwegs seid, können wir keinen Finger rühren, falls die Küstenwacht auf die Idee kommt, euch aus dem Wasser zu pusten. Und es gibt unzählige Gelegenheiten, bei denen ihr ausgeraubt oder getötet werden könnt. Oder beides.«

Auf der anderen Seite, überlegte Crockett, wenn sie einen Auftrag wie diesen durchzogen, würde das ihn und Tubbs zu Elite-Mitgliedern ihrer Abteilung machen. Spezialaufgaben waren der Traum eines jeden; so erstrebenswert wie für den Polizisten, der die Uniform ausziehen möchte, die goldene Polizeimarke, die ihn zum Detective macht. Das hier war der nächste Schritt nach oben auf der Karriereleiter. Zugegeben, es versetzte sie mit einem Schlag mitten in eine Welt, die Artie Lawson fast in den Wahnsinn getrieben hatte . . . aber warum zum Teufel waren sie denn eigentlich bei Miami Vice? Um kleine Fische zu fangen, bis sie dabei umgebracht wurden? Das hier war für Sonny die Gelegenheit, sich auf ein vielleicht tödliches Risiko einzulassen und dabei in seiner Karriere einen großen Schritt weiterzukommen. Er war ein Spieler. Wie unabhängig von seinem eigenen Willen wurde er hineingezogen.

Tubbs dachte an die Ereignisse, die ihn überhaupt erst nach Miami gebracht hatten. War nicht sein persönlicher Rachefeldzug gegen Calderone, den Drogenkönig, der seinen Bruder Rafael umgebracht hatte, genauso eine Ein-Mann-Expedition in feindliches, höchst gefährliches Gebiet gewesen? Die meiste Zeit bei Miami Vice hatte er damit verbracht, den Drogenhändler zu spielen . . . also war auch das nichts Neues für ihn. Und hatte er nicht auch heute abend seinen Hals riskiert, als er in Kovacs' Limousine in den Lauf einer MAC 10 geblickt hatte? Er kam zu dem Schluß, daß Ed Waters nichts von ihnen verlangte, was sie nicht schon mindestens drei dutzendmal gemacht hatten. Waters wollte sie bloß mit einer Mission betrauen, die von entscheidender Bedeutung für die Sicherheit sämtlicher Polizeibehörden war. Es war eine enorme Herausforderung.

Castillo schien gehetzt und ungeduldig. Er hatte seine Entscheidung schon getroffen, und es war zu erkennen, daß er von Crockett und Tubbs erwartete, mitzuziehen. Als sie zögerten, wurde er ungemütlich. »Leute, ihr könnt sogleich durch diese Tür den Raum verlassen, ihr habt keine Verpflichtung. Ich habe euch Waters empfohlen, weil ihr nach dem, was ich gesehen habe, zu den Besten gehört. Ihr habt Mut im Kampf bewiesen. Wenn ihr jetzt ablehnt, dann ist das keine Schande. Aber wenn ihr das tut, dann muß ich zwei Männer auftreiben, die genauso qualifiziert sind, und das wird seine Zeit brauchen. Morgen früh werdet ihr als Hoteldetektive 'ne Beschattung in ›Miramar‹ übernehmen . . .«

Crockett versuchte, die Wand zu durchbrechen, die Castillo errichtete. Er sagte zu Waters: »Was liefert ihr uns, wenn wir bei der Sache mitmachen?«

Waters hatte die Antwort parat. »Drei Dinge. Wir haben für euch beide ein Vorstrafenregister und einen Lebenslauf zurechtgeschneidert. Wenn jemand euch überprüft, dann habt ihr die Vergangenheit, die wir euch geben. Martin?« Er sprach Castillos Namen mit hartem spanischem *i* aus und betonte die letzte Silbe.

»Ich habe einen Anruf von Roberto Morales' Bruder Napo erhalten. Er ist buchstäblich das einzige Mitglied der engeren Familie, das nicht da draußen in der Bucht herumschwimmt. Er wird bestätigen, daß Tubbs ein Cousin von Morales ist. Er will Rache, aber er will sich nicht mit den Bombenlegern einlassen. Also wird er hundert Prozent bei dieser Sache mitmachen, außerdem wird ihm Straffreiheit garantiert.«

»Das Dritte«, sagte Waters und holte einen weiteren Aktenkoffer hinter der Bar hervor, den er Tubbs reichte, »das Dritte ist eine Million in bar.«
Tubbs balancierte den Koffer auf den Knien. »Wie sollen wir das Zeug durch den Zoll kriegen?«
Crockett warf ein: »Was ist mit Fahrzeugen?«
Waters und Castillo wechselten einen Blick. Offensichtlich machten Tubbs und Crockett mit. »Ihr trefft eure eigenen Vorbereitungen«, sagte der Rauschgiftfahnder. »Selbst ich will nicht wissen, was ihr vorhabt.«
Crockett kramte in seiner Tasche und zog die weiche Lederhülle hervor, die seinen Ausweis und seine Polizeimarke enthielt. Er ließ sie auf den Tisch fallen. »Ich denke, das werde ich wohl für 'ne Weile nicht brauchen . . .«
Als Tubbs das gleiche getan hatte, wobei er Crockett einen zögernden Blick zuwarf, fragte Castillo: »Wißt ihr schon, wo ihr anfangt?«
Tubbs öffnete den Aktenkoffer und zählte das Geld – zehntausend Hundert-Dollar-Scheine, alles in kleinen säuberlichen Bündeln mit Banderolen. Er legte die Unterlagen auf die Scheine und ließ den Koffer zuschnappen. »Ja! Komisch, daß Sie das fragen.« Er beugte sich vor und küßte Trudy auf die Wange. »Ich muß 'ne kleine Geschäftsreise machen, Schätzchen. Warte nicht auf mich!«
Mit einem Händedruck wünschte sie ihm Glück, als er und Crockett aufstanden, um zu gehen. »Laß dir nichts abschießen, mein Lieber.«

II

Nachdem sie noch vier Stunden Schlaf auf der »St. Vitus Dance« herausgeschlagen hatten, suchten sich Crockett und

Tubbs ihre Ausrüstung zusammen – einfache Taschen mit Schulterriemen, die vor allem Waffen und Munition enthielten. Sie fuhren schließlich nicht nach Catagena, um sich die Landschaft anzusehen, und, wie Glen Frey sang, »You gotta carry weapons, 'cos you always carry cash . . .«

Der Ferrari brachte sie am Morgen um Viertel nach neun zu Tucker Mohammedts behaglichem Nest, wo es einen Swimming-pool in der Halle gab und wo bereits um diese Zeit eine Haschischwolke in der Luft hing.

»Hast du Switek angerufen?« fragte Tubbs, als sie zu der mit Intarsien verzierten Mahagonitür kamen, in deren Mitte ein Messing-Türknopf schimmerte.

Sonny blickte prüfend auf seine Rolex. »Wir haben drei Minuten Zeit.«

Die schwere Tür öffnete sich langsam, und Rauch zog in die Morgenluft hinaus. Der Mann, der da ins Sonnenlicht blinzelte, war Tucker Mohammedt. Eine doppelte Portion importierten türkischen Haschischs hing ihm zwischen den Zähnen, die sowohl solides Zahngold als auch abgewetzte Stummel mit braunen Rändern waren. Das Verhältnis war ungefähr halbe-halbe. An seinen Arm klammerte sich ein etwa fünfzehnjähriges nacktes Mädchen mit reifem Körper und leblosen Augen, das wie ein Metronom hin und her schwankte. Sie streckte Tubbs automatisch die Haschpfeife hin.

Tuckers Augen glühten wie brennende Kohlen aus Haschisch-Harz. »Bruder«, sagte er zu Tubbs. »Was gibt's?«

Tubbs merkte sogleich, daß Tucker ihn nicht erkannte, und redete auf ihn ein: »Hör mal, Tucker, mein Junge, du erinnerst dich doch an mich. Ich bin Rico. Wir kennen uns doch schon seit einer Woche, hör mal!«

»Halt mal!« Seine Augen wurden feindselig, als er Crockett erspähte. »Hier sind keine Weißbrote erwünscht. Verschwinde, Bleichgesicht.«

»Nein, nein, Tuck, – das ist Sonny, meine rechte Hand.«
Ein weiterer, völlig ausgeflippter Gast trat langsam aus dem Dämmerlicht und starrte wie ein Maulwurf auf die Eindringlinge. Tucker schien seinen Ärger zu vergessen. Das Mädchen stöhnte lustvoll und streichelte ihn. Mitten in seinem wohligen Schnurren stieß er hervor: »Das ist Rico, ein toller Kerl.«
Er brachte das Mädchen ins Licht. Sie war eingeölt und mit Schmuck behängt worden, und ihr schimmerndes schwarzes Haar war kunstvoll hochgesteckt. »Das ist Honey. Süße Puppe. Nett, nicht wahr?«
Tubbs zeigte auf seinen Partner. »Sonny.«
»Honey, Sonny«, lallte Tucker, »Sonny, Honey.«
Er begann zu kichern, total hinüber. Crockett und Tubbs drängten sich ohne allzuviel Aufsehen ins Innere des Hauses. Die Luft war mit dichtem Opium-Rauch erfüllt, der in den Augen stach. Es war wie in einem Schmelzofen. Ein heißer Whirlpool war bis zum Rand voll mit zombieartigen Nichtstuern, die völlig bewegungslos dalagen. Geisterhafte Hintergrundmusik, die man mehr ahnte als hörte, flutete an ihr Ohr, als käme sie von einem anderen Stern. Tucker wankte zu seinem Thron zurück, einer großen ledernen Hängematte, die zwischen dem Whirlpool und dem Schwimmbecken hing. Der Fußboden war gekachelt, und die schwachen Lichter wurden vage reflektiert. Honey kletterte in die Hängematte und versuchte, Tucker in die krakenartige Umklammerung ihrer Arme und Beine zu ziehen.
Tubbs mußte ihn daran erinnern, daß sie immer noch da waren. »Tucker, erinnerst du dich an letzte Woche? Wir haben 'ne Menge Grand Marnier getrunken, und du hast gesagt, wenn ich jemals mein Geschäft erweitern wollte . . .«
Es war quälend, darauf zu warten, daß Tucker in die Wirklichkeit zurückfand. Sonny sah einen anderen unglückseligen Burschen, der an einem Glastisch eingeschlafen war und mit

dem Gesicht in einem halben Kilo Kokain lag, den Strohhalm noch in der Nase. Während der Bursche gleichmäßig im Tiefschlaf atmete, sog er Flocken ein und ließ beim Ausatmen kleine Wolken aufsteigen.
»Du hast mir gesagt, daß du einen Flieger kennst. Ich brauche einen Flieger, Tuck«, bedrängte ihn Tubbs.
»Du verlangst einen großen Gefallen!« murmelte Tucker, während er Honeys Oberschenkel streichelte und sich ablenken ließ.
Sonny warf erneut einen verstohlenen Blick auf seine Uhr. Die Vordertür wurde aufgestoßen, und Switek und Zito stürmten mit gezogenen Waffen herein. »Keine Bewegung!« Als sie bemerkten, daß die Anwesenden viel zu sehr unter dem Einfluß von Drogen standen, als daß sie die Ankunft von Neuankömmlingen bemerkt hätten, gingen sie die ganze Sache sogleich viel ruhiger an.
Tucker sah die Leute von Miami Vice und versuchte, sich davonzumachen, schaffte es aber nicht. Crockett und Tubbs gaben ihm noch einen Augenblick Zeit, den Gedanken, daß hier eine Razzia stattfand, in sein umnebeltes Hirn dringen zu lassen, dann nahmen sie ihn zwischen sich und schoben ihn zum hinteren Teil des Gebäudes.
Switek fühlte sich überflüssig und rief, mehr um des Effektes willen: »Um Himmels willen, sie . . . uh . . . sie flüchten.«
»Sie sind entkommen. Oh, mein Gott!« sagte Zito todernst. Er trat einen Schritt weiter in diesen Palast des Vergnügens, und Honey streckte die Hand nach ihm aus. »Stan. Es sieht so aus, als ob unser Hauptverdächtiger entwischt ist. Also, amüsiert euch, Leute. Fröhliches Fest!« Er erspähte einen zusammengerollten Hundert-Dollar-Schein auf einem Tisch mit Kokain und steckte ihn auf dem Weg hinaus schnell ein. »Einen schönen Tag noch!« Eine Tür fiel zu, und sie waren fort. Niemand hatte eigentlich wirklich bemerkt, daß sie dagewesen waren.

Crockett stieß die Hintertür auf, die aus der Küche hinausführte, und er und Tubbs schleiften Tucker an den Armen ins Freie. Tucker schien zu schrumpfen und zu versuchen, sich in sich selbst zurückzuziehen, als er dem Sonnenlicht ausgesetzt wurde. Sie brachten ihn unter lautem Getöse dazu, sich hinter einer Reihe von Mülltonnen niederzuducken.
»Was ist 'n los?« fragte Tucker und krauste die Nase. Er war schließlich kein Narr. *Irgend etwas* war passiert.
»Die Bullen haben gerade bei dir 'ne Razzia gemacht«, sagte Tubbs.
»Schon wieder? Ich will meinen Rechtsanwalt anrufen!« Er war wie ein quengelndes Baby, das eine neue Windel braucht. »Wann sind sie denn gekommen?«
»Gerade eben«, sagte Tubbs. »Wir sind entwischt.«
»Ja, wirklich. Bist 'n feiner Kerl. Willsse was zum Schnupfen? Ist umsonst . . .«
»Nein, wir müssen fort. Aber ich brauche den Namen von dem Piloten, Mann.«
»Was für 'n Pilot?« Mit einem Schwachkopf wie Tucker umzugehen war zum Wahnsinnigwerden, aber Tubbs bewahrte Ruhe. »Der Flieger. Um mein Geschäft zu erweitern. Erinnerst du dich?«
Tucker leckte sich die Lippen wie jemand, der stark unter der Wirkung von Novocain und Lachgas steht. »Oh. Jimmy. Der Junge heißt Jimmy. Kennst du Rickert Field? Lebt da in so 'ner Art Flugzeugschuppen . . .«
»'ne Landebahn irgendwo draußen«, sagte Crockett. »Privat.«
Sie ließen Tucker sitzen, die Beine weit von sich gestreckt und nachdenklich einen verfaulenden Salatkopf betrachtend.

Rickert Field schien der einzige feste Boden in einem Gebiet aus Marschland zu sein. Auf der anderen Seite, wo frische

Reifenspuren zu sehen waren, stand ein heruntergekommener Schuppen.
Als sie den Platz endlich gefunden hatten und aus dem Wagen stiegen, war der dunkle Glanz des Ferraris matsch-grau. Genau in dem Moment, als sie ihre Füße auf den Boden setzten, wurden sie von einer laut dröhnenden Schallwelle erschüttert. Jemand kratzte auf einer Fender Strat herum, immer einen halben Ton hinter Jimi Hendrix' *Purple Haze*, das von einem Band kam.
»Gar nicht so übel«, meinte Tubbs über die Gitarrenklänge, die aus der offenen Tür des Hangars drangen.
Sie gingen hinein und sahen eine mit Teppichen ausgelegte Plattform. Sie schien der eigentliche Mittelpunkt des ganzen Flugzeugschuppens zu sein. Im hinteren Ende des Hangars standen diverse Flugzeugteile und halbreparierte Maschinen unter staubigen Schutzhüllen. Die Plattform war mit Postern in Leuchtfarben ausstaffiert – Whiskey-à-gogo-Plakate, bunte Friedenssymbole, psychedelische Motive.
Die Musik kam aus zwei Meter hohen Marshall-Lautsprechern. Dahinter stand ein selbstgebasteltes Regal mit einer Stereoausrüstung, die mindestens zwanzigtausend Dollar wert war. Es gab Sofas und Stühle mit eingebeulten Sitzflächen und anderes Mobiliar, das schlicht und einfach kaputt war – Liegesessel ohne Beine, bei denen durch den zerschlissenen Bezug die Polsterung hervorquoll. Alles war komfortabel-schäbig, bescheiden, aber gemütlich. Die letzte Zuflucht eines Junggesellen.
Das Dröhnen der elektrischen Gitarre ging weiter. In der Mitte der Plattform stand ein riesiger, bärtiger Wikinger-Typ, der ein geblümtes Hawaii-Hemd trug, das groß genug war, bei gutem Wind der »St. Vitus Dance« als Segel zu dienen. Er beugte sich über seinen elfenbeinfarbenen Stratocaster und zupfte weiter, ohne sich der Eindringlinge bewußt zu sein.

»Angenehmer Knabe«, brüllte Tubbs.
»Ja«, schrie Crockett zurück. »He, Junge, mach mal 'ne Pause!«
Er beendete seinen Achtelrhythmus und ließ ihn ausklingen. Die Gitarre legte er auf seinem Chromgestell ab, dann drehte er sich herum und stellte die Stereoanlage ab. Er war weder besorgt noch besonders aufgeschlossen. »Was gibt 's, Leute?«
»Tucker Mohammedt hat uns geschickt«, sagte Crockett.
»Ja? Weswegen?« Offenbar war der Rock 'n' Roller Jimmy. Er kam von seiner Plattform herunter und rieb sich den Staub von seinen riesigen Handflächen. Er war fast 10 cm größer als Crockett.
»Wir brauchen 'ne Transportgelegenheit«, sagte Tubbs.
Jimmy zuckte mit den Achseln und lächelte. »Dann mietet euch doch ein Taxi.«
»Wir suchen einen friedlichen kleinen Lufttransport«, sagte Crockett, dem klar wurde, daß er es mit einem ehemaligen Soldaten zu tun hatte, wahrscheinlich einem Vietnam-Veteranen. Jimmys Benehmen wies eindeutig darauf hin.
Jimmy holte eine Schachtel Zigaretten hervor und bot ihnen welche an. Crockett zog seine eigenen Luckies heraus und entzündete beide Zigaretten mit seinem Zippo-Sturmfeuerzeug. Jimmy nahm einen tiefen, erfrischenden Zug. »Von wo nach wo?«
»Nach Kolumbien und zurück«, sagte Tubbs.
Jimmy streckte die Hand aus, schob Crocketts lose weiße Jacke zurück, so daß die Bren Ten in ihrem Halfter sichtbar wurde. »Seid ihr im Rauschgiftgeschäft?«
»Ich finde, was wir laden, sollte unsere Angelegenheit sein«, sagte Tubbs. »Das ist nicht persönlich gemeint.«
»Das gefällt mir. Keine Fragen, keine falschen Antworten. Wir wollen uns nicht mit Feilschen aufhalten . . . weil ich nicht feilsche. Ich will euch ohne falsche Bescheidenheit sa-

gen, daß ich außerordentlich gut in meinem Job bin – und mein Job ist Fliegen. Ich bringe euch, wohin ihr wollt, ich warte die vereinbarte Zeit ab . . . und dann könnt ihr mich vergessen. Verstehen wir uns soweit?« Jimmy schien ganz gewitzt und geradeheraus, wie eine Subkultur-Version von Ed Waters. »Also, ich bin kein John Wayne, und ich trage kein rotes ›S‹ für ›Supermann‹ auf meiner Brust. Ich schlage mich nur für euch, wenn es unbedingt sein muß. Im übrigen bin ich nicht für Gewalt. Außerdem, beeilt euch mit eurem Geschäft, denn ich bin auch nicht euer Reiseführer. Haltet euch an die Regeln, und ihr werdet keine Probleme haben. Euer einziges Problem in diesem Augenblick sind fünfundzwanzig Riesen – in bar auf den Tisch.« Er ging zu einer primitiven Kochnische und drückte auf den Knopf eines Mixers, der surrte und einen halben Liter gräulichen, mit Hefe angereicherten Vitamin-Protein-Drink schaumig schlug. Während er sprach und seine Regeln erklärte, nahm Jimmy ein Ei aus einem tragbaren Kühlschrank und schlug es in die wirbelnde Masse. Dann fügte er eine halbe Dose Bier hinzu, das schäumte und untergerührt wurde. Er schüttete sich einen guten halben Liter in ein sauberes Glas, schluckte eine Handvoll Vitaminpillen und leerte das Glas, bevor sich der Schaum setzen konnte, in vier schnellen Zügen.

Crockett zog zehn Hundert-Dollar-Scheine aus seiner Hemdentasche, faltete sie in der Mitte und steckte sie in Jimmys herunterhängende Brusttasche. »Du sagst uns, wo, und wir sagen dir, wann.«

»Prima.« Er ergriff eine Flasche mit Jack Daniels, nahm einen kräftigen Schluck von dem Whiskey, gurgelte kurz damit, um den Vitamingeschmack aus seinem Mund zu bekommen, und schluckte ihn runter. »Ah! Laßt uns gehen!«

Nichts hielt sie auf. Trudy war im ›Seashore-Hotel‹ einquartiert, mit einem Sender, so groß wie ein Streichholzbriefchen,

im Absatz ihres Stiefels, wo ihn Lester Kosko installiert hatte. Die MAC 10, die Tubbs eingepackt hatte, waren gründlich überprüfte, vollautomatische Waffen, bereit, alles zu vernichten, worauf sie gerichtet wurden. Crockett hatte für den Abwurf des Rauschgiftes eine Stelle am Blackwater Creek ausgesucht. Switek war damit beauftragt worden, Tubbs' Caddy am Flughafen abzustellen.
Als sie den Highway entlangfuhren, verstaute Tubbs das restliche Geld in einer der Schultertaschen. Jimmy hatte seine 25 000 Dollar. Er kutschierte ein paar Wagenlängen voraus in seinem Jeep, wobei sein Haar und sein Hemd im Winde flatterten. Er schien überlebensgroß.

Wavey Davey sah aus wie die zu schwarz geratene Kopie eines wirklichen menschlichen Wesens. Jeder seiner 150 cm schien mit Maschinenschwärze bedeckt. Sein Haar glänzte wie Motorschmiere und stand in steifen Büscheln unter dem Rand seiner schmutzigen Ingenieursmütze ab. Der Overall und die Stiefel, die er trug, waren gleichermaßen verdreckt. An seinen Augen erkannte Tubbs, daß er Pillen schluckte, um nachts länger wach zu bleiben, damit er an Flugzeugmotoren herumhantieren konnte. Wenn er gähnte, hätte er mit dem Luftzug eine Möwe vom Himmel holen können.
»Du bist also Big Papa Morales' Cousin?« sagte er, wobei er die Vokale verschluckte, wie es die jugendlichen Kriminellen taten, mit jener Art undeutlicher Sprache, die unter Teenagern als Kommunikation gilt. »Netter Mann. Wirklich übel, daß seine Familie in tausend Stücke zerrissen wurde, nicht?« Er wischte sich seine dreckigen Finger an einem Lappen ab, der noch schwärzer als seine Fingernägel war.
»Du wirst meine Familie schön rauslassen, Bürschchen«, sagte Tubbs.
»Ich sehe, ihr habt Wavey Davis schon kennengelernt«, mein-

te Jimmy, der für einen Moment weggegangen war, um seinen Jeep abzudecken.
»Kann man kaum vermeiden«, sagte Crockett mit halbem Lächeln.
»Na, Davey, wie geht es denn meiner kleinen Kuh? Bereit, über den Mond zu springen?«
Davey ging voran zu Jimmys Maschine. »Vielleicht nicht gerade über den Mond, aber bestimmt . . . Puerto Rico, und . . . was wollen wir sagen . . . noch weiter südlich.« Er wischte sich immer noch die Hände ab, was nicht die geringste Wirkung zeigte.
»*Wir* wollen überhaupt nichts sagen«, meinte Jimmy, plötzlich ganz geschäftsmäßig. Crockett gefiel der Stil, den dieser Bursche hatte. Mit leicht irrem Grinsen fügte Jimmy hinzu: »Zur ›Trans-Love Airways‹ bitte hier entlang . . .«
Wavey Davey tätschelte eine der beiden Turbinen an einer heruntergekommenen Dakota. Er trat die Bremsklötze weg, salutierte dem Flugzeug und rannte zurück in Richtung Hangar.
»Der Bursche könnte auch ein paar Jahre beim Psychiater auf der Couch gebrauchen«, sagte Crockett.
»Bestimmt«, sagte Jimmy. »Bei dem sitzt nicht eine einzige Schraube fest. Aber, mein lieber Mann, der behandelt diese Motoren, wie du oder ich die Frau behandeln würden, die wir lieben.«
Der Rumpf des Flugzeuges war silbergrau, mit ausgeblichener Farbe unter den Tragflächen. Unter dem Cockpit war eine leuchtendgelbe Zitrone aufgemalt, und ein Name – *La Vaca*.
»Nett, nicht? Der Bursche, der sie mir verkauft hat, meinte, ich hätte mit Zitronen gehandelt. Sie mag ja aussehen wie eine Kuh, aber sie läuft wie ein Hengst. Das könnt ihr mir glauben.«
Tubbs setzte seine Tasche vor der Luke ab, die sich vor den Tragflächen befand. »Gooney Bird«, sagte er.

Crockett wußte nicht, was er meinte, aber Jimmy schien es zu gefallen. »Du hast es erfaßt, mein Junge. Die C 47, von der Doug Ingells behauptet, sie sei ›das Flugzeug, das die Welt verändert hat‹. Er hat ein Buch über dieses Flugzeug geschrieben. Das Arbeitspferd des Himmels. Wurde im 2. Weltkrieg als Truppentransporter benutzt; ist dreißig Jahre später immer noch im Gebrauch. Weißt du, warum? Weil sie so verdammt gut ist. Sie wird im Dschungel benutzt. Sie wird in der Arktis benutzt. Ich hab sie hier und da ein bißchen überholt, aber das meiste von dem, was du hier siehst, hab ich so gekauft.« Er tätschelte das Zitronenbild. »Diese hier hat im Krieg Segelflieger gezogen. Die Luke ist offen, klettert rein.«
Jimmy hatte das Innere leergeräumt, um möglichst viel Treibstoff unterzubringen und so die Flugdauer verlängern zu können. Vier Aluminiumsitze waren über den Ersatztanks befestigt. Bei dieser Ausstattung hatte das Flugzeug eine ganz schöne Reichweite. Tubbs hatte den Verdacht, daß es hier keine Filmvorführung geben würde.
Jimmy blieb an der Gangway stehen, holte tief Luft und warf einen langen Blick über das Flugfeld dahin zurück, woher sie gekommen waren. »Ich werfe immer gerne noch einen Abschiedsblick auf Amerika«, erklärte er. »Bloß für den Fall, daß es das letzte Mal ist.«
Crockett und Tubbs nickten beifällig zu diesem merkwürdig passenden Gefühl und setzten sich, während Jimmy die Stufen nach oben klappte, die Luke schloß und ins Cockpit kletterte. Crockett hatte eine unangezündete Zigarette im Mund, und Jimmy nahm sie ihm weg und steckte sie ihm in die Brusttasche. »Hier drinnen ist Rauchen verboten.«
»Warum?«
»Weil manchmal Benzin entlang den Tragflächen in die Kabine läuft. Hier gibt's 'ne Menge Benzindämpfe. Du schnippst einmal mit dem Finger – und das genügt, um das ganze Ding

in die Luft fliegen zu lassen.«
»Schon gut.« Crockett sah Tubbs' ernsten Gesichtsausdruck und versuchte, sich zu beruhigen, aber er stellte fest, daß seine Hände zitterten.
»Ganz ruhig«, sagte Tubbs, der die Situation etwas aufheitern wollte. »So übel kannst du dich als Millionär doch gar nicht fühlen.«
Jimmy bekam vom Tower Starterlaubnis und rollte hinaus. Die Turbo-Propeller brummten mächtig und erschütterten das ganze Flugzeug.
»Vielleicht wollt ihr die Fallschirme da drüben anziehen?« rief Jimmy aus dem Cockpit nach hinten.
Crockett erblaßte: *»Warum?«*
»Weil wir gerade vom Boden abheben!«
Crockett und Tubbs betrachteten die Fallschirme, die vor ihren Sitzen auf dem Boden lagen, keiner von ihnen hatte eine Ahnung, wie man sich da reinzwängte. Sie schauten sich käsebleich an und klammerten sich so fest an die Sitze, daß ihre Knöchel weiß wurden, während Jimmy Gas gab und die »La Vaca« in den Nachmittagshimmel aufstieg.

12

Das Hotel »Merilindo« sah ungefähr so luxuriös aus wie ein Wohlfahrtsladen in einer armen Gegend. Davor kreuzten sich drei Straßen, die eigentlich nur unbefestigte Wege voller Schlaglöcher waren. Als Tubbs' Taxi auf einer dieser Hauptverkehrsadern heranratterte, fuhr gerade ein Lastwagen auf ein anderes Taxi. Verfaultes Gemüse fiel auf die Straße. Die beiden Fahrer machten Anstalten, unter einer Flut spanischer Schimpfworte mit den Fäusten aufeinander loszugehen, während Tubbs sich seine Tasche über die Schulter hängte und einen Weg aus dem Taxi erkämpfte. Sein Fahrer war ein lustiger Bursche, der fuhr wie ein Jeepfahrer auf dem Ho-Tschi-Minh-Pfad. Der Gehweg war löchrig und holprig wie Vulkanlava, und Tubbs fiel fast auf den Hintern, als er ausstieg. Das ganze Stadtzentrum schien drei Zentimeter dick mit Staub und Schmutz bedeckt zu sein. Gemalte Schilder auf den Mauern der heruntergekommenen Gebäude waren nahezu vom Staub abgerieben.

Der Taxifahrer – wenn er einer war – grinste breit und zeigte auf ein anderes Taxi, das gerade ankam und in dem Crockett saß. »'n Freund von Ihnen?«

»Wie kommst du darauf, Bruder?« erwiderte Tubbs und fand, daß sein Fahrer mit seinen Narben und seinem schmierigen Benehmen irgendwie aussah wie ein Pirat.

»Weil ihr hier die einzigen seid, die Geld haben.«

Wenn das für die Einheimischen so leicht zu durchschauen war, wen wollten sie denn eigentlich damit, daß sie getrennte Taxis nahmen, täuschen? Für Leute, die einigermaßen bei Verstand waren, gab es nur einen Grund, in dieses Höllenloch zu fahren, und der war typisch amerikanisch – um hier Geschäfte zu machen. Eine Bande schmutziger, zerlumpter Straßenkinder beäugte Tubbs begierig, aber der Taxifahrer machte ihnen klar, daß dieser Fisch ihm gehörte, und verscheuchte sie.

»Ich bringe Sie sicher zur Tür Ihres Hotels«, sagte der kleine Mann pompös. »Ich hoffe, Ihr Aufenthalt in unserer . . . Metropole wird Ihnen gefallen.«

Tubbs lachte und drückte ihm einen Geldschein in die Hand. Er grinste wieder und verschwand. Die ganze Szene war wie die Parodie auf eine Ankunft im Hotel irgendwo in der zivilisierten Welt. Das hier war wirklich das Land des Kokains. Auf jeden Taxifahrer, der aussah, als sei er aus einem Film entsprungen, und auf jeden gewitzten Straßenjungen kam hier ein Kokain-Boß, der pro Woche fünf oder sechs Leute bloß so zum Spaß erschoß, und jugendliche Kriminelle mit scharfem Blick, die begierig darauf waren zu beweisen, daß sie würdig waren, für einen solchen Mann zu arbeiten. Da gab es räudig aussehende, barfüßige Frauen, die man für fünf Dollar in amerikanischem Geld die ganze Nacht haben konnte. Überall gab es *cantinas* und Gebäude, auf denen *LICORES* stand; schäbige, schwach beleuchtete Kneipen, wo man seine Brieftasche oder seine Uhr gegen interessante einheimische Pflanzen eintauschen konnte oder auch sein Leben. Überall gab es Schmutz, Armut und schockierende Lebensbedingungen. Hier hatte jeder auf die eine oder die andere Art mit Drogenhandel zu tun. Mit der Kokain-Ernte konnte man am meisten verdienen. Wenn man nicht im Rauschgiftgeschäft war, dann war man dumm . . . und wenn man dumm war, dann war man so gut wie tot.

Das Gewicht der MAC 10 in seiner Tasche fand Tubbs plötzlich ganz beruhigend.

Jimmy war fünf Minuten früher mit dem Taxi angekommen, und sie trafen sich alle, wie verabredet, in Zimmer 15. Auf dem Flur war irgendwo das Weinen eines Babys zu hören.

»Kolumbien ist das richtige Urlaubsland«, meinte Tubbs und schloß die Tür. Er mußte schließlich dagegentreten, damit sie zublieb.

Der Raum war im Slum-Stil eingerichtet – zerbrochene Sprungfedern – und vermutlich von diversen Kleinlebewesen übersät, die Tubbs lieber nicht auf sich herumkrabbeln lassen wollte. Crockett saß auf der Lehne von etwas, was einmal ein Zweiersofa gewesen war. Es hatte weder Polster noch Beine. Er zündete sich mit seinem Sturmfeuerzeug eine Lucky an. »In fünf Minuten hast du da draußen das erste Rendezvous«, sagte er zu Tubbs und zeigte aus dem Fenster.

Ein zerfetzter Vorhang bewegte sich träge in der heißen Luft.

Jimmy ging ans Fenster und schaute auf den Innenhof des Hotels, aus dem der Gestank von Teer und Asphalt mit der Hitze hochstieg. »Ich hab euch hier ein Zimmer mit toller Aussicht besorgt, findet ihr nicht?« sagte er grinsend.
Drei Cinzano-Tische mit Rostflecken waren über den Hof verstreut, um sie herum dünnbeinige Sonnenstühle. Alles schmorte in der unbarmherzigen Hitze. Unter dem mittleren Tisch streckten sich ein paar übereinandergelegte Beine in leichten Khaki-Hosen. Während Tubbs nach unten schaute, nahmen zwei riesige, häßliche Typen am zweiten Tisch Platz.
»Ich werde mich bei der Hoteliers-Innung beschweren«, sagte Tubbs.
»Kommt schon, Leute«, sagte Jimmy mit dick aufgetragener Begeisterung. »Von hier aus habt ihr einen tollen Blick. Da könnt ihr euch den Feind ansehen, bevor ihr euch auf was einlaßt. Das ist ein phantastisches Zimmer.«
»Wir warten noch auf den Urteilsspruch«, alberte Crockett gutgelaunt. Er wußte, was Jimmy meinte. Er zog eine der MAC 10 aus der Nylonhülle und schob ein Magazin ein. Die Waffe reichte er Jimmy und fragte: »Kannst du damit umgehen?«
»Ich bin damit zur Welt gekommen.« Er probierte die Sicherung aus. »Ist die für den Fall, daß ich da unten was sehe, das mir nicht gefällt?«
»Oder irgendwo sonst irgendwas anderes, was dir nicht gefällt«, sagte Crockett. Er überprüfte die Ladung der Bren, füllte die Kammern und legte ein neues Magazin ein. Dann machte er eine Bewegung zur Tür hin. »Tubbs, wir gehen hinten herum.«

Beneficio Grocero war ein ganz durchschnittlicher, unauffällig aussehender Mann, der jetzt zum Fettwerden neigte, zu leichtem Haarausfall und mit fortschreitendem Alter nicht

schöner wurde. Das Kokaingeschäft hatte sein Leben lethargisch und seine Augen trübe gemacht, seinen Geschmack abgestumpft und seine Begierden auf Geld und Frauen beschränkt. Beides mußte leicht zu erreichen sein, sonst interessierte es Grocero nicht.
Als Tubbs sich näherte, sah er, daß Grocero einen Bauch hatte und daß seine Socken rutschten. Seine Haut war faltig, und seine Augen mit den schweren Lidern verrieten dumpfe Schlauheit, die mit ausgesprochener Stupidität vermischt war. Genauso stupide waren die beiden ›Bodyguards‹, die nur hier waren, um ihre Muskeln zu zeigen. Sie waren übergewichtig, hatten hölzerne Gesichter, leere Hirne und einen üblen Charakter und wechselten nur gelegentlich ein paar Silben.
Tubbs zog sich einen Liegestuhl heran und setzte sich an Groceros Tisch, ihm gegenüber. Eine Fliege surrte laut durch die heiße Luft. Hinter Tubbs, am weitest entfernten Tisch, nahm Crockett seine Stellung ein, undurchschaubar hinter den dunklen Gläsern seiner Wayfarer-Sonnenbrille.
»So, Sie sind also Roberto Morales' Cousin . . . Ricardo«, sagte Grocero langsam, als ob die Hitze auch seine Stimme träge gemacht hätte. Er ließ eine Handvoll Zehn-Peseten-Stücke von einer Hand in die andere gleiten. Das Klirren des Silbers hallte durch den Hof. »Was kann ich denn wohl für den Cousin meines Freundes Papo tun?« Er kratzte sich träge an der Stirn, und ein serviler Kellner, die Amazonas-Version eines Bowery-Boys, eilte geschäftig herbei. *»Dos aguadientes, por favor«,* sagte Grocero. Als Tubbs ihm auf seine Frage nicht gleich eine Antwort gab, redete er weiter. Sein Blick ging überallhin, außer zu Tubbs. »Papos Familie. Das ist eine üble Sache, aber . . . das ist es wohl, was ihr Yankees Geschäft nennt, richtig?«
»Wir wollen auf meinen Cousin trinken«, sagte Tubbs, als der

Kellner ihre Getränke auf einem schmutzigen Tablett heranschleppte. »Sie müssen kommen und mich in meinem Heim besuchen . . . meine Familie kennenlernen. Ich möchte Ihnen ein Freund werden, wie Papo es war.«
»Ein *Geschäfts*freund, nicht wahr? *Salud*.« Grocero trank. »Um was für ein Geschäft geht es denn?«
»Zweiundzwanzig pro Kilo. Sie liefern, wir zahlen. Wir tragen die Verantwortung.«
»Sie müssen aus dem künstlerisch begabten Zweig der Familie kommen.« sagte Crocero. »Bei dem Angebot sollte ich es vielleicht lieber gleich verschenken.«
»*Bueno todo tienes su cosa loca* – wenn Sie das so sehen, dann kann ich Ihnen leider auch nicht helfen . . .«
Einer der zerlumpten Straßenjungen marschierte entschlossen auf Grocero zu. Grocero ließ seinen Blick über den Jungen schweifen wie ein Leguan über seine zukünftige Beute, streichelte ihm dann über den verlausten Kopf und ließ ein paar Münzen in seine Hand fallen. »Ricardo, es sind die Kinder meines Landes, die Mildtätigkeit nötig haben. Nicht Sie.«
Mit einer Bewegung, die so schnell war, daß keiner ihr folgen konnte, rannte der Junge an Tubbs vorbei, griff nach seiner linken Hand und riß ihm die Cartier-Uhr vom Handgelenk. Tubbs fiel dabei fast vom Stuhl, so daß er den kleinen Dieb, der an Groceros beiden bulligen Leibwächtern vorbeisprintete, nicht zu fassen bekam. Die beiden setzten sich in Bewegung, um ihn einzufangen, aber auf einen Wink von Grocero hin blieben sie stehen. Im Bruchteil einer Sekunde war der Junge verschwunden.
»Die Welt ist hart, mein Freund«, sagte Grocero philosophisch. »Und es gibt auf der ganzen Welt keinen härteren Ort als Catagena.«
Tubbs rieb sich die Schwellungen an seinem Handgelenk und setzte sich wieder auf seinen Stuhl. Der gewaltsame Stoß hat-

te die Metallbeine verbogen, und nun neigte sich der Stuhl bedenklich nach hinten. Tubbs wurde klar, daß der ganze Überfall wahrscheinlich im voraus von Grocero als eine Art alberner persönlicher Prüfung geplant war. Er war verärgert, wahrte aber das Gesicht und sagte: »Der ganze Trick, mein lieber Freund, besteht darin, es sich in einer harten Welt einfach zu machen.«
Crockett bewunderte die Art und Weise, wie sein Partner mit Situationen wie dieser fertig wurde, eher mit Selbstbeherrschung als durch Ungestüm. Er selbst – Crockett – hätte leicht aus der Haut fahren und so das ganze Unternehmen gefährden können. Tubbs schien einen Instinkt dafür zu haben, wie man mit diesen verwöhnten, rauschgiftsüchtigen Geldleuten umging.
Grocero nahm mit lautem Schlürfen einen weiteren Schluck von seinem Drink. Wie man es auch betrachtete, es war ein durstiger Tag. Er verstreute den Rest der Münzen, mit denen er gespielt hatte, auf der Tischplatte, wo sie klirrend umhersprangen. »Der Cousin meines Freundes, den ich nicht kenne«, sagte er in nachdenklichem Tone. »Sie bezahlen dreißig. Und Sie werden beschützt und sicher sein, und es wird alles sehr nett für Sie sein, wenn Sie nach Miami Beach zurückkehren und im Luxus leben . . . das wollen Sie doch?«
»*Si* – im Luxus leben. Aber nicht bei dreißigtausend pro Kilo. Ich biete fünfundzwanzig.« Er setzte sich in seinen krachenden Stuhl zurück, nachdem er sein erstes und einziges Angebot auf den Tisch gelegt hatte. »Warum sollte ich von meinem guten Freund Schutz benötigen? Ich habe meinen eigenen Schutz.«
Grocero nickte Crockett zu. Crockett blieb ruhig und bewegungslos. »Ein blonder *gringo*. Das ist ein sehr guter Schutz in Kolumbien, mein lieber Freund.« Er gab ein harsches kleines Lachen von sich. »Ich rede überhaupt nur mit Ihnen, weil Sie Papo gekannt haben.«

»Nein. Sie reden mit mir, weil Sie ein Geschäft machen wollen«, warf Tubbs grob ein. Daran führte kein Weg vorbei.
Nach einem weiteren verächtlichen Schnaufer sagte Grocero: »Wissen Sie, wie viele *gringitos* und *gabachos* hierherkommen, weil sie . . . ›ein Geschäft‹ machen wollen?«
Tubbs schlug sofort zurück. »Wissen Sie, wie viele Kolumbianer ein Geschäft machen wollen?«
Ob Grocero nun wirklich das Rauschgift verkaufen würde, war eine akademische Frage. Die ganze Unterhaltung mit ihren Wiederholungen und Seitenhieben war einzig und allein dazu da, Tubbs richtig einschätzen zu können, so nötig wie die Formalitäten im Ring, die einem Boxkampf vorausgehen – wichtige Rituale, die nichts mit der Wahrheit von Faust gegen Faust zu tun haben. Genauso wichtig wie das, was gesagt wurde, war das, was *nicht* gesagt wurde. Crockett wußte, daß Tubbs dieses Spiel hervorragend beherrschte.
Zwischen den beiden Fremden, die einander mit giftiger Stimme »mein Freund« nannten, herrschte eine gespannte Atmosphäre. Und dann verzogen sich die düsteren Wolken. Vielleicht hatte die drückende Hitze sie ausgetrocknet.
»Falls ich wieder von mir hören lasse«, sagte Grocero, womit er seinen Abschied andeutete, »dann werden wir sehen, ob wir miteinander ein Geschäft machen können.«
Tubbs erhob sich so plötzlich, daß die Killer am Nachbartisch aufsprangen wie Dobermänner. Als ob ihm Grocero völlig gleichgültig wäre, sagte er ebenso beiläufig: »Das sollte bald sein. Meine Zeit bedeutet Ihr Geld.« Er wußte längst, daß Grocero nicht gesagt hätte, *»falls Sie wieder von mir hören«*, wenn er nicht die ganze Zeit diese Absicht gehabt hätte. Alles andere an diesem Treffen war bloß ein Spiel gewesen . . . man mußte seine Rolle spielen, oder, wie Crockett sagen würde, auf des Messers Schneide spazierengehen. Er ging brüsk davon, ohne einen Blick zurück auf den Kolum-

bianer zu werfen. Crockett schloß sich ihm an und deckte seinen Rückzug.

Sobald sie außer Sicht waren, rieb sich Tubbs erneut das Handgelenk, während Crockett sich an seine Seite gesellte.

»Die werden sicher meine verdammte Uhr für ein paar Pfennige verscheuern . . .«

»Sei froh, daß sie hier auf dem schwarzen Markt nicht mit Fingern handeln . . .«

Sie gingen durch einen feuchten, kühlen Tunnel, ein gemauerter Zugang zur Straße vor dem Hotel »Merilindo«. Hier drinnen gab es keine Lampe, nur einen Schimmer von Tageslicht an den beiden Enden. Das entfernter liegende Tunnelende wurde von der Silhouette eines rennenden Mädchens verdunkelt. Sie war barfüßig und schien in ihrer panischen Flucht im Zickzack durch den Tunnel zu laufen. Crockett und Tubbs hörten, wie ihr Keuchen von den Tunnelwänden widerhallte. Sie war jung – vielleicht dreizehn oder vierzehn. Sie stolperte und fiel Crockett genau in die Arme.

»Bitte, *señor*«, flehte sie atemlos. »Sie müssen . . . mir helfen . . .« Sie war ein ziemlich hübsches Bauernmädchen aus dem Hinterland, keine der halbwüchsigen Prostituierten aus der Stadt.

Das Licht verdunkelte sich, und Tubbs fuhr herum. Der Tunnel hinter ihnen wurde von zwei sich nähernden Männern versperrt. Er konnte die Umrisse von Waffen in ihren Händen erkennen. Das Mädchen erblickte sie über Crocketts Schulter hinweg und schrie. Crockett nahm sie in einen Arm und zog die Bren. In diesem Augenblick wurde den Verfolgern klar, daß das Mädchen nicht alleine war. Als die Burschen sich entschlossen, ihre Waffen zu benutzen und zu kämpfen, da hatte Crockett seine Bren schon angelegt. In dem ummauerten Raum hallten die Salven aus der Automatik ohrenbetäubend, und die Einschläge ließen auf den glasierten Ziegeln Funken

sprühen. Einer der Burschen faßte sich krampfartig ans Gesicht und brach zusammen. Der andere verschwand in Richtung Tunnelausgang.
Crockett schob das Mädchen zum anderen Ende des Tunnels. Tubbs deckte ihn mit gezogener Waffe, und sie waren schon im Tageslicht am Ende des Tunnels, als sich auf der anderen Seite Verstärkung zeigte. Einen kurzen Augenblick lang sah Tubbs eine Uzi-Maschinenpistole. Dann war der Tunnel mit todbringendem Lärm erfüllt, während sie nach draußen liefen.
»Nette Stadt!« brüllte Tubbs dem Mädchen zu, als sie um eine enge Ecke bogen und in einer mit Abfall übersäten Seitengasse standen. War das ein weiteres Aufgebot von Groceros Gaunern, das ausgesandt worden war, um zu beweisen, wie dringend Tubbs hier Schutz brauchte?
Er hatte keine Zeit für solche Überlegungen. Das verbeulte Taxi, das Tubbs zum Hotel gebracht hatte, schlitterte auf abgefahrenen Reifen um die Ecke. Der Fahrer hockte zusammengekauert hinter seinem Steuer und sah aus wie ein Verrückter, als er auf die Bremse trat und Crockett und Tubbs voneinander trennte. Sie waren gezwungen, rechts und links in Deckung zu gehen. Ziemlich unelegant stieß Crockett das Mädchen über eine Reihe stinkender Mülltonnen. Das rettete ihr zweifellos das Leben. Durch diese Anstrengung fiel er selbst auf ein Knie, ungefähr zwei Meter neben der rostigen vorderen Stoßstange des Taxis – nahe genug, um die Beulen und die Flecken zu sehen, die vielleicht getrocknetes Blut waren, das von ähnlichen Manövern in der Vergangenheit stammte.
Tubbs war zwischen dem Taxi und der Wand des Gebäudes eingeklemmt. Ein von PCP benebelter Bandit versuchte, ihn zu erschießen, bis ihm klar wurde, daß er seine Waffe nicht richtig in Anschlag bringen konnte, beengt, wie es im Wagen-

innern war, wo ihm auch noch sein Komplize im Wege saß. Er versuchte, die Tür mit dem Fuß aufzutreten. Tubbs trat sie wieder zu. Diese verrückte Slapstickszene dauerte noch weitere zwei Sekunden.
Dann saßen alle im Taxi plötzlich ganz still. Ihre Waffen glitten langsam zu Boden.
Jimmy, der Buschpilot, stand vor dem Taxi, die MAC 10 auf die Windschutzscheibe gerichtet. Crockett hatte ihn nicht einmal vorbeilaufen sehen. Er erschien wie aus dem Nichts.
»Hol diesen verdammten Hundesohn da raus«, sagte Jimmy zu Tubbs und deutete auf den Kerl auf dem Rücksitz, dessen Augen zwischen Jimmy und der Uzi hin und her gingen.
Das Mädchen hatte sich zwischen dem Abfall zusammengekauert. Crockett machte einen Schritt nach vorne. »Jimmy?« sagte er vorsichtig, wobei er sich völlig dessen bewußt war, daß er und Tubbs nur um Haaresbreite davon entfernt waren, zu Mordkomplizen zu werden, noch dazu im Ausland – ohne durch ihren Status als Polizisten geschützt zu sein. »Jimmy, warte einen Augenblick. Mann . . .«
Jimmy ging eiskalt und methodisch vor. Er bewegte sich um den Wagen herum und zerrte selbst den Mann mit der Maschinenpistole vom Rücksitz. Er bleckte die Zähne, als er der Uzi einen Fußtritt versetzte, so daß sie außer Reichweite rutschte, und dann dem Mann einen Tritt in die Nieren gab. »Wenn diese Schweinehunde dir gegenüber im Vorteil sind, dann mußt du das schleunigst ändern!« brüllte er. »Du mußt sie erledigen, sonst sind sie wieder am Zuge und werden gewalttätig. Ich hasse Gewalt, Mann!« Er trat zurück, wobei er den Banditen wieder in Schußlinie behielt. Er war fast wieder bei Crockett angekommen, als ein kleiner Wagen mit der Aufschrift *POLICIA* mit Blaulicht hinter dem Taxi in der Gasse auftauchte.
Jimmy fluchte und raste wie ein Blitz zur nächsten Ecke zu-

rück. Dabei zerrte er Crockett am Kragen mit. Crocketts geringes Kampfgewicht war kein Problem für die Energie des größeren Mannes, und Crocketts Füße hoben vom Boden ab.
»Was – !!«
Jimmy riß Crockett mit um die Ecke und drückte ihn gegen die Wand. »Halt den Mund!« zischte er Sonny an.
Die Polizisten hatten ihn nicht gesehen, und Jimmy wollte es dabei belassen.
Tubbs versuchte, ihnen nachzulaufen, wurde aber von dem Burschen, den Jimmy stehengelassen hatte, behindert, der nach seinem Hosenbein griff. Plötzlich waren überall um sie herum Polizisten, die mit ihren Knüppeln prügelten. Sie drückten das Banditentrio und Tubbs unsanft gegen die Wand. Sein Kopf schlug gegen die Ziegelmauer, und vor seinen Augen verschwamm alles.
Instinktiv versuchte Crockett kehrtzumachen, um Tubbs zu holen, aber Jimmy hielt ihn zurück, indem er ihn gegen die Wand quetschte, wo er nicht zu sehen war. »Beruhige dich!«
»Er ist mein Partner!« Crockett protestierte und versuchte, sich freizumachen.
Jimmy drückte die Mündung der MAC 10 gegen Crocketts Magen. »Was soll's, dein Partner geht eben ohne uns ins Gefängnis!«
Er lockerte seinen Griff. Crockett konnte um die Ecke des Gebäudes immer noch genug sehen, daß es ihm ganz übel wurde. Tubbs erhielt mit einem Gewehrlauf einen kräftigen Schlag gegen den Kopf; das reichte aus, um ihm klarzumachen, daß reden nichts nützen würde. Man legte ihm Handschellen an und schob ihn zusammen mit dem Taxifahrer auf den Rücksitz des Polizeiwagens. Ein weiterer Wagen tauchte auf, um die beiden anderen Männer einzusammeln. Dann war Tubbs verschwunden.

13

Die Zelle war wie ein Verlies oder wie eine mittelalterliche Folterkammer.

Tubbs konnte das verkrustete Blut spüren, daß sich in einer Linie vom Haaransatz um sein rechtes Auge herum bis zum Hemd zog. Er war während der Fahrt hierher ohnmächtig geworden, und das erschreckte ihn. Es war nervtötend, in einer Danteschen Hölle wie dieser wieder zu Bewußtsein zu kommen. Gefangene, die nur mit zerrissenen Segeltuchhosen bekleidet waren, starrten ihn an wie die geisterhaften Überlebenden eines Konzentrationslagers. Zwei schwache Birnen, die in Drahtkörben hingen, warfen ein gespenstisches Licht auf diesen Ort.

Man hatte ihm seine Schuhe abgenommen, und sein Kopf dröhnte von dem Schlag, den er erhalten hatte. Er versuchte, seine Augen schnell auf einen Punkt zu konzentrieren, und stellte erleichtert fest, daß ihm das gelang. Er begann, sich einen Weg zu der Gitterwand zu bahnen, wo er Gefangene sah, die sich hier drängten wie Laboratoriumsratten, die auf chemisch behandelten Käse oder auf Elektroschocks warteten. Der Fußboden bestand aus feuchtem, dick übereinanderliegendem Schmutz. Entlang der hinteren Wand lief eine schmale Rinne – das war alles, was es an sanitären Einrichtungen gab. Ratten liefen zwischen den Gitterstäben hin und her und erfreuten sich ihrer Freiheit. Tubbs versuchte, nicht daran zu denken, woran die Ratten wohl knabberten, wenn hier Leute einschliefen.

In der Ferne hörte er jemanden schreien. Als er in diesem höhlenartigen Loch in die Nähe der Gitterstäbe gekommen war, stolzierte ein schwitzender Sergeant herein, schloß die Zellentür auf und begann mit gelangweiltem Gesichtsausdruck,

Köpfe zu Brei zu schlagen. Diejenigen, die schon länger hier waren, wußten, daß es nicht ratsam war, sich an der Tür zu drängen, wenn sie geöffnet wurde. Die Neuankömmlinge fanden schnell heraus, daß es keine gute Idee war, sich irgend jemandem zu nähern, der Uniform trug, es sei denn, man wurde dazu aufgefordert. Und selbst dann . . .
Tubbs wurde herausgerufen. Der fette, schweinsköpfige Wächter ergriff den größten Teil von Tubbs' Ärmel in seiner schinkenartigen Faust und zerrte Tubbs hinaus auf den Korridor.
Tubbs hielt den Mund. Das harmlose Geplänkel der Rollen, die er in Miami im Untergrund gespielt hatte, kam ihm jetzt wie ein weit zurückliegender Spaß vor. Er fragte sich, was Tucker Mohammedt wohl von dem, was hier geschah, gedacht hätte. Ohne Umstände wurde Tubbs zu einem gekachelten Raum geführt, wo man ihm alle Kleider abnahm und er von einem Sadisten mit goldenen Zähnen, schmutziger Uniform und krausen Haaren, der nur entfernte Ähnlichkeit mit einem Menschen hatte, mit kaltem Wasser abgespritzt wurde. Nackt und triefend wurde er dann in einen winzigen verräucherten Raum gestoßen und gezerrt, in dem ein abgenutzter Schreibtisch und zwei Stühle standen und eine abgedunkelte Lampe von der Decke baumelte.
Seine Hände wurden mit Handschellen an die Rückenlehne des Stuhls gefesselt. Der fette Wächter tätschelte ihm mit plumper Zutraulichkeit die Wange und watschelte nach draußen. Ein Offizier mit breiten Schultern, zurückgekämmtem schwarzen Haar und bohrendem Blick trat ein und setzte sich hinter den Schreibtisch. Er blätterte einige mitgebrachte Unterlagen durch. Ein anderer Wächter hielt sich neben der Tür bereit, wobei er in einschüchternder Weise mit seinem Polizeiknüppel spielte. Es war, als wäre Tubbs, nackt oder nicht, überhaupt nicht im Raum.

Der Offizier erhob sich langsam, gewichtig – Tubbs überlegte, daß dieser Mann hart und brutal wirkte –, goß ein Glas Wasser ein und hielt es Tubbs an den Mund. Das war kein Trick. Als das Glas ausgetrunken war, machte er eine weitausholende Bewegung, mit der er Tubbs zu verstehen gab, er könne jetzt sprechen, wenn er wolle.
»Gilt das in dieser Gegend als Henkersmahlzeit?« fragte Tubbs in Hinblick auf das Glas Wasser.
Der Offizier verstand den Scherz nicht oder fand ihn nicht lustig. In seinen Augen konnte man die toten Männer zählen. Er schaute Tubbs an und sagte: »Ich bin Lieutenant Todo. Das heißt auf englisch ›alles‹. Hast du mich verstanden?«

Blindwütig wie ein beim Stierkampf geblendeter Bulle trat Crockett gegen die Tür von Zimmer 15 und stürmte in den Raum, wobei er einen Tisch umwarf. Er fluchte und schäumte. »Wir hätten ihn nicht im Stich lassen dürfen!«
Jimmy schloß die Tür, warf die Zeitung weg, unter der er die MAC 10 verborgen hatte, und lehnte die Waffe an die Wand. Ohne Vorwarnung stürzte sich Crockett auf ihn und drückte ihn gegen die Wand: »Wage es nie wieder, eine Waffe auf mich zu richten!« fauchte er wütend.
Jimmy leistete keinen Widerstand. Seine Augen blickten leicht erstaunt. Er schaute zu Crockett nieder und ließ einige Zeit verstreichen, damit seine Wut nachließ. »Was zum Teufel hast du gedacht, würde hier passieren?« sagte er leise, beruhigend. »Hast du gedacht, sie geben uns den goldenen Schlüssel zur Stadt, weil wir hier Geschäfte machen wollen? Wir hatten keine andere Wahl. Willst du es mit der ganzen Polizei hier aufnehmen? Von mir aus. Die haben immer Platz in ihrem Gefängnis, weil sie so viele Leichen da raustragen. Aber versuch ja keine Heldentaten, wenn es dabei auch um meinen Kopf geht. Ich bin allergisch gegen üble Erlebnisse.«

Crockett beruhigte sich ein wenig, aber nicht sehr. Was hatte er denn eigentlich tun wollen? 'ne ganze Wagenladung von Polizisten in die Luft pusten?

Jimmy guckte ihm direkt ins Auge. »Mach dir nichts vor, mein Junge. Das hier ist wie im Krieg. Wenn der Bursche, der neben dir steht, in die Luft fliegt, dann hast du zum Trauern keine Zeit, denn es bedeutet, daß du auch in die Luft fliegst. Erzähl mir nicht, du weißt nicht, wovon ich rede.«

Crockett ließ ihn los, frustriert, fast verzweifelt. Es gab nichts, was er tun konnte.

»So ist dieses Geschäft nun mal. Von einem Burschen wie Grocero hat man eben diesen *Pistolero*-Mist zu erwarten.«

Crockett schüttelte den Kopf. »Grocero hätte uns jederzeit zusammenschlagen lassen können. Das waren Straßenräuber. Das ist hier wie im Wilden Westen, aber ohne freundliche Sheriffs.«

Jimmy schnaufte ungeduldig. »Ich weiß. Das ist der Grund, warum ich nur das Flugzeug fliege.« Er sah zu, wie Crockett seine letzte Zigarette herausnahm, das Päckchen zerknüllte und es in eine Ecke des schäbigen Zimmers warf. »Hör mal, das mit deinem Partner tut mir wirklich leid. Ich hab auch schon oft genug in so einer Situation gesteckt, mehr als einmal.«

Crockett sprach seine Vermutung aus: »In Vietnam? Als Flieger?«

Jimmy nickte ernst.

»Du hast da wohl 'ne Menge Freunde verloren?«

»Nach den ersten sechs Wochen hab ich aufgehört zu zählen.«

Er dachte daran, wie Tubbs sich auf seine Seite gestellt hatte, als Castillo die Artie-Lawson-Sache abbrechen wollte. Er hockte sich neben Jimmy. Jimmy nahm einen Zug aus Crocketts Zigarette. »Das hab ich auch getan«, sagte Crockett nachdenklich. »Aber auf diesen hier muß ich warten.«

Lieutenant Todo schwenkte eine Akte in Tubbs' Richtung. »Vor zehn Minuten haben wir Informationen über dich aus Amerika erhalten. Deine Unterlagen.«
Tubbs leckte sich seine brennenden Lippen. Das hier war eine große Grube voller Treibsand, der von Sekunde zu Sekunde höher stieg.
»Ich entnehme daraus, daß du mit einem gewissen Roberto Morales verwandt bist, einem bekannten Drogenschmuggler . . . vor kurzem verstorben.«
»*Porque soy familiar* . . . beleidigen Sie meine Familie nicht.«
Lieutenant Todos Augen flackerten, als er ihn unterbrach, und Tubbs spannte seine Muskeln an, weil er einen Schlag von hinten von dem Wächter an der Tür erwartete. Er kam nicht.
»In Puerto Rico geboren«, fuhr Todo fort. »Du bist im Gefängnis gewesen, in Rykers Island, Attina. Zwei Anklagen wegen Mordversuchs! Zwei Verurteilungen wegen Körperverletzung in New York . . . dreimal wegen des Besitzes von Rauschgift angeklagt. Schmuggeltätigkeit. Du bist bei der amerikanischen Bundesbehörde für Rauschgiftfahndung bekannt. Und bei Interpol.« Er sammelte die Papiere zusammen und schüttelte den Kopf. »Du bist ein sehr schlechter Mensch!« Dann faltete er seine großen Hände über den Akten zusammen und gab dem Wächter mit den Augen ein Zeichen.
Tubbs hörte, wie der Wächter hinter ihn trat, und bereitete sich auf das Schlimmste vor. Doch statt ihm den Schädel einzuschlagen, löste er die Handschellen.
»Also«, sagte Todo mit leichter Bewunderung in der Stimme, »ich werde Señor Grocero informieren, daß Sie sauber sind. Und ich hoffe zuversichtlich, daß Sie mich als Ihren Freund in Catagena betrachten.« Er schenkte Tubbs ein breites, aufrichtiges Lächeln.
Tubbs drehte sich um und sah, daß der Wächter seine Kleider hereingebracht hatte, säuberlich gefaltet, vielleicht sogar des-

infiziert. Die Schuhe waren geputzt worden. Oben auf dem Stapel lag seine Cartier-Uhr. Einen Augenblick lang wußte er nicht, was er tun sollte, dann erwiderte er Todos Lächeln – ein Mann von Welt, der mit einer verwandten Seele zu tun hat, dachte er.

Er zog sich schnell an und war gerade dabei, sich die Uhr auf sein wundes Handgelenk zu schieben. Statt dessen reichte er sie Lieutenant Todo. »Diese Uhr ist aus Amerika«, sagte er. »Vielleicht geben Sie sie mir eines Tages dort wieder.«

»Ich bin entzückt«, sagte Todo und schüttelte Tubbs die Hand. Auf dem Schreibtisch lag Tubbs' 38er Revolver. Lieutenant Todo schob ihn Tubbs hinüber.

Immer wenn Ricardo einen Erfolg errang, mit dem er nicht gerechnet hatte, fühlte er sich kindlich ausgelassen. Er machte kleine, selbstvergessene Tanzschritte und verspürte Riesenkräfte. Er wurde Supermann; sein Karma war auf Erfolg gerichtet und sein Tao einigermaßen unbefleckt. Vom Tod umgeben, fühlte er sich höchst lebendig.

Unbeschwert kehrte er zum Hotel zurück – einer von Lieutenant Todos Buhmännern fuhr ihn hin. Der Mann am Hotelempfang warf ihm nur einen kurzen, uninteressierten Blick zu – war das nicht der Fremde mit dem lispelnden Akzent, der vor kurzem auf der Straße herumgeschossen hatte? –, dann steckte er seine Nase wieder in eine vergilbte Ausgabe von »Necesito Dinero«.

Er summte im Bebop-Rhythmus vor sich hin, während er einen Schlüssel aus der Tasche zog und den mit Crockett verabredeten Eins-zwei-eins-Kode auf die Tür von Zimmer 15 trommelte und dann hereinspazierte. »Ricardo Tubbs ist auf dem Siegeszug!« jubelte er.

Sein Lächeln verschwand, als seine Gucci-Schuhe auf dem zerbrochenen Glas auf dem Fußboden knirschten. Seine Augen folgten der Glasspur zum einzigen Fenster des Raums. Der billige Lattenrahmen war herausgebrochen, als wäre ein Sofa hindurchgeworfen worden. Das billige Mobiliar war nicht mehr zu verwenden – zerbrochen, umgeworfen, die Polsterung aufgerissen. Jedes einzelne Teil in diesem Raum war entweder zu Kleinholz gemacht worden, in Fetzen zerrissen oder an die Wand geworfen worden.

Er fuhr zusammen, als ein Pistolenlauf sich gegen sein Rückgrat drückte. *»Manos arriba!«* befahl eine Stimme grob, und Tubbs streckte die Hände zur Decke, wobei er dachte: *Oh, Himmel, nicht schon wieder!*

Es war Sonny. Oder jedenfalls das, was von ihm übriggeblieben war.

Tubbs hörte, wie er seufzte und sich dann entspannte, drehte sich um und sah seinen erschöpften Partner, der hinter der Tür auf der Lauer gelegen und auf den nächsten Eindringling gewartet hatte.

»Sieht nicht so aus, als hättest du viel Zeit gehabt, dich auszuruhen«, sagte Tubbs und gab sich Mühe, die Ironie nicht zu dick aufzutragen.

Crockett schloß die Tür. Als er versuchte, den Riegel vorzuschieben, löste dieser sich aus dem Holz und fiel klappernd auf den mit Müll übersäten Boden. Crockett steckte seine Bren wieder ins Halfter. »Na . . .«, sagte er und ließ seine offensichtliche Erleichterung darüber, Tubbs heil vor sich zu sehen, erkennen. »Und wie hast *du* den Nachmittag verbracht?«

Tubbs machte ein paar Schritte ins Zimmer und schob mit dem Fuß einige Gegenstände beiseite. »Weißt du, daß die Drogenfahndung uns ein kilometerlanges Strafregister angehängt hat? Die Polizei hier hat's geschluckt. Haben mich behandelt wie königlichen Besuch. Meine Vermutung ist, daß Grocero die ganze Ballerei veranstaltet hat, um uns auf den Zahn zu fühlen. Und wir haben die Prüfung bestanden.«

»Was du nicht sagst!« meinte Crockett überrascht.
»In ungefähr zwanzig Minuten steigt unser kleiner Handel mit dem guten alten Grocero. Du hast deine Uhr noch, also mußt du mir sagen, wann's losgeht. Der Polizeichef sagt, bis dahin könnten wir ganz beruhigt sein. Wo ist Jimmy?«
»Er ist zurück zum Flugzeug, um nachzusehen, ob schon jemand die Radkappen gestohlen hat. Er wird in ungefähr einer Viertelstunde zurück sein, dann können wir ihm erzählen, wie das Spiel läuft.« Nachdenklich schüttelte er den Kopf wie ein verwirrter Cockerspaniel. »Wenn wir die Burschen auf der Straße da draußen weggepustet hätten, dann hätten sie wahrscheinlich 'ne Parade für uns veranstaltet.«
»Und wer hat sich hier als Inneneinrichter betätigt?« sagte Tubbs und schaute sich im Zimmer um, wo es wie nach einem Wirbelsturm aussah.
»Ein einheimisches Talent. Hat seine Visitenkarte nicht dagelassen. Wir sollten wohl das Zimmermädchen rufen, damit sie die Möbel zusammenfegt . . . Sag mal, du hast nicht zufällig 'ne Zigarette bei dir, oder?«
»Du weißt doch, daß ich nicht rauche«, meinte Tubbs mißbilligend. Dann kramte er in seiner Tasche und zog ein Päckchen *Delicados* hervor. »Das war alles, was sie hatten.«
Crockett nickte, öffnete die Packung und holte einen der übelriechenden Glimmstengel hervor. Er brauchte sie eigentlich nicht, aber diese Geste von Tubbs gab ihm das Gefühl, daß die Welt in Ordnung war . . . nicht hier, aber irgendwo bestimmt.
»Mann, wenn ich länger als einen Tag hierbleiben müßte, dann würde ich das Kettenrauchen und die Trunksucht überspringen und sofort auf Heroin einsteigen«, sagte Tubbs. »Ich würde nicht wissen wollen, daß ich *hier* war. Und wenn du und ich je in die Hölle kommen, dann müssen sie uns die Zeit, die wir hier verbracht haben, abziehen.«

Sie setzten sich auf die beiden Enden der zerstörten Couch und warteten. Von draußen bewachten Groceros Handlanger das tote Auge des zerbrochenen Fensters.

Ein Indio, der zwar einen Anzug und eine Krawatte, aber weder Schuhe noch Socken trug, stand hölzern und wie ein Wächter vor dem Eingang zu Groceros *Discotheca*. Die Außenseite des Gebäudes war so heruntergekommen wie alles in dieser Stadt; ausgebrannt, verbraucht, tot.

Drinnen fand eine Art unheiliger, obszöner Allianz von viel Geld und noch mehr schlechtem Geschmack statt. Die Wände waren mit Glitzer bedeckt und die Ecken des Ballsaals bewußt in dunklen Farben gehalten. In dieser trüben Finsternis konnten wer weiß wie viele *pistoleros* lauern. Die lange Bar war nicht besetzt; die aufgereihten Flaschen spiegelten sanft das bleiche Licht.

Der Tanzboden war ebenholzfarbig, zerkratzt von Dreck und Fußspuren. Eine verspiegelte Disco-Kugel hing im Raum wie ein toter Mond aus Chrom. Darunter saß, vom hellsten Licht am ganzen Ort dramatisch beleuchtet, Beneficio Grocero.

Seine Waren lagen auf einem Onyx-Tisch von ungefähr dreißig Zentimeter Durchmesser ausgebreitet. Opium rauchend, seine Füße auf einen Stuhl ausgestreckt, schaute er einen Augenblick hoch, als Tubbs und Crockett hereinkamen, und wandte seine Aufmerksamkeit sofort wieder dem Tisch zu.

»*Llevarte la suerte, mes amigos*«, murmelte er vor sich hin, seine Augen offenbar auf einen Punkt fixiert. Seine Opium-Ausrüstung war neben einer mittelgroßen Kokain-Pyramide auf dem Tisch ausgebreitet.

Tubbs lächelte kampfeslustig und näherte sich mit ausgestreckten Händen. Dann riß er den Revolver aus seinem Hosenbund, setzte ihn Grocero an die Kehle und spannte den

Hahn. »Wie wäre es, wenn ich dir all den guten Stoff aus dem Bauch pusten würde . . . amigo?«
Crockett hörte, wie sich die Leibwächter in den entfernteren Ecken des Ballsaals rührten. Er schätzte, daß es mindestens fünf waren, aber sie würden nichts tun, bis Grocero ihnen ein Zeichen gab . . . oder plötzlich tot war.
Tubbs konnte den Schleim in Groceros Augenwinkeln sehen. Grocero versuchte zu schlucken, aber sein Adamsapfel wurde von der Mündung des 38er eingeklemmt, seine eiserne Ruhe verdankte er zum Teil seinem Mut und zum Teil dem Opiumrausch. Mit übertrieben gespielter Überraschung in der Stimme fragte er: »Du bist wütend?«
Es würde ihm wirklich gut gefallen, überlegte Tubbs, wenn er jetzt den Abzug losließe und Grocero in den Opium-Himmel befördern würde, so daß er nur an *»La Dia de los Muertes«*, am Totensonntag, die Erde mit seiner Gegenwart beflecken konnte. Er bewegte seinen Finger nicht weiter und schaute ihm direkt ins Gesicht. *»Un poquito«*, erwiderte er kühl.
»Ich bin ein vorsichtiger Mann«, sagte Grocero. »Dein Cousin würde nicht wollen, daß du mit einem unvorsichtigen Mann Geschäfte machst, oder?«
Tubbs wich nicht von der Stelle. »Mir gefällt deine Technik nicht!«
»Wenn meine Leute nicht ihre Arbeit machen würden, dann wäre ich nicht hier, um mit euch Geschäfte zu machen . . . vorsichtig. Und das ist doch der Grund, warum wir beide hier sind, nicht wahr? Um Geschäfte zu machen.«
Tubbs' *machismo* wurde von diesem widerlichen Zwerg gezaust. Er ließ sich nicht einschüchtern. Crockett schaute sich um und fragte sich, ob Tubbs gerade dabei war, alles durcheinander zu bringen, indem er Grocero zusammenschlug.
»Du und ich, wir sind Geschäftsleute, keine Mörder«, fuhr Grocero fort, als liebkosten ihn die Lippen einer Frau und

nicht ein Revolver seine Kehle. Tubbs wurde klar, daß Grocero diese Szene wahrscheinlich schon Dutzende von Malen in seinem Leben gespielt hatte. »Wir können Geschäfte abschließen, von denen wir nie etwas erfahren würden, wenn wir uns jetzt gegenseitig umbringen.«
Tubbs steckte seine Waffe weg und gab Crockett ein Zeichen, das gleiche zu tun.
Grocero lächelte. *»Sientase, por favor.«* Auf einen Wink seines Fingers hin traten zehn Indios mit Maschinengewehren aus den dunklen Ecken. Sie umringten den Tisch und formten einen schützenden Kokon zwischen ihm und allem, was vielleicht von draußen eindringen konnte. Ein weiterer Indio trat vor, der ein silbernes Tablett trug. Mehrere Unzen Kokain waren so auf dem Tablett verteilt, daß sie den Buchstaben *»M«* formten. »Zu Ehren deiner Familie«, sagte Grocero.
Crockett und Tubbs setzten sich. Tubbs kramte in seiner Tasche herum und sagte: »Arbeit vor dem Vergnügen.« Er benutzte eine Messerklinge, um etwas von dem feinen weißen Pulver in ein Fläschen mit Chlorox zu füllen. Er verschloß das Fläschchen, schüttelte es, hielt es gegen das Licht und sah, daß nur geringe Spuren von Verunreinigung an die Oberfläche stiegen.
»Primo«, bemerkte Grocero stolz.
»Wir kaufen keine Proben«, sagte Tubbs.
»Für diese Qualität wirst du siebenundzwanzig bezahlen.« Offensichtlich wollte Grocero ihre Verhandlungen da weiterführen, wo er sie zuvor abgebrochen hatte.
»*Unser* Preis ist fünfundzwanzig«, berichtigte ihn Tubbs. »Und wir werden ein Kilo unserer Wahl prüfen.«
Grocero schluckte das. »Und ich werde mein Geld zählen?«
Tubbs nickte. »Wann soll die Übergabe stattfinden?«
»Hier. Um fünf Uhr.«
»Drei Uhr!« verbesserte Tubbs erneut, der diesen Handel be-

herrschte. Er wollte Grocero keine Zeit geben, einen weiteren kleinen, sehr gelegen kommenden Überfall zu organisieren. »Und ich werde dich um zehn vor drei wissen lassen, wo. Bleib in der Nähe deines Telefons.«

Groceros Gesichtsausdruck erstarrte. Lernten denn diese *gabachos* nie etwas? »Das ist nicht die Art, wie ich Geschäfte mache.«

»Aber das ist die Art, wie *wir* Geschäfte machen«, warf Crockett ein, voller Selbstvertrauen. Er hatte dieses Auf-den-Busch-Klopfen satt. »Es werden zwei Wagen dasein. Zwei Fahrer. Du wirst den Wagen mit dem Kokain im Kofferraum fahren. Mein Partner fährt den Wagen mit dem Geld im Kofferraum. Die Wagen werden Kofferraum an Kofferraum geparkt, dann werden die Schlüssel ausgetauscht.«

»Ihr habt zehn Minuten, dorthin zu kommen, nachdem wir dich angerufen haben«, fügte Tubbs hinzu. »Nach zehn Minuten und dreißig Sekunden sind wir verschwunden.«

Nachdem er sich das überlegt hatte, schien sich Grocero zu beruhigen. »Hört mal. Wenn ihr hier schon keine Geschäfte machen wollt, warum bleibt ihr dann nicht wenigstens auf einen Drink?«

»Weil wir nicht durstig sind«, sagte Crockett, der den durch und durch harten Burschen spielte. Weder er noch Tubbs hatte die geringste Lust, hier zu trinken, zu plaudern und mit einer Kröte wie Grocero über das Wetter zu reden. Die Beine seines Stuhls kratzten auf der Tanzfläche, als er sich erhob. Ohne ein weiteres Wort gingen er und Tubbs schweigend nach draußen, wobei sie nicht einmal auf die drohende Haltung der bewaffneten Wächter achteten. Als sie wieder auf der Straße waren, atmeten sie erleichtert auf.

»Hast du schon an einen bestimmten Treffpunkt gedacht?« fragte Tubbs. »Ich würde etwas ohne viele Mauern und Ecken bevorzugen. Ein nettes, offenes Gelände. So etwas wie ein Fußballfeld.«

»Jimmy hat da was über den Stadtrand erwähnt«, antwortete Crockett. »Das wäre für diesen Anlaß vielleicht das richtige!«
»Ja?«
»Ich dachte an den Friedhof!«

14

Der Friedhof schien Jahrhunderte alt zu sein.
Seine Bewohner aus bleichen weißen Denkmälern, die in der Nachmittagssonne schmorten, glichen einer Stilleben-Versammlung christlicher Alabasterfiguren. Tubbs hatte noch niemals so viele Madonnen gesehen, die alle um ihre Ellbogenfreiheit kämpften. Bescheidenere Grabsteine füllten die Zwischenräume aus, wenigstens tausend Kreuze waren zu sehen, die aus der harten kalkhaltigen Oberfläche des unfruchtbaren Bodens ragten. Farbe brachten nur die Blumen, die Bauern auf die Gräber ihrer Verstorbenen gelegt hatten. Dieser Ort wirkte auch an diesem grauenhaft heißen Tag unerklärlich kalt. Wie tausend Sonnenuhren warfen die Kreuze um fünf vor drei langsam länger werdende Schatten. Hierher drang kein Laut; es war, als würden die Geräusche der Lebenden von einem unsichtbaren Vorhang aus toten Seelen abgeschirmt. Die Arme der Christusfiguren, die scheinbar Willkommen heißend ausgestreckt waren, forderten Crockett und Tubbs auf, bei der Legion der Toten zu bleiben.
Tubbs rührte mit dem Fuß Staub von einem namenlosen Grab auf. In einiger Entfernung sah er ein schmutziges kleines Kind, das zwischen den Grabsteinen umhersauste wie eine kleine Rekordläuferin bei einem Hindernislauf. Das Auto, das sie gemietet hatten, stand in der Mitte des Zufahrtsweges, der durch den Friedhof lief; er war in Richtung auf das offene Tor geparkt, das ungefähr fünfundsiebzig Meter entfernt war.

Grocero mußte durch das zweiflügelige Tor am Haupteingang kommen, seinen Wagen auf dem nicht allzu geräumigen Platz wenden und zurücksetzen.

Jimmy war draußen auf dem Flughafen. Sie alle hofften, um Punkt vier Uhr in Richtung Amerika in der Luft zu sein. Tubbs hatte keinen Zweifel daran, daß ihr Pilot sich für seinen Teil daran halten würde . . . wenn er und Crockett es zur vereinbarten Abflugzeit ohne allzu viele Löcher im Bauch zum Flughafen schafften.

Crockett war mit seinem eigenen Mietwagen am hinteren Tor postiert und bewachte von dort aus Tubbs durch ein Zielfernrohr. Er paffte eine halbe dieser stinkenden mexikanischen Zigaretten, trat sie mit dem Absatz aus und hielt eine vollgeladene MAC 10 auf dem Wagendach neben dem Fahrersitz im Anschlag.

Sonnenlicht blitzte auf Chrom und Glas, als zwei Wagen auf die eisernen Friedhofstore zurollten. Eines der Autos hielt an und versperrte die Straße. Ein übergewichtiger Leibwächter Groceros stieg aus, nahm seine Position ein, brachte eine Uzi in Anschlag und überblickte die Szene mit gerunzelter Stirn, die Augen hinter dunklen Gläsern versteckt. Der zweite Wagen fuhr weiter.

Grocero walzte beinahe einige Grabsteine nieder, als er mit seinem Mercedes einen weiten, unsicheren Bogen machte und zurücksetzte, bis nur noch ein Meter Zwischenraum zwischen seiner hinteren Stoßstange und der von Tubbs' Wagen war. Tubbs prüfte rasch, ob auf Groceros Rücksitz keine Verrückten mit Maschinenpistole versteckt waren. Sein Blick und der von Grocero trafen sich; abgedunkelte Gläser machten die wahren Gefühle unsichtbar, die falschen Vorspiegelungen und die Höflichkeiten, die den puren Haß überdeckten. Tubbs ließ als erster einen Schlüsselbund in die wartend ausgestreckte Hand Groceros fallen; der kleine, fette Mann tat dasselbe,

und dann wendeten sich beide ihren Beschäftigungen zu – Grocero tat es mit den schnellen Bewegungen, die blinde Gier erkennen ließen, er machte kein Hehl daraus, daß er seine Hände auf das Geld legen wollte.
Groceros Kofferraum enthielt einen rot-weißen Eiskasten, der Tubbs an den erinnerte, den Gina für das Bier benutzte, als sie das Ende des Lawson-Falles gefeiert hatten. Darin waren achtunddreißig Plastiktüten mit dem, was man in Miami »Heißen Schnee« nannte. Abgesehen davon, was Jimmy für den Flug bekam, und von den anderen kleinen Nebenkosten, stellten diese achtunddreißig Kilo den Gegenwert für die eine Million Dollar da, die Ed Waters ihnen übergeben hatte.
Tubbs griff mitten in den Kasten, zog aufs Geratewohl ein Kilo heraus und machte seinen Chlorax-Test. Das Pulver erwies sich als extrem sauber. Nur zur Sicherheit holte er ein weiteres Päckchen heraus und hatte die gleichen Ergebnisse. Das Kokain war so gut wie überhaupt nicht gestreckt worden, und vor ihm standen sechsundsiebzig Pfund davon. Auf den Straßen von Miami war das Zeug viereinhalb Millionen wert.
Er bemerkte, daß Grocero eine digitale Geldzählmaschine mitgebracht hatte. Während er die Kokainpäckchen auf einer Apothekerwaage nachwog, zerriß Grocero die Banderolen der Geldbündel, die er in ein Hotelhandtuch eingewickelt in Tubbs Kofferraum gefunden hatte. Die Scheine stapelte er in dem kleinen Aluminiumkasten der Maschine. Sie blätterte das Geld mit hoher Geschwindigkeit auf, ähnlich einer Kartenmischmaschine. Zu dem Zeitpunkt, als die leuchtendroten Zahlen des Digitalzählwerks bei 9500 stehenblieben – das waren 9500 Hundert-Dollarscheine –, hatte auch Tubbs das Abwiegen beendet. Die beiden Kofferraumdeckel wurden fast gleichzeitig geschlossen. Ein hartes kleines Lächeln glitt über Groceros pockennarbiges Gesicht, dann drehte er sich um, ohne Tubbs noch die geringste Beachtung zu schenken.

Es war zehn Minuten nach drei.

Ein Wachhäuschen, das aussah wie eine Telefonzelle, unterbrach den Maschendrahtzaun, der sich in die Unendlichkeit zu erstrecken schien. Die Gegend war flach, staubig und einsam.

Crockett war Tubbs mit seinem Wagen ungefähr zwei Kilometer voraus. In einer Wolke aus hochwirbelndem braunem Schmutz hielt er vor dem Wachhäuschen und dem geschlossenen Tor, das es vermutlich bewachen sollte.

Wie erwartet, war heute niemand in diesem Wachhäuschen. Das Tor war fest verschlossen. Crockett warf einen prüfenden Blick auf die Umgebung, weil er sichergehen wollte, daß er nur einen einzigen Zuschauer hatte – nämlich Tubbs, der jetzt anderthalb Kilometer entfernt war und ihn durch sein Zielfernrohr beobachtete –, und zog sein Etui mit Einbrecherwerkzeugen aus der Jackentasche. Neunzig Sekunden später war das Tor geöffnet.

Er gab Tubbs ein Zeichen und stand unschuldig, mit den Händen in den Taschen, am Gitter, während die Staubwolke des zweiten Wagens auf ihn zukam. Tubbs raste durch das offene Tor und fuhr weiter. Crockett folgte ihm eilig, sprang aus dem Wagen und schloß das Tor wieder. Zehn Sekunden später war nichts mehr zu sehen außer Reifenspuren, die rasch vom Wind verweht wurden.

In der Ferne schimmerte die *»La Vaca«*, die Sonne spiegelte sich in ihrer metallenen Oberfläche, ihre Zwillings-Pratt-Whitneys brummten und ließen graue Abgase aufsteigen, die Propeller drehten sich. Tubbs und Crockett fanden dieses häßliche alte Monster von Flugzeug in diesem Moment attraktiver als die schönste Frau der Welt, als sie einander auf dem Weg dorthin zu überholen versuchten. Jimmy würde seinen massigen Leib schon auf dem extra angefertigten Piloten-

sitz verstaut und Sonnenbrille und Kopfhörer aufgesetzt haben, er würde gerade die Maschine anwerfen und darauf brennen loszufliegen. Nach Hause.
Crockett holte neben Tubbs auf, zog gleich mit ihm. Beide ließen die Fenster runter.
»Die letzte Runde, mein Junge!« schrie Crockett gegen den Zugwind zwischen den beiden Wagen.
»Der ganze Deal ging so glatt runter wie Butter!« brüllte Tubbs zurück. Die charakteristische, überschäumende Freude stand wieder in seinen Augen.
Crockett wandte seinen Blick wieder von Tubbs zum Flugzeug. Es war ungefähr hundert Meter entfernt. In diesem Augenblick zersprang seine Windschutzscheibe wie in einem Hagelsturm aus Licht und Glas.
»Verdammt!« Sonny riß das Lenkrad scharf nach links. Der Wagen schlitterte seitlich davon, während Tubbs nach vorne raste. Mit der einen Hand hielt er das Lenkrad, mit der anderen tastete er nach der MAC 10.
Ein offener Lastwagen war wie aus dem Nichts aufgetaucht und versuchte bei einem Tempo von ungefähr achtzig dem Flugzeug den Weg abzuschneiden. Das flache Ödland, das sie sich für ihre Schießübungen ausgesucht hatten, spielte ihnen akustische Streiche; Crockett sah das Mündungsfeuer der nächsten Salven zwei Augenblicke bevor das Geräusch sein Ohr erreichte. Er warf sich auf den Boden und hielt sich an dem Sitz fest, der mit Glassplittern übersät war. Vom Vorderteil des Wagens sprangen Chrom und Farbe ab. Es gab einen lauten Knall, und der Kühler hatte ein Loch und begann, heißen Dampf auszuspucken. Die Vorderreifen knallten zweimal und waren geplatzt. Der Wagen neigte sich nach vorn. Das Auto war kaputt.
Der Laster änderte seine Fahrtrichtung, warf die Schützen auf der hinteren Plattform durcheinander und verfolgte in hoher

Geschwindigkeit Tubbs. Sonny bemerkte einen weißen 1963er Corvette Stingray, der hinter dem Laster herfuhr. Grocero, dieser Mistkerl, hatte ihnen seine Mörder nachgeschickt, die sie auf dem Flugfeld töten und das Rauschgift zurückbringen sollten.

»Das geht wirklich zu weit!« murmelte Crockett vor sich hin. Er hob die MAC 10 hoch, verließ sein nutzloses Fahrzeug und rannte zu der C-47, mit der Jimmy, wie Crockett annahm, in den nächsten Minuten abheben würde. Jedenfalls würde er nicht bleiben wollen und sich abschießen lassen. Er war schließlich nicht John Wayne. Kein Mensch hatte das Recht, das von ihm zu erwarten.

Für den Bruchteil einer Sekunde schien die Zeit stillzustehen, und Crockett war statt in Kolumbien wieder an der Universität von Florida, bei einem phantastischen Lauf, der ihm einst anhaltenden Ruhm unter Football-Fans eingetragen hatte. Seine Beine begannen zu arbeiten, schienen die Meter nur so zu fressen. Das Maschinengewehr war schwerer als ein Fußball, und an seinem Knie machte sich eine alte Verletzung bemerkbar, aber er rannte weiter und entsicherte dabei seine Waffe. Dieser Wahnsinn ging zu weit.

Er rannte mit großen Sprüngen und feuerte einen Schuß ab, der die Hinterreifen des Lasters durchschlug, der daraufhin hart auf den Boden aufsetzte. Die *pistoleros* stürzten rückwärts, als Crocketts Patronen – Kampfgeschosse mit Teflonspitze – sich durch Metall und Gummi einen Weg suchten. Die Banditen fielen durcheinander, brachen Arme und Beine, und keiner von ihnen stand auf, um sich auf einen Kampf einzulassen. Qualmend und mit lädierter Hinterachse wurde der Laster langsamer. Der Fahrer sprang mit einer Uzi heraus und schoß sie in Richtung Flugzeug ab.

Tubbs war gezwungen, nach rechts auszuscheren, und versuchte, in einer verrückten Zickzackfahrt das Flugzeug zu erreichen, während der Schütze auf dem Beifahrersitz des Corvette sich alle Mühe gab, ihn zu durchlöchern. Er schlitterte auf die andere Seite des Flugzeugs, sprang aus dem Wagen und schleppte den Getränke-Kühler mit sich. Das Gewicht des Kokains verlangsamte seinen Lauf. Als er den hinteren Teil des Flugzeugs erreicht hatte, gab er auf, er setzte den Kasten ab und lieferte den Burschen in dem Corvette ein starkes Argument, warum es nicht ratsam war, näher zu kommen. Die Windschutzscheibe des Sportwagens fiel auseinander, und der Fahrer bog ab.

Der Maschinengewehr-Schütze aus dem Laster war zwischen Crockett und dem Flugzeug. Crockett ließ sich auf ein Knie fallen, brachte die MAC 10 in Anschlag und versuchte, den Tank des Lastwagens zu treffen. An dem breiten Gurt der Waffe waren Markierungen angebracht, die dem Schützen einen sehr präzisen Anhaltspunkt gaben, seine Schüsse auf ein Ziel zu justieren. Crockett brauchte vier Schuß, um sein Ziel einzukreisen. Als er den fünften abgab, wußte er, was passieren würde, und hielt instinktiv die Hand vor die Augen.

Der hintere Teil des Lastwagens flog auseinander wie eine Blumenvase, in der ein Feuerwerksknaller steckt. Das Benzin explodierte mit einem hohlen Geräusch, der Laster flog in die Luft, und ein orange-schwarzer Rauchpilz stieg in den Himmel. Der Fahrer ruderte mit den Armen – Crockett sah, daß dessen Maschinenpistole zu Boden fiel –, dann kippte er mit ausgestreckten Armen und Beinen nach hinten, während Teile des Lasters noch glühend um ihn herum niederregneten. Sein Hirn war bei der Explosion gründlich durcheinandergeschüttelt worden, und Crockett erwartete keinen weiteren Ärger von diesem Burschen.

Das Flugzeug bewegte sich. Crockett erstarrte. Während er mit dem Laster beschäftigt war, hatte Tubbs den Eiskasten weitergeschleppt und hob ihn gerade durch die hintere Luke.

Die Räder hatten schon begonnen, sich zu drehen, während Tubbs in den Bauch des Silberrumpfes kletterte. Der Corvette erhöhte seine Geschwindigkeit und raste davon, um zu versuchen, die Rollbahn zu blockieren.
Crockett war immer noch fünfzig Meter von dem Flugzeug entfernt. Er konnte sehen, wie Tubbs aus der Tür hing, schrie und mit den Armen winkte. Was er sagte, konnte er bei all dem Lärm nicht verstehen.
Sein Knie schmerzte, und seine Hände brannten von den Rückschlägen der Salven. Crockett rannte, was das Zeug hielt. Der Gedanke, daß es hier enden sollte, mitten auf dieser holprigen Rollbahn in der Einöde, beleidigte ihn außerordentlich. Der Napalmgeruch brennenden Benzins aus dem Wrack des Lasters stieg ihm in die Nase, während er weiterlief.
»Komm schon!« brüllte Tubbs.
Crockett sah, daß der Schwanz des Flugzeugs sich von ihm entfernte, während er lief, und er konnte kaum Schritt halten. Jeden Augenblick konnte seine Kniescheibe aus dem Gelenk springen, und es würde aus mit ihm sein. Er würde zu Boden fallen wie ein nasser Sack. Er rannte. Er holte entscheidende Zentimeter auf, während die »La Vaca« schneller wurde.
Tubbs hing aus dem Flugzeug heraus, den Hintern im Wind, und versuchte, seinen Arm noch länger zu machen, so daß er Crocketts ausgestreckte Hand ergreifen konnte. Ihre Blicke trafen sich und hielten einander fest. Die Entfernung war um einen halben Meter zu lang.
Dann schloß Crockett die Augen und mobilisierte seine letzten Reserven an Energie mit einem Schrei wie ein Mann, der sich gerade einen Bruch geholt hat, und warf sich nach vorn. Tubbs ergriff seine Hand, und Crockett sprang. Nur das eine Bein streifte den Metallrand der Luke, als Crockett sich hineinzuschwingen versuchte. Das war alles. Die Schwerkraft zog ihn sofort zurück. Das andere Bein flatterte im Windzug

des Propellers, und er wurde weiß wie die Wand, als sein schwaches Knie ihm den üblen Streich spielte und mit einem knirschenden Geräusch, als bisse jemand in Stangensellerie, aus dem Gelenk sprang.

In diesem winzigen Augenblick, bevor ihn der brennende Schmerz überwältigte, sah Crockett, wie Tubbs die Augen schloß und mit aller Kraft an ihm zog, wobei er sich mit den Fersen gegen den Boden stemmte wie ein Mann, der Tauziehen mit einem Bulldozer spielt. Tubbs brachte jenen letzten Funken Energie auf, der Crockett, der sich völlig verausgabt hatte, fehlte.

Sie fielen zusammen nach innen, Crockett auf seinen Partner. Seine Beine vom Knie abwärts baumelten noch immer aus dem Flugzeug. Jimmy gab Gas, um vor dem Start zu beschleunigen, und sie wurden beide schwer zum Schwanzende der Maschine gedrückt.

Die »La Vaca« hob die Nase und stieg in den klaren blauen Himmel. Während das Flugzeug abhob, waren die Einschläge in den Rumpf wie das ›Plop‹ von Popcorn zu hören.

Tubbs' Augen weiteten sich vor Entsetzen, als er sah, daß die Kühlbox mit ihrer Beute unaufhaltsam zu der offenen Luke rutschte. Er hielt sie auf, indem er sein Bein ausstreckte. Sein Körper lag jetzt im rechten Winkel zur noch offenen Einstiegsklappe. Ihm versagte die Stimme, als er durch die Luke, keine zehn Zentimeter von seinem Körper entfernt, sah, wie die Landschaft unter ihm auf Modellbaugröße zusammenschrumpfte. Plötzliches Schwindelgefühl drehte ihm den Magen um, und er schloß die Augen.

Es schien ihm, als habe es eine Ewigkeit gedauert, bis sie endlich horizontal flogen.

Tubbs schloß die Luke und versuchte dabei, nicht nach unten zu schauen und den Luftsog nach außen einfach nicht zu beachten. Als alles erledigt war, drehte er sich um und fiel wie betrunken gegen die Wölbung des Rumpfes, seine Arme und Beine zitterten unkontrollierbar. Er war einen Augenblick lang völlig hilflos. Er streckte die Hand aus und beobachtete, wie sie hin und her zuckte.

Crocketts Gesicht hatte die Farbe von Limburger Käse, und er lag zusammengerollt auf der anderen Seite des Rumpfes, das ausgekugelte Knie an die Brust gezogen, die Zähne zusammengebissen. Er schwitzte, als hätte er die Pest. Ihm entfuhr ein Stöhnen. Sein Bein fühlte sich an, als wäre es ihm am Knie abgehackt worden.

»Seid ihr beiden Geschäftsreisenden in Ordnung?« rief Jimmy aus dem Cockpit, während er das Flugzeug auf zweitausendfünfhundert Meter Höhe brachte. »Braucht einer von euch ärztliche Hilfe?« Er griff nach unten und zog einen Erste-Hilfe-Kasten aus seiner Befestigung.

Zitternd erhob Tubbs sich auf Knie und Hände und ertastete sich wie ein Blinder seinen Weg. »Mann«, sagte er halblaut, mit kraftloser Stimme, »ich werde mir ein anderes Betätigungsfeld suchen.«

Jimmy öffnete den Erste-Hilfe-Kasten und reichte Tubbs das Heilmittel, das zuoberst lag – eine Taschenflasche mit Bourbon. Tubbs trank die halbe Flasche auf einen Zug leer.

Der Bourbon kribbelte in seinem Magen und betäubte seinen Kopf wie ein Benzedrinrausch. Als er zurück nach hinten ging, hatte er sich schon wieder ein wenig in der Hand. Crockett lag immer noch zusammengekrümmt auf dem Boden, und einen Augenblick lang hatte Tubbs Angst, daß sein Partner erschossen worden wäre.

Crockett manövrierte sich, indem er sein Bein so steif wie ein Stück Holz hielt, in eine sitzende Position, nahm hustend einen Schluck von dem Bourbon, um seine überreizten Nerven zu beruhigen und den Schmerz in seinem Bein zu betäuben.

Er durchwühlte das Medizinkästchen und suchte nach einem Schmerzmittel.
Tubbs brach völlig erschöpft neben ihm zusammen. Keiner von ihnen hatte die Kraft, zu einem Sitz zu kriechen. Er schaute Tubbs an und krächzte mit rauher Stimme. »Bedanken werde ich mich später!«

15

Fünf Stunden später senkte sich das Flugzeug sanft in Richtung Blackwater Creek. Quicksilvers »Who do you love« lärmte aus dem Kassettenradio, das neben dem Pilotensitz stand, und Jimmy summte mit. Ein paar Stunden zuvor gab es einen unangenehmen Augenblick, da er befürchtet hatte, daß die Benzintanks von Gewehrschüssen durchlöchert worden wären, aber mittlerweile schien er sicher, daß sie es nach Hause schaffen würden.
Der Himmel wurde allmählich dunkel. Tubbs hatte Crocketts verletztes Knie mit Bandagen eng umwickelt.
In seinen Sitz zurückgelehnt, sagte Crockett: »Himmel, ich wünschte, ich hätte eine Zigarette.« Er hatte seine *Delicados* bei seinem unglaublichen Spurt zum Flugzeug verloren.
»Rauchen nicht gestattet!« erwiderte Tubbs. Nach Sonnys Anweisungen hatte er den Inhalt des Eiskastens zum Abwurf vorbereitet, indem er die Kilopäckchen mit Kokain zu einem schweren, wasserdichten Packen aus dicker Plastikfolie und Isoliermaterial zusammengeschnürt hatte. Dann in eine weitere Plastikhülle, die mit Klebeband abgedichtet wurde. Danach in eine dritte und eine vierte. Er brauchte fast drei Stunden, um das Rauschgift für einen Abwurf vorzubereiten, der anderthalb Sekunden dauern würde. Wenn auch nur ein Hauch von Feuchtigkeit mit dem Kokain in Be-

rührung kam, dann war die ganze Investition mit einem Schlag wertlos.
Tubbs befestigte das »Glühwürmchen« an dem fertigen Bündel – ein wasserfestes, kaltes Signallicht, das sie zu dem Paket führen würde, wenn es erst einmal unter Wasser war.
»Wenn ich unter den Radar gehe, dann flieg ich zweimal über die Stelle!« sagte Jimmy, ganz geschäftsmäßig. »Einmal, damit du dir das angucken kannst, das andere Mal für den Abwurf. Du hast jetzt noch ungefähr fünf Minuten, bevor wir über dem Wasser sind.«
»Beim ersten Überflug werde ich den Eiskasten hinauswerfen«, sagte Tubbs, der, nachdem er ein paar Stunden zuvor fast aus der offenen Luke geschleudert worden wäre, langsam seine Kaltblütigkeit wiederfand, »so sehe ich, ob mein Wurf ungefähr sitzt. Ich weiß nicht, wie gut ich als Wurfmann bin.«
»Denk bloß daran, daß das Paket in einem Bogen aus dem Flugzeug fallen wird«, sagte Crockett, dem es zuwider war, daß er die ganze Prozedur als Beinahe-Krüppel nur als passiver Zuschauer von seinem Sitz aus beobachten konnte. »Wir sind zu tief, als daß es allzuviel ausmacht, aber denk trotzdem daran. Stoß das Bündel ungefähr eine Sekunde, bevor wir über dem Wasser sind, hinaus. Einen Augenblick lang wird es mit derselben Geschwindigkeit wie das Flugzeug nach vorne fliegen, und dieser Schwung bringt es genau ins Wasser.«
»Macht euch bereit, Leute«, sagte Jimmy. »Wir sind fast soweit.« Er setzte sein Mikrofon in Betrieb. »Von 45887 an den Tower . . . Ich beginne jetzt den Anflug . . . Ich verliere etwas Antrieb auf Motor Nummer zwei; wir werden unterhalb der Anfluglinie liegen, aber ich denke, wir schaffen es. Kein großes Problem – wahrscheinlich nur die Pumpe, die verrückt spielt.«
Bruce Dennison, der Fluglotse, der mit Jimmy in Funkkon-

takt stand, behielt den Radarschirm im Auge, während er diese Nachrichten empfing. Mit dem klaren Bewußtsein, diese Geschichte schon früher gehört zu haben, erwiderte er: »In Ordnung, ich werde dir einen Teppich auslegen lassen.« Er unterbrach die Verbindung und sagte über seine Schulter: »Sie sind ungefähr zehn Kilometer südwestlich von hier.«
Wavey Davey, der in seinem schmierigen Overall hinter Bruce herumstand, nickte und lächelte. Dann ging er fort, um zu telefonieren.

Jimmy brauchte den weißen Teppich nicht – die Decke aus feuerhemmendem Schaum, den man auf die Landebahn gesprüht hätte, wenn er tatsächlich Alarm gegeben hätte. Er gab durch, daß sich das Problem mit den Motoren von selbst erledigt hätte. Als sie das hörten, tauschten Bruce und Wavey Davey erneut einen wissenden, verschwörerischen Blick aus.
Der Mechaniker und der Fluglotse beobachteten durch Ferngläser, wie Tubbs einem humpelnden Crockett in Jimmys Jeep half und dann seinen eigenen Caddy vom Parkplatz holte und hinter dem Piloten davonrollte.
Ein paar Sekunden später erweiterte Bruces hochfrisierter Roadrunner die Prozession um einen dritten Wagen.

Sie trafen sich bei Jimmys versteckt gelegener Flugzeughalle. Anstatt seinen eigenen Ferrari zu nehmen, entschied sich Crockett dafür, zusammen mit Tubbs zu der Abwurfstelle am Blackwater Creek zu fahren. Mit dem Knie war er in keiner guten Verfassung zum Fahren. Jimmy trieb eine Aluminium-Krücke auf – die von der Regierung ausgegebene Sorte mit gelber Gummispitze –, und Crockett dankte ihm, während er mit gewollt komischer Übertreibung zur Beifahrerseite von Tubbs' geräumigem Cadillac humpelte.
»Bleib cool!« sagte Crockett zu Jimmy.

Jimmy tippte sich an den nicht vorhandenen Hut. »Ich bleibe so, wie ich bin, Mann. Kommt mal vorbei und stattet mir einen Höflichkeitsbesuch ab, wenn ihr Millionäre seid!«
»Das werden wir tun«, meinte Tubbs lächelnd.
Nach einigen falschen Anläufen entdeckte Tubbs die Wegzeichen – Bierdosen, die auf Stacheldraht gesteckt waren, und anderes, was strategisch verteilt war und dabei so aussah wie gewöhnlicher Abfall am Wegrand –, die sie ausgelegt hatten, um in der Dunkelheit zur Abwurfstelle zu finden.
»Und das soll alles zu unserem Job gehören?« murrte Crockett. »So ein Unsinn! Ich weiß nicht mal, ob wir dafür überhaupt Überstunden bezahlt bekommen. Oder Gefahrenzulage . . .«
»Du warst doch in der Armee«, ermahnte ihn Tubbs, der froh war, daß sie alles überstanden hatten. »Du solltest doch wissen, daß man sich nie für irgend etwas freiwillig meldet.«
»Ja, ja . . . und dich habe ich da mit reingezogen, nicht wahr?«
»Das stimmt, aber ohne mich hättest du es ja auch nicht geschafft.« Er verpaßte eine Abbiegung, mußte anhalten und den Caddy zurücksetzen.
»Wir schmuggeln achtunddreißig Kilo Kokain, wir werden fast von einem halben Dutzend *banditos* und Killern umgebracht, wir müssen uns mit Grocero und mit – wie war doch gleich sein Name – Lieutenant Todo herumschlagen, wir müssen uns selbst als Köder auslegen . . . und was geschieht? Hat jemand versucht, das zu verhindern? Ist irgend jemand von unseren Leuten zu unserer Unterstützung aus dem Unterholz gekrochen? Nichts! Keiner weiß überhaupt, wo wir sind. Nicht mal wir wissen es im Augenblick. Rico, was Untergrundaktionen angeht, so finde ich, daß diese ein bißchen zu untergründig war . . . Und was unsere Arbeit als Nothelfer für alle Polizeistellen betrifft, da finde ich, daß das hier ein ausgesprochenes Verlustunternehmen gewesen ist.«

»Falls wir nicht einfach das Kokain nehmen und es auf der Straße verkaufen«, schlug Tubbs vor. »Wir werden allmählich zu gut darin, böse Burschen zu spielen, verstehst du?«
»Mhh! Wir sind in Artie Lawsons Version von ›Alice im Wunderland‹ angekommen!«
Sie fanden den Rand des Sumpfes und holten das Nachtfernrohr hervor, das den Standort des »Glühwürmchens« verraten würde. Crockett lehnte sich auf seine Krücke, das Gewicht auf sein unverletztes Bein gelagert, und suchte durchs Fernglas die Wasseroberfläche ab. Tubbs wurde dazu auserwählt, die hüfthohen Wasserstiefel anzuziehen und mit einem langen Metallstab, den er aus dem Kofferraum des Caddys holte, fischen zu gehen.
Tubbs schaffte das Bündel mühsam an Land. »Ich hab schon Leichen geschleppt, die weniger gewogen haben!«
»Hör auf zu jammern, ich werde dir helfen!«
»Nein!« gab Tubbs zurück. »Ich will keinen Krüppel für mich arbeiten lassen. Das kann ich selbst.«
»Also . . . hast du irgendwelche Vorstellungen, was wir jetzt tun sollen?« fragte Crockett und starrte gelangweilt in die Nacht.
»Ja!« sagte die Stimme von Wavey Davey hinter ihm. »Du stellst dich ans Auto und nimmst die Hände hoch.« Crockett spürte den Lauf einer Waffe zwischen den Rippen.
»Wo hab ich denn diese ausgeflippte Stimme schon mal gehört?« sagte Crockett, als man ihm seine Pistole abnahm. Das wurde allmählich lästig und irritierend.
Bruce Dennison, der mit einer Hand an einer übel aussehenden Flinte herumhantierte, gab Tubbs Anweisungen, das Bündel mit dem Kokain in den Kofferraum des Caddys zu legen, was Tubbs sowieso vorgehabt hatte. Nur Tubbs wußte, daß seine Pistole, die er abgelegt hatte, damit sie nicht naß wurde, halb verdeckt neben dem Werkzeugkasten im

Kofferraum lag. Dann tastete Wavey Davey Tubbs nach Waffen ab.
Er fühlte, wie Daveys Hand nach seiner Wade faßte, wo seine Waffe gewesen wäre, wenn er sein Bein-Halfter getragen hätte.
»Ich möchte wetten, daß der Kerl hier 'ne Menge Sport treibt«, sagte Davey zu Bruce.
»Laßt das Herumgerede und kommt zur Sache«, knurrte Crockett. Sein Bein schmerzte scheußlich.
»Na, das hier ist ein ganz harter Bursche!« Davey spielte weiter den Spaßvogel. Er wandte sich Tubbs zu. »Aber der hier hat 'ne schwache Stelle . . . und wir haben den Finger drauf.« Er warf etwas auf den Kotflügel des Caddy.
Tubbs konnte sehen, daß es Trudys Ehering und der Schlüssel zu ihrer Suite im »Seashore Inn« waren.
Bruce lachte und wedelte mit seiner Flinte herum. Er genoß diesen Teil des üblen Spiels.
»Wir haben dein Frauchen heute morgen aus ihrem Hotel geholt, während du in Südamerika deine Geschäfte gemacht hast«, sagte Davey verächtlich. »Wir werden sie in die Suite Nr. 3 zurückbringen . . . für fünfhunderttausend!«
Tubbs blieb gelassen, genau wie bei Grocero: »Bedien dich doch bei dem Kokain – das ist doppelt soviel wert!«
»Wir sind nicht im Kokaingeschäft. Wir legen Wert auf Bargeld. Du hast von jetzt an drei Stunden Zeit, um das Geld aufzutreiben, sonst geht das Frauchen hops. Haben wir uns einigermaßen verständlich gemacht?«
»Da kommt 'n Wagen«, sagte Bruce.
Sie warteten, die Flinten bereit. Als Wavey Davey an den Scheinwerfern erkannte, daß es der Jeep war, zielte er wieder auf Tubbs und Crockett.
»Jimmy, mein Junge«, sagte er freundlich, während Jimmys Scheinwerfer die ganze Szene beleuchteten, »was ist denn . . .?«

»Sag diesem Mistkerl, er soll die Flinte fallen lassen!« sagte Jimmy ganz ohne Scherz. »Jetzt!« Er hob die 12er Flinte, die er auf dem Schoß hielt; ihre Läufe waren auf Daveys Oberkörper gerichtet.
»Hör mal, Jimmy, wir beteiligen dich an dieser Sache, kein Problem.«
Jimmy blieb beharrlich. »Laß die Flinte fallen!«
Davey meinte achselzuckend zu Bruce. »Tu's!« Auf der Stelle war die Hölle los.
Bruce wirbelte herum, ließ sich fallen und schoß aus einer Entfernung von ungefähr sechs Metern auf Jimmy. Jimmys Polizeiflinte schoß eine Salve ab, die Bruce erwischte, sein Bein traf und ihn wie eine Marionette zusammenbrechen ließ. Seine Flinte fiel zwischen ihn und Crockett.
Crockett stieß sich vom Wagen ab und rollte vornüber, wobei er sein verletztes Bein übel mißhandelte, aber er war zuerst bei der Waffe. Als Bruce sich auf Hände und Knie aufgerichtet hatte, hatte Crockett bereits die Flinte aufgehoben und wieder durchgeladen. Bruce bemerkte es entweder nicht, oder es kümmerte ihn nicht. Er zog eine Luger Automatik aus seiner Windjacke unter der Achselhöhle hervor. In dem Moment, als sich seine Hand um ihren Griff schloß, hatte Crockett den Abzug losgelassen und Bruce ins Reich der Toten befördert. Er versank im Blackwater Creek, wo er als Fischfutter diente.
Wavey Davey ging sofort auf der anderen Seite des Caddy in Deckung. Tubbs rannte in die entgegengesetzte Richtung, um an die Pistole im Kofferraum zu kommen. Davey ließ sich auf der Fahrerseite ins Auto fallen, richtete sich dann auf und zielte, um das erste beste, was ihm in den Weg kam, abzuschießen. Tubbs, der jetzt völlig außer sich vor Wut war, schrie Davey an, während er wieder und wieder auf den Abzug drückte und durch sein eigenes Rückfenster schoß: *»Mach . . . daß . . . du . . . aus . . . meinem . . . Wagen . . . kommst!«*

Die Stahlmantelgeschosse durchschlugen den Sitz und die Polsterung und trafen Davey in Hüfte, Magen und Schulter. Er fiel, rutschte unter das Armaturenbrett und wurde ohnmächtig. Die Pistole glitt aus seiner Hand. Crockett benutzte die Flinte als Krücke und humpelte zu dem Jeep hinüber. »Jimmy? *Jimmy* . . .«

Jimmy hatte zwei Schrotladungen voll in die Brust bekommen. Dabei war er quer über den Passagiersitz geworfen worden und hing nach hinten gebeugt auf der gegenüberliegenden Seite aus dem Jeepfenster heraus. Eines seiner langen Beine hatte sich zwischen Gangschaltung und Armaturenbrett verklemmt, so daß er nicht herausfallen konnte. Jimmys Körper war verkrümmt, seine Arme baumelten hinter seinem Kopf. Seine Augen waren offen.

»Jimmy?« Crockett dachte nicht mehr an sein Bein und versuchte, Jimmy auf den Sitz zu heben. »Tubbs! Ruf jetzt den Notarztwagen!« Sein Hirn reagierte auf diese Art von Niederlage so wie früher in Indochina. Auch da hatte der Ruf nach dem Arzt meist bedeutet, daß Erste Hilfe nicht mehr helfen konnte. Tubbs schob Davey beiseite und griff, ohne ihn weiter zu beachten, nach seinem Funkgerät.

Crockett wußte, daß Jimmy ihn sehen konnte. Für wie lange, das war ein Ratespiel, auf das sich niemand einlassen konnte. »Du solltest nicht versuchen, den Helden zu spielen, Mann«, sagte er sanft und hielt den Kopf des Piloten in seinen Armen. »Du hast kein *S* für Supermann auf der Brust . . .«

Ein winziges Atemgeräusch, fast wie ein Lachen, war zu hören, und Jimmys Lippen versuchten, sich zu dem für ihn typischen liebenswerten, sardonischen Grinsen zu verziehen. Seine rechte Hand umschloß so fest Crocketts Unterarm, daß weiße Fingerabdrücke zurückblieben. Dann wurde sein Griff kraftlos, und das Lächeln verschwand. Die Augen starrten ins Leere, und dabei blieb es.

»Oh, Junge . . .« Crockett ließ Jimmys Kopf sanft auf die Kopfstütze zurückgleiten.
»Davey lebt noch!« rief Tubbs ihm zu. Das war gut, denn Crockett brauchte den dreckigen kleinen Erpresser noch. Davey war zu sich gekommen und hatte entdeckt, daß er überall blutete. »Oh, ich bin angeschossen, Mann, ich bin verletzt!« jammerte er. »Ich brauche einen Arzt, Mann!«
Tubbs zog den verwundeten Davey an seiner Hemdenbrust aus dem Wagen. »Wo ist sie?« brüllte er, wobei Davey Spucke ins Gesicht flog.
»Au! Ich weiß es nicht, Mann; ich weiß es nicht, das ist die Wahrheit!«
Tubbs hatte genug von dieser Vorstellung. Er legte die Mündung seiner Pistole an Daveys Stirn, und dem kleinen Mann quollen die Augen aus dem Kopf. »Wo?«
»Damit habe ich nichts zu tun! Au, au, ich brauche einen Arzt, Mann. Ich bin verletzt, ich bin verletzt.«
»Wo?«
Davey dachte jetzt ans Sterben, und allein das ängstigte ihn fast zu Tode. »Ich weiß es nicht, Mann. Ich soll bloß auf einen Telefonanruf warten!« stammelte er. »Eine Telefonzelle in Biscayne! Ich soll mich bereithalten! Das ist alles, was ich weiß!«
Tubbs ging wieder an sein Funkgerät, und wenige Minuten später beleuchteten Suchlichter von oben Blackwater Creek.

16

Außer Tubbs' Caddy standen eine Ambulanz und zwei Streifenwagen um die Telefonzelle herum. Davey war verbunden und mit Antibiotika vollgestopft worden und war wegen des Blutverlusts unsicher auf den Füßen. Die drei Schüsse aus der Waffe von Tubbs hatten erhebliche Wunden verursacht, und

der Kerl war halb betäubt. Nur die Furcht, so schien es, hielt ihn für sie am Leben.
Crockett hatte seine Bren wieder, und er vergewisserte sich, daß Davey das wußte. »Keine faulen Tricks«, sagte er. »Du benimmst dich am Telefon so, wie man es von dir erwartet. Ein falscher Zungenschlag, und die Telefongesellschaft muß Spezialisten schicken, damit sie dich und das Telefon auseinanderhalten können. Haben wir uns verstanden?«
Davey nickte, seine Augen vor Angst zu weißen Kreisen geweitet. Aber der Wunsch, seine eigene Haut zu retten, hielt ihn aufrecht, während er die Nummer wählte und sprach.
»Halt ihn so lange in der Leitung, wie du nur kannst«, sagte Tubbs. Der einzige Strohhalm, an den sie sich klammerten, war der Versuch, den Anrufer zu lokalisieren. Bevor Trudy hochging.
Sie hielten alle den Atem an, als Davey seine Rolle spielte. »Ich bin es. Sie werden das Geld in drei Stunden bereithalten. Nein, nicht vielleicht, es ist ganz sicher. Ich habe ihnen gesagt, sie sollten im ›Seashore‹ auf euren Anruf warten. Richtig.« Davey hörte auf zu sprechen und schaute dann die Detectives an wie ein Mann, der schlechte Neuigkeiten verbreiten muß. »Das ist alles. Mehr wird nie gesagt. Er hat aufgehängt, Leute.« Er schien sich fast zu entschuldigen.
Der Überwachungswagen von Miami Vice hielt hinter dem Caddy an, und Switek und Zito sprangen heraus. »Das war kein Erfolg!« sagte Zito. In einer Hand hielt er einen halben Hot dog mit Chili, er sprach mit vollem Mund um den Zahnstocher herum, der ihm im Mundwinkel hing. »Die Burschen benutzten ein Autotelefon oder so was, diese Spur war also ein Flop.«
»Was ist mit Trudy?« fragte Crockett wütend.
Zito zuckte grimmig mit den Schultern. »Wir suchen überall, aufs Geratewohl, wie bei Morales.«

Das Funkgerät des Kleinlasters piepte, und Switek eilte zurück. Castillo wollte mit Crockett sprechen.
Crockett humpelte am Stock, den Jimmy ihm geliehen hatte, zu dem Kleinbus hinüber. Die Ambulanzen hatten noch keine Zeit gehabt, viel für sein Knie zu tun. Seiner Meinung nach konnte er mindestens noch drei Stunden mit dem stechenden Schmerz in seinem Bein leben, bis dieser Alptraum vorüber war. Für ihn war es eine Art Buße, die ihn daran erinnerte, daß Jimmy sein Leben geopfert hatte, um ihn zu retten, offenbar aus keinem anderen Grund als wegen des Zufalls, daß sie beide vor Jahren im selben fernen Land gekämpft hatten.

»Wir haben sie gefunden!« Castillos Stimme kam krächzend über das Funkgerät.
»Toll!« sagte Crockett. »Wie geht . . .?«
Castillo unterbrach ihn. »Nicht so gut. Wir können nicht an sie heran. Wir treffen uns in der Altmetall-Aufbereitungsanlage. Beeilt euch.« Er hängte ein.
Tubbs ahnte, was geschehen war. Er schob Davey zum Ambulanzwagen und sagte zu den uniformierten Polizisten: »Bringt diesen Mistkerl ins Krankenhaus. Laßt euch Zeit. Und laßt ihn in den nächsten drei Stunden nicht in die Nähe eines Telefons.«
»Auau!« jaulte Davey. »Ich bin verletzt, ich bin schlimm verletzt. Das ist Polizei-Brutalität, verdammt!«
»Wenn dieser Frau irgend etwas passiert«, sagte Tubbs leise und drohend, »dann komme ich dich im Krankenhaus besuchen. Und dann wirst du dir wünschen, du wärest jetzt hier auf der Stelle verblutet!«
Dann half er Crockett in den Caddy und hinterließ auf dem Pflaster zwei Reifenspuren aus verbranntem Gummi.

Der schwierige und langwierige Prozeß, den Standort des schwachen Signals zu bestimmen, das der Sender in Trudys

Stiefel ausstrahlte, hatte die Polizei schließlich zu dem Schrotthof geführt. Eine Blechstadt auf dem kahlen Gelände, aus der sich Berge aus Metall erhoben. Der Boden hatte die dunkle, zusammengebackene Struktur und den abstoßenden Geruch von Benzin und Schmiere. Kräne, die mitten in der Arbeit angehalten worden waren, standen bewegungslos da und reckten ihre stählernen Spinnenarme über Schrott und Abfall. Castillo hatte alle Arbeiter fortschicken lassen.

In der Mitte des Geländes stand ein Wohnwagen.

Man konnte Trudy, gefesselt, geknebelt und reglos – genau, wie es die Frau von Morales gewesen war –, ganz deutlich durch die Vorderfenster erkennen. Ihre Augen bewegten sich unruhig hin und her und ließen ihre Angst erkennen.

Es war eine Variation der Jacht-Methode – ein Ort, an dem eine Geisel festgehalten und versteckt, dabei aber gleichzeitig nach Belieben herumtransportiert werden konnte. Eine geschickte Methode, einen Sender, der ein gleichbleibendes Signal abgab, unwirksam zu machen. Deshalb hatten sie sie auch erst gefunden, als sie sie finden sollten. Wer auch immer hinter dieser Operation steckte, war keineswegs so unvorsichtig wie Wavey Davey.

Tubbs suchte nach dem Mittelpunkt des Geschehens, nach der Ansammlung von Autos, die sich auf dem Gelände befinden mußten. Außer drei Streifenwagen standen da ein Kleinbus der Spezialeinheit und ein Überwachungswagen mit einer Parabol-Antenne auf dem Dach, die auf den Wohnwagen gerichtet war. Dazwischen drängten sich die Wagen ohne Polizeikennzeichnung, die Castillo, Gina und einige andere Officers an den Tatort gebracht hatten.

Die Hälfte der Anwesenden hatte Ferngläser auf den Trailer gerichtet, und keiner von ihnen war in fröhlicher Stimmung. Benny Statler, der Sprengstoffexperte, stand da, beobachtete die Sache und kaute auf seinen Lippen. Er wußte, daß er frü-

her oder später würde hineingehen müssen, und er hatte gesehen, was die vorige Bombe aus der Jacht und den Opfern in dem Boot gemacht hatte. Crockett erkannte auch den besten Mann der Spezialeinheit, einen Kaugummi kauenden, forschen Sturmtruppen-Typ, der Bob hieß. In seinem Kopf hatte Crockett den Mann als »Bob, den Heckenschützen«, kategorisiert. Er suchte nach Gina. Ihr Gesicht zeigte sorgenvolle Falten aus Angst um ihre Freundin und Arbeitspartnerin.
»Ist schon etwas geschehen?« fragte er, als er sie erreicht hatte. Sie drückte seine Hand, und der Blick in ihren Augen sagte ihm alles.
»'ne gefährliche Situation!« sagte sie und wollte dabei eigentlich gar nicht auf den Wohnwagen schauen. »Wir sitzen hier fest. Wir können nicht herausfinden, ob im Wagen eine Bombe ist oder nicht und ob außer Trudy noch jemand da drin ist. Sonny, sie sieht aus, als hätte sie Todesangst.«
Lester Kosko stieg aus dem Überwachungswagen aus, einem größeren, technisch besser ausgestatteten Exemplar als der, in dem Switek zur Zeit herumfuhr. »Ich habe zwei Überprüfungen durchgeführt, Lieutenant«, teilte er Castillo mit. »Ich kann niemanden sonst da drinnen hören. Aber der Fensterrahmen und die Zusammensetzung des Glases machen eine exakte Auswertung schwierig.« Ein Paar Kopfhörer hing um seinen Hals, und er steckte das herunterhängende Kabel in seine Tasche. »Ich kann wirklich nicht mit letzter Sicherheit sagen, ob sie da drinnen allein ist.«
Benny Statler ließ sein Fernrohr sinken, das an einem Lederriemen um seinen Hals hing. »Ich sehe keine Auslöser von außen. Keine sichtbaren Drähte durchs Fenster. Aber das bedeutet nichts. Sie könnte eine Atombombe in einer Schlinge unter ihrem Arm haben, und ich könnte es von hier aus nicht sehen.«
Wut und Frustration wechselten einander auf Castillos Ge-

sicht ab. Jede Eventualität war in Rechnung gestellt worden, und die Uhr tickte unerbittlich weiter. »Und warum nicht stürmen?« fragte er. »Sicherlich würde ein Täter, der sich drinnen aufhält, das Ganze nicht einfach in die Luft sprengen . . .« Aber er würde vielleicht Trudy erschießen, das war klar. Eine weitere Sackgasse.
»Das ist eine rein akademische Überlegung«, sagte Bob, der Scharfschütze der Spezialeinheit. »Wir haben nicht genug Deckung, um einen Sturmangriff durchzuführen. Es wäre möglich, daß wir die Geisel verlieren, bevor wir irgend etwas tun können.« Plop! Bobs Kaugummiblase zerplatzte, Lester sprang erschrocken hoch.
»Ich will da reingehen!« warf Gina ein. »Wir haben keine Zeit zu verlieren.«
»Warte einen Augenblick!« Castillo wandte sich zu Benny. »Sag mir, was erforderlich ist!«
»Das ist einfach«, Benny zuckte mit den Achseln, »ich muß da rein. Wenn ich etwas Komplizierteres entschärfen muß . . .«, er schaute auf seine Armbanduhr, »dann sind zwei Stunden nicht mal genug, um noch 'ne Kaffeepause einzulegen.«
»Lieutenant, lassen Sie mich ihn reinbringen«, sagte Crockett. »Wenn da jemand mit ihr drin ist, dann will ich ihn mir kaufen.« Ihm ging das Lächeln des sterbenden Jimmy, jenes fragile Zeichen von Verbundenheit, nicht aus dem Kopf.
»Ich bin an Unterstützung nicht gewöhnt«, sagte Benny respektvoll. »Gewöhnlich gehe ich alleine.«
»Auf keinen Fall«, sagte Crockett. Gina unterbrach ihn.
»In diesem Falle werde ich mit reingehen«, sagte sie nun ihrerseits.
Castillo schaute sie beide an. Gina war zu begierig, sich reinzustürzen und Trudy zu retten. Crockett wurde von seiner Aluminium-Krücke behindert. Castillo sagte: »Tubbs, bring Benny rein.« Tubbs bahnte sich einen Weg durch die Zuschau-

er und überprüfte rasch die Ladung seines Revolvers. Sowohl er als auch Crockett boten einen bemerkenswerten Anblick, die letzten zweiundsiebzig Stunden hatten ihre Spuren hinterlassen.

»Trudy ist mein Partner!« protestierte Gina und forderte damit Castillo heraus. Ihre Augen blitzten vor felsenfester Entschlossenheit, und sie war bereit, jeden Einwand niederzumachen, daß zum Beispiel Tubbs für diese Aufgabe besser geeignet sei, weil er ein Mann war. »Sie ist immer für mich dagewesen; jetzt will ich für sie dasein!«

»Es sind schon zu viele gute Polizisten bei dieser Operation in Gefahr geraten«, sagte Castillo, der wütend darüber war, daß dieser Auftrag so viele seiner neuen Mitarbeiter gefährdet hatte. Gina öffnete den Mund, um mit ihm darüber zu diskutieren, aber er schnitt ihr mit einem kurzen »Das ist alles!« das Wort ab.

»Dies ist ein Feldtelefon mit Drahtverbindung!« erklärte Benny Tubbs. »Genau wie das des Telefonerfinders Alexander Graham Bell. Jede normale Funkverbindung könnte einen über Funk betätigten Auslöser in Gang setzen.« Er befestigte die Spule mit Verbindungsdraht an seinem Werkzeuggürtel. »Wenn du deinen Piepser dabeihast, dann sieh zu, daß du ihn los wirst.«

Tubbs deutete an, daß er nichts dergleichen bei sich hatte. Die beiden Männer begannen ihren langsamen, vorsichtigen Gang zu dem Wohnwagen, der da draußen ganz ohne Dekkung stand, was sie für einen Scharfschützen zu einem leichten Ziel machte.

»Nun noch einen Ratschlag«, fuhr Benny fort, »wenn wir erst einmal dort sind. Tritt sanft auf, berühr nichts, wenn ich es dir nicht sage, und mach keine unnötigen Bewegungen. Wenn deine Nase juckt, dann laß sie jucken. Ich weiß, daß das wirklich blödsinnig klingt, aber . . .«

»Für mich klingt das ganz vernünftig«, sagte Tubbs. Er schwitzte schon jetzt fürchterlich. Benny dagegen sah so kühl wie Schnee aus.
»Aber tu mir einen Gefallen – wenn jemand auf uns schießt, dann schieß zurück.«
Tubbs kicherte. Das war das einzige, was sie im Augenblick tun konnten.
Der Weg zur Tür, die auf der anderen Seite lag, schien Ewigkeiten zu dauern. Tubbs hatte eine Gänsehaut bei dem Gedanken, daß vielleicht in der nächsten Sekunde jemand auf ihn schießen würde. Während sie gingen, zog Benny Kabel von der Rolle, die an seiner Taille befestigt war, hinter sich her. Dann stülpte er sich einen Bügel mit einem Mikrofon und einem einzelnen Kopfhörer über.
»Wir sind jetzt ungefähr zehn Meter entfernt«, sagte er, während sie sich näherten. »Keine Provokation! Aber sag Bob, er soll trotzdem seine Flinte auf das Fenster richten. In Ordnung, . . . jetzt sind wir an der Tür.« Schnell überprüfte er, ob an der Tür irgendwelche Auslöser angebracht waren. »Ich glaube, wir können reingehen«, erklärte er Tubbs.
»Dann gehe ich zuerst«, kündete Tubbs an.
Er drehte sanft am Türgriff und ließ die unverschlossene Tür nach innen schwingen, während er auf alle möglichen Überraschungen gefaßt war, die sie sich vielleicht ausgedacht hatten. Benny schaute sich um. Alles sah sauber aus, und er gab Tubbs ein Zeichen, voranzugehen.
Schnell und sicher überschaute Tubbs, woher möglicherweise Gefahr kommen konnte, bewegte sich vorwärts, schaute sich wieder um und ging weiter. Jeden Schritt, den er vorangekommen war, benutzte er als Rückhalt, weiterzukommen, ohne umgelegt zu werden. Dann erblickte er Trudy, und ihm wurde klar, wie unzureichend ihre Beobachtung von außen tatsächlich gewesen war.

Die Entführer hatten ihr die Schuhe ausgezogen und sie auf einen Küchenstuhl gestellt. Eine Schlinge aus Nylonseil war unter ihren Armen herumgeführt und durch Halterungen mit Karabinerhaken in der Decke befestigt – das hielt sie aufrecht, selbst wenn sie ohnmächtig wurde. Ihre Hände waren mit vielen Lagen von Klebeband auf dem Rücken festgebunden. Das Pflaster, mit dem sie geknebelt war, war mehrfach um ihren Kopf herumgeschlungen. Sie hatte keine Chance, es mit der Zunge oder durch Bewegungen des Kiefers zu lösen. Aber das Schlimmste war für Tubbs das Gewirr von unerklärlichen Kabeln und Apparaturen, die um die Gefangene herum aufgebaut waren. Silberne Stolperdrähte wanden sich um ihre Beine, durch und um die Halterungen aus Nylonseil. Sie waren an einem großen Metallzylinder befestigt, der direkt unter dem Stuhl stand. Drähte gingen kreuz und quer durch Trudys Kleidung. Direkt vor ihr, mit der Halterung verbunden, war eine Vorrichtung aufgebaut, die aussah wie das Lot eines Maurers.

Tubbs zeigte darauf. Benny schaute sich die Sache an. Den Rest des Wohnwagens zu überprüfen war einfach. Keine Angreifer lagen hier im Hinterhalt. »Sie ist allein in dem Wohnwagen«, flüsterte Benny in sein Mikrofon. »Es sieht aus, als ob sie lebt und bei Bewußtsein ist.«

Benny ging eilig voraus und blieb kurz vor dem Wohnzimmerteppich stehen. »Trudy?«

Trudy rührte sich nicht, entweder weil sie es nicht konnte oder weil sie es nicht wagte. Aber als Antwort brachte sie durch ihre Knebelung hindurch ein Geräusch zustande.

»Trudy, hier sind Benny und Ricardo Tubbs. Beweg dich nicht, und versuch nicht zu sprechen. Hast du verstanden?« Seine Stimme klang beruhigend; Tubbs bewunderte die Nerven und das Training dieses Mannes. Er machte Tubbs ein Zeichen, er solle jetzt sprechen.

»Ich bin hier, Trudy.« Er stand da und fühlte sich sehr hilflos, während er zuschaute, wie Benny aus seinem Rucksack eine Rolle mit durchsichtiger Plastikfolie hervorholte und sich hinkniete.
»Das Geräusch, das du jetzt hörst, das kommt von mir. Ich entrolle ein antistatisches Plastikmaterial«, fuhr Benny fort. »Dann können wir zu dir kommen.« Er wendete sich wieder Trudy zu. »Bleib von dem Teppich weg.«
Als sie zu Trudy hinüberkrochen, konnte Tubbs die Behälter mit Sprengstoff genauer sehen. Auf der ihnen zugekehrten Seite war eine Digitalanzeige, die in schneller Abfolge wechselnde Zahlenkombinationen zeigte. Die Kombination für den Zünder änderte sich alle paar Sekunden und war deshalb schwierig zu verfolgen. Außerdem gab es noch eine dünne Metallantenne mit einer Halbleiterdiode, die dauernd rotes Licht zeigte. Wenn das Licht erlosch, würden sie alle an der Decke kleben.
Benny bückte sich und studierte die Anlage einige Sekunden.
»Wir haben vor uns einen über Funk kontrollierten Auslöser in Kombination mit einer Vorrichtung, die auf jede Bewegung reagiert. Sie ist mit einem Vibrations-Sensor verbunden – einem ›Trembler‹. Wenn du das falsch anfaßt, vielleicht auch nur drauf atmest, werden wir alle pulverisiert.«
Der Telefonanruf im »Seashore Inn« wurde in den Überwachungswagen umgeleitet. Crockett saß auf der hinteren Stoßstange des Kleinlasters, wartete und rauchte eine Zigarette nach der anderen. Sein Knie war steif und geschwollen. Er renkte es sich nicht sehr oft aus – ungefähr alle anderthalb Jahre, nach seiner Schätzung –, aber wenn es geschah, dann hatte er zwei oder drei Tage lang furchtbare Schmerzen. Danach tat es ihm noch ungefähr eine Woche lang so weh, daß er humpelte. Dann war es noch etwa eine Woche lang steif und verkrampft, aber nicht mit Schmerzen verbunden. Er freute sich schon jetzt auf den nächsten halben Monat.

Er stand auf, ohne sich auf Jimmys Stock zu stützen, weil er sein Bein testen wollte. Es tat weh. Er hatte ein Gefühl, als hätte ihm jemand einen Zementnagel durch die Kniescheibe geschlagen. Er schaute hoch und sah, daß Castillo vor ihm stand.

»Das Hotel wird den Anruf bei der Zentrale auflaufen lassen, bis wir hier abheben«, sagte er. »Wenn du sie in der Leitung hast, dann halte sie auf. Jede Sekunde, die du rausschlagen kannst, gibt uns eine Sekunde länger Zeit, Trudy aus dem Wohnwagen rauszuholen!«

Crockett schluckte und nickte. Er hatte die vergangenen Tage am Rande eines Abgrundes gelebt und sammelte seine letzten Kräfte, um sie in die nächsten neunzig Minuten zu investieren.

»Wenn es tatsächlich zu einer Übergabe kommen sollte, Lieutenant, dann will ich das machen.« Und als Antwort auf den fragenden Blick, den Castillo auf sein Bein warf, fügte er hinzu: »Ich schaffe das. Ich bin in Ordnung.«

»Das habe ich mir gedacht«, sagte Castillo und stellte einen Aktenkoffer vor Crockett hin. »Fünfhunderttausend. Ich hab es gerade unterschrieben. Versuch, es nicht zu verlieren.«

»Lieutenant . . . wir wissen, daß dieser Bursche einen funkgesteuerten Auslöser hat. Sobald er das Geld hat, bläst er den Trailer in die Luft. Dasselbe Vorgehen wie bei Morales – er hat bezahlt, und dann päng! Ende der Geschichte.«

»Wenn du das nicht schaffst, Detective . . . Dann übernimmt Gina es. Du kannst dich etwas erholen.«

»Kommt überhaupt nicht in Frage«, sagte Crockett entschlossen und ergriff die Brieftasche mit dem Erpressergeld. Als er aufstand, stöhnte er. Bei dieser Sache war er über die volle Distanz dabei.

17

Die ins Unerträgliche gesteigerte Spannung, die Nervenbelastung und die rein körperliche Anstrengung des Wartens hinterließen Spuren bei der ganzen Mannschaft. Einige der Polizisten hatten sich aufs Warten und Beobachten eingerichtet, so, als wäre die ganze Sache eigentlich schon vorbei und das Echo unvermeidlich . . . jetzt warteten sie nur noch auf den großen Knall.

Crockett war sich deutlich, fast schmerzhaft, jedes einzelnen Geräusches bewußt, das aus dem Überwachungswagen kam. Elektronisches Summen und Klicken hatte ihn schon mindestens fünfzigmal aufspringen lassen, weil er es für den Telefonanruf der Erpresser gehalten hatte. Und dazu kam noch der ständige Kommentar von Tubbs und Benny draußen im Trailer. Benny half ihnen allen mit seinen Kommentaren durch die ganze Prozedur. »Trudy, zuck nicht zu sehr mit dem Kopf . . . Tubbs wird jetzt rechts den Knebel durchschneiden . . .«

»Es ist alles in Ordnung, Trudy . . . Ich bin hier . . . Gina und Sonny sind draußen . . .«

Eine genaue Niederschrift dieses scheinbar bedeutungslosen Geplauders würde ungerecht alltäglich wirken, überlegte sich Crockett. Diese Abschriften konnten niemals die Ruhe widerspiegeln, die in Bennys Stimme lag und mit der er die Sorge verhüllte, die er nicht zu zeigen wagte, Sorge angesichts der Kompliziertheit des Zünders, den er vor sich hatte. Oder den Kummer in Tubbs' Stimme. Oder die deutliche Angst bei Trudy, als sie von dem Knebel befreit war und die beiden sie zu beruhigen versuchten, wie Männer versuchen, einen brennenden Jet mit geplatzten Rädern zur Landung zu bringen.

»Trudy . . . meinst du, du könntest dein hübsches Bein nur noch eine Sekunde lang stillhalten?«

Dann die Stimme von Castillo über Funk: »Wie ist die Lage?«
»'ne kleine Verzögerung, Lieutenant, – sie zittert wie ein Blatt bei einem Erdbeben. Ich kann die Drähte nicht durchschneiden.«
Dann Trudys Stimme, bebend: »So besser?«
Dann Tubbs: »Ich will dir was von unserem kleinen Trip erzählen, Trudy . . . Ich weiß, daß du dir Sorgen machst, aber deswegen bin ich ja hier . . .« Er begann sich etwas zusammenzuspinnen, wie schön es in Catagena gewesen sei, wie friedlich, angenehm und ruhig die Leute dort waren . . . wie schläfrig und heiß die Stadt gewesen sei . . . Seine Stimme blieb beruhigend, einschläfernd, wie nur Tubbs es mit seinem sanften Tonfall konnte, dessen Rhythmus wie Musik war. Er versuchte, sie von dem Ort, an dem sie eingeschlossen war, abzulenken.
Crockett war, als schnürte sich ihm der Magen zu. Schließlich konnte er nicht länger zuhören.
Switek steckte sein bärtiges Gesicht aus der hinteren Tür des Kleinlasters. »Sonny, du bist dran.«
Ohne an sein Bein zu denken, sprang er in den Wagen und griff nach den Kopfhörern. Das scharlachrote Arbeitslicht im Innern des Lasters tauchte die gesamte Ausrüstung in einen blutigen Schimmer. Tonbandgeräte mit breiten Spulen drehten sich unermüdlich und nahmen alles auf. Das Geräusch der Explosion würde die Nadeln auf den Meßgeräten so in die Höhe jagen, daß sie sich verbiegen und zusammenschrumpfen würden wie Gras im Feuer.
»Morales . . .«
Crockett schluckte. »Wiederholen Sie das bitte, Mann. Ich kann Sie kaum hören.«
Die Stimme am anderen Ende der Leitung war elektronisch verzerrt: »Laß die Verzögerungen«, schepperte sie metallisch. »Steck das Geld in eine Segeltuchtasche. Bring es zur South

Beach Bridge. In genau zwanzig Minuten wird ein Schnellboot unter der Brücke herfahren. Der Fahrer wird eine Kapuze tragen. Wirf das Geld in das Boot.«
Klick; das war alles – er hörte nur noch das Tuten des Telefons.
»Wir müssen die Sache hinter uns bringen, ob wir nun wollen oder nicht«, sagte Crockett.
Castillo nickte. »Nimm drei Einheiten mit zur Brücke.«
Crockett suchte Switek und Zito, zwei uniformierte Polizisten und Bob, den Heckenschützen, aus. Vom Überwachungswagen bekam er Kopfhörer und einen tragbaren Sender, um dauernd mit Castillo in Kontakt zu bleiben. Er steckte ein neues Magazin in die Bren und sagte, Switek solle fahren.
Draußen im Wohnwagen tickten die Sekunden mit aufreizender Schnelligkeit weiter, so, als ob sie rascher vorbeigingen als gewöhnlich, allen zum Trotz.

Sie mußten die Brücke räumen und Ausflügler und Angler fortschicken. Bob zog sich die Baseball-Mütze fast bis auf seine Schießbrille hinunter. Er stand links von Crockett. Zito stand mit einer großkalibrigen Flinte in gleicher Distanz rechts von Crockett. Switek und die anderen Männer hatten am Strand Aufstellung genommen, den Blick auf die Öffnung unter der Brücke gerichtet. Wer auch immer da durchfuhr, würde in die Läufe einer Menge einschüchternder Schußwaffen blicken.
Tubbs' Stimme hallte in Crocketts Kopf: *Nett . . . und ruhig . . . und friedlich . . .*
Er stützte die Bren auf das Brückengeländer vor ihm und warf sich den Riemen der Tasche über die Schulter. Sie war mit einem Reißverschluß geschlossen. Er überlegte sich, daß in zwei Tagen anderthalb Millionen durch seine Hände gegangen waren.

Indem er sich auf den Stock stützte, überquerte er die Straße zur gegenüberliegenden Brückenseite. Ein hochtouriges Schnellboot mit einem Skipper in Kapuze kam geradewegs auf die Brücke zu.

Der »Trembler« war ein zapfenförmiger Kontaktschalter, der von einem Draht gehalten wurde und innerhalb eines Metallrings schwebte. Schon ein Luftzug würde ausreichen, um den Zapfen gegen den Metallring schlagen zu lassen, womit der Stromkreis geschlossen wäre und der Prozeß beginnen würde, der jeden hier in mikroskopisch kleine Teilchen zerlegen würde. Die Innenseite der Metallmanschette war mit Gold überzogen, als positive elektrische Ladung. Tubbs konnte kaum den Abstand zwischen der Manschette und dem Zapfen wahrnehmen.

»Halt den ›Trembler‹«, sagte Benny.

»Im Augenblick zittere ich weit mehr als dieses Ding hier.« Schweiß stand auf seiner Stirne. Er hatte Angst, ein Tropfen davon könnte auf den ›Trembler‹ fallen und sie alle in Fetzen fliegen lassen. Benny gab langsam Spannung auf die Leitung unterhalb der Vorrichtung und bereitete sich darauf vor, den Haltedraht zu durchschneiden. Der Trick bestand darin, daß der ›Trembler‹ herunterfallen mußte, ohne die Metallmanschette zu berühren. Dann hatten sie vielleicht eine Chance, die Bombe zu entschärfen.

Trudy schloß ganz fest die Augen.

»Leute, ihr habt höchstens noch fünf Minuten«, sagte Castillos Stimme über die Kopfhörer.

Benny mußte niemandem sagen, daß er den Atem anhalten sollte, als er seine isolierte Zange ergriff und sie über dem Haltedraht des ›Tremblers‹ öffnete.

»Nichts geht mehr!« sagte er.

»Er ist da«, sagte Crockett, die Augen fest auf das herankommende Schnellboot gerichtet. »Ist Trudy draußen?«

»Nein!« antwortete Castillo. »Wenn du das Geld nicht runterwirfst, dann pustet er den Trailer vom Boot aus in die Luft.«
In Crockett stieg Panik auf. »Wenn ich ihm das Geld gebe, wird er den Wohnwagen auf jeden Fall in die Luft sprengen!«
Die Spitze des Bootes war jetzt in die Dunkelheit unter dem anderen Ende der Brücke eingetaucht.
»Ich bin hier, du bist da!« sagte Castillo unbewegt. »Es ist deine Entscheidung!«
»Wir haben keine Zeit«, sagte Crockett, ohne sich damit an jemanden zu wenden.
Der Fahrer des Bootes trug einen schwarzen Taucheranzug mit einer Taucherkappe. Nur an den Augen, der Nase und dem Mund waren Öffnungen. Er schaute nicht einmal nach oben, als das Boot die Brücke passierte.
Crockett hielt die Tasche am Riemen und ließ sie fallen. Sie fiel auf Deck wie ein schweres Kissen und beulte dabei ein wenig ein.
»Ach . . . verdammt!« Außer sich vor Wut und Erbitterung, sprang er über das Geländer der Brücke. Er landete mit lautem Krachen im hinteren Teil des Schnellbootes, während zur gleichen Zeit oben der Krückstock, den er zurückgelassen hatte, auf dem Pflaster klapperte.
Das meiste Gewicht des 6-Meter-Falls ging auf sein unverletztes Bein, das prompt einen Schmerz ausstrahlte, als sei etwas gebrochen oder gezerrt. Er kam genau in dem Augenblick unten an, als der Fahrer Gas gab, und das zusätzliche Gewicht zusammen mit der Beschleunigung ließen die Spitze des Bootes hoch aus dem Wasser ragen und den Bootsführer in seinen Sitz zurückfallen.
Mit einer geübten Bewegung wirbelte der Mann in dem Taucheranzug herum und feuerte. Die holprige Fahrt des Bootes ließ den Schuß ins Leere gehen. Alle, die auf der Brücke und am Strand waren, wurden aufmerksam, und der Mörder sah

mindestens fünf hochkalibrige Waffen auf sich gerichtet, während das Schnellboot sich schlingernd seitlich bewegte.
»Versuch es nicht erst«, sagte Crockett, der die Bren herauszog und sie in Anschlag brachte. »Miami Vice!«
Fast wie ein Zauberkünstler, der einen Trick vorführte, zeigte der Mörder ein flaches Metallkästchen, das er in der anderen Hand hielt. Es sah aus wie eine Fernbedienung für den Fernseher. »Das ist ein Induktionsschalter«, sagte er ganz geschäftsmäßig. Er drückte mit dem Daumen auf den Knopf, und eine rote Anzeige blinkte auf. »Wenn mein Finger den Knopf verläßt, dann kannst du deine Kumpel abschreiben!«
Crockett hielt die Bren ohne eine Bewegung, den Finger am Abzug. Seine Beine pochten, als hätte er LSD im Blutkreislauf unterhalb der Gürtellinie. Er konnte leicht vier Schüsse in den Kerl jagen, bevor der auch nur einmal mit der Wimper gezuckt hatte . . . aber es gab keine Möglichkeit, rechtzeitig den Schalter in die Hand zu bekommen.
Versuch es mit Vernunft, dachte er verrückterweise.
»Hier muß niemandem etwas passieren. Legen Sie einfach den Kasten hin, drehen Sie den Schalter ab.«
»Das Ding hier kann man nicht abstellen«, sagte der Mann im Taucheranzug. »Daran hättest du vorher denken sollen!«
Das Boot begann langsam sich in Richtung Strand zu drehen. Jetzt waren sie fast wieder gegenüber der Brücke. Das eine Bein, auf dem er lag, verdreht und vor Schmerz pochend, machte es für Crockett nicht einfach, einen klaren Kopf zu behalten, und er wurde sich des stetig wachsenden Schmerzes bewußt.
»Ich will dir sagen, was wir tun werden«, fuhr der Mann in Schwarz fort, »ich schreibe dieses Ding hier ab. Ich gehe über Bord. Und du wirst mich nicht davon abhalten.« Er schwenkte den Schalterkasten wie ein Schwert.
»Das wird nicht geschehen, Mann. Schau dich doch um.«

Die Augen des Mannes funkelten, als er die Waffen überall um sich herum bemerkte. Es gab überhaupt keine Deckung für ihn.
Crockett sah an den Augen des Mannes, was als nächstes geschehen würde. Er erkannte die Augen. Und jetzt fiel ihm ein, wo er die Stimme dieses Mannes früher schon gehört hatte.
»Zum Teufel mit dir, Mann«, sagte der Killer, hob die Pistole, richtete sie auf Crockett und zog den Abzug. »Zum Teufel mit uns allen!«
Er schoß. Nur ein einziges Mal.
Crockett fühlte, wie eine Kugel an seinem linken Ohr vorbeisauste und in einem der Kissen auf dem hinteren Deck einschlug. Dann löschte das gräßliche Geräusch von Schüssen alles andere aus, als die Männer auf der Brücke und am Strand das Feuer eröffneten. In ihren Zielfernrohren sahen sie, daß der Mann, der Ähnlichkeit mit einem Ninja hatte, von den Hochgeschwindigkeitsgeschossen, die ihn durchlöcherten, hin und her geworfen wurde. Er schwankte und krümmte sich und fiel schließlich der Länge nach auf die Steuerbordseite des Bootes.
Crockett sah noch etwas anderes. Der Schalterkasten flog in die Luft und dann in Richtung Wasser. Sein Kontrollicht war erloschen.
Er hörte die Explosion über den Kopfhörer, den er immer noch trug.

Castillo hatte den Wohnwagen voll durch das Fernglas im Blick. Er sah den Blitz der Explosion, dann drang der Knall zu ihm, begleitet von einer deutlich spürbaren Druckwelle, die ihre Kleider in einem heißen Wind bewegte.
Gelblichweiße Flammen brachen gleichzeitig durch alle Lamellen-Fenster und zerstörten sie. Das Dach flog davon, und die Wände wurden nach außen gedrückt, während die Meß-

maschinen in dem Übertragungswagen ausschlugen und im roten Bereich stehenblieben. Eine schwere Wolke aus schwarzem Rauch vermischte sich mit dem orangefarbenen Feuerball, der den ganzen Wohnwagen vernichtete. Die Druckwelle setzte kleine Lawinen aus Schrott auf allen umliegenden Altmetall-Hügeln in Bewegung. Jetzt war alles Schrott. Castillo mußte den Kopf abwenden und die Augen schließen, sonst wäre er erblindet. Als er schließlich wieder hinsah, wirbelte immer noch rauchender Abfall in alle Richtungen durch die Luft.

»*Tubbs!*« schrie Crockett in sein Kehlkopfmikrofon. Er hörte nichts als statisches Knistern. Da, wo der Wohnwagen stand, hatten offensichtlich alle genug zu tun, und das letzte, worüber sie sich Sorgen machen würden, war, alle Neuigkeiten über Funk durchzugeben.
Er brüllte weiter, versuchte, jemanden zu erreichen, egal, wen. Niemand hörte zu.

Jeder stand isoliert für sich in der allgemeinen Panik und dem Lärm. Castillo verbannte seinen Schrecken und hielt das Fernglas wieder an seine Augen.
In dem sengenden Hexenkessel aus Rauch und Flammen war kein Leben zu sehen. Der Wohnwagen war zum Feuergraben inmitten der Berge aus Stahl geworden.
Auf der anderen Seite der am weitesten links gelegenen Pyramide erspähte er eine Bewegung und richtete das Fernglas darauf. Drei geschwärzte Gestalten hielten einander fest und stolperten aus der Schmelzofenhitze des Feuersturms.

Statisches Knistern tat Crockett in den Ohren weh. Er verzog das Gesicht. An den stechenden Schmerz in seinem Bein dachte er überhaupt nicht mehr.

»Sonny?« Das war Ginas Stimme. »Sie leben. Sie sind draußen. Sie sind alle unverletzt.«
Crockett fiel zurück auf das Boot, das weitertrieb, und dankte allen Göttern, die ihm einfielen. Er wollte mindestens hundert Jahre schlafen.

Am Rande der South Beach Bridge standen dicht zusammengedrängt Dutzende von Streifenwagen mit flackernden Signallichtern. Alles wirkte sehr offiziell und einschüchternd. Ed Waters brachte seinen unauffälligen Wagen mit quietschenden Bremsen zum Stehen. Castillo und seine Mitarbeiter hatten sich hier am Tatort getroffen.
Tubbs' italienischer Designer-Anzug hätte nicht einmal mehr einem Penner gefallen. Er war durchweicht und völlig verschmiert.
»Du siehst grauenhaft aus«, sagte Crockett grinsend. Er saß im Heck eines Ambulanzwagens, wo ihm ein ernster Mann vorsichtig Bandagen um seine beiden Beine wickelte. Sein ausgekugeltes Knie war unglaublich geschwollen. Seine Hosen, die man ihm abgeschnitten hatte, hingen wie eine weiße Fahne über der Tür des Wagens.
Tubbs rieb sich etwas von der rußartigen Schmiere aus den Augen. Sie vermischte sich mit seinem Schweiß und produzierte so etwas wie schwarze Farbe. Er und Benny und Trudy waren über und über verdreckt. »Du siehst aus, als müßtest du dich bald mit dem Hut in der Hand an die Ecke stellen«, sagte er zu Crockett.
»Hast du schon jemals versucht, ein Schnellboot mit einer Hand zu steuern?« fragte Crockett.
»Nein. Du weißt, ich habe es nicht so mit dem Wasser.« Er klatschte in die Hände, seine Augen brannten, wenn er sich an das gerade überstandene Chaos erinnerte. »Mann . . . Benny schwitzte und schnitt Drähte durch und durfte den Blick

nicht von der Digitalanzeige der Uhr lassen, die er mir gegeben hatte, und als wir noch fünfzehn Sekunden bis zur Explosion hatten, hat er uns beide aus der Tür geschoben und gebrüllt: ›Lauft! Lauft..‹ Wir rannten durch die Tür bis zum nächsten Schrottberg. Wir waren ungefähr zwanzig Meter weg, als das Ding in die Luft flog. *Mann* . . . ich will dir was sagen, das war so, als ob dich eine Flutwelle von hinten erwischt.«

Benny tupfte sich die Hände mit einer Binde ab. Er sah aus wie ein Schornsteinfeger. »Das meiste an Druck ging nach oben und zur Seite. Es haute uns um, und wir wurden mit Dreck und Trümmern bedeckt, die vom Müllberg auf uns fielen. Da durch konnten wir nicht zurück – es war zu wüst. Wir mußten Trudy außenherum tragen, zur geschützten Seite des nächsten Schrotthaufens.«

»Ihre Beine waren eingeschlafen«, sagte Tubbs. »Als wir sie losgeschnitten hatten, konnte sie von der Taille abwärts nichts spüren.«

»Ich wünschte, *ich* könnte das auch nicht«, murmelte Crockett. Zito hatte ihm die Krücke von der Brücke mitgebracht. »Zum Teufel, jetzt werde ich zwei von diesen verdammten Dingern brauchen. Oder vielleicht einen Rollstuhl.«

Castillo und Waters gesellten sich zu den anderen. »Es hat sich herausgestellt, daß die geheimnisvolle undichte Stelle Warren Marcusson war – der Lieutenant vom Morddezernat, der den Fall Morales bearbeitet hat«, sagte Castillo, der jetzt, wo alles wieder unter Kontrolle war, ein unbewegtes Gesicht zeigte.

»Das macht Sinn«, sagte Crockett. »Der Bursche kam mir gleich so vor, als wüßte er zuviel, als ich ihn zum ersten Mal traf.«

»Ihr könnt euer Unternehmen als Erfolg betrachten«, warf

Waters ein. Man hatte den Eindruck, daß er mit dem Verlauf der Sache völlig zufrieden war, doch dann fügte er zynisch hinzu: »Es erwischt alle möglichen Typen. Ich erkenne sie instinktiv, aber ich kann sie nicht verstehen. Was ist der Grund?«

»Das ist leicht«, sagte Tubbs und dachte an Grocero und an Jimmy. »Der letzte Grund ist immer das Geld.«

Crockett schaute auf die Aluminium-Krücke. Marcusson hatte sich da einen hübschen kleinen Plan ausgedacht. Sein Verbindungsmann war Wavey Davey, der die geschätzte Ankunftszeit und die übrigen Informationen für jeden Flug weiterleitete, den Jimmy anmeldete. Und dann sagte ihnen Bruce, der Fluglotse, ganz genau, wann sie zuschlagen mußten . . . und Marcusson drehte das ganze Ding während seiner Dienststunden und mit Polizeiausrüstung.

»Doch, 'ne gute Arbeit«, wiederholte Waters. »Erholt euch bald wieder!« Crockett wußte, daß er noch etwas zu tun hatte, nämlich einen Bericht von bestimmt hundert Seiten über den Fall zu schreiben.

»Vielleicht war das unser letzter guter Auftrag«, überlegte Tubbs. »Diese Sache hat uns ziemlich geschafft, *amigo*!«

»Gleich nachdem ihr beiden nach Cartagena abgeflogen seid, haben wir einen Anruf von Dennis Doyle vom FBI bekommen«, sagte Castillo. »Sie haben drei Stunden damit zugebracht, Artie Lawson zu vernehmen, dann haben sie eine Kaffeepause gemacht. Artie hat seine Frau angerufen, dann ist er rausgegangen und hat eine Zigarette geraucht.«

»Gut«, sagte Crockett, der an Artie dachte.

». . . und dann ist er auf die Herrentoilette gegangen, hat sich die Pistole in den Mund gesteckt und sein Gehirn über die ganze Kabine verteilt.«

Crockett und Tubbs wechselten einen Blick, der zeigte, wie außerordentlich getroffen sie waren. Arthur John Lawson

hatte am Rande des Abgrunds gelebt . . . und war daran gestorben. Sie hatten überlebt. Sie waren schmutzig, kaputt, erschöpft und desillusioniert . . . aber sie hatten überlebt. Darin bestand der Sieg. Castillo stand da und starrte sie einen Augenblick lang an, als hätte er noch nicht alles gesagt.
»Marcusson war ein schmutziger Bulle, und jetzt ist er tot. Artie war ein sauberer Bulle, der so tat, als wäre er schmutzig, und jetzt ist *er* tot. Jimmy war ein Schmuggler, und *er* ist tot.«
Traurig schüttelte Tubbs den Kopf. »Niemand ist das, was er zu sein scheint, und jeder endet tot. Da stimmt doch was nicht, Mann . . . Was ist denn nun wirklich der Unterschied zwischen denen und uns? Wer sind denn nun eigentlich die Bösen, Lieutenant?«
Castillo bewegte die Zunge im Mund, als versuche er, Speisereste zwischen den Zähnen hervorzuholen. »Der Unterschied, Ricardo«, sagte er nach einem Augenblick des Nachdenkens, »der Unterschied ist, daß du und Sonny erstklassige Detectives seid.« Er drehte sich herum und verschwand in der geschäftigen Menge.
Crockett beobachtete, wie Marcussons von Kugeln durchlöcherter Körper in den Wagen der Gerichtsmedizin verladen wurde. »Ich hab den Eindruck, daß uns der neue Boß 'ne gute Note gegeben hat, Partner!«
»Ja, so sieht es fast aus, nicht?«
»Ich frage mich, ob es schon zu spät ist, sich um diesen netten, ereignislosen, langweiligen, sicheren Job zur Überwachung im Hotel ›Miramar‹ zu bewerben?« Crockett drückte seine Zigarette aus – eine der Luckies aus einem frischen Päckchen, das Gina aufgetrieben hatte.
»Wir wollen ihn morgen fragen«, sagte Tubbs. »Ich finde, für heute haben wir genug getan.«
Crockett winkte Tubbs, sich zu ihm in den hinteren Teil der Ambulanz zu setzen, während er auf der Liege Platz nahm.

»Fahr mit mir. Du kannst duschen, während ich feststelle, ob Elvis inzwischen schon den Hafen aufgefressen hat.«
»Warum soll ich mit zu dir fahren?« fragte Tubbs, der sich die Ärmel abklopfte, was aber auch nichts nützte.
»Dann kannst du uns zu dir fahren, dir saubere Kleider besorgen und mich zu dem Filet einladen, das du mir versprochen hast!«
»Ach, alles geplant. Ich verstehe.« Dann lachte er.
Die Ambulanz, in der sie fuhren, war schnell und hatte Vorfahrt . . . aber glücklicherweise benutzte der Fahrer keine Sirenen.

Knaur®

Grave, Stephen
Miami Vice – Heißes Pflaster Florida
Sie fahren schnelle Autos, tragen teure Kleidung, haben tolle Mädchen – aber auch einen gefährlichen Beruf: die zivilen Polizisten von Miami Vice. 192 S. [1475]

Miami Vice – Die Klinge
Wieder einmal müssen Crockett und Tubbs, die beiden Detektive von Miami Vice, sich in den Untergrund wagen – und mehr als einmal steht ihr Leben auf Messers Schneide! 192 S. [1477]

Miami Vice – Schnee aus China
Kühl und gelassen und durch nichts zu erschüttern – so kennen Crockett und Tubbs, Detektive bei Miami Vice, ihren Chef Lieutenant Martin Castillo. Doch die eiskalte Oberfläche täuscht...
192 S. [1478]

Miami Vice – Spiel um Rache
Der zweite Roman nach der erfolgreichen Dienstagabend-TV-Serie, die den ARD-Zuschauern die Dallas-Pause verkürzte. 192 S. [1476]

Heim, Peter
Die Schwarzwaldklinik
Roman nach der ZDF-Fernsehserie von Herbert Lichtenfeld. 336 S. [1485]

Die Hochzeit in der Schwarzwaldklinik
416 S. [1486]

Menschen und Schicksale in der Schwarzwaldklinik
432 S. [1487]

von Lichem, Sylvia
Die glückliche Familie
Langeweile kommt in der Familie Behringer nicht vor. Eher schon einmal die Sehnsucht nach einem beschaulichen Wochenende, an dem Maria und Florian Behringer mal nicht für ihre zwei fast erwachsenen Töchter oder das Nesthäkchen Tami da sein müssen... Der Roman zur TV-Serie mit Maria Schell und Siegfried Rauch in den Hauptrollen. 304 S. [1600]

Rentsch, Alexander
Liebling Kreuzberg
Robert Liebling arbeitet als Rechtsanwalt in Kreuzberg, zusammen mit seinem Sozius Arnold, einem jungen Anwalt aus Stuttgart, der mit dem unkonventionellen Stil seines Arbeitgebers gar nicht zurechtkommt... Der Roman zur TV-Serie.
208 S. [1588]

Stevens, Serita Deborah
Cagney & Lacey
Zwei Frauen im harten New Yorker Polizeieinsatz. Sie könnten Schimanskis Schwestern sein: Cagney und Lacey. Und sie sind das außergewöhnlichste Team, das es bei der New Yorker Polizei je gab. Der Roman zur TV-Serie.
288 S. [1440]

Bücher zu Fernsehserien

Knaur

<u>Cordes, Alexandra</u>
Nach all diesen Jahren
Nach zwanzig Jahren Ehe entschließt sich Georg Camberg einen Auftrag in Amerika anzunehmen... Nach all diesen Jahren läßt er seine Frau mit scheinbarer Selbstverständlichkeit alleine zurück. Für Gisela Cramberg bricht eine Welt zusammen. 240 S. [1495]

Die Buschärztin
Helga Kreuzer übernimmt im Zululand die Praxis ihres verstorbenen Vaters. Aus Liebe und Fürsorge zu Land und Leuten beschließt sie, Buschärztin zu werden. 192 S. [1149]

Liebe kennt keine Jahre
Ein Roman über zwei Frauen, die zwei Jahrhunderte trennen und die doch schicksalhaft miteinander verbunden sind. 255 S. [829]

Das Lied von Liebe und Tod
Ein junges Paar reist nach Portugal, um dort seine Flitterwochen zu verbringen. Unversehens geraten sie in eine blutige Familienfehde, in der es um Leben und Tod geht. 208 S. [1293]

Wilde Freunde
Die Abenteuer des Rick Hardt. Ein Roman voller Leben, voller Unmittelbarkeit. 192 S. [1160]

Haus der Träume
Um ein altes Patrizierhaus kämpfen zwei, seit Generationen verfeindete Familien. Eine Liebesgeschichte zwischen den Kindern macht diesem Streit schließlich ein Ende. 192 S. [1152]

<u>Gast, Lise</u>
Es ist eine alte Geschichte, doch bleibt sie immer neu
Die Geschichte eines jungen Mädchens, das nach einer zerbrochenen Liebe einen ungeliebten Arbeitsplatz aufgibt, um an der Seite eines älteren Mannes zu leben. 208 S. [1438]

<u>Heim, Peter</u>
Frauenklinik Lenzhalde
Die Frauenklinik ist seine Welt und sein Leben. Frauenarzt Dr. Reinhard wird von seinen Patientinnen geliebt und verehrt. Ihre Ängste und Nöte, ihre Sorgen und Freuden sind auch die seinen. 224 S. [1500]

<u>Hersch, Jeanne</u>
Begegnung
In ihrem einzigen Roman erzählt die Genfer Philosophin in der Rückschau die erste Liebe einer jungen Frau, die ein Kind erwartet. Sie empfindet nochmals die Gefühle, die sie als junges Mädchen einem älteren Mann entgegengebracht hat. 128 S. [1312]

<u>Hill, Rebecca</u>
Die Blauen Hügel
Was ist eine Ehe heute noch wert? Diese Frage muß sich die Psychologin Jeannine stellen, die nach zehn Jahren ehelicher Gemeinschaft in den Schoß ihrer Familie im Süden der USA geflohen ist. 320 S. [1514]

<u>Donner, Florinda</u>
Shabono
Eine Frau in der magischen Welt der Iticoteri. Die Anthropologin Florinda Donner folgt einer sterbenden Indianerin tagelang durch den Dschungel – bis zu ihrem Dorf Shabono. Dies ist der eindrucksvolle Bericht über ihre Erlebnisse. 320 S. [1279]

<u>Clarke, Brenda</u>
Der ferne Morgen
Sie ist schön, sie ist reich. Und ohne es zu wollen, wird sie vielen Männern zum Verhängnis. Um so größer ist die Überraschung, als der alles andere als standesgemäße Tom ihr Ehemann wird... 448 S. [1414]

Zeit der Ginsterblüte
England zur Zeit der Jahrhundertwende. Ein undurchsichtiges Gewirr aus Feindseligkeit, Argwohn und Haß trennt die verschwägerten Familien Read und Hunnicutt, in das die blutjunge Emily gerät... 400 S. [1415]

Romane

Palmer, Lilli

Nachtmusik
Das Leben eines bisher unbescholtenen Universitätsprofessors gerät aus den Fugen. Eine turbulente und amüsante Geschichte. 384 S. [1090]

Eine Frau bleibt eine Frau
Millionen haben Lilli Palmer seinerzeit in ihrer gleichnamigen Fernsehserie bewundert. Daraus hat sie verschiedene Beiträge ausgesucht, sie in Erzählungen verwandelt und in diesem Sammelband veröffentlicht.
224 S., 16 Abb. [1320]

Umarmen hat seine Zeit
»Man muß auch mal ein Risiko eingehen, sonst lebt man nicht.« Diesen Rat ihrer geliebten Schwiegermutter wird Sophie nie vergessen. Sie will leben und sie lebt riskant, denn sie weiß: Alles auf Erden hat seine Zeit. 304 S. [789]

Wenn der Nachtvogel schreit
Die überraschende Entdeckung eines höchst ungelegenen Passagiers auf der Yacht »Gudrun« im Hafen von Portofino stürzt nicht nur deren Besitzer in Unannehmlichkeiten, sie verändert auch schlagartig das Leben seiner Freunde und Freundinnen inmitten der vorsommerlichen Ferienidylle...
320 S. [1576]

Buck, Pearl S.

Fremd in fernem Land
Das Schicksal der Familie Liang und ihrer weitverstreuten Mitglieder in New York und in China.
224 S. [1065]

Geschöpfe Gottes
Zwei erfolgreiche Männer im ewigwährenden Konflikt zwischen Machtgier und Nächstenliebe.
216 S. [1033]

Die chinesische Heirat
160 S. [493]

Eine Liebesehe
In Pennsylvania findet der Maler William Barton die Motive für seine Kunst und eine Frau, die ihm Ergänzung und Erfüllung ist.
175 S. [755]

Wo die Sonne aufgeht
173 S. [310]

Am Teich der Lotosblüten
Märchen aus dem Nahen und Fernen Osten.
192 S. [786]

Zuflucht im Herzen
Die weltberühmte Autorin berichtet über ihre Bewältigung der Einsamkeit. Ein Buch der Weisheit, des Trostes. 153 S. [1010]

Das Mädchen von Kwangtung
China im Bürgerkrieg. Eine Handvoll grundverschiedener Menschen findet zueinander und bewährt sich im Augenblick höchster Gefahr.
160 S. [812]

Das Gelöbnis
Die Geschichte einer unbeirrbaren Liebe zweier Menschen in China.
224 S. [733]

Colette

Chéri
Colette schildert die Liebe zwischen einer reifen Frau und einem jungen Mann, der halb so alt ist wie sie selbst – eine Beziehung ohne Zukunft – denn eines Tages wird er sie verlassen und sich einer Jüngeren zuwenden... 224 S. [1345]

Romane